HEYNE BÜCHER

Das Buch

Sie sind immer da, die dunklen Seiten unserer Alltagswelt. Nur bleibt uns meist der Zugang verwehrt. Manchmal kommen wir ihnen nahe, berühren sie fast, ein Schaudern durchdringt uns. War es doch nur Täuschung? Einbildung oder ein Alpdruck, verursacht vielleicht durch einen übervollen Magen? – Peter Straub dringt in seinen Geschichten unnachgiebig vor zu den mysteriösen Schatten unseres täglichen Daseins. Er verschafft sich und dem Leser Zutritt zu den Häusern ohne Türen, zu diesem Reich des Geheimnisvollen, das wir alle erahnen, aber nicht wahrhaben können oder wollen. Plötzlicher, gewaltsamer Tod, eine flüchtige Berührung mit dem Übernatürlichen, die deutliche Vision eines anderen Lebens – all das ist existent in Straubs Erzählungen, in denen auch Querverbindungen zu seinen großen Romanen *Koko* und *Mystery* entstehen. Die Gänsehaut, die hier hervorgerufen wird, beruht nicht auf den dargestellten Schrecknissen selbst, sondern auf dem schockierenden Bewußtsein, daß es vielleicht tatsächlich so sein könnte. In Wirklichkeit. Daß Straub der unangefochtene Meister im Verschmelzen von Natürlichem und Übernatürlichem ist, wird in dieser erstaunlichen Erzählsammlung einmal mehr deutlich.

Der Autor

Peter Straub zählt neben Stephen King, John Saul und Dean Koontz zu den herausragenden amerikanischen Horror-Autoren. Er wurde in Milwaukee, Wisconsin, geboren und lebte ein Jahrzehnt lang in England und Irland. Seine Bücher sind in viele Sprachen übersetzt worden und haben eine Weltauflage von 10 Millionen bereits weit überschritten. Peter Straub lebt heute in New York. Im Wilhelm Heyne Verlag sind lieferbar: *Schattenland* (01/6713), *Das geheimnisvolle Mädchen* (01/6781), *Die fremde Frau* (01/6877), *Das geheimnisvolle Mädchen/Julia/Die fremde Frau* (23/70), Stephen King/Peter Straub: *Der Talisman* (01/7662), *Wenn du wüßtest . . .* (01/7909), *Koko* (01/8223), *Mystery* (01/8603; 41/27).

PETER STRAUB

# HAUS OHNE TÜREN

Aus dem Englischen
von Andreas Brandhorst und Joachim Körber

WILHELM HEYNE VERLAG
MÜNCHEN

HEYNE ALLGEMEINE REIHE
Nr. 01/9099

Titel der Originalausgabe
HOUSES WITHOUT DOORS


Printed in Germany 1994
Umschlagillustration: Rob Wood/Stansburg,
Rónsaville, Wood Inc.
Quellennachweis: s. Anhang
Umschlaggestaltung: Atelier Ingrid Schütz, München
Gesamtherstellung: Ebner Ulm

ISBN 3-453-07551-X

*Für Scott Hamilton und Warren Vaché*

Unheil wohnt im Haus ohne Tür.
Man klettert hinein, kommt aus der Sonne,
Und dann wird die Leiter fortgezogen,
Auf daß niemand entkomme.

*Emily Dickinson*

# Inhalt

## Sie sah einen jungen Mann

Sie sah einen jungen Mann, der einen weiten schwarzen Pullover und eine schwarze Hose trug; er kam ihr auf der Straße entgegen. Der Wind zerzauste ihm das Haar, und ein Lächeln schien sein Gesicht zu erhellen. Sie fand es angenehm, auf der Straße jemandem zu begegnen, der lächelte – von solchen Personen ging ein besonderer Reiz aus. Als er sie fast erreicht hatte, stellte sie aber fest, daß er nicht lächelte, sondern eine Grimasse schnitt, und seine Augen glänzten feucht. An diesem Tag in New York war der Himmel grau, die Luft schien grau und kalt, und die Leute trugen zum erstenmal Pullover und Jacken. Sie drehte sich um und beobachtete, wie der Fremde an ihr vorbeiging, fragte sich, was ihm zugestoßen sein mochte. Ein seltsamer, fremdartiger Schimmer umgab nach wie vor den jungen Mann, und die Frau bemerkte, daß ihm mehrere Passanten nachstarrten.

*Aus dem Englischen von Andreas Brandhorst*

# BLAUE ROSE

*Für Rosemary Clooney*

# 1

An einem schwülen Sommertag saßen die beiden jüngsten der fünf Kinder der Beevers, Harry und Klein Eddie, auf Rohrstühlen auf dem Dachboden ihres Hauses in der South Sixth Street in Palmyra, New York. Ihr Vater nannte es ›den Müllraum oben‹, da der große Raum für Kisten voll mit Tischtüchern, ganze Stapel von zu klein gewordenen Mädchenwintermänteln sowie muffige alte Kleider reserviert war, welche Maryrose Beevers als Zeugen, wie ungleich größer ihre Vergangenheit verglichen mit der Gegenwart gewesen war, hier mumifiziert hatte.

Ein hoher Spiegel, welcher im Rahmen gekippt werden konnte, Überbleibsel des einstigen Ruhmes ihrer Mutter, zeigte Harry nun den Hinterkopf Klein Eddies. Dieses Ding, das verformbarer aussah, als ein Kopf aussehen sollte, lugte gerade noch über der Rückenlehne hervor. Sogar Klein Eddies Hinterkopf machte auf Harry einen nervösen Eindruck.

»Kannst mir ruhig glauben«, sagte Harry. Klein Eddie rutschte auf dem Stuhl hin und her, und der wackelige Stuhl rutschte mit ihm. »Meinst du, ich mache Witze? Ich hatte sie letztes Jahr.«

»Immerhin hat sie dich nicht umgebracht«, sagte Klein Eddie.

»Natürlich nicht, weil sie mich mochte, du kleiner Dummkopf. Sie hat mich nur ein paarmal geschlagen. Sie hat jeden Tag ein paar der Kinder geschlagen.«

»Aber Lehrer können doch niemanden *umbringen*«, sagte Klein Eddie.

Mit seinen neun Jahren war Klein Eddie nur ein Jahr jünger als er, aber Harry wußte, sein kleinwüchsiger mürrischer Bruder sah ihn ebenso als Bestandteil der Erwachsenenwelt an wie seine älteren Brüder.

»Die meisten Lehrer nicht«, sagte Harry. »Aber was, wenn sie direkt im selben Haus wie der Rektor wohnen? Was ist, wenn sie *Unterrichts-Preise* gewonnen haben, hey, und was, wenn jeder andere Lehrer an der Schule starr vor Angst vor ihnen ist? Glaubst du, die können nicht mit einem Mord davonkommen? Meinst du tatsächlich, jemand vermißt einen rotznäsigen kleinen Balg – einen kleinen Balg wie dich? Mrs. Franken nahm diesen Jungen, diesen albernen kleinen Tommy Golz, mit in die Garderobe, und dort hat sie ihn umgebracht. Ich hörte ihn schreien. Am Ende klang es nur noch wie Röcheln. Er versuchte zu kreischen, aber er hatte zuviel Blut in der Kehle. Er kam nie zurück, und keiner verlor jemals ein Wort darüber. Sie hat ihn umgebracht, und nächstes Jahr wird sie deine Lehrerin sein. Ich hoffe, du hast Angst, Klein Eddie, denn das solltest du haben.« Harry beugte sich nach vorne. »Tommy Golz sah dir sogar ein wenig ähnlich, Klein Eddie.«

Klein Eddies ganzes Gesicht zuckte, als wäre ein Blitzstrahl darüber hinweggehuscht.

Eigentlich hatte der Junge der Golzens einen epileptischen Anfall gehabt und hatte die Schule verlassen müssen, wie Harry wußte.

»Ganz besonders haßt Mrs. Franken eigensinnige kleine Bälger, die mit niemandem ihr Spielzeug teilen.«

»Aber ich teile mein Spielzeug doch«, wimmerte Klein Eddie, und Tränen rannen ihm über die staubverschmierten Wangen. »Jeder *nimmt* meine Spielsachen, darum.«

»Dann gib mir deinen Ultraglide Roadster«, sagte Harry. Das war Klein Eddies Geburtstagsgeschenk gewesen, das er vor drei Tagen von einem strahlenden Vater und einer finster blickenden Mutter bekommen hatte. »Sonst sage ich es Mrs. Franken, sobald ich diesen Herbst wieder in die Schule komme.«

Unter der Staubschicht nahm das Gesicht von Klein Eddie fast denselben weiß-grauen Farbton an wie sein Haar.

Ein geheimnisvoll klopfender Laut ertönte unten an der Treppe.

»Kinder? Macht ihr euch schon wieder auf dem Dachboden zu schaffen? Kommt herunter!«

»Wir sitzen nur auf den Stühlen, Mom!« rief Harry hinunter.

»Daß ihr mir nicht die Stühle kaputtmacht! Kommt augenblicklich herunter!«

Klein Eddie glitt von dem Stuhl und wollte hinuntereilen.

»Ich will das Auto«, flüsterte Harry. »Und wenn du es mir nicht gibst, dann werde ich Mom sagen, daß du in ihren Kleidern herumgestöbert hast.«

»Ich habe nichts getan!« heulte Klein Eddie und stürmte die Treppe hinunter.

»Hey, Mom, ehrlich, wir haben nichts kaputtgemacht!« rief Harry. Er erkaufte sich noch ein paar Minuten mit den Worten: »Ich komme gleich«, stand auf und ging zu dem Pappkarton voll interessanter Bücher, der ihm am Tag vor dem Geburtstag seines Bruders aufgefallen und der sein Ziel gewesen war, bevor er sich an den Roadster erinnert und Klein Eddie heraufgelockt hatte.

Als Harry kurze Zeit später zu der Tür herauskam, welche zur Dachbodentreppe führte, hatte er ein zerlesenes Taschenbuch unter dem Arm. Klein Eddie stand vor Elend und Wut zitternd vor dem Zimmer, das sich die beiden Jungen mit ihrem älteren Bruder Albert teilen mußten. Er hielt ihm ein kleines blaues Spielzeugauto aus Metall hin, das Harry sofort ergriff und in der Tasche seiner Jeans verschwinden ließ.

»Wann bekomme ich es zurück?« fragte Klein Eddie.

»Nie«, sagte Harry. »Nur egoistische Leute wollen Geschenke zurückhaben. Weißt du denn überhaupt nichts?« Als Eddie das Gesicht wieder zum Weinen verzog, deutete Harry auf das Buch in seiner Hand und sagte: »Ich habe hier etwas, das dich vor Mrs. Franken schützen wird, also hör auf zu jammern.«

Seine Mutter trat ihm entgegen, als er die Stufen zum Hauptgeschoß des kleinen Hauses herabkam – wo Küche und Wohnzimmer, beider Böden mit ausgetretenem Linoleum belegt, sich befanden, vom tatsächlichen ›Müllraum‹ durch einen steifen Wollvorhang getrennt, eine behelfsmäßige Kammer, wo Edgar Beevers schlief, und schließlich das größere Schlafzimmer, das für Maryrose reserviert war. Kinder durften nie mehr als ein paar Schritte in dieses ehrfurchtgebietende Gemach hinein, sie konnten ja Maryroses geheimnisvolle ›Papiere‹ durcheinanderbringen oder die Reihen antiker Puppen verwüsten, welche auf dem Fenstersims saßen, der einzigen architektonischen Besonderheit des Hauses der Beevers.

Maryrose Beevers stand am Fuß der Treppe und betrachtete ihren vierten Sohn argwöhnisch. Sie sah meistens nicht wie eine Frau aus, die mit Puppen gespielt hatte, und jetzt schon gar nicht. Ihr Haar war im Nacken zu einem Knoten zusammengefaßt. Rauch von der Zigarette kräuselte sich an der großen Schmetterlingsbrille vorbei, hinter der ihre Augen aufgequollen aussahen.

Harry steckte die Hand in die Hosentasche und legte sie schützend um den Ultraglide Roadster.

»Die Dinge dort oben sind der Besitz meiner Familie«, sagte sie. »Zeig mir, was du genommen hast.«

Harry zuckte die Schultern und streckte ihr das Taschenbuch hin, als er in Reichweite ihrer Arme gekommen war.

Seine Mutter entriß es ihm und neigte den Kopf, um es durch den Zigarettenrauch zu betrachten. »Oh. Ist das aus der kleinen Schachtel dort oben? Dein Vater pflegte immer so zu tun, als würde er Bücher lesen.« Sie betrachtete blinzelnd die Schrift auf dem Umschlag. »*Hypnose leicht gemacht.* Schund vom Drugstore. Das möchtest du lesen?«

Harry nickte.

»Ich glaube kaum, daß dir das schaden kann.« Sie gab ihm das Buch gleichgültig zurück. »Leute aus besseren Kreisen lesen Bücher, weißt du – ich habe viel gelesen, bevor ich hier bei dieser Bande von Dummköpfen hängenblieb. Mein Vater besaß viele Bücher.«

Maryrose tätschelte dem Jungen beinahe den Kopf, aber dann zog sie die Hand zurück. »Du bist mein Schüler, Harry. Du bist derjenige, der es zu etwas bringen wird.«

»Ich werde nächstes Jahr in der Schule gut sein«, sagte er.

»*Sehr gut*. Du wirst sehr gut sein. Solange du dir nicht sämtliche Chancen verdirbst, indem du wie dein Vater sprichst.«

Harry verspürte diesen besonderen Schmerz, eine Mischung aus Abscheu, Scham und Entsetzen, der ihn überkam, wenn Maryrose so von seinem Vater sprach. Er murmelte etwas, das wie Zustimmung klang, dann ging er in einem Bogen um sie herum.

## 2

Die Veranda vor dem Haus der Beevers erstreckte sich zu beiden Seiten der Tür sechs Schritte und diente als Unterstellraum für Möbelstücke, die entweder so groß waren, daß man sie nicht mehr in den Müllraum quetschen konnte, oder zu ärmlich, um sie auf dem Dachboden unterzubringen. Eine durchhängende Hollywood-Schaukel stand unter dem Wohnzimmerfenster, links davon ein uraltes Sofa, dessen grüner Lederbezug mit schwarzem Klebeband ausgebessert worden war; auf der anderen Seite der Eingangstür, durch die Harry Beevers gerade kam, standen ein nutzloser Kühlschrank, der noch aus den frühesten Tagen der Ehe der Beevers datierte, sowie zwei wacklige Campingstühle, die Edgar Beevers bei einem Kartenspiel gewonnen, die er aber nie ins Haus hatte bringen dürfen. Inoffiziell gehörte diese Seite der Veranda Harrys Vater, daher hatte sie eine völlig andere Atmosphäre – die eines besiegten, rechtlosen und beschämten Mannes – als die Seite mit Schaukel und Sofa.

Harry kniete auf neutralem Boden direkt vor der Eingangstür nieder und angelte den Ultraglide Roadster aus der Hosentasche. Er legte das Buch über Hypnose auf die Veranda und ließ das kleine Metallauto darüberrollen. Dann gab er dem kleinen Wagen einen festen Schubs und sah zu, wie er Kühler voraus auf das Holz fiel. Das wiederholte er mehrmals, bevor er das Buch weglegte, sich flach mit dem Bauch nach unten auf den Boden preßte und dem Auto einen nachdrücklichen Stoß in Richtung Schaukel und Sofa versetzte.

Der Roadster rollte ein paar Schritte, bevor ein unregelmäßig hervorstehendes Brett ihn umfallen und schlitternd zum Stillstand kommen ließ.

»Blödes Auto«, sagte Harry und nahm es wieder auf. Er gab ihm wieder einen Stoß, tiefer ins Gebiet seiner Mutter hinein. Ein steifer, spröder Farbsplitter, welcher vom zugehörigen Brett abgeblättert war, brach in der Mitte durch und blieb wie eine Miniaturmatratze auf dem festgefahrenen Roadster liegen.

Harry schnippte den Farbsplitter fort und ließ das Auto auf die Veranda zurückrollen, wo es sich erneut überschlug und gegen den Kühlschrank schlitterte. Der Junge lief die Veranda hinab, und diesmal warf er das Auto einfach in Richtung der Schaukel. Es prallte vom Polster der Schaukel ab und fiel auf die Holzdielen. Harry kniete keuchend vor dem Kühlschrank.

Sein Kopf fühlte sich seltsam an, als wären feuchte Handtücher hineingestopft worden. Harry richtete sich auf und ging zu der Stelle, wo das Auto vor der Schaukel lag. Er haßte die Art, wie es aussah, klein und hilflos. Er trat probehalber darauf und spürte, wie es sich in die Sohle seiner Mokassins preßte. Harry hob den anderen Fuß an und stand auf dem Auto, aber nichts passierte. Er sprang auf das Auto, aber die Mokassins waren nicht wirksamer als sein nackter Fuß. Harry beugte sich hinab, um den Roadster aufzuheben.

»Blödes kleines Auto«, sagte er. »Du taugst überhaupt nichts, billiges, kaputtes kleines Ding.« Er drehte es in der Hand um. Dann preßte er den Daumen zwischen den Rahmen und einen der winzigen Reifen. Als er drückte, bewegte sich der Reifen. Sein Gesicht wurde heiß. Er drückte den Daumen gegen den Reifen, und das kleine schwarze Rund sprang ins dichte Gebüsch vor der Veranda. Schwer atmend, allerdings mehr aufgrund der Aufregung denn Anstrengung, ließ Harry auch den zweiten Reifen ins Gebüsch springen. Harry wirbelte herum und rammte das Auto auf den Boden unter dem Fenster des Schlafzimmers seines Vaters. Lange, tiefe Kratzer zerfurchten die Farbe der Dielen. Als Harry sich die Vorderseite des Autos ansah, war auch sie zerkratzt. Er fand einen Nagelkopf, der einen Viertelzoll aus der Fassade des Hauses herausragte, und damit schabte er einen langen Striemen blauer Farbe von der Fahrerseite des Roadsters ab. Graues Metall schimmerte durch. Harry hämmerte das Spielzeugauto mehrmals gegen den Nagelkopf, wobei jedesmal winzige Farbsplitter abblätterten. Keuchend ließ er die beiden Hinterreifen wegspringen und steckte sie in die Tasche, weil ihm ihr Aussehen gefiel.

Ohne Reifen, zerkratzt und verbeult, hatte der Ultraglide Roadster den Großteil seiner Faszination eingebüßt. Harry betrachtete ihn mit bitterer, tiefer Befriedigung, ging über die Veranda und schob ihn weit unter das Gebüsch. Graues Metall und blaue Farbe leuchteten zwischen den Stengeln und Blättern hervor. Harry schob die Hand dazwischen und schwang sie hin und her. Das Auto rollte fort und fiel in die Unsichtbarkeit.

Als Maryrose mit finsterer Miene auf der Veranda erschien, saß Harry gelassen auf der ächzenden Schaukel und überflog die ersten Seiten des Taschenbuchs.

»Was treibst du denn? Was war das für ein Klopfen?«

»Ich lese nur. Ich habe nichts gehört«, sagte Harry.

# 3

»Nun, wenn das nicht der Scheißkerl ist«, sagte Albert, der dreißig Minuten später die Stufen zur Veranda hinaufsprang. Gesicht und T-Shirt waren mit breiten schwarzen Schmierestreifen verschmiert. Der dreizehnjährige, kleinwüchsige und muskulöse Albert verbrachte jede freie Minute damit, in der zwei Blocks von ihrem Haus entfernten Tankstelle herumzuhängen. Harry wußte, daß Albert ihn verabscheute. Albert hob die Faust und machte eine ruckartige Drohgebärde in Harrys Richtung, der zusammenzuckte. Albert hatte ihn schon oft blutig geprügelt, wie ihre beiden älteren Brüder auch, Sonny und George, die sich nun in Armeestützpunkten in Oklahoma und Deutschland befanden. Wie Albert, hatten auch die ältesten Brüder ihre Mutter schwer enttäuscht.

Albert lachte, und dieses Mal schwang er die Faust bis wenige Zentimeter vor Harrys Gesicht. Als er sie zurückfallen ließ, schlug er Harry das Buch aus der Hand.

»Danke«, sagte Harry.

Albert grinste gehässig und verschwand durch die Tür. Fast im selben Augenblick konnte Harry hören, wie ihre Mutter sich über die Schmiere im Gesicht und auf dem T-Shirt beschwerte. Albert stapfte die Treppe hinauf.

Harry öffnete die geballten Fäuste und spreizte die Finger, ballte die Hände zu Fäusten und spreizte sie wieder. Als er oben die Schlafzimmertür zufallen hörte, konnte er von der Hollywood-Schaukel aufstehen und das Buch holen. Wenn Albert in der Nähe war, kam er sich wie eine in einer Schachtel zusammengedrückte Sprungfeder vor. Im oberen rückwärtigen Teil des Hauses stieß Klein Eddie einen geisterhaften Schrei aus. Maryrose kreischte, sie würde anfangen ihn zu verprügeln, wenn er nicht damit aufhörte, und das war das. Die drei unglücklichen Leben im Haus verstummten wieder. Harry setzte sich, schlug die Seite auf und begann wieder zu lesen.

Ein Mann namens Dr. Roland Mentaine hatte *Hypnose*

*leicht gemacht* geschrieben, und sein Wortschatz war viel größer als der Harrys. Dr. Mentaine gebrauchte Wörter wie ›orchestrieren‹ und ›unaussprechlich‹ und ›übertreiben‹, und manche seiner Sätze mußten sich durch so viele Nebensätze schlängeln, daß Harry den Faden verlor. Dennoch fand Harry, der ohnedies in der Erwartung, es nur zur Hälfte zu verstehen, zu lesen begonnen hatte, daß es ein wunderbares Buch war. Das Kapitel mit der Überschrift ›Geisteskraft‹ hatte er schon fast durch.

Harry hielt es für ganz ordentlich, daß man mit Hypnose Rauchen, Stottern und Bettnässen heilen konnte. (Bis Monate vor seinem neunten Geburtstag hatte er selbst fast jede Nacht das Bett genäßt. Das Bettnässen hörte in jener Nacht auf, als Harry einen schönen Traum hatte. In dem Traum hatte er schrecklich urinieren müssen, und er eilte einen Schloßflur aus Steinen hinab, an Rüstungen und an der Wand flackernden Fackeln vorbei. Schließlich kam Harry an eine offene Tür, durch die er das prachtvollste Badezimmer seines Lebens sah. Der Boden bestand aus poliertem Marmor, die Wände waren weiß gekachelt. Kaum hatte er das glänzende Badezimmer betreten, kam ein Butler in Livree und winkte ihn zu einem der Pissoirs. Harry zog den Reißverschluß hinab, machte sich an sich zu schaffen und bekam den Penis gerade noch rechtzeitig aus der Unterhose. Als der Traum-Urin aus ihm herausgeströmt war, war Harry glücklicherweise erwacht.) Mit Hypnose konnte man mitten in den Verstand von jemandem gelangen und dort Sachen machen. Man konnte Personen dazu bringen, in jeder Fremdsprache zu reden, die sie jemals gehört hatten, auch wenn sie sie nur ein einziges Mal gehört hatten, und man konnte sie sich wie ein Baby benehmen lassen. Harry stellte sich vor, wie spaßig es sein würde, seinen Bruder Albert kreischend und mit rotem Gesicht auf dem Boden liegen zu sehen, unfähig zu laufen, während er sich von oben bis unten vollpißte.

Außerdem, und das war für Harry ein neuer Gedanke, konnte man eine Person zu der ganzen Reihe von Leben zurückführen, welche sie geführt hatten, bevor sie als die Person geboren worden war, die sie jetzt war. Diesen Prozeß der Wiedergeburt nannte man Reinkarnation. Einige von Dr. Mentaines Patienten waren Könige in Ägypten oder Piraten in der Karibik gewesen, manche Mörder, Romanciers und Künstler. Sie erinnerten sich an die Häuser, in denen sie gelebt hatten, an die Namen ihrer Mütter und Diener und Kinder, an die Lage von Geschäften, in denen sie Kuchen und Wein gekauft hatten. Brauchbar, dachte Harry. Er überlegte, ob jemand, der vor langer Zeit ein berühmter Mörder gewesen war, sich daran erinnern konnte, wie er mit dem Dolch zustieß oder mit dem Hammer zuschlug. Eine Menge der Bücher, die noch oben in dem Karton waren, war Harry aufgefallen, schienen von Mördern zu handeln. Allerdings würde es kaum etwas nützen, Albert in ein früheres Leben zurückzubringen. Wenn Albert überhaupt ein früheres Leben gehabt hätte, dann sicher als unbeweglicher Gegenstand auf der Ebene von Felsbrocken oder Ambossen.

Vielleicht war Albert in einem früheren Leben eine Mordwaffe gewesen, dachte Harry.

»He, Schlauberger! Schlauberger!«

Harry sah zum Gehweg und erblickte den mit Baseballmütze und T-Shirt bekleideten Oberkörper von Mr. Petrosian, der in einem kleinen Haus neben der Kneipe Ecke South Sixth und Livermore Street wohnte. Mr. Petrosian rief Kindern immerzu nette Sachen zu, aber Maryrose duldete nicht, daß Harry oder Klein Eddie mit ihm sprachen. Sie sagte, Mr. Petrosian wäre so gewöhnlich wie Dreck. Er arbeitete als Hausmeister im Gebäude der Telefongesellschaft und trank jeden Abend einen Kasten Bier, während er auf seiner Veranda saß.

»Ich?« sagte Harry.

»Klar! Wenn du Bücher liest, kannst du aufs College gehen, nicht?«

Harry lächelte unverbindlich. Mr. Petrosian hob einen

Arm und torkelte weiter die Straße zu seinem Haus neben der ›Mußestunde‹ hinab.

Innerhalb von Sekundenbruchteilen kam Maryrose zur Tür herausgeschossen und legte ein altes weißes Geschirrtuch in den Händen zusammen. »Wer war das? Ich habe eine Männerstimme gehört.«

»Er«, sagte Harry und deutete auf den breiten Rücken von Mr. Petrosian, der sein Haus schon fast erreicht hatte.

»Was hat er gesagt? Als könnten die Worte eines armenischen Hausmeisters von Interesse sein!«

»Er nannte mich Schlauberger.«

Maryrose verblüffte ihn, indem sie lächelte.

»Albert sagt, er möchte heute abend wieder zur Tankstelle zurück, und ich muß bald zur Arbeit gehen.« Maryrose arbeitete als Sekretärin im St. Joseph's Hospital in der Nachtschicht. »Gott allein weiß, wann dein Vater auftauchen wird. Mach dir und Klein Eddie etwas zu essen, ja, Harry? Ich muß mich einfach um zu vieles kümmern, wie üblich.«

»Ich werde uns etwas bei Big John's holen.« Das war eine Hamburger-Bude, für Harry ein magischer Ort, die vorigen Sommer auf einem freien Platz in der Livermore Street errichtet worden war, zwei Blocks von der ›Mußestunde‹ entfernt.

Seine Mutter gab ihm zwei sorgfältig zusammengefaltete Dollarscheine, und er verstaute sie in der Tasche. »Laß Klein Eddie nicht im Haus allein«, sagte seine Mutter, bevor sie wieder hineinging. »Nimm ihn mit. Du weißt, wie sehr er sich ängstigen kann.«

»Klar«, sagte Harry und widmete sich wieder seinem Buch. Er las das Kapitel über ›Geisteskraft‹ zu Ende, während zuerst Maryrose zur Bushaltestelle an der Ecke ging und dann Albert sich lärmend entfernte. Klein Eddie saß gebannt vor seinen Seifenopern im Fernsehen. Harry blätterte eine Seite um und begann das Kapitel ›Techniken der Hypnose‹.

# 4

Um acht Uhr dreißig an diesem Abend saßen sich die beiden Jungen an entgegengesetzten Seiten des mit gelber Bambusmusterfolie bespannten Tischs gegenüber. Aus dem Wohnzimmer konnte man Sid Caesar hören, der sich mit Imogene Coca in ›Ihre Show der Shows‹ in vorgeblichem Deutsch unterhielt. Klein Eddie behauptete, vor Sid Caesar Angst zu haben, aber als Harry mit einem Big Johnburger (mit ›der Beilage‹) für sich selbst, sowie einer Mama Marydog für Eddie, einer doppelten Portion Pommes und zwei Schokoshakes zurückkam, saß er vor dem Fernseher und hatte Tränen moralischer Entrüstung im Gesicht. Normalerweise mochte Eddie Mama Marydogs, aber er hatte nur ein paar spärliche Bissen von der vor ihm genommen, und er zog lustlos eine Pomme frite durch einen Klecks Ketchup. Ständig rieb er sich die Augen, wobei er fast symmetrische Ketchupspuren hinterließ, die auf seinen Wangen trockneten.

»Mom hat *gesagt*, du sollst mich nicht allein im Haus lassen«, sagte Klein Eddie. »Ich habe es gehört. Es war während *Am Rande der Nacht*, und du warst auf der Veranda. Ich glaube, ich werde dich verpetzen.« Er sah verstohlen zu Harry, dann rasch wieder zu der Pomme frite, die er aus dem Ketchupklecks herauszog. »Ich habe Angst allein im Haus.« Manchmal war Eddies Stimme wie eine seltsam beschleunigte mechanische Version von der Maryroses.

»Sei nicht so dumm«, sagte Harry fast freundlich. »Wie kannst du in deinem eigenen Haus Angst haben? Du wohnst doch hier, oder nicht?«

»Ich hab' Angst vor dem Dachboden«, sagte Eddie. Er hielt die tropfende Pomme frite vor den Mund, dann schob er sie hinein. »Der Dachboden macht Geräusche.« Ein winziger Tropfen Rot erschien in seinem Mundwinkel. »Du solltest mich mitnehmen.«

»Himmel, Eddie, du hältst nur auf! Ich wollte nur Essen

holen und gleich wieder hier sein. Ich habe dir doch das Essen gebracht, oder etwa nicht? Habe ich dir nicht gebracht, was du so gerne magst?«

In Wahrheit hing Harry gerne allein bei Big John's herum, weil er sich dann mit Big John unterhalten und sich seine Theorien anhören konnte. Big John nannte sich selbst einen ›Papisten-Renegaten‹ und hielt Hitler für den größten Mann des zwanzigsten Jahrhunderts, gefolgt von Paul XI., Padre Pio, der aus den Handflächen blutete, und Elvis Presley.

All diese Ereignisse fanden in einer für gewöhnlich, aber dennoch irrtümlich so genannten besseren Zeit statt, vor Kennedy und Feminismus und Ökologie, vor Nixon und Watergate, und bevor amerikanische Soldaten, unter ihnen auch der einundzwanzigjährige Harry Beevers, nach Vietnam geschickt wurden.

»Ich werde es trotzdem sagen«, meinte Klein Eddie. Er tunkte eine weitere Pomme frite in den Ketchup. »Und das Auto war mein Geburtstagsgeschenk.« Er fing an zu schniefen. »Albert hat mich geschlagen, und du hast mir mein Auto gestohlen und mich allein gelassen, und ich hatte Angst. Und ich möchte Mrs. Franken nächstes Jahr nicht haben, weil ich glaube, daß sie mir weh tun wird.«

Harry hatte schon fast vergessen, daß er seinem Bruder von Mrs. Franken und Tommy Golz erzählt hatte, und diese Erwähnung rief unvermittelt die Erinnerung daran wieder wach, wie er Eddies Geburtstagsgeschenk zerstört hatte.

Eddie drehte den Kopf zur Seite und wagte einen erneuten raschen Blick zu seinem Bruder. »Kann ich meinen Ultraglide Roadster zurückhaben, Harry? Du wirst ihn mir doch zurückgeben, nicht? Ich werde Mom nicht erzählen, daß du mich allein gelassen hast, wenn du ihn mir zurückgibst.«

»Mit deinem Auto ist alles in Ordnung«, sagte Harry. »Es befindet sich an einem geheimen Ort, den ich kenne.«

»Du hast mein Auto kaputtgemacht!« heulte Klein Eddie. »Das hast du!«

»Sei still!« brüllte Harry, und Klein Eddie zuckte zusammen. »Du machst mich wahnsinnig!« kreischte Harry. Er merkte, daß er sich über den Tisch beugte und Klein Eddie gleich wieder zu weinen anfangen würde. Er setzte sich. »Schrei mich nicht so an, Eddie.«

»Du hast etwas mit meinem Auto gemacht«, sagte Eddie mit fassungsloser Gewißheit. »Ich wußte es.«

»Paß auf, ich werde dir beweisen, daß mit deinem Auto alles in Ordnung ist«, sagte Harry und nahm die beiden Hinterradreifen aus der Tasche, worauf er sie auf die Handfläche legte.

Klein Eddie riß die Augen auf. Er blinzelte, dann griff er zögernd nach den Reifen.

Harry schloß die Faust darum. »Sehen sie aus, als hätte ich etwas damit gemacht?«

»Du hast sie *abgenommen*!«

»Aber sehen sie nicht gut aus, sehen sie nicht unbeschädigt aus?« Harry öffnete die Faust, ballte sie wieder und ließ die Reifen in der Tasche verschwinden. »Ich wollte dir nicht das ganze Auto zeigen, Eddie, weil dich das so aufgeregt hätte, und du hast es mir doch gegeben. Erinnerst du dich? Ich wollte dir die Reifen zeigen, damit du siehst, daß alles in Ordnung ist. Okay? Kapiert?«

Klein Eddie schüttelte kläglich den Kopf.

»Außerdem werde ich dir helfen, wie ich gesagt habe.«

»Mit Mrs. Franken?« Ein Teil des Elends verschwand aus Klein Eddies verschmiertem Gesicht.

»Klar. Hast du schon einmal von etwas gehört, das Hypnose heißt?«

»Ich habe von Hypmose gehört.« Klein Eddie schmollte. »Jeder auf der Welt hat davon gehört.«

»Hypnose, Dummkopf, nicht Hypmose.«

»Klar, Hypmose. Habe ich im Fernsehen gesehen, in *Wie die Welt sich dreht* haben sie es gemacht. Ein Mann ließ eine Frau einschlafen und so tun, als bekäme sie ein Baby.«

Harry lächelte. »Das ist doch nur im Fernsehen, Klein Eddie. Echte Hypnose ist viel besser als das. Ich habe alles darüber in einem der Bücher vom Dachboden gelesen.«

Klein Eddie war immer noch verstimmt wegen seines Autos. »Was macht sie denn besser?«

»Weil man erstaunliche Dinge damit vollbringen kann«, sagte Harry. Er zitierte Dr. Mentaine. »›Hypnose setzt das geistige Potential frei und läßt allen Kräften freien Lauf, über die man tatsächlich verfügt.‹ Wenn du jetzt damit anfängst, wirst du echt alle Bücher kennen, wenn die Schule wieder anfängt. Du wirst jeden Test bestehen, den Mrs. Franken dir aufgibt, so wie ich auch.« Er griff über den Tisch und umklammerte Klein Eddies Handgelenk, wodurch er eine dicke braune Pomme frite auf dem Weg zum Ketchupklecks aufhielt. »Aber sie wird dich nicht nur in der Schule gut machen. Wenn du es mich mit dir versuchen läßt, dann kann ich dir ganz sicher zeigen, daß du viel stärker bist, als du selbst denkst.«

Eddie blinzelte.

»Und ich wette, ich kann machen, daß du vor nichts mehr Angst hast. Dafür ist Hypnose echt gut. Ich las in diesem Buch hier von einem Mann, der vor Brücken Angst hatte. Wenn er nur daran dachte, eine Brücke zu überqueren, wurde ihm schwindlig und er bekam Schweißausbrüche. Schreckliche Sachen passierten ihm, er verlor seinen Job, und einmal mußte er mit dem Auto über eine Brücke fahren und machte sich dabei vor Angst in die Hosen. Er ging zu Dr. Mentaine, und Dr. Mentaine hypnotisierte ihn und sagte ihm, er würde nie mehr im Leben vor Brücken Angst haben, und so kam es.«

Harry zog das Taschenbuch aus der Gesäßtasche. Er legte es flach auf den Tisch und beugte sich über die Seiten. »Hier. Hör dir das an. ›Die positiven Auswirkungen ließen sich in allen Lebensbereichen des Patienten feststellen, und Resultate wurden erzielt, für die er jeden Preis bezahlt hätte.‹« Harry las die Worte stockend, aber er verstand ihren Sinn.

»Hypmose kann mich stark machen?« fragte Klein Eddie, der sich diesen Punkt offensichtlich besonders eingeprägt hatte.

»Stark wie ein Bulle.«

»Stärker als Albert?«

»Viel stärker als Albert. Sogar viel stärker als ich.«

»Und ich kann größere Jungs verprügeln, die mir weh tun?«

»Du mußt nur lernen, wie.«

Eddie sprang von seinem Stuhl auf und kreischte unsinnige Worte. Er spannte den kümmerlichen Bizeps und nahm eine Zeitlang typische Muskelmänner-Haltungen ein.

»Möchtest du es tun?« fragte Harry schließlich.

Klein Eddie ließ sich auf den Stuhl fallen und sah Harry an. Der Kragenstreifen seines T-Shirts hing bis zum Brustband herab, ohne die Brust tatsächlich einmal zu berühren. »Ich möchte anfangen.«

»Okay, Eddie, guter Junge.« Harry stand auf und legte die Hand auf das Buch. »Auf zum Dachboden.«

»Aber ich will nicht auf den Dachboden«, sagte Eddie. Er sah Harry immer noch an, aber er hatte den Kopf wie eine unheimliche kleine Nachbildung von Maryrose geneigt, und seine Augen blickten voller Argwohn.

»Ich werde dir nichts wegnehmen, Klein Eddie«, sagte Harry. »Es ist nur, wir sollten unsere Ruhe haben, und auf dem Dachboden ist es wirklich ruhig.«

Klein Eddie schob die Hand ins T-Shirt und ließ sie am Gelenk herunterbaumeln.

»Du hast dein T-Shirt in eine Armschlinge verwandelt«, sagte Harry.

Eddie zog die Hand aus der Schlinge.

»Albert könnte hereinkommen und alles kaputtmachen, wenn wir es im Schlafzimmer tun.«

»Wenn du zuerst hochgehst und das Licht einschaltest«, sagte Klein Eddie.

# 5

Harry hielt das offene Buch auf dem Schoß und sah von ihm zu Klein Eddies nervösem, verschmiertem Gesicht. Diese Seiten hatte er viele Male gelesen, während er auf der Veranda saß. Hypnose ließ sich auf wenige einfache Schritte zurückführen, wobei jeder auf dem vorhergehenden aufbaute. Zuerst mußte er sich darum kümmern, daß sein Bruder ›entspannt und empfänglich‹ wurde, wie Dr. Mentaine schrieb.

Klein Eddie bewegte sich in dem Korbsessel und knetete die Hände ineinander. Sein Schatten, den die über ihnen baumelnde Glühbirne warf, imitierte ihn wie ein an einen Stuhl gefesseltes Äffchen. »Ich will anfangen, ich will stark sein«, sagte er.

»Hier in diesem Buch steht, daß du dich entspannen mußt«, sagte Harry. »Leg einfach die Hände auf die Beine, ruhig und gelassen, so daß die Finger ausgestreckt sind. Dann schließ die Augen und atme mehrmals ein und aus. Stell dir vor, du wärst müde und erschöpft und kurz vor dem Schlafengehen.«

»Ich möchte nicht schlafen!«

»Das ist nicht wirklich Schlaf, Klein Eddie, nur so ähnlich. Du wirst immer noch richtig wach sein, aber entspannt und angenehm. Sonst funktioniert es nicht. Du mußt alles tun, was ich dir sage. Sonst wird jeder dich verhauen können, wie sie es jetzt alle tun. Ich möchte, daß du genau auf alles hörst, was ich dir sage.«

»Okay.« Klein Eddie unternahm sichtliche Anstrengungen, sich zu entspannen. Er legte die Hände auf die Oberschenkel und atmete zweimal ein und aus.

»Nun schließ die Augen.«

Klein Eddie schloß die Augen.

Plötzlich wußte Harry, daß es funktionieren würde – wenn er alles tat, was in dem Buch stand, würde er wirklich imstande sein, seinen Bruder zu hypnotisieren.

»Klein Eddie, ich möchte, daß du nur auf den Klang

meiner Stimme hörst«, sagte er und zwang sich selbst dazu, ruhig zu bleiben. »Du wirst bereits ruhig und entspannt, so friedlich und gelassen, als würdest du im Bett liegen, und je länger du auf meine Stimme hörst, desto entspannter und müder wirst du werden. Nichts kann dich berühren. Alles Schlechte ist weit weg, und du sitzt nur hier, atmest ein und aus und wirst immer schläfriger.«

Er warf einen Blick auf die Seiten, ob er es auch richtig machte, dann fuhr er fort.

»Es ist, als würdest du im Bett liegen, Klein Eddie, und je mehr du meine Stimme hörst, desto müder und schläfriger wirst du, immer müder, je länger du mir zuhörst. Alles andere verblaßt irgendwie, und du kannst nur noch meine Stimme hören. Du fühlst dich müde und gut, wie du dich kurz vor dem Einschlafen fühlst. Alles ist prächtig, und du läßt dich ein wenig treiben, du treibst langsam davon, und du bereitest dich darauf vor, deine rechte Hand zu heben.«

Er beugte sich nach vorne und streichelte sehr sanft über den Rücken von Klein Eddies verschmierter rechter Hand. Eddie saß mit geschlossenen Augen zusammengesunken in dem Sessel, sein Atem ging flach. Harry sprach sehr langsam.

»Ich werde nun von zehn an rückwärts zählen, und mit jeder Zahl wird deine Hand leichter und leichter. Während ich zähle, wird deine rechte Hand so leicht werden, daß sie nach oben schwebt und deine Nase berührt, wenn ich bei ›eins‹ angelangt bin. Und dann wirst du tief schlafen. Ich fange jetzt an. Zehn. Deine Hand fühlt sich bereits leichter an. Neun. Sie möchte nach oben schweben. Acht. Jetzt fühlt sich deine Hand wirklich leicht an. Sie wird sich gleich heben. Sieben.«

Klein Eddies Hand hob sich gehorsam einen Zentimeter über den Oberschenkel.

»Sechs.« Die verschmierte kleine Hand hob sich wieder ein paar Zentimeter. »Sie wird jetzt leichter und leichter, und jedesmal, wenn ich eine weitere Zahl sage, kommt sie deiner Nase etwas näher, und du wirst schläfriger und schläfriger. Fünf.«

Die Hand glitt mehrere Zentimeter näher an Eddies Gesicht.

»Vier.«

Nun hing die Hand wie ein schlafender Vogel auf halbem Weg zwischen Eddies Knie und seiner Nase.

»Drei.«

Sie stieg bis fast an Eddies Kinn.

»Zwei.«

Eddies Hand hing wenige Zentimeter von seinem Mund entfernt.

»Eins. Jetzt wirst du einschlafen.«

Der sanft gekrümmte, ketchupverschmierte Zeigefinger berührte zart Eddies Nasenspitze und verweilte dort, während Eddie gegen die Lehne zurücksank.

Harrys Herz klopfte so laut, daß er befürchtete, sein Schlagen würde Eddie aus seiner Trance aufwecken. Eddie blieb bewegungslos. Harry atmete einen Augenblick leise durch. »Nun kannst du die Hand wieder in den Schoß sinken lassen, Eddie. Du wirst tiefer und tiefer schlafen. Tiefer und tiefer und tiefer.«

Eddies Hand sank anmutig nach unten.

Auf dem Dachboden schien es für Harry so heiß wie in einem Ofen zu sein. Seine Finger hinterließen Abdrücke auf den offenen Seiten des Buches. Er wischte sich das Gesicht mit dem Ärmel ab und betrachtete seinen kleinen Bruder. Klein Eddie war so sehr auf dem Stuhl zusammengesunken, daß sein Hinterkopf nicht mehr im Spiegel zu sehen war. Der Dachboden erstreckte sich vollkommen still zu beiden Seiten von ihnen und wartete darauf (so jedenfalls schien es Harry), was als nächstes passieren würde. Maryroses Koffer standen in einer Reihe unter den Dachsparren weit hinter dem Spiegel, ihre alten Kleider hingen stumm in dem staubigen Schrank. Harry rieb die Hände an den Jeans, um sie abzutrocknen, dann blätterte er mit der Anmut eines Gelehrten, der sein Leben in Bibliotheken verbracht hat, eine Seite um.

»Du wirst aufrecht auf dem Stuhl sitzen«, sagte er.

Eddie richtete sich auf.

»Ich möchte jetzt, daß du mir zeigst, daß du wirklich hypnotisiert bist, Klein Eddie. Das ist wie ein Test. Ich möchte, daß du den rechten Arm gerade ausstreckst. Mach ihn so steif, wie du kannst. Das wird dir zeigen, wie stark du sein kannst.«

Eddies blasser Arm hob sich und streckte sich bis zum Handgelenk steif aus, die Finger hingen herab.

Harry stand auf und sagte: »Das ist ausgezeichnet.« Er ging zwei Schritte bis an Eddies Seite, packte den Arm seines Bruders und strich daran entlang, wobei er behutsam Eddies Hand ausstreckte. »Ich möchte jetzt, daß du dir vorstellst, dein Arm wird härter und härter. Er wird so hart und fest wie ein Stahlträger. Dein ganzer Arm ist ein Stahlträger, und niemand auf der Welt könnte ihn biegen. Eddie, er ist stärker als Supermans Arm.« Er nahm die Hände weg und trat zurück.

»Gut. Der Arm ist so stark und starr, daß du ihn nicht biegen kannst, sosehr du es auch versuchen magst. Er ist ein Stahlträger, und niemand auf der Welt könnte ihn biegen. Versuch es. Versuch, ihn zu biegen.«

Eddies Gesicht verkrampfte sich, der Arm hob sich etwa fünf Zentimeter. Eddie grunzte unter unsichtbarer Anstrengung, war aber außerstande, den Arm zu beugen.

»Okay, Eddie, das war sehr gut. Jetzt wird dein Arm wieder lockerer werden. Wenn ich bei *eins* bin, wird dein Arm wieder normal sein.« Er begann zu zählen, und dabei wurden Eddies Finger entspannter, und schließlich ruhte der Arm wieder auf seinem Oberschenkel.

Harry ging zu seinem Stuhl zurück, setzte sich und sah Eddie mit großer Zufriedenheit an. Nun war er sicher, daß er auch die nächste Demonstration durchführen konnte, die Dr. Mentaine die ›Stuhlübung‹ nannte.

»Jetzt weißt du, daß das alles wirklich funktioniert, Eddie, daher wollen wir etwas Schwieriges versuchen. Ich möchte, daß du aufstehst und dich vor deinen Stuhl stellst.«

Eddie gehorchte. Harry stand ebenfalls auf und rückte seinen Stuhl vorwärts und zur Seite, so daß er Eddie in einer Entfernung von etwas mehr als einem Meter gegenüberstand.

»Ich möchte, daß du dich zwischen diesen Stühlen ausstreckst, den Kopf auf deinem und die Füße auf meinem. Und ich möchte, daß du dabei die Hände an den Seiten hältst.«

Eddie kauerte sich wortlos nieder und legte den Kopf auf die Sitzfläche seines Stuhls. Er stützte sich mit den Armen ab, dann hob er ein Bein und legte den Fuß auf Harrys Stuhl. Danach hob er das andere Bein. Augenblicklich sah man seinem Gesicht die Anstrengung an. Er hob die Arme und klammerte sie ineinander, so daß er durchhing.

»Und nun wird dein ganzer Körper allmählich so fest wie Stahl, Eddie. Dein ganzer Körper ist eines der kräftigsten Dinge auf Erden. Nichts kann ihn biegen. Du könntest dich ewig dort halten und würdest nie auch nur den kleinsten Schmerz oder das kleinste Unbehagen spüren. Es ist, als würdest du auf einer Matratze liegen, so stark bist du.«

Der angestrengte Ausdruck verschwand von Eddies Gesicht. Langsam streckte er die Arme aus und entspannte sich. Er lag starr wie ein Stab zwischen den beiden Stühlen, so entspannt, daß er nicht einmal zu atmen schien.

»Während ich zu dir spreche, wirst du stärker und stärker. Du könntest alles halten. Du könntest einen Elefanten halten. Ich werde mich auf deinen Bauch setzen, um das zu beweisen.«

Behutsam setzte sich Harry auf den Bauch seines Bruders. Er hob die Beine an. Nichts geschah. Nachdem er langsam bis fünfzehn gezählt hatte, ließ Harry die Beine sinken und stellte sich wieder hin. »Jetzt werde ich meine Schuhe ausziehen, Eddie, und auf dir stehen.«

Er eilte hinüber zu einem mit gestickten Rosen verzierten Klavierhocker und trug ihn her; dann schlüpfte er aus seinen Mokassins und stellte sich auf den Hocker. Als Harry auf Eddies entblößten Bauch trat, kam der Stuhl, der seines Bruders Kopf stützte, ins Wanken. Harry stand einen Augenblick stockstill, aber der Stuhl hielt. Er hob das andere Bein vom Hocker. Der Stuhl rührte sich nicht. Er stellte auch den anderen Fuß auf seinen Bruder. Klein Eddie hielt ihn mühelos.

Harry stellte sich versuchsweise auf die Zehenspitzen und ließ sich wieder auf die Fersen absinken. Eddie schien völlig unberührt. Dann sprang Harry etwa zwei Zentimeter in die Luft, und da Eddie nicht einmal grunzte, als er landete, sprang er weiter, fünf-, sechs-, sieben-, achtmal, bis er schwer atmete. »Du bist erstaunlich, Klein Eddie«, sagte er und trat wieder auf den Hocker. »Jetzt kannst du anfangen, dich zu entspannen. Du kannst die Füße auf den Boden stellen. Dann sollst du wieder auf dem Stuhl Platz nehmen. Dein Körper ist nicht mehr steif.«

Klein Eddie hatte zögernd einen Fuß herabgenommen, doch als Harry aufgehört hatte zu sprechen, knickte er in der Mitte ab und fiel mit dem Po auf den Boden. Harrys Stuhl (Maryroses Stuhl) kippte entsetzlicherweise um, landete aber lautlos auf einem ordentlichen Stapel abgetragener Wintermäntel.

Klein Eddie, der sich wie ein Roboter bewegte, setzte sich langsam auf dem Boden aufrecht hin. Die Augen hatte er offen, doch ihr Blick verschwamm.

»Jetzt kannst du aufstehen und dich wieder auf den Stuhl setzen«, sagte Harry. Er erinnerte sich nicht daran, vom Hocker heruntergestiegen zu sein, aber er war heruntergestiegen. Schweiß rann ihm in die Augen. Er preßte das Gesicht gegen den Ärmel. Einen Augenblick lang war helle Panik in ihm aufgeflackert. Klein Eddie schlafwandelte zu seinem Stuhl zurück. Als er sich gesetzt hatte, sagte Harry: »Schließ die Augen. Du schläfst immer tiefer und tiefer. Tiefer und tiefer, Klein Eddie.«

Eddie ließ sich auf dem Stuhl nieder, als wäre nichts geschehen, und Harry stellte ehrerbietig den Stuhl wieder auf. Dann griff er nach dem Buch und öffnete es. Die Buchstaben verschwammen ihm vor den Augen. Harry schüttelte den Kopf und sah wieder hin, aber die Zeilen schlängelten sich immer noch über die Seite. (Als Harry im ersten Jahr am Adelphi College war, mußte er mehrere Gedichte von Guillaume Apollinaire lesen, und die wabernden Zeilen auf dem Papier riefen ihm diesen Augenblick mit schrecklicher Präzision wieder ins Gedächtnis.) Harry preßte die Handflächen gegen die Augen, rote Muster explodierten hinter den Lidern.

Er nahm die Hände von den Augen weg, und wenngleich er nun feststellen konnte, daß sich die gedruckten Zeilen benahmen, hatte er plötzlich keine Lust mehr, weiterzumachen. Auf dem Dachboden war es zu heiß, er war zu müde, und das Umkippen des Stuhls war einer echten Katastrophe zu nahe gekommen. Aber eine Weile blätterte er noch zielstrebig durch das Buch, während Eddie in Trance saß, bis er die Überschrift ›Posthypnotische Suggestion‹ gefunden hatte.

»Klein Eddie, wir werden jetzt nur noch eines tun. Wenn wir das wiederholen wollen, dann wird es uns helfen, damit es schneller geht.« Harry klappte das Buch zu. Er wußte genau, wie das ging; er würde sogar denselben Ausdruck verwenden wie Dr. Mentaine bei seinen Patienten: *Blaue Rose* – Harry wußte selbst nicht warum, aber der Ausdruck gefiel ihm.

»Ich werde dir nun einen Ausdruck sagen, Eddie, und von nun an wirst du, wann immer du mich diesen Ausdruck aussprechen hörst, auf der Stelle wieder in Tiefschlaf versinken und hypnotisiert sein. Der Ausdruck lautet ›Blaue Rose‹. Blaue Rose. Wenn du mich ›Blaue Rose‹ sagen hörst, dann wirst du wieder einschlafen, so wie jetzt, und wir können dich wieder stark machen. ›Blaue Rose‹ ist unser Geheimnis, Eddie, denn niemand sonst weiß davon. Wie heißt es?«

»Blaue Rose«, sagte Eddie mit erstickter Stimme.

»Okay. Ich werde jetzt von zehn an rückwärts zählen, und wenn ich bei ›eins‹ angelangt bin, dann wirst du wieder hellwach sein. Du wirst dich an nichts von dem erinnern, was wir getan haben, aber du wirst dich glücklich und stark fühlen. Zehn.«

Während Harry rückwärts zählte, begann Klein Eddie sich zu räkeln und zu regen, ließ die Arme an die Seiten sinken, polterte mit einem Fuß achtlos auf den Boden, bei ›eins‹ öffnete er die Augen.

»Hat es funktioniert? Was habe ich getan? Bin ich stark?«

»Du bist ein Bulle«, sagte Harry. »Aber es ist spät, Eddie – wir müssen nach unten gehen.«

Harrys Zeitplan war so akkurat, daß es schon unheimlich wirkte. Kaum hatten die beiden Jungs die Tür des Dachbodens hinter sich geschlossen, hörten sie, wie die Eingangstür mit einer Kakophonie lauten Hustens und gemurmelter Worte geöffnet wurde, gefolgt von schwankenden Schritten, die ins Badezimmer gingen. Edgar Beevers war heimgekommen.

## 6

Spät in dieser Nacht lagen die drei Jungs der Beevers in ihren Betten in dem mittelgroßen Raum im zweiten Stock neben der Treppe zum Dachboden. Er befand sich direkt über dem Schlafzimmer von Maryrose und war beinahe identisch mit diesem, abgesehen davon, daß das Zimmer der Jungs, der ›Schlafsaal‹, keinen breiten Fenstersims hatte und die Dachbodentreppe ein Stück von Harrys Ende kostete. Als die beiden anderen Jungs noch zu Hause gewohnt hatten, hatten Harry und Klein Eddie zusammen geschlafen, Albert in einem Bett mit Sonny, und lediglich George, der, als man ihn zur Armee eingezogen hatte, einen Meter achtzig groß gewesen war und zweihundertundein Pfund gewogen hatte, schlief allein. In jenen Tagen hatte Sonny es oft fertiggebracht, daß Albert mitten in der Nacht laut aufschrie. Und die bloße Erinnerung an George reichte aus, Harry das Blut in den Adern gefrieren zu lassen.

Obwohl es schon ziemlich spät war, fiel von der Straße hinreichend Licht durch die weißen Netzvorhänge herein, daß die Muskelpakete von Alberts Oberarmen, während er ausgestreckt auf dem Bettlaken lag, in komplexe Schatten gehüllt waren. Die Stimmen von Maryrose und Edgar Beevers, sie nur leicht angeschwipst, er eindeutig betrunken, drangen deutlich die Treppe herauf und durch die offene Tür. »*Wer* sagt, daß ich meine Zeit vergeude? Ich sage das nicht! Ich vergeude meine Zeit nicht.«

»Ich nehme an, du bist der Meinung, du hättest ein gutes Tagwerk verrichtet, wenn du ein paar Stunden als Barkeeper gearbeitet hast – um dann deinen Lohn zu vertrinken! Das ist die Geschichte deines Lebens, Edgar Beevers, und es ist eine traurige Geschichte von V-E-R-G-E-U-D-U-N-G. Wenn mein Vater mit ansehen müßte, was aus dir geworden ist . . .«

»So schlimm ist es auch wieder nicht.«

»Aber auch alles andere als gut.«

»Albert«, sagte Eddie leise in seinem Bett zwischen denen der beiden Brüder.

Wie von Eddies Stimme galvanisiert, richtete Albert sich plötzlich im Bett auf und hob die Hand, um Eddie mit der Faust zu schlagen.

»Ich habe nichts getan!« sagte Harry und wich ans äußerste Ende seiner Matratze zurück. Der Schlag hatte ihm gegolten, das wußte er, nicht Eddie, nur war Albert zu müde, um aufzustehen.

»Ich hasse deine Feigheit«, sagte Albert. »Wenn ich nicht müde wäre, würde ich hier aus diesem Bett aufstehen und dir die Fresse blutig schlagen.«

»Harry hat mein Geburtstags-Auto gestohlen, Albert«, sagte Eddie. »Mach, daß er's mir zurückgibt.«

»Eines Tages«, sagte Maryrose unten, »am Ende des Sommers, als ich siebzehn war, sagte mein Vater spätnachmittags zu meiner Mutter: ›Liebes, ich glaube, ich werde mit unserer kleinen Maryrose spazierengehen und ihr etwas ganz Besonderes kaufen‹, und er rief mir aus dem Ankleidezimmer zu, ich sollte mich recht hübsch machen und zu ihm kommen, und weil mein Vater ein Gentleman war, der stets Wort hielt, war ich in null Komma nichts fertig. Mein Vater trug einen sehr hübschen braunen Anzug, eine rote Krawatte und seinen Strohhut. Ich erinnere mich noch daran, als wäre es erst gestern gewesen. Er wartete am Fuß der Treppe auf mich, und als ich hinunterkam, nahm er mich am Arm, und wir gingen zusammen zur Vordertür hinaus wie ein frischvermähltes Paar. Den Steinweg hinunter, den mein Vater höchstpersönlich in Ordnung hielt, obwohl er im weißen Hemd arbeitete, dann die Majewski Street entlang und Arm in Arm die Palmyra Avenue hinab. Damals kauften die besten Leute, alle, die etwas galten, in der Palmyra Avenue.«

»Ich würde dir am liebsten die Zähne die Kehle runterschlagen«, sagte Albert zu Harry.

»Albert, er hat mein Geburtstags-Auto genommen, das hat er wirklich, und ich möchte es wiederhaben. Ich habe Angst, daß er's kaputtgemacht hat. Ich wünsche es mir so sehr zurück, daß ich sterben möchte.«

Albert stützte sich auf einen Ellbogen und sah Klein Eddie zum erstenmal wirklich an. Eddie wimmerte. »Du bist so ein Knülch«, sagte Albert. »Ich wünschte, du *würdest* sterben, Eddie, ich wünschte, du würdest einfach tot umfallen, damit wir dich im Boden verscharren und endlich vergessen können. Ich würde bei deiner Beerdigung nicht einmal weinen. Wahrscheinlich würde ich mich nicht einmal an deinen Namen erinnern. Ich würde nur sagen: ›O ja, er war dieser komische kleine Junge, der die ganze Zeit herumhing und weinte, bin froh, daß er tot ist, wie auch immer er geheißen haben mag.‹«

Eddie hatte Albert den Rücken zugekehrt und weinte leise, sein ungewaschenes Gesicht wurde von den Schatten zu einer verunstalteten tragischen Maske verzerrt.

»Weißt du, es würde mir wirklich nichts ausmachen, wenn du tot umfallen würdest«, überlegte Albert. »Und du auch nicht, Scheißkerl!«

». . . klar wurde, daß er mich zu Allouette's führte. Ich bin sicher, als kleiner Junge hast du in ihr Schaufenster gesehen. Du erinnerst dich doch an Allouette's, nicht? Nie hat es etwas so Schönes wie diesen Laden gegeben. Als ich ein kleines Mädchen war und in diesem großen Haus lebte, gingen nur die besten Leute dorthin. Mein Vater legte den Arm um mich und ging schnurstracks mit mir hinein, und wir fuhren mit dem Fahrstuhl hoch und gingen schnurstracks zu der Frau, die die Kleiderabteilung unter sich hatte. ›Geben Sie meinem kleinen Mädchen das Beste‹, sagte er. Der Preis spielte keine Rolle. Nur auf die Qualität kam es ihm an. ›Geben Sie meinem kleinen Mädchen das Beste.‹ *Hörst du mir überhaupt zu, Edgar?*«

Albert schnarchte mit dem Gesicht nach unten in sein Kissen; Klein Eddie wälzte sich herum und schniefte. Harry lag so lange wach, er dachte schon, er würde nie einschlafen. Er sah das Gesicht von Klein Eddie vor sich, schlaff und ausdruckslos in Hypnose – Klein Eddies Gesicht machte ihn heiß und unbehaglich. Nun, da Harry im Bett lag, schien es ihm, als wäre alles, seit er von Big John's zurückkam, in Wahrheit von jemand anderem getan worden, oder in einem Traum. Dann merkte er, daß er ins Badezimmer mußte.

Harry sprang aus dem Bett, durchquerte lautlos das Zimmer, trat hinaus in den dunklen Flur und ertastete sich den Weg die Treppe hinab ins Bad.

Als er herauskam, sah er im Licht aus dem Badezimmer die flache schwarze Form des Telefons auf dem Telefonbuch von Palmyra. Harry ging zu dem kleinen Telefontisch neben der Treppe. Harry nahm das Telefon vom Telefonbuch und öffnete das Buch, das die Ausmaße eines Big-5-Tabletts hatte, mit der anderen Hand. Wie in so vielen anderen Nächten, wenn seine Blase ihn gezwungen hatte, herunterzukommen, beugte Harry sich über die Seite und suchte sich eine Nummer aus. Er behielt die Nummer im Kopf, während er das Telefonbuch zuklappte und das Telefon wieder daraufstellte. Er wählte. Es klingelte so oft, daß Harry nicht mehr mitzählte. Schließlich meldete sich eine heisere Stimme: Harry sagte: »Ich beobachte dich, du bist ein toter Mann.« Dann legte er leise den Hörer wieder auf die Gabel.

## 7

Am nächsten Nachmittag holte Harry seinen Vater ein, als Edgar Beevers begonnen hatte, die South Sixth Street zur Kreuzung Livermoore hochzugehen. Sein Vater trug das übliche Kostüm aus verbeulten grauen Hosen, weit über der Taille von einem Gürtel mit doppelter Schnalle gehalten, einem rot-weiß karierten Hemd sowie einem braunen Filzhut, den er dicht über die Augen gezogen hatte. Seine lange, fleischige Nase schwamm vor ihm, vom Schatten der Hutkrempe in zwei Hälften geschnitten.

»Paps!«

Sein Vater sah ihn ungläubig an, dann schob er die Hände wieder in die Taschen. Er wandte sich zur Seite und ging weiter die Straße hinab, wenn auch vielleicht eine Spur langsamer. »Was ist denn, Junge? Keine Schule?«

»Es ist Sommer, da ist keine Schule. Ich dachte mir, ich komme ein Stück mit dir.«

»Nun, ich habe nicht viel vor. Deine Mutter hat mich gebeten, ein paar Hamburger aus der Livermoore zu holen, und ich dachte mir, ich gehe auf einen raschen Schluck in die ›Mußestunde‹. Du wirst mich doch nicht verraten, nicht?«

»Nein.«

»Bist ein guter Junge, Harry. Deine Mutter hat eine Menge Sorgen. Manchmal mache ich mir auch ein wenig wegen Klein Eddie Sorgen.«

»Klar.«

»Was ist mit den Büchern? Liest du beim Spazierengehen?«

»Ich habe sie mir nur so angesehen«, sagte Harry.

Sein Vater fuhr mit der Hand unter Harrys angewinkelten Ellbogen und zog zwei Taschenbücher mit grellen Umschlagbildern hervor. Sie trugen die Titel *Mörder GmbH* und *Hitlers Todeslager*. Harry hatte sich bereits in beide Bücher verliebt. Harrys Vater grunzte und gab ihm *Mörder GmbH* zurück. Das andere Buch hielt er sich bis fast an die Nasenspitze und studierte das Umschlagbild, das eine nackte Frau zeigte, die sich gegen einen Stacheldrahtzaun preßte, während ein uniformierter Nazi mit einem Gewehr auf ihren Rücken zielte.

Als er zu seinem Vater aufsah, erkannte Harry, daß unter der scharfen Schattenlinie, welche der Hutrand hervorrief, seines Vaters Schnurrbart in verschiedenen Farben und Mustern wuchs. Schwarz und braun, rot und orange, so erstreckten sich die schimmernden Stacheln über die Wangen seines Vaters.

»Ich habe dieses Buch gekauft, aber so hat es nicht ausgesehen«, sagte sein Vater und gab ihm das Buch zurück.

»Was?«

»Dieser Ort. Dachau. Das Todeslager.«

»Woher weißt du das?«

»Ich war da, oder etwa nicht. Du warst noch nicht einmal auf der Welt. Es sah überhaupt nicht aus wie das Bild auf dem Buch. Ich fand, es sah einfach wie ein Stück Scheiße aus, wie fast alle Orte, die ich in meiner Zeit in der Army gesehen habe.«

Harry hörte eben zum erstenmal, daß sein Vater bei den Streitkräften gewesen war.

»Du meinst, du warst im Zweiten Weltkrieg?«

»Klar, ich war beim großen Krieg dabei. Sie machten mich zum Obergefreiten. Und einen Spitznamen hatte ich auch. ›Beans.‹ ›Beans‹ Beevers. Und als ich eine Infektion bekam, erhielt ich das Verwundetenabzeichen.«

»Du hast Dachau mit eigenen Augen gesehen?«

»Verdammt richtig, das habe ich.« Er beugte sich plötzlich herab. »Laß dich aber von deiner Mutter nicht dabei erwischen, wenn du dieses Buch liest.«

Innerlich erfreut schüttelte Harry den Kopf. Nun waren das Buch und das Todeslager ein Band zwischen ihm und seinem Vater.

»Hast du jemals jemanden getötet?«

Sein Vater strich sich mit einer langen Hand über Mund und beide Wangen. Tief im Schatten der Hutkrempe sah Harry ein nachdenkliches Auge.

»Einmal habe ich einen Mann getötet.«

Lange Pause.

»Ich schoß ihn in den Rücken.«

Sein Vater wischte sich wieder über den Mund, dann nickte er mit dem Kopf. Er mußte innerhalb eines sorgfältig ausgeklügelten Zeitplans in die Kneipe, zum Metzger und wieder zurück. »Möchtest du das wirklich hören?«

Harry nickte. Er schluckte.

»Ja, das kann ich mir denken. Okay – wir wurden in dieses Lager geschickt, Dachau, das war gegen Ende des Krieges, um die Freilassung der Gefangenen zu überwachen und die Wachen und den Lagerkommandanten festzunehmen. Alles war bestens vorbereitet. Ein paar Lamettaträger von der Division wollten zur Inspektion vorbeikommen, daher mußten wir ein paar Tage dort warten. Weißt du, wir ließen die Wachen in einer Reihe antreten, und diese knochigen alten Wracks konnten daherkommen und ihnen die Hölle bereiten. Wir durften sie allerdings nicht zu nahe kommen lassen.«

Sie kamen an Mr. Petrosians kleinem Teerpapierhaus vorbei, und Harry war erleichtert, daß Mr. Petrosian nicht auf seiner kleinen Veranda saß und seinen Kasten Bier wegtrank. Die ›Mußestunde‹ war nur noch wenige Schritte entfernt.

»Wie dem auch sei, plötzlich beschließt einer der Wachen, einer der Schlimmsten, es auf einen Fluchtversuch ankommen zu lassen. Er springt auf und läuft wie verrückt auf den Wald zu. Was soll ich tun? frage ich mich. Keiner weiß, was er tun soll. Erschießt ihn, sagt jemand. Also schieße ich ihn in den Rücken. Und das war alles.«

Nun hatten sie die Flügeltür erreicht, die in die ›Mußestunde‹ hineinführte, und der Geruch von Malz und Hopfen erfüllte die Luft. »Wir sehen uns im Haus«, sagte sein Vater und verschwand wie ein Zauberer durch die Flügeltür.

## 8

Nachdem Harry hundert Seiten von *Mörder GmbH* gelesen hatte, waren seine Lieblingsmörder Louis ›Lepke‹ Buchalter und Abe ›Kid Twist‹ Reles. Sie waren verläßliche Profis. Eine Art Schwarzlicht umgab sie und ließ sie strahlen. Lepke Buchalter und Abe Reles betrachteten die Welt aus dem Schatten unter ihren Hutkrempen hervor. Sie lebten in schattigen Zimmern und spähten durch die Vorhänge hinaus. Sie tauchten an einer dunklen Ecke vor ihrem entsetzten Opfer auf, erledigten ihre Arbeit und gingen wieder weg, wobei sie die Mantelkrägen hochschlugen.

Angenommen, man hätte einen Job, der einen durch das ganze Land führen würde, etwa ein Vertreter, dachte Harry, während er nachmittags auf der Hollywood-Schaukel lag und las; angenommen, man hätte einen Job, der einen von einer Stadt zur nächsten führen würde. Angenommen, man ermordete in jeder dieser Städte jemanden leise und sorgfältig und versteckte die Leichen, damit es lange dauerte, bis sie gefunden wurden. Die Arbeit würde einem nie ausgehen.

# 9

»Blaue Rose«, sagte Harry.

Klein Eddie sackte mit offenem Mund gegen die Stuhllehne, die Hände lagen entspannt in seinem Schoß.

Es hatte funktioniert. Harry sah sich um, als erwartete er Applaus, und ihm war, als würden alle Gegenstände auf dem Dachboden mit gütiger Zustimmung zu ihm aufschauen. Es war einundzwanzig Uhr dreißig; er und Eddie waren allein im Haus und damit auf dem Dachboden in bester Sicherheit. Harry wollte wissen, ob er auch andere Menschen beeinflussen und sie Dinge tun lassen konnte, aber für heute war er zufrieden, mit Eddie zu experimentieren.

»Du schläfst tiefer und tiefer, Eddie, tiefer und tiefer, und du hörst auf jedes Wort, das ich dir sage. Du sinkst immer tiefer und hörst meine Stimme zu dir durchdringen, und mit jedem Wort sinkst du tiefer und tiefer, und nun schläfst du wirklich ganz tief und bist bereit anzufangen.«

Klein Eddie saß auf Maryroses Korbstuhl, sein Kinn berührte die Brust, der sabbernde Mund stand offen. Er sah wie ein etwas zu klein geratener Siebenjähriger aus, ein Zweitkläßler, und nicht wie ein Viertkläßler, der er sein würde, wenn er im Herbst Mrs. Franken als Lehrerin bekam. Plötzlich erinnerte er Harry an den Ultraglide Roadster, zerkratzt und zerbeult und ohne die Reifen.

»Heute nacht wirst du erfahren, wie stark du wirklich bist. Setz dich aufrecht, Eddie.«

Eddie richtete sich auf und schloß in fast komischem Gehorsam den Mund.

Harry dachte, es könnte komisch sein, Klein Eddie glauben zu machen, er wäre ein Hund, und ihn auf allen vieren auf dem Dachboden herumstreunen und das Bein heben zu lassen. Dann sah er Klein Eddie über den Dachboden stolpern, die Zunge aus dem Mund hängend, während seine eigenen Hände seine Kehle zudrückten. Vielleicht würde er auch das tun, nachdem er verschiedene andere Übungen durchgeführt hatte, die er in Dr. Mentaines Buch gefunden hatte. Zum schätzungsweise fünften Mal an diesem Abend überprüfte er die Unterseite seines Kragens und fühlte den langen, dünnen Schaft der Hutnadel mit dem Perlmuttkopf, die er aus Maryroses Schlafzimmer geschmuggelt hatte, als sie zur Arbeit gegangen war, wobei er gerade lange genug aufgehört hatte, *Mörder GmbH* zu lesen.

»Eddie«, sagte er, »jetzt schläfst du sehr fest und wirst alles tun, was ich dir sage. Ich möchte, daß du den rechten Arm von dir ausstreckst.«

Eddie streckte den Arm wie einen Schürhaken von sich.

»Das ist gut, Eddie. Nun sollst du feststellen, daß der Arm vollkommen gefühllos wird. Er wird taub, taub. Er fühlt sich nicht mehr wie aus Fleisch und Blut an. Er fühlt sich an, als wäre er aus Stahl oder so etwas gemacht. Er ist so taub, daß du gar nichts mehr darin spüren kannst. Du kannst nicht einmal mehr Schmerzen spüren.«

Harry stand auf, ging zu Eddie und strich mit den Fingern an seinem Arm entlang. »Du hast nichts gespürt, oder?«

»Nein«, sagte Eddie mit langsamer, knirschender Stimme.

»Spürst du jetzt etwas?« Harry kniff Eddie in den Unterarm.

»Nein.«

»Jetzt?« Harry kniff Eddie mit den Fingernägeln in den Bizeps, so daß purpurne Ränder zurückblieben.

»Nein«, wiederholte Eddie.

»Wie ist es damit?« Er schlug Eddie, so fest er konnte, mit der Hand auf den Unterarm. Es gab einen peitschenden, klatschenden Laut, und seine Finger kribbelten. Wäre Klein Eddie nicht hypnotisiert gewesen, hätte er versucht, die Wände niederzukreischen.

»Nein«, sagte Eddie.

Harry zog die Hutnadel aus dem Kragen und inspizierte den Arm seines Bruders. »Das machst du großartig, Eddie. Du bist stärker als alle in deiner Klasse – wahrscheinlich bist du stärker als der ganze Rest der Schule.« Er drehte Eddies Arm so, daß die Handfläche nach oben gerichtet und der weiße, leicht von Adern durchzogene Unterarm ihm zugewendet war.

Harry strich mit der Nadelspitze leicht über Eddies blassen, venendurchzogenen Unterarm. Die Spitze hinterließ einen schmalen, kalkweißen Kratzer in ihrem Kielwasser. Einen Augenblick spürte Harry den Boden der Dachkammer unter seinen Füßen schwanken; dann schloß er die Augen und stieß die Nadel, so fest er konnte, in Klein Eddies Haut.

Er öffnete die Augen. Der Boden schwankte immer noch unter ihm. Sechs Zoll der acht Zoll langen Hutnadel ragten aus Klein Eddies Unterarm hervor, der Perlmuttkopf glänzte ein wenig im Licht der Glühbirne. Ein Blutstropfen von der Größe eines Wassermelonenkerns stand auf Eddies Haut. Harry ging zu seinem Stuhl zurück und ließ sich schwer hineinfallen. »Spürst du etwas?«

»Nein«, sagte Eddie wieder mit dieser überraschend tiefen Stimme.

Harry starrte die in Eddies Unterarm steckende Hutnadel an. Der ovale Blutstropfen wurde allmählich länger auf der weißen Haut und begann dann in Richtung des Handgelenks zu rinnen. Harry sah zu, wie er über die blasse Unterseite von Klein Eddies Unterarm kroch. Schließlich stand er auf und kam wieder an Eddies Seite. Der längliche Blutstropfen hatte aufgehört sich zu bewegen. Harry beugte sich hinab und bog die Hutnadel. Eddie konnte nichts spüren. Harry legte Daumen und Zeigefinger um den glänzenden Kopf der Nadel. Sein Gesicht war so heiß, er hätte vor einem offenen Feuer stehen können. Er bohrte die Nadel einen Zentimeter tiefer in Eddies Arm, und ein weiterer Blutstropfen quoll an der Basis heraus. Die Nadel schien sich in Harrys Griff zu bewegen, sie pulsierte hin und her, als würde sie atmen.

»Okay«, sagte Harry. »Okay.«

Er festigte den Griff um die Nadel und zog. Sie glitt mühelos aus der Wunde. Harry hielt die Hutnadel vors Gesicht, so wie ein Doktor ein Thermometer hochhält, um die Temperatur abzulesen. Er hatte sich vorgestellt, der ganze untere Teil würde rot getränkt sein, aber er sah, daß nur ein einziger gewundener Reif getrockneten Blutes an der Nadel klebte. Eine benommene Sekunde lang dachte er daran, das Ende der Nadel in den Mund zu nehmen und es sauberzulecken.

Er dachte: Vielleicht war ich in einem anderen Leben Lepke Buchalter.

Er zog sein Taschentuch, ein schmutziges Rechteck aus roten Paisley, aus der Tasche und wischte den Reif aus Blut vom Schaft der Nadel ab. Dann beugte er sich nach vorne und wischte sanft den roten Striemen von Eddies Unterarm. Harry legte das Taschentuch so zusammen, daß kein Blut zu sehen war, wischte sich den Schweiß vom Gesicht und schob das zerknitterte Tuch wieder in die Tasche.

»Das war gut, Eddie. Jetzt werden wir etwas tun, das ein wenig anders ist.«

Er kniete neben seinem Bruder nieder und hob Eddies fast schwerelosen, feingeäderten Arm. »Du kannst in diesem Arm immer noch nichts spüren, Eddie, er ist völlig gefühllos. Er schläft tief, und er wird erst erwachen, wenn ich es ihm befehle.« Harry verlagerte das Gewicht, um einen festen Halt zu haben, während er kniete, dann legte er die Spitze der Hutnadel fast flach gegen Eddies Arm. Er stieß sie so weit vorwärts, daß sich eine kleine Hautfalte bildete. Die Spitze der Nadel bohrte sich in Eddies Haut, durchstieß sie aber noch nicht. Harry drückte fester, die Nadelspitze hob den kleinen Fleischberg um ein kleines, aber beachtliches Stück.

Haut war entschieden schwerer zu durchbohren, als sich jemand vorstellen konnte.

Die Nadel begann in seinen Fingern zu schmerzen, daher öffnete Harry die Hand und preßte den Kopf gegen die Basis des Mittelfingers. Er verzog das Gesicht und stemmte die Handflächen gegen die Nadel. Die Spitze der Nadel durchbrach die aufgeschobene Hautfalte.

»Eddie, du bist aus Bierdosen gemacht«, sagte Harry und zog den Kopf der Nadel zurück. Die Falte wurde wieder flach. Nun konnte Harry die Nadel wieder nach vorne schieben, wobei er den Schaft tiefer und tiefer unter Klein Eddies Haut schob. Er konnte sehen, wie die durch die Nadel hochgeschobene Hautspur am Unterarm seines Bruders hinabkroch, was so aussah, als würde ein Zeichentrickrasen von einem Zeichentrickhasen aufgebuddelt worden. Als der Perlmuttkopf sich noch etwa drei Zoll vom Einstichloch entfernt befand, stieß Harry ihn in Klein Eddies Fleisch hinab, wodurch die Spitze der Nadel angehoben wurde. Er versetzte dem Kopf einen heftigen Stoß, und die Spitze wurde am Ende der Furche in Eddies Haut sichtbar, wo sie sich durch einen Blutstropfen bohrte. Harry schob die Nadel noch weiter hinein. Nun war an beiden Enden etwa eineinhalb Zoll graues Metall zu sehen.

»Spürst du etwas?«

»Nein.«

Harry wackelte am Kopf der Nadel, eine Kugel aus Blut quoll aus der Wunde hervor und begann Eddies Arm hinabzulaufen. Harry setzte sich neben Eddie auf den Boden der Dachkammer und begutachtete sein Werk. Sein Verstand schien auf angenehme Weise frei von Gedanken und lediglich von einer Vielzahl von Empfindungen erfüllt zu sein. Er *spürte* ein Summen in seinem Kopf, konnte es aber nicht hören, ein unscharfer Film schien seine Augen zu bedecken. Er atmete durch den Mund. Die lange Nadel, die Eddies Unterarm durchbohrte, schien auf eine Weise monströs zu sein; auf eine andere aber war sie wunderschön. Haut, Blut und Metall. Harry hatte noch nie vorher etwas Ähnliches gesehen. Er streckte den Arm aus und drehte die Nadel, worauf eine weitere Blutschlange aus der Ausstichöffnung hervorkroch. Harry sah das alles wie durch

Milchglas, aber das störte ihn nicht. Er wußte, das verschwommene Bild war nur geistig. Er berührte den Kopf der Nadel wieder und bewegte ihn von einer Seite zur anderen. Weiteres Blut tröpfelte aus beiden Öffnungen. Dann schob Harry die Nadel weiter hinein, zog sie teilweise heraus, so daß die Spitze fast wieder in Klein Eddies Fleisch verschwand, und stieß sie wieder vor; das wiederholte er mehrmals, hin und her, hin und her, eine ganze Weile, als wollte er seinen Bruder aufsägen.

Schließlich zog er die Nadel aus dem Unterarm seines Bruders heraus. Zwei lange Rinnsale Blut hatten beinahe dessen Handgelenk erreicht. Harry drückte die Handballen in die Augen, blinzelte und stellte fest, daß sein Blick sich geklärt hatte.

Er fragte sich, wie lange er und Eddie schon auf dem Dachboden waren. Es konnten Stunden sein. Er konnte sich kaum daran erinnern, was vorgefallen war, bevor er die Hutnadel in Eddies Haut gebohrt hatte. Nun war die Verschwommenheit tatsächlich geistig, nicht sehbedingt. Ein lauter, unbehaglicher Puls pochte in seinen Schläfen. Wieder wischte er das Blut von Eddies Unterarm. Dann stand er mit wackeligen Knien auf und ging zu seinem Stuhl zurück.

»Wie fühlt sich dein Arm an, Eddie?«

»Taub«, sagte Eddie mit seiner erdigen, schläfrigen Stimme.

»Diese Taubheit verschwindet jetzt allmählich. Ganz, ganz langsam. Du fängst wieder an, deinen Arm zu spüren, und er fühlt sich sehr gut an. Du hast keine Schmerzen. Er fühlt sich an, als hätte den ganzen Nachmittag die Sonne darauf geschienen. Er ist stark und gesund. Das Gefühl kehrt in deinen Arm zurück, und du kannst die Finger und alles wieder bewegen.«

Als er aufhörte zu sprechen, lehnte Harry sich an den Stuhl zurück und schloß die Augen. Er rieb sich die Stirn mit der Hand und wischte die Feuchtigkeit an seinem Hemd ab.

»Wie fühlt sich dein Arm an?« fragte er, ohne die Augen zu öffnen.

»Gut.«

»Das ist großartig, Klein Eddie.« Harry preßte die Handflächen gegen sein erhitztes Gesicht, wischte sich die Wangen ab und öffnete die Augen.

Ich kann das jede Nacht tun, dachte er. Ich kann Klein Eddie jetzt jede einzelne Nacht hier heraufbringen, zumindest bis die Schule wieder anfängt.

»Eddie, du wirst mit jedem Tag stärker. Dies hilft dir wirklich eine Menge. Und je öfter wir es tun, desto stärker wirst du. Verstehst du mich?«

»Ich verstehe dich«, sagte Eddie.

»Heute nacht sind wir fast fertig. Ich möchte nur noch eines versuchen. Aber dafür mußt du wirklich ganz tief und fest schlafen, damit es funktioniert. Ich möchte daher, daß du tiefer und tiefer gehst, so tief du nur kannst. Entspanne dich, und jetzt schläfst du wirklich tief und fest, tief, tief, und du bist entspannt und bereit und fühlst dich großartig.«

Klein Eddie saß schlaff auf dem Stuhl, er hatte den Kopf zurückgelegt und die Augen geschlossen. Zwei winzige dunkle Blutströpfchen standen wie Moskitostiche an seinem rechten Unterarm hervor.

»Während ich mit dir spreche, Eddie, wirst du langsam jünger und jünger, du gehst in der Zeit zurück, das heißt, du bist jetzt nicht mehr neun Jahre alt, sondern acht, es ist letztes Jahr und du bist in der dritten Klasse, und jetzt bist du sieben, und jetzt bist du sechs Jahre alt . . . und nun bist du fünf, Eddie, und es ist der Tag deines fünften Geburtstags. Heute wirst du fünf Jahre alt, Klein Eddie. Wie alt bist du?«

»Fünf.« Zu Harrys angenehmer Überraschung schien Klein Eddies Stimme tatsächlich jünger zu sein, und auch seine zusammengesunkene Haltung auf dem Stuhl wirkte jünger.

»Wie fühlst du dich?«

»Nicht gut. Ich hasse mein Geschenk. Es ist gräßlich. Paps hat es besorgt, und Mom hat gesagt, es hätte niemals ins Haus kommen dürfen, weil es nur Müll ist. Ich wünschte mir, ich müßte nie mehr Geburtstage haben, weil die so schrecklich sind. Ich werde weinen.«

Sein Gesicht verzerrte sich. Harry versuchte sich zu erinnern, was Eddie zu seinem fünften Geburtstag bekommen hatte, aber er konnte es nicht – er hatte lediglich eine unklare Erinnerung an Scham und Enttäuschung. »Was für ein Geschenk hast du, Eddie?«

Mit weinerlicher Stimme sagte Eddie: »Ein Radio. Aber es ist kaputt, und Mom sagt, es sieht aus, als käme es von der Müllhalde. Ich will es nicht mehr. Ich will es nicht einmal mehr *sehen*.«

Ja, dachte Harry: ja, ja, ja. Jetzt erinnerte er sich. An Klein Eddies fünftem Geburtstag hatte Edgar Beevers ein gelbes Plastikradio herbeigeschafft, das selbst in Harrys Augen unvorstellbar häßlich gewesen war. Die Skala war gesprungen, und hier und da trug es braune, kreisförmige Male, wo jemand seine Zigarette daran ausgedrückt hatte.

Das Radio war schon längst im Müllraum begraben worden, wo es heute unter mehreren geologischen Schichten von Abfall lag.

»Okay, Eddie, du kannst das Radio jetzt vergessen, weil du wieder rückwärts gehst, du wirst jünger, du gehst zurück und bist vier Jahre alt, und jetzt bist du drei.«

Er betrachtete Klein Eddie voller Interesse, dessen ganze Erscheinung sich verändert hatte. Anstatt unglücklich und den Tränen nahe zu sein, stellte Eddie nun eine selbstzufriedene Fröhlichkeit zur Schau; Harry konnte sich nicht erinnern, sie jemals an ihm gesehen zu haben. Er hatte die Arme über der Brust verschränkt. Er lächelte, und seine Augen waren hell und klar und kindlich.

»Was siehst du?« fragte Harry.

»Mama-ma-mma.«

»Was macht sie?«

»Mami sitzt an ihrem Schreibtisch. Sie raucht und sieht

ihre Papiere durch.« Eddie kicherte. »Mami sieht komisch aus. Sieht aus, als würde Rauch aus ihrem Kopf kommen.« Eddie senkte das Kinn und verbarg sein Lächeln hinter einer Hand. »Mami sieht mich nicht. Ich kann sie sehen, aber sie sieht mich nicht. Oh! Mami arbeitet hart! Sie arbeitet hart an ihrem Schreibtisch!«

Eddies Lächeln erlosch unvermittelt. Sein Gesicht erstarrte einen Augenblick in einem komischen gummiartigen Fehlen jeglichen Mienenspiels, dann riß er entsetzt die Augen auf, sein Mund klappte auf und wurde schlaff.

»Was ist passiert?« Harrys Mund war trocken geworden.

»Nein, Mami!« wimmerte Eddie. »Nicht, Mami! Ich habe nicht spioniert, nein, ich verspreche es ...« Seine Worte verloren sich in einem Kreischen. »NEIN, MAMI! NICHT! NICHT, MAMI!« Eddie sprang auf, der Stuhl kippte polternd um, dann rannte er blind in den hinteren Teil des Dachbodens. Eddies Kreischen hallte in Harrys Kopf wider. Er hörte das scharfe *Knack*! von brechendem Holz, jedoch nur als Bestandteil allen Lärms, den Eddie machte, während er auf dem Dachboden herumrannte. Eddie hatte sich in einem Bündel hängender Kleider verfangen, wirbelte herum, verhedderte sich noch tiefer in den Kleidern, riß sich aus dem Netz der Kleider los, wobei er sie von der Stange zog. Ein langarmiges purpurrotes Kleid mit riesigem Spitzenkragen hatte sich wie ein geisterhafter Tanzpartner um Eddie geschlungen, ein weiteres Kleid, dieses aus weinrotem Samt, schlängelte sich um sein rechtes Bein. Eddie kreischte erneut und riß sich aus dem Gewühl los. Der gesamte Kleiderständer erbebte und kippte dann mit ohrenbetäubendem Poltern um.

»NEIN!« kreischte er. »HILFE!« Eddie lief direkt in einen Querbalken, welcher aus einer Dachverstrebung hervorragte, prallte ab und kam mit wie Windmühlenflügel rudernden Armen auf Harry zugerast. Harry wußte, daß sein Bruder ihn nicht sehen konnte.

»Eddie, hör auf«, sagte er, doch Eddie konnte ihn nicht

mehr hören. Harry versuchte, Eddie aufzuhalten, indem er die Arme um ihn schlang, aber Eddie prallte ungebremst mit ihm zusammen, traf ihn mit der Schulter an der Brust und stieß den Kopf schmerzhaft gegen Harrys Kinn; Harrys Arme schlossen sich ins Leere, sein Blick verschwamm, und Eddie prallte laut klirrend gegen den Kippspiegel. Der Spiegel neigte sich seitwärts. Harry sah ihn mit traumhafter Langsamkeit dem Boden entgegenkippen, dann fiel er innerhalb eines Sekundenbruchteils, und zerschellte. Glassplitter wurden über den ganzen Boden geschleudert.

»AUFHÖREN!« brüllte Harry. »BLEIB STEHEN, EDDIE!«

Eddie kam zur Ruhe. Ein zerrissenes und schmutziges weinrotes Samtkleid hing immer noch an seinem rechten Bein. Aus einem häßlichen Schnitt über dem Auge rann Blut seine Schläfe hinab. Er atmete schwer und stieß die Luft in knappen, wimmernden Stößen aus.

»Ach du Scheiße«, sagte Harry und sah sich auf dem Dachboden um. Innerhalb weniger Sekunden hatte Eddie etwas angerichtet, was auf den ersten Blick völliger Verwüstung ziemlich nahe kam. Maryroses alte Kleider lagen zu einem Haufen staubigen Stoffs verschlungen, aus welchem Drahtkleiderbügel skelettartig hervorragten; graue Eddie-große Fußabdrücke lagen wie ein Muster über der verstummten Explosion von Farben, die die Kleider nun bildeten. Als der Kleiderständer umgefallen war, hatte er ein Stück von der Größe eines Serviertabletts aus einem runden Kaffeetisch herausgeschlagen, den Maryrose ganz besonders geschätzt hatte, weil er aus einem einzigen Stück Teakholz hergestellt worden war – ›ein einziges Stück *Teak*, das seltenste Holz der Welt, wurde eigens von Ceylon hierhergeschafft!‹ Der wertvolle Spiegel war in tausend Scherben zerschellt, die über den ganzen Boden verstreut waren. Mit wachsendem Entsetzen sah Harry, daß der Holzrahmen wie ein Knochen gebrochen war und eine knochenbleiche, schockierend weiße Bruchstelle in dem dunkel gebeizten Rahmen zeigte.

Harrys Blut sackte in seinem Körper abwärts, und er wäre beinahe umgekippt wie der Spiegel. »O Gott o Gott o Gott.«

Er drehte sich langsam um. Eddie stand blinzelnd zwei Schritte von ihm entfernt und wischte vergeblich das Blut ab, das aus seiner Stirn rann und inzwischen fast die ganze linke Gesichtshälfte verschmiert hatte. Er sah wie ein Indianer in Kriegsbemalung aus – ein besiegter, verlorener Indianer, denn seine Augen waren trüb, und er drehte den Kopf rastlos von einer Seite zur anderen.

Ein paar Schritte von Eddie entfernt lag der Stuhl, auf dem er gesessen hatte. Eine der dünnen, zierlichen Armlehnen lag brutal abgebrochen daneben. Sie sah wie ein Insektenbein aus, dachte Harry, wie eine Spielzeugpistole.

Einen Augenblick glaubte Harry, auch sein Gesicht wäre rot von Blut. Er strich sich mit der Hand über die Stirn und betrachtete seine glitzernde Handfläche. Es war nur Schweiß. Sein Herz schlug wie eine Glocke. Neben ihm sagte Eddie: »Aaah . . . was . . .?« Die Kopfverletzung hatte ihn aus der Trance zurückgeholt.

Die Kleider waren ruiniert, zertreten, durcheinander, zerrissen. Der Spiegel war zersplittert. Der Tisch war verstümmelt. Maryroses Stuhl lag auf der Seite wie ein Mordopfer, der abgetrennte Arm endete in einem Bausch von Korbgeflecht.

»Mein Kopf *tut weh*«, sagte Eddie mit schwacher, zitternder Stimme. »Was ist passiert? Ah! Ich blute, Harry! Ich bin ganz voller Blut!«

»Du bist ganz voller Blut, du bist ganz voller Blut?« brüllte Harry. »Alles ist voller Blut, du Dummkopf! Sieh dich doch nur um!« Er kannte seine eigene Stimme nicht mehr, die schrill und dünn klang und von anderswo zu kommen schien. Klein Eddie wich einen vergeblichen Schritt vor ihm zurück, und Harry wollte ihn anspringen, seinen blutigen Kopf zu einem Pfannkuchen prügeln, ihn vernichten, zerschmettern . . .

Eddie hielt die blutverschmierte Handfläche hoch und starrte sie an. Er wischte sie abwesend an seinem T-Shirt ab und machte einen weiteren unsicheren Schritt. »Ich habe Angst, Harry«, stieß seine piepsige Stimme hervor.

»Sieh dir nur an, was du getan hast!« kreischte Harry. »Du hast alles kaputtgemacht! Verdammt! Was glaubst du, wird nun mit uns passieren?«

»Was wird Mom tun?« fragte Eddie mit einer Stimme, die kaum mehr als ein Flüstern war.

»Das weißt du nicht?« brüllte Harry. »Du bist tot!«

Eddie fing an zu weinen.

Harry ballte die Hände zu Fäusten und schloß die Augen. Sie waren beide tot, das war die Wahrheit. Harry öffnete die Augen, die sich heiß und seltsam schwer anfühlten, und starrte seinen schluchzenden, rotverschmierten, nutzlosen kleinen Bruder an. »Blaue Rose« sagte er.

## 10

Klein Eddies Hände sanken an seine Seite. Sein Kinn sank herab, der Mund stand offen. Blut lief in einem anmutigen Bogen an der linken Seite seines Gesichts herab, dem Umriß des Unterkiefers entlang und verschwand in einem schmalen Rinnsal in seinem T-Shirt. Blut aus der linken Braue tropfte unaufhörlich zu Boden, wie aus einem Wasserhahn.

»Du wirst *tief* schlafen«, sagte Harry. Wo war die Hutnadel? Er sah zurück zu dem einzigen noch stehenden Stuhl, wo der Perlmuttkopf auf dem Boden glänzte. »Dein ganzer Körper ist *taub.*« Er ging hinüber zu der Nadel, bückte sich und hob sie auf. Der Metallschaft fühlte sich warm in seinen Fingern an. »Du kannst keine Schmerzen spüren.« Er ging wieder zu Klein Eddie. »Nichts kann dir weh tun.« Harrys Atem schien von alleine zu gehen, schien sich mit keuchenden Zügen selbst in seine Kehle zu zwingen, dann stieß er sich hinaus.

»Hast du mich verstanden, Klein Eddie?«

Mit seiner erdigen, langsamen, hypnotisierten Stimme sagte Klein Eddie: »Ich habe dich verstanden.«

»Und du kannst keine Schmerzen spüren?«

»Ich kann keine Schmerzen spüren.«

Harry zog den Arm zurück, die Spitze der Nadel ragte aus seiner Faust heraus, dann ließ er die Hand, so schnell er konnte, nach vorne schnellen und stieß die Nadel durch das blutgetränkte T-Shirt in Eddies Unterleib. Er atmete schwer aus und bemerkte einen üblen sauren Nachgeschmack in seinem Atem.

»Du spürst nichts.«

»Ich spüre nichts.«

Harry öffnete die rechte Hand und hämmerte mit der Handfläche mehrmals gegen den Kopf der Nadel, wobei er sie stets ein Stückchen weiter hineintrieb. Klein Eddie sah wie eine Voodoopuppe aus. Eine Art funkelndes Licht umgab ihn. Harry umklammerte den Kopf der Nadel mit Daumen und Zeigefinger und zog sie heraus. Er hielt sie hoch und begutachtete sie. Auch die Nadel war von funkelndem Licht umgeben. Der lange Schaft war blutverschmiert. Harry schob die Nadel in den Mund und schloß die Lippen um das warme Metall.

Er sah sich selbst, einen Mann in einem anderen Leben, der mit anderen Männern, wie er selbst einer war, in einer Reihe in einer kahlen grauen Landschaft stand, welche von Stacheldraht eingezäunt war. Ausgezehrte Menschen, in Lumpen gekleidet, schlurften zu ihnen hoch und spien ihnen auf die Kleidung. Der Gestank von totem Fleisch und verbrennendem Fleisch hing in der Luft. Dann war die Vision verschwunden, und Klein Eddie stand vor ihm, umgeben von Schichten strahlenden Lichts.

Harry schnitt eine Grimasse oder grinste, er konnte es selbst nicht sagen, und trieb den langen Stachel tief in Eddies Magen.

Eddie gab ein leises *uuh* von sich.

»Du spürst nichts, Eddie«, flüsterte Harry. »Du fühlst dich rundherum wohl. In deinem ganzen Leben hast du dich nie besser gefühlt.«

»Ich habe mich nie besser gefühlt.«

Harry zog die Nadel langsam heraus und säuberte sie mit den Fingern.

Er konnte sich plötzlich an jede Einzelheit erinnern, die ihm jemals jemand über Tommy Golz erzählt hatte.

»Jetzt wirst du ein komisches Spiel spielen«, sagte er. »Dieses Spiel heißt Tommy Golz, weil es dich vor Mrs. Franken beschützen wird. Bist du bereit?« Harry verbarg die Nadel sorgfältig unter dem Hemdkragen, während er Eddies blutüberströmte, eingesunkene Gestalt ununterbrochen ansah. Vibrierende Lichtbänder pulsierten rhythmisch und konstant um Eddies Gesicht.

»Bereit«, sagte Eddie.

»Ich werde dir jetzt deine Anweisungen geben, Klein Eddie. Wenn du genau auf alles achtest, was ich dir sage, wird alles gut werden. Alles wird gut werden – wenn du das Spiel ganz genau so spielst, wie ich es dir sage. Du hast verstanden, nicht?«

»Ich habe verstanden.«

»Sag mir, was ich gerade gesagt habe.«

»Alles wird gut werden, wenn ich das Spiel genau so spiele, wie du es mir sagst.« Ein großer Blutstropfen löste sich von Eddies Braue und fiel auf das bereits blutüberströmte T-Shirt.

»Gut, Eddie. Nun, als erstes wirst du hinfallen – noch nicht, erst dann, wenn ich es dir sage. Ich werde dir alle Instruktionen geben, und dann werde ich von zehn rückwärts zählen, und wenn ich bei eins angelangt bin, wirst du anfangen, das Spiel zu spielen. Okay?«

»Okay.«

»Als erstes fällst du also, Eddie. Und du fällst ziemlich heftig. Und dann kommt der komische Teil des Spiels. Du schlägst den Kopf auf den Boden. Du fängst an, verrückt zu werden. Du windest dich und hämmerst mit Händen und Füßen auf den Boden. Das machst du lange Zeit. Ich denke, du machst es, bis du bis hundert gezählt hast. Du hast Schaum vor dem Mund, und du windest dich überall. Du wirst ganz steif, und dann wieder locker, und ganz steif, und dann wieder locker, und die ganze Zeit schlägst du Hände, Kopf und Füße auf den Boden, und du windest dich überall. Und nachdem du im Kopf bis hundert gezählt hast, tust du das letzte. Du verschluckst deine Zunge. Und das ist das Spiel. Wenn du deine Zunge verschluckt hast, bist du der Sieger. Und dann kann dir nichts Schlimmes mehr passieren, und Mrs. Franken wird dir nie, niemals weh tun können.«

Harry hörte auf zu reden. Seine Hände zitterten. Nach einigen Augenblicken stellte er fest, daß auch sein Innerstes zitterte. Er führte die zitternden Finger zum Kragen und berührte die Hutnadel.

»Sag mir, wie du das Spiel gewinnen wirst, Eddie. Was wirst du als letztes tun?«

»Ich schlucke meine Zunge.«

»Richtig. Und dann werden Mrs. Franken und Mom dir nicht mehr weh tun können, weil du das Spiel gewonnen hast.«

»Gut«, sagte Klein Eddie. Das glitzernde Licht umspielte ihn.

»Okay, wir fangen jetzt gleich an zu spielen«, sagte Harry. »Zehn.« Er ging zur Treppe. »Neun.« Er erreichte die Stufen. »Acht.«

Er ging eine Stufe hinunter. »Sieben.« Harry ging zwei weitere Stufen hinab. »Sechs.« Als er zwei weitere Stufen hinuntergegangen war, rief er mit etwas lauterer Stimme: »Fünf.«

Nun war sein Kopf unterhalb der Ebene des Dachbodens, und er konnte Klein Eddie nicht mehr sehen. Er konnte nur noch das leise, regelmäßige Plopp hören, wenn Flüssigkeit auf den Boden tropfte.

»Vier.«

»Drei.«

»Zwei.« Nun war er an der Tür zur Treppe. Harry öffnete die Tür, trat hindurch, atmete schwer und rief »Eins!« die Treppe hinauf.

Er hörte den Aufschlag, dann schloß er rasch die Tür hinter sich.

Harry ging über den Flur und in den ›Schlafsaal‹. Im Flur herrschte eine seltsame Abwesenheit von Licht. Einen Augenblick sah er – war ganz sicher, daß er es sah – eine Reihe dunkler Bäume hinter einem Stacheldrahtzaun. Harry schloß auch diese Tür hinter sich, ging zu seinem schmalen Bett und setzte sich. Er konnte das Blut hinter seinem Gesicht pulsieren fühlen, seine Augen schienen seltsam warm zu sein, als wären sie von Glühfäden erwärmt. Langsam, fast feierlich zog Harry die Hutnadel unter dem Kragen hervor und legte sie auf sein Kissen. »Hundert«, sagte er. »Neunundneunzig, achtundneunzig, siebenundneunzig, sechsundneunzig, fünfundneunzig, vierundneunzig ...«

Als er bei ›eins‹ angelangt war, stand er auf und verließ das Schlafzimmer. Er ging rasch nach unten, ohne zu der Tür zu sehen, hinter der die Treppe zum Dachboden lag. Im Erdgeschoß schlüpfte er in Maryroses Schlafzimmer, ging zum Schreibtisch und zog die untere rechte Schublade auf. Aus dieser Schublade nahm er eine samtbezogene Schachtel. Diese öffnete er und stieß die Nadel ins Nadelkissen, in dem noch viele andere steckten, aus dem er sie geholt hatte. Er stellte die Schachtel wieder in die Schublade, schob die Schublade in den Schreibtisch und verließ rasch das Zimmer und ging wieder nach oben.

In seinem eigenen Schlafzimmer zog Harry die Kleidung aus und legte sich ins Bett. Sein Gesicht brannte immer noch. Er mußte sehr rasch eingeschlafen sein, denn als nächstes hörte er Albert, der ins Schlafzimmer gestapft kam und seine Kleidungsstücke und Stiefel überall hinwarf. »Schlaft ihr schon?« fragte Albert. »Ihr habt das Dachbodenlicht angelassen, ihr verfluchten Dummköpfe, aber wenn ihr glaubt, ich werde eure verdammten Ärsche retten und hinaufgehen und es abschalten, dann seid ihr noch dümmer, als ihr ausseht.«

Harry achtete sorgsam darauf, keinen Finger zu bewegen, nicht einmal ein Haar.

Er hielt den Atem an, während sich Albert auf das Bett warf, und als Alberts Atem langsamer und regelmäßiger wurde, folgte er seinem Bruder in den Schlaf. Er erwachte erst wieder, als er seinen Vater halb kreischend, halb schluchzend oben auf dem Dachboden hörte, und das war sehr spät in der Nacht.

## 11

Sonny kam von Fort Sill, George aus Deutschland. Zwischen sich hielten sie einen gebrochenen Edgar Beevers am Rand des Grabes, während ein Pfarrer, den Harry noch nie gesehen hatte, aus einer Bibel las, die so rissig und brüchig war wie ein alter brauner Schuh. Zwischen seinen beiden ältesten Söhnen sah Harrys Vater gramgebeugt und uralt aus, ein knochiger alter Mann, der selbst nur noch Schritte vom Grab entfernt war. Sonny und George verachteten ihren Vater, das sah Harry – sie hielten ihn in seinem Kummer aufrecht, teilweise aber wohl nur deshalb, weil sie jeder dreißig Dollar zusammengelegt hatten, um ihm einen Anzug zu kaufen, und nun nicht wollten, daß er mit seinem neuen Besitz auf dem nassen Lehm des Friedhofs zusammenbrach. Sein Schnurrbart glänzte in der Sonne, Feuchtigkeit glitzerte in den Augen und den Mundwinkeln. Er hatte so stark gezittert, daß weder Sonny noch George ihn rasieren konnten, und er hatte sich erst gerade fortbewegen können, als Sonny ihm ein paar Schlucke aus einer lederbezogenen Flasche gab, die er aus seinem Rucksack holte.

Der Pfarrer sprach einige feierliche Worte zum Thema Epilepsie.

Sonny und George sahen in ihren Uniformen so solide wie Backsteinmauern aus, wie Gefängniswärter oder tatsächlich sogar Gefängnisse selbst. Neben ihnen wirkte Albert eingesunken und unfertig. Albert trug die grüne karierte Sportjacke, in welcher er in der achten Klasse graduiert worden war, seine Handgelenke hingen deutlich sichtbar und rot etwa vier Zoll aus den Ärmeln heraus. Die Motorradstiefel waren unter der hellgrünen Hose zu sehen, aber auch sie hatten, wie die grüne Jacke, ihr glänzendes Erscheinungsbild verloren. Wie Albert selbst: Seit Eddies Leichnam entdeckt worden war, war Albert im Hause herumgeschlichen, als hätte er sich gerade eben die Zungenspitze abgebissen und wüßte nicht, ob er sie nun ausspucken sollte oder nicht. Er sah keinem direkt in die Augen, und er sagte kaum etwas. Albert verhielt sich, als wäre ihm ein gewaltiges Vorhängeschloß vor die Brust geschnallt worden und als wäre er verdammt, würde er es jemals abnehmen. Er hatte Sonny und George keine einzige Frage nach der Armee gestellt. Ab und an gab er eine Bemerkung zur Tankstelle ab, allerdings so tonlos, daß sie jegliche Erwiderung erstickte.

Harry betrachtete Albert, der neben ihrer Mutter stand und seine Hände knetete und den Blick wie unter einem Bann auf den Boden gerichtet hielt, auf den Quadratzentimeter Boden direkt vor ihm. Albert sah herüber zu Harry, bemerkte, daß er angestarrt wurde, und tat etwas für Harry sehr Außergewöhnliches. Er erstarrte. Sein Gesicht wurde ausdruckslos, die Hände verhakten sich untrennbar ineinander. Es sah aus, als könne er sowenig hören und sehen wie eine Statue. Er ist so, weil er Klein Eddie gesagt hat, er wünschte, er würde sterben, dachte Harry zum zehnten oder elften Male, seit ihm das klargeworden war, und mit nicht geringer gewordener Ehrfurcht. Hatte er gelogen? fragte sich Harry. Und wenn er sich wirklich gewünscht hat, Klein Eddie würde tot umfallen, warum ist er dann jetzt nicht glücklich? Hat er nicht bekommen, was er wollte? Albert würde dieses Stück Zunge niemals ausspucken, dachte Harry, während er seinen Bruder betrachtete, der langsam und blicklos zu Boden blinzelte.

Harry richtete den Blick unbehaglich auf seinen Vater, der immer noch zwischen George und Sonny hing, hörte, daß der Pfarrer endlich zum Ende seiner Predigt kam, und warf seiner Mutter einen raschen Blick zu. Maryrose stand aufrecht in ihrem schwarzen Kleid und mit der schwarzen Sonnenbrille und hielt die Schlaufe ihrer Handtasche mit beiden Händen vor sich. Abgesehen von der Farbe ihrer Kleidung, hätte sie Zuschauerin bei einem Tennisturnier sein können. Harry erkannte an der Art, wie sie das Gesicht hielt, daß sie wünschte, sie könnte rauchen. Sterben für eine Zigarette, dachte er, ha, ha, Qualm und Zigarettenrauch bringt dich auf den Friedhof auch.

Der Pfarrer hatte aufgehört zu reden und machte eine rhetorische Geste mit den Händen. Der Sarg sank an Seilen in die ausgehobene Erde. Harrys Vater begann laut zu weinen. Zuerst nahm George eine Schaufel und warf von dem feuchten Lehm in das Grab, dann Sonny. Nach seinem Schaufelwurf wäre Edgar Beevers fast hineingestürzt, aber George riß ihn verächtlich zurück. Maryrose trat nach vorne, bückte sich und hob ein beiläufiges Stück Lehm mit Daumen und Zeigefinger auf, wie mit einer Pinzette, das sie hineinwarf und sich abwandte, noch bevor es unten aufschlug. Albert richtete den Blick auf Harry – sein eigener Lehmklumpen war entzweigebrochen und ihm unter den Fingern zerbröckelt. Harry schüttelte den Kopf. Nein. Er wollte keine Erde auf Eddies Sarg werfen und dieses Geräusch machen. Er wollte Eddies Sarg nicht mehr ansehen. Es war genügend Erde ringsum, die Sache zu erledigen, auch ohne daß er sie auf die Metallkiste warf, als würde er an Eddies Tür klopfen. Er trat zurück.

»Mom sagt, wir müssen ins Haus zurück«, sagte Albert.

Kaum saßen sie in dem schwarzen Wagen, den sie beim

Bestattungsunternehmer geliehen hatten, zündete Maryrose sich eine Zigarette an und blies den ätzenden Rauch über alle, die sich auf dem Rücksitz zusammengedrängt hatten. Der Wagen verließ den schmalen Friedhofsweg und bog auf den Hauptweg ein, der zum Tor führte.

Auf dem vorderen Beifahrersitz, neben dem Fahrer, sank Edgar Beevers zur Seite und lehnte den Kopf gegen die Scheibe, wo er eine fettige Schliere auf dem Glas hinterließ.

»Wie zum Teufel konnte Klein Eddie Epilepsie haben, ohne daß es jemand wußte?« fragte George.

Albert erstarrte und sah zum Fenster hinaus.

»Nun, so ist das eben mit der Epilepsie«, sagte Maryrose. »Eddie hätte noch Jahre leben können, ohne einen Anfall zu haben.« Daß sie im Krankenhaus arbeitete, verlieh ihren Bemerkungen zusätzlichen Nachdruck, fast so, als wäre sie Ärztin.

»Muß ja ein heftiger Anfall gewesen sein«, sagte George, der sich zwischen Harry und Albert gezwängt hatte.

»Grand mal«, sagte Maryrose und nahm einen weiteren gierigen Zug von ihrer Zigarette.

»Armer kleiner Bastard«, sagte George. »Tut mir leid, Mom.«

»Ich weiß, du bist bei der Armee, und Angehörige der Armee sprechen frei heraus, aber ich wünsche nicht, daß du diese Art von Sprache pflegst.«

Harry, der gegen Sonnys steinharte Seite gedrückt wurde, spürte, wie seines Bruders Körper unter einem geheimen Lächeln erbebte, aber seinem Gesicht war nichts anzusehen.

»Ich sagte, daß es mir leid tut, Mom«, sagte George.

»Ja. Fahrer! Fahrer!« Maryrose beugte sich nach vorne und legte dem Fahrer eine Hand auf die Schulter. »Livermoore ist die nächste rechts. Kennen Sie die South Sixth Street?«

»Ich bringe Sie hin«, sagte der Fahrer.

Das ist nicht meine Familie, dachte Harry. Ich komme von anderswo, und meine Regeln unterscheiden sich von ihren.

Kaum hatten sie das Haus betreten, murmelte ihr Vater etwas Unverständliches und verschwand in seiner durch einen Vorhang abgeteilten Kammer. Maryrose schob die Sonnenbrille in die Handtasche und ging in die Küche, um den Kaffeekuchen und die Makkaronikasserolle, die sie beide an diesem Vormittag vorbereitet hatte, im Ofen zu wärmen. Sonny und George gingen ins Wohnzimmer und nahmen an entgegengesetzten Enden des Sofas Platz. Sie sahen einander nicht an – George nahm den Reader's Digest vom Tisch und begann ihn von hinten durchzublättern, und Sonny faltete die Hände im Schoß und starrte seine Daumen an. Alberts Schritte polterten die Treppe hoch, überquerten den Flur und verschwanden im Schlafsaal.

»Weshalb ist sie in der Küche?« fragte Sonny, der zu seinen Händen sprach. »Niemand wird kommen. Niemand kommt jemals hierher, weil sie es nicht haben wollte.«

»Albert nimmt dies alles sehr schwer, Harry«, sagte George. Er drückte das Magazin gegen die steifen Bügelfalten seiner Uniform und sah durch das Zimmer zu seinem kleinen Bruder. Harry hatte hinter der Tür Platz genommen, so weit abseits wie möglich. Georges Aufmerksamkeit jagte ihm Angst ein, obwohl sich George seit seiner Ankunft zwei Tage nach Eddies Tod mit großer Freundlichkeit verhalten hatte. Sein Bürstenschnitt knisterte immer noch, und er schien immer noch Felsbrocken mit dem Kinn spalten zu können, aber irgendein gewalttätiger Dämon schien ihn verlassen zu haben. »Glaubst du, er wird es verkraften?«

»Der? Klar.« Harry neigte den Kopf und verzog das Gesicht.

»Er hat Klein Eddie nicht als erster gesehen, nicht?«

»Nein, das war Paps«, sagte Harry. »Ich denke, er sah

das Licht auf dem Dachboden, als er nach Hause kam. Aber ich glaube, Albert ging auch hinauf. Ich glaube, da oben war so viel Blut, daß Paps glaubte, jemand wäre eingebrochen und hätte Klein Eddie getötet. Aber er hat sich nur den Kopf angeschlagen, daher das Blut.«

»Kopfwunden bluten teuflisch«, sagte Sonny. »Einmal hat mir in Tokio ein Bursche mit einer Flasche auf den Kopf geschlagen. Ich dachte, ich würde auf der Stelle verbluten.«

»Und Moms Sachen sind alle durcheinandergekommen?« fragte George leise.

Diesmal sah Sonny auf.

»Schon ziemlich, glaube ich. Der Kleiderständer ist umgefallen. Paps hat am nächsten Tag saubergemacht, so gut er konnte. Einer der Rohrstühle ist zerbrochen, und aus dem Teakholztisch ist ein Stück herausgebrochen. Und der Spiegel ist zu tausend Scherben zerschellt.«

Sonny schüttelte den Kopf und stieß ein leises, pfeifendes Geräusch zwischen den geschürzten Lippen hervor.

»Sie ist ein zähes altes Mädchen«, sagte George. »Aber ich höre sie kommen, daher müssen wir aufhören, Harry. Aber wir können uns heute nacht unterhalten.«

Harry nickte.

## 12

An diesem Abend, nach dem Essen, nachdem Maryrose zu Bett gegangen war – das Krankenhaus hatte ihr zwei Nächte freigegeben –, saß Harry am Küchentisch einem George gegenüber, der ganz eindeutig etwas zu sagen hatte. Sonny hatte allein ein Sechserpack Bier vor dem Fernseher getrunken und war dann hinauf in den Schlafsaal gegangen. Albert hatte sich kurz vor dem Abendessen zurückgezogen, und ihr Vater war überhaupt nicht aus seiner Kammer neben dem Müllraum herausgekommen.

»Ich bin froh, daß Pete Petrosian herübergekommen ist«, sagte George. »Er ist ein guter alter Kerl. Und er hat zwei Portionen verdrückt.«

Harry war erstaunt, daß sein Bruder den Vornamen ihres Nachbarn benützte – er war nicht sicher, ob er ihn zuvor schon einmal gehört hatte.

Mr. Petrosian war an diesem Nachmittag der einzige Besucher gewesen. Harry hatte gesehen, daß seine Mutter dankbar war, daß jemand gekommen war, und sie wollte eindeutig trotz ihrer Vorbereitungen keinen Besuch mehr, nachdem Mr. Petrosian gegangen war.

»Ich denke, ich hole mir ein Bier, das heißt, wenn Sonny nicht alles getrunken hat«, sagte George, stand auf und öffnete den Kühlschrank. Seine Uniform sah aus, als wäre sie auf seinen Körper gemalt worden, und seine Muskeln wölbten und bewegten sich wie die eines Pferdes. »Zwei sind noch da«, sagte er. »Zum Glück bist du noch zu klein dafür.« George schnippte die Kronkorken von beiden Flaschen ab und kam an den Tisch zurück. Er zwinkerte Harry zu, dann führte er die erste Flasche an die Lippen und nahm einen kräftigen Schluck. »Was zum Teufel hatte Klein Eddie überhaupt dort oben zu suchen? Wollte er sich Kleider anziehen?«

»Ich weiß nicht«, sagte Harry. »Ich habe geschlafen.«

»Verflucht, ich habe den Kontakt mit Klein Eddie ziemlich verloren, aber ich hatte immer den Eindruck, als würde er sich vor seinem eigenen Schatten fürchten. Ich bin überrascht, daß er den Mut aufbrachte, dort hinaufzugehen und sich mit Moms wertvollen Besitztümern abzugeben.«

»Ja«, sagte Harry. »Ich auch.«

»Du bist doch nicht mit ihm gegangen, oder?« George nahm die Flasche zum Mund und blinzelte Harry wieder zu.

Harry sah ihn nur an. Er konnte spüren, wie sein Gesicht heiß wurde.

»Ich dachte mir nur, vielleicht hast du gesehen, was mit

Klein Eddie passiert ist, und hattest zu sehr Angst, es jemandem zu erzählen. Niemand wäre dir böse, Harry. Keiner würde dir die Schuld geben. Du konntest nicht wissen, wie man jemandem helfen kann, der einen epileptischen Anfall hat. Klein Eddie hat seine Zunge verschluckt. Selbst wenn du neben ihm gestanden und die Geistesgegenwart besessen hättest, einen Krankenwagen zu rufen, wäre er gestorben, bevor der hergekommen wäre. Es sei denn, du hättest gewußt, was da passiert, und hättest die Möglichkeit gehabt, es zu ändern. Was keiner von dir erwarten konnte, in einer Million Jahren nicht. Niemand könnte dir die Schuld geben, Harry, nicht einmal Mom.«

»Ich habe geschlafen«, sagte Harry.

»Schon gut, schon gut. Ich wollte nur, daß du es weißt.«

Sie saßen eine Weile schweigend da, dann sprachen sie beide gleichzeitig.

»Hast du gewußt, daß ...«

»Wir hatten dieses ...«

»Tut mir leid«, sagte George. »Sprich weiter.«

»Hast du gewußt, daß Paps bei der Army war? Im Zweiten Weltkrieg?«

»Ja, das wußte ich. Natürlich wußte ich das.«

»Hast du gewußt, daß er einmal einen perfekten Mord begangen hat?«

»Was?«

»Paps hat den perfekten Mord begangen. Als er in Dachau war, dem Todeslager.«

»Himmel, davon sprichst du. Du hast eine komische Art, die Welt zu sehen, Harry. Er hat einen Feind erschossen, der einen Fluchtversuch unternahm. Das ist kein Mord, es ist Krieg. Da besteht ein gewaltiger Unterschied.«

»Ich würde auch eines Tages gerne den Krieg erleben«, sagte Harry. »Ich wäre gern in der Army, wie du und Paps.«

»Sachte, sachte«, sagte George, der nun lächelte. »Auch

darüber wollte ich mich mit dir unterhalten.« Er stellte die Bierflasche ab, schloß die Hände darum, neigte den Kopf und sah Harry an. Es war offensichtlich eine ernste Sache. »Weißt du, ich war verrückt und dumm, anders kann man es nicht ausdrücken. Ich habe immer Streit gesucht. Ich hatte einen Holzkopf auf den Schultern, so groß wie ein Haus, und einen Klugscheißer ins Koma zu prügeln war meine Vorstellung von einem schönen Abend. Die Army hat mir viel Gutes getan. Ich bin dort erwachsen geworden. Aber ich denke nicht, daß du das brauchst, Harry. Dafür bist du zu klug – wenn du gehen mußt, dann wirst du gehen, aber ich denke, du bist der einzige von uns, der es wirklich auf der Welt zu etwas bringen könnte. Du könntest ein Doktor werden. Oder Rechtsanwalt. Du solltest die beste Ausbildung erhalten, die du bekommen kannst, Harry. Du mußt dich aus allem Ärger raushalten und aufs College gehen.«

»Oh, College«, sagte Harry.

»Hör mir gut zu, Harry. Ich verdiene eine Menge Geld und habe keine Gelegenheit, es auszugeben. Ich werde nicht heiraten und Kinder bekommen, das steht fest. Daher möchte ich dir einen Vorschlag machen. Wenn du eine saubere Nase behältst und die High-School schaffst, dann werde ich dir helfen, das College zu besuchen. Vielleicht bekommst du ein Stipendium – ich glaube, du bist klug genug, Harry, und ein Stipendium wäre großartig. Aber wie auch immer, ich werde zusehen, daß du es schaffst.« George leerte die erste Flasche, stellte sie weg und sah Harry rätselhaft an. »Soll wenigstens einer aus dieser Familie auf den rechten Weg kommen. Was meinst du dazu?«

»Ich denke, ich werde lieber weiterlesen«, sagte Harry.

»Ich hoffe, du liest dir den Arsch ab, kleiner Bruder«, sagte George und griff nach der zweiten Flasche Bier.

# 13

Am Tag nachdem Sonny gegangen war, stapelte George alle Spielsachen und Kleidungsstücke Eddies in eine Kiste und verstaute diese Kiste im Müllraum; zwei Tage später brach George selbst mit dem Bus nach New York auf, damit er von Idlewild nach München fliegen konnte. Eine Stunde bevor der Bus fuhr, ging George mit Harry zu Big John's und stopfte ihn mit Hamburgers und Pommes frites voll und sagte: »Du vermißt Eddie wahrscheinlich sehr, nicht?«

»Denke schon«, sagte Harry, aber die Wahrheit war, daß Eddie inzwischen nur noch ein Nichts war, ein leerer Fleck. Manchmal fiel eine Tür ins Schloß, und Harry wußte, daß Klein Eddie gerade hereingekommen war; aber wenn er sich umdrehte, sah er nur ins Leere. Als George vor einer Woche diese Frage stellte, hörte er zum letzten Mal jemanden seines Bruders Namen aussprechen.

In den sieben Tagen seit jenem zauberhaften Nachmittag bei Big John's und George Beevers' Abschied mit dem südwärts fahrenden Bus schien alles wieder zu sein wie früher, aber Harry wußte, daß sich eigentlich alles verändert hatte. Sie waren eine zusammenhaltlose, entfremdete fünfköpfige Familie gewesen, zwei Eltern und drei Söhne. Nun schienen sie eine dreiköpfige Familie zu sein, und Harry dachte, daß die tatsächliche Familie auf zwei geschrumpft war, ihn selbst und seine Mutter.

Edgar Beevers hatte das Haus verlassen – auch er war ein leerer Fleck. Nach zwei Besuchen von Polizisten, die mit ihren Autos direkt vor dem Haus parkten, nachdem er die geflüsterten verächtlichen Bemerkungen seiner Mutter gehört hatte, nach dem Schauspiel seines bleichen, triefäugigen, aber nüchternen und glattrasierten Vaters, der immer wieder versuchte, sich vor dem Badezimmer eine Krawatte zu binden, mußte Harry schließlich akzeptieren, daß sein Vater bei einem Ladendiebstahl erwischt worden war. Sein Vater mußte vor Gericht, und er hatte Angst. Seine Hände zitterten so unkontrolliert, daß er sich nicht selbst rasieren konnte, und am Ende mußte Maryrose seine Krawatte binden – was sie mit einer, zwei, drei ruckartigen Bewegungen tat, so brutal wie das Zustoßen mit einem Messer, ohne dabei die Zigarette aus dem Mund zu nehmen.

*Von Kummer gezeichnetem Mann aus der Gegend wurde Strafe wegen Ladendiebstahls erlassen*, lautete die Schlagzeile der kleinen Meldung in der Abendzeitung, welche endlich das Verbrechen seines Vaters erklärte. Edgar Beevers war auf dem Gehweg vor dem Livermoore Avenue National Tea aufgehalten worden, T-Bone-Steaks unter dem Hemd verborgen und eine Flasche Rhinegold-Bier in jeder der beiden Taschen. Er hatte zwei Steaks gestohlen! Er hatte sich Bierflaschen in die Taschen gesteckt! Harry fühlte sich, als würde er innerlich schwitzen. Der Richter hatte ihn heimgeschickt, aber er ging nicht heim. Kurze Zeit, dachte Harry, hatte er an der Oldtown Road herumgehangen, dem Armenviertel Palmyras, und mit Pennern und Wermutbrüdern auf Bänken geschlafen. (Dann, sagte man, hatte ihn eine Frau zu sich genommen.)

Auch Albert war ein dauerndes Rätsel. Es war, als hätte ein Wesen aus dem Weltall ihn übernommen und würde seinen Körper benützen, wie in *Invasion der Körperfresser*. Albert sah aus, als glaubte er, ständig würde jemand hinter ihm stehen und jede seiner Bewegungen genau verfolgen. Er schleppte, dachte Harry, immer noch diese Zungenspitze mit sich herum, und bald schon würde er sich so sehr daran gewöhnt haben, daß er sie völlig vergessen würde.

Drei Tage nachdem George Palmyra verlassen hatte, schlich Albert sogar Harry auf dem Weg zu Big John's nach. Harry drehte sich auf dem Gehweg um und sah Albert in seinen schwarzen Jeans und dem von Wagenschmiere verunstalteten T-Shirt einen halben Block weiter unten, wo er die Hände in die Taschen steckte und konzentriert zu Boden sah. Das war Alberts Methode, so zu tun, als wäre er unsichtbar. Als er sich das nächste Mal umdrehte, knurrte Albert: »Geh weiter.«

Kaum hatte er Big John's betreten, machte sich Harry am Flipperautomaten zu schaffen. Albert schlurfte wenige Minuten später herein, ging schnurstracks zur Theke und nahm eine der Speisekarten vom Regal zwischen dem Serviettenspender, und die starrte er an, als habe er noch niemals zuvor eine gesehen.

»Hey, gestatten, daß ich euch vorstelle, Jungs«, sagte Big John, der sich am anderen Ende auf die Theke aufstützte. Wie Albert trug auch er schwarze Jeans und Motorradstiefel, aber sein dunkles Haar fiel, gewagt für die fünfziger Jahre, bis über die Ohren. Unter der schmutzigen weißen Schürze trug er ein schwarzes Hemd mit einem Muster aus azurnen Palmen. »Ihr beiden seid die Beevers-Jungs, Harry und Bucky. Begrüßt euch, Kameraden.«

Bucky Beaver war ein langzähniges Nagetier in einem Fernseh-Werbespot von Ipana. Albert errötete, starrte aber immer noch grimmig auf die Speisekarte.

»Nennen Sie mich ›Beanes‹«, sagte Harry und spürte, wie Alberts verwunderter Blick auf ihm ruhte.

»Beans und Bucky, die Beevers-Jungs«, sagte Big John. »Nun, Buck, was darf's denn sein?«

»Hamburger, Fritten, Shake«, sagte Albert.

Big John drehte sich ein wenig zur Seite und brüllte die Bestellung durch die Klappe in Mama Marys Küche. Eine Weile standen die drei in unbehaglichem Schweigen da. Dann sagte Big John: »Wie ich gehört habe, hat euer alter Herr einen neuen Haken gefunden, an den er seinen Hut hängen kann. Seine neue Freundin scheint ja eine echte Kanone zu sein, was man so hört. Hat eine Weile im County Hospital verbracht. Angeblich weil sie Nachrichten aus dem Weltall mit ihrem guten alten Philco empfing. Habt ihr das auch gehört?«

»Er wird bald wieder nach Hause kommen«, sagte

Harry. »Er hat keine neue Freundin. Er ist bei einer alten Bekannten. Sie ist eine reiche Dame, und sie möchte ihm helfen, weil sie weiß, daß er ziemliche Schwierigkeiten gehabt hat, und sie wird ihm einen neuen guten Job verschaffen, dann wird er nach Hause kommen, und wir werden in ein besseres Haus umziehen können und so weiter.«

Er sah nicht, wie Albert sich bewegte, aber plötzlich stand er neben ihm. Wut, Zorn und Elend verzerrten sein Gesicht. Harry konnte nur einmal aufschreien, dann schlug Albert ihm die Faust gegen die Brust und rammte ihn rückwärts gegen den Flipperautomaten.

»Ich glaube, das hat dir echt gutgetan«, sagte Harry, der seine eigene Wut nicht beherrschen konnte. »Ich wette, du würdest mich gerne umbringen, was? Was, Albert? Wie wäre es damit?«

Albert wich zwei Schritte zurück und ließ die Hände sinken, er sah bereits wieder teilnahmslos und selbstversunken aus.

Eine Sekunde, während sein Atem versagte und tanzendes Licht seine Augen erfüllte, sah Harry Klein Eddies leeres, vertrauensvolles Gesicht vor sich. Dann tauchte Big John aus dem Nichts mit einem großen Hamburger und Pommes frites auf einem Teller auf und sagte: »Ruhig, Jungs. Zeit, daß Rocky sein Essen zu sich nimmt.«

In dieser Nacht sagte Albert überhaupt nichts zu Harry, während sie in ihren Betten lagen. Und er schlief auch nicht ein. Harry wußte, den größten Teil der Nacht hatte Albert nur die Augen geschlossen und tat so, wie ein Opossum in Gefahr. Harry versuchte wach zu bleiben und festzustellen, wann Alberts vorgetäuschter Schlaf echtem Schlaf weichen würde, aber er versank lange vorher in Träume.

Er eilte einen Steinkorridor entlang, in dem Rüstungen standen und Fackeln an den Wänden flackerten. Seine Blase platzte, er mußte dem Druck nachgeben, er konnte es nicht mehr lange halten, nur noch ein paar Sekunden ... schließlich erreichte er die offene Badezimmertür und lief in das prachtvolle, glänzende Badezimmer hinein. Er begann an seinem Reißverschluß zu ziehen und sah sich nach dem Butler und der Reihe marmorner Pissoirs um. Dann erstarrte er. Klein Eddie stand vor ihm, nicht der uniformierte Butler. Blut rann in stetigem Strom aus einer Platzwunde über der Stirn, über die Wangen und den Nacken hinab, wie aufgemalt, Klein Eddie winkte Harry aufgeregt zu, seine Augen waren hell und hysterisch, sein Mund bewegte sich lautlos, weil er seine Zunge verschluckt hatte.

Harry richtete sich im Bett auf und wollte schreien, dann merkte er, daß er sich im Schlafsaal befand und Klein Eddie fort war. Er eilte nach unten ins Bad.

## 14

Um zwei Uhr am Nachmittag des darauffolgenden Tages mußte Harry Beevers wieder pinkeln, ebenso dringend, aber diesmal war er noch weit vom Badezimmer entfernt, das sich gegenüber vom Müllraum und der alten Kammer seines Vaters befand. Harry stand im feuchten Sonnenlicht gegenüber von 45 Oldtown Way. Diese kurze Straße verband die Kneipen, Durchgangshotels, Bars und heruntergekommenen Kinos der Oldtown Road mit den respektableren Hotels, Warenhäusern und Restaurants der Palmyra Avenue – der echten Altstadt. 45 Oldtown Way war ein vierstöckiges Backsteingebäude mit einem Exoskelett von Feuerleitern. Schwarze Eisenstäbe versperrten die Fenster im Erdgeschoß. An einer Seite von 45 Oldtown Way befanden sich die großen, seifeverschmierten Fenster eines bankrotten Schuhgeschäfts, an der anderen lag ein unbebauter Platz, wo sich lose Ziegel und zerbrochene Flaschen zwischen Löwenzahn und wilden Mohrrüben verteilten. Harrys Vater lebte jetzt in diesem Haus. Alle wußten das inzwischen, und seit Big John es ihm gesagt hatte, wußte Harry es auch.

Er hüpfte von einem Bein aufs andere, während er darauf wartete, daß eine Frau herauskam und durch die Eingangstür ging. Sie war so rissig wie seine, und die Farbe blätterte ab, und ein zerbrochenes Hoflicht hing wie trunken darüber. Harry hatte die Reihe verbeulter Briefkästen entlang der Ziegelsteinwand neben der Tür überprüft, ob er den Namen seines Vaters fand, aber keiner trug überhaupt eine Aufschrift. Big John hatte den Namen der Frau nicht gekannt, die Harrys Vater zu sich genommen hatte, aber er sagte, sie war groß und schwarzhaarig und verrückt, und sie hatte zwei Kinder in Pflege gegeben. Vor etwa einer halben Stunde war eine schwarzhaarige Frau aus der Tür herausgekommen, aber Harry war ihr nicht gefolgt, weil sie ihm nicht besonders groß zu sein schien. Nun kamen ihm Zweifel. Was meinte Big John überhaupt mit ›groß‹? So groß wie er selbst war? Und wie konnte man feststellen, ob jemand verrückt war? Zeigte sich das? Vielleicht hätte er dieser Frau folgen sollen. Dieser Gedanke machte ihn noch ängstlicher, und er mußte die Beine zusammenpressen.

Sein Vater war jetzt in diesem Haus, dachte er. Harry stellte sich seinen Vater vor, wie er auf einem ungemachten Bett lag, den braunen Wintermantel um sich geschlungen, den Hut tief in die Stirn gezogen, und wie Lepe Buchalter an einer Zigarette ziehend und verträumt zum Fenster hinausschauend.

Dann mußte er so dringend pinkeln, daß er es nicht mehr als ein paar Sekunden lang zurückhalten konnte, und daher ging er über die Straße auf den unbebauten Platz. In der Nähe des hinteren Zauns gaben ihm die hochgeschossenen Gräser einen gewissen Schutz vor der Straße. Er machte hektisch den Hosenladen auf und ließ den gelben Strahl in einen Haufen zerbrochener Ziegel spritzen. Harry sah an dem Haus neben sich hinauf. Es war sehr groß und schien sich ihm zuzuneigen. Die vier Fenster jeder Etage sahen auf ihn herab, leer und vaterlos. Gerade als er den Reißverschluß wieder zumachte, hörte er, wie die Eingangstür ins Schloß fiel.

Sein Herz klopfte. Harry kauerte sich hinter dem hohen weißen Unkraut nieder. Die Angst, sie könnte in die andere Richtung gehen, in die Altstadt, ließ ihn die Finger ineinander verschlingen und nach hinten biegen. Wenn er etwa fünf Sekunden wartete, überlegte er, konnte er sicher sein, daß sie in Richtung Palmyra Avenue ging, und er konnte den Platz noch rechtzeitig überqueren, um herauszufinden, in welche Richtung sie einbog. Seine Knöchel knackten. Er fühlte sich wie ein Soldat, der sich im Wald versteckte, eine tödliche Waffe.

Er stellte sich auf Zehenspitzen und schickte sich an, über die Straße zurückzulaufen, denn ein leerer Einkaufswagen, dicht gefolgt von einem wackelnden Bauch mit winzigem Kopf und Basketballschuhen, eine Zigarre wie eine Flagge im Mundwinkel, tauchte vor der Häuserfront auf. Harry duckte sich wieder und sah dem Bauch nach, wie er auf dem Gehweg an ihm vorbeiging. Dann löste sich ein Schatten auf der Straßenseite des dicken Mannes, und dieser Schatten wurde zu einer schwarzhaarigen Frau in langem Kleid, die nun an dem Einkaufswagen vorbeiging. Sie schüttelte das Haar zurück, und Harry konnte sehen, daß sie groß wie eine Königin und ihre Hautfarbe dunkler als Oliv war. Tiefe Falten zerfurchten ihre Wangen. Das mußte die Frau sein, die seinen Vater zu sich genommen hatte. Ihre ausgreifenden Schritte hatten sie bereits am Einkaufswagen des Mannes vorbeigebracht. Harry lief über das Geröll auf dem Platz und folgte ihr auf dem Gehweg.

Seines Vaters Freundin ging mit hartem, zielstrebigem Gang. Sie trat auf die Straße, um an Gruppen vorbeizukommen, die ihr zu langsam gingen. An der Ecke der Oldtown Road bahnte sie sich einen Weg durch eine Gruppe von Männern in zerlumpter Kleidung, die eine in eine braune Papiertüte verpackte Flasche herumgehen ließen, und wich zwei farbigen Kindern aus, die mit einem Basketball zwischen sich die Straße entlangtrippelten. Sie sputete sich, und Harry mußte sich beeilen, wenn er sie nicht aus den Augen verlieren wollte.

»Ich wette, Sie glauben mir nicht«, sagte er probeweise, als er an der Gruppe von Pennern an der Ecke vorbeiging. Er beschleunigte seinen Schritt, bis er fast Trott ging. Die beiden schwarzen Kinder mit dem Basketball achteten nicht auf ihn, als er neben ihnen hereilte und dann weiter. Weiter oben am Block ging die große Frau mit dem wippenden schwarzen Haar am Neonschild im Fenster einer Bar vorbei. Ihr Po bewegte sich unter dem weiten Kleid hin und her, wann immer er den Stoff berührte, schien er erstaunlich groß zu sein; ihr Rücken schien so lang wie der eines Löwen. »Was würden Sie sagen, wenn ich es Ihnen verraten würde?« sagte Harry zu sich selbst.

Eineinhalb Blocks weiter machte die Frau auf den Absätzen kehrt und ging durch die Tür des A & P-Ladens. Harry lief den Rest des Weges, stieß die gelbe Holztür mit der Aufschrift EINGANG auf und ging in die stickige, feuchte Luft des Lebensmittelladens. Andere A & P-Läden mochten klimatisiert sein, aber nicht der in Oldtown Road.

Was war überhaupt ›in Pflege‹? Bekam man Geld, wenn man die eigenen Kinder weggab?

Die Kinder eines guten Menschen sollten niemals zur Pflege weggegeben werden, dachte Harry. Er sah die Frau in den dritten Gang neben der Registrierkasse gehen. Mit einer Art Schock wurde ihm klar, daß sie größer als sein Vater war. Wenn ich es ihnen sagen würde, würden sie es mir vielleicht nicht glauben. Langsam ging er um die Ecke des Gangs herum. Sie stand etwa fünfzehn Schritte entfernt auf dem hellen Boden und hatte einen Drahtkorb in einer Hand. Er ging einen Schritt nach vorne. Was ich zu sagen habe, könnte ... Er berührte die Hutnadel unter seinem Kragen, damit sie ihm Glück bringen sollte. Sie studierte eine Reihe mit Kartoffelchips in grellen Verpakkungen. Harry räusperte sich.

Die Frau beugte sich hinab, nahm eine große Tüte und legte sie in den Korb.

»Entschuldigen Sie«, sagte Harry.

Sie wandte ihm den Kopf zu. Ihr Gesicht war so lang wie breit, und im weichen Licht der leuchtschwachen Glühbirnen des Supermarkts schien ihre Hand fast hellbraun zu sein. Harry wußte, daß er einen ebenbürtigen Gegner gefunden hatte. Sie sah aus, als könnte sie zaubern, als könnte sie Feuer und Blitze aus ihren stechenden schwarzen Augen versprühen.

»Ich wette, Sie glauben mir nicht, aber ein Kind kann Menschen ebensogut hypnotisieren wie ein Erwachsener.«

»Was soll das?«

Seine einstudierten Worte hörten sich unsinnig an, aber er hielt sich an seinen Text.

»Ein Kind kann Menschen hypnotisieren. Ich kann Menschen hypnotisieren. Glauben Sie das?«

»Ich glaube, das ist mir einerlei«, sagte sie und ging weiter den Gang hinunter.

»Ich wette, Sie denken, ich könnte Sie nicht hypnotisieren«, sagte er.

»Junge, schwirr ab.«

Harry wußte plötzlich, wenn er weiter von Hypnose sprach, würde die Frau sich in den nächsten Gang wenden und auf nichts mehr achten, was er sagte, oder sie würde mit sehr lauter Stimme sagen, daß sie den Geschäftsführer holen würde. »Mein Name ist Harry Beevers«, sagte er. »Edgar Beevers ist mein Vater.«

Sie blieb stehen und drehte sich um und sah ihm ausdruckslos ins Gesicht.

Harry sah benommen einen Stacheldrahtzaun vor sich, und dahinter eine dunkelgrüne Mauer aus Bäumen am anderen Ende eines kahlen Feldes.

»Ich frage mich, ob Sie ihn vielleicht Beans nennen«, sagte Harry.

»Oh, großartig«, sagte sie. »Einfach großartig. Du bist also einer seiner Jungs. Beans will Kartoffelchips. Und was möchtest du?«

»Ich möchte, daß Sie fallen und den Kopf auf den Boden schlagen und Ihre Zunge schlucken und sterben, damit die Leute Erde auf Sie werfen«, sagte Harry. Die Frau machte den Mund auf. »Dann möchte ich, daß Sie von Gas aufgebläht werden. Ich möchte, daß Sie verfaulen. Ich möchte, daß Sie grün und schwarz werden. Ich möchte, daß sich Ihre Haut von den Knochen schält.«

»Du bist verrückt!« schrie die Frau ihn an. »Deine ganze Familie ist verrückt! Meinst du denn, deine Mutter will ihn jetzt noch?«

»Mein Vater hat uns in den Rücken geschossen«, sagte Harry, der sich plötzlich fühlte, als müßte er sich übergeben, und drehte sich um und stürmte den Gang entlang zur Tür.

Draußen begann er schnellen Schrittes die verkommene Oldtown Road hinabzugehen. Am Oldtown Way wandte er sich nach links. Als er an Nummer 45 vorbeilief, betrachtete er jedes leere Fenster. Sein Gesicht, seine Hände, sein ganzer Körper fühlten sich heiß und naß an. Bald hatte er Seitenstechen. Harry blinzelte und sah eine dunkle Baumreihe und einen Stacheldrahtzaun vor sich. Am Ende des Oldtown Way bog er in die Palmyra Avenue ein. Von dort lief er ohne Unterbrechung an den mit Brettern vernagelten Fenstern von Allouette's vorbei, an den alten und neuen Geschäften vorbei, bis zur Ecke Livermore, und von dort, wie er erst jetzt erkannte, zu dem kleinen Haus, welches Mr. Petrosian gehörte.

# 15

An einem schwülen Nachmittag, elf Jahre später in einem Lager im zentralen Hochland von Vietnam, schloß Leutnant Harry Beevers die Zeltklappe wegen der Moskitos und nahm auf der Kante seines Feldbettes Platz, um einen längst überfälligen Brief an Pat Caldwell zu schreiben, die junge Frau, die er heiraten wollte – und mit der er eine Zeitlang verheiratet sein würde, wenn er aus dem Krieg in den Staat New York zurückkehrte.

Dies schrieb er nach einigem Zögern und Durchstreichen. Später vernichtete Harry diesen Brief.

*Liebste Pat,*
*zuerst möchte ich Dir sagen, Liebling, wie sehr Du mir fehlst, und daß ich Dich, sollte ich jemals aus diesem wunderbaren und schrecklichen Land herauskommen, was ich tun werde, gnadenlos verfolgen werde, ohne Unterlaß, bis Du sagst, daß Du mich heiraten wirst. Vielleicht in der Euphorie der Erleichterung (JA!!!) habe ich die Zukunft perfekt ausgearbeitet, Pat, und Du bist ein entscheidender Teil davon. Ich habe noch sechsundachtzig Tage bis DEROS, bis sie mir auf die Mütze klopfen und mich an Bord dieses großen Vogels bringen, der mich von hier fortbringt. Nun, da meine Unterlagen wieder klar sind, habe ich keinen Zweifel daran, daß mich die Anwaltsschule von Columbia aufnehmen wird. Wie Du weißt, waren meine Zensuren in Rechtskunde immer beachtlich (wie bescheiden ich bin!), als ich dieses Fach an der Adelphi belegte. Ich könnte mir vorstellen, daß ich sogar nach Harvard gehen könnte, aber ich habe mich für Columbia entschieden, denn dann können wir beide in New York sein.*

*Mein Bruder George hat mir bereits versichert, daß er alles Geld zur Verfügung stellen wird, das ich – das Du und ich brauchen werden. George hat mir den Besuch von Adelphi ermöglicht. Ich glaube nicht, daß Du das gewußt hast. Eigentlich weiß es niemand. Wenn ich an meine Zeit am College zurückdenke, muß ich gestehen, daß ich ein Tölpel war. Ich wollte, daß jeder denkt, meine Familie wäre begütert, oder zumindest Mittelschicht. Die Wahrheit ist, wir waren verdammt arm, was, denke ich, meine Errungenschaften noch wertvoller, noch bewundernswerter macht!*

*Du siehst, dieses Erlebnis, mit all seinen häßlichen und demütigenden Augenblicken des Zweifels an mir selbst, hat mir viel Gutes getan. Ich hatte recht, hierherzukommen, auch wenn ich nicht wußte, wie es wirklich sein würde. Ich glaube, ich brauchte die Erfahrung des Krieges, um zu mir selbst zu finden, und das sage ich Dir, obwohl ich weiß, daß Dir diese Vorstellung mißfallen wird. Tatsächlich muß ich Dir sagen, daß es einem großen Teil von mir sehr gefällt, hier zu sein, und daß dieses Jahr trotz aller Mißlichkeiten stets ein Höhepunkt in meinem Leben sein wird. Pat, wie Du siehst, habe ich die Absicht, ehrlich zu sein – ein ehrlicher Mann zu sein. Wenn ich Anwalt werden möchte, dann sollte ich ehrlich sein, findest Du nicht auch? (Oder vielleicht ist es umgekehrt!) Eines, das mir viel bedeutet hat, während ich hier war, kann ich nur die enge Kameradschaft meiner Freunde und meiner Männer nennen – tatsächlich mag ich die Mannschaft lieber als die Offiziere, was natürlich bedeutet, daß meine Männer loyaler zu mir stehen und größere Leistungen vollbringen als die Männer der gewöhnlichen Leutnants. Ich möchte, daß Du eines Tages Mike Poole und Tim Underhill und Pumo den Puma kennenlernst, und natürlich den erstaunlichsten von allen, M. O. Dengler, der natürlich auch an dem Zwischenfall an der Ia-Thuc-Höhle beteiligt war. Diese Jungs halten zu mir. Ich habe sogar einen Spitznamen, ›Beans‹. Sie nennen mich ›Beans‹ Beever, und das gefällt mir.*

*Das Kriegsgericht hätte mir unmöglich etwas anhaben können, denn alle Tatsachen, und natürlich meine eigenen Männer, sprachen für mich. Außerdem könntest Du Dir vorstellen, daß ich tatsächlich Kinder umbringe? Dies ist Vietnam, und wir töten Menschen, das tun wir hier – Charlies abknallen. Aber wir töten keine Babys und Kinder. Nicht einmal in der Hitze des Gefechts – und bei Ia Thuc war die Hitze besonders groß!*

*Nun, damit will ich Dich wissen lassen, daß ich vor dem*

*Kriegsgericht selbstverständlich vollkommen rehabilitiert worden bin. Auch Dengler. Man munkelte sogar inoffiziell davon, daß wir Orden bekommen sollten, aufgrund der besonderen Leistungen, die wir in den zurückliegenden sechs Wochen gezeigt haben – einschließlich dieser außerordentlichen Geschichte in Time. Bevor die Leute anfangen, von Grausamkeit zu schreien, sollten sie alle Fakten kennen. Glücklicherweise hat die Ausgabe der letzten Woche endgültig mit diesem Unsinn Schluß gemacht.*

*Außerdem wußte ich bereits zuviel darüber, was ein Todesfall aus Menschen machen kann.*

*Ich habe Dir nie gesagt, daß ich einst einen kleinen Bruder hatte, der Edward hieß. Als ich zehn Jahre alt war, ging mein kleiner Bruder auf den Dachboden unseres Hauses, wo er einen fatalen epileptischen Anfall hatte. Dieses Ereignis hat meine Familie buchstäblich zerstört. Es führte direkt dazu, daß mein Vater das Haus verließ. (Im Zweiten Weltkrieg ist er ein Held gewesen, auch das habe ich Dir nie erzählt.) Es veränderte auch meinen Bruder Albert sehr, ich würde sogar sagen, es fügte ihm bleibenden Schaden zu. Er meldete sich 1964 zur Army, aber sie nahmen ihn nicht, weil sie ihn für psychisch untauglich hielten. Auch meine Mutter nahm es eine Zeitlang sehr schwer. Sie ging auf den Dachboden und weinte und wollte nicht mehr herunterkommen. Man kann also sagen, daß meine Familie vernichtet, auseinandergebracht oder ruiniert, wie immer man es nennen möchte, wurde, und das durch einen einzigen Todesfall. Das, und das Weggehen meines Vaters, habe ich auch sehr schwer genommen. So etwas überwindet man nicht leicht.*

*Das Kriegsgericht dauerte ganze vier Stunden. Große Sache, was?, wie wir damals in Palmyra zu sagen pflegten. Wir hatten einen Nachbarn namens Peter Petrosian, der solche Sachen zu sagen pflegte und der, bei einer Chance von eins zu einer Million, etwa zwei Wochen nach meinem Bruder denselben Tod starb. Ein Unglück kommt selten allein, sagt man. Ich glaube, es ist albern, jetzt an ihn zu denken, doch der Krieg macht einen mit dem Tod vertraut. Wie er geschieht, was er den Menschen antut, was er bedeutet, wie alle Toten im Leben irgendwie ver-*

*eint sind, Teil Deiner ewigen Familie. Das ist ein ehrfurchtgebietendes Gefühl, Pat, und kein aufgeblasenes mißratenes Kriegsgericht kann es einem nehmen. Und selbst wenn unschuldige Kinder in dieser Höhle waren, dann gehören sie nun ewig meiner Familie an, wie Klein Edward und Peter Petrosian, und der Rest meines Lebens ist ein Gedicht an sie. Aber die Army sagt, es waren keine dabei, und ich sage das auch.*

*Ich liebe Dich, ich liebe Dich, ich liebe Dich. Du kannst jetzt aufhören, Dir Sorgen zu machen, und Du kannst daran denken, mit einem Jurastudenten in Columbia verheiratet zu sein, der die besten Zukunftsaussichten hat. Ich werde Dir nicht mehr Kriegserlebnisse schildern, als Du hören möchtest. Und das ist ein Versprechen, ob die Geschichten nun in Palmyra spielen oder in Nam.*

*Immer Dein*
*Harry*
*(alias ›Beans‹!)*

*Aus dem Englischen von*
*Joachim Körber*

*Zwischenspiel 1*

# Im Reich der Träume

Noch lange Zeit nach dem Krieg träumte er von seiner Kindheit. Er hörte Schreie aus dem Schlaf- oder Badezimmer des kleinen Zweifamilienhauses, in dem sie gewohnt hatten, als er ein kleiner Junge gewesen war. Wenn er sich entsetzt umdrehte und aus dem Fenster sah, so wußte er: Hinter dem Bild der Straße mit den grünen Vorgärten und hohen Ulmen verbarg sich ein schreckliches Feuer. In seinen Träumen begriff er, daß nichts davon mit dem Krieg in Verbindung stand. Es war alles vorher geschehen. Schreie ertönten im braunen und gelben Haus; Flammen und Rauch wogten unter dem Pflaster der Straßen.

Die Schreie verklangen, sobald er den Knauf der Badezimmertür berührte. Wenn er sie öffnete, sah er den zugezogenen Vorhang der Dusche. Blut klebte daran. Blutflecke zeigten sich auch auf dem Boden und am weißen Toilettensitz. Es fiel ihm sehr schwer, den Vorhang beiseite zu ziehen, doch nie lag jemand dahinter. Sein Blick fiel nur auf Blut, das wie ein lebendes Etwas zum Abfluß kroch. Genau das war geschehen, während des Krieges und davor.

*Aus dem Englischen von Andreas Brandhorst*

# DER WACHOLDERBAUM

Es ist ein Schulhof in meinem Mittelwesten grün wogender Plätze voll leuchtender Tigerlilien; häßlicher neuer ›Ranchhäuser‹, in gleißendem Ton aneinandergereiht; baumloser Straßen, die in der Sonne brüten. Unser Schulhof hat schwarzen Asphalt – an Junitagen lösen sich Flekken des Asphalts und bleiben wie Gummi an den Sohlen unserer schwarzen hohen Basketballschuhe kleben.

Der größte Teil des Spielplatzes ist ein schwarzes, leeres Feld, von dem Hitze aufsteigt, wie die flimmernden Bilder auf der Mattscheibe eines defekten Fernsehgeräts. Es ist von hohem Maschendraht umgeben. Ein neuer Junge namens Paul steht neben mir.

Obwohl der letzte Monat des Semesters beinahe angebrochen ist, war Paul erst vor sechs Wochen zu uns gekommen, mit seinen karottenroten Haaren, den wäßrigen Augen, und zu schüchtern, auch nur nach der Örtlichkeit des Waschraums zu fragen. Der Unterricht überfordert ihn, und sein Südstaatenakzent ist ein fataler Stilbruch. Die Schüler verbreiten mit gedämpftem, kicherndem Flüstern, daß Paul ›wie ein Nigger spricht‹. Ihre Stimmen sind *fast* ehrfürchtig – sie sind sich über die enorme Bedeutung dessen, was sie da sagen, über das enorme Ausmaß seiner Konsequenzen im klaren.

Paul hat ein leuchtendrotes Hemd an, das zu schwer, zu warm für das Wetter ist. Er und ich stehen im rückwärtigen Teil des Schulhofes im Schatten, vor einer cremefarbenen Backsteinmauer, in die in Augenhöhe ein gerade eben zerschelltes Fenster aus perligem grünem Glas eingelassen ist, welches mit Kupferdrähten verstärkt wurde. Zu unseren Füßen liegt ein Wirrwarr grüner, eßbar aussehender Splitter. Die Splitter drücken in unsere Schuhsohlen, sie sind so hart, daß sie nicht auf dem Asphalt zerbrechen. Paul singt mit seiner leisen, melodischen Stimme, daß er an dieser Schule niemals Freunde haben wird. Ich setze einen Fuß auf einen der grünen Glassplitter und spüre, wie er hart wie eine Kugel gegen meinen Fuß drückt. »Kinder sind so grausam«, singt Paul beiläufig. Ich denke daran, den Splitter aus grünem Glas über meine Kehle zu ziehen, mich weit aufzuschlitzen, um den Tod hereinzulassen.

Im Herbst kam Paul nicht in die Schule zurück. Sein Vater, der unten in Mississippi einen Mann totgeschlagen hatte, war verhaftet worden, als er nicht weit von unserem Haus entfernt ein Kino namens Orpheum-Oriental verlassen hatte. Pauls Vater hatte seine Familie in einen Esther-Williams-Film, mit Fernando Lamas in einer Nebenrolle, mitgenommen, und als sie herauskamen, die Münder wund von salzigem Popcorn, die Hände der Kinder klebrig von verschüttetem Cola, hatte die Polizei auf sie gewartet. Es waren Mississippi-Leute, und ich denke jetzt an Paul, wie er an einem Schreibtisch in einer Etage eines Bürogebäudes in Jackson sitzt, das voll von Männern wie ihm ist: Seine Krawatte perfekt geknotet, die Korduanschuhe makellos poliert, eine notwendige, aber unbewußte Zurückhaltung im Ausdruck des Mundes.

In jener Zeit verbrachte ich manchmal ganze Tage im Orpheum-Oriental.

Ich war sieben. Ich trug die Vorstellung von Pauls Verschwinden in mir, wollte niemals wieder gesehen werden. Ein Abwesender sein, ein Schatten, ein Ort, wo etwas nicht länger Sichtbares zu sein pflegte.

Bevor ich jenen jungen-alten Mann traf, dessen Name ›Frank‹ oder ›Stan‹ oder ›Jimmy‹ war, als ich im Bann des

Lernens vor den Filmen im Orpheum-Oriental saß, betrachtete ich Alan Ladd und Richard Widmark und Glenn Ford und Dane Clark. *Chicago Confidental**. Martin und Lewis, in *At War With the Army*** in denselben Fallschirm eingewickelt. William Boyd und Roy Rogers. Mit offenem Mund sog ich Filme über Spione und Verbrecher in mich ein und wollte, daß die Leidenschaftlichen und Finsteren Erfüllung fanden, sich an dem, was sie brauchten, sättigten.

Der fiebrige Blick von Richard Widmark, der Zorn von Alan Laddy, Berry Kroegers verschlagene Augen, mädchenhaft und aufmerksam – lebhaft, völlige Eleganz.

Als ich sieben war, kam mein Vater ins Badezimmer und sah, daß ich mein Gesicht im Spiegel betrachtete. Er schlug mich, nicht mit seiner ganzen Kraft, aber heftig genug, sofort wütend geworden. »Was glaubst du, siehst du da?« Er hatte die Hand gekrümmt und bereit. »Was glaubst du, siehst du?«

»Nichts«, sagte ich.

»Nichts, ganz recht.«

Er war Zimmermann und arbeitete verbissen; obschon bereits besiegt, hatte er zwar nie genügend Geld, tat aber so, als existiere – ständig außerhalb seiner Reichweite – eine Menge Geld, die ihn zufriedengestellt hätte. Morgens ging er, von einem Zorn, von dem er gar nicht wußte, daß er ihn in sich hatte, hart wie Beton gemacht, zur Arbeit. Manchmal brachte er nachts Männer aus der Kneipe mit nach Hause. Sie hatten durchsichtige Flaschen Miller High Life in Papiertüten bei sich, die sie mit einem Poltern auf den Tisch stellten, das sagen sollte: Es sind Männer hier! Meine Mutter, die erst ein paar Stunden vorher von ihrer Arbeit als Sekretärin heimgekommen war, fütterte meine Brüder und mich, spülte das Geschirr und brachte

* (deutscher Verleihtitel: *Chicago vertraulich*)

** (deutscher Verleihtitel: *Krach mit der Kompanie*)

uns drei ins Bett, während die Männer in der Küche brüllten und lachten.

Er wurde als hervorragender Zimmermann betrachtet. Er arbeitete langsam, geduldig; und heute ist mir klar, daß er die Liebe, die er in sich hatte, in der gemieteten Garage verbrauchte, die seine Werkstatt war. In seiner Freizeit hörte er sich Baseballspiele im Radio an. Er besaß eine berufliche, aber keine persönliche Eitelkeit, und er war der Meinung, ein Gesicht wie meines sollte nicht begutachtet werden.

Weil ich ›Jimmy‹ im Spiegel sah, dachte ich, mein Vater hätte ihn auch gesehen.

Eines Samstags nahm meine Mutter die Zwillinge und mich mit auf die Fähre über den Lake Michigan nach Saginaw – der einzige Zweck der Reise war die Reise selbst, das Boot legte in Saginaw zwanzig Minuten an, bevor es wieder auf den See hinaustuckerte und die Rückfahrt begann. Mit uns waren Frauen wie meine Mutter und deren Freunde, die am Wochenende nicht zur Arbeit mußten, einige davon wurden von Männern wie meinem Vater begleitet, mit Filzhüten und weiten Wochenendhosen, die über den Wochenendschuhen flatterten. Die Frauen trugen blutroten Lippenstift, der sich auf ihren Zigaretten abdrückte und auf ihren Vorderzähnen verschmierte. Sie lachten viel und wiederholten die schlüpfrigen Wörter, die sie zum Lachen gebracht hatten. Dreißig Minuten nach dem Ablegen verschwanden die Männer an die Deckbar; die Frauen, unter ihnen meine Mutter, arrangierten Deckstühle zu einem langgezogenen Oval, verbunden von Gelächter, Aufmerksamkeit, Klatsch. Sie winkten mit ihren Zigaretten in der Luft. Meine Brüder rannten auf dem Deck herum, ihre Hemden flatterten, ihr Haar war vom Schweiß an ihre Köpfe geklebt – wenn sie sich zankten, dann befahl ihnen meine Mutter, auf freie Deckstühle zu sitzen. Ich saß auf dem Deck, lehnte an der Reling, war stumm, und die Frauen redeten. Hätte mich jemand gefragt: Was möchtest du heute nachmittag machen, was möchtest du den Rest deines Lebens machen, dann hätte ich geantwortet, ich möchte hierbleiben, ich möchte für immer hierbleiben.

Nach einer Weile stand ich auf und entfernte mich von den Frauen. Ich ging über das Deck und stieg durch die Luke in die Bar. Dunkles, körniges Holzimitat bedeckte die Wände. Der Geruch von Bier und Zigaretten und der Klang von Männerstimmen erfüllte den engen Raum. Etwa zwanzig Männer standen an der Bar, redeten und gestikulierten mit halbvollen Gläsern. Dann machte sich ein Mann mit einem Aufblitzen dunkelblonden Haares von den anderen frei, ich sah, wie sich seine Schultern bewegten, und meine Kopfhaut kribbelte und mein Magen krampfte sich zusammen, und ich dachte: Jimmy. ›Jimmy.‹ Aber er drehte sich ganz herum, neigte die Schultern in der Ekstase von Bier und männlicher Gesellschaft, und ich sah, daß er ein Fremder war, überhaupt nicht ›Jimmy‹.

Ich dachte, eines Tages, wenn ich frei bin, wenn ich aus diesem Körper heraus und in einer Stadt bin, deren Namen ich nicht einmal kenne, werde ich mich von Anfang bis zum Ende an dies erinnern, und dann werde ich frei davon sein.

Die Frauen schwebten über den einsamen See und lachten Wolken von Zigarettenrauch aus, die Männer waren auch so lärmend wie die Kinder auf dem klebrigen Asphaltspielplatz mit seinem grünen Wirrwarr von Glas wie Bonbons.

In jenen Tagen wußte ich, daß ich vom Rest meiner Familie getrennt war, eine Insel zwischen meinen Eltern und den Zwillingsbrüdern. Diese Paare, die mich einklammerten, schliefen in Doppelbetten in nebeneinander gelegenen Zimmern im hinteren Teil des Erdgeschosses des Doppelhauses, welches dem blinden Mann gehörte, der über uns wohnte. Mein Bett, eine von den Zwillingen begehrte Koje, stand in ihrem Zimmer. Eine unsichtbare Linie großer Autorität trennte mein Gebiet und meine Besitztümer von ihnen.

Dies geschah morgens in unserer Hälfte des Doppelhauses. Meine Mutter stand zuerst auf – wir hörten sie duschen, hörten Schubladen, die zugemacht wurden, die Geräusche von Schüsseln und Milch, die auf den Tisch gestellt wurden. Der Geruch von gebratenem Speck für meinen Vater, der an die Tür klopfte und die Namen meiner Brüder rief. »Paßt auf, daß ich nicht hineinkommen muß!« Der lärmende, welpenhafte Aufstand meiner Brüder, die aus dem Bett stiegen. Wir drei drängten ins Bad, sobald mein Vater es verlassen hatte. Das Badezimmer war dampfend, von einem schweren Geruch nach Scheiße erfüllt, aber mehr noch vom stechenden, fast greifbaren Geruch des Rasierens – Rasierschaum und amputierte Barthaare. Wir pinkeln alle gleichzeitig in die Toilettenschüssel. Meine Mutter schimpft und schimpft, sie zieht den Zwillingen ihre Kleidung an, damit sie sie die Straße hinab zu Mrs. Candee bringen kann, die jede Woche eine Fünfdollarnote dafür bekommt, daß sie auf sie aufpaßt. Von mir erwartet man, daß ich auf dem Spielplatz der Summer Play-School hin und her laufe, von zwei Teenager-Mädchen beaufsichtigt, die einen Block von uns entfernt wohnen. (Ich bin nur zweimal in die Play-School gegangen.) Nachdem ich mir saubere Unterwäsche und Socken sowie mein Alltagshemd und die Hose angezogen habe, komme ich in die Küche, wo Vater sein Frühstück zu Ende ißt. Er ißt Speckstreifen und goldbraune Toastscheiben, auf denen Butter glänzt. Eine Zigarette schwelt im Aschenbecher vor ihm. Alle anderen haben das Haus bereits verlassen. Mein Vater und ich können den blinden Mann hören, der in seinem Wohnzimmer auf dem Klavier hämmert. Ich setze mich vor eine Schüssel Frühstücksflocken. Mein Vater sieht mich an, sieht wieder weg. Er ist wütend auf den blinden Mann, weil er schon so früh am Morgen auf dem Klavier klimpert, und er schwitzt bereits. Seine Stirn und die Wangen glänzen wie der goldene Toast. Mein Vater sieht mich an, er weiß, er kann es nicht mehr hinausschieben, greift ergeben in die Tasche und legt zwei Vierteldollarmünzen auf den Tisch. Die Mädchen von der High-School berechnen fünfundzwanzig Cents täglich, der andere Vierteldollar ist für mein Essen. »Verlier das Geld nicht«, sagt er, während ich die Münzen nehme. Mein Vater kippt Kaffee in seinen Mund, stellt Tasse und Untertasse in die randvolle Spüle, sieht mich wieder an, klopft gegen seine Tasche, ob die Schlüssel darin sind, und sagt: »Mach die Tür hinter dir zu.« Ich sage ihm, daß ich die Tür zumachen werde. Er nimmt seine graue Werkzeugkiste und die schwarze Lunchbox, setzt den Hut auf den Kopf und geht hinaus, wobei er den Werkzeugkasten gegen den Türrahmen schlägt. Zurück bleibt eine breite graue Spur, gleich der Schliere, die die Haut eines vorübereilenden wütenden Tieres hinterlassen würde. Dann bin ich allein im Haus. Ich gehe ins Schlafzimmer zurück, mache die Tür zu, schiebe einen Stuhl unter den Türknopf und lese *Blackhawk*- und *Henry*- und *Captain-Marvel*-Comics, bis es endlich Zeit ist, ins Kino zu gehen.

Während ich lese, scheint alles im Haus am Leben und gefährlich zu sein. Ich kann das Telefon in der Diele auf der Gabel rasseln hören, das Radio klicken, während es versucht, sich selbst einzuschalten und zu mir zu sprechen. Das Geschirr regt sich und klappert in der Spüle. In diesen Augenblicken zeigen alle Dinge, sogar die schweren Sessel und das Sofa, ihre wahren Gesichter, die so gewalttätig sind wie das Feuer, das den Himmel erfüllt, den ich nicht sehen kann, und das durch die geheimen Wege und Durchgänge unter den Straßen rast. In diesen Augenblicken verschwinden andere Menschen wie Rauch.

Wenn ich den Stuhl von der Tür wegziehe, wird das Haus augenblicklich still wie ein wildes Tier, das sich schlafend stellt. Alles drinnen und draußen geht listig wieder an Ort und Stelle, das Feuer erlischt, Männer und Frauen erscheinen wieder auf den Gehwegen. Ich muß die Tür aufmachen, und das tue ich. Ich gehe rasch durch die Küche und das Wohnzimmer zur Eingangstür, weil ich weiß, wenn ich etwas zu sehr ansehe, wird es wieder aufwachen. Mein Mund ist so trocken, daß sich meine Zunge dick anfühlt. »Ich gehe«, sage ich zu niemandem. Alles im Haus hört mich.

Der Vierteldollar verschwindet durch den Schlitz unter dem Fenster, die Karte kommt aus dem Schlitz heraus. Vor Jimmy glaubte ich lange Zeit, daß die Platzanweiserin den Gang entlanggeeilt kommt, einen packen und hinauswerfen konnte, wenn man die Eintrittskarte nicht ungeknickt und sicher in einer Hemdentasche verwahrte. Also wandert sie in meine Tasche, und ich gehe durch die großen Türen ins Kühle und durchquere die Halle und gehe durch eine Schwingtür mit Bullaugenfenster.

Die meisten der regelmäßigen Tagesbesucher des Orpheum-Oriental sitzen jeden Tag auf demselben Sitz – ich bin einer von denen, die jeden Tag hierherkommen. Eine kleine, redselige Versammlung von Pennern sitzt ganz rechts im Kino, in den Reihen nur drei Sitze weiter unter einem der Leuchter, die wie Bronzefackeln an den roten Wänden befestigt sind. Die Penner nehmen diese Sitze, damit sie ihre Papiere betrachten können, ihre ›Dokumente‹, die sie einander während der Filme zeigen. Sie denken immerzu an die Möglichkeit, daß sie eines dieser Dokumente verloren haben könnten, und sie konsultieren gelegentlich die abgegriffenen Umschläge, in denen sie sie aufbewahren.

Ich nehme den Endsitz links vom Mittelblock der Sitzreihen, direkt vor dem breiten horizontalen Mittelgang. Dort kann ich mich ausstrecken. Manchmal sitze ich auch in der Mitte der letzten Reihe, oder der ersten; manchmal, wenn der Balkon offen ist, gehe ich hinauf und sitze in der ersten Reihe. Wenn man einen Film in der ersten Sitzreihe des Balkons sieht, dann ist es, als wäre man ein Vogel, der von oben in den Film hineinfliegt. Allein im Kino zu sein, ist köstlich. Die Vorhänge hängen schwer, rot, erwartungsvoll, die Fackelnachahmungen leuchten an den Wänden. Goldene Schnörkel winden sich durch die rote Farbe. An Tagen, wenn ich neben der Wand sitze, greife ich nach dem Rot, das weich und warm aussieht, und stelle fest, daß meine Finger auf klammer Feuchtigkeit ruhen. Der Teppich des Orpheum-Oriental muß einmal ein grundlos volles Braun gewesen sein; jetzt hat er eine dunkle Nicht-Farbe, durchsetzt von rosa und grauen Kaugummis, gleich geschmolzenen Heftpflastern. Aus etwa einem Drittel der Sitze quillt schmutziggraue Wolle aus Schlitzen in dem abgesessenen Plüsch.

An einem guten Tag erlebe ich einen Zeichentrickfilm, einen Reisebericht, eine Anzahl Vorschauen, einen Film, noch einen Zeichentrickfilm und einen weiteren Film, bevor jemand ins Kino kommt. Dieser ganze Zyklus ist so befriedigend wie eine Mahlzeit. An anderen Morgen sind ein paar alte Frauen mit albernen Hüten, junge Frauen mit Schals über Lockenwicklern und ein paar Teenager-Paare im ganzen Kino verstreut, wenn ich eintrete. Keiner dieser Menschen widmet seine Aufmerksamkeit etwas anderem als den Filmen und, im Fall der Teenager, sich selbst.

Einmal setzte sich ein Mann Anfang Zwanzig, mit Haar wie ein Heuschober, in dem breiten Mittelgang auf, als ich mich setzte. Er stöhnte. Getrocknetes Blut, das wie Rost aussah, war auf seinem Kinn und dem schmutzigen weißen Hemd verspritzt. Er stöhnte noch einmal und ging dann auf Hände und Knie. Der Teppich unter ihm war scheinbar mit tausend roten Pünktchen gemustert. Der junge Mann kam wieder auf die Beine und torkelte den Mittelgang entlang. Eine helle Scheibe Sonnenlicht, ohne jegliche Tiefe, umgab ihn, bevor er darin verschwand.

Anfang Juli erzählte ich meiner Mutter, daß die Mädchen von der High-School die Stundenzahl auf dem Spielplatz der Schule erhöht hatten, weil ich sicherstellen wollte, daß ich beide Filme zweimal sehen konnte, bevor ich nach Hause gehen mußte. Danach lernte ich den Rhythmus des Kinos selbst kennen, der sich mir überhaupt nicht aufdrängte, sondern sich allmählich offenbarte, so daß ich Mitte der ersten Woche wußte, wann die Penner anfangen würden, sich zu den Sitzen unter den Leuchtern zu bewegen – für gewöhnlich trafen sie dienstags und freitags kurz nach elf Uhr ein, wenn der Spirituosenladen weiter unten geöffnet hatte und ihnen die Liter- und Halbliterflaschen verschaffen konnte, von denen sie sich ernährten. Ende der zweiten Woche wußte ich, wann die Platzanweiserinnen das Innere des Kinos verließen, um draußen in der Halle auf gepolsterten Bänken Platz zu nehmen und sich ihre Luckies und Chesterfields anzündeten, wann die alten Männer und Frauen eintreffen würden. Ende der dritten Woche fühlte ich mich wie ein Teil einer großen, ordentlichen Maschine. Bevor *Beautiful Hawaii* oder *Curiosities Down Under* zum zweitenmal gezeigt wurden, ging ich mit meinem zweiten Vierteldollar zur Theke und kaufte eine Tüte Popcorn und eine Pakkung Süßigkeiten.

In einem Kino ist nichts zufällig, abgesehen von den Kunden und den Launen der Maschinen. Filme reißen und Glühbirnen gehen kaputt: der Vorführer betrinkt sich oder schläft ein, die Leinwand zeigt den stampfenden, pfeifenden Zuschauern ein leeres gelbes Antlitz. Diese Unregelmäßigkeiten gehören zu den Sommerpannen, die vergessen sind, sobald sie aufgehört haben.

Die Gelegenheit für die Lichter, den Vorführer, die Popcorntüten und Süßigkeitenpackungen, die Filme, vergrößerte sich, wenn man sie immer wieder sah. Allmählich wurde mir die Tatsache klar, daß dieses Tieferwerden und Ausweiten, dieses Vergrößern, der Grund dafür war, daß Filme den ganzen Tag lang immer wieder gezeigt wurden. Die Maschine offenbarte sich am eindeutigsten in den exakten, durchsichtigen Wiederholungen der Worte und Gesten der Schauspieler, während sie sich durch die Story bewegten. Wenn Alan Ladd Blackie Frachot, den sterbenden Gangster, fragte: »Wer hat es getan, Blackie?«, wurde seine Stimme so breit wie ein Fluß, wurde *sandiger* vor fast unverhohlener Zärtlichkeit, die zu hören ich erst lernen mußte – die Stimme in der sprechenden Stimme.

*Chicago Deadline** erzählt davon, wie ein Zeitungsreporter namens ›Ed Adams‹ (Alan Ladd) die Tragödie einer geheimnisvollen jungen Frau recherchiert, ›Rosita Jandreau‹, die allein in einem schäbigen Hotelzimmer an Tuberkulose gestorben war. Der Reporter findet bald heraus, daß sie viele Namen, viele Identitäten hatte. Sie war in einen Architekten verliebt gewesen, einen Gangster, einen verkrüppelten Professor, einen Boxer, einen Millionär, und jedem hatte sie eine andere Facette ihres Wesens präsentiert. Nur zu vorhersehbar, beschwert sich das erwachsene Ich in mir, kam es, daß der besessene ›Ed‹ sich in ›Rosita‹ verliebt. Als ich sieben war, war wenig vorhersehbar – ich hatte *Laura* noch nicht gesehen –, und hier sah ich einen Mann, der von dem Drang zu verstehen getrieben wurde, welcher identisch mit dem Drang zu beschützen wurde. ›Rosita Jandreau‹ war die Verkörperung der Erinnerung, die das Geheimnis war.

Durch die Abfolge ihrer Identitäten, den verschiedenen Ichs, die sie Bruder, Boxer, Millionär, Gangster, all den anderen zeigte, hielt ihre Erinnerung sie ganz. Zwei Wochen sah ich zweimal täglich, vor und während ›Jimmy‹, die Maschine tief in der Maschine. Liebe und Erinnerung waren ein und dasselbe. Liebe und Erinnerung begleiteten uns bis zum Tod. (Das verstand ich nicht, aber ich sah es.) Der Reporter, Alan Ladd, mit seinem dunkelblonden

* (deutscher Verleihtitel: *Todesfalle von Chicago*)

Haar, dem perfekten Kiefer und dem strahlenden, verletzten Lächeln, gab ihr Leben, indem er ihre Erinnerung zu seiner eigenen machte.

»Ich glaube, Sie sind der einzige, der sie jemals verstanden hat«, sagte Arthur Kennedy – Rositas Bruder – zu Alan Ladd.

Der Großteil der Welt braucht den Kitzel der Sensationen, der Großteil der Welt muß Geld verdienen und ausgeben, nach einfacheren und vergänglicheren Formen der Liebe jagen, muß sich selbst ernähren, Zeitungen verkaufen, die Verschwörungen der Feinde mit eigenen Verschwörungen zunichte machen ...

»Ich weiß gar nicht, was Sie wollen«, sagt Ed Adams zum Chefredakteur von *The Journal*. »Sie haben zwei Morde ...«

»... und eine geheimnisvolle Frau«, sage ich im Einklang mit ihm. Seine Stimme ist hart und unbeteiligt, die Stimme eines verwundeten Mannes, der schauspielert. Der Mann neben mir lacht. Sein Lachen ist, anders als seine normale Stimme, atemlos und schrill. Es ist die zweite Vorführung von *Chicago Deadline* heute, früher Nachmittag – nach der nächsten Vorführung von *At War With The Army* werde ich den Mittelgang entlang- und aus dem Kino hinausgehen müssen. Es wird zwanzig Minuten vor fünf sein, die Sonne wird immer noch hoch über den cremefarbenen Gebäuden jenseits des breiten, verlassenen Sherman Boulevard stehen.

Ich traf den Mann, oder er mich, an der Süßwarentheke. Zuerst war er nur eine große Präsenz, blond, dunkel gekleidet. Ich achtete nicht auf ihn, er war nicht wichtig. Er war, selbst wenn er sprach, vage. »Gutes Popcorn.« Ich sah zu ihm auf – schmale blaue Augen, schlechte Zähne, die mich anlächelten. Stoppeln im Gesicht. Ich sah weg, und der uniformierte Mann hinter der Theke gab mir Popcorn. »Gut für dich, meine ich. Im Popcorn sind gute

Sachen – es kommt direkt aus dem Boden. Wächst an großen Pflanzen, so hoch wie ich, genau wie anderes Getreide. Hast du das gewußt?«

Als ich nichts sagte, lachte er und sprach den Mann hinter der Theke an. »*Er* hat es nicht gewußt – der Junge dachte, Popcorn würde in den Pop-Automaten wachsen.« Der Mann hinter der Theke wandte sich ab. »Kommst du oft her?« fragte mich der Mann.

Ich stopfte mir ein paar Körner Popcorn in den Mund und wandte mich ihm zu. Er zeigte mir seine schlechten Zähne.

»Das tust du«, sagte er. »Du kommst oft hierher.«

Ich nickte.

»Jeden Tag?«

Ich nickte wieder.

»Und wir erzählen kleine Schwindeleien daheim, was wir den ganzen Tag so gemacht haben, richtig?« fragte er, schürzte die Lippen und zog die Augenbrauen hoch wie ein komischer Butler in einem Film. Dann veränderte sich seine Stimmung, und alles an ihm wurde ernst. Er sah mich an, aber er sah mich nicht. »Hast du einen Lieblingsschauspieler? Ich habe einen Lieblingsschauspieler. Alan Ladd.«

Und ich sah – sah und begriff –, daß er dachte, er sähe wie Alan Ladd aus. Sah er auch, wenigstens ein bißchen. Als ich die Ähnlichkeit sah, schien er ein anderer Mensch zu werden, strahlender. Glanz umgab ihn, als würde er schauspielern, als würde er einen schmuddeligen jungen Mann mit fleckigen, unregelmäßigen Zähnen verkörpern.

»Mein Name ist Frank«, sagte er und streckte die Hand aus.

Ich nahm seine Hand.

»Wirklich gutes Popcorn«, sagte er und streckte die Hand in die Tüte. »Möchtest du ein Geheimnis hören?«

Ein Geheimnis.

»Ich wurde zweimal geboren. Das erste Mal starb ich. Das war in einem Armeestützpunkt. Alle *sagten* mir, ich hätte zur Marine gehen sollen, und alle hatten recht. Also ließ ich mich einfach anderswo wieder geboren werden. He – die Armee ist nicht für alle, weißt du das?« Er grinste auf mich herunter. »Jetzt habe ich dir mein Geheimnis erzählt. Laß uns hineingehen – ich setze mich zu dir. Jeder braucht Gesellschaft, und ich mag dich. Du siehst wie ein guter Junge aus.«

Er folgte mir zu meinem Sitz und setzte sich neben mich. Wenn ich gemeinsam mit den Schauspielern die Dialoge sprach, lachte er.

Dann sagte er ...

Dann beugte er sich zu mir herüber und sagte ...

Er beugte sich zu mir herüber, atmete sauren Weingeruch über mich, und nahm ...

Nein.

»Ich habe draußen nur Spaß gemacht«, sagte er. »Frank ist nicht mein richtiger Name. Nun, es war mein Name. Vorher. Klar? Frank *war* eine Zeitlang mein Name. Aber jetzt nennen meine guten Freunde mich Stan. Das gefällt mir. Stan der Steamer. Big Stan. Stan the Man. Klar? Funktioniert wirklich gut.«

Du wirst niemals Zimmermann werden, sagte er mir. Du wirst niemals so etwas werden – weil du dieses Aussehen hast. *Ich* hatte dieses Aussehen, okay? Daher weiß ich es. Ich weiß viel über dich, wenn ich dich nur ansehe.

Er sagte, er wäre Büroangestellter bei Sears gewesen, nachdem er als Hausmeister für ein paar Mietshäuser gearbeitet hatte, die einem Mann gehörten, der sein Freund gewesen war, jetzt aber nicht mehr war. Dann war er Hausmeister an der High-School gewesen, wo meine Grundschule ihre Abgänger hinschickte. »Der gute alte Fusel hat mich den Job gekostet, die Geschichte meines Lebens«, sagte er. »Die schlappärschigen Dreckskerle erwischten mich unten im Keller beim Trinken, in einem Zimmer, das ich dort benützte, und sie warfen mich ohne ein Abschiedswort hinaus. He, das war *mein* Zimmer. Mein *Zuhause*. Das Beste auf der Welt kann dir das Schlimmste antun, das wirst du eines Tages auch herausfinden. Und wenn du diese Schule besuchst, dann wirst du dich hoffentlich daran erinnern, was sie mir dort angetan haben.«

Momentan ruhte er sich aus. Er hing herum, ging ins Kino.

Er sagte: Du hast etwas Besonderes an dir. Männer wie ich, wir sind merkwürdig, wir können das sehen.

Beim zweiten Film saßen wir nebeneinander, Dean Martin und Jerry Lewis, zufrieden und lachend. »Diese beiden sind noch größere Penner als wir«, sagte er. Ich dachte an Paul in seinem roten Hemd, ausgeschlossen aus der Schulgemeinschaft durch seine Unfähigkeit, so zu sein wie andere.

Kommst du morgen wieder? Wenn ich hierherkomme, werde ich nach dir Ausschau halten.

He. Vertraue mir. Ich weiß, wer du bist.

Kennst du das kleine Ding, mit dem du pinkelst? Er beugte sich zur Seite und flüsterte mir ins Ohr. Das ist das Beste an einem Mann. Glaub mir.

Der große Park in der Nähe unseres Hauses, zwei Straßen weiter als das Orpheum-Oriental, ist in drei verschiedene Abschnitte unterteilt. Den breiten Eisentoren am Sherman Boulevard, durch die wir eintreten, am nächsten gelegen ist ein flacher Pool zum Waten, den eine Hecke, welche so gummiartig ist, daß sie künstlich aussieht, von einem Spielplatz mit Klettergerüst, Schaukeln und eine Reihe Wippen trennt. Als Kind von zwei und drei Jahren planschte ich in dem warmen Pool und klammerte mich an den Ketten der Schaukel fest, schwang mich höher und höher, Entsetzen und Freude und grimmiges Pflichtgefühl so dicht miteinander verflochten, daß sie niemand trennen konnte.

Hinter dem Kinder-Pool und dem Spielplatz war der Zoo. Meine Mutter lief mit meinen Brüdern und mir zum Spielplatz und zum Kinderbecken und saß rauchend auf einer Bank, während wir spielten; beide Elternteile nahmen uns mit in den Zoo. Ein Elefant streckte den Rüssel zur Handfläche meines Vaters und holte behutsam Erdnüsse damit. Die Giraffe streckte sich nach dem unaufhaltsam schwindenden Vorrat von Blättern, die immer spärlicher und immer höher über ihrem Käfig waren. Die Löwen dösten auf abgesägten Ästen und schritten hinter den Gitterstäben auf und ab; sie sahen nicht auf das hinaus, was da war, sondern auf die in ihrer Erinnerung eingeprägten ausgedehnten Savannen. Ich wußte, die Löwen hatten die Fähigkeit, uns nicht zu sehen, direkt durch uns hindurch nach Afrika zu schauen. Aber wenn sie einen doch sahen, nicht Afrika, dann besaßen sie die Kraft, einem bis auf die Knochen zu blicken, sie sahen das Blut, das durch den Körper transportiert wurde. Die Löwen waren goldbraun, geduldig, mit grünen Augen. Sie kannten mich und konnten Gedanken lesen. Den Löwen gefiel oder mißfiel ich nicht, sie vermißten mich nicht an ihren langen Wochenenden, aber sie nahmen mich in ihren Kreis bekannter Wesen auf.

(»Du hättest mich nicht so ansehen sollen«, sagt June Havoc, ›Leona‹, zu ›Ed Adams‹. Aber sie meint es nicht so, überhaupt nicht.)

Hinter dem Zoo, jenseits einer schmalen Parkstraße, über die khakigekleidete Parkwächter Wagen prallvoll mit Blumen schoben, befand sich ein breiter, unerwarteter Rasen mit Blumenbeeten und hohen Ulmen – offener Raum, der wie ein Geheimnis zwischen den Käfigtieren und den Ulmen verborgen war. Nur mein Vater brachte mich in diesen Teil des Parks. Hier versuchte er, einen Baseballspieler aus mir zu machen.

»Nimm den Schläger von der Schulter«, sagt er. »Um Gottes willen, könntest du wenigstens versuchen, den Ball zu treffen?«

Als es mir wieder nicht gelingt, seinen langsamen, perfekten Wurf abzuschlagen, dreht er sich herum, hebt den Arm und fragt theatralisch jeden, der in der Nähe ist: »Wessen Kind ist das eigentlich? Können Sie mir das sagen?«

Er hat mich nie nach der Spielschule gefragt, die ich angeblich besuche, und ich habe ihm nie vom Orpheum-Oriental erzählt – ich werde ihm niemals näherkommen, um mit ihm zu reden, als jetzt, denn ›Stan‹, ›Stanley der Steamer‹, hat mir Dinge erzählt, die nicht wahr sein können, die Erfindungen und Märchen sein müssen, Teil der Welt von Kindern, die verirrt durch den Wald wandern, von sprechenden Katzen und silbernen, mit Blut gefüllten Schuhen. In dieser Welt, wo zerstückelte und unter Wacholderbäumen begrabene Kinder auferstehen und, wieder geheilt, sprechen. Märchen kochen mit unterirdischen Explosionen und verborgenen Feuern, und aus diesem Grund lehnt die Erinnerung sie ab, stößt sie aus ihrer Sicht, und sie müssen immer wiederholt werden. Ich kann mich nicht an ›Stans‹ Gesicht erinnern – bin nicht einmal sicher, ob ich mich erinnere, was er gesagt hat. Dean Martin und Jerry Lewis sind Kumpel wie wir. Ich bin mir nur in einem sicher: Morgen werde ich wieder hingehen und meinen neuesten, furchteinflößendsten und interessantesten Freund treffen.

»Als ich in deinem Alter war«, sagt mein Vater, »wollte ich von ganzem Herzen Profispieler werden, wenn ich groß bin. Und du bist verdammt zu ängstlich oder faul, auch nur den Schläger von der Schulter zu nehmen. Mein Gott! Ich ertrage es nicht mehr, dich anzusehen.«

Er dreht sich um und schreitet rasch zu der schmalen Parkstraße und dem Zoo, er geht nach Hause, und ich laufe ihm hinterher. Ich hole den Ball wieder, wenn er ihn in die Büsche wirft.

»Was zum Teufel möchtest du denn werden, wenn du erwachsen bist?« fragt mein Vater, der immer noch starr geradeaus sieht. »Ich frage mich, was du denkst, worum es im Leben *geht*. Ich würde dir keinen Job geben, ich würde dir nicht zutrauen, daß du mit Zimmermannswerkzeug umgehen kannst, ich würde dir nicht zutrauen, daß du dir die Nase richtig putzen kannst – um die Wahrheit zu sagen, ich frage mich, ob sie im Krankenhaus die verdammten Babys verwechselt haben.«

Ich folge ihm, ziehe den Schläger mit einer Hand hinter mir her, in der anderen halte ich den Ball in der Vertiefung des Handschuhs.

Beim Essen fragt mich meine Mutter, ob die Summer Play-School Spaß macht, und ich sage ja. Ich habe schon aus der Kommodenschublade meines Vaters geholt, worum Stan mich gebeten hat, und es brennt in meiner Tasche, als stünde es in Flammen. Ich möchte fragen: Ist es tatsächlich wahr und kein Märchen? Muß das Schlimmste immer die Wahrheit sein? Das kann ich natürlich nicht fragen. Mein Vater weiß nichts vom Schlimmsten – er sieht das, was er sehen möchte, oder er versucht es so sehr, daß er glaubt, er sieht es.

»Ich glaube, eines Tages wird er einen weiten Ball treffen. Der Junge braucht nur mehr Übung im Schwingen.« Er versucht, mir zuzulächeln, einem Jungen, der eines Tages lernen wird, einen weiten Ball zu treffen. Er hält das Messer aufrecht in der Faust – er ist dabei, ein Stück Butter auf sein Steak zu streichen. Er sieht mich überhaupt nicht. Mein Vater ist kein Löwe, er kann nicht dazu übergehen, zu sehen, was tatsächlich vor ihm ist.

Spät in der Nacht kniete Alan Ladd neben meinem Bett. Er trug einen hübschen grauen Anzug, und sein Atem roch wie Gewürznelken. »Alles klar, Sohn?« Ich nickte. »Ich wollte dir nur sagen, daß es mir gefällt, dich jeden Tag dort zu sehen. Das bedeutet mir sehr viel.«

»Erinnerst du dich, was ich dir erzählt habe?«

Und ich wußte es: Es stimmte. Er hatte diese Dinge gesagt, und er würde sie wiederholen, wie ein Märchen, und die Welt würde sich verändern, weil sie mit anderen Augen gesehen werden würde. Mir war übel – ich fühlte mich in dem Kino eingesperrt wie in einem Käfig.

»Hast du daran gedacht, was ich dir gesagt habe?«

»Klar«, sagte ich.

»Das ist gut. He, weißt du was? Ich würde gern die Plätze tauschen. Würdest du auch gern die Plätze tauschen?«

»Wohin?«

Er neigte den Kopf nach hinten, und ich wußte, er wollte in die letzte Reihe gehen. »Komm mit. Ich will dir etwas zeigen.«

Wir tauschten die Plätze.

Wir saßen lange Zeit da und betrachteten den Film von der letzten Reihe, wir waren fast allein im Kino. Kurz nach elf kamen drei der Penner herein und schlurften zu ihren üblichen Sitzen auf der anderen Seite des Kinos: ein zerzauster Graubart, den ich schon oft vorher gesehen hatte, ein dicker Mann mit pummeligem, eingedrücktem Gesicht, ebenfalls vertraut, und einer jener zotteligen, wild dreinblickenden jungen Männer, die bei den Pennern herumhingen, bis sie von diesen nicht mehr zu unterscheiden waren. Sie fingen an, eine flache braune Flasche hin und her zu reichen. Nach einer Sekunde erinnerte ich mich an den jungen Mann – ich hatte ihn eines Morgens beim Aufwachen im Mittelgang überrascht, weggetreten und blutbespritzt.

Dann fragte ich mich, ob Stan nicht der junge Mann war, den ich an diesem Morgen überrascht hatte: Sie sahen sich so ähnlich wie Zwillinge, aber ich wußte, daß sie das nicht waren.

»Möchtest du einen Schluck?« fragte Stan und zeigte mir seine eigene Halbliterflasche. »Wird dir guttun.«

Tapfer, mit dem Gefühl, privilegiert und erwachsen zu sein, nahm ich die Flasche Thunderbird und hob sie an den Mund. Ich wollte es mögen, das Vergnügen mit Stan teilen, aber es schmeckte gräßlich, wie Abfall, und das Wenige, was ich trank, brannte meinen ganzen Hals hinunter.

Ich verzog das Gesicht, und er sagte: »Dieses Zeug ist eigentlich gar nicht so schlecht. Nur eines auf der Welt kann dir ein besseres Gefühl geben als dieses Zeug.«

Er legte mir eine Hand auf den Schenkel und drückte. »Ich gab dir einen Startvorsprung, weißt du. Nur deshalb, weil ich dich schon beim erstenmal gemocht habe, als ich dich sah.« Er beugte sich herüber und sah mich an. »Glaubst du mir? Glaubst du das, was ich dir sage?«

Ich sagte, ich glaubte schon.

»Ich habe einen Beweis. Ich werde dir zeigen, daß es wahr ist. Möchtest du meinen Beweis sehen?«

Da ich nichts sagte, beugte Stan sich dichter zu mir und hüllte mich mit dem Gestank von Thunderbird ein. »Kennst du das kleine Ding, mit dem du pinkelst? Erinnerst du dich, wie ich dir erzählt habe, daß es richtig groß wird, wenn du so um die dreizehn bist? Erinnerst du dich, wie ich dir sagte, wie unglaublich sich das anfühlt? Nun, jetzt mußt du Stan vertrauen, denn Stan wird dir auch vertrauen.« Er brachte sein Gesicht direkt neben mein Ohr. »Dann werde ich dir noch ein Geheimnis verraten.«

Er nahm seine Hand von meinem Schenkel und schloß sie um meine und zog meine Hand zwischen seine Beine. »Fühlst du etwas?«

Ich nickte, aber ich konnte ebensowenig beschreiben, was ich fühlte, als blinde Männer den Elefanten beschreiben können.

Stan lächelte mich gepreßt an und zog auf eine Weise an seinem Reißverschluß, die sogar ich als nervös erkennen konnte. Er griff in seine Hose, tastete und zog eine dicke blasse Keule heraus, die nicht wie etwas Menschliches aussah. Ich hatte solche Angst, daß ich fürchtete, ich müßte mich übergeben, und ich sah wieder zur Leinwand. Unsichtbare Ketten hielten mich auf meinem Sitz.

»Siehst du? Jetzt verstehst du mich.«

Dann merkte er, daß ich ihn nicht ansah. »Junge. Schau her. Schau her, habe ich gesagt. Es wird dir nicht weh tun.«

Ich konnte nicht auf ihn hinabsehen. Ich sah nichts.

»Komm schon. Faß ihn an, stell fest, wie er sich anfühlt.«

Ich schüttelte den Kopf.

»Ich will dir etwas sagen. Ich mag dich sehr. Ich denke, wir beide sind Freunde. Was wir hier machen, das ist ungewöhnlich für dich, weil es das erste Mal ist, aber die Menschen machen das ständig. Deine Mama und dein Papa machen es ständig. Sie erzählen dir nur nichts davon. Wir sind Kumpel, nicht?«

Ich nickte benommen. Auf der Leinwand sagte Berry Kroeger zu Alan Ladd: »Laß es, vergiß es, sie ist das reinste Gift.«

»Nun, das machen Freunde miteinander, wenn sie sich wirklich gern haben, wie deine Mama und dein Papa. Sieh dir dieses Ding an, ja? Komm schon.«

Hatten meine Mami und mein Papa einander gern? Er drückte meine Schulter, und ich sah hin.

Jetzt war das Ding irgendwie aus sich selbst herausgewachsen und lag schräg auf dem Stoff seiner Hose. Kaum hatte ich hingesehen, da zuckte es und begann sich auszudehnen wie der Bügel einer Posaune.

»Da«, sagte er. »Er mag dich, du hast ihn aufgerichtet. Sag mir, daß du ihn auch magst.«

Entsetzen schnürte mir die Stimme ab. Mein Gehirn war zu Pulver geworden.

»Ich weiß was . . . nennen wir ihn Jimmy. Wir sagen, sein Name ist Jimmy. Und nun, da ihr einander vorgestellt seid, sag Hi zu Jimmy.«

»Hi, Jimmy«, sagte ich und mußte trotz meines Entsetzens kichern.

»Und jetzt weiter, faß ihn an.«

Ich streckte langsam die Hand aus und legte die Fingerspitzen auf ›Jimmy‹.

»Streichle ihn. Jimmy möchte, daß du ihn streichelst.«

Ich tippte die Fingerspitzen zwei- oder dreimal gegen ›Jimmy‹, und er zuckte wieder ein paar Grad höher und wurde hart wie ein Surfbrett.

»Gleite mit den Fingern an ihm rauf und runter.«

Wenn ich weglaufe, dachte ich, wird er mich fangen und umbringen. Wenn ich nicht tue, was er sagt, wird er mich umbringen.

Ich rieb die Fingerspitzen hin und her und bewegte die dünne Haut über den Venen.

»Kannst du dir nicht vorstellen, wie Jimmy in eine Frau hineingeht? Jetzt kannst du sehen, wie du sein wirst, wenn du ein Mann bist. Mach weiter, aber halte ihn mit der ganzen Hand. Und gib mir, worum ich dich gebeten habe.«

Ich nahm sofort die Hand von ›Jimmy‹ und holte das saubere weiße Taschentuch meines Vaters aus der Gesäßtasche.

Er nahm das Taschentuch mit der linken Hand und führte meine Hand mit der rechten wieder zu ›Jimmy‹. »Du machst das wirklich großartig«, flüsterte er.

›Jimmy‹ fühlte sich in meiner Hand warm und ein wenig wie Gummi an. Ich konnte die Finger nicht ganz um ihn herumlegen. Mein Kopf summte. »Ist Jimmy dein Geheimnis?« konnte ich sagen.

»Mein Geheimnis kommt später.«

»Kann ich jetzt aufhören?«

»Ich werde dich in kleine Stücke schneiden, wenn du das tust«, sagte er, und als ich erstarrte, strich er mir durchs Haar und sagte: »He, kannst du nicht merken, wenn jemand einen Scherz macht? Ich bin momentan sehr glücklich mit dir. Du bist der beste Junge auf der Welt. Du würdest das auch wollen, wenn du wüßtest, wie gut es sich anfühlt.«

Nach einer scheinbar endlosen Zeit krümmte Stan plötzlich den Rücken, während Alan Ladd aus seinem Taxi stieg, verzog das Gesicht und flüsterte: »Sieh her!« Sein ganzer Körper zuckte zusammen, und ich war zu verblüfft, um ›Jimmy‹ loszulassen, und sah, wie dickliche, elfenbeinfarbene Milch fast endlos auf das Taschentuch spritzte und tropfte. Von der dicklichen Milch ging ein Geruch aus, der vollkommen fremd, doch gleichzeitig so vertraut wie die Toilette oder das Seeufer war. Stan seufzte, legte das Taschentuch zusammen und schob den weicher werdenden ›Jimmy‹ wieder in den Hosenschlitz zurück. Er beugte sich herüber und küßte mich auf den Kopf. Ich glaube, ich wäre fast ohnmächtig geworden. Ich fühlte mich leicht, sinnlos, tot. Ich konnte immer noch spüren, wie er in meiner Handfläche und den Fingern pulsierte.

Als es Zeit wurde, daß ich nach Hause ging, verriet er mir sein enttäuschendes Geheimnis – sein wirklicher Name war Jimmy, nicht Stan. Er hatte seinen richtigen Namen zurückgehalten, bis er wußte, daß er mir vertrauen konnte.

»Morgen«, sagte er und berührte mit den Fingern meine Wange. »Wir werden uns morgen wiedersehen. Aber du mußt dir keine Sorgen machen. Ich vertraue dir so sehr, daß ich dir meinen wirklichen Namen gesagt habe. Du hast darauf vertraut, daß ich dir nicht weh tue, und das habe ich nicht getan. Wir müssen einander vertrauen und dürfen nichts hiervon erzählen, sonst werden wir beide große Schwierigkeiten bekommen.«

»Ich werde nichts sagen«, sagte ich.

Ich liebe dich.

Ich liebe dich, ja, das tue ich.

Jetzt haben wir ein Geheimnis, sagte er, legte das Taschentuch zu Vierteln zusammen und steckte es in meine Tasche zurück. Eine Menge Liebe muß geheim bleiben. Besonders wenn ein Junge und ein Mann einander kennenlernen und merken, wie sie einander glücklich machen und gute, liebende Freunde sind – nicht viele Menschen können das verstehen, daher muß die Freundschaft beschützt werden. Wenn du hier hinausgehst, sagte er, hast du vergessen, daß das geschehen ist. Sonst werden die Menschen versuchen, uns beiden weh zu tun.

Hinterher erinnerte ich mich nur noch an die Verwirrung von *Chicago Deadline*, wie die Story plötzlich vorwärtsgeschnellt war, ganze Schauspieler und Szenen weggelassen hatte, wie die Schauspieler lange Zeit die Lippen bewegt hatten, ohne zu sprechen. Ich konnte Alan Ladd sehen, der aus dem Taxi stieg und von der Leinwand direkt in meine Augen sah und mich kannte. Meine Mutter sagte, daß ich blaß aussah, und mein Vater sagte, daß ich nicht genügend Training hätte. Die Zwillinge sahen von ihren Tellern auf, dann schoben sie weiter Makkaroni und Käse in die Münder. »Warst du jemals in Chicago?« fragte ich meinen Vater, der wissen wollte, wie ich daraufkam. »Hast du jemals einen Filmschauspieler kennengelernt?« fragte ich, und er sagte, der Junge muß Fieber haben. Die Zwillinge kicherten.

Alan Ladd und Donna Reed kamen spät in der Nacht gemeinsam in mein Schlafzimmer, sie bewegten sich mit brüsker, kühler Dramatik und knieten neben meiner Koje nieder. Sie lächelten mich an. Ihre Stimmen waren sehr beruhigend. Ich habe gemerkt, daß du heute nachmittag ein paar Dinge versäumt hast, sagte Alan. Keine Bange. Ich werde mich um dich kümmern. Ich weiß, sagte ich. Ich bin Ihr Fan Nummer eins.

Dann ging die Tür auf, und meine Mutter streckte den Kopf ins Zimmer. Alan und Donna lächelten und standen auf, um sie zwischen sich und der Koje durchzulassen. Ich vermißte sie in dem Augenblick, als sie zurücktraten. »Noch wach?« Ich nickte. »Fühlst du dich wohl, Liebling?« Ich nickte noch einmal und fürchtete, daß Alan und Donna gehen würden, wenn sie zu lange blieb. »Ich habe eine Überraschung für dich«, sagte sie. »Übernächsten Samstag werde ich dich und die Zwillinge auf der Fähre über den ganzen Lake Michigan bringen. Wir sind ziemlich viele. Es wird großen Spaß machen.« Gut, das ist schön, das gefällt mir.

»Ich habe die ganze Nacht und den ganzen Morgen an dich gedacht.«

Als ich die Halle betrat, lehnte er sich auf einer der gepolsterten Bänke vor, wo die Platzanweiserinnen saßen und rauchten, er hatte die Ellenbogen auf den Knien und das Kinn in eine Hand gestützt und beobachtete die Tür. Der Metallverschluß einer flachen Flasche ragte aus seiner Seitentasche heraus. Neben ihm lag ein in braunes Packpapier eingewickeltes Päckchen. Er blinzelte mir zu, nickte mit dem Kopf in Richtung des Kinos und ging in einer ausgiebigen Scharade hinein, als gehörte er nicht zu mir. Ich wußte, er würde gleich hinter der Tür sein, in der Mitte der letzten Reihe sitzen und auf mich warten. Ich gab einer gelangweilten Platzanweiserin mein Billett, die es in der Mitte auseinanderriß und mir den Abriß gab. Ich wußte ganz genau, was gestern vorgefallen war, als hätte ich nichts davon vergessen, und mein Inneres zitterte. Die Farben der Halle, das Rot und das verblichene Gold, schienen viel heller zu sein als ich sie in Erinnerung hatte. Ich konnte das Popcorn im Behälter und die ölige Butter riechen, die in der Maschine erhitzt wurde. Meine Beine trugen mich über eine Meile glühenden braunen Teppich und an der Süßwarentheke vorbei.

Jimmys Haar glänzte in dem leeren Theater, das dunkler wurde. Als ich mich auf den Sitz neben ihm setzte, zauste er mein Haar und grinste herab und sagte, daß er die ganze

Nacht und den ganzen Morgen an mich gedacht hatte. Das braune Päckchen war ein Sandwich, das er mir mitgebracht hatte – ein Junge mußte mehr als Popcorn essen.

Das Licht ging ganz aus, während sich die Vorhänge vor der Leinwand hoben. Plötzlich erklang laute Musik, die mitten in einem Ton einsetzte, aus den Lautsprechern, und der Tom-und-Jerry-Zeichentrickfilm ›Bull Dozing‹ fing an. Als ich mich zurücklehnte, legte Jimmy den Arm um mich. Ich fühlte mich gleichzeitig schweißnaß und kalt, mein Innerstes zitterte immer noch. Plötzlich wurde mir klar, daß ein Teil von mir froh war, an diesem Ort zu sein, und ich war schockiert, weil ich wußte, daß ich mich den ganzen Morgen ebensosehr auf diesen Augenblick gefreut hatte, wie mir davor gegraut hatte.

»Möchtest du dein Sandwich jetzt? Es ist Leberwurst, weil das meine Lieblingswurst ist.« Ich sagte, nein, danke, ich würde warten, bis der erste Film vorbei war. Okay, sagte er, solange du es überhaupt ißt. Dann sagte er, sieh mich an. Sein Gesicht war direkt über meinem, und er sah wie Alan Ladds Zwillingsbruder aus. Du mußt etwas wissen, sagte er. Du bist der beste Junge, den ich je getroffen habe. Jemals. Der Mann drückte mich gegen seine Brust und in eine betäubende Mischung aus Schweiß und Schmutz und Wein, zusammen mit einer Spur (Einbildung?) eines anderen, animalischeren Geruchs, der gestern von ihm ausgegangen war. Dann gab er mich frei.

Soll ich heute mit deinem kleinen Jimmy spielen?

Nein.

Sowieso zu klein, lachte er. Er war vollkommen heiterer Stimmung.

Ich wette, du wünschst dir, er wäre genauso groß wie meiner.

Dieser Wunsch entsetzte mich, und ich schüttelte den Kopf.

Heute werden wir nur die Filme zusammen ansehen, sagte er. Ich bin nicht gierig.

So saßen wir den ganzen Tag, er mit dem Arm um meine Schultern, mein Hinterkopf in der Höhlung seines Ellenbogens. Als der Nachspann von *At War With the Army* anfing, war mir, als wäre ich eingeschlafen und hätte alles verpaßt. Ich konnte nicht glauben, daß es Zeit war, nach Hause zu gehen. Jimmy preßte den Arm enger um mich und sagte mit einer Stimme voller Heiterkeit: *Faß mich an*. Ich sah in sein Gesicht auf. Los doch, sagte er, ich möchte, daß du mir diesen kleinen Gefallen tust. Ich stupste mit dem Zeigefinger gegen seinen Reißverschluß. ›Jimmy‹ regte sich unter dem Druck meines Fingers, er schien so lang wie mein Arm zu sein, und eine Sekunde vollkommenen Elends sah ich die anderen Kinder, die hinter den Mädchen vom Nachbarblock auf dem Spielplatz herliefen.

»Mach weiter«, sagte er.

*Vertraue mir*, sagte er und versah ›Jimmy‹ mit einer Identität, die konzentrierter, schärfer umrissen war als seine eigene. ›Jimmy‹ wollte ›reden‹, ›seinen Teil sagen‹, ›war hungrig‹, ›starb für einen Kuß‹. Diese Worte hatten alle dieselbe Bedeutung: *Vertraue mir*. Ich vertraue dir, also mußt du mir vertrauen. Habe ich dir jemals weh getan? Nein. Habe ich dir nicht ein Sandwich gegeben? Ja. Liebe ich dich nicht? Du weißt, ich werde deinen Eltern nicht erzählen, was du tust – solange du weiter hierherkommst, werde ich deinen Eltern nichts erzählen, weil ich es nicht tun *muß*, verstehst du? Und du liebst mich auch, nicht wahr?

Da. Siehst du, wie sehr ich dich liebe? Ich träumte, daß ich unterirdisch in einem Zimmer aus Holz lebte. Ich träumte, daß meine Eltern durch die Oberwelt streiften und meinen Namen riefen und weinten, weil die Tiere mich gefangen und aufgefressen hatten. Ich träumte, daß ich unter einem Wacholderbaum begraben war, und die zerstückelten Teile meines Körpers riefen einander zu und weinten, weil sie getrennt waren. Ich träumte, daß ich einen dunklen Waldweg entlang auf meine Eltern zulief, und als ich endlich die kleine Lichtung erreichte, wo sie vor einem hellen Feuer saßen, war meine Mutter Donna und Alan mein Vater. Ich träumte, daß ich mich an alles erinnern konnte, was mit mir geschah, an jede einzelne Sekunde, und daß ich es preisgeben mußte, wenn der Lehrer mich im Unterricht aufrief, wenn meine Mutter nachts in mein Zimmer kam, wenn ein Polizist an mir vorüberging, während ich den Sherman Boulevard entlanglief. Aber wenn ich sprechen wollte, konnte ich mich nicht daran erinnern, woran ich mich erinnerte, *nur daran, daß es etwas zu erinnern gab,* und daher ging ich wieder und wieder auf meine wunderschönen Eltern auf der Lichtung zu, wiederholte mich wie ein Märchen, wie die Witze der Frauen auf der Fähre.

Liebe ich dich nicht? Zeige ich dir nicht, kannst du nicht spüren, daß ich dich liebe? *Ja.* Wirst du, kannst du, mich nicht auch lieben?

Er sieht mich an, während ich den Film ansehe. Er konnte mich sehen, so wie ich ihn sehen konnte, mit geschlossenen Augen. Er hat mich eingeprägt. Er hat mein Haar gestreichelt, mein Gesicht, meinen Körper in seine Erinnerung gestreichelt, hat mich Streicheln für Streicheln von mir selbst gestohlen. Schließlich nahm er mich in den Mund, und auch sein Mund prägte sich mir ein, und ich wußte, er wollte, daß ich meine Hände auf den dunkelblonden Kopf lege, der sich so gewaltig in meinen Schoß preßte, aber ich konnte seinen Kopf nicht berühren.

Ich dachte: Ich habe das bereits vergessen, ich möchte sterben, ich bin schon tot, nur der Tod kann bewirken, daß dies nicht geschehen ist.

Ich wette, wenn du erwachsen bist, wirst du beim Film landen, dann werde ich dein Fan Nummer eins sein.

Am Wochenende schien es, als hätte ich diese Tage im Orpheum-Oriental unter Wasser verbracht; oder unterirdisch. Der stachlige Ameisenbär, der Leierschwanz, das Känguruh, der Tasmanische Teufel, der Flughund und die Krageneidechse waren Tiere, die man nur in Australien fand. Australien war der kleinste Kontinent der Welt, die größte Insel. Es war von den großen Landmassen der Erde abgeschnitten. Wunderschöne Mädchen mit blonden Haaren schlenderten über die australischen Strände, das australische Weihnachtsfest war heiß und sonnig – alle gingen nach draußen und winkten in die Kamera, gaben einander auf Gartenstühlen Geschenke. Die Mitte von Australien, sein Herz und seine Eingeweide, war eine Wüste. Australische Jungs waren exzellente Sportler. Tom Cat liebte Jerry Mouse, wenngleich er immer und immer wieder versuchte, ihn zu ermorden, und Jerry Mouse liebte Tom Cat, auch wenn er, um sein Leben zu retten, so schnell laufen mußte, daß er eine Spur in den Teppich brannte. Jimmy liebte mich, und eines Tages würde er fort sein, und dann würde er mir sehr fehlen. Oder nicht? *Sag, daß ich dir fehlen werde.*

Du wirst . . .

Du wirst mir . . .

*Ich glaube, ich werde verrückt ohne dich.*

Wenn du erwachsen bist, wirst du dich an mich erinnern?

Jedesmal, wenn ich an der Platzanweiserin, die die Karten der Leute abriß, die hereinkamen, und ihnen die Abrisse gab, vorbei nach draußen ging; jedesmal, wenn ich die Tür aufstieß und auf den heißen Gehweg des Sherman Boulevard trat und die Sonne über den Gebäuden auf der anderen Straßenseite sah, verlor ich den Halt an dem, was drinnen in der Dunkelheit des Kinos geschehen war. Ich wußte nicht, was ich wollte. Ich hatte zwei Leichen und eine . . . Meine rechte Hand fühlte sich an, als hätte ich die feuchte Hand eines kleinen Kindes ganz fest zwischen

Handfläche und Fingern gehalten. Wenn ich in Australien leben würde, dann hätte ich blondes Haar, so wie Alan Ladd, und würde an Weihnachten ewig über sonnige Strände schlendern.

Ich absolvierte die High-School im Schlaf, las Romane, tagträumte im Unterricht, den ich nicht mochte, bekam aber falsche gute Zensuren; in der Mitte meines Seniorjahres gab mir die Brown University ein volles Ausbildungsstipendium. Zwei Jahre später enttäuschte und verblüffte ich alle meine alten Lehrer und meine Eltern und die Freunde meiner Eltern, indem ich die Schule verließ, bevor ich in sämtlichen Fächern durchgefallen wäre, außer Englisch und Geschichte, in denen ich eine Eins bekam. Ich war sicher, kein anderer konnte jemandem beibringen, wie man schreibt. Ich wußte genau, was ich tun würde, und das einzige, was mir am College fehlen würde, war das gesellschaftliche Leben.

Fünf Jahre lang lebte ich bescheiden in Providence und hielt mich über Wasser, indem ich in der Schulbibliothek Bücher stapelte, und durch kleinere Diebstähle. Wenn ich nicht arbeitete oder mir örtliche Bands anhörte, schrieb ich; dann vernichtete ich, was ich geschrieben hatte, und schrieb es neu. Auf diese Weise schrieb ich einen Roman zu Ende, als würde man auf einem Weg durch einen Park gehen und dann rückwärts und vorwärts durch denselben Park schreiten, immer und immer wieder, bis jedes Kettenglied an jeder Schaukel, jedes braune Haar in jeder Löwenmähne gesehen und zum Glänzen gebracht worden war, oder in das Meer nebensächlicher Einzelheiten zurücksank, aus dem es emporgehoben worden war. Als dieser Roman vom Verleger abgelehnt wurde, dem ich ihn schickte, zog ich nach New York City und begann einen zweiten Roman, während ich den ersten nachts gründlich überarbeitete. In dieser Zeit lag ein fast unpersönliches Glück, wie das Glück eines Fremden, über allem, was ich tat. Ich verpackte Buchpakete im Strand

Bookstore. Eine kurze Zeit, nicht länger als ein paar Monate, lebte ich von Shredded Wheat und Erdnußbutter. Als mein erstes Buch gekauft wurde, zog ich aus dem Ein-Zimmer-Apartment in der Lower East Side in ein anderes, größeres Zimmer, eine ›Atelierwohnung‹ in der Ninth Avenue in Chelsea, wo ich weiterhin lebte. Mein Apartment ist gerade groß genug für meinen Holzschreibtisch, eine Bettcouch, zwei große, übervolle Bücherregale, ein Regal für die Stereoanlage und ein Dutzend Kartons mit Schallplatten. In diesem Apartment hat alles seinen Platz und ist darin.

Meine Eltern sind nie in diesem umschlossenen, engen Zimmer gewesen, aber ich spreche alle zwei bis drei Monate am Telefon mit meinem Vater. In den vergangenen zehn Jahren bin ich nur einmal in die Stadt zurückgekehrt, wo ich aufgewachsen bin, um meine Mutter nach ihrem Schlaganfall im Krankenhaus zu besuchen. Während der vier Tage meines Aufenthalts schlief ich in meinem alten Zimmer im Haus meines Vaters, mein Vater oben. Nach dem Tod des blinden Mannes hat mein Vater das Doppelhaus gekauft – an meinem ersten Abend zu Hause meinte er, daß wir beide erfolgreich seien. Wenn wir uns jetzt am Telefon unterhalten, erzählt er mir vom Glück der örtlichen Baseballmannschaft und erkundigt sich respektvoll nach den Fortschritten des ›neues Buches‹. Ich denke: Das ist nicht mein Vater, er ist nicht derselbe Mann.

Meine alte Koje ist schon lange verschwunden, spät in der Nacht liege ich auf der unteren Hälfte des Doppelbettes der Zwillinge in meinem Kinderzimmer. Das Zimmer war, wie das Haus an sich, wie alles in der alten Nachbarschaft, größer, als ich es in Erinnerung hatte. Ich strich mit den Fingern über die Tapete, dann sah ich über den Rand des oberen Bettes zur Decke. Das Bild von zwei Männern, die auf komische Weise in den Seilen desselben Fallschirms verfangen sind und sich immer enger einschnüren, während sie fallen, fiel mir ein, und ich fragte mich, ob das Bild einen Platz in dem Roman hatte, den ich schrieb; oder ob es ein Geschenk aus einem noch nicht erblickten Roman war, den ich danach schreiben würde. Ich konnte den Boden ächzen hören, während mein Vater oben, im ehemaligen Refugium des blinden Mannes, auf und ab ging. Mein inneres Gleichgewicht veränderte sich, und ich fing an, über Mei-Mei Levitt nachzudenken, die ich fünfzehn Jahre früher an der Brown als Mei-Mei Cheung gekannt hatte.

Sie war geschieden, Lektorin bei einem Taschenbuchverlag, und sie hatte mich angerufen, um mich zu beglückwünschen, als mein zweiter Roman wohlwollend in der *Times* besprochen worden war, und auf diesem schmalen, aber wohlgemeinten Fundament begannen wir eine lange und sorgenvolle Liebesaffäre aufzubauen. In der Umgebung meiner Kindheit fühlte ich mich mehr als unbehaglich, nachdem ich den Tag am Krankenbett meiner Mutter verbracht hatte, ohne zu wissen, ob sie mich verstand oder auch nur erkannte, und ich dachte mit einem plötzlichen Verlangen an Mei-Mei. Ich wollte sie in meinen Armen halten, und ich sehnte mich nach meinem zielstrebigen, ordentlichen, verträumten Erwachsenenleben in New York. Ich wollte Mei-Mei anrufen, aber es war schon nach Mitternacht im Mittelwesten, eine Stunde später in New York, und Mei-Mei, die kein Nachtschwärmer war, würde schon vor Stunden zu Bett gegangen sein. Dann erinnerte ich mich an meine Mutter, die vom Schlag gelähmt in einem schmalen Krankenhausbett lag, und ein Zucken der Schuld durchfuhr mich, weil ich an meine Geliebte dachte. Einen betrügerischen Augenblick lang bildete ich mir ein, daß es meine Pflicht sei, in das Haus einzuziehen und zu sehen, ob ich meine Mutter wieder für das Leben tauglich machen konnte, während ich gleichzeitig für meinen pensionierten Vater tat, was ich konnte. In diesem Augenblick erinnerte ich mich, wie so oft, an einen Jungen mit orangefarbenen Haaren im roten Baumwollhemd. Schweiß rann von meiner Stirn, von der Brust.

Dann geschah etwas Schreckliches mit mir. Ich versuchte, vom Bett aufzustehen, um zum Badezimmer zu gehen, und stellte fest, daß ich mich nicht bewegen konnte. Meine Arme und Beine waren in Beton eingegossen; sie waren leblos und *bewegten sich nicht*. Ich dachte, ich hätte einen Schlaganfall, wie meine Mutter. Ich konnte nicht einmal aufschreien – auch mein Hals war gelähmt. Ich mühte mich ab, mich von dem schmalen Bett zu erheben, und roch, daß jemand ganz in der Nähe, jemand gerade außerhalb meines Blickwinkels oder hinter der nächsten Ecke, Popcorn machte und Butter erhitzte. Eine weitere Woge Schweiß wurde aus meinem reglosen Körper herausgepreßt und machte das Laken und den Bettkasten feucht und kalt.

Ich sah – als würde ich es niederschreiben – mein siebenjähriges Ich ein paar Blocks von diesem Haus entfernt vor dem Eingang eines Kinos zögern. Heißes, fahles, gelbes Sonnenlicht fiel auf alles und kochte das Leben auf dem breiten Boulevard. Ich sah, wie ich mich abwendete, spürte meinen Magen im Rauch unterirdischer Feuer brennen, sah, wie ich zu laufen anfing. Erbrochenes stieg mir im Hals hoch. Meine Arme und Beine zuckten, ich fiel aus dem Bett und schaffte es, aus dem Zimmer und den Flur entlangzukriechen, um mich hinter der geschlossenen Tür des Badezimmers in die Toilettenschüssel zu übergeben.

Da ich diese Worte schreibe, bin ich dreiundvierzig Jahre alt. Ich habe über einen Zeitraum von zwanzig Jahren fünf Romane geschrieben, ›nur‹ fünf, und jeder war schwieriger, härter zu schreiben als der davor. Um diesen Schnitt zu wahren – alle vier Jahre einen Roman –, muß ich mindestens sechs Stunden täglich am Schreibtisch sitzen, ich verbrauche Hunderte von Packungen Schreibmaschinenpapier, Dutzende gelber Löschblätter, ganze Wälder von Bleistiften, Meilen schwarzes Farbband. Es ist eine verbissene, gierige Tätigkeit. Jeder Satz muß in drei oder vier Versionen erprobt werden, muß lernen, Zäune zu überspringen wie ein Pferd. Der Zweck eines jeden Satzes ist, daß er ein Pfeil ins geheime Zentrum des Buches sein muß. Um den Weg ins geheime Zentrum des Buches zu finden, muß ich das ganze Buch, jede Einzelheit und jeden Rhythmus, in Erinnerung behalten. Dieser umfassende Akt des Erinnerns ist die entscheidendste Aufgabe meines Lebens.

Meine Bücher bekommen schmeichelnde Besprechungen, die normalerweise andere, linearere Romane zu beschreiben scheinen, und sie gewinnen gelegentlich einen Preis – ich gehöre zu den Schriftstellern, deren Garantiezahlungen von den Geldmengen finanziert werden, die Bestseller einbringen. In jüngster Zeit habe ich den Eindruck gehabt, der allgemeine Eindruck von mir, vorausgesetzt, daß so etwas existiert, ist der eines hermetischen Malers, der Hunderte winziger und grotesk fantastischer Einzelheiten auf jedem Zentimeter einer riesigen Leinwand festhält. (Meine Bücher sind unmodisch lang.) Ich unterrichte Schreiben an verschiedenen Colleges, halte gelegentlich Vorlesungen, bin durch Stipendien zu bescheidenem Reichtum gekommen. Das ist genug, mehr als genug. Hin und wieder stelle ich mißbilligend und amüsiert zugleich fest, daß ein junger Schriftsteller bei einem PEN-Empfang oder einem Workshop mein Leben mit Neid betrachtet. Neid geht am Sinn vorbei, vollkommen.

»Wenn Sie mir einen Rat geben«, sagte eine junge Frau während einer Konferenz zu mir, »ich meine, einen *echten* Rat, nicht nur das Übliche, ich solle weiterschreiben, was würde das sein? Was würden Sie mir sagen, soll ich tun?«

– Ich werde es Ihnen nicht sagen, aber ich werde es aufschreiben, sagte ich, nahm einen der Konferenzordner und schrieb ein paar Worte darauf. Lesen Sie das erst, wenn Sie den Raum verlassen haben, sagte ich und sah ihr nach, wie sie den Ordner zusammenlegte und in die Handtasche steckte.

Auf die Rückseite des Ordners hatte ich geschrieben: SEHEN SIE SICH VIELE FILME AN.

Am Sonntag nach dem Ausflug mit der Fähre konnte ich nicht einen einzigen Ball im Park treffen. Die Augen fielen mir zu, und sobald sich die Lider gesenkt hatten, fingen die Visionen wie Filme an – schnelle, automatische Träume. Meine Arme schienen so schwer, daß ich sie nicht heben konnte. Nachdem ich hinter meinem niedergeschlagenen Vater nach Hause getrottet war, brach ich auf dem Sofa zusammen und schlief bis zum Abendessen durch. In meinem Traum war ich von einer geräumigen Kiste umgeben, und ich zeichnete bunte Bilder von Ulmen, der Sonne, weiten Feldern, Bergen und Flüssen an die Wände. Beim Abendessen schreckten mich laute Geräusche auf, die in Gegenwart der Zwillinge nicht selten sind. Mit dem Jungen stimmt etwas nicht, das schwöre ich dir, sagte mein Vater. Als meine Mutter mich fragte, ob ich am Montagmorgen zur Play-School gehen wollte, schloß sich mein Magen wie eine Faust. Ich muß, sagte ich, mir geht es wirklich gut, ich muß gehen. Sätze rollten mir aus dem Mund, die keinen Sinn hatten, oder den falschen Sinn. Einen Augenblick der Verwirrung lang glaubte ich, daß ich wirklich zum Spielplatz gehen würde, sah schwarzen Asphalt, so tief wie ein Feld, wo ein paar von der Perspektive zur Zwergenhaftigkeit geschrumpfte Kinder sich am anderen Ende zusammendrängten. Ich ging gleich nach dem Abendessen zu Bett. Meine Mutter zog die Jalousien herunter, schaltete das Licht aus und ließ mich schließlich allein. Von oben erklang Lärm, der Versuch einer Bestie, Musik zu machen, wahllose Töne, die auf dem Klavier gehämmert wurden. Ich wußte nur, daß ich Angst hatte, nicht, warum. Am nächsten Tag mußte ich zu einem bestimmten Ort gehen, aber mir fiel nicht ein, wohin, bis meine Finger sich an die Berührung des samtenen Plüschs auf dem Sessel am Mittelgang erinnerten. Dann schwarzweiße Bilder voll absichtlicher Bedrohung, die mir aus den Vorschauen einfielen, welche ich zwei Wochen lang gesehen hatte – *The Hitchhiker* mit Edmund O'Brien. Der stachlige Ameisenbär und der Flughund sind Tiere, die nur in Australien vorkommen.

Ich sehnte mich nach Alan Ladd, ›Ed Adams‹, er sollte mit Reporternotizblock und Bleistift ins Zimmer kommen, und ich wußte, ich mußte mich *an etwas erinnern*, aber ich wußte nicht, an was.

Nach einer langen Zeit quirlten die Zwillinge ins Zimmer, zogen sich aus, zogen Schlafanzüge an, putzten sich die Zähne. Die Eingangstür schlug zu – mein Vater war zur Kneipe gegangen. In der Küche bügelte meine Mutter Hemden und redete in ihrer üblichen mürrischen Stimme mit sich selbst. Die Zwillinge gingen schlafen. Ich hörte, wie meine Mutter das Bügelbrett wegräumte und den Flur entlang ins Wohnzimmer ging.

Ich sah ›Ed Adams‹ gelassen auf dem Gehweg vor unserem Haus auf und ab gehen, er war in seinem grauen Anzug so stattlich wie ein Gott. ›Ed‹ ging bis zum Ende des Blocks, steckte sich eine Zigarette in den Mund und beugte sich in ein plötzliches Aufflackern von Helligkeit, bevor er Rauch ausatmete und wegging. Ich merkte erst, daß ich eingeschlafen war, als die Eingangstür zum zweitenmal in dieser Nacht zugeschlagen wurde und mich weckte.

Am Morgen schlug mein Vater mit der Faust gegen die Zimmertür, und die Zwillinge sprangen aus den Betten und fingen an, im Zimmer herumzukreischen, sofort voller Energie. Wie in einem Zeichentrickfilm driftete der Nebel bratenden Specks ins Zimmer. Meine Brüder tollten zum Badezimmer. Wasser lief in Waschbecken und Toilettenschüssel, und meine Mutter eilte herein, ihr Gesicht war um die Zigarette herum verkniffen, und begann, die Zwillinge in ihre Kleidung zu zerren. »Du hast deine Entscheidung getroffen«, sagte sie zu mir, »jetzt hoffe ich, daß du es rechtzeitig zum Spielplatz schaffen wirst.« Türen gingen auf, Türen wurden zugeschlagen. Mein Vater brüllte aus der Küche, und ich stieg aus dem Bett. Schließlich saß ich vor der Schüssel Frühstücksflocken. Mein Vater rauchte und sah mich nicht an. Die Frühstücksflocken schmeckten nach toten Blättern. »Du siehst so aus, wie das Arschloch da oben Klavier spielt«, sagte mein Vater. Er warf Vierteldollarstücke auf den Tisch und sagte mir, ich sollte das Geld nicht verlieren.

Nachdem er gegangen war, schloß ich mich im Schlafzimmer ein. Oben tönte dumpf das Klavier, wie in einem Soundtrack. Ich hörte die Tassen und Schüsseln in der Spüle klirren, das Möbel, das sich selbst bewegte und nach etwas Ausschau hielt, das es jagen und töten konnte. *Liebe mich, liebe mich,* rief das Radio neben einer Familie brauner und weißer Porzellanspaniel. Ich hörte ein leises, flüsterndes Ding, eine Lampe oder eine Zeitschrift, auf dem Wohnzimmerboden herumgleiten. *Ich bilde mir das alles ein,* sagte ich zu mir und versuchte, mich auf einen *Blackhawk*-Comic zu konzentrieren. Die Bilder waberten und schmolzen in ihren Rahmen. *Liebe mich,* schrie Blackhawk aus dem Cockpit seines Kampfflugzeuges heraus, während er herabstieß, um ein Nest gelber, schlitzäugiger Bösewichter auszuräuchern. Draußen wütete Feuer unter den Straßen und versuchte, die Welt entzweizureißen. Als ich den Comic fallen ließ und die Augen zumachte, ließen die Geräusche von draußen nach, und ich konnte die schwebende Stille völliger Aufmerksamkeit hören. Sogar Blackhawk, der in dem Comicheft in seinem Flugzeug angeschnallt war, lauschte, was ich machte.

In schwerem, dunstigem Sonnenschein ging ich den Sherman Boulevard zum Orpheum-Oriental entlang. Die Welt rings um mich herum war bewegungslos, erstarrt wie ein Bild in einem Comic strip. Nach einer Weile stellte ich fest, daß die Autos auf dem Boulevard und die wenigen Fußgänger auf dem Gehweg nicht erstarrt waren, sondern sich sehr langsam bewegten. Ich konnte Männerbeine sehen, die sich in Hosenbeinen bewegten, die Knie kamen vorwärts und berührten den Stoff, die Umschläge hoben sich ganz langsam von den Schuhen, der Schuh hob sich wie die Pfote von Tom Cat, wenn er auf Jerry Mouse zukroch. Die warme, fleckige Haut des Sherman Boulevard ... Ich dachte daran, ewig den Sherman Boulevard entlangzugehen, mich an den fast bewegungslosen Autos und Menschen vorbeizuschleichen, am Kino vorbei, am Spirituosenladen vorbei, durch die Tore und am Planschbecken und den Schaukeln vorbei, an den Elefanten und Löwen vorbei, die gefüttert werden wollten, an dem geheimen Park vorbei, wo mein Vater im Zorn der Enttäuschung mit den Armen ruderte, an den Ulmen vorbei und am anderen Ende des Parks hinaus, an Bilderfenstern und Rasen mit Fahrrädern und Plastik-Pools vorbei, an schiefen Einfahrten und Basketballnetzen vorbei, an Spielplätzen vorbei, wo Kinder auf einer glänzend schwarzen Oberfläche herumrannten. Dann vorbei an Feldern und überfüllten Märkten, an gelben Traktoren, in deren riesigen Radgehäusen Lehm wie alte Wolle trocknete, vorbei an hoch beladenen Heuwagen, an tiefen Wäldern, wo Kinder Brotkrumenspuren zu einer Pfefferkuchentür folgten, an anderen Städten vorbei, wo mich niemand sehen konnte, weil niemand meinen Namen kannte, an allem vorbei, an jedem vorbei.

Vor dem Orpheum-Oriental blieb ich stehen. Mein Mund war trocken, und meine Augen nahmen alles nur unscharf wahr. Alles um mich herum, was noch vor einem Augenblick so ruhig und still gewesen war, schnellte ins Leben, sobald ich stehenblieb. Hupen plärrten, Autos dröhnten den Boulevard hinab. Unter diesen Lauten hörte ich das Pochen großer Maschinen, und die Feuer, die unter den Straßen Sauerstoff verzehrten. Als hätte ich von der Luft gegessen, strömten Feuer und Rauch in meinen Magen. Flammen leckten meinen Hals empor und versiegelten meinen Mund. In Gedanken sah ich mich den ersten Vierteldollar aus der Tasche nehmen, ihn gegen eine Eintrittskarte eintauschen, mich durch die Tür drängen und in die kühle Luft hineingehen. Ich sah mich, wie ich die Karte hochhielt, damit sie in zwei Teile gerissen wurde, wie ich über einen endlosen braunen Teppich zur inneren Tür ging. Von der letzten Sitzreihe auf der anderen Seite der inneren Tür, in dem schattigen, aber noch nicht ganz dunklen Kino, streckt ein formloses Monster, dessen feuchter schwarzer Mund *liebe mich, liebe mich* sagte, sehnsüchtig die Arme nach mir aus. Der Schock fror mich auf dem Gehweg fest, dann trat er mich fest in den Rücken, und ich lief den Block hinab, konnte aber nicht schreien, weil ich die Lippen zusammenkneifen mußte, um Rauch und Feuer zurückzuhalten, die aus meinem Mund explodieren wollten.

Der Rest des Nachmittags bleibt vage. Ich wanderte durch die Straßen, nicht in der sauberen, hohlen Weise, die ich mir vorgestellt hatte, sondern fast blind, heiß und unsicher. Ich erinnere mich an den Geschmack von Feuer im Mund und wie laut mein Herz pochte. Nach einer Weile befand ich mich vor dem Elefantengehege im Zoo. Ein Zeitungsreporter im grauen Anzug passierte den Raum vor mir, und ich folgte ihm, weil ich wußte, daß er einen Notizblock in der Tasche hatte, daß er von Gangstern zusammengeschlagen worden war, daß er das sprechende Geheimnis finden konnte, das sich unter den zusammenhanglosen und zerstückelten Teilen der Welt befand. Er würde seine Pistole in ein leeres Zimmer abfeuern und den bösen Solly Wellman, Berry Kroeger mit seinen mädchenhaften, wachsamen Augen herauslocken. Und wenn Solly Wellman bedrohlich aus dem Schatten trat, würde der Reporter ihn totschießen.

Tot.

Donna Reed lächelte von einem der oberen Fenster herunter: Hat es jemals so ein Lächeln gegeben? Jemals? Ich war in Chicago, und hinter einer verschlossenen Tür verblutete Blackie Franchot auf einem braunen Teppich. Solly Wellman, so etwas wie Solly Wellman, rief und rief aus einem geschmückten Grab nach mir, wo er wie ein Geheimnis lag. Schließlich trug der Mann im grauen Anzug seinen Notizblock und seine Waffe durch eine Eingangstür, und ich sah, daß ich nur ein paar Blocks von zu Hause entfernt war.

Paul lehnt sich an den Maschendrahtzaun, der den Spielplatz umgibt, sieht hinaus, sieht hinter sich. Alan Ladd wimmelt ›Leona‹ (June Havoc) ab, weil sie keine nennenswerte Geschichte hat und nur in der Welt von Arbeit und Vergnügen existiert, von Zigaretten und Cocktail-Bars. Unter dieser Welt ist eine andere, und ›Leonas‹ Leben ist ein blindes, angestrengtes Leugnen dieser anderen Welt.

Meine Mutter hielt mir die Hand an die Stirn und verkündete, daß ich nicht nur Fieber hatte, sondern es wahrscheinlich schon die ganze Woche über ausbrütete. Ich durfte am nächsten Tag nicht zum Spielplatz gehen, sondern mußte den Tag auf Mrs. Candees Sofa verbringen. Als sie den Telefonhörer hob, um eines der Mädchen von der High-School anzurufen, sagte ich ihr, sie solle sich die Mühe sparen, andere Kinder würden ständig fehlen, und sie legte den Hörer wieder auf.

Ich lag auf Mrs. Candees Sofa und sah zur Decke ihres abgedunkelten Wohnzimmers hinauf. Draußen balgten sich die Zwillinge, und die mütterliche, dümmliche Mrs. Candee brachte mir Orangensaft. Die Zwillinge rannten zum Sandkasten, und Mrs. Candee stöhnte, als sie sich in einen wackeligen Gartenstuhl sinken ließ. In der unter dem Stuhl zusammengelegten Morgenzeitung stand, daß *The Hitchhiker* und *Double Cross* jetzt im Orpheum-Oriental liefen. *Chicago Deadline* hatte seine Arbeit getan und war weitergezogen. Es hatte die Welt entzweigebrochen und das Monster tief drinnen eingesperrt. Außer mir wußte das niemand. Den ganzen Block entlang plätscherten Rasensprenger und spritzten Wasserspiralen auf trockene Rasen. Männer, die langsam die Straße auf und ab fuhren, hängten die Ellenbogen zum Fenster hinaus. Einen Augenblick, der frei von Bedauern und fast ohne Emotionen war, begriff ich, daß ich vollkommen mir selbst gehörte. Wie alles andere, war ich auseinandergerissen und mit Schock, Erbrochenem und Orangensaft wieder zusammengeklebt worden. Das Wissen drang in mich ein, daß ich ganz allein war. ›Stan‹, ›Jimmy‹, wie auch immer sein Name war, würde nie mehr in das Kino zurückkehren. Er würde Angst haben, ich hätte meinen Eltern und der Polizei von ihm erzählt. Ich wußte, daß ich ihn getötet hatte, indem ich ihn vergessen hatte, und dann vergaß ich ihn erneut.

Am nächsten Tag ging ich wieder in das Kino und ging durch die innere Tür und sah Reihe für Reihe leerer Sitze zu den Vorhängen vor der Leinwand abfallen. Ich war ganz allein. Die Größe und Pracht des Kinos überraschte mich. Ich ging den langen, abfallenden Gang hinab und nahm den letzten Sitz links an dem breiten Mittelgang. Die nächste Reihe schien fast einen Spielplatz breit entfernt zu sein. Das Licht erlosch, die Vorhänge gaben die Leinwand langsam frei. Erwartungsvolle Musik erfüllte die Luft, die ersten Buchstaben erschienen auf der Leinwand.

Was ich bin, was ich tue, weshalb ich es tue. Ich bin gleichzeitig ein Mann Anfang Vierzig, diese verräterische Zeit, und ein Junge von sieben, vor dessen Mut ich immer versagen werde. Ich lebe unterirdisch in einem Holzraum und dekoriere geduldig die Wände. Vor mir, halb unsichtbar, hängt eine große und abstoßend komplizierte Vision, die ich erforschen und mir einprägen muß, die ich immer wieder ansehen muß, um ihr verborgenes Zentrum zu lokalisieren. Um mich herum ist alles an seinem angemessenen Ort. Meine Schreibmaschine steht auf dem klobigen Tisch. Neben der Schreibmaschine schwelt eine Zigarette, von der eine graue Rauchfahne aufsteigt. Auf dem Plattenteller dreht sich eine Schallplatte, mein Apartment ist von Musik erfüllt. (›Bird of Prey Blues‹, mit Coleman Hawkins, Buck Clayton und Hank Jones.) Jenseits meiner Mauern und Fenster ist eine Welt, nach der ich mit ausgestreckten Armen und einem ambitionierten und geteilten Herzen greife. Als hätte der ›Bird of Prey Blues‹ sie heraufbeschworen, regen sich und flüstern die Stimmen von Sätzen, die heute nachmittag, morgen oder nächsten Monat geschrieben werden sollen, beginnen zu sprechen, und ich beuge mich über die Schreibmaschine zu ihnen, so nahe ich nur kann.

*Aus dem Englischen von Joachim Körber*

# Heimkehr

Sie kehrten in ihren Heimatort zurück, um dem Vater dabei zu helfen, in ein Pflegeheim umzuziehen, das wie ein großes Luxushotel aussah. In den neutralen und unpersönlichen Zimmern erweckten die alten Möbel der Bewohner den Eindruck, als gehörten sie zu einer Hotelsuite. Alle mochten das Heim. Nach dem Einzug erlebten die meisten neuen Gäste eine Phase der Euphorie. Am Morgen betätigte eine junge Frau einen Schalter an ihrem Schreibtisch, und daraufhin erklangen Summer in allen Zimmern – wenn man nicht darauf reagierte, kam jemand, um nach dem Rechten zu sehen. Es gab reichliche und geschmacklose Mahlzeiten. Im Speisesaal herrschte immer reger Betrieb. Gemeinsame Gebete fanden statt, und man konnte an Diskussionsrunden teilnehmen. Alle verbrachten viel Zeit vor dem Fernseher. Ihr Mann und sie saßen im neuen Wohnzimmer des Vaters, in Sesseln, die sie seit ihrer Kindheit kannten. Aufmerksam hörten sie dem Vater zu, während der Fernseher lief.

Eines Nachmittags fuhren sie beide durch die Stadt und zu jenem Wohnviertel des Ehemanns, in dem er aufgewachsen war, bevor seine Familie in einen Vorort umzog. Sie parkten, stiegen aus und schlenderten an der Häuserzeile entlang. Anschließend gingen sie durch eine Gasse und setzten die Wanderung um das alte Haus herum fort. Es sah genauso aus, wie er es in Erinnerung hatte: ein zweistöckiges, braunes und gelbes Zweifamilienhaus mit einem kleinen Hinterhof, das kaum vernachlässigt schien. Doch die Umgebung unterschied sich von seinen Erinnerungsbildern. Die Ulmen existierten nicht mehr, und es hatte den Anschein, als sei alles auf geheimnisvolle Weise gewachsen. Alles wirkte größer, sauberer und heller; er selbst war wohl kleiner geworden. Sie schlenderten weiter, durch eine der schmalen Nebenstraßen, die parallel zu einer breiten Avenue verlief, und auch hier begegnete er überall dem Vertrauten. Ein jähes Gefühl erfaßte ihn, prickelte wie eine unerklärliche Kraft in seiner Brust: ein großes, unbestimmtes emotionales Etwas, das dem Mann die Kehle zuschnürte und ihm Tränen in die Augen trieb. Er wußte nicht, ob es sich um Kummer oder Freude handelte, oder vielleicht um eine unerträgliche Mischung aus beidem. Ja, er war ein Kind gewesen, hier an diesem Ort, und jenes intensive, kaum zu ertragende Empfinden kam aus den Tiefen seiner Kindheit.

Kurze Zeit später saßen sie wieder im Wagen. Die Ehefrau fuhr, und der Mann weinte die ganze Zeit über, viel zu sehr in seinen Gefühlen verfangen, um sie zu verstehen oder auch nur zu identifizieren. Als die Stadt hinter ihnen zurückblieb, glaubte er zum erstenmal in seinem Leben, den Heimatort und sein Zuhause zu verlassen.

*Aus dem Englischen von Andreas Brandhorst*

# KURZE TOUR DURCH DIE STADT

Der Viadukt-Mörder – er verdankt seinen Namen dem Fundort der Opfer – ist noch immer nicht gefaßt. Sechs Menschen hat er bisher umgebracht, und die Leichen wurden von Kindern gefunden, von Leuten, die ihre Hunde ausführten, von Liebespaaren und, in einem Fall, von Polizisten. Die Toten lagen mit aufgeschnittenen Kehlen neben einem der großen Pfeiler, ganz oben am Hang unter der großen Brücke. Wir nehmen an, daß der Viadukt-Mörder ein Bürger der Stadt ist, ein braver Wähler, Mieter oder Haus- und Grundbesitzer, ein Produkt des ausgezeichneten städtischen Schulsystems. Vielleicht hat er sogar einen Sohn oder eine Tochter, die eine der insgesamt sieben Grundschulen, drei staatlichen Volksschulen, zwei Konfessionsschulen oder eine bekenntnisfreie Privatschule besucht. Vielleicht besitzt er ein Boot oder gehört zum Buch-des-Monats-Klub. Vielleicht ist er Stammgast in einer Bar oder Kneipe. Vielleicht hat er ein Konzert-Abonnement und hört sich das Sinfonieorchester der Stadt an. Oder es handelt sich um einen Fabrikarbeiter mit Leserausweis. Er fährt einen Wagen, und vielleicht steht ein zweiter in seiner Garage. Während der heißen, schwülen Augustwochen schwimmt er sicherlich in einem der städtischen Freibäder oder im großen See mit den vielen Segelbooten.

Dies ist eine Stadt im Norden des Mittelwestens, und hier sind die Unterschiede zwischen den Jahreszeiten besonders stark ausgeprägt. Die klimatischen Extreme – im Winter sind minus dreißig Grad möglich, und im Sommer steigt die Temperatur bis auf vierzig Grad – fördern Duldsamkeit und Engstirnigkeit bei den Bürgern. Hier blickt alles nach innen, nicht nach außen, und nur wenige junge Leute brechen auf, um sich in ungewisseren und experimentierfreudigeren Städten im gemäßigteren Klima der Ost- oder Westküste niederzulassen. Die Stadt ist stolz auf ihre Bescheidenheit: Sie schätzt das Gewöhnliche, beziehungsweise jene Dinge, die sie für gewöhnlich hält und die in Wirklichkeit alles andere als normal sind. (Seit vierundzwanzig Jahren hat sie den gleichen Bürgermeister, einen Mann mit geringer bis durchschnittlicher Intelligenz, der würdevoll altert und nie einen anderen Beruf hatte.)

Ehrgeiz, das Streben nach Ruhm, Ansehen und Erfolg – so etwas wird nicht ermutigt. Ein Bürger wurde zum Staatsoberhaupt einer kleinen Nation, ein anderer zu einem berühmten Bandleader. Ein dritter ging nach Hollywood, um dort für den Star jahrzehntelang die Rolle des besten Freundes und Vertrauten zu spielen. Das genügt, lautet die allgemeine Ansicht. Außerdem sind diese drei Personen inzwischen tot. Die Stadt hat keine literarische Tradition. Sie spiegelt sich lediglich in zwei Zeitungen mit umfangreichen Sportteilen, die man bequem im Bett lesen kann.

Charakteristisch für die Haltung der Stadt ist ein Gefühl der *Ablehnung*. Aus diesem Grund durchdringt ein gewisses fabulöses Etwas alle Bereiche, auch wird eine Aufnahmebereitschaft für Mythen, Sagenhaftes und Absonderliches kenntlich. Ein Fluß strömt durchs Zentrum des Geschäftsviertels, so wie der Liffey durch Dublin fließt, die Seine durch Paris, die Themse durch London und die Donau durch Budapest. Doch unser Fluß ist kleiner und nicht so wichtig.

Die meisten Bürger sind der Meinung, daß wir ein normales und vorbildliches Leben führen. Wir nehmen am Geschehen im Rest von Amerika teil. Auch wir gleiten auf dem Strom der Geschichte, obgleich wir gegen manche nationalen Krankheiten immun sind. Es ist sogar möglich, daß selbst in unserem gewöhnlichen Leben . . . Auf jeden

Fall haben die großen Meinungsforscher und -macher unseren Puls gefühlt, denn was man in uns finden könnte ...

Vor vierzig Jahren im Winter wurde die Leiche einer Frau am Flußufer gefunden. Sie war vergewaltigt und ermordet worden, eine Außenseiterin der Gesellschaft – eine Prostituierte, die nie identifiziert werden konnte. Vor ihrem Tod hat sie sich zur Wehr gesetzt, doch die Gäste der Schenke Green Woman – sie befand sich direkt über der Stelle am Fluß, wo man später den Leichnam entdeckte – hörten nichts. Der damalige Winter war noch kälter als sonst, ein Winter, in dem man gezwungen war, sein Leid miteinander zu teilen, und im Green Woman herrschte laute, fiebrige Festlichkeit.

Unter jenen Leuten – es waren Iren, die über den Läden und Kneipen am Fluß wohnten – hieß es, Kinder aus der Nachbarschaft hätten einen geflügelten Mann in einer Kiste gefunden, einen halbverhungerten Greis, der unverständliche Worte sprach. Seine Schwingen waren kraus und schmutzig, viele Federn gebrochen und so fransig wie die einer alten Taube. Auf den angeschwollenen Füßen hatte sich eine Patina aus Dreck gebildet. *Ull! Li! Gack!* riefen die Kinder und ahmten einige der Geräusche nach, die der Flügelmann von sich gab. Sie bewarfen ihn mit Steinen und Schneebällen und stellten sich vor, daß er aus dem gleichen Fluß gekrochen war, der klamme Feuchtigkeit in ihre Knochen und Schlafzimmer schickte, eine Feuchtigkeit so kalt wie Krebs, der sie Ohrenschmerzen und Frostbeulen verdankten und die im Sommer für Ratten und Mücken sorgte.

Eine der beiden Zeitungen in unserer Stadt ist demokratisch, die andere republikanisch. Beide unterstützen den Bürgermeister, der trotz seiner durch und durch politischen Natur keine erkennbare politische Ansicht vertritt. Darüber hinaus loben sie den Polizeichef und halten es für sein Verdienst, daß es bei uns nicht jene Art von Gewalt gibt, die in so vielen anderen amerikanischen Städten grassiert. Keiner unserer Bürger ist bewaffnet unterwegs, und an keinem anderen Ort sind die Gottesdienste so gut besucht.

Der Gewalt stehen wir zwiespältig gegenüber.

Wir haben nur wenige Denkmäler, und meistens erinnern sie an Generäle des Sezessionskriegs. Am See, durch eine sechsspurige Schnellstraße vom Rest der Stadt getrennt, erhebt sich das würfelförmige Gebäude des Kunstmuseums, das man auch ›Kriegerdenkmal‹ nennt. In seinen Räumen hängen mittelmäßige Gemälde, vor denen Schüler von ihren Lehrern herumgeführt werden – von Lehrern, die einst selbst bei uns zur Schule gingen.

Unsere Lehrer sind zufriedene, anständige Leute. Der Alkohol- und Drogenmißbrauch bei den Schülern und auch ihren Lehrern liegt statistisch gesehen ein ganzes Stück unter dem Landesdurchschnitt.

Es ist nicht nötig, länger beim Kriegerdenkmal zu verweilen.

Wenn wir von dort aus den Weg nach Norden fortsetzen, erreichen wir bald das ebenso ordentliche wie eindrucksvolle Viertel der Reichen. In diesem Teil der Stadt, allgemein als East Side bekannt, ließen sich die Brauer und Gerber nieder, die unseren Wohlstand schufen. Hier bauten sie ihre Villen. Ihre Häuser sehen nordisch, germanisch und sogar baltisch aus, und damit werden sie unserem Klima gerecht. Die stattlichen Gebäude bestehen aus grauem Granit oder roten Ziegelsteinen, sind so groß wie Fabriken oder Gefängnisse und versinnbildlichen jene Art von Fantasie, die den wichtigsten Aspekt unseres Erbes darstellt. Aber vielleicht ist der Lebensstil – das unsichtbare, verborgene Leben – dieser geborenen Kaufleute in sich selbst fantastisch: eine große Dienerschaft, Hausangestellte, Zimmermädchen und Kutscher, Küche und Wäscherinnen, private Zoos, gut vorbereitete dynastische Hochzeiten, Dutzende von Autos, Seidentapeten an den Wänden, Mahlzeiten aus zwanzig Gängen, Weinkeller und Gewölbe ... Wir wissen natürlich nicht, ob alle diese Dinge oder auch nur einige von ihnen existieren. Unsere gesellschaftlichen Kreise bleiben unter sich, und was wir von ihnen erfahren, stammt größtenteils aus den Zeitungen. Darin betrachten wir Bilder von Bällen und sehen wunderschöne Töchter, die vor Springbrunnen stehen, in denen Champagner sprudelt. Die privaten Zoos haben zwar längst ihre besten Zeiten hinter sich, doch als freie Bürger können wir an den prächtigen Anwesen vorbeigehen und durch die Tore über den weiten Rasen zu den Wagenschuppen hinübersehen. Ein Uniformierter wäscht eine Luxuskarosse; vier junge Leute in Weiß spielen Tennis auf einem privaten Platz.

Alle Opfer des Viadukt-Mörders sind erwachsene Frauen gewesen.

Weiter im Norden werden die Häuser kleiner und die Abstände zwischen ihnen größer. Dahinter – hier fehlen Tore und Wagenschuppen – erkennt man eine weite, blaugrau glänzende Fläche: der See. Die frische Luft kostet nichts, und man atmet sie tief ein. Es bedeutet Freiheit, diese Luft vom See zu atmen. Freie Menschen haben die Möglichkeit, in jede imaginäre Rolle zu schlüpfen. Sich als Prinz oder Fürst zu fühlen, der leichten Schrittes einherwandert. Der Tisch ist mit Leinen, Porzellan, Kristall und Silber gedeckt, und während sie speisen, während die Diener Tabletts bringen, findet ein intelligentes, niveauvolles Gespräch ohne irgendwelche Vorurteile statt. Es geht um Ideen, wenn auch konservativer Art. Sie mißbilligen Gewalt, lehnen sie grundsätzlich ab.

Noch weiter im Norden erstrecken sich die Vororte. Sie sind uninteressant.

Wenn man sich vom Kriegerdenkmal aus nach Süden wendet, kommt man zum Viadukt. Darunter erstreckt sich das Tal, das vielleicht mitten im Winter den besten Anblick bietet. In unserer Stadt ist der Winter immer willkommen, denn die öffentlichen Gebäude gleichen sowieso grauen, steinernen Festungen: Wenn die Temperatur unter den Gefrierpunkt sinkt und der gewohnte graue Schnee durch die Straßen wirbelt, scheinen sie mit der bleiernen Luft zu verschmelzen, gewinnen dadurch etwas Vages und Traumhaftes. Und auf diese Weise wollen sie auch gesehen werden. Das Tal heißt ... einfach Tal. Rote Flammen tanzen und wabern am Ende hoher Rauchsäulen, die aus Fabrikschornsteinen quellen. Die Bäume sind schwarz. Im Winter wird der industrielle Qualm massiv wie dunkelgraue Gletscher, hängt über dem Boden und trotzt der Schwerkraft; Schwingen gleich, zart und fedrig an den Spitzen, doch dann verfärbt er sich allmählich, bis hin zum Pechschwarz dort, wo die luftschiffartig erstarrten Gletscher die Schulter eines hypothetischen Körpers formen würden. Wie die Körper dieser großen Vögel mit den Rauchflügeln aussehen, bleibt Ihrer Vorstellungskraft überlassen.

Damals, als es noch private Zoos in der Stadt gab, züchtete man Wölfe im Tal. Es herrschte eine große Nachfrage nach Wölfen. Inzwischen sind die Zuchtstätten Fabriken gewichen und schmuddeligen Kneipen, die pensionierten Angestellten gehören, Rangiergleisen und schmalen Straßen mit wackligen Holzhäusern und Schusterläden. Die meisten früheren Wolfszüchter waren Polen. Ihre Zwinger, Rasen und mit Stacheldraht umzäunten Dressierplätze sind längst verschwunden, doch es erinnert noch immer etwas an ihre Existenz: Die Straßenschilder im Tal liefern Hinweise auf polnisch. Touristen sollten sich vom Tal fernhalten und ihr fotografisches Interesse auf das Panorama beschränken, das sich ihnen vom Viadukt aus darbietet. Mutigeren Besuchern, die sich erregende Erlebnisse wünschen, seien die Tavernen der Exangestellten empfohlen, unter ihnen der ›Rostige Nagel‹ und ›Bohrer mit Einsatz‹. Dort ist der hölzerne Boden so abgewetzt und aufgescheuert, daß die Dielen langen, schmalen Tieren mit kurzhaarigem Fell ähneln. Ein guter Rat für die Kühnen und Unerschrockenen: Kleiden Sie sich nicht zu auffällig und nehmen Sie nur wenig Bargeld mit. Grundkenntnisse der polnischen Sprache sind sehr nützlich.

Weiter im Süden gelangen wir in das eigentliche Polenviertel, in dem auch Esten und Litauer wohnen. Leider verliert das Zentrum unserer Stadt immer mehr an Reiz, doch hier schlägt ihr traditionelles Herz; seit hundert Jahren hat sich dieser Bereich nicht verändert. Der Besucher kann ungezwungen über die Marktplätze wandern, bei Straßenfesten zuschauen und beobachten, wie warm gekleidete Kinder Reifen rollen. Er sieht Patriarchen mit großen Pelzmützen und langen Bärten, Frauen, die sich an den vielen gemeinschaftlichen Wasserpumpen versammeln. An den Ständen werden Würstchen und Kohl verkauft, kulinarische Spezialitäten, die bedenkenlos verzehrt werden dürfen, und das örtliche Bier genießt den Ruf einzigartiger Reinheit. Gewalt in diesem Viertel ist ausschließlich häuslicher Natur. Der Besucher kann an politischen Diskussionen teilnehmen, die sich häufig durch einen nostalgischen Charakter auszeichnen. Vor allem Ende Januar oder Anfang Februar lohnen sich Abstecher zur ›South Side‹. Dann tragen die jungen Leute dicke Wollsachen, geschmückt mit Rentier- oder Schneeflocken-Motiven, und die älteren Frauen wetteifern darum, wer von ihnen die dickste und schwärzeste Kleidung sowie das schlichteste Kopftuch – sie nennen es Babuschka – trägt. Im späten Winter offenbaren sich die Ordentlichkeit und Sauberkeit dieser interessanten Leute besonders deutlich. Dann bemerkt der aufmerksame Besucher bärtige Familienväter, die nicht nur ihren Teil des Bürgersteigs fegen – diese Häuser stehen ebenso nahe zusammen wie die Villen der Reichen am See; der Abstand zwischen ihnen ist so gering, daß man bis vor kurzer Zeit auf Telefone verzichtete –, sondern auch im Vorgarten mit den kleinen, der Jungfrau Maria gewidmeten Schreinen, mit den Krippen und Ziergegenständen wie Elfen, Trollen und so weiter saubermachen. Es geschieht recht oft, daß die Einheimischen den Fremden einladen, um ihm den makellosen Zustand der Küche zu zeigen, den schwarz angelaufenen Holzofen und die dekorativen Fliesen. Manchmal bitten sie ihn auch darum, den selbst hergestellten Pfirsich- oder Pflaumenschnaps zu probieren.

Wärme und Entspannung gewährender Alkohol ist hier allgegenwärtig. Fast alle Familien verbringen einen Teil des Sommers damit, einen genügend großen Vorrat für den Winter anzulegen.

Bei diesen Menschen gilt Gewalt als eine interne Angelegenheit, der man sich selbst aussetzt – oder die man dem Körper und der Seele eines nahen Verwandten zuteil werden läßt. Die Bewohner dieser ordentlichen, sauberen Häuser mit den Marienfiguren und religiösen Bildern, die Nachkommen der trunksüchtigen Wolfszüchter, haben längst den Brauch aufgegeben, ihre Kinder zu Krüppeln zu machen, damit sie auch weiterhin der elterlichen Autorität unterliegen, aber einige von ihnen halten noch immer an der Tradition der Selbstverstümmelung fest. Nur wenige nehmen sich heute zwar das Augenlicht, aber viele Großväter verbergen in ihren bestickten Fäustlingen Hände, an denen der eine oder andere Finger fehlt. Zehen sind weitere beliebte Objekte der Selbstbestrafung, und auf andere weisen die vielen Läden hin, in denen es fröhlich und manchmal geradezu stürmisch zugeht und wo sich alte Männer Geschichten erzählen – dort verkauft man Gegenstände aus Holz, bekannt als ›Stelzfüße‹ beziehungsweise ›Hinkebeine‹.

Niemand nimmt an, daß der Viadukt-Mörder aus der South Side stammt.

Die Bürger der South Side bewahren sich eine tiefe Beziehung zur Gewalt, doch sind deren Auswirkungen ständig implosiv und nicht etwa explosiv. Etwa ein- oder zweimal in zehn Jahren glaubt jemand, daß er die Pflicht hat, seine Familie umzubringen, sie zu *opfern*, um ganz genau zu sein. Das Fundament dieser Erkenntnis beruht auf einer kulturellen Notwendigkeit, die für den Außenstehenden völlig rätselhaft und unverständlich ist. Um eine derartige Absicht zu verwirklichen, benutzt man alle erdenklichen Werkzeuge: Beile, Messer, Knüppel, Flaschen, Babuschkas, selbst alte Derringer-Pistolen. Das Haus, in dem die Opferung stattfand, wird unverzüglich von der ganzen Nachbarschaft in Ordnung gebracht. Die Leichen bekommen ein katholisches Begräbnis, und man bestattet sie in geweihtem Boden. Eine feierliche Messe ehrt nicht nur die Opfer, sondern auch den Mörder. In der Kirche am Marktplatz wird ein Bild der oder des Verstorbenen gezeigt, und ein Jahr lang sorgen die Großmütter des Viertels dafür, daß im Haus alles sauber und staubfrei bleibt. Junge und alte Männer treten stumm ein, trinken den Schnaps der ›Fortgegangenen‹, wie man sie nennt, sinnieren, schalten gelegentlich das Radio oder den Fernseher ein und denken über die Düsterkeit des irdischen Lebens nach. Es dauert nicht lange, bis man berichtet, daß die Verstorbenen Freunden und Nachbarn erscheinen, mit erstaunlicher Genauigkeit Unwetter vorhersagen und dabei helfen, verlorene Dinge wiederzufinden, zum Beispiel einen Knopf oder Mutters Nähnadel. Nach einem Jahr wird das Haus dann verkauft, oft an ein junges Ehepaar, einen jungen Schmied oder Markthändler und seine Braut. Für sie sind Möbel und auch Kleidung der ›Fortgegangenen‹ willkommene Erweiterungen ihres kleinen Haushalts.

Weiter im Süden befinden sich Vororte und ärmliche Dörfer, die keinen Besuch erforderlich machen.

Unmittelbar westlich vom Kriegerdenkmal erstreckt sich die Innenstadt. Vor ihrem Niedergang war sie das Geschäftsviertel und Verwaltungszentrum, und die Monumente des Reichtums existieren nach wie vor. Wenn man auf der breiten Avenue, die an der Schnellstraße beginnt, nach Westen geht, so erreicht man das Rathaus, das Postamt und die Stadthalle. Jedes dieser großen Gebäude ist einen ganzen Block lang; die Granitblöcke ihrer eindrucksvollen Mauern kommen aus den Steinbrüchen im Norden des Staates. Breite Marmortreppen führen zu den

Portalen empor, und durch viele Fenster kann man kristallene Kronleuchter sehen. Die klassischen und strengen Fassaden vereinen in ihrer architektonischen Gesamtheit zinnenartige Befestigungen und Kolonnaden. (Im Innern sind diese riesigen, fast unmenschlichen Bauwerke schon vor langer Zeit in unüberschaubar komplexe Labyrinthe unterteilt worden. Nackte Glühbirnen oder flackernde Neonleuchten erhellen winzige Büros mit abgescheuerten Tresen für Bittsteller, und Schilder verkünden den jeweiligen Zweck: Steuern und Gebühren, Hundemarken, Pässe, Statistik, Notarverzeichnis und so weiter. Die vorn gelegenen größeren Räume mit den Kronleuchtern sind für offizielle Empfänge und Bankette reserviert; sie werden nur selten benutzt.)

Unter den nächsten Gebäuden finden wir das städtische Archiv, das Polizeipräsidium und das Gericht. Auch hier gibt es breite Marmortreppen, die an massiven Bronzetüren enden. Auch hier beobachten wir Säulengänge und glitzernde Fenster, die im Winter das Licht des grauen, leeren Himmels reflektieren. Einheimische Handwerker – viele von ihnen Nachkommen französischer Siedler – haben die Vorderfront des Gerichts mit dekorativen Eisenstangen und Gittern geschmückt.

Nach den bunkerartigen, fast fensterlosen Verwaltungszentren des Gas- und Elektrizitätswerks gelangen wir zur gewölbten, stählernen Zugbrücke über den Fluß. Stromabwärts sehen wir schlammige Ufer und auf einer Bodenterrasse die Lichter der Schenke Green Woman, jetzt ein beliebter Treffpunkt für Beamte. (Einige Meter östlich davon hat sich einst ein Irrer versteckt und vergeblich versucht, den Präsidenten Dwight D. Eisenhower zu erschießen.) Dahinter ragen die hohen Betonmauern mehrerer Brauereien auf. Die Zugbrücke wurde zum letztenmal im Jahr 1956 gehoben, um eine große Jacht passieren zu lassen.

Jenseits davon liegt das merkantile Zentrum der Stadt, mit Buchhandlungen, die nur für Erwachsene bestimmt sind, mit Pornokinos, Cafés und alten Kaufhäusern. Sie sind zu Discountmärkten umgebaut worden und bieten jetzt unter anderem Dachpfannen, Auspufftöpfe und anderes Autozubehör an, auch Rohre, Wasserhähne und Billigkleidung. Nach den Unruhen von 1968 hat man die meisten Schaufenster entweder mit Brettern vernagelt oder zugemauert. Bisher sind alle Pläne fehlgeschlagen, diesen Bereich wiederzubeleben, obgleich man noch immer das Kopfsteinpflaster und die renovierten Gaslaternen sehen kann, die ihre Existenz einer optimistischen Einstellung in den siebziger Jahren verdanken. Der Wehmütige und Melancholische mag an diesem Ort verweilen, um Vergangenem nachzutrauern, doch er sollte die verwahrlosten Kinder meiden, die hier am Abend und in der Nacht umherstreifen: Zwar sind sie harmlos, aber manchmal betteln sie mit großem Nachdruck um etwas Geld.

Viele dieser Kinder wohnen in Unterkünften, die sie selbst gebaut haben, zwischen den Buchläden für Erwachsene und den Schnellimbiß-Schuppen des alten merkantilen Viertels. Die ›Baumhäuser‹ auf Reifenhügeln – einige von ihnen sind mehrere Stockwerke hoch, und bei ihrer Konstruktion hat man Feuerleitern und Treppenteile aus den früheren Kaufhäusern verwendet – zeichnen sich durch eine interessante architektonische Struktur aus. Für Fremde ist es nicht ratsam, in die ›Kinderstädte‹ vorzustoßen, und auf keinen Fall sollten sie mehr anbieten als nur ein wenig Kleingeld. Es wird auch davor gewarnt, Fotoapparate, Schmuck oder eine teure Armbanduhr zu tragen. Wahrhaft risikofreudige Touristen, die nach Aufregung suchen, können eines der Kinder auch dafür anheuern, sich zu einem ganz besonderen Zeitvertreib ihres eigenen persönlichen Geschmacks führen zu lassen. Das übliche Honorar dafür beträgt zwei Dollar.

Es ist nicht empfehlenswert, von den Kindern angebotene Objekte zu erwerben, obwohl die Jungen und Mädchen unter dem Einfluß des gleichen Selbstbewußtseins stehen, das in den gewaltigen Gebäuden auf der anderen Seite des Flusses zum Ausdruck kommt: Sie verkaufen Postkarten mit Fotos der von ihnen selbst erstellten größten und imposantesten Bauwerke. Vielleicht repräsentiert die naive Architektur der ›Baumhäuser‹ den ureigenen künstlerischen Stil unserer Stadt. Die Fotos sind größtenteils dilettantisch, aber sie stellen eine nützliche und auch wertvolle Dokumentation eines Phänomens dar, das die Bezeichnung Volkskunst verdient.

Die fleißigen Kinder des merkantilen Distrikts haben ihre Aggressionen in Form von Tätowierungen und ›spontanen‹ Überfällen ritualisiert, die den Baumhäusern feindlicher Gruppen gelten. Bei den Kämpfen blieben ernste Verletzungen aus. Es gilt als ziemlich sicher, daß der Viadukt-Mörder auch nicht in diesem Viertel wohnt.

Weiter im Westen finden wir die Reste des städtischen Museums und der Bibliothek – beide Gebäude sind während der Unruhen zerstört worden –, und hinter den malerischen Trümmern erreicht man das Getto. Es ist nicht opportun, das Getto zu Fuß aufzusuchen, doch Touristen, die sich einen Wagen gemietet haben, können hindurchfahren, ohne etwas befürchten zu müssen – nachdem sie am Tor die Maut bezahlt haben. Die Bewohner des Gettos sind vollkommen unabhängig, und dem interessierten Besucher fallen sicher Behelfsbauten mit Lazaretten, Apotheken, Lebensmittelständen und dergleichen auf. Es heißt, daß hier viele begabte Dichter, Maler und Musiker leben, darüber hinaus auch Historiker, sogenannte Memoristen, die als Archivare und lebende Enzyklopädien fungieren. Zu den Aufgaben der Memoristen gehört es, sich die Arbeiten der Künstler einzuprägen, denn im Getto gibt es weder Druckerpressen noch andere Aufzeichnungsmedien, und deshalb haben diese einfallsreichen und selbständigen Leute eine solch mentale Methode entwickelt, um Kunstwerke zu bewahren. Man geht von folgender Annahme aus: Eine Gemeinschaft, die das ›orale Malen‹ erfand, kann unmöglich den Viadukt-Mörder hervorgebracht haben. Außerdem dürfen die Bewohner des Gettos keine anderen Bereiche der Stadt aufsuchen.

Ihre Beziehung zur Gewalt ist unbekannt.

Noch weiter im Westen schneit es wesentlich öfter und länger: Mehr als ein halbes Jahr lang fallen jeden Monat bis zu siebzig Zentimeter Schnee auf Supermärkte und Papierfabriken. Während des Sommers sind Staubstürme üblich, und das Wasser enthält gewisse Krankheitserreger, gegen die viele Einheimische immun sind.

Westlich davon erstreckt sich das Sportzentrum.

Touristen, die sich bis hierher gewagt haben, sollten nun zum Ausgangspunkt der Tour zurückkehren, zum Kriegerdenkmal. Sie können den Wagen auf dem großen Parkplatz daneben abstellen. Von den weiten, leeren Terrassen des Denkmals lohnt sich ein Blick nach Südosten, bis dorthin, wo eine große, nie fertiggestellte Brücke die Weiler Wyatt und Arnoldville miteinander verbinden soll. Die Bauarbeiten wurden unmittelbar nach den Unruhen von 1968 eingestellt, weil man die Sinnlosigkeit des ehrgeizigen Projekts einsah – ein Beispiel, dem viele andere Städte im Westen der Vereinigten Staaten, aber auch in Australien und Finnland folgten. Als immer mehr Familien an der dem Fluß zugewandten Seite des Kriegerdenkmals picknickten, um stumm den unvollständigen Bogen zu betrachten, erhielt die Brücke den Status eines Symbols der Stadt. Ihr Bild ziert nun viele Fahnen und Medaillen.

Der ›Gebrochene Bogen‹ – so nennt man sie – hängt erstarrt in der Luft, gleicht großen reglosen Schwingen über dem Tal. Er erfüllt keinen konkreten Zweck, von der symbolischen Bedeutung abgesehen. Fast zufällig nur weckt der weite Halbbogen jedoch Assoziationen an Gewalt, erinnert unter anderem an jene Arbeiter, die beim – unterbrochenen und nie fortgesetzten – Bau ums Leben kamen. Er ist weder rund noch fertig, denn die Konstruktion endete auf eine abrupte, geradezu brutale Weise. Rostige Träger ragen aus dem Stumpf, Kabel mit Betonbrocken und Verschalungsteile sind sichtbar. Als noch kein elektrischer Zaun die Nicht-Brücke abschirmte, wählten in jedem Jahr zwei oder drei Bürger diesen Ort, um Selbstmord zu begehen: Sie stürzten sich in den Tod. Wenn man von der Brücke spricht, so tut man dies mit einer gewissen Art von Erinnerung an vergangene Gewalt. Die Bewohner des Gettos nennen sie ›Whitey‹, die Baumhaus-Kinder ›Ursula‹, nach einem Mädchen, das während der Unruhen starb. Leute aus der South Side bezeichnen sie als ›Geist‹, Beamte als ›großes Biest‹ und East Sider schlicht als ›das Ding‹. Der ›Gebrochene Bogen‹ hat die mächtige Ausstrahlung des Unvollkommenen und Unterbrochenen, eines Etwas, das der Fertigstellung harrt. Dahinter verbirgt sich so etwas wie Sehnsucht, das Verlangen nach Vollendung. Nach einem Abschluß. Nach etwas, das nicht existiert und von dessen Präsenz man sich Erfüllung erhofft. Nach dem Körper, ohne den die Flügel nur nutzlose Ornamente sind. An dieser Stelle soll darauf hingewiesen werden, daß viele Bürger der Stadt die ›Brücke‹ nie gesehen haben, sie nur von Bildern her kennen. Für den größten Teil der hiesigen Bevölkerung ist sie kaum mehr als ein Mythos ohne realen Inhalt. Ihre Relevanz beschränkt sich auf die eines Konzepts, einer Idee.

Gewalt ist die physische Form der Sensibilität – diese Erkenntnis vermittelt uns ein Gefühl, das nicht in Worte gefaßt werden kann. Die Stadt glaubt daran. Unvollständigkeit, der Mangel an Bezugspunkten, durch den man in der Sphäre des Ideellen strandet, verlangt nach einem Ventil. Immerhin sind wir eine amerikanische Stadt und glauben vor allem daran, daß wir ...

Die Opfer des Viadukt-Mörders – jenes Bürgers, der unsere Aufmerksamkeit fesselt, der atemlose Empörung in uns weckt und die Polizei veranlaßt, am Fluß bescheidene Wohnhäuser zu durchsuchen – sind ausnahmslos erwachsene Frauen gewesen. Der Täter riß diese Frauen in mittleren Jahren aus dem Leben, stellte sie wie Statuen neben den Stützpfeiler. Jeden Tag kommen mehr Fußgänger zum Viadukt. Am kalten Morgen wandern Männer (hauptsächlich Männer) mit Brotbeuteln langsam über den Betonweg, sehen sich nicht an, bewegen sich steifbeinig und wie in Trance, starren über den Rand des Viadukts, wenden den Blick ab, trödeln, lehnen sich so ans Geländer wie Fischer an die Reling ihrer Schiffe und warten – bis sie sich beeilen müssen, um rechtzeitig mit der Arbeit zu beginnen.

Der Besucher hat inzwischen viel von der Stadt kennengelernt und mag sich vom ›Gebrochenen Bogen‹ abwenden, dem Symbol unseres Stolzes. Wenn er sich auf die Zehenspitzen stellt (Kinder können auf eine der Stützmauern klettern) und über die sechsspurige Schnellstraße hinwegblickt, erkennt er die matten Konturen des Viadukts, darauf die Köpfe und Schultern der wartenden Männer, wie Pinselstriche in der grauen Luft. Die Dringlichkeit ihrer Sehnsucht und Erwartung ist selbst von hier aus sichtbar.

*Aus dem Englischen von Andreas Brandhorst*

*Zwischenspiel 3*

## Die Dichterlesung

Der Seminarleiter nannte seinen Namen, daraufhin erhob sich der berühmte Dichter und trat unsicher ans Rednerpult. Die junge Frau hatte ihm einige Tage vorher geschrieben (ohne eine Antwort zu bekommen) und hielt nun den Atem an: Für einen Sekundenbruchteil gewann sie den Eindruck, daß der Dichter vom Podium zu fallen oder zusammenzubrechen drohte. Er wirkte viel älter und schwächer, als sie sich ihn vorgestellt hatte – auf der Straße wäre sie achtlos an ihm vorbeigegangen. Er sah aus wie ein Greis, bei dem man schmutzige Fingernägel erwartete, der sich nicht mehr allein rasieren konnte. Wie in Zeitlupe wankte er zum Pult, hielt sich daran fest, schlug das Buch auf, zögerte und wischte sich die Stirn ab. Er schwitzte. Als er zu lesen begann, erwies seine Stimme sich als eine überaus angenehme Überraschung. Es klang so, als lese ein ganz anderer, wesentlich jüngerer und kräftigerer Mann, der mit der Stimme eines Orchesters sprach, mit der Stimme von Posaunen und Fanfaren. Der alte Dichter sah nicht auf, aber die Frau glaubte zu erkennen, wie seine Augen glasig wurden, als sei er betrunken oder fast eingeschlafen.

Am nächsten Tag erinnerte sie sich zwar an den Klang der Stimme, doch die Verse bildeten nur einen goldenen Schemen in ihrem Gedächtnis. Sie war froh, daß er ihren Brief nicht beantwortet hatte. Ihr fiel kein Ort ein, den sie mit einem solchen Mann hätte aufsuchen können. Wohin sollte man mit jemandem gehen, der wie ein Penner aussah?

*Aus dem Englischen von Andreas Brandhorst*

# DER BÜFFELJÄGER

*Für Rona Pondick*

# 1

Bob Buntings Eltern überraschten ihn an dem Sonntag, als er seinen fünfunddreißigsten Geburtstag feierte, mit einem Telefonanruf. Es war die erste Unterhaltung mit seinen Eltern seit drei Jahren, obwohl er in diesem Zeitraum allmonatlich einen Brief von ihnen erhalten hatte, und obendrein Karten zu den Geburtstagen. Diese spiegelten für gewöhnlich den geschliffenen, komischen Stil seines Vaters wider. Bunting hatte ebenso regelmäßig zurückgeschrieben, und ihm schien, als hätte er eine perfekte Beziehung zu seinen Eltern erreicht. Trennung bedeutete Gesundheit; Unabhängigkeit bedeutete Gesundheit.

In den Jahren zwischen zwanzig und dreißig, als er ab und zu arbeitslos und normalerweise knapp bei Kasse war, war er an Thanksgiving und Weihnachten von New York gekommen, um mit seinen Eltern in Michigan zu feiern – Battle Creek, Michigan. Zuerst ließ er Thanksgiving sein, als er schließlich einen Job gefunden hatte, der ihm gefiel; und als Bunting dreißig wurde, war ihm schließlich auch klargeworden, wie er es vermeiden konnte, die verabscheute weihnachtliche Reise in den finsteren und kalten Mittelwesten zu unternehmen. Auf diese Inspiration kam sein Vater zu sprechen, nachdem er ihm, wie Bunting fand, oberflächlich und unehrlich alles Gute zum Geburtstag gewünscht und eine Bemerkung über seine seltenen Telefonanrufe gemacht hatte.

»Ich vermute, Veronica hält dich gehörig auf Trab, hm? Geht ihr häufig aus?«

»Ach, du weißt ja«, sagte Bunting. »Das Übliche.«

Veronica war völlig frei erfunden. Bunting hatte seit einigen katastrophalen Erfahrungen während der High-School-Zeit keinerlei Verabredungen mit dem anderen

Geschlecht mehr gehabt. Im Verlauf zahlreicher Briefe hatte sich Veronica von einer vagen ›Freundin‹ zu einer großen, schwarzhaarigen, in der Schweiz geborenen, leitenden Angestellten von DataComCorp, Buntings Arbeitgeber, entwickelt. Sie war immer noch etwas vage, hatte aber gewisse Ähnlichkeit mit Sigourney Weaver und mit einer kleinen Frau, die er im Bus M104 gesehen hatte. »Nun, etwas scheint dich ziemlich zu beschäftigen, da du nie ans Telefon gehst.«

»O Robert«, sagte Buntings Mutter, die mehr die Andeutung ihres Mannes als seine tatsächlichen Worte meinte. Bunting, der ebenfalls Robert getauft worden war, könnte sich, wurde angedeutet, in bislang unvermuteten, zügellosen Lastern ergehen.

»Ich glaube manchmal, du liegst einfach nur da und hörst zu, wie das Telefon läutet«, sagte sein Vater versöhnlich und kritisierend zugleich.

»Er ist *beschäftigt*«, hauchte seine Mutter. »Du weißt ja, wie sie in New York sind.«

»Wirklich?« fragte sein Vater. »Du hast dir also *Cats* angesehen, was, Bobby? Hat es dir gefallen?«

Bunting seufzte. »Wir sind in der Pause gegangen.« Das hatte er schreiben wollen, wenn der nächste Brief fällig gewesen wäre. »Mir hat es ganz gut gefallen, aber Veronica fand es gräßlich. Wie dem auch sei, ein paar Freunde von ihr aus der Schweiz waren in der Stadt, und wir mußten in die Innenstadt, sie treffen.«

Sein Vater fragte: »Mädchen oder Jungs?«

»Ein Paar, ein sehr gutaussehendes junges Paar«, sagte Bunting. »Wir waren in einem hübschen neuen Restaurant namens Blue Goose.«

»Ist das ein Schweizer Restaurant, Bobby?« fragte seine Mutter, und er sah durch das Zimmer zum Sims über dem alten, unbenützbaren offenen Kamin seiner Einzimmerwohnung, wo die alte Babyflasche aus Glas, die er in seiner Kindheit benützt hatte, neben einem Spiegel aus dem Billigladen stand. Er war daran gewöhnt, Einzelheiten über imaginäre Restaurants auf dem Papier zu erfinden, Improvisationen stimmten ihn unbehaglich.

»Nein, nur ein amerikanisches Lokal«, sagte er.

»Da wir gerade beim Thema Veronica sind: Besteht die Möglichkeit, daß du sie dieses Weihnachten einmal mitbringen könntest? Wir würden das Mädchen gerne einmal kennenlernen.«

»Nein – nein – nein, Weihnachten geht nicht, das wißt ihr. Sie muß in die Schweiz zurück, ihre Familie besuchen; das ist für sie wirklich eine Staatsaffäre. Sie fahren alle gemeinsam im Schnee zur Kirche ...«

»Nun, für uns ist es irgendwie auch eine Staatsaffäre«, sagte sein Vater.

Buntings Kopfhaut fing an zu schwitzen. Er knöpfte den Hemdkragen auf, zog die Krawatte herunter und fragte sich, warum er überhaupt den Hörer abgenommen hatte. »Ich weiß, aber ...«

Einen Augenblick sagte keiner etwas.

»Wir sind nur dankbar, daß du so oft schreibst«, sagte seine Mutter schließlich.

»Ich komme euch irgendwann einmal besuchen, das wißt ihr. Ich warte nur auf den richtigen Zeitpunkt.«

»Nun, ich würde vorschlagen, du beeilst dich etwas«, sagte sein Vater. »Wir werden beide nicht jünger.«

»Aber Gott sei Dank seid ihr beide gesund.«

»Deine Mutter ist vorige Woche auf dem Parkplatz des Red Owl ohnmächtig geworden. Einfach umgekippt, und hat sich den Kopf angestoßen. Und außerdem das Knie aufgeschürft.«

»Ohnmächtig? Warum bist du ohnmächtig geworden?« sagte Bunting. Er stellte sich seine Mutter mit einem Verband vor.

»Oh, ich will nicht darüber reden«, sagte sie. »Es ist eigentlich nichts Ernstes. Ich kann immer noch gut gehen, jedenfalls mit der Krücke.«

»Was meinst du damit, ›eigentlich nichts Ernstes‹?«

»Ich bekomme Kopfschmerzen, wenn ich an die vielen

Eier denke, die ich zerdeppert habe«, sagte sie. »Du sollst dir um mich keine Sorgen machen, Bobby.«

»Du warst nicht einmal bei einem Arzt, oder?«

»Ach, verflucht, wir *brauchen* keinen Doktor«, sagte sein Vater. »Die berechnen einem einen Arm und ein Bein für nichts und wieder nichts. Wir waren beide seit zwanzig Jahren bei keinem Doktor mehr.«

Es folgte ein Schweigen, währenddessen Bunting hören konnte, wie sein Vater die Kosten für den Anruf addierte. »Nun, machen wir Schluß, einverstanden?« sagte sein Vater schließlich.

Nach dieser Unterhaltung mit ihren unausgesprochenen Anspielungen, Vorwürfen und Verurteilungen fühlte sich Bunting zappelig und erschöpft. Er legte den Hörer auf, rieb sich mit einer Hand über das Gesicht und stand auf, um durch das vollgestopfte, unordentliche Zimmer zum Sims des nutzlosen Kamins zu gehen. Er bückte sich und betrachtete sich selbst im Spiegel. Sein schütteres Haar stand in kleinen Strähnen ab, wo er es während der Unterhaltung mit seinen Eltern gequält hatte. Er nahm einen Kamm aus der Jackentasche und strich die Strähnen über der Kopfhaut glatt. Sein rosafarbenes, aufgeschlossenes Gesicht sah ihn beruhigend über dem Kragen des gestärkten weißen Hemdes an. Zur Feier seines Geburtstags hatte er eine neue Krawatte und einen seiner besten Anzüge angelegt, einen grauen Nadelstreifenanzug aus Kammgarnstoff, in dem sein Träger augenblicklich wie der Aufsichtsratsvorsitzende der Firma Fortune 500 aussah. Er posierte einen Augenblick vor dem Spiegel, beugte die Knie, um das Ebenbild seines Oberkörpers, des Halses und des jungenhaften, fast kahlen Kopfs zu betrachten. Dann richtete er sich wieder auf und sah auf die Uhr. Es war halb fünf, nicht zu früh für einen Geburtstagsdrink.

Bunting nahm seine alte Babyflasche vom Sims, stieg über einen Stapel Zeitschriften, betrat die winzige Kochnische und machte die Kühlschranktür auf. Er stellte die Babyflasche auf die nüchterne Arbeitsplatte neben dem

Spülbecken und nahm eine Flasche Wodka, Marke Popov, aus dem Eisfach, die er neben die Babyflasche stellte. Bunting schraubte den Sauger von der Flasche ab, begutachtete den rosafarbenen, zerkauten Schnuller und das Innere der Flasche, ob sie verstaubt waren, blies in beides hinein und stellte Flasche und Schnuller wieder hin. Er schraubte den Verschluß von der Wodkaflasche und neigte sie über die Babyflasche. Ein Strom Flüssigkeit gleich silbernem Sirup ergoß sich von einem Behältnis ins andere. Bunting füllte die Babyflasche zur Hälfte mit eiskaltem Wodka, und weil er Geburtstag hatte, schenkte er dann noch einen großzügigen Schluck ein, bis sie zu drei Vierteln voll war. Er schraubte die Wodkaflasche zu und stellte sie in das sonst leere Eisfach. Aus dem Kühlschrank holte er eine Flasche Schweppes Tonic Water, machte sie auf und goß Tonic ein, bis die Babyflasche voll war. Er schraubte den Schnuller wieder auf die Flasche und schüttelte sie zweimal heftig. Einige Tropfen spritzten aus der Öffnung des Schnullers, die Bunting mit der Spitze eines silbernen Taschenmessers erweitert hatte. Die Glasflasche in seiner Hand wurde kalt.

Bunting umrundete den Sessel, der die Grenze seiner Küche markierte, trat wieder über den Berg Zeitschriften, ließ die Flasche auf das hastig gemachte Bett fallen und streifte das Anzugjackett ab. Er hängte das Jackett über die Lehne eines Holzstuhls und setzte sich auf das Bett. Auf dem Polstersitz des Stuhls lag ein Roman von Luke Short; den nahm er und schwang die Füße aufs Bett. Als er sich in die Kissen sinken ließ, neigte sich die Flasche und ließ einen Tropfen Wodka Tonic auf das zerknüllte blaue Laken fallen. Bunting hob die Flasche hoch, schlug linkisch das Buch auf und grunzte zufrieden, als sich die Worte voll Trost und Aufregung von der Seite emporhoben. Er hielt die Flasche an den Mund und fing an, kalten Wodka durch das Loch in dem schwammigen rosa Schnuller zu saugen.

Bei einem seiner Weihnachtsbesuche zu Hause hatte

Bunting diese Flasche zutage gefördert, als er in Kisten auf dem Dachboden im Haus seiner Eltern gekramt hatte. Zuerst hatte er sie gar nicht gesehen – eine zylindrische Form aus Glas auf dem Boden einer Papiertüte, in der sich ein leerer Block Lebensmittelkarten aus dem Krieg befand, dazu zwei ausgetretene Paar Mokassins und ein teilweise amputierter, ausgestopfter Affe. Er war nach oben gegangen, um den Fragen seines Vaters und den besorgten Blicken seiner Mutter zu entgehen – Bunting war zu der Zeit in der Versandabteilung eines Magazins beschäftigt gewesen, das sich Masturbationsfantasien widmete – und war fasziniert vom vergangenen Leben seiner Familie gewesen, welches dieser Dachboden barg. Da gab es Stapel alter Wintermäntel, Fotoalben in Kartons mit winzigen Bildern von Fremden und verlassenen Straßen und längst gestorbenen Hunden, Berge vergilbter Zeitungen mit gigantischen Schlagzeilen aus dem Krieg (ROMMEL GESCHLAGEN! und SIEG IN EUROPA!), reihenweise Taschenbücher an einer schrägen Wand, Tüten voll Sachen aus den hintersten Winkeln der Schränke.

Der Affe paßte genau in diese Kategorie, ebenso die Schuhe, aber Bunting war nicht sicher, was den Rationierungsblock anbetraf. Die runde Glasflasche schimmerte, unter den Mokassins eingeklemmt, ganz unten in der Tüte. Bunting legte den Affen weg, ein Spielzeug, an das er sich kaum noch erinnern konnte, und fischte die dicke, überraschend schwere Babyflasche heraus. Ein elfenbeinartiger Plastikring mit einer breiten Öffnung für einen Gummischnuller war auf die Flasche geschraubt worden. Bunting untersuchte die Flasche und dachte sofort, daß er einstmals, in einem Zustand wahrhafter Hilflosigkeit, diesen Gegenstand an die kindliche Brust gehalten hatte. Einst hatten sich seine eigenen winzigen Finger beim Saugen um dieses dicke Glas geklammert. Dieser Stellvertreter, diese Imitation, diese simulierte Brust hatte ihn am Leben gehalten: Es war ein vergängliches Stück, etwas wie ein Gegenstand der Volkskunst zum alltäglichen Gebrauch, das im Gegensatz zu seiner Kindheit – die heute nur noch als kleine Serie statistischer Augenblicke, welche aus einer unermeßlichen Dunkelheit gepflückt zu sein schienen, sichtbar war – überlebt hatte. Aber vor allem brachte sie ihn zum Lachen. Er hielt sie fest, während er auf dem winzigen Dachboden umherspazierte – er wollte sie nicht loslassen –, und als er wieder nach unten kam, versteckte er sie in seinem Koffer. Und dann vergaß er, daß sie dort war.

Als er wieder in New York war, verblüffte ihn die Anwesenheit der in ein Gewirr schmutziger Hemden gewikkelten Babyflasche; es war, als wäre ihm die Glasflasche selbständig von Battle Creek nach Manhattan gefolgt. Dann fiel ihm wieder ein, wie er sie in der Nacht vor seiner Heimreise selbst in die Hemden gewickelt hatte, einer Nacht, in der sein Vater sich betrunken und dreimal nacheinander, jedesmal lauter, beim Essen gesagt hatte: »Ich glaube nicht, daß du es in dieser Welt jemals zu etwas bringen wirst, Bobby«, worauf seine Mutter zu weinen anfing und sein Vater, von ihnen beiden angewidert, hinausgestapft war, um im Schnee spazierenzugehen. Seine Mutter war nach oben ins Schlafzimmer gegangen, und Bunting hatte ohne Empfindungen dagesessen und sich Bilder vom Weihnachtsfest anderer Menschen angesehen. Schließlich war sein Vater wieder aus dem Schnee hereingekommen und hatte sich zu ihm vor den Fernseher gesellt, ohne mit ihm zu sprechen oder ihn auch nur anzusehen. Am nächsten Morgen am Flughafen hatte sein Vater ihm mit einer schnurrbärtigen Umarmung die Wangen zerkratzt und gesagt, wie schön es gewesen war, ihn wieder einmal hier zu haben, und seine Mutter hatte tapfer und gerührt dreingeschaut. Sie waren zwei alte Leute, und das Michigan der Arbeiterklasse schien unerträglich häßlich zu sein, eine Häßlichkeit, an die er sich noch erinnerte.

Er verstaute die Flasche oben auf einem hohen Regal und vergaß sie erneut.

Im Lauf der folgenden Jahre sah Bunting die Flasche nur bei den wenigen Anlässen, wenn er etwas von diesem Regal holen mußte. Den größten Teil seiner Mahlzeiten nahm er entweder in billigen Restaurants in der Umgegend ein oder bestellte sie bei Empire Szechuan, daher hatte er kaum Verwendung für die Töpfe und Pfannen, die er dort aufbewahrte. In diesen Jahren fand er den Job im Versand von DataComCorp, erfand Veronica zum Vergnügen seiner Eltern und seinem eigenen, reduzierte seine Besuche in Michigan und stellte sie schließlich ganz ein, überschritt die Dreißig und richtete sich mit den, wie er meinte, Gewohnheiten seines Erwachsenenlebens ein.

Er sparte sein Geld, da er es, abgesehen von der Miete, kaum für etwas ausgeben konnte. Jedes Frühjahr und jeden Herbst ging er in ein gutes Herrenbekleidungsgeschäft und kaufte zwei Anzüge, mehrere neue Hemden und drei oder vier neue Krawatten. Diese Ausflüge waren große Abenteuer, und er bereitete sich sorgfältig darauf vor, indem er Prospekte las und die Vorzüge der Waren bei Barney's, Paul Stuart, Polo, Armani und zwei oder drei anderen Geschäften, die er in deren Klasse erachtete, miteinander verglich. Er las genau die Western und Kriminalromane, die sein Vater früher gelesen hatte. Er aß seine zwei Mahlzeiten täglich in der beschriebenen Weise. Das Haar ließ er sich alle zwei Wochen von einem japanischen Friseur um die Ecke schneiden, der bemerkte, wie glatt sein Kragen war, wenn er ihm das schützende Handtuch um den Hals legte. Er spülte sein Geschirr nur, wenn alles verbraucht war, und etwa einmal im Monat wischte er den Boden und stapelte alles auf. Er streute Kakerlakengift aus und stellte Mausefallen auf, und wenn er die Kadaver entfernte, machte er die Augen zu. Außer ihm betrat niemand je seine Wohnung, aber während der Arbeit unterhielt er sich ab und zu mit Frank Herko, dem Mann am Computermonitor nebenan. Frank beneidete Bunting um seine Kleidung und prahlte mit Geschichten über sein Sexualleben, dessen Teilnehmerinnen er in Bars und Discos aufriß, und hörte sich Buntings eigene, zahmere Schilderungen seiner Abende mit Veronica an.

Bunting las gerne im Liegen und trank beim Lesen. Seine kleine Wohnung war im Winter kalt, und er konnte sich nur in das Bett legen; daher verbrachte Bunting drei bis vier Monate lang fast die gesamten Wochenenden und die meisten seiner Abende völlig angezogen in die Laken eingemummt, ein Glas Wodka (ohne Tonic, das kam erst nach dem 1. Mai) in einer und ein Taschenbuch in der anderen Hand. Das einzige Problem mit diesem System, das ansonsten perfekt zu Buntings Begierden und Bedürfnissen paßte, war gelegentliches Verschütten. Er hatte technische Probleme gehabt, das Glas beim Umblättern aufrecht zu halten. Eine Lösung war, das Glas seitlich an den Körper zu pressen, wenn er umblätterte, aber diese Methode versagte manchmal, ebenso wie die Technik, das Glas auf der Brust zu balancieren. Hätte er sämtliche Bücher, benützte und unbenützte Kleenex-Tücher, Tablettenfläschchen, Wattebäuschchen, Q-Tips, das Vaselineglas und den Taschenspiegel vom Stuhl neben dem Bett geräumt, hätte er das Glas auf der Sitzfläche abstellen können, wenn er nicht trank; aber er wollte nicht nach dem Getränk greifen müssen. Bunting wollte seine Befriedigungen prompt und griffbereit.

Je nach Tageszeit konnte das Getränk, das Bunting zu *Ein neuer Colt in der Stadt* oder *Sättel und Steppe* auswählte, entweder Kräutertee, Orangensaft, warme Milch, Tab oder Pepsi oder Mineralwasser sein. Sollte es ihm nicht möglich sein, derlei angenehme und harmlose Flüssigkeiten in sich aufzunehmen, ohne einen Blick von der Seite nehmen zu müssen? Sämtliche anderen Bereiche des Lebens waren von Schwierigkeiten und Kompromissen erfüllt; dieser – Bett und Buch – sollte vollkommen sein.

Die Lösung kam ihm eines Novembers nach einem geheimnisvollen und beängstigenden Erlebnis, das sich zutrug, während er seinen monatlichen Brief nach Hause schrieb. *Liebe Mom, lieber Dad, alles läuft immer noch so gut, daß ich manchmal glaube, ich träume. Veronica sagt, sie hat noch nirgendwo erlebt, daß es ein Angestellter so schnell so weit gebracht hätte. Gestern abend waren wir nach einem Essen im Quaglino's, einem neuen Restaurant, über das sämtliche Kritiker des Lobes voll sind, noch im Rainbow Room tanzen. Während ich sie durch die gut angezogene Menschenmenge auf der Fifth Avenue zur Park Avenue führte, sagte sie mir, sie brauche mich dieses Weihnachten wieder unbedingt an ihrer Seite in der Schweiz, es falle ihr schwer, sich gegen die Vorwürfe ihres Bruders zu verteidigen, daß sie ihr Heimatland verraten und verkauft habe, und die dortige Aristokratie ist auch gegen sie . . .*

Als er Weihnachten erwähnte, sah er, wie auf einer Postkarte abgebildet, das Ebenbild des schmucken weißen Hauses in Battle Creek, seine Eltern davor auf der Eingangstreppe, sein Vater stirnrunzelnd unter dem Schirm einer karierten Mütze, seine Mutter vor Mißbilligung blinzelnd. Sie standen starr wie das Paar auf dem Bild ›American Gothic‹. Er hörte auf zu schreiben, und sein Verstand hastete ihnen voraus die Stufen empor, durch die Tür, die Treppe hinauf in eine schreckliche Leere. Einen Augenblick glaubte er, er würde ohnmächtig werden oder *wäre* ohnmächtig geworden. Ferne weiße Lichter kreisten über ihm, er stürzte durch das All. Ein gewaltiges Wissen bewegte sich in ihm, drängte mit Macht aus der Dunkelheit, in der es gefangen gewesen war, nach oben, und ihm wurde klar, sein Leben hing davon ab, dieses Wissen in sich verschlossen zu halten, in einem goldenen Sarg, in einem silbernen Sarg, in einem bleiernen Sarg. Es war eine wilde Bestie mit Krallen und Zähnen, ein Tiger, und dieser Tiger wollte in seinen bewußten Verstand springen und ihn vernichten. Bunting keuchte unter der Kraft und dem Wissen um den Tiger in ihm, und er betrachtete das weiße Papier, wo sein Füller einen kleinen Krakel nach dem Wort *sie* gemacht hatte; er merkte, daß er nicht ohnmächtig geworden war – aber es war, nur da und auch nur einen Augenblick lang, so gewesen, als wäre sein Körper durch eine dunkle Barriere geschleudert worden.

Er lehnte erschöpft am Kopfteil und versuchte sich zu erinnern, was gerade geschehen war. Die Entfernung machte es bereits verschwommen. Er hatte seine Eltern gesehen und war geflogen . . .? Er erinnerte sich an den Gesichtsausdruck seiner Mutter, die blinzelnden, fast katzenhaften Augen und die tiefen parallelen Furchen auf der Stirn, und er spürte, wie sein Herz vor Erleichterung darüber klopfte, daß er dem Ding entkommen war, das in ihm selbst emporgedrängt hatte. Er war ihm sogar so gründlich entkommen, daß er sich schon fragte, ob sein Erlebnis tatsächlich wirklich gewesen war. Ein dicker Schutzschirm war wieder an der Stelle eingerastet, wo er nachdrücklich hingehörte.

Und dann kam Buntings Offenbarung.

Er dachte an die alte Babyflasche auf dem Regal und sah, wie er sie verwenden konnte. Er legte den Brief beiseite und ging durch das Zimmer, um die Flasche von ihrem hohen Regal herunterzuholen. Sie löste sich mit einem leisen Kußlaut von dem Regal.

Die Flasche war mit flusigem grauen Staub überzogen, eine klebrige braune Substanz vom Regal zog sich kreisförmig um den unteren Teil. Bunting drückte Geschirrspülmittel in die Flasche und hielt sie unter einen Strahl heißen Wassers. Er schrubbte den Boden sauber, schraubte die Plastikkappe ab und spülte die Rillen der Kappe und des Flaschenhalses. Während er die warme Flasche mit einem sauberen Geschirrtuch abtrocknete, sah er seine Mutter, wie sie in ihrer dunklen kleinen Küche über die Spüle gebeugt stand, ihre Arme in Seifenwasser tauchte und Dampf über ihrem Kopf aufstieg.

Bunting verdrängte dieses Bild und betrachtete die Flasche. Sie schien für so einen zweckdienlichen Gegenstand überraschend schön zu sein. Die Flasche war ein perfekter Zylinder aus durchsichtigem Glas, das beim Abtrocknen funkelte. Seltsamerweise fühlte sich das glatte, liebkosende Gewicht in seiner erwachsenen Hand ebenso angenehm an, wie es sich in seiner kindlichen Hand angefühlt haben mußte. Eine winzige Luftblase war darin gefangen und stieg vom dicken unteren Rand der Flasche empor. Der Name des Herstellers, Prentiss, stand in wulstigen, transparenten Buchstaben kreisförmig um die Schulter der Flasche.

Er stellte sie auf den saubersten Abschnitt der Arbeitsplatte und kauerte sich nieder, um sein Werk zu bewundern. Die Flasche war ein Obelisk aus wundersam durchsichtiger Haut. Die Wand dahinter verwandelte sich in eine verschwommene, elastische Schliere. Einen Augenblick wünschte sich Bunting, die beiden Fenster seiner Wohnung, von denen aus man auf eine Reihe halb verfallener Backsteinhäuser der Westside von Manhattan sehen konnte, wären aus demselben verzerrenden Glas.

Er ging zur Eighth Avenue, um nach Schnullern zu suchen, und fand sie in einem Drugstore, wo sie etwas über Augenhöhe hingen, wie Kondome dreierweise verpackt und von einem Schaukasten voll Babyflaschen umgeben waren. Er riß das erste Päckchen Schnuller von der Halterung und trug sie zur Registrierkasse. Er übte, was er sagen würde, sollte das mürrische puertoricanische Mädchen ihn fragen, weshalb er Schnuller für Babyflaschen kaufte – *der verdammte Bengel verschleißt sie massenhaft* –, aber sie berechnete ihm sechsundneunzig Cent, stopfte die Packung in eine Tüte, nahm seinen Dollar und gab ihm das Wechselgeld ohne einen Kommentar oder einen neugierigen Blick. Er trug die Tüte freudestrahlend in seine Wohnung, als wäre er gerade einer großen Gefahr entkommen. Das Eis unter seinen Füßen war nicht gebrochen; er hatte sein Leben unter Kontrolle.

Daheim zog er das Päckchen Schnuller aus der Tüte und bemerkte als erstes, daß sie vertikal verpackt waren, wie die Dächer einer Pagode, und als zweites, daß es sich um Evenflo-Schnuller handelte, ›eigens für Saft entwickelt‹. Das war in Ordnung, er würde sie schon einer saftigen Verwendung zuführen.

*Liebe Eltern,* stand auf der Rückseite der Verpackung.

*Alle Babys sind einmalig.* Bunting bejubelte die weisen Patriarchen der Firma Evenflo. Mit dem System von Evenflo konnte man die Durchflußrate regulieren und dadurch gewährleisten, daß das Baby stets einen gleichmäßigen, konstanten Strom bekam. *Und Baby schluckt dabei weniger Luft.* Schnuller Marke Sure-Seal hatten ein doppeltes Luftventil. Sie hießen Pacers – Läufer –, als wären sie Mitglieder einer schnellen, zuversichtlichen Familie.

Bunting wurde ermahnt, die Schnuller nicht in den Mikrowellenherd zu geben, und daran erinnert, daß jeder Schnuller abnutzte. Falls man Fragen hatte, konnte man eine Nummer anrufen – gebührenfrei.

Er nahm die Flasche Wodka aus dem Eisfach und schenkte vorsichtig Wodka in die funkelnde Flasche. Dann nahm er ein Taschenmesser und schnitt die Schnuller aus der Verpackung, verwahrte die Gebrauchsanweisung sorgfältig und holte den obersten heraus. Der Schnuller fühlte sich überraschend fest und widerstandsfähig zwischen seinen Fingern an. Er fügte den Schnuller ungeduldig in den Kappenring ein und schraubte den Ring auf dem Flaschenhals fest. Dann kippte er die Flasche zum Mund und saugte.

Der Schnuller berührte Lippen und Zunge, die ihn auf der Stelle akzeptierten, denn was ist einem Mund schon angenehmer als ein hübscher neuer Schnuller? Aber ein frustrierend dünner Strahl Wodka kam durch die kreuzgeschnittene Öffnung. Bunting saugte fester, knetete den Schnuller wie Kaugummi zwischen den Zähnen, aber der Wodka strömte mit derselben konstanten, vorsätzlichen Geschwindigkeit durch die Öffnung.

Jetzt holte Bunting sein kleines silbernes Messer, das eigentlich Frank Herko gehörte, aus der Tasche. Bunting hatte es ein paar Tage lang auf Herkos Scheibtisch liegen gesehen, ehe er es geborgt hatte. Er wollte es eines Tages zurückgeben, aber niemand konnte bestreiten, daß das elegante Messer viel besser zu jemand wie Bunting als zu Frank Herko paßte. Herko hatte es höchstwahrscheinlich auf dem Gehweg oder unter dem Tisch eines Restaurants gefunden (denn in Wirklichkeit besuchte Frank Herko die Restaurants, deren Namen Bunting für seine Geschichten von Veronica übernahm), und daher stand es Bunting ebenso zu wie ihm. Ganz behutsam führte Bunting die zierliche Klinge in einen glatten Ausläufer des gestanzten Kreuzes ein. Er verlängerte den Schnitt um etwa drei Millimeter, dann machte er dasselbe mit der anderen Hälfte des Kreuzarms. Er führte den Schnuller wieder in den Kappenring ein, schraubte den Ring auf die Flasche und erprobte seine Verbesserung. Ein Mundvoll Wodka strömte durch die erweiterte Öffnung und berührte seine Zähne kalt.

Bunting hatte seine wunderbare neue Erfindung gleich mit ins Bett genommen und unterwegs Jackett und Hemd abgelegt. Er nahm seinen Luke-Short-Roman und sog Wodka durch den Schnuller. Als er die Seite umblätterte, klemmte er den Schnuller zwischen die Zähne und ließ die Flasche wie eine monströse Zigarre über die Unterlippe abwärts hängen. Ein Gefühl des Unzusammenhängenden, des Unvollendeten, plagte ihn. Er ritt auf dem Rücken eines Pferdes namens Shorty in ein grasbewachsenes Tal hinab. Er betrachtete eine grasende Büffelherde. Die Flasche baumelte erneut, als die untere Hälfte des Briefs an seine Eltern an seinen Beinen hinab in die Büffelherde rutschte. »Oh«, sagte er. »O ja.«

Die Babyflasche, von dem Zwischenfall inspiriert, welchen Bunting beim Verfassen des Briefes gehabt hatte, hatte diesen *ersetzt*. Jetzt wollte Bunting nur noch im Bett ruhen, auf dem alten Shorty dahinreiten und seine vertraute Flasche auf der Suche nach Büffelfellen umklammern, aber mehr als Pflichtgefühl veranlaßte ihn, die Ecke der Seite umzuknicken und das Buch über Shorty und der friedlichen Herde zuzuschlagen. Buntings Herz fühlte sich beschwingt. Er nahm den Block, auf dem er ins ferne Battle Creek geschrieben hatte, fand den Kugelschreiber in den Falten des Lakens und schrieb weiter.

*Daher muß ich sie wieder begleiten,* schrieb er, dann schob er das Blatt höher und begann einen neuen Abschnitt, der aus dem Zentrum seiner neuen Befriedigung diktiert wurde.

*Habe ich Euch jemals wirklich von Veronica erzählt, Mom und Dad? Wißt Ihr, wie wunderschön sie ist, wie klug und erfolgreich? Ich wette, es vergeht kein Tag, an dem nicht ein Fotograf sie bittet, für ihn zu posieren, oder ein Redakteur ihr sagt, daß sie auf dem Umschlag seines Magazins abgebildet sein müßte. Sie hat dunkles Haar und hohe, breite Wangenknochen, und manchmal denke ich, sie sieht aus wie eine große Katze, die sich zum Sprung vorbereitet. Sie hat den Doktortitel und liest einen Roman an einem Tag. Sie füllt sämtliche Kreuzworträtsel mit Füller aus. Und Geschmack hat sie! Kein Wunder, daß sie wie ein Model aussieht! Betrachtet Euch die Top-Mannequins in Zeitungsanzeigen, die mit langem Haar und vollen Lippen, und Ihr seht, wie anmutig Veronica ist. Wie sie sich bückt, wie sie sich bewegt, wie sie ihre Brille in einer Hand hält, und wie niedlich sie aussieht, wenn sie sie aufhat, wie ein wunderschönes Kätzchen. Und sie liebt dieses Land, Dad, Du solltest sie über die Vorzüge reden hören, die Amerika seinem Volk gibt – ehrlich, so ein Mädchen hat es noch nie vorher gegeben, und ich danke meinen Sternen, daß ich sie gefunden und ihre Liebe gewonnen habe.*

Mit diesem Brief war Bunting zu Bestform aufgelaufen. Trotz aller Lügen, die er über sie erzählt hatte, Lügen, die so sehr mit seinem Leben verwoben waren, daß ihn ein wunderschöner Schatten im Bus von und zur Arbeit zu begleiten schien, war ihm Veronica noch nie so präsent, so sichtbar gewesen. Sie war aus den Schatten herausgetreten. Er fuhr fort: *Meine Beziehung zu Veronica wird tatsächlich immer besser. Sie gibt mir, was ich brauche, den Trost und die Stabilität, die man braucht, wenn man aus dem Geschäftsleben nach Hause kommt, die Tür hinter sich zumacht und sich von den Sorgen und Zwängen des Tages freimachen möchte. Habe ich Euch schon einmal gesagt, wie sie mir mitten in einer wichtigen Sitzung mit einem Kunden von DataComCorp zu-*

*schmollt, eine winzig-kleine Bewegung, die außer mir unmöglich jemand bemerken kann? Dann laufen mir Schauer über den Rücken, Mom und Dad. Und sie hat mir soviel vom Leben und der Aufregung in dieser Stadt gezeigt, das A und O des Amüsierens hier in New York, dem Big Apple – ich glaube wirklich, dies ist von Dauer, und eines schönen Tages werde ich ihr einen Antrag machen! Ich weiß, sie würde ohne zu zögern ja sagen, denn sie liebt mich wirklich so sehr, wie ich sie . . .*

## 2

Am Montag nach seinem Geburtstag wachte Bunting mit einem Kater auf und beschloß augenblicklich, daß es nicht notwendig sein würde, zur Arbeit zu gehen.

Sein Zimmer bot die Beweise für eine außergewöhnliche Nacht. Die fast leere Flasche Popov stand auf dem Tresen neben dem Kühlschrank, eine Lampe hatte die ganze Nacht gebrannt und einen Kreis gelblichen Lichts auf ein Bündel Falten und Wülste geworfen, die sich als sein grauer Kammgarnanzug von Paul Stuart entpuppten. Offensichtlich hatte er das Jackett beiseite geworfen, den Gürtel aufgemacht und war auf dem Weg zum Bett aus der Hose gestiegen. Seine Schuhe lagen weit auseinander, als hätte er sie von den Füßen gerissen und weggeworfen. Näher beim Bett waren seine Krawatte, das weiße Hemd von gestern und die Unterwäsche, die allesamt Punkte in einer Linie bildeten, welche zu seinem vergifteten Körper führten. Neben ihm lagen die leere Babyflasche von Prentiss und eine aufgeschlagene Taschenbuchausgabe von *Der Büffeljäger* auf dem Bettuch. Offenbar hatte er versucht zu lesen, als er endlich die Kleidung ausgezogen und es bis zum Bett geschafft hatte. Sein Körper folgte seinen Gewohnheiten, auch wenn der Verstand nicht mehr funktionierte.

Er nahm die Beine vom Bett, worauf eine plötzliche

Übelkeit die Befürchtung in ihm weckte, er müßte sich übergeben, ehe er es bis zur Toilette geschafft hatte. Die Klarheit, die er gleich nach dem Erwachen empfunden hatte, wich Kopfschmerzen und anderen körperlichen Leiden. Ein anderer, kranker Körper hatte den ersetzt, den er kannte. Die Übelkeit ließ nach, worauf sich Bunting vom Bett erhob. Er sah auf seine weißen, langen, knochigen Beine hinunter. Das waren eindeutig nicht seine eigenen. Die Beine brachten ihn ins Bad, wo er sich auf die Toilette setzte. Er hörte sich stöhnen. Schließlich gelang es ihm, unter die Dusche zu gelangen, wo heißes Wasser auf den Körper des Fremden prasselte. Die runzligen Hände des Fremden rieben Seife über seine weiße Haut und Shampoo in das leblose Haar.

Langsam zog er einen dunklen Anzug, ein sauberes weißes Hemd und eine marineblaue Krawatte mit weißen Streifen an – Kleidung, die er zu einer Beerdigung getragen hätte. Sein Kopf schien weiter vom Boden entfernt zu schweben, als er in Erinnerung hatte, seine Arme und Beine waren spindeldürr und zerbrechlich. Bunting erlebte ein geisterhaftes Glück, eine garstige Fröhlichkeit, weil so viel von seiner alltäglichen Persönlichkeit verschwunden war.

Der Spiegel zeigte ihm einen weißen, gealterten Bunting mit funkelnden Augen. Er war immer noch ein wenig betrunken, wurde ihm klar, aber er konnte sich nicht erinnern, weshalb er soviel Wodka getrunken hatte – er fragte sich, ob es einen Grund dafür gab, und kam zum Ergebnis, daß er lediglich seinen Geburtstag zu ausgiebig gefeiert hatte. »Fünfunddreißig«, sagte er zu dem weißen Gespenst im Spiegel. »Fünfunddreißig und ein Tag.« Bunting war nicht daran gewöhnt, Geburts- oder Jahrestagen viel Aufmerksamkeit zu schenken, nicht einmal seinem eigenen, und lediglich der Anruf aus Battle Creek hatte ihn daran erinnert: Außer ihm wußte noch jemand, daß der Tag alles andere als gewöhnlich war. Er hatte sich nicht einmal ein Geschenk gemacht.

So würde er diesen eigentümlichen Vormittag verbringen. Er würde sich ein Geschenk zum fünfunddreißigsten Geburtstag kaufen. Und wenn er wieder in besserer Verfassung war, würde er zur Arbeit gehen.

Bunting fand die Sonnenbrille auf dem Eßtisch, schob sie in die Brusttasche und verließ das Zimmer. Der Flur sah noch schäbiger aus als sonst. Stücke der Tapete hingen von den Ecken herunter, ganze Abschnitte der Wand waren mit aufgedunsenen, trickfilmgleichen und sinnlosen Worten besprüht worden. BANGO SKANK. JEEPY. Buntings Gefühl, zerbrechlich zu sein, nahm zu. Er bahnte sich einen Weg durch die Düsternis im Flur zum Fahrstuhl und drückte mehrmals auf den Knopf. Ein paar Minuten später trat er aus dem Fahrstuhl und gestattete sich, wieder zu atmen. Nach dem Fahrstuhl roch die Halle wie ein frisch gemähtes Heufeld.

Zwei aufgeschlitzte Kunstledersofas standen einander auf dem schmutzigen Steinboden gegenüber. An einer auf wundersame Weise von Graffiti freigehaltenen Wand stand ein kistenförmiger, verlassener Schreibtisch aus Holz. In einem Topf neben diesem Schreibtisch nahm ein fast zwei Meter hoher Farn allmählich eine vertrocknete braune Farbe an. Bunting ging durch die fleckige Glastür, dann an der Klingelreihe vorbei durch die schweren Holztüren und trat in grelles Sonnenlicht, welches ihm augenblicklich von den Dächern Dutzender Autos, von sauberen Schaufenstern, von den Edelstahlbändern der Armbanduhren, von glitzernden Ohrringen und von hundert anderen kleinen und großen polierten Gegenständen in die Augen stach. Bunting riß die Sonnenbrille aus der Brusttasche und setzte sie auf.

Als er am Drugstore vorbeikam, fiel ihm ein, daß er einen frischen Satz Schnuller brauchte, und er trat ein. Drinnen zeigte ihm ein schräger Spiegel eine verkürzte Version von sich selbst, nur gewölbte Stirn und bedrohliche Sonnenbrille. Er sah wie ein verkleideter Außerirdischer aus. Bunting schritt zwischen den grellen Reihen dahin zum rückwärtigen Teil des Ladens und den Babyartikeln.

Hier waren die wunderbaren Nachkommen der Familie Pacer, aber als er danach griff, sah er, was ihm beim erstenmal entgangen war. Der Drugstore führte nicht nur die orangefarbenen Schnuller mit der kreuzgeschnittenen Öffnung, sondern in Reihen zu beiden Seiten der Saftschnuller fleischfarbene Schnuller für Brei, weiße Schnuller für Milch und blaue Schnuller für Wasser.

Er nahm Schnuller jeder Art herunter, dann wurde ihm klar, daß die perfekten Geburtstagsgeschenke überall vor ihm an der Wand hingen. Bei seinem ersten Besuch waren ihm die Babyflaschen, die neben den Schnullern ausgestellt waren, nicht einmal aufgefallen; damals hatten ihn Babyflaschen nicht interessiert, abgesehen von seiner eigenen. Er hatte sich nicht vorgestellt, daß ihn andere Babyflaschen je interessieren könnten. Und er hatte sich auch in anderer Hinsicht geirrt. Er war davon ausgegangen, daß Babyflaschen im Lauf der Zeit dieselben blieben, wie weiße Hemden und schwarze Schuhe und gebundene Bücher, daß die Form irgendwann Anfang des zwanzigsten Jahrhunderts vervollkommnet worden war und siebzig oder achtzig Jahre später einfach in großer Zahl reproduziert wurde. Das war ein Irrtum. Babyflaschen waren Gegenstände wie Autos und Frühstücksflocken und erstaunlicher Wandlungen fähig.

Bunting lächelte erstaunt und erfreut, schritt die Reihen entlang und trug seine Päckchen mit weißen, orangefarbenen, blauen und fleischfarbenen Schnullern. Die erste Unterscheidung der Flaschen bestand in der Form, die zweite im Material, die dritte in der Farbe. Außerdem hatte ein unerklärlicher Wechsel der Hersteller stattgefunden. Keine der Flaschen vor ihm war eine Flasche von Prentiss. Alle waren entweder von Evenflo oder von Playtex. Was war aus Prentiss geworden? Die Hersteller dieser dauerhaften, beständigen Flasche waren nicht mehr im Geschäft – pleite, bankrott, futsch.

Bunting verspürte sengende Scham für seine Eltern: Sie hatten auf einen Verlierer gesetzt.

Die meisten Babyflaschen waren nicht einmal mehr rund. Sie waren sechseckig, abgesehen von denen (Easy Hold), die wie langgezogene Krapfen aussahen, mit einem länglichen, schmalen Oval in der Mitte, durch das Babyfinger greifen konnten. Und die runden, die Flaschen von Playtex, waren lediglich Hüllen um zerknautschte Plastiktüten herum. Diese hybriden Gegenstände, die an Wechseljahre und Alter gemahnten, jagten Bunting Schauer über den Rücken. Von den sechseckigen Flaschen – Säuger, wie sie mittlerweile genannt wurden – waren manche gelb, andere orange, und manche hatten lächelnde Gesichter entlang den Markierstrichen der Füllmenge auf der Seite. Einige dieser neuen Flaschen waren aus Glas, aber die meisten bestanden aus einem dünnen durchsichtigen Kunststoff.

Bunting wurde auf der Stelle klar, daß er, abgesehen von denen, die die erschlafften Brüste enthielten, sämtliche Flaschen haben mußte. Selbst seine Kopfschmerzen schienen nachzulassen. Er hatte das perfekte Geburtstagsgeschenk für sich gefunden. Nachdem er sie nun gesehen hatte, war es ihm unmöglich, nicht von jeder Spielart dieser ›Säuger‹ ein Exemplar zu kaufen. Dann drang ein weiterer brillanter Einfall in ihn ein, als hätte ihn jemand per Pfeil aus einem himmlischen Gefilde geschickt.

Er sah im Geiste auf dem Regal neben dem Herd eine Flasche für Kaffee und eine für Tee, eine Flasche für kalten Wodka, eine andere für leckere warme Milch, Flaschen für alkoholfreie Getränke und verschiedene Sorten Bier sowie eine für Mineralwasser; eine ganze Flaschenbibliothek. Er konnte Morgenflaschen und Abendflaschen und Mitternachtsflaschen haben. Er würde viel mehr Schnuller brauchen, wurde ihm klar, und er fing an, Sachen von ihren Haken zu räumen.

Als er wieder in seiner Wohnung war, spülte Bunting seine Geburtstagsgeschenke und stellte sie auf der Arbeitsfläche auf. Die Reihe sah nicht so eindrucksvoll aus, wie er sie sich vorgestellt hatte – es waren alles in allem nur sieben Flaschen, seine alte Prentiss und sechs neue. Sieben schienen zu wenig zu sein. Er mußte an alle Flaschen denken, die noch auf dem Regal standen. Er hätte mehr kaufen sollen. Eine Doppelreihe Flaschen – ›Säuger‹ – hätte doppelt so eindrucksvoll ausgesehen. Immerhin hatte er Geburtstag, oder nicht?

Dennoch, er hatte eine Sammlung – eine kleine Sammlung. Er strich mit den Fingern über die Reihe der Flaschen, wählte eine aus durchsichtigem Plastik aus und prüfte den Unterschied zwischen ihr und der alten runden Prentiss aus Glas. Weil er sich ein wenig ausgetrocknet fühlte, füllte er sie mit Leitungswasser und schob einen blauen Wasserschnuller durch den Verschlußring. Der neue Schnuller war köstlich schlüpfrig auf seiner Zunge. Bunting gähnte und nahm die neue Flasche mit dem blauen Schnuller selbstvergessen mit zum Bett. Er sagte sich, daß er sich nur ein paar Minuten hinlegen würde, und ließ sich auf das ungemachte Bett fallen. Er schlug sein Buch auf, saugte Wasser durch den neuen Schnuller und schlief so schnell und tief ein, als hätte man ihn mit einer Keule auf den Hinterkopf geschlagen.

Als Bunting zwei Stunden später aufwachte, konnte er sich nicht genau erinnern, wo und sogar wer er war. Nichts um ihn herum sah vertraut aus. Das Licht – genauer gesagt, die relative Eigenschaft der Dunkelheit – stimmte nicht. Er begriff nicht, warum er Anzug, Hemd, Krawatte und Schuhe anhatte, und er empfand ein tiefes, geheimnisvolles Schamgefühl. Er hatte sich selbst verraten, er war *entdeckt* worden, und nun war er in Ungnade gefallen. Sein Mund hatte einen schrecklichen Geschmack. Allmählich nahm sein Zimmer um ihn herum Form an, aber es war nicht die richtige Zeit für dieses Zimmer. Warum war er nicht bei der Arbeit? Sein Herz schlug schneller. Bunting setzte sich auf, stöhnte und sah die Reihe funkelnder neuer Babyflaschen, jede mit ihrem neuen Schnuller, neben der Spüle. Das Gefühl von Scham und Ungnade verzog sich. Ihm fiel ein, daß er sich den Vormittag freigenommen hatte, und einen Augenblick dachte er, er sollte seinen Eltern wirklich einen Brief schreiben, sobald er wieder einen klaren Kopf hatte.

Aber er hatte gerade mit seinen Eltern gesprochen. Er war einem neuerlichen Weihnachtsfest entkommen, doch das wurde durch erschreckende Neuigkeiten ausgeglichen, die ihm sein Vater mitgeteilt hatte. Die genaue Art dieser Neuigkeiten offenbarte sich ihm nicht; sie fühlten sich an wie ein großer, empfindlicher Bluterguß, und sein Verstand schrak vor der Erinnerung an die Verletzung zurück.

Er sah auf die Uhr und stellte überrascht fest, daß es erst elf Uhr dreißig war.

Bunting stieg aus dem Bett und überlegte sich, daß er ebensogut zur Arbeit gehen konnte. Im Bad spritzte er sich Wasser ins Gesicht, putzte sich die Zähne und achtete darauf, daß er weder Wasser noch Zahnpasta auf Jackett oder Krawatte bekam. Als er mit Mundwasser gurgelte, fiel es ihm wieder ein: Seine Mutter war auf dem Parkplatz eines Supermarkts gestürzt. Hatte sein Vater angedeutet, daß er nach Battle Creek kommen sollte? Nein, eine solche Andeutung war nicht ausgesprochen worden. Dessen war er sicher. Und wie konnte er seiner Mutter schon helfen, selbst wenn er dort hinging? Es ging ihr gut – sie machte sich nur Gedanken, weil sie so viele Eier zerdeppert hatte.

## 3

Ein seltsames Hochgefühl, als wäre er soeben einer großen Gefahr entronnen, überkam Bunting, als er wieder in den Sonnenschein trat, und da sein Bus nicht gleich kam, ging er zu Fuß zu den Büros von DataComCorp. In gewisser Weise fühlte sich sein Körper immer noch nicht wie sein eigener an, aber es gelang ihm, sich in gutem Tempo auf dem Gehweg Richtung Columbus Circle und Innenstadt zu bewegen. Die herbstliche Luft war frisch und kühl, die Erinnerung an die sechs neuen Babyflaschen daheim in seiner Wohnung war ein blubbernder innerer Springbrunnen, der in seinen Gedanken emporstieg, unter der Oberfläche verschwand und erneut emporstieg.

Ging jemals eine junge Mutter auf der Suche nach einer Babyflasche für ein Neugeborenes in einen Drugstore und fand keine?

Bunting erreichte die Tür des Dateneingangsraums in dem Augenblick, als einer seiner Mitarbeiter mit einer Bestellung für Sandwiches und Getränke wegging. Wenige von Buntings Kollegen gaben ihr Geld für Essen im Restaurant aus, fast alle aßen Sandwiches in einer Gruppe bei der Kaffeemaschine oder allein an ihren Schreibtischen. Bunting aß im allgemeinen in seinem Kabuff oder in dem von Frank Herko, denn Frank verabscheute die meisten Kollegen ebenso wie Bunting. Ein paar der anderen Angestellten hatten zwar eine Handelsschule oder eine Fachschule besucht, aber nur Bunting und Frank Herko waren am College gewesen. Bunting zwei Jahre am Lansing College, Herko zwei in Yale. Frank Herko entsprach überhaupt nicht Buntings Vorstellungen von einem Yale-Studenten. Er war untersetzt und hatte eine tonnenförmige Brust, einen schwarzen Bart und langes, lockiges schwarzes Haar. Normalerweise kleidete er sich in ausgebeulte Hosen und weite Pullover, die manchmal wahrhaftig Löcher hatten. Und Herko benahm sich auch nicht wie die Vorstellung seines Bürokollegen von einem Yalie, denn er war laut, aggressiv und unverblümt bis zur Unhöflichkeit. In den ersten Monaten beim Dateneingang war Bunting von Herkos Art erbost und erzürnt gewesen, eine Einstellung, die von der beharrlichen, seltsam feinfühligen Unterwürfigkeit, Freundlichkeit und Neugier des Mannes allmählich untergraben und schließlich verändert worden war. Herko schien zur Überzeugung gelangt zu sein, daß der ältere Mann eine Art Schatz war, ein echter *rara avis*, der spezielle Behandlung verdiente.

Bunting bat den Boten, ihm ein Sandwich mit Schweizer Käse und eines mit Schwarzwälder Schinken, Vollkornbrötchen, Senf, Mayonnaise, Salat und Tomaten mitzubringen. »Oh, und Kaffee«, sagte er. »Schwarzen Kaffee.«

Herko bahnte sich einen Weg zur Tür und strahlte ihn an. »Hmhmm, schwarzen Kaffee«, sagte er. »Sie sehen heute nach schwarzem Kaffee *aus*. Schön, daß Sie trotzdem gekommen sind, mein teuerster Bunting. Ich nehme an, Sie haben eine ungewöhnlich harte Nacht hinter sich?«

»Könnte man sagen.«

»O ja, o ja. Und wir gehen zur Arbeit, sobald wir aufgestanden sind, richtig? Und unser wunderschöner Anzug hat noch sämtliche Falten der Nacht vorher.«

»Hm«, sagte Bunting und sah an sich hinunter. Lange, deutliche Falten verliefen an dem Anzugjackett hinab und kreuzten sich mit schrägen Falten, die zu den Streifen seiner Krawatte paßten. Als er aus seinem Nickerchen erwacht war, war er so desorientiert gewesen, daß sie ihm gar nicht aufgefallen waren. »Ich bin eben erst aufgestanden.« Er bemühte sich, die Falten glattzustreichen.

Frank kam einen Schritt näher und schnupperte in der Luft. »Und Alkoholgestank strömt immer noch aus den alten Poren. Haben eine kleine Party gefeiert, was?« Er beugte sich zu Bunting und sah ihm ins Gesicht. »Mein Gott. Sie sehen echt beschissen aus, wissen Sie das? Warum sind Sie überhaupt zur Arbeit gekommen, Dummkopf? Konnten Sie den Tag nicht freinehmen?«

»Ich wollte zur Arbeit kommen«, sagte Bunting. »Ich habe mir ja den Vormittag freigenommen, oder nicht?«

»Und sich mit der wunderschönen Veronica im Bett gewälzt«, sagte Herko. »Beeilen Sie sich, und verschwinden Sie in Ihrem Kabuff, ehe eine der alten Tanten Wind von Ihnen bekommt und aus den Latschen kippt.«

Er schubste Bunting zu seiner Reihe und seinem Kabuff.

Bunting stieß die Tür auf und ließ sich auf den Stuhl vor dem Terminal fallen. Ein mehrere Zentimeter hoher Papierstapel lag neben seiner Tastatur.

Herko zog eine Dose Binaca aus der Hosentasche. »Um Gottes willen, nehmen Sie eine Dosis hiervon, ja?«

»Ich habe mir die Zähne geputzt«, protestierte Bunting. »Zweimal.«

»Nehmen Sie es trotzdem. Behalten Sie es. Sie werden es brauchen.«

Bunting sprühte sich gehorsam Dampf mit Zimtaroma auf die Zunge und steckte die Dose in die Jackentasche.

»Bunting vergißt sich«, sagte Herko. »Bunting läßt die Sau raus. Bunting, der Partylöwe.« Er grinste. »Hat Veronica eine Nummer mit Ihnen gemacht oder Sie eine Nummer mit Veronica, Mann?«

Bunting rieb sich die Augen.

»He, Mann, Sie können nicht einfach in der Kleidung des vergangenen Abends hereinspaziert kommen, immer noch völlig abgeschlafft von der Nacht zuvor und obendrein drei Stunden zu spät – und nicht erwarten, daß ich neugierig bin!« Er beugte sich nach vorne und breitete die Arme aus, wodurch der unförmige blaue Pullover noch weiter wurde. »Erzählen Sie schon! Verdammt, was ist passiert? Haben Veronica und Sie einen Jahrestag oder einen Krach gehabt?«

»Weder noch«, sagte Bunting.

Herko stemmte die Hände an die Hüften und schüttelte den Kopf, womit er stumm nach weiteren Einzelheiten der Geschichte flehte.

»Nun, ich war anderswo«, sagte Bunting.

»Offensichtlich. *Zu Hause* waren Sie eindeutig nicht.«

»Und ich war mit jemand anderem aus«, sagte Bunting.

Herko krähte, ballte die Faust und schlug damit nach oben, den Ellbogen angewinkelt. »Schau einer an! Bunting geht fremd.«

Wieder sah Bunting seine Eltern vor ihrem abblätternden Haus stehen wie das Paar von American Gothic, sein

Vater im Begriff, eine banale Herzlosigkeit herauszuplappern, seine Mutter buchstäblich vor Nervosität zappelnd. Sie waren winzig, wurde Bunting klar, nicht größer als Puppen.

»Ich habe mich mit ein paar neuen Leuten getroffen. Ab und zu. Hin und wieder.«

»Ein paar neue Leute«, sagte Herko.

»Zwei oder drei. Eigentlich drei.«

»Und was hat Veronica dazu zu sagen? Weiß sie es überhaupt?«

»Veronica und ich sind ein bißchen abgekühlt. Wir wollen mehr Freiheiten haben. Sie trifft sich wahrscheinlich auch mit anderen Leuten, obwohl sie sagt, daß es nicht so ist.« Diese Erfindungen fielen Bunting mühelos ein, er stützte das Kinn auf die Hände und sah in Frank Herkos strahlende Augen. »Ich glaube, ich habe mich ein wenig gelangweilt oder so. Ich wollte etwas Abwechslung. Man will schließlich nicht immer dasselbe haben, oder?«

»Man will sich nicht blamieren«, sagte Herko rasch. »Man blamiert sich, wenn man immer mit derselben geht.«

»Veronica hat immer Schwierigkeiten, sich zu entspannen. Menschen wie sie machen nie langsam und gehen etwas ruhig an. Sie denken immer daran, wie sie vorwärtskommen, noch mehr Geld machen und einen noch besseren Status erlangen können.«

»Ich habe nicht gewußt, daß Veronica so ist«, sagte Herko. Er hatte ein völlig anderes Bild von Buntings Freundin präsentiert bekommen.

»Glauben Sie mir, ich habe selbst lange gebraucht, bis ich dahintergekommen bin. Und so etwas gibt man ja nicht gerne zu.« Er zuckte die Achseln. »Aber wenn sie sich umsieht, wird sie jemanden finden, der besser zu ihr paßt. Ich meine, wir lieben einander noch, aber . . .«

»Es hat nicht funktioniert, das ist offensichtlich«, sagte Herko helfend. »Sie war nicht die Richtige für Sie, sie hatte nicht dieselben Wertvorstellungen, es hätte nie ein glückliches Ende nehmen können. Sie haben richtig gehandelt.

Außerdem, Sie gehen aus und vergnügen sich, richtig? Was will man mehr?«

»Ich will, daß meine Kopfschmerzen weggehen«, sagte Bunting. Das Gefühl einer leichten, verhaltenen Trunkenheit war verschwunden und damit auch das Gefühl, einen unbekannten Körper zu bewohnen.

»Um Himmels willen, warum haben Sie das nicht gleich gesagt?« meinte Herko und verschwand in seinem eigenen Kabuff. Bunting konnte die Spitze seines Kopfs wie eine Perücke über der Trennwand hin und her schweben sehen. Schubladen wurden aufgezogen und zugemacht. Einen Augenblick später kam Herko mit zwei Aspirin zurück, die er auf Buntings Schreibtisch legte, bevor er zum Wasserspender ging. Bunting saß reglos wie ein König. Herko kam mit einem Pappbecher voll Wasser zurück, im selben Moment kam eine Frau mit einem Karton herein, in dem sich die Bestellungen der Abteilung vom Imbiß befanden.

»Geben Sie uns unsere vorzüglichen Vier-Sterne-Menüs, und lassen Sie uns allein«, sagte Herko.

Sie wickelten ihre Sandwiches aus und fingen an zu essen, während Herko dem älteren Mann begierige und impertinente Blicke zuwarf. Bunting aß absichtlich langsam und genüßlich, Herko schlang. Es folgte ein längeres Schweigen.

»Das Sandwich schmeckt gut«, sagte Bunting schließlich.

»Ja, ja«, sagte Herko. »Momentan würde Ihnen *Alpo* gut schmecken. Was ist mit dem Mädchen? Erzählen Sie mir von dem Mädchen.«

»Oh, Carol?«

»Was soll diese Scheiße von wegen ›Oh, Carol‹, Bunting? Glauben Sie, ich kenne das Mädchen, oder was? Erzählen Sie mir von ihr – wo haben Sie sie kennengelernt, wie alt ist sie, womit verdient sie ihren Lebensunterhalt, hat sie lange Beine und große Titten, Sie wissen schon – reden Sie!«

Bunting kaute absichtlich langsam weiter und sah Herko gelassen an. Der jüngere Mann sah wie eine große zottelige Puppe aus. »Ich habe sie in einer Kunstgalerie kennengelernt.«

»Sie Teufelskerl.«

»Ich ging zufällig dort vorbei, und als ich durchs Fenster blickte, sah ich sie hinter dem Schreibtisch sitzen. Als ich am nächsten Tag vorbeikam, saß sie wieder dort, also bin ich reingegangen und habe so getan, als würde ich mir die Bilder ansehen. Ich habe ein Gespräch mit ihr angefangen, dann kam ich regelmäßig in die Galerie, und nach einer Weile habe ich sie zum Essen eingeladen.«

»Die Mädchen in Kunstgalerien sind unglaublich«, sagte Herko. »Darum arbeiten sie ja auch in Kunstgalerien. Man kann keine alte Fregatte schöne Bilder verkaufen lassen, richtig?« Er schüttelte den Kopf. Von seinem Sandwich tropfte dickliche weiße Flüssigkeit auf das Papier, und eine Spur dieser Flüssigkeit war an seinen Mundwinkeln verschmiert. »Wissen Sie, was Sie sind, Bunting? Sie sind eine Geheimwaffe.« Etwas mehr weiße Flüssigkeit quoll aus sein Mundwinkeln. »Sie sind ein gottverdammtes *Raketensil*

»Carol paßt einfach nur besser zu mir, das ist alles«, sagte Bunting. Insgeheim erregten ihn diese Bezeichnungen. »Sie ist eine mehr künstlerische Person, nicht so auf ihre Karriere und so weiter versessen. Sie ist bereit, sich mehr auf mich zu konzentrieren.«

»Was bedeutet, sie ist hundert Prozent besser im Bett, habe ich recht?«

»Nun«, sagte Bunting, der vage daran dachte, daß Veronica doch sehr gut im Bett gewesen war.

»Das ist doch offensichtlich und muß nicht eigens erwähnt werden«, sagte Herko. »Sie müssen es mir nicht erzählen.«

Bunting zuckte die Achseln.

»Wie ist ihr Nachname?«

»Even«, sagte Bunting. »Carol Even. Das ist ein englischer Name.«

»Wenigstens ist Englisch ihre Muttersprache. Sie ist ein Produkt Ihrer eigenen Kultur; selbstverständlich ist sie mehr Ihr Typ als irgendeine Schweizer Geldmaschine. Erzählen Sie mir von den beiden anderen.«

»Ach, Sie wissen ja«, sagte Bunting. Er trank aus dem Plastikbecher Kaffee. »Das übliche.«

»Arbeiten sie alle in Kunstgalerien? Pimpern Sie sie alle gleichzeitig oder immer eine nach der anderen? Wohin gehen Sie mit ihnen? Streifen Sie durch die Club-Szene? Besuchen Sie Konzerte? Oder laden Sie sie einfach zu einem inbrünstigen *Gespräch* zu Ihnen nach Hause ein?« Er kaute hektisch beim Sprechen und winkte mit der freien Hand. Er hatte eine rosa Paste im Mund, einen Brei aus zerkautem Roastbeef, Mayonnaise und Vollkornbrötchen. »Sie sind ein Wahnsinniger, Bunting, Sie sind ein vollkommen Irrer. Ich habe es immer gewußt, ich wußte von dem Augenblick, als Sie hier reingelaufen sind, daß Sie total plemplem sein müssen. Sie können vielleicht die alten Damen hier mit Ihrer seriösen Kleidung täuschen, aber ich kann Ihre Fangzähne sehen, mein Freund, und das sind lange, lange Fangzähne.« Herko schluckte den Brei in seinem Mund und blinzelte Bunting zu. Er schüttete Kaffee hinunter.

»Das haben Sie gesehen, hm?«

»Als allererstes. Lange Fangzähne, mein Freund. Und jetzt erzählen Sie mir von den anderen Frauen.« Er tätschelte sich den Bauch und unterdrückte ein Rülpsen. »Los doch, wir haben nur noch ein paar Minuten.«

Bunting lehnte sich auf dem Stuhl zurück und sah zur Decke. »Nun, außer mit Carol habe ich mich noch mit zwei sehr interessanten Mädchen getroffen.« Er machte die Augen zu und improvisierte.

Die Mittagspause war zwanzig Minuten später zu Ende, der Tag nahm seinen Verlauf. Bunting war zwar müde, aber das seltsame Hochgefühl hatte sich wieder eingestellt – ein Hochgefühl, das wie die Befreiung von einer schweren, schmerzhaften Verantwortung zu sein schien –, und während seine Finger über die Tastatur des Computers huschten, dachte er über die Frauen nach, die er Frank Herko beschrieben hatte. Bilder der wunderbaren neuen Babyflaschen daheim in seinem Zimmer mengten sich immer wieder in seine Hirngespinste.

Er stellte fest, daß er eine überraschende Anzahl Tippfehler machte.

Am Spätnachmittag tauchte Herkos Kopf über der Trennwand auf, die ihre beiden Kabuffs voneinander trennte.

»Wie läuft's?«

»Langsam«, sagte Bunting.

»Vergessen Sie das, Sie sind noch in der Genesungsphase. Hören Sie, ich habe eine tolle Idee. Sie gehen doch nicht mehr mit Veronica aus, richtig?«

»Das habe ich nicht gesagt«, antwortete Bunting.

»Sie wissen, was ich meine. Im Grunde genommen sind Sie ein freier Mann, oder nicht? Meine Freundin Lindy hat eine Freundin, Marty, die mit jemand Neuem ausgehen möchte. Marty ist ein tolles Mädchen. Sie wird Ihnen gefallen. Das ist ein Versprechen, Mann. Wenn ich könnte, würde ich selbst mit ihr ausgehen, aber dann würde Lindy mich umbringen. Ohne Scheiß – ich würde Ihnen diesbezüglich nichts vormachen, ich glaube wirklich, daß Sie sie mögen werden und eine schöne Zeit mit ihr verbringen könnten, und wenn alles gutgeht – ich sehe keinen Grund, warum nicht –, könnten wir alle vier einmal gemeinsam ausgehen.«

»Marty?« fragte Bunting. »Sie möchten, daß ich mit jemand namens Marty ausgehe?«

Frank kicherte. »He, sie ist echt niedlich, kommen Sie mir bloß nicht so. Es war eigentlich Lindys Einfall; ich glaube, ich habe mit ihr über Sie gesprochen, und sie fand, daß Sie ganz okay zu sein scheinen, wissen Sie, und als ihre Freundin Marty anfing, dies und das zu sagen, daß sie mit einem Typen Schluß gemacht hat, hat sie mich nach Ihnen gefragt. Und ich habe gesagt – auf keinen Fall, der Bursche ist in festen Händen. Aber da Sie nun eh über die Stränge schlagen, sollten Sie es echt mit Marty versuchen. Ich mache keine Witze.«

Sicher nicht. Sein Kopf wirkte noch größer als sonst, sein Bart schien förmlich aus der Haut zu springen, das Haar schäumte aus der Kopfhaut, seine Augen quollen aus den Höhlen. Bunting hatte eine kurze, beunruhigende Vorstellung, wie es sein mochte, ein Mädchen zu sein und diese ganze beharrliche männliche Energie abzuwehren.

»Ich denke darüber nach«, sagte er.

»Großartig. Habe ich Ihre Telefonnummer? Die habe ich doch, oder?«

Bunting konnte sich nicht erinnern, Herko seine Telefonnummer gegeben zu haben – er gab sie selten jemand –, aber er nannte sie dem eifrigen Kopf, der auf ihn heruntersah, und der Kopf verschwand hinter der Trennwand, als Herko zum Schreibtisch ging, um die Nummer aufzuschreiben. Einen Moment später tauchte der Kopf wieder auf. »Das wird Ihnen nicht leid tun. Ich verspreche es!« Herko verschwand hinter der Trennwand.

Buntings ganzer Körper wurde kalt. »Jetzt warten Sie einen Augenblick. Was haben Sie vor?« Er konnte spüren, wie sein Herz raste.

»Was glauben Sie denn, daß ich vorhabe?« rief Herko über die Trennwand.

»Sie können niemand meine Nummer geben!« Bunting hörte seine eigene Stimme als piepsendes Nörgeln und wurde sich bewußt, daß ihn alle anderen im Dateneingangsraum ebenfalls hören konnten.

Herkos Oberkörper erschien; er beugte sich um die Tür zu Buntings Kabuff. Er runzelte die Stirn. »He, Mann. Habe ich gesagt, daß ich jemand Ihre Nummer geben würde?«

»Tun Sie das nicht«, sagte Bunting. Er fühlte sich, als wäre er vor einer Sekunde vom Blitz getroffen worden. Er betrachtete seine Hände und sah, daß sie, und wahrscheinlich sein ganzer Körper, krebsrot mit weißen Flekken dazwischen geworden waren.

»Sie gehen mir auf den Wecker, Mann, weil Sie nämlich wissen sollten, daß Sie mir vertrauen können. Ich bin kein Arsch, Bunting. Ich versuche, etwas Nettes für Sie zu tun.«

Bunting sah wütend auf seine Tastatur.

»Sie gehen mir allmählich echt auf den Wecker«, sagte Herko mit ruhiger, leiser Stimme.

»Okay, ich vertraue Ihnen«, sagte Bunting und sah weiter auf die Tastatur, bis Herko sich in sein eigenes Kabuff zurückgezogen hatte.

Am Ende des Arbeitstages verließ Bunting das Büro rasch und nahm die Treppe, damit er nicht auf den Fahrstuhl warten mußte. Als er im Erdgeschoß angelangt war, spürte er, wie sich rechts von ihm zwei Fahrstuhltüren gleichzeitig öffneten, hastete zur Tür und wartete voll Grausen darauf, daß jemand seinen Namen rufen würde. Bunting stürmte durch die Tür und schritt, so schnell er konnte, zur Ecke, wo er in eine dunkle Seitengasse einbog. Er nahm die Sonnenbrille aus der Tasche und setzte sie auf. Fremde gingen an ihm vorbei, und selbst die Orientteppichläden und indischen Restaurants entlang der Straße schienen anonym und austauschbar zu sein. Er wurde langsamer. Ihm fiel auf, daß er sich unbewußt von seiner Bushaltestelle entfernte. Bunting erlebte das Gefühl, vor etwas wegzulaufen, in allen Einzelheiten, aber er hatte keine feste Vorstellung, wovor er weglief. Alles war eine Illusion. Er mußte vor nichts weglaufen. Herko? Die Vorstellung war absurd. Er mußte ganz sicher nicht vor dem zotteligen, lärmenden Herko weglaufen.

Bunting schlurfte weiter; er war zu müde, den ganzen Weg zu seinem Mietshaus zu Fuß zu gehen, aber er spürte eine neue Dimension in seinem Leben, eine erwartungsvolle Vorfreude, die es angenehm machte, auf der Straße quer durch die Stadt zu gehen.

Er überquerte den Broadway und ging weiter, während er dachte, er könnte sogar eine U-Bahn suchen, die ihn in die besseren Viertel brachte. Bunting war nur einmal mit der U-Bahn gefahren, kurz nach seiner Ankunft in New York, aber in dem heißen, überfüllten Abteil hatte er Todesangst gefühlt. Jeder Zentimeter Wand war mit irren Kritzeleien verunziert; jeder andere Mann in der U-Bahn sah wie ein Straßenräuber aus. Aber Frank Herko fuhr jeden Tag mit der U-Bahn von Brooklyn hierher. In der Zeitung stand, daß sämtliche Graffiti an den Wänden entfernt worden waren. Bunting lebte schon ein Jahrzehnt in New York und war nie überfallen worden. Er ging ganz allein durch eine dunkle Straße; die U-Bahn konnte doch jetzt sicher keine Gefahr mehr für ihn sein. Und sie war viel schneller als der Bus.

Bunting ging am Eingang zu einer U-Bahn-Haltestelle vorbei, während ihm dieser Gedanke durch den Kopf ging; er blieb stehen und betrachtete ihn. Stufen führten in eine rauchige Schwärze hinab, aus der Lärm drang; die schmutzige Treppe herauf wehte ein Gestank wie im Zoo, der Gestank von Geschlechtsteilen anderer Menschen.

Bunting zuckte zurück wie eine Katze, ging weiter nach Westen und war jetzt fest entschlossen, bis zur Eighth Avenue zu laufen. Plötzlich war ihm so elend, daß er versucht war, ein Taxi zu rufen und die fünf Dollar für den Heimweg auszugeben. Ihm war eingefallen, Frank Herko und seine Freundin Lindy wollten ihm zu einer Verabredung mit einem Mädchen namens Marty verhelfen, und eben das mußte die vage Freude gewesen sein, die seine Stimmung erst vor wenigen Minuten erhellt hatte.

Aber nichts daran war in Ordnung, die ganze Vorstellung war alptraumhaft grotesk.

Aber warum mußte die Vorstellung von einer Verabredung grotesk sein? Er war ein gutgekleideter Mann mit einer festen Anstellung. Er sah ganz gut aus – eindeutig ganz gut. Üblere Menschen hatten Millionen Verabredungen. Und darüber hinaus hatte Veronica ihm eine Art

Vorgeschichte geliefert, eine Ebene der Erfahrung, die kein anderer Angestellter für sich in Anspruch nehmen konnte. Er hatte Hunderte von Stunden mit Veronica in Restaurants Konversation gemacht und ebenfalls Hunderte in Flugzeugen. Er war in die Schweiz gereist und in Luxushotels abgestiegen.

Bunting wurde klar, wenn etwas im Geiste geschah, war es wirklich geschehen – man hatte Erinnerungen daran, man konnte darüber reden. Es veränderte einen ebenso wie ein Ereignis in der wirklichen Welt. Auf lange Sicht gab es kaum Unterschiede zwischen Ereignissen in der wirklichen Welt und Ereignissen im Geiste, weil man sie in Wahrheit beide bewohnte. Er war der Liebhaber einer gebildeten Schweizer Frau namens Veronica gewesen und konnte ganz sicher eine Verabredung mit einer schäbigen Bekannten von Frank Herko überstehen. Namens Marty.

Er konnte sie sogar sehen. Er konnte sie heraufbeschwören. Ihr Name und ihre Freundschaft mit Frank erweckten das Bild einer kleinwüchsigen, dunkelhaarigen, anspruchslosen jungen Frau, die gerne ihren Spaß hatte. Sie würde passabel hübsch sein, kurze Röcke und verwaschene Pullover tragen und oft ins Kino gehen. Eine passive, großherzige Neigung würde ihre gelegentliche Plumpheit ausgleichen. Er selbst würde ihr patriarchisch, reserviert, ironisch erscheinen – ein gebildeter älterer Mann.

Er würde einmal, in einer unbestimmten zukünftigen Zeit, mir ihr ausgehen. Die Unterschiede zwischen ihnen würden für sich selbst sprechen, und er und Marty würden sich mit einer Mischung aus Bedauern und Erleichterung trennen. Dieses unendlich verschiebbare Szenario war es, welches so entzückend vage über ihm schwebte.

Er sah sie vor sich, wie sie mit hohen Absätzen und einem für das Wetter zu dünnen Mantel neben ihm die Straße entlangtrippelte und staunend und bewundernd in sein Gesicht aufschaute. Und möglicherweise auch mit einer Spur Argwohn, denn Marty würde bauernschlau sein, verschlagen, hip – alles, was Frank Herko sein wollte und war.

Bunting lächelte in sich hinein, als er in die Eighth Avenue einbog. Als er sah, daß er an einem Drugstore vorbeikam, trat er ein und schritt durch die Gänge, bis er zur Abteilung mit Babyflaschen kam. Neben drei Sorten Evenflo und denen von Playtex hingen hier Flaschen, von denen er noch nie gehört hatte – keine nüchternen von Prentiss, sondern gedrungene kleine blaue Fläschchen und Fläschchen mit Mustern und Flaggen und Teddybären, ein völlig neues Spektrum Flaschen von einer Herstellerfirma namens Ama. Bunting sah auf der Stelle, daß Ama eine wunderbare Firma war. Sie hatten ihren Sitz in Florida und verfügten über eine sonnige, erfinderische Feinfühligkeit. Bunting raffte Flaschen zusammen und trug am Ende linkisch einen ganzen Armvoll zur Kasse.

»Wie viele Babys *haben* Sie denn?« fragte ihn die junge Frau hinter der Registrierkasse.

»Die sind für ein Projekt«, sagte Bunting.

»Wie eine Sammlung?« fragte sie. Ihr geneigter Kopf war hübsch im staubigen Licht, das durch das große Schaufenster der Eighth Avenue fiel.

»Ja, wie eine Sammlung«, sagte Bunting. »Genau.« Er lächelte ihr buschiges Haar und die fragenden Augen an.

Vor dem Drugstore trat er an den Bordstein und hob die Hand, um einem Taxi zu winken. Vom selben gesteigerten Selbstwertgefühl erfüllt, das er hatte, wenn er seine neuen Anzüge kaufte, fuhr er auf dem aufgeschlitzten Rücksitz eines holpernden, stinkenden Taxis zu seinem Mietshaus und verschwendete jedesmal, wenn das Taxameter umsprang, weitere fünfzehn Cent.

## 4

An diesem Abend aß er ein Mikrowellengericht Marke Lean Cuisine und widmete seine Aufmerksamkeit wechselweise den Abendnachrichten im Fernseher und der Sammlung frisch gespülter Flaschen auf beiden Seiten davon. Die Nachrichten waren überholt und einförmig, die Flaschen neu und vielfältig. Die Nachrichten waren sämtlich schon einmal dagewesen, dieselben Morde und Demonstrationen und Explosionen und Deklarationen waren gestern und vorgestern und vorige Woche und vorigen Monat passiert, aber die Flaschen existierten in der Gegenwart, sie waren neu und außergewöhnlich. Die Nachrichten waren Routine, die Flaschen voller Wunder. Es fiel ihm schwer, den Blick davon abzuwenden.

Wie viele Flaschen, fragte er sich, würden erforderlich sein, seinen Tisch zu füllen? Oder sein Bett?

Einen Augenblick sah er sein ganzes Zimmer mit zylindrischen Glas- und Plastikflaschen geschmückt und verziert – blaue Flaschen an einer Wand, gelbe an einer anderen, einen gewundenen Weg zwischen Flaschen auf dem Fußboden, ein angenehmes Kissen aus Flaschen mit Schnullern auf dem Bett. Bunting blinzelte und lächelte, während er Truthahnfleisch kaute. Er trank spanischen Burgunder aus einer der neuen Evenflos aus Glas.

Als er den Lean-Cuisine-Teller in den Müll geworfen und das Besteck ins Spülbecken gelegt hatte, schrubbte Bunting die Flasche aus, wusch den Schnuller und stellte beides ins Abtropfgitter. Er stellte einen Kessel heißes Wasser auf den Herd, füllte zwei Teelöffel löslichen Kaffee in eine seiner neuen Flaschen und fügte kochendes Wasser und kalte Milch hinzu, worauf er den Schnuller festschraubte. In eine andere neue Flasche – eine gedrungene, rosafarbene, freundlich aussehende kleine Ama – schenkte er einen großzügigen Schluck Cognac, dann trug er beide Flaschen zusammen mit Füller und Briefpapier zum Bett.

Bunting saugte erst Kaffee, dann Cognac in den Mund und ließ die kleine rosa Ama beim Schreiben aus dem Mundwinkel hängen.

*Liebe Mom, lieber Dad,*
*es haben ein paar Veränderungen stattgefunden, über die ich Euch in Kenntnis setzen sollte. Es hat seit geraumer Zeit Unstimmigkeiten zwischen Veronica und mir gegeben, von denen ich Euch nichts geschrieben habe, weil ich nicht wollte, daß Ihr Euch Sorgen um mich macht. Ich glaube, man könnte sagen, es läuft letztendlich darauf hinaus, daß ich unzufrieden mit unserer Beziehung war. Nach der langen Zeit, die wir zusammen waren, war das für uns beide schwierig, aber jetzt ist alles geklärt, Veronica und ich sind nur noch distanzierte Freunde. Das war selbstverständlich schmerzhaft, aber ich finde, meine Freiheit war den Preis wert.*

*In letzter Zeit habe ich mich mit einem Mädchen namens Carol getroffen, die wirklich toll ist. Ich habe sie in einer Kunstgalerie kennengelernt, wo sie arbeitet, und es hat sofort zwischen uns gefunkt. Bei Carol habe ich das Gefühl, geliebt und versorgt zu sein, und ich liebe sie bereits, werde aber nicht den Fehler machen, mich so kurz nach der Trennung von Veronica fest an sie zu binden; zudem gehe ich noch mit zwei anderen tollen Mädchen aus. In den folgenden Wochen werde ich Euch alles über sie erzählen.*

*Unglücklicherweise werde ich trotzdem nicht zu Weihnachten kommen können, weil New York so teuer wird und meine Miete gerade auf eine astronomische Summe erhöht wurde . . .*

Wenn niemand einen Baum im Wald fallen hört, verursacht er dann irgendein Geräusch?

Hört ihn die Luft?

Als dieser Brief fertig war, steckte Bunting ihn in einen Umschlag und stellte ihn beiseite, damit er ihn am nächsten Tag einwerfen konnte. Noch zwei Stunden bis Schlafenszeit. Er zog das Jackett aus, lockerte die Krawatte und streifte die Schuhe ab. Er dachte an Veronica, die in der

Eastside der Stadt auf einer Bettkante saß. Neben ihr stand ein Telefon Marke Merlin an einer langen Schnur. Veronicas Augen waren dunkel und hart, vertikale Linien zwischen den strengen, buschigen Augenbrauen furchten die Stirn. Bunting bemerkte zum erstenmal, daß ihre Fesseln dünn waren und die lose Haut unter den Augen eine Schattierung dunkler als der Rest ihres Gesichts. Ohne daß er es bemerkt hatte, war Veronica alt geworden. Sie war hart und trocken geworden wie etwas, das man in der Sonne liegengelassen hatte. Ihm fiel auf, daß er noch nie richtig zu ihr gepaßt hatte, darum hatte sie ihn erwählt. In ihrem Privatleben schuf sie Situationen, die von Anfang an zum Scheitern verurteilt waren. Er hatte Jahre ›mit‹ Veronica verbracht, aber das war ihm noch nie klar geworden.

Er war Darsteller in einem psychologischen Drama gewesen und hatte nicht mehr getan, als seine Rolle zu spielen.

Er kam darauf, daß Veronica ihn vorsätzlich in einen Lebensstil eingeführt hatte, den er sich selbst nicht leisten konnte, nur um ihm diesen später wieder wegzunehmen. Wenn er nicht mit ihr Schluß gemacht hätte, hätte sie ihn fallenlassen. Veronica war von Natur aus tückisch. Das Zublinzeln und Beinesehenlassen bei geschäftlichen Besprechungen waren lediglich Aspekte eines größeren Plans gewesen, welcher unbewußt ausgeklügelt worden war, ihm Schmerzen zuzufügen. Ohne Bunting würde sie jemand anderen finden – beispielsweise einen verarmten jungen Dichter –, und alles würde wieder von vorne anfangen, Dinner im Blue Goose und Flüge erster Klasse in die Schweiz (Bunting hatte seinen Eltern nie geschrieben, daß sie erster Klasse reisten), Orchestersitze bei Aufführungen am Broadway, bis der verderbte Teil in ihr auch ihn fallenließ.

Bunting fühlte sich irgendwie . . . ehrfürchtig. Er kannte so jemanden.

Er spülte die Evenflo, füllte die kleine rosa Flasche noch

einmal mit Cognac, nahm seinen Roman und ging zum Bett, um zu lesen. Einen Moment wand er sich auf den Laken und suchte nach der richtigen Stellung. Er saugte Cognac in den Mund, schluckte und schlug das Buch auf.

Die gedruckten Zeilen schwammen ihm entgegen, und er saß augenblicklich wieder auf einem kleinen grauen Pferd namens Shorty und sah einen braunen Hügel hinab zu einer Herde grasender Büffel. Über ihm hing ein gewaltiger, fast wolkenloser Himmel, in weiter Ferne, so weit, daß sie fast farblos und vage wirkte, ragte eine unregelmäßige Bergkette über der gelblichen Savanne empor. Shorty trabte den Hügel hinab, und Bunting sah, daß er fleckige Lederstulpen über der Hose trug, ein dunkelblaues Hemd, eine Schaffellweste und lehmige braune Stiefel mit polierten Sporen. Zwei Babyflaschen waren, Schnuller nach unten, in die Halfter an seinen Hüften gesteckt, vom Knauf seines Sattels hing ein Gewehr in einem langen Futteral. Shortys Muskeln bewegten sich unter seinen Beinen, und Bunting nahm vorübergehend einen beißenden Pferdegeruch wahr, der aber sofort wieder von einer Woge frischer, lebender Gerüche der Szene vor ihm weggeweht wurde. Ein übermächtiger Grasgeruch war vorherrschend, stärker noch als der schwache, beißende Geruch der Büffel. In weiter Ferne konnte Bunting frisches Wasser riechen. Im Osten verbrannte jemand trokkenes Gras in einem Lagerfeuer. Die Stärke und Reinheit dieser Gerüche schlug Bunting fast vom Pferd, und Shorty blieb stehen, drehte sich zu ihm um und sah ihn mit einem großen, feuchten braunen Auge an. Bunting lächelte und drückte Shorty mit den Absätzen, worauf das Pferd weiter leise den Hügel hinabschritt und die verblüffende Frische der Luft um ihn herumwehte. Es war die normale Luft dieser Welt, die Luft, die er kannte.

Shorty erreichte den Fuß des Hügels und ging gemächlich an der Seite der gewaltigen Büffelherde entlang. Er wollte in Galopp verfallen, auf die Büffel losstürmen und sie teilen, aber Bunting zerrte an dem Zügel. Shortys Haut zitterte, seine kurzen, drahtigen Härchen rieben sich an Buntings Lederstulpen. Es war wichtig, langsam zu machen und in Schußweite zu kommen, ehe er die Büffel auseinandertrieb. Ein paar der massigen bärtigen Köpfe wurden in Buntings und Shortys Richtung gedreht, während sie nach Westen zum Anfang der Herde trabten. Eine Kuh schnaubte und drängte sich in die Mitte der Herde, die anderen grunzten und wichen beiseite, um sie durchzulassen. Bunting holte das Gewehr aus dem Futteral, vergewisserte sich, daß es voll geladen war, und hielt es über dem Schoß. Er steckte sechs zusätzliche Patronen in jede Tasche der Schaffelljacke.

Shorty ging nun am vorderen Rand der Herde vorbei, etwa fünfzig Meter von den ersten Tieren entfernt. Ein paar weitere Büffel beobachteten ihn. Ihre pelzigen Mäuler sabberten auf das Gras. Wenn er aus ihrem unmittelbaren Gesichtsfeld herausritt, drehten sie nicht die Köpfe, sondern knabberten weiter an dem dichten Gras. Bunting ritt weiter, bis er weit vor der Herde war, dann dirigierte er Shorty in einem weiten Bogen hinter ihnen herum.

Die Herde teilte sich kaum merklich; jetzt hatten die Bullen ihn bemerkt und verfolgten gespannt, was er tun würde. Bunting wußte, wenn er vom Pferd stieg und eine Weile in der Sonne stehenblieb, würden die Bullen zu ihm kommen und neben ihm stehen und den Geruch jedes Ortes, den er in seinem Leben je besucht hatte, an ihm finden. Dann würden diejenigen, die diese Gerüche mochten, in seiner Nähe bleiben, der Rest würde ein Stück weiterziehen. So machten Büffel das, und es war prima, wenn man ihre eigenen Gerüche aushalten konnte.

Bunting spannte das Gewehr, worauf einer der Bullen den Kopf hob und schüttelte, als wollte er einen Alptraum loswerden.

Bunting ließ Shorty weiter auf einer diagonalen Linie zur Mitte der Herde traben, und die Büffel gingen sehr langsam auseinander.

Der große Bulle, der ihn beobachtet hatte, schien

ganz aus seinem Traum zu erwachen und kam auf ihn zugetrottet. Bunting war noch etwa zehn Meter von dem großen Bullen und zwanzig Meter vom Rest der Herde entfernt. Das war nicht allzu schlimm; es hätte besser sein können, würde aber gehen.

Bunting hob das Gewehr und richtete es mitten auf die Stirn des großen Bullen. Der Büffel blieb sofort stehen und gab einen erschrockenen Laut von sich, bei dem ein Wogen durch die ganze Herde ging. Ein einziger elektrischer Impuls schien durch sämtliche Tiere vor Bunting zu laufen. Bunting drückte ab, worauf das Gewehr einen tonlosen Knall von sich gab, der sich sofort in sämtliche Richtungen über die Savanne ausbreitete; der große Bulle sank auf die Knie und kippte dann auf die Seite.

Der Rest der Herde explodierte. Büffel liefen Richtung Hügel und zerstreuten sich über die Ebene. Bunting setzte Shorty mit den Fersen in Trab, ritt in ihre Mitte und schoß dabei. Zwei andere fielen um, dann ein dritter, dessen Kadaver Shorty auswich. Zwei der schnellsten Büffel hatten den Hügel erreicht, Bunting zielte, feuerte und brachte sie zu Fall. Er lud nach, während eine Reihe panischer Büffel vom Hügel wegschwenkten und tiefer in die Wiese vorstürmten. Das Leittier fiel und überschlug sich, und Shorty trug Bunting zum zweiten der Reihe. Bunting schoß dem zweiten Büffel ins Auge, dieser erschauerte und fiel. Er wirbelte im Sattel herum und erlegte zwei weitere, die zum entgegengesetzten Ende der endlosen Wiese flohen.

Inzwischen war das Gras blutbeschmiert, die Schreie der sterbenden Tiere und das Summen von Fliegen erfüllten die Luft. Auch Buntings Hände waren blutbespritzt, lange Blutschmierer überzogen seine Lederstulpen. Er feuerte, bis das Gewehr leer war, und dann lud er nach und feuerte nochmals, während Shorty galoppierte und die panischen Büffel auseinandertrieb, und am Ende dachte er, daß nur ein paar der schnellsten Tiere entkommen waren. Tote und sterbende Büffel lagen wie dunkelbraune Wollsäcke überall auf der Wiese, Bullen und Kühe. Ein paar junge Büffel, die in der Panik niedergetrampelt worden waren, lagen hier und da im hohen Gras.

Bunting schwang sich von Shorty herunter, schritt zwischen den gefallenen Büffeln dahin und schnitt den toten die Bäuche auf. Ströme purpurner und silberner Eingeweide fielen aus den Leibern der toten Büffel heraus, bald waren Buntings Arme von getrocknetem Blut verkrustet. Schließlich kam er zu einer jungen Kuh, die sich bemühte, auf die Beine zu kommen. Er nahm eine der Babyflaschen aus dem Halfter, legte den Lauf hinter das Ohr des Tieres und drückte ab. Die Kuh wurde ruckartig nach vorne geschleudert und rammte die tropfenden Nüstern ins Gras. Bunting schlitzte ihr den Bauch auf.

Er häutete die Kuh, dann ging er zum nächsten. Es gelang ihm, vier der Büffel zu häuten, ein Drittel aller, die er getötet hatte, ehe es zu dunkel zum Arbeiten wurde. Seine Arme und Schultern taten weh, weil er das dicke Fleisch von den fettigen Häuten der Tiere abziehen mußte. Die ganze Wiese stank nach Blut und Tod. Bunting machte ein kleines Feuer, rollte den Schlafsack aus, legte sich hin und döste bis zum Morgen.

Dann glitten die Wiese und die Nacht und die Berge toter Tiere weg ins Nichts, in weißen Raum, und Bunting hob ruckartig den Kopf. Er lag im Bett, es brannte kein Feuer, und einen Augenblick verstand er nicht, warum er den Himmel nicht sehen konnte. Ein bedrückender, stickiger Geruch, der Geruch von sich selbst und seinem Zimmer, umgab ihn. Bunting warf einen Blick in das Buch und stellte fest, daß er das Ende eines Kapitels erreicht hatte. Er schüttelte den Kopf, rieb sich das Gesicht und sah, daß er Hemd, Krawatte und die Hose eines guten Anzugs trug.

Mehr als drei Stunden waren vergangen, seit er *Der Büffeljäger* zur Hand genommen hatte. Er hatte gelesen, und was er gelesen hatte, war ein einziges Kapitel eines Romans von Luke Short. Dieses Kapitel hatte ungleich realer als sein eigenes Leben gewirkt. Jetzt betrachtete Bunting das Buch, als wäre es eine Bombe, eine Geheimwaffe – es hatte ihn aus dieser Welt gestohlen. Solange er in dem Buch gewesen war, war er lebendiger gewesen als während jeder anderen Tageszeit.

Bunting konnte es nicht lassen, das Buch noch einmal zu testen. Sein Mund war trocken, sein Herz schlug so heftig, daß es beinahe das Bett zum Erzittern brachte. Er nahm das Buch und saugte, um sich Mut zu machen, Cognac aus der kleinen rosafarbenen Flasche. Das Buch in seiner Hand war bei den Worten KAPITEL DREI aufgeschlagen. Er wendete den Blick zur ersten Zeile, sah die Worte ›Die Sonne weckte ihn ...‹ und lag noch im selben Augenblick neben einem niedergebrannten, rauchenden Feuer in dichtem Gras. Sein Pferd wieherte leise. Die bereits warme Sonne schien ihm schräg in die Augen und blendete ihn; er schlug die Decke zurück und stand auf. Seine Hüften schmerzten. Ein dichter Fliegenteppich überzog die Eingeweideberge, dunkles Blut glänzte im Gras; Bunting machte die Augen zu und *zwängte* sich aus der Seite und wieder in seinen eigenen Körper. Er atmete schwer. Die Welt des Buches schien immer noch präsent zu sein, gerade außer Sicht, und ihn zu rufen.

Er legte das Buch hastig auf den Stuhl und stand auf. Das Zimmer schwankte zweimal, von rechts nach links, von links nach rechts, und Bunting streckte die Hand aus, um sich zu stützen. Er hatte sich nur ein paar Stunden in dem Buch vergessen, aber jetzt kam es ihm so vor, als hätte er die ganze Nacht auf einer blutigen Wiese geschlafen und unbehaglich Wache über einer niedergemetzelten Herde gehalten. Er drehte das Buch herum, so daß der Umschlag auf dem Stuhl nach unten lag, und trug die Flasche zur Arbeitsfläche. Er füllte die Flasche mit Cognac und nahm zwei große Schlucke, ehe er den Schnuller wieder aufschraubte.

Was mit ihm geschehen war, das war zutiefst beunruhigend und übermächtig, verführerisch angenehm zugleich. Es war, als wäre er rückwärts in der Zeit gereist, in einen anderen Körper und ein anderes Leben, und hätte dort in einer Empfänglichkeit und Offenheit gelebt, die ihm in seinem wirklichen täglichen Leben nicht zur Verfügung standen. Es schien in der Tat weitaus wirklicher zu sein als sein ›wirkliches‹ Leben. Bunting fing wieder an zu zittern, als er sich an die klare und frische Luft erinnerte, an die Berührung von Shortys kurzem Haar an seinen Beinen, wie der große Büffel langsam auf ihn zugekommen war, während die anderen langsam auseinandergewichen waren – in jener Welt war alles von Wichtigkeit gewesen. Keine Einzelheit war vergeudet, weil eine jede Einzelheit vor Bedeutung überschwang.

Er saugte Cognac in den Mund, denn etwas anderes, das ihm gerade eingefallen war, bekümmerte ihn.

Bunting hatte *Der Büffeljäger* schon drei- oder viermal vorher gelesen – er besaß ein kleines Regal mit Western und Kriminalromanen, die er immer wieder las. Sorgen machte ihm, daß in *Der Büffeljäger* kein Abschlachten von Büffeln vorkam. Bunting konnte sich – vage, ohne Besonderheiten – an einige wenige Szenen erinnern, in denen der Jäger Büffel stellte und tötete, aber keine, in der er große Mengen massakrierte und in ihrem Blut und ihren Eingeweiden watete.

Bunting ließ die Flasche am Schnuller zwischen seinen Zähnen baumeln und sah sich in seinem engen, unordentlichen, kleinen Zimmer um. Einen Augenblick – weniger, den fast nicht wahrnehmbaren Bruchteil einer Sekunde – schien seine vertraute Behausung beinahe vor Versprechungen zu zittern, wie die Lippen von jemand, der im Begriff ist, eine Geschichte zu erzählen. Bunting verspürte eine unvorstellbare Erwartungshaltung, und dann war sie auch schon verschwunden, so schnell, daß sie kaum Zeit hatte, eine Spur fassungsloser Neugier zu hinterlassen.

Er fragte sich, ob er den Mut aufbringen würde, in *Der*

*Büffeljäger* zurückzukehren, aber dann wußte er, daß er nicht widerstehen konnte. Er würde sich noch ein paar Stunden des Lesens gönnen, sich dann aus dem Buch zurückziehen und gewährleisten, daß er genügend Schlaf bekam.

Bunting zog die restliche Kleidung aus und hängte den exzellenten Anzug auf. Er putzte sich die Zähne und ließ heißes Wasser über das Geschirr in der Spüle laufen, um die Kakerlaken abzuschrecken. Dann schaltete er das Deckenlicht und die andere Lampe aus und ging ins Bett. Sein Herz schlug wieder schneller; er selbst erzitterte in einer fast sexuellen Vorfreude. Er leckte sich die Lippen und nahm das Buch von dem übervoll behängten Stuhl. Er wühlte sich in die Laken und faltete das Kissen. Dann endlich schlug Bunting das Buch wieder auf.

## 5

Wenn die weißen Stellen kamen, hielt er sich in der Schwebe, während er die Seite umblätterte, und gelangte so, ohne eine Unterbrechung vom Erwachen am Morgen, zum Häuten der Büffel und zum Bau eines Schlittens, um sie hinter Shorty herzuziehen, zum Verkauf an einen Händler, worauf er seines Geldes wegen in einen Hinterhalt geriet und beinahe getötet wurde. Bunting wurde ins Gefängnis geworfen und entkam, fand Shorty an einer Futterkrippe festgezurrt und verbrachte zwei Nächte im Freien. Er suchte sich einen Job als Farmhilfe und hörte soviel mit, um zu wissen, daß der Fellhändler die Stadt in der Hand hatte; danach tötete Bunting bei einer Schießerei einen Mann, entzog sich einer Verhaftung, stahl seine Häute aus einem verschlossenen Lagerhaus zurück, tötete zwei weitere Menschen bei einer Schießerei, nahm sich den schurkischen Fellhändler vor und bekam die Position des Sheriffs angeboten, die er ablehnte. Er ritt aus der

Stadt in die Freiheit zurück, die er brauchte, und zwei Tage später sah er wieder über eine ausgedehnte Ebene auf grasende Büffel. Shorty trabte auf sie zu; er beschrieb eine Bahn, die ihn am Anfang der Herde vorbeiführen würde. Bunting tätschelte die Ersatzpatronen in den Taschen seiner Schaffelljacke und zog langsam das Gewehr aus dem Futteral. In Shortys Flanke zuckte ein Muskel. Eine zottelige Büffelkuh hob den Kopf und sah Bunting ohne Angst an. Etwas ging dem Ende entgegen, das wußte Bunting, eine Lebensweise, eine geweihte, makellose Erzählung, was es bedeutete, in diesem Augenblick am Leben zu sein. Ein kalter Wind trug ihm den strengen Geruch der Büffel zu, und die reinste Schönheit des Richtigen – eine formale Richtigkeit, unentrinnbar und exakt –, des Gefühls, wer und wo er war, lief wie Musik durch Bunting, und als er in den letzten, elektrisierendsten und bedeutungsschwangersten weißen Raum segelte, konnte er nicht mehr verhindern, daß er weinte.

Bunting ließ das Buch aus den Händen fallen und befand sich wieder in einer geschrumpften und trüben Welt. Er durchlebte eine lange Weile unverhohlensten Verlustes, aus der ihn lediglich gewaltiger Hunger und gewisse dringende körperliche Bedürfnisse unzulänglich herausrissen. Er mußte am allerdringendsten auf die Toilette; seine Beine waren eingeschlafen, sein Hals tat weh, seine Knie knackten vor Schmerzen. Als er sich schließlich auf die Toilette setzte, schrie er tatsächlich vor Schmerz laut auf – ihm war, als hätte er sich tagelang nicht mehr bewegt. Er stellte fest, daß er unglaublichen Durst hatte, und während er noch dort saß, zwang er seine Arme, sich zum Waschbecken zu bewegen, ein Glas zu nehmen, dieses mit Wasser zu füllen. Er schluckte, und das Wasser zwängte sich seinen Hals hinab in die Brust und brach sich einen Weg frei. Die Welt von Shorty, von endlosen grünen Wiesen und grasenden Büffeln schwamm bereits in den Hintergrund wie der lange Traum einer Nacht. Er selbst blieb in dieser kleineren, nicht so ausdrucksvollen Welt zurück.

Er drehte die Dusche auf und stellte sich darunter, um die Schmerzen fortzuspülen.

Als er sich abtrocknete, wurde ihm klar, daß er keine genaue Vorstellung hatte, wie spät es war. Und er war auch nicht sicher, welchen Tag man schrieb. Er erinnerte sich, er hatte graue Dunkelheit vor dem Fenster gesehen, demnach war es wahrscheinlich bald Zeit, zur Arbeit zu gehen – Bunting wachte jeden Tag zur selben Zeit auf, sieben Uhr dreißig, er brauchte keinen Wecker. Aber angenommen, er hatte bis spät in die Nacht geschlafen und sich dabei betrunken wie in der Nacht seines Geburtstags: Hatte er wirklich nur das Buch zu Ende gelesen? Das Buch *gelebt*, wie es in Wirklichkeit geschienen hatte? Das würde bedeuten, daß er überhaupt nicht geschlafen hatte, obwohl es Bunting so vorkam, als hätte er das *Erlebnis* des Schlafens hinter sich – in Gossen und in einer kleinen Gefängniszelle, in einer Arbeiterbaracke und dem Hinterzimmer einer Taverne und neben einem Feuer auf einer ausgedehnten Wiese, mit Millionen Lichtpünktchen der Sterne am Himmel.

Er zog sich ein frisches Hemd, einen karierten Anzug und ein Paar rissige, aber auf Hochglanz polierte braune Schuhe an. Als er die Armbanduhr anzog, stellte er fest, daß es halb sieben war. Er hatte die ganze Nacht, oder fast die ganze, gelesen; er vermutete, daß er ab und an eingenickt war und bestimmte Passagen des Buches geträumt hatte. Kaum hatte er sich angezogen, trieb ihn der Hunger aus seinem Zimmer, obwohl er eine Stunde zu früh war. Bunting dachte, er würde wieder zu Fuß zur Arbeit gehen und so früh dort sein, daß er alles vom Montag aufarbeiten konnte. Da er jetzt nicht mehr so steif und ungelenk war, fühlten sich sein Körper und sein Geist unter einer anhaltenden Schicht Müdigkeit, wie der nach einem anstrengenden Training, erfrischt und voll Tatendrang.

Das Licht im Flur schien dunkler, als es sein sollte, in der Halle teilten sich zwei Teenagerjungs, die die ganze Nacht aufgewesen waren, an rissigen Pfeifen gesogen und Verbrechen geplant hatten, eine selbstgedrehte Zigarette neben dem verdorrenden Farn. Bunting eilte an ihnen vorbei auf die Straße. Diese war überraschend belebt. Er hatte schon den halben Weg zum Imbiß zurückgelegt, als die Tatsache der Menschenmenge, die Dunkelheit und der gesamte Eindruck der Stadt sich zur Erkenntnis zusammenfügten, daß es Abend war, nicht Morgen. Ein ganzer Tag war verschwunden.

Vor dem Imbiß kaufte er eine Zeitung, sah auf das Datum und stellte fest, daß es sogar noch schlimmer war. Es war Donnerstag, nicht Dienstag: Er hatte seine Wohnung – und sogar sein Bett – zweieinhalb Tage nicht verlassen. Er hatte etwa sechzig Stunden in einem Buch gelebt.

Bunting betrat den hell beleuchteten Imbiß, und der Mann hinter der Registrierkasse, der ihn in den vergangenen zehn Jahren an mindestens vier Vormittagen in der Woche gesehen hatte, warf ihm einen seltsam mißbilligenden Blick zu. Eine oder zwei Sekunden schien ihn auch der Mann hinter dem Tresen argwöhnisch anzusehen. Dann erkannte ihn der Mann, sein Gesicht entspannte sich. Bunting versuchte zu lächeln und überlegte sich, daß ihm der Schock darüber, diese sechzig Stunden verloren zu haben, noch im Gesicht geschrieben sein mußte. Sein Lächeln war wie eine Maske.

Bunting bestellte ein Schafskäseomelett und eine Tasse Kaffee, worauf sich der Mann hinter dem Tresen der Kaffeemaschine zuwandte. Schlagzeilen und Reihen von Schwarzgedrucktem schienen sich von der Oberfläche der gefalteten Zeitung emporzuheben und ihm entgegenzuschreien; das ganze Gewimmel des Restaurants schwankte und klingelte, als wollte es sagen: *Warte darauf, warte darauf,* aber der Mann hinter dem Tresen drehte sich mit einer weißen Tasse voll schwarzen Kaffees um, die Druckerschwärze floß wieder aufs Papier zurück, und der Eindruck von Versprechen und Vorfreude verschmolz wieder mit der generellen hellen Oberfläche von allem.

Bunting hob die dicke Porzellantasse. Ihr Rand war kalkig und vom vielen Gebrauch abgenutzt. Er stand an einem Tresen, wo er tausend Mahlzeiten eingenommen hatte; die Menschen um ihn herum boten die Mischung aus Anonymität und Vertrautheit, die im Großstadtleben am meisten Sicherheit repräsentiert; aber Bunting wollte mehr als alles andere in seinem engen kleinen Zimmer sein, flach auf dem ungemachten Bett liegen, den Schnuller einer Babyflasche zwischen den Zähnen und ein offenes Buch in den Händen haben. Wenn es ein verheißenes Land gab – ein VERHEISSENES LAND –, dann hatte er von Montagnacht bis Donnerstagabend dort gelebt.

Er war immer noch im Schock und immer noch ängstlich wegen der Intensität dessen, was ihm widerfahren war, aber er wußte mehr als alles andere, daß er dorthin zurückkehren wollte.

Sein Omelett, das ihm gebracht wurde, war verkocht und versalzen, aber Bunting schlang es so hastig hinunter, daß er es kaum schmeckte. »Sie waren aber hungrig«, sagte der Mann am Tresen, gab ihm die Rechnung, kam aber nicht näher, als er unbedingt mußte.

Bunting kam aus dem Restaurant in eine auf den ersten Blick undurchdringliche Dunkelheit, die hier und da von Straßenlaternen und Scheinwerfern der Autos unterbrochen wurde, welche auf dem Broadway fuhren. Rotlichter blinkten. Ein großer Polizist ragte vor ihm auf – Bunting konnte gerade einen langen, unmöglichen Namen auf dem Namensschild auf seiner Brusttasche sehen. PLXTAGBRN oder so etwas. Konnte es so einen Namen geben? Auf der Erde? Der vierschrötige Polizist winkte Bunting beiseite, weg von einem Aufruhr auf dem Gehweg. Bunting sah an ihm vorbei und erblickte eine auf dem Gehweg zusammengekrümmte Gestalt; ein anderer Mann lag fast friedlich mit den Händen in Handschellen auf dem Bauch. Eine glatte schwarze Lache hatte sich über den halben Gehweg ausgebreitet. Der Polizist kam auf ihn zu, und Bunting hastete weiter.

Weitere Schocks, weitere Störungen – wilde, blasse Gesichter kamen aus dem Dunkel, Autos rauschten vorbei und hupten. Das Rot der Ampeln tat ihm in den Augen weh. Rings um ihn herum waren Angehörige einer anderen Rasse, animalischer, instinktgeleiteter, brutaler als er selbst. Sie gingen an ihm vorbei, bemerkten ihn nicht, verzogen die Lippen und fletschten die Zähne. Er hörte Schritte hinter sich und sah seinen eigenen Leichnam schlaff auf dem fleckigen Gehweg liegen, die leere Brieftasche achtlos in eine Blutlache geworfen. Die Schritte wurden schneller, und eine weiße, starre Panik bemächtigte sich Buntings Körper. Er machte einen Schritt beiseite, worauf sich eine Hand auf seine Schulter senkte.

Bunting schrak zusammen, und eine tiefe Stimme sagte: »Moment mal, ja?«

Bunting sah über die Schulter und erblickte ein breites, brutales Gesicht voll schwarzer Pünktchen – kleine, mit Dunkelheit gefüllte Löcher – und mit einem schwarzen Schnurrbart. Er wurde beinahe ohnmächtig.

»Ich wollte Ihnen nur ein paar Fragen stellen, Sir.«

Bunting sah die Uniform gleichzeitig mit der Heiterkeit im Gesicht des Polizisten.

»Sie sind aus dem Restaurant gekommen, oder nicht, Sir?«

Bunting nickte.

»Haben Sie gesehen, was passiert ist?«

»Was?«

»Die Schießerei, Sir. Haben Sie die Schießerei gesehen?«

Bunting zitterte. »Ich habe gesehen ...« Er verstummte, als ihm klar wurde, daß er sagen wollte: *Ich habe gesehen, wie ich selbst im Westen bei einer Schießerei einen Mann getötet habe.* Er drehte sich panisch zu dem Restaurant um. Ein Dutzend Polizisten stand um einen mit Seilen abgesperrten Bereich des Gehwegs, rote Lichter blinkten und kreisten. »Ich habe eigentlich gar nichts gesehen. Ich habe kaum gesehen ...« Er deutete zu dem Auflauf.

Der Mann nickte ergeben und klappte das Notizbuch mit einem verächtlichen, ungläubigen Laut zu. »Klar«, sagte er. »Gute Nacht noch, Sir.«

»Ich habe nicht gesehen ... ich habe nicht ...«

Der Polizist hatte sich bereits abgewendet.

Auf Buntings Straßenseite bot die Eingangshalle seiner Bank Zugang zu einer Reihe Geldautomaten; gegenüber verströmte das Schaufenster des Drugstores grelles Licht zwischen einer Anzahl von Trickfilmfiguren. Ein aus Pappe ausgeschnittenes Mädchen im Badeanzug hielt eine Kamera. Bunting sah dem Polizisten nach, der zu seinen Kollegen zurückkehrte. Bevor sie anfangen konnten, über ihn zu reden, huschte er in die Bank und hob hundert Dollar von seinem Girokonto ab.

Als er wieder herauskam, ging er zur Ecke, überquerte die Straße, ohne zu den Polizeiautos zu sehen, die in einer Reihe vor dem Restaurant standen, und ging in den Drugstore. Dort kaufte er fünf Tuben Epoxidkleber und für neunzig Dollar Babyflaschen und Schnuller, einen großen Karton voll. Das alles trug er linkisch zu seinem Mietshaus zurück und sah dabei über den oberen Rand, wohin er ging.

Bunting mußte den Karton abstellen, damit er den Knopf im Fahrstuhl drücken konnte, und dann wieder, damit er seine Wohnung betreten konnte. Als er endlich wieder wohlbehalten in seinem Zimmer war und den Riegel vorgeschoben, das Licht angemacht und eine bunte kleine Ama voll Wodka in der Hand hatte, spürte er, wie er allmählich wieder er selbst wurde, wenn er auch mitgenommen und ausgelaugt von dem Alptraum auf der Straße war. Abgesehen von dem eigentümlichen Kribbeln der Vorfreude in dem Imbißrestaurant war alles, seit er von Hunger getrieben sein Zimmer verlassen hatte, wie ein Angriff, eine Prügelei gewesen. Bunting konnte sich nicht einmal mehr daran erinnern, wie er die ganzen Flaschen und Schnuller gekauft hatte, was in einer nervösen, besessenen Hast geschehen war.

Bunting packte die Babyflaschen aus dem großen Karton und hielt nur ab und zu inne, um kalten Popov aus der Ama zu saugen. Bei fünfundsechzig war er nur noch eine Schicht vom Boden des Kartons entfernt und bedauerte augenblicklich, daß er nicht noch einmal hundert Dollar abgehoben hatte. Er brauchte mindestens doppelt so viele Flaschen, um seinen Plan zu verwirklichen, wenn er nicht viel Zwischenraum lassen wollte. Aber das wollte er nicht, er wollte sie schön eng beisammen haben. Schön eng beisammen – das war von essentieller Wichtigkeit: eine Art *Decken*-Effekt.

Bunting beschloß, daß er heute nacht mit denen, die er hatte, so weit wie möglich vorankommen wollte, und morgen abend wollte er noch einmal Geld von der Bank abheben und feststellen, wie weit er mit neuerlichen siebzig oder achtzig Flaschen kam. Wenn er heute abend fertig war, würde er wieder ein wenig lesen – nicht wieder *Der Büffeljäger*, sondern einen anderen Roman, um zu sehen, ob ihm derselbe unglaubliche Segen – wie der totale Film – erneut zuteil werden würde.

Bunting begriff den Zusammenhang nicht, aber was er mit den ganzen neuen Flaschen vorhatte, hing mit dem zusammen, was ihm widerfahren war, als er den Roman von Luke Short las. Es hatte etwas zu tun mit ... mit *Innerlichkeit*. Besser konnte er den Zusammenhang nicht beschreiben. Sie führten ihn nach *innen*, und *innen* lag alles Wichtige. Er stellte fest, sein ganzer Lebensstil konnte als Demonstration dieses Prinzips angesehen werden, aber vorher war es ihm noch nie klar geworden – er hatte es nie deutlich gesehen. Und er dachte, diese Einsicht mußte er ansatzweise in dem Imbiß gespürt haben: Was in seinem Leben zählte, spielte sich ausnahmslos in diesem Zimmer ab.

Das Innere war das Ewige.

Als er sämtliche Flaschen aus dem Karton geholt hatte, schlitzte Bunting die Verpackungen der Schnuller auf und schraubte Schnuller auf die Flaschen. Als er damit fertig war, machte er eine Tube Epoxidkleber auf und machte ein paar Pünktchen auf den Boden einer Flasche. Dann drückte er die Flasche in die Ecke einer freien Wand und hielt sie fest, bis sie kleben blieb. Schließlich ließ er den Arm sinken und trat zurück. Die Flasche mit der rosa Spitze klebte an der Wand und ragte ins Zimmer wie eine Illusion. Der Anblick verschlug Bunting die Sprache. Die Flasche schien eben im Begriff zu sein, Milch, Saft, Wasser, Wodka oder sonst eine Flüssigkeit auf jeden, der vor ihr stand, zu spritzen oder zu tropfen.

Er tüpfelte Epoxid auf den Boden einer zweiten Flasche und drückte sie dicht neben der ersten an die Wand.

Eineinhalb Stunden später, als ihm die neuen Flaschen ausgingen, war mehr als ein Drittel der Wand bedeckt: Perfekt angebrachte horizontale Flaschen und aufragende Schnuller verliefen vom Eingang zur Kochnische bis zum Türrahmen. Bunting tat der Arm weh, weil er die Flaschen an die Wand gedrückt hatte, aber er wünschte sich, er könnte die Wand fertigmachen und sich der nächsten zuwenden. Die Wand war jetzt schon schön, aber sie würde noch viel schöner sein, wenn sie fertig war.

Bunting streckte sich und gähnte und ging zur Spüle, um sich die Hände zu waschen. Einige Kakerlaken wuselten in ihre Verstecke, und Bunting beschloß, die aufgestapelten Schüsseln und Gläser zu waschen, ehe sich die Kakerlaken im Spülbecken einnisteten. Er hatte die Hände tief im Spülwasser, als ihn ein Gedanke beunruhigte: Er hatte, seit er den Karton mit Schnullern und Flaschen gekauft hatte, nicht mehr daran gedacht, daß er Dienstag, Mittwoch und fast den ganzen Donnerstag verloren hatte. Aber was war, wenn seine radikale Neugestaltung der Wohnung nichts weiter als eine Reaktion auf diesen Verlust war?

Doch das war der Standpunkt eines andersartigen Verstandes. Die Welt, in die er zur Arbeit und wieder nach Hause ging, war die Welt des öffentlichen Lebens. In dieser Welt ›war‹ man – laut Menschen wie Frank Herko und seinem Vater – etwas, oder man ›brachte es zu etwas‹ oder auch nicht. Einen schwindelerregenden Augenblick stellte sich Bunting vor, wie er diese wertlose, oberflächliche Außenwelt völlig aufgab und zu einem Magellan des Inneren wurde.

In diesem Augenblick läutete das Telefon. Bunting trocknete sich die Hände an dem schlaffen, fettigen Geschirrtuch ab, nahm den Hörer und hörte seinen Vater seinen Namen aussprechen, als würde er ihn zu Pulver zermalmen. Buntings Herz blieb stehen. Die Welt hatte ihn gehört. Dieser nervenaufreibende Eindruck war so stark, daß er die Bedeutung der ersten paar Sätze seines Vaters gar nicht mitbekam.

»Sie ist wieder gestürzt?« sagte er schließlich.

»Ja, stimmt was mit deinen Ohren nicht? Das habe ich gerade *gesagt*.«

»Hat sie sich verletzt?«

»Etwa dasselbe wie zuvor«, sagte sein Vater. »Wie schon gesagt, ich dachte mir nur, du solltest so etwas erfahren, wenn es passiert.«

»Nun, hat sie Blutergüsse? Ist ihr Knie verletzt?«

»Nein, diesmal ist sie hauptsächlich aufs Gesicht gefallen, aber ihr Knie ist unverändert. Sie hat einen großen Verband darum, weißt du, darum ist das Knie wahrscheinlich nicht schlimmer verletzt.«

»Warum stürzt sie?« fragte Bunting. »Was sagt der Arzt?«

»Ich weiß nicht, er sagt überhaupt nicht viel. Wir bringen sie am Freitag zu ein paar Tests, dann werden wir es möglicherweise herausfinden.«

»Kann ich mit ihr reden?«

»Nee, sie ist unten im Keller und wäscht. Darum konnte ich anrufen – sie wollte nicht, daß ich dir sage, was passiert ist. Sie hat jetzt diesen Tick mit der Wäsche, sie wäscht zwei-, dreimal am Tag. Einmal habe ich sie erwischt, wie sie mit einem einzigen Geschirrtuch nach unten gegangen ist, das sie in die Maschine tun wollte.«

Bunting betrachtete sein eigenes schmutziges Geschirrtuch. »Warum macht sie ... was hat sie vor ...?«

»Sie vergißt es«, sagte sein Vater. »So ist das, schlicht und einfach. Sie vergißt es.«

»Sollte ich zu euch kommen? Kann ich etwas tun?«

»Du hast ziemlich deutlich gemacht, daß du nicht kommen *kannst*, Bobby. Wir haben deinen Brief bekommen, weißt du, über Veronica und Carol und die Miete und alles. Du schreibst uns, du hast ein reges gesellschaftliches Leben, du schreibst uns, du hast eine feste Anstellung, aber nicht viel Geld übrig. Es ist dein Leben. Und überhaupt, was könntest du tun?«

Bunting sagte: »Wahrscheinlich nicht viel«, und fühlte sich verletzt und erniedrigt durch diese Zusammenfassung.

»Nichts«, sagte sein Vater. »Was erledigt werden muß, kann ich machen. Wenn sie zweimal täglich die Wäsche macht, na und? Mir soll es recht sein. Wir haben den Termin beim Arzt am Freitag, das ist alles geregelt. Und was wird er sagen? Nehmen Sie es nicht so schwer, das wird er sagen; wir werden fünfunddreißig Piepen bezahlen, damit er deiner Mutter sagen kann, sie soll es nicht so schwer nehmen. Soweit wir bis jetzt wissen, ist alles in Ordnung. Ich wollte dich nur auf dem laufenden halten. Bin froh, daß ich dich erwischt habe.«

»Oh, klar. Ich auch.«

»Scheinst nämlich neuerdings oft unterwegs zu sein, hm? Du mußt noch mehr ausgehen als vorher, hm?«

»Ich bin nicht sicher«, sagte Bunting.

»Ich habe nie eine klare Antwort von dir bekommen können, Bobby«, sagte sein Vater. »Manchmal frage ich mich, ob du überhaupt weißt, wie man eine gibt. Ich versuche seit zwei Tagen, dich anzurufen, und du sagst nur: *Ich bin nicht sicher*. Wie auch immer, laß von dir hören.«

Bunting versprach, von sich hören zu lassen, worauf sich sein Vater räusperte und auflegte, ohne auf Wiedersehen zu sagen.

Bunting sah den Telefonhörer noch lange an, merkte kaum, was er machte, dachte nichts und merkte gar nicht, daß er nichts dachte. Er konnte sich nicht erinnern, was er gemacht hatte, bevor das Telefon läutete; er war von Eigendünkel aufgebläht gewesen, schien ihm jetzt, aufgeblasen wie ein Ochsenfrosch. Er stellte sich seine Mutter vor, wie sie mit einem einzigen Geschirrtuch in der Hand zur Waschmaschine im Keller tappte. Ihr geschwollenes Gesicht war vor Sorge verhärmt, ein dicker weißer Verband war fest mit einem Pflaster über ihr Knie geklebt worden. Sie sah so besessen aus, als hielte sie ein sterbendes Baby in Händen, einen dringenden Brief an den Präsidenten, eine Zeitbombe ... er sah, wie sie das Tuch in die Waschmaschine warf, einen Becher Waschpulver hineinschüttete, die Klappe zumachte und den Startknopf drückte. Was machte sie dann? Nicken, weggehen und zufrieden sein, daß ein winziges Stück des Universums an Ort und Stelle festgenagelt worden war? Nach oben gehen und nach einem weiteren Geschirrtuch suchen, einer einzelnen Socke, einem Taschentuch?

War sie im Haus gestürzt?

Er legte den Hörer auf die Gabel. Noch ehe er wußte, was er vorhatte, hatte er das Zimmer durchquert und stand vor der Reihe Flaschen. Er breitete die Arme aus und beugte sich nach vorne. Gummischnuller drückten an seine Stirn, seine geschlossenen Augen, Wangen, Schultern und Brust. Er drehte das Gesicht zur Seite, breitete die Arme aus und ging näher heran. Es war, als würde man auf dem Nagelbrett eines Fakirs liegen, dachte er. Ziemlich unangenehm. Überhaupt nicht schlimm. Es gefiel ihm. Die Schnuller waren fester, als er erwartet hatte, aber nicht schmerzhaft hart. Keine einzige Flasche bewegte sich – das Epoxid hielt sie an der Wand. Nichts würde diese Flaschen von der Wand bekommen, außer vielleicht einem Schneidbrenner oder Preßlufthammer. Bunting stand ehrfürchtig vor seinem Werk. Er seufzte. *Sie vergißt es. So ist das, schlicht und einfach.* Zähe kleine Schnuller preßten sich leicht gegen seine Handflächen. Allmählich ging es ihm besser. Die Stimme seines Vaters und das Bild seiner Mutter, die in den Keller ging, um ein einziges Geschirrtuch in die Waschmaschine zu geben, wichen in eine sichere Entfernung zurück. Er richtete sich auf und strich mit den Handflächen über die Reihen der Schnuller, die sich flach an seine Haut preßten und dann wieder höher schnellten. Morgen mußte er zur Bank gehen und mehr Geld abheben. Noch mal hundert bis hundertfünfzig – und er würde die Wand fertigbekommen.

Er konnte sowieso nicht nach Battle Creek gehen; es wäre reinste Zeitverschwendung. Seine Mutter hatte schon einen Termin beim Arzt.

Er wich von der Wand zurück. Er sah im Geiste wieder das Bild des Nagelbretts eines Fakirs; Nägel, Blut, das aus durchstochener Haut quoll. Er schüttelte es ab, indem er einen großen Schluck aus der Ama nahm. Der Wodka brannte den ganzen Hals hinunter. Bunting merkte, daß er etwas betrunken war.

Heute abend konnte er nicht mehr tun; seine Arme und Schultern schmerzten immer noch, weil er die Flaschen an die Wand geleimt hatte. Er würde noch ein klein wenig Wodka in die Ama kippen – noch zwei Fingerbreit, damit er eine Stunde lesen konnte – und ins Bett gehen. Er mußte morgen zur Arbeit gehen.

Als er die Kleidung von heute zusammenlegte und aufhängte, betrachtete Bunting sein Bücherregal und fragte sich, ob ihm das Erlebnis mit *Der Büffeljäger* je wieder zuteil werden oder ob Lesen ab sofort wieder nur Lesen sein würde.

Auf der anderen Seite hatte er auch Angst davor, daß es nicht so sein könnte. Wollte er wirklich jedesmal, wenn er ein Buch aufschlug, in das Kaninchenloch hinunterspringen?

Bunting hatte mit dem Kleiderbügel in der Hand nach der Kleiderstange getastet, während er auf die Reihe Bücher sah. Jetzt beugte er sich schließlich in den Schrank und hängte den Bügel auf die Stange, damit er die Bücher wirklich eingehend durchsehen konnte. Es waren dreißig oder vierzig, allesamt Taschenbücher und alle mindestens fünf oder sechs Jahre alt. Manche stammten noch aus seinen ersten Tagen in New York. Alle Taschenbücher hatten Eselsohren, geknickte Rücken und zerlesene Seiten, die aussahen, als wären sie in eine Badewanne getaucht worden. Etwas mehr als die Hälfte waren Western, viele davon aus Battle Creek. Die meisten anderen waren Krimis. Schließlich entschied er sich für einen von diesen, *Die Tote im See* von Raymond Chandler.

Das dürfte ein vergleichsweise sicheres Buch sein, um es aus dem Inneren heraus sich anzusehen, dachte er – es war kein Buch, in dem Philip Marlowe zusammengeschlagen, mit Drogen vollgepumpt oder in einem Irrenhaus eingesperrt wurde. Er hatte es letztes Jahr gelesen und konnte sich noch ziemlich gut daran erinnern. Er würde feststellen, ob sich wichtige Einzelheiten veränderten, wenn er erst einmal in dem Buch war.

Bunting putzte sich gründlich die Zähne und wusch sich das Gesicht. Er spähte zwischen den Jalousien hindurch, sah die trostlosen Backsteingebäude und fragte sich, ob die Leute, die hinter diesen erleuchteten Fenstern wohnten, jemals etwas wie diese ängstliche und ungeduldige Vorfreude empfunden hatten.

Bunting überprüfte die Füllhöhe seiner Flasche und schaltete das andere Licht aus. Dann schaltete er es wieder ein, duckte sich in den Schrank und holte einen Wekker heraus, den er aus Michigan mitgebracht, aber nie gebraucht hatte. Bunting holte die Uhr aus einer Tüte hinter den Schuhen, stellte die Zeit ein, schob verschiedene Dinge vom Stuhl neben dem Bett, um für den Wecker Platz zu schaffen, und zog ihn auf. Nachdem er den Alarm auf sieben Uhr dreißig gestellt hatte, schaltete er das Licht über der Spüle aus. Jetzt war die Leselampe am Kopfende des Bettes die einzige Lichtquelle im Zimmer.

Bunting schlug die Decke mit einem fast förmlichen, zeremoniellen Habitus zurück und legte sich ins Bett. Er faltete das Kissen zusammen und schob es hinter den Kopf. Er leckte sich die Lippen und schlug *Die Tote im See* auf. Blut pochte in seinen Schläfen, den Fingerspitzen und in seinem Hinterkopf. Der erste Satz schwamm ihm entgegen, und weg war er.

## 6

Fast alles war anders, die wolkige Luft, die lauten, scheppernden Geräusche, das Gefühl eines gebrochenen Herzens, seine größere, unbeteiligtere Persönlichkeit; und einer der größten Unterschiede war, daß er dieses Mal über ein breites historisches Gedächtnis verfügte, verständlich und scharfsinnig – er wußte, daß sich die Stadt um ihn herum veränderte, daß ihre Luft viel mehr vergiftet war als die wunderbare, reine Luft der Wiese, wo die Büffel grasten, aber dennoch viel reiner als die Luft von New York City fünfundvierzig Jahre später: ein Aspekt seiner selbst war vertraut mit einer Zukunft, in der Gewalt, Unwissenheit und Gier letztlich den Kampf gewonnen hatten. Er schlenderte durch die Innenstadt von Los Angeles. Ecke Sixth und Olive rissen Männer einen asphaltierten Gehweg auf. Die Welt hämmerte auf ihn ein, ihre scharfgeschnittenen Eigenheiten drängten ihn dem Wissen entgegen, und als er ein Gebäude betrat und augenblicklich in einem Büro im siebenten Stock war, akzeptierte sein Auge dieses Wissen und wehrte es zugleich ab, indem es den konstanten Zustrom von Einzelheiten abschätzte – platingefaßte Doppelglastüren, chinesische Teppiche, ein verglaster Schaukasten mit Cremedöschen und Seifen und Parfüms in teuren Verpackungen. Ein Mann namens Kingsley wollte, daß er seine Mutter fand. Kingsley war ein sorgenvoller Mann, eins sechsundachtzig groß, trug einen eleganten weißgestreiften grauen Flanellanzug und ging beim Sprechen ständig in seinem Büro auf und ab. Seine Mutter und sein Stiefvater waren fast den ganzen Sommer über in ihrem Blockhaus oben am Puma Point gewesen und hatten sich mit einem Mal nicht mehr gemeldet.

»Glauben Sie, sie haben das Blockhaus verlassen?« fragte Bunting.

Kingsley nickte.

»Was haben Sie unternommen?«

»Nichts. Überhaupt nichts. Ich war nicht einmal dort.« Kingsley wartete darauf, daß Bunting nach dem Warum fragte, und Bunting konnte Zorn und Ungeduld des Mannes riechen. Er war wie eine geladene und gespannte Pistole.

»Warum nicht?« fragte er.

Kingsley zog eine Schreibtischschublade auf und holte ein Telegramm heraus. Er gab es an ihn weiter, und Bunting faltete es unter Kingsleys vernichtendem Blick auseinander. Das Telegramm war an einen Derace Kingsley, Beverly Hills, geschickt worden und lautete: LASSE MICH VON CHRIS SCHEIDEN STOP MUSS VON IHM UND SEINEM SCHRECKLICHEN LEBENSWANDEL WEG STOP WAHRSCHEINLICH FÜR IMMER STOP VIEL GLÜCK MUTTER.

Als Bunting wieder aufsah, reichte ihm Kingsley eine zwanzig mal dreißig Zentimeter große Hochglanzfotografie eines Paares in Badeanzügen, das an einem Strand unter einem Sonnenschirm saß. Die Frau war eine schlanke Blondine Anfang Sechzig, lächelnd und immer noch attraktiv. Sie sah wie eine gutaussehende Witwe auf einer Kreuzfahrt aus. Der Mann war ein hübsches, hirnloses Tier mit dunkler Bräune, öligem schwarzem Haar und kräftigen Schultern und Beinen.

»Meine Mutter«, sagte Kingsley. »Crystal. Und Chris Lavery. Ehemaliger Spielgefährte. Er ist mein Stiefvater.«

»Spielgefährte?« fragte Bunting.

»Für eine Menge reicher Frauen. Meine Mutter war nur zufällig diejenige, die ihn geheiratet hat. Er ist ein Tunichtgut und Hurensohn, ich habe ihn nie ausstehen können.«

Bunting fragte, ob Lavery im Blockhaus war.

»Der würde keine Minute bleiben, wenn meine Mutter fortgeht. Es gibt nicht mal ein Telefon dort. Er und meine Mutter haben ein Haus in Bay City. Ich gebe Ihnen die Adresse.« Er kritzelte etwas auf eine Visitenkarte von seinem Schreibtisch – *Derace Kingsley, Gillerlain Company* –, faltete die Karte zusammen und gab sie Bunting wie ein Staatsgeheimnis.

»Hat es Sie überrascht, daß Ihre Mutter die Ehe auflösen wollte?«

Kingsley dachte über die Frage nach, während er eine Zigarre aus einem Kästchen aus Mahagoni mit Kupferintarsien holte und mit einer silbernen Guillotine abschnitt. Er ließ sich mit dem Anzünden Zeit. »Ich war überrascht, *daß* sie ihn heiraten wollte, aber nicht, daß sie ihn loswerden wollte. Meine Mutter hat selbst Geld, eine ganze Menge, aus den Ölverträgen ihrer Familie; sie hat immer gemacht, was sie wollte. Ich habe nie gedacht, daß ihre Ehe mit Chris Lavery von Dauer sein würde. Aber ich habe dieses Telegramm vor drei Wochen bekommen und gedacht, ich würde von ihr hören. Vor zwei Tagen hat ein Hotel in San Bernardino angerufen und mir mitgeteilt, daß der Packard Clipper meiner Mutter in ihrer Garage steht und nicht abgeholt wurde. Seit über zwei Wochen steht er schon dort. Ich habe mir gedacht, daß sie den Staat verlassen hat, und habe ihnen einen Scheck geschickt, damit sie das Auto weiter übernehmen. Gestern bin ich Chris Lavery vor dem Athletic Club begegnet; er hat so getan, als wäre nichts passiert. Als ich ihn mit dem konfrontierte, was ich wußte, hat er alles geleugnet und behauptet, soweit er wüßte, würde sie es sich im Blockhaus gutgehen lassen.«

»Dort ist sie also«, sagte Bunting.

»Der Dreckskerl würde aus reinem Spaß an der Freude lügen. Aber die Sache hat noch einen Haken. Meine Mutter hat gelegentlich Ärger mit der Polizei gehabt.«

Jetzt sah er echt unbehaglich drein, und Bunting half ihm aus der Klemme. »Der Polizei?«

»Sie nimmt manchmal Sachen aus Geschäften mit. Besonders wenn sie zu viele Martinis zum Mittagessen hatte. Wir hatten schon ziemlich häßliche Szenen in Büros von Geschäftsführern. Bis jetzt hat niemand je Anklage erhoben, aber wenn etwas in einer fremden Stadt passieren würde, wo niemand sie kennt ...« Er hob die Hände und ließ sie wieder auf den Schreibtisch sinken.

»Würde sie Sie nicht anrufen, wenn sie in Schwierigkeiten ist?«

»Sie könnte Chris zuerst anrufen«, gab Kingsley zu. »Oder es könnte ihr so peinlich sein, daß sie gar niemand anruft.«

»Nun, ich glaube, einen Ladendiebstahl können wir getrost außer acht lassen«, sagte Bunting. »Wenn sie ihren Mann verlassen hat und in Schwierigkeiten geraten ist, würde sich die Polizei wahrscheinlich mit Ihnen in Verbindung setzen.«

Kingsley schenkte sich einen Drink ein, um die Sorgen zu vertreiben. »Wenn ich Ihnen zuhöre, geht es mir gleich viel besser.«

»Aber es könnten ihr eine Menge anderer Dinge zugestoßen sein. Vielleicht ist sie mit einem anderen Mann durchgebrannt. Vielleicht hatte sie einen plötzlichen Gedächtnisverlust – vielleicht ist sie irgendwo gestürzt und hat sich verletzt und kann sich nicht mehr erinnern, wie sie heißt oder wo sie wohnt. Vielleicht ist sie in eine Klemme geraten, an die wir noch gar nicht gedacht haben. Vielleicht ein Verbrechen.«

»Großer Gott, sagen Sie das nicht«, meinte Kingsley.

»Wir müssen es in Erwägung ziehen«, sagte Bunting zu ihm. »Alles. Man kann nie wissen, was einer Frau im Alter Ihrer Mutter alles zustoßen könnte. Viele entgleisen einfach, glauben Sie mir – ich habe es schon oft genug gesehen. Sie fangen an, mitten in der Nacht Geschirrtücher zu waschen. Sie stürzen auf Parkplätzen und schürfen sich die Gesichter auf. Sie vergessen ihren eigenen Namen.«

Kingsley sah ihn entsetzt an. Dann trank er noch einen Schluck von seinem Drink.

»Ich bekomme hundert Dollar pro Tag, hundert sofort«, sagte Bunting.

Bunting fuhr zu einer Adresse in Bay City, die ihm Kingsleys Sekretärin gegeben hatte. Der Bungalow, wo Kingsleys Mutter mit Chris Lavery gelebt hatte, lag am Rand eines V, welches das innere Ende eines tiefen Canyons formte. Er war abwärts gebaut, die Eingangstür lag etwas unter Straßenniveau. Gartenmöbel standen auf dem Dach. Die Schlafzimmer waren im Souterrain; am tiefsten im Haus lag die Garage, wie das Eckloch eines Pooltisches. Koreanisches Moos säumte die flachen Steine des Eingangs. An der schmalen Tür hing unter einem Metallgitter ein Türklopfer aus Eisen.

Bunting schlug den Klopfer gegen die Tür. Da nichts passierte, drückte er auf die Klingel. Dann hämmerte er erneut mit dem Klopfer. Niemand kam zur Tür. Er ging um das Haus herum und hob die Garagentür bis Augenhöhe. Ein Auto mit weißer Karosserie stand in der Garage. Er ging zur Eingangstür zurück.

Bunting drückte auf die Glocke, hämmerte gleichzeitig gegen die Tür und dachte sich, daß Chris Lavery vielleicht einen Kater ausschlief. Als er immer noch keine Antwort bekam, trat Bunting vor der Tür von einem Bein aufs andere und war nicht sicher, was er als nächstes tun sollte. Er mußte zum See fahren, soviel stand fest, aber inzwischen war er sicher, daß er den ganzen Tag fahren konnte, ohne etwas zu erreichen – in Puma Point würde er wieder ein leeres Haus vorfinden, würde wieder vor einer Tür stehen, klopfen und läuten, und niemals würde ihn jemand einlassen. Er würde draußen in der Dunkelheit stehen und an eine verschlossene Tür klopfen.

Wie war er Detektiv geworden? Was hatte ihn dazu veranlaßt? *Das* war das Geheimnis, schien ihm, nicht der Verbleib einer reichen Närrin, die einen Playboy geheiratet hatte. Er berührte die kleine rosa Ama im Schulterhalfter, um Trost zu suchen.

Bunting trat von der Veranda herunter und ging wieder ums Haus zur Garage. Er machte die Tür auf, trat ein und machte sie wieder hinter sich zu. Das weiße Auto war ein großes Roadsterkabrio, das Benzin schlucken würde wie Wodka und aussah, als würde es hundertzwanzig Meilen auf dem Highway bringen. Bunting wurde klar, wenn er den Schlüssel hätte, könnte er die Zündung einschalten, seine gute alte Flasche in den Mund nehmen und die lange, lange Fahrt antreten. Er konnte den langen Abschied nehmen, von dem man nie mehr wiederkehrte.

Aber er hatte den Schlüssel des Roadsters nicht, und selbst wenn, er hatte eine Visitenkarte in der Tasche und mußte arbeiten. An der Rückwand der Garage befand sich eine Holzfurniertür, die ins Haus führte. Die Tür war mit etwas verschlossen, das der Besitzer im Five and Dime gekauft hatte, und Bunting trat so lange dagegen, bis die Tür aufging. Holzsplitter und winzige Metallspäne rieselten in den Flur.

Bunting trat ein. Sein Herz schlug schnell, und er dachte mit plötzlicher Klarheit: *Darum bin ich Detektiv.* Es war nicht nur die Aufregung, es war das Gefühl kurz bevorstehender Entdeckungen. Das ganze Haus lag über ihm wie ein klopfendes Herz, und er befand sich in einem Durchgang *in* diesem Herz.

Der gedämpfte, warme Geruch eines späten Vormittags in einem verschlossenen Haus drang auf ihn ein, zusammen mit dem Aroma von Vat 69. Bunting schritt den Flur hinab. Er sah in ein Gästezimmer mit heruntergelassenen Vorhängen. Am Ende des Flurs betrat er einen üppig möblierten Schlafraum, wo ein Windhund aus Kristall auf einem verschmierten Spiegeltisch stand. Zwei Kissen lagen nebeneinander auf dem ungemachten Bett, ein rosa Handtuch mit Lippenstiftspuren hing über der Seite des Papierkorbs. Rote Lippenstiftspuren zogen sich wie Schnittwunden über die Kissen. Ein aufdringliches, übelriechendes Parfüm hing in der Luft.

Bunting wandte sich der Badezimmertür zu und legte eine Hand auf den Knauf.

Nein, er wollte nicht ins Badezimmer sehen – plötzlich wurde ihm klar, daß er sonstwo sein wollte, im Dschungel von Sumatra, am Nordpol, nur nicht hier, wo er war. Der Lippenstiftfleck auf dem Handtuch tropfte unablässig auf den Teppich und verwandelte ihn in schlüpfrigen roten Schlamm. Er sah sich das Bett an und sah, daß auf dem zweiten Kissen etwas Rotes glänzte, das aufs Laken floß.

Nein, sagte er sich, bitte nicht, nicht schon wieder. Einer ist da drinnen, möglicherweise alle beide, es wird aussehen wie im Schlachthaus, du willst nicht, du kannst nicht, es ist zuviel ...

Er drehte den Knauf und machte die Tür auf. Seine Augen waren fast geschlossen. Blutschlieren und Spritzer überzogen den Boden. Feine Blutgischt hatte sich wie Nebel über den Duschvorhang gelegt.

Und Bunting, der wieder eine Leiche findet. Eine-Leiche-täglich-Bunting, so nennen sie ihn.

Er schritt durch das Blut und stieß den Duschvorhang zurück.

Die Wanne war leer – nur eine tiefe Blutlache befand sich unten, die langsam in den Abfluß tröpfelte.

Durch das Badezimmerfenster hörte er das gräßliche Läuten einer Klingel. Ein weißer Raum in der Luft füllte sich mit dem Ton dieser Klingel. Bunting preßte die Hände auf die Ohren. Sein Hals tat weh, der Rücken schmerzte schlimm. Er drehte sich um, um aus dem Bad zu fliehen, aber das Bad war im leeren weißen Raum verschwunden. Seine Beine bewegten sich nicht. Schmerzen hüllten seinen ganzen Körper wie Elmsfeuer ein, er stöhnte laut, machte die Augen zu und öffnete sie wieder in der unerträglichen Enge seines Zimmers, in dem der Wecker schrillte.

Einen Augenblick wußte er, die Wände seines Zimmers waren mit dem Blut von jemand anderem besudelt, er ließ das Buch in der Hand fallen und schnellte vom Bett und keuchte vor Schmerzen und Angst. Seine Beine gaben nach, er fiel der Länge nach auf den Boden. Seine Beine schrien auf, sein ganzer Körper schrie auf. Er konnte sich nicht bewegen. Er wand sich stöhnend in Richtung Tür und hielt erst inne, als ihm klar wurde, daß er sich in seinem eigenen Zimmer befand und nicht mehr in dem Buch war. Er lag keuchend auf dem Teppich, bis wieder soviel Blut in seine Beine geströmt war, daß er aufstehen und ins Bad gehen konnte. Er hatte einen Augenblick Angst, als er den Duschvorhang zurückziehen mußte, aber keiner der zahllosen Flecken auf dem Emaille und den Kacheln war rot, und das heiße Wasser holte ihn schon bald ins alltägliche Leben zurück.

## 7

Das nächste bedeutende Ereignis in Buntings Leben folgte dem soeben beschriebenen, seltsamen Erlebnis, als wäre es darin verwurzelt oder davon inspiriert worden, und begann kurz nachdem er sein Mietshaus verlassen hatte, um zur Arbeit zu gehen. Er hatte leichte Kopfschmerzen, seine Hände zitterten; als er die Krawatte gebunden hatte, war ihm gewesen, als hätte sich sein Gesicht auf eine subtile Weise verändert, für die man nicht allein die verfärbten Tränensäcke unter den Augen verantwortlich machen konnte. Seine Wangen sahen eingefallen aus, die Haut war fast unnatürlich weiß. Er vermutete, daß er überhaupt nicht geschlafen hatte. Er sah aus, als würde er immer noch die blutige Badewanne vor sich sehen.

Eine Hautschicht hatte sich von ihm abgeschält. Sämtliche Farben und Geräusche auf der Straße wirkten greller und lauter, alles schien mehrere Stufen lebendiger zu sein – die Autos, die die Straße entlangfuhren, die Männer und Frauen, die auf den Gehwegen hasteten, die zerlumpten Penner mit ihren Papiertüten. Selbst die winzigen Staubkörnchen und Papierschnipsel, die der Wind mit sich trug, schienen wie Botschaften zu sein. Obwohl es ihm für gewöhnlich nicht bewußt war, bemühte sich Bunting, auf dem Weg zur Arbeit so wenig wie möglich in sich aufzunehmen. Er sah sich selbst in einer transparenten Blase, die ihn vor unnötigen Schmerzen und Ablenkungen beschützte. So lebte man in New York City – man spazierte in einer Umhüllung aus zähem, strapazierfähigem Lack herum. Ein Trupp Männer mit orangefarbenen Arbeitshelmen und Jacken rissen einen Block von seinem Mietshaus entfernt den betonierten Gehweg auf; der Lärm eines Preßlufthammers drang Bunting in die Ohren. Einen Augenblick verschwamm die Welt vor ihm, und er war zurückversetzt ins Los Angeles von vor vierzig Jahren und auf dem Weg zu einem Mann namens Kingsley. Er erschauerte, dann fiel es ihm wieder ein: Im ersten Absatz von *Die Tote im See* hatte er gesehen, wie Arbeiter einen Gehweg aufgerissen hatten.

Eine Sekunde rissen die Wolken auf, grelles Sonnenlicht fiel auf Bunting und alles vor ihm. Dann wurde die Luft dunkel.

Der Lärm der Preßlufthämmer hörte unvermittelt auf, die Arbeiter hinter Bunting riefen unverständliche, drängende Worte. Sie hatten etwas unter dem Gehweg gefunden, und weil Bunting dem entkommen mußte, was sie gefunden hatten, machte er einen raschen Schritt in Richtung Bushaltestelle. Dann schlug ihm eine Mauer aus Wasser an den Kopf – ohne Vorwarnung hatte heftiger, prasselnder Regen seine gesamte Kleidung durchnäßt, sein Haar, überhaupt alles und jeden um ihn herum. Die Luft wurde binnen eines Augenblicks schwarz, lautes Donnergrollen, unmittelbar gefolgt von einem Blitzstrahl, der die erstarrte Straße erhellte, übertönte die Schreie der Arbeiter. Der Blitz machte die Welt für einen kurzen, elektrisierenden Augenblick weiß: Bunting konnte sich nicht bewegen. Sein Anzug war ein nasser Lappen, das Haar klebte an seinem Gesicht. Der plötzliche Regenguß und der Blitz, welcher Wasser anstrahlte, das irrwitzig vom Dach der Bushaltestelle abprallte, rissen Bunting aus seinem Rahmen. Was seit Tagen versprochen war, war endlich eingetroffen. Seine Augen waren von Gewohnheiten reingewaschen worden, und er *sah.*

Menschen drängten sich an ihm vorbei unter Torbögen und das Dach der Bushaltestelle, aber er konnte und wollte sich nicht bewegen. Ihm war, als hätte sich das ganze Leben prachtvoll vor ihm geöffnet. Hätte er sich bewegen können, wäre er mit einem Dankgebet auf die Knie gefallen. Lange, lange Sekunden nachdem der Blitz längst erloschen war, sah Bunting jedes winzige Stückchen Wirklichkeit so, wie es tatsächlich war – alles vor ihm war von Bewußtsein erfüllt, alles brannte und strahlte vor Leben. Sein strömte aus jedem Partikelchen der Welt, Holz, Metall, Glas oder Fleisch. Autos, Feuerwehrhydranten, der Beton und die ausgefahrenen Steine der Straße, jedes einzelne Regentröpfchen, sie alle enthielten dieselbe lebende Substanz, die Bunting selbst enthielt – und das war das Bedeutende an ihm und ihnen. Wäre Bunting religiös gewesen, hätte er gedacht, ihm wäre eine direkte, unverhohlene Vision von Gott zuteil geworden; da er es nicht war, offenbarte sein Erlebnis ihm das Heiligtum der Welt selbst.

Das alles spielte sich innerhalb weniger Sekunden ab, aber diese Sekunden waren völlig aus der Zeit herausgelöst. Als das Erlebnis zu verblassen anfing und Bunting aus der Ewigkeit wieder in die Zeit zurückschlüpfte, wischte er die Mischung aus Regen und Tränen vom Gesicht und ging auf die Bushaltestelle zu. Auch er schien übergeflossen zu sein. Er trat unter das Dach der Bushaltestelle. Mehrere Leute sahen ihn merkwürdig an – er hatte den Eindruck, als würde er leuchten. Der Bus erschien in der verregneten Dunkelheit am Ende der Straße und schwankte durch Schlaglöcher wie ein Ozeanriese. Was ihm widerfahren war und was er bereits als sein ›Erlebnis‹ betrachtete, war – wie ihm klar wurde – mit seinen Empfindungen vergleichbar, als er in *Der Büffeljäger* hineingestürzt war.

Er seufzte laut und wischte sich die Augen. Die Leute, die direkt neben ihm standen, zogen sich zurück.

## 8

Er traf gereizt und durchnäßt bei DataComCorp ein und wußte nicht, warum. Er wollte Leute stoßen, die ihm im Weg standen, wollte jeden anschreien, der ihn aufhielt. Er schrieb es der Tatsache zu, daß er in nasser Kleidung im Büro eintreffen mußte. In Wahrheit verursachte dieses Unbehagen nur den kleinsten Teil seines Zorns. Bunting fühlte sich, als wäre er in ein für ihn viel zu kleines Behältnis gezwängt worden; er hatte eine Villa verlassen und war in eine Hütte zurückgekehrt. Die Erinnerung an diese Villa machte die Hütte vollends unerträglich.

Er kam aus dem Fahrstuhl gestapft und sah die Empfangsdame finster an. Kaum war er in seinem Kabuff, riß er das Jackett herunter und warf es über einen Stuhl. Er zerrte die Krawatte nach unten und rieb sich Hals und Stirn mit einem feuchten Taschentuch ab. Er hämmerte voll dumpfer, unwissender Wut die Faust auf den Einschaltknopf des Computers und fing an, Daten einzugeben. Wäre Bunting in besserer Stimmung gewesen, hätte seine natürliche Vorsicht ihn vor dem Fehler bewahrt, den er machte, nachdem Frank Herko in seinem Kabuff aufgetaucht war. Aber so hatte er keine Chance – blinde Wut sprach aus ihm.

»Der große Liebhaber ist endlich zurückgekehrt«, sagte Herko.

»Lassen Sie mich in Ruhe«, sagte Bunting.

»Bunting der Unfehlbare erscheint nach einer Party mit seinem lieblichen Flittchen betrunken, kommt zwei Tage nicht zur Arbeit, geht nicht ans Telefon, trifft halb ertrunken ein . . .«

»Verschwinden Sie, Frank«, sagte Bunting.

». . . ist wütender als ein geprügelter Stier, leidet wahrscheinlich an einer Erkältung, wenn nicht gar an einer Grippe . . .«

Bunting nieste.

». . . und erwartet, daß der einzige Mensch, der ihn wirklich versteht, den Mund hält und ihn in Ruhe läßt. Herrgott, Sie sind ja *tropfnaß*. Haben Sie den Verstand verloren? Warten Sie, ich bin gleich zurück.«

Bunting knurrte. Herko schlüpfte aus dem Kabuff und kam wenig später mit braunen Papierhandtüchern aus der Herrentoilette zurück. »Trocknen Sie sich ab, ja?«

Bunting fauchte und wischte sich mit ein paar Handtüchern das Gesicht ab. Er schrubbte das Haar mit Handtüchern, knöpfte das Hemd auf und rieb sich die feuchte Brust.

»Was ist mit Ihnen los?« fragte Herko. »Wollen Sie unbedingt eine doppelseitige Lungenentzündung?«

Herko war ein hysterischer Narr. Außerdem glaubte er, Bunting wäre sein Eigentum. Bunting fühlte sich nicht als Eigentum. »Danke für die Handtücher«, sagte er. »Und jetzt raus hier.«

Herko hob die Hände. »Ich wollte Ihnen nur sagen, daß ich Ihre Verabredung mit Marty für morgen abend getroffen habe. Ich nehme an, das ist in Ordnung, oder wollen Sie mir dafür auch ans Leder?«

Die Welt um Bunting herum wurde weiß. Das Blut in

seinen Adern blieb stehen. »Sie haben eine Verabredung getroffen?«

»Nun, Marty brannte darauf, Sie zu sehen. Acht Uhr in der Bar, Fifth Avenue, Nummer 1. Dann sind Sie schon im Village und haben eine Million Restaurants in der Nähe zur Auswahl, um essen zu gehen.« Herko bückte sich und sah Bunting ins Gesicht. »Was ist denn los? Ist Ihnen wieder schlecht? Vielleicht sollten Sie nach Hause gehen.«

Bunting drehte sich zu seinem Computer um. »Mir geht es gut. Würden Sie jetzt bitte verschwinden?«

»Himmel«, sagte Herko. »Wie wäre es mit danke?«

»Tun Sie mir keinen Gefallen mehr, ja?« Bunting nahm keinen Blick vom Bildschirm, worauf sich Herko entfernte.

Am Spätnachmittag steckte Bunting den Kopf ins Kabuff seines Freundes. Herko sah stirnrunzelnd auf. »Tut mir leid«, sagte Bunting. »Ich war heute morgen schlecht gelaunt. Ich weiß, ich war unhöflich, und möchte mich entschuldigen.«

»Okay«, sagte Herko. »Macht nichts.« Er war immer noch ein wenig steif und gekränkt. »Das mit der Verabredung geht doch klar, oder? Morgen abend?«

»Nun«, sagte Bunting und sah, wie Herko das Gesicht verkniff. »Klar, geht in Ordnung. Auf jeden Fall. Prima. Danke.«

»Die Bar wird Ihnen gefallen«, sagte Herko entspannter. »Und Sie sind gleich im Village. Millionen Restaurants ringsum.«

Bunting war noch nie in Greenwich Village gewesen und kannte nur die Namen der Restaurants, die er angeblich mit Veronica besucht hatte. Dann fiel ihm noch etwas ein.

»Sie mögen doch Raymond Chandler, oder nicht?« fragte er, weil ihm eine frühere Unterhaltung eingefallen war.

»Ray ist mein Mann, mein *Lieblingsschriftsteller.*«

»Erinnern Sie sich an den Teil von *Die Dame im See*, als

Philip Marlow zum erstenmal das Haus von Chris Lavery betritt?«

Der völlig wiederhergestellte Herko nickte.

»Was findet er?«

»Er findet Chris Lavery.«

»Lebend?«

»Nun, wie könnte er sonst mit ihm sprechen?«

»Er findet nicht eine Menge Blut im Bad, oder?«

»Was ist denn mit Ihnen los?« fragte Herko. »Jagen Sie unsere große Gegenwartsliteratur durch den geistigen Reißwolf oder was?«

»Oder was«, sagte Bunting, obwohl ihm schien, als hätte er die Seiten, die er gelesen hatte, wahrhaftig durchgemischt, wenn nicht wirklich durch den Reißwolf gejagt. Er zog sich aus dem Kabuff zurück und verschwand in seinem eigenen.

Herko saß einen Moment starr vor Überraschung da, dann rief er. »Lange Fangzähne! Lange Fangzähne! Bunting ist auf der Jagd!« Und heulte wie ein Wolf.

Einige der Damen kicherten, und eine sagte leise, er sollte sich nicht lustig machen. Herko gab tiefe, hallende Lachsalven von sich.

Bunting setzte sich an den Computer und versuchte, sich auf seine Arbeit zu konzentrieren. Herko rang keuchend nach Atem, dann lachte er weiter brüllend. Der Lärm um ihn herum beschwor plötzlich das Bild der Arbeiter bei dem Loch im Gehweg herauf, die einen Augenblick vor Beginn des gewaltigen Sturms geschrien hatten: Sie hatten einen toten Mann in diesem Loch gefunden.

Das wußte Bunting mit plötzlicher und absoluter Gewißheit. Die Männer, die auf dem Gehweg arbeiteten, hatten in das Loch gesehen und einen verwesenden Leichnam erblickt oder Gebeine und einen Schädel in einem staubigen Anzug oder einen Toten in einem Stadium dazwischen. Bunting sah den offenen Mund, das verfilzte Haar, die glotzenden Augen und die wuselnden Maden. Er versuchte, sich in die Gegenwart zurückzuholen, wo sein eigener lebender Leib in einem feuchten Hemd vor einem Computerterminal saß, dessen Bildschirm einen Augenblick auf beängstigende Weise voll von Gestammel zu sein schien.

DATATRAX 30 KARTONS MONMOUTH NJ KODE BLAU KODE ROT

Jesus schritt an dem Stein vorbei, welcher das Grab verschlossen hatte, breitete die Arme aus und entschwebte in seinem staubigen weißen Gewand in einen makellosen blauen Himmel.

*Dies ist mein Leib,* dachte er. *Mein* Leib.

Etwas Walnußgroßes rasselte in seinem Magen, wuchs zur Größe eines Apfels und entwickelte dann eine Wölbung, die sich zu einer Nadel spitzte. Bunting hielt die Hände an den Bauch und rannte aus dem Datenraum auf den Flur. Er stürmte durch die Tür der Herrentoilette und betrat eine Toilette, die kaum kleiner als sein Kabuff war. Er drückte die Krawatte an die Brust, damit er sie nicht besudelte, bückte sich und übergab sich.

Am Nachmittag sah Bunting von seinem Bildschirm auf und erhaschte eben noch den Hauch eines grünen Kleids, das an der Tür seines Kabuffs vorbeiging. Die Farbe war ein dunkles, einförmiges Grün, das sich von den hellen Wänden des Büros abhob und doch mit ihnen harmonierte; und einen Augenblick schien es auf Bunting zuzuschweben, der träumte und an nichts Besonderes dachte. Das einförmige Grün wurde ganz klar umrissen, dann war es schon fort. In der Luft, welche die Frau eingenommen hatte, vibrierte ihre Abwesenheit, und plötzlich drohte die ganze Welt, die Bunting sehen konnte, von gesegnetem und heiligem Sein überzufließen, wie heute morgen. Bunting wappnete sich und kämpfte gegen das wachsende Gefühl der Vorfreude an – er wußte nicht, warum, aber er mußte ihm widerstehen. Die Welt verlor sofort wieder das Gefühl zitternder Erwartung, das sie einen Augenblick zuvor noch erfüllt hatte; jedes Detail fiel wieder in sich selbst zurück. Jesus ging wieder in seine Gruft und rollte den Stein an Ort und Stelle. Die Arbeiter, die im Regen standen, sahen in ein leeres Loch hinab. Bunting war noch am Leben oder noch tot. Er war errettet worden. Der Baum war im tiefen Wald gefallen, und niemand hatte es gehört, also stand er noch.

An diesem Abend stellte Bunting wieder den Wecker und begab sich in *Die Tote im See.* Er fuhr in die Berge, und als er einen Ort namens Bubbling Springs erreichte, wurde es kühl. Kanus und Ruderboote fuhren auf dem Puma Lake hin und her, Schnellboote voll kreischender Mädchen brausten vorbei und zogen schäumendes Kielwasser hinter sich her. Bunting fuhr zwischen Wiesen mit weißen Irisblüten und purpurnen Stiefmütterchen dahin. An einem Schild Richtung Little Fawn Lake bog er ab und kroch zwischen Granitfelsen dahin. Er fuhr an einem Wasserfall vorbei und durch ein Labyrinth schwarzer Eichen. Jetzt sang alles um ihn herum voll Bedeutung, und er selbst lebte in dieser Bedeutung, lebte so, wie ihm vorbestimmt war zu leben, als Ebenbürtiger des Seins in jeder Einzelheit der Landschaft. Ein Specht spähte um einen Baumstamm herum, ein ovaler See erstreckte sich am Fuß des Tals, eine kleine Blockhütte aus Birkenholz stand vor einem Eichenhain. Diese Informationen flossen als konstanter Zustrom in ihn ein, jede leuchtende Feder, jeder schimmernde Felsvorsprung, jeder Zentimeter Holz, der vor seinem eigenen Sinn überquoll, und Bunting, das Auge, um welches sich diese sprechende Welt konkretisierte, bewegte sich unbesorgt und aufmerksam durch diesen Strom von Informationen.

Er stieg aus dem Auto und pochte an die Tür der Blockhütte, worauf ein Mann namens Bill Chess herbeigehinkt kam. Bunting gab Bill Chess einen Schluck Weinbrand aus einer Flasche in seiner Tasche, darauf setzten sie sich auf einen flachen Stein und unterhielten sich. Die Frau von Bill Chess hatte ihn verlassen, seine Mutter war gestorben. Er war allein in den Bergen. Er wußte nichts von Derace Kingsleys Mutter. Schließlich gingen sie die Hartholzstufen zu Kingsleys Blockhaus hinauf, wo Chess die Tür aufschloß und sie in stickige Wärme traten. Buntings Herz brach. Was er sah, schien ausnahmslos eine Postkarte aus einer Welt ohne Leid zu sein. Die Böden waren geschrubbt, die Betten gemacht. Bill Chess setzte sich auf eine der beigen Tagesdecken, während Bunting die Tür zum Bad aufmachte. Die Luft war heiß; als er den Gestank von Blut roch, blieb er wie angewurzelt stehen. Bunting ging zum Duschvorhang und wußte, die Überreste von Crystal Kingsleys Leichnam lagen in der Wanne. Er hielt den Atem an und packte den Vorhang. Als er ihn beiseite schob, rief Bill Chess hinter ihm aus: »Muriel! Gütiger Himmel, es ist Muriel!« Aber es war kein Leichnam in der Wanne, nur ein Blutfleck, der trocknete, während er Richtung Abfluß floß.

## 9

Am Freitagabend um halb acht saß Bunting an einem Tisch in der Bar und sah abwechselnd zum Eingang und auf die Uhr. Er war vor fünfzehn Minuten eingetroffen und trug einen seiner besten Anzüge, war frisch geduscht, rasiert, hatte die schwarzen Schuhe und die Zähne geputzt und den Mund mit Binaca ausgesprüht, daß es kribbelte. Um zur bereits überfüllten Bar zu gelangen, mußte man an den Tischen vorbei, und Bunting hatte vor, sich die Frau genau anzusehen, bevor sie ihn sah. Danach würde er wissen, was zu tun war. Die Kellnerin kam, und er bestellte einen weiteren Wodka Martini. Bunting dachte, daß er sich behaglich fühlte. Sein Herz schlug schnell, seine Hände waren verschwitzt, aber das machte nichts, dachte Bunting – immerhin war dies seine erste

Verabredung, seine erste *richtige* Verabredung, seit er mit Veronica Schluß gemacht hatte. In einem anderen Sinne, über den er nicht nachdenken wollte, war dies seine erste Verabredung seit zwanzig Jahren. Alle paar Minuten ging er zur Herrentoilette und spritzte sich Wasser ins Gesicht. Er kämmte sich das Haar und rieb die Schuhe mit Papierhandtüchern ab. Dann ging er an seinen Tisch zurück, nippte an seinem Glas und behielt die Tür im Auge.

Er wünschte sich, er hätte daran gedacht, heimlich eine seiner Amas in eine Tasche zu stecken. Selbst ein einzelner Schnuller hätte es getan: Er könnte ihn in den Mund stecken, wenn er nervös war. Oder ihn einfach in der Tasche behalten!

Bunting zog die Manschetten hoch, strich sich mit einer Hand übers Haar, sah auf die Uhr. Er stützte sich auf die Ellbogen und betrachtete die Leute in der Bar. Die meisten waren jünger als er selbst, alle redeten und lachten. Er schaute wieder zur Tür. Eine junge Frau mit schwarzem Haar und runder Brille war soeben eingetreten, aber es war immer noch zwanzig Minuten vor acht – viel zu früh für Marty. Er zog das Taschentuch heraus und wischte sich die Stirn ab, wobei er sich fragte, ob er ins Bad gehen und sich noch einmal Wasser ins Gesicht spritzen sollte. Ihm war ein klein wenig heiß. Noch angenehm, aber ein wenig heiß. Er gab sich den Rat, an die vielen Anlässe zu denken, als er mit Veronica in teuren Restaurants gewesen war, steckte die Hände in die Taschen und versuchte sich an die genauen Gefühle zu erinnern, wenn er neben seiner großen Freundin in leitender Position das Quaglio's betreten hatte . . .

»Bob? Bob Bunting?« sagte jemand in sein Ohr, worauf er zusammenzuckte, als hätte ihn jemand mit einer Gabel gestochen. Er stieß mit der Brust gegen den Tisch, sein Glas wackelte. Er streckte eine Hand aus, um den Drink zu halten, und stieß ihn um. Klare Flüssigkeit ergoß sich und färbte das Tischtuch dunkel. Zwei große Oliven rollten über den Tisch, eine fiel auf den Boden. Bunting stieß einen kurzen Schrei wie in Todesangst aus. Die Frau, die ihn angesprochen hatte, lachte. Sie legte ihm eine Hand auf den Arm. Er wirbelte auf dem Stuhl herum, stieß sich den Ellbogen an der Tischkante an und stellte fest, daß die schwarzhaarige Frau, die gerade das Restaurant betreten hatte, fragend und erschrocken auf ihn herabsah.

»Nach der ganzen Aufregung hoffe ich nur, daß Sie wirklich Bob Bunting sind«, sagte sie.

Bunting nickte. »Das hoffe ich auch«, sagte er. »Ganz sicher scheine ich mir nicht zu sein, aber? Aber wer sind Sie? Kennen wir uns?«

»Ich bin Marty«, sagte sie. »Haben Sie nicht auf mich gewartet?«

»Oh«, sagte er, und jetzt begriff er endlich alles. Sie war eine kleine junge Frau mit rundlichem Gesicht und einer ratlosen, aufgedrehten Art, angesichts der sich Bunting gleich müde fühlte. Ihre Augen waren tiefblau, der Lippenstift grellrot. Im Augenblick schien sie innerlich über ihn zu lachen. »Entschuldigen Sie, meine Güte«, sagte er, »natürlich, wie schön, Sie kennenzulernen.« Er stand auf und streckte die Hand aus.

Sie nahm sie und machte sich nicht die Mühe, ihre Heiterkeit zu verbergen. »Sind Sie schon lange hier?«

Sie hatte einen deutlichen New Yorker Akzent.

»Eine Weile«, gestand er.

»Sie wollten mich überprüfen, was?«

»Nein. Eigentlich nicht.« Er dachte voll Sehnsucht an sein Zimmer, sein Bett, die Wand mit den Flaschen und *Die Tote im See.* »Woher wußten Sie, wer ich bin?«

»Frank hat Sie beschrieben, wie sonst? Er sagte, Sie sind wie ein Anwalt gekleidet und sehen etwas schüchtern aus. Möchten Sie noch einen Drink hier haben, nachdem Sie Ihren meinetwegen verschüttet haben? Ich nehme auch einen.«

Er nahm ihren Mantel zur Garderobe; als er zurückkam, stand ein frischer Martini an seinem Platz, ein Glas Weißwein vor Marty, und auf dem Tisch lag ein frisches

Tischtuch. Sie lächelte ihn an. Er konnte sich nicht entscheiden, ob sie ungewöhnlich hübsch oder einfach nur beunruhigend war.

»Sie sind früher hergekommen, um mich zu überprüfen, oder nicht?« fragte sie. »Wenn Ihnen mein Aussehen nicht gefallen hätte, hätten Sie sich rausschleichen können, während ich zur Bar ging.«

»Das würde ich nie machen.«

»Warum nicht? Ich schon. Was meinen Sie, warum ich so früh hier war? Ich wollte Sie überprüfen. Bei Verabredungen mit Unbekannten komme ich mir immer komisch vor. Wie dem auch sei, ich wußte gleich, wer Sie sind, und Sie sehen gar nicht so übel aus. Nach allem, was Frank gesagt hat, habe ich befürchtet, Sie könnten echt verdrießlich sein, aber mir ist klar, jemand, der so nervös ist, kann nicht verdrießlich sein.«

»Ich bin nicht nervös«, sagte Bunting.

»Warum sind Sie dann hochgegangen wie eine Bombe, als ich Ihren Namen gesagt habe?«

»Sie haben mich erschreckt.«

»Nun, wenn Sie nicht nervös wären, hätte ich Sie nicht erschrecken können. Schon gut. Sie haben mich auch noch nie gesehen. Also sagen Sie mir die Wahrheit: Wenn Sie mich bemerkt hätten, als ich zur Tür reingekommen bin, wären Sie verduftet? Oder hätten Sie es durchgezogen?«

Sie hob das Glas und trank. Ihre Augen waren so blau, daß die Farbe ins Weiß überströmte und eine schwache blaue Korona um die Pupille bildete. Er sah zum erstenmal, daß sie ein schwarzes Kleid anhatte, das eng am Körper anlag, und ihre Augenbrauen strenge schwarze Linien waren. Trotz ihrer naßforschen Art schien sie exotisch, fast geheimnisvoll zu sein. Sie sah, stellte er fest, erstaunlich gut aus. Dann sah er sie plötzlich nackt, eine Vision glatter weißer Haut und großer, weicher Brüste.

»Oh«, sagte er, »selbstverständlich hätte ich es durchgezogen.«

»Warum erröten Sie? Ihr ganzes Gesicht ist eben rot geworden.«

Er zuckte von qualvoller Verlegenheit erfüllt die Achseln. Er war sicher, daß sie wußte, was er gedacht hatte. Er kippte seinen Drink hinunter.

»Sie sind nicht gerade das, was ich erwartet habe, Bob«, sagte sie mit sehr trockener Stimme.

»Nun, Sie sind auch nicht gerade das, was ich erwartet habe«, konnte er nur sagen, mehr fiel ihm nicht ein. Er konnte sie nicht ansehen, sondern saß aufrecht auf dem Stuhl, der fröhlichen Menschenmenge in der Bar zugewandt. Wie konnten diese Männer nur so beiläufig sein? Wie fiel ihnen ein, was sie sagen konnten?

»Kennen Sie Frank und Lindy gut?« fragte sie.

»Ich arbeite mit Frank.« Er sah sie an, dann wieder die glücklichen sorglosen Menschen in der Bar. »Wir sind im selben Büro.«

»Das ist alles? Sie sehen ihn nicht nach der Arbeit?«

Er schüttelte den Kopf.

»Sie haben großen Eindruck auf Frank gemacht«, sagte sie. »Er scheint zu denken . . . Bob, würde es Ihnen etwas ausmachen, mich anzusehen, Bob? Wenn ich mit Ihnen rede?«

Bunting räusperte sich und drehte sich zu ihr. »Tut mir leid.«

»Stimmt etwas nicht? Sollte ich etwas wissen? Sehe ich genau wie das Mädchen aus, das Sie in der vierten Klasse am meisten gehaßt haben?«

»Nein, mir gefällt, wie Sie aussehen«, sagte Bunting.

»Frank hat so getan, als wären Sie der totale Swinger. Ein Wilder. ›Lange Fangzähne, Marty‹, sagt er zu mir, ›der Typ hat lange, lange Fangzähne‹, Sie wissen ja, wie Frank redet. Das bedeutet, er mag Sie. Und ich dachte mir, wenn Frank *Herko* Sie so sehr mag, wie schlimm können Sie sein? Weil Frank Herko sich wie ein Arschloch benimmt, aber im Innersten ist er ein netter Kerl.« Sie trank ihren Wein und sah ihn weiter kühl an. »Also habe ich mich herausgeputzt, den Zug nach Manhattan genommen und mir gedacht, daß es mindestens ein unterhaltsamer Abend wird, ich ein paar Clubs besuche, vielleicht ein gutes Restaurant, den Wilden kennenlerne, und wenn ich ihn abwehren muß, wenn das alles vorbei ist, nun, das kann ich. Aber so ist es nicht, richtig? Sie kennen nicht viele Clubs. Sie gehen gar nicht oft aus, Bob, was?«

Bunting stand auf und holte einen Zwanziger aus der Tasche. Er errötete so heftig, daß sich seine Ohren doppelt so groß anfühlten. Er legte das Geld auf den Tisch und sagte: »Tut mir leid, ich wollte Ihre Zeit nicht vergeuden.«

Marty grinste. »Warten Sie doch, ja?« Sie griff über den Tisch und nahm sein Handgelenk. »Benehmen Sie sich nicht so, ich habe nur gesagt, daß Sie anders sind, als ich erwartet habe. Setzen Sie sich. Bitte. Seien Sie nicht so ...«

Bunting setzte sich, worauf sie sein Handgelenk losließ. Er konnte ihre Finger noch darum spüren. Das Gefühl erfüllte ihn mit leichtem Schwindel. Er betrachtete ihr blasses, kluges, hübsches Gesicht.

»So *ängstlich*«, sagte sie. »Dazu besteht kein Grund. Sitzen wir einfach hier und reden. Später können wir weggehen und was essen. Oder wir essen hier. Okay?«

»Klar«, sagte er und erholte sich wieder. »Wir können nur hier sitzen und reden.«

»Dann sagen Sie etwas«, sagte Marty. Sie runzelte die Stirn. »Schwitzen Sie immer so sehr? Oder liegt das nur an mir?«

Er wischte sich die Stirn ab. »Ich, äh, habe eine komische Woche hinter mir. Alles berührt mich auf seltsame Weise. Ich habe mich erst vor kurzem von jemandem getrennt.«

»Das hat mir Frank gesagt. Ich auch. Darum habe ich gedacht, wir sollten einander kennenlernen. Aber ich glaube, Sie sollten sich ein anderes Thema überlegen.«

»Ich habe keine Themen«, sagte Bunting.

»Männer reden über Sport. Ich mag Sport. Ehrlich. Ich bin seit ewigen Zeiten Fan der Yankees. Und ich mag die

Spiele der Islanders. Aber mein Lieblingssport ist Basketball. Wen mögen Sie? Ich wette, Larry Bird – Sie sehen aus wie ein Larry-Bird-Typ. Männer, die Larry Bird mögen, können Michael Jordan nie ausstehen, ich weiß nicht, woran das liegt.«

»Michael wer?« sagte Bunting.

»Okay, Football. Phil Simms. Die Jets. Die guten alten Giants. Lawrence Tayler.«

»Ich hasse Football.«

»Okay, wie ist es mit Musik? Welche Art Musik mögen Sie? Hören Sie manchmal Hausmusik?«

Bunting stellte sich ein Haus wie auf dem Bild eines Kindes vor, zwei Fenster auf beiden Seiten einer einfachen Tür, die zu Noten tanzten, welche sich aus dem Kamin auf dem spitzen Dach ergossen.

Marty legte den Kopf schief und lächelte ihn an. »Wenn ich genauer darüber nachdenke, ich wette, Sie mögen klassische Musik. Sie sitzen bei sich zu Hause und hören sich Symphonien und so was an. Sie machen sich einen kleinen Martini und legen was von Beethoven auf, richtig? Und dann kommen sie echt auf Touren. Manchmal mag ich auch klassische Musik, ich finde sie gut.«

»Die Leute interessieren sich viel zu sehr für Sport und Musik«, sagte Bunting. »Immer reden sie nur über ein Spiel, das sie im Fernsehen gesehen haben, über eine Serie oder eine Schallplatte. Als gäbe es sonst nichts anderes.«

»Eines haben Sie vergessen«, sagte sie. »Sie haben Geld vergessen.«

»Stimmt – dem Geld schenken sie auch zuviel Aufmerksamkeit.«

»Und was sollten sie Aufmerksamkeit schenken?«

»Nun . . .« Er sah auf und war vorläufig völlig von seiner Verlegenheit und seinem Unbehagen abgelenkt. Ihm schien, als würde eine exakte Antwort auf diese Frage existieren, die er kannte. »Nun, wichtigeren Dingen.« Er hob die Hände, als könnte er die Antwort fangen, während sie an ihm vorbeiflog.

»Wichtiger als Sport, Fernsehen und Musik. Ganz zu schweigen vom Geld.«

»Ja. Das ist alles überhaupt nicht wichtig – wenn man es genau überlegt, ist es wertlos.«

»Und was ist wichtig?« Sie sah ihn mit hinter der großen Brille zusammengekniffenen Augen an. »Ich brenne darauf, das zu hören.«

»Ähm, was in uns ist.«

»Was *in* uns ist? Was soll das bedeuten?«

Bunting machte wieder eine ausladende Geste mit der Hand. »Ich denke irgendwie, daß Gott in uns ist.« Dieser Satz kam von ganz alleine aus seinem Mund und erstaunte ihn ebenso wie Marty. »Etwas wie Gott ist in uns. Und außerhalb von uns auch.« Dann fand er einen Weg, es zu sagen. »Gott läßt uns sehen.«

»Sie sind also religiös.«

»Nein, das Komische ist, eigentlich bin ich das nicht. Ich war seit fünfundzwanzig Jahren nicht mehr in der Kirche.« Er drückte einen Moment die flachen Hände auf die Augen, dann nahm er sie weg. Sein ganzes Gesicht sah nackt aus, als hätte er gerade eine Brille abgenommen. »Sagen wir, Sie gehen einfach die Straße entlang. Sagen wir, Sie denken an nichts Besonderes. Sie sind auf dem Weg zur Arbeit und machen sich vielleicht Sorgen wegen etwas – der Miete, wie sich Ihr Boß benimmt, so etwas. Sie sind absolut, vollkommen in der normalen Welt. Und dann passiert etwas – ein Auto hat eine Fehlzündung oder eine Frau mit toller Stimme fängt hinter Ihnen an zu singen –, und plötzlich sehen Sie, was wirklich da ist, daß alles, wirklich alles, lebt. Die ganze Welt ist ein einziges lebendes Wesen, und dieses lebende Ding *pulsiert* förmlich vor Leben. Jeder Stein, jeder Grashalm, jedes Staubkörnchen, jeder Regentropfen, selbst die Scheibenwischer und Scheinwerfer, es ist, als würde man im All schweben, oder nein, es ist, als wäre man verschwunden, als würde man überhaupt nicht mehr auf die alte Weise existieren, weil man allem anderen ebenbürtig ist, nicht lebender, nicht bewußter, *nur* lebend, *nur* bewußt, alles strömt über, Licht fließt und quillt aus jeder Einzelheit . . .« Bunting bekämpfte den Drang zu weinen.

»Eins muß ich Ihnen zugestehen: Dagegen hört sich ein Doppelspiel gegen Los Angeles wirklich ziemlich mickrig an.«

»Auch das Doppelspiel wäre Teil davon«, sagte er, weil es ihm jetzt auch klar wurde. »Daß wir hier sitzen, ist Teil davon. Würden die Kirchen ihrem vorgeblichen Zweck dienen, würden sie ihre Fenster öffnen und sich auf uns konzentrieren, die wir hier sitzen. Seht euch das an, würden sie sagen, seht diese Schönheit, diese Gefühle, seht diese Strahlung, diese unglaubliche Strahlung, das ist heilig. Aber wissen Sie, was sie statt dessen sagen?« Er rückte den Stuhl näher zu ihr und trank noch einen großen Schluck. »Vielleicht wissen sie es in Wirklichkeit alle, ich glaube, manche müssen es wissen, es muß ihr Geheimnis sein, aber statt dessen sagen sie genau das *Gegenteil.* Die Welt ist böse und häßlich, sagen sie – kehrt ihr den Rükken zu. Man braucht Blut, sagen sie – man braucht Opfer. Wir sind wieder wie Wilde, die vor einem Feuer herumspringen. Tötet dieses Kind, tötet diese Ziege, der Leib ist sündig, die Welt ist schlecht. Ignoriert sie lange genug, dann bekommt ihr eure Belohnung im Himmel. Die Menschen werden alt in diesem Glauben, sie werden krank und vergeßlich, sie verblassen, ohne die Welt jemals wirklich gesehen zu haben.«

Marty sah ihn eindringlich an, ihr Mund war offen. Als er aufhörte zu reden, blinzelte sie. »Mir wird klar, warum Frank von Ihnen beeindruckt ist. Er kann stundenlang so reden. Sie müssen sich bei der Arbeit gut verstehen.«

»Darüber sprechen wir während der Arbeit nie. Bis jetzt habe ich mit überhaupt niemandem darüber gesprochen.« Bunting kam darauf, daß er mit einer hübschen Frau an einem Tisch saß. Er war in der Welt und hatte seinen Spaß. Er hatte eine Verabredung und redete. Es war kein Problem. Er war wie die Männer in der Bar hinter ihm, die mit ihren Verabredungen sprachen. Er fragte sich, ob er Marty von den Babyflaschen erzählen konnte.

»Haben Sie sich mit Ihrer alten Freundin nie darüber unterhalten?«

Bunting schüttelte den Kopf. »Die war nur an ihrer Karriere interessiert. Sie hätte mich für verrückt gehalten.«

»Nun, ich halte Sie auch für verrückt«, sagte Marty. »Aber das macht nichts. Frank ist auf seine Weise auch verrückt, und neben ein paar nicht so harmlosen Dingen war mein Exfreund verrückt wegen Doowo-Musik. Johnny Maestro? Er hat Johnny Maestro angebetet. Er fand, daß er die Summe von allem ist.«

»In gewisser Weise ist das so«, sagte Bunting. »Aber nicht mehr als alles andere auch.«

»Haben Sie vieles davon aus Büchern? Lesen Sie viel?«

Eine weitere Leuchtkugel ging in Buntings Gehirn los, er trank noch einen großen Schluck von seinem Drink, fuchtelte mit der freien Hand in der Luft, überlegte, daß sie die Sache nicht ganz verstanden, er aber eine Menge zu ihrer Frage zu sagen hatte. »Bücher!« sagte er, nachdem er geschluckt hatte. »Sie würden nicht glauben, was ich . . .« Er schüttelte den Kopf. Sie lächelte ihn an. »Denken Sie darüber nach, was es wirklich *bedeutet*, ein Buch zu lesen. Ich meine einen Roman – Sie lesen einen Roman. Was passiert? Sie sind in einer anderen Welt, richtig? Jemand hat sie erfunden, jemand hat alles darin ausgewählt, und ganz plötzlich sind Sie nicht mehr in Ihrer Wohnung, Sie gehen eine Bergstraße entlang oder sitzen auf dem Rücken eines Pferdes. Sie sehen hinaus und erblicken etwas. Sie sehen teilweise das, was der Autor Sie sehen lassen wollte, und teilweise das, was Sie auf dieser Basis daraus machen. Alles bedeutet etwas, weil alles erwählt worden ist. Es ist hell oder dunkel, es flüstert oder brüllt. Jede Kleinigkeit, die Sie sehen, berühren, fühlen, riechen, was Ihnen auffällt und was Sie denken – alles ist organisiert, Sie irgendwohin zu führen. Daher hat alles Leben! Verstehen Sie? Alles *leuchtet*! Auf Bildern auch, finden Sie nicht? Eine Kraft drängt aus allen Einzelheiten, wölbt sie, bringt sie zum *Singen*. Denn der Vorgang des Malens oder Schreibens über ein Blatt oder ein Haus oder was auch immer, läuft, wenn der Mann es richtig macht, auf folgendes hinaus: Ich habe das erstaunliche Überströmen des Lebens in diesem Ding gesehen, und nun kannst du es auch sehen. Also wach auf!« Er gestikulierte mit beiden Armen wie ein Dirigent, der ein gewaltiges Anschwellen der Musik befiehlt.

»Haben Sie je daran gedacht, Lehrer zu werden?« fragte Marty. »Sie fangen völlig Feuer, Bobby, in einem Klassenzimmer wären Sie großartig.«

»Ich möchte nur etwas sagen.« Bunting hielt die Hände übers Herz. »Dies ist die größte Nacht meines Lebens. So war mir noch nie zumute. Jedenfalls nicht mehr, seit ich noch ganz klein war, drei oder vier oder so. Ich fühle mich prächtig!«

»Nun, auf jeden Fall sind Sie nicht mehr nervös«, sagte Marty. »Aber ich sage immer noch, daß Sie religiös sind.«

»Ich habe noch nie von einer Religion gehört, die das lehrt, Sie? Wenn Sie von einer hören, lassen Sie es mich wissen, und ich schreibe mich ein. Es muß eine Kirche sein, die sagt, kommt nicht hier rein, bleibt draußen im Freien. Wacht auf und öffnet die Augen. Was wir hier drinnen machen, mit den Kreuzen und allem, soll lediglich daran erinnern, was *wirklich* heilig ist.«

»Sie sind schon einer«, sagte sie lachend. »Sie und Frank Herko sind ein Paar. Sie beide müssen das Büro völlig auf den Kopf stellen.«

»Vielleicht sollten wir das.« Einen schwindelerregenden Augenblick sah Bunting sich und den zotteligen, überheblichen Frank Herko laute Debatten über die Trennwand hinweg führen. Er würde so sprechen wie jetzt, und Frank würde voll Entzücken und Anteilnahme antworten, und nach Feierabend würden sie beide ihre Gespräche in ihren Wohnungen und Restaurants und

Bars fortsetzen. Es war die Vision von einem normalen und erfreulichen Leben – er würde Frank Herko in dessen Wohnung anrufen, und Frank würde sagen, warum kommen Sie nicht vorbei? Bringen Sie Marty mit, wir gehen essen, hauen ein bißchen auf den Putz.

Bunting und Marty lächelten einander zu.

»Sie sind wie Frank, wissen Sie das? Sie sagen gerne ausgeflippte Sachen. Sie sind überhaupt nicht so, wie ich gedacht habe, als ich hereingekommen bin. Ich meine, ich mochte Sie und fand Sie interessant, aber ich dachte mir, es könnte ein ziemlich langer Abend werden. Es stört Sie doch nicht, daß ich das sage? Ich will Ihre Gefühle wirklich nicht verletzen, und das sollte ich auch nicht, denn Sie sind jetzt ganz anders. Ich meine, so habe ich noch nie jemand reden hören, nicht einmal Frank. Es mag verrückt sein, aber es ist faszinierend.«

Bisher hatte Bunting noch nie jemand gesagt, daß er faszinierend war, schon gar keine junge Frau, die ihn mit wunderschönen blauen Augen ansah, die von schwarzem Haar eingerahmt waren. Ihm wurde klar, und das war einer der triumphierendsten Augenblicke seines Lebens, daß er diese erstaunliche junge Frau wirklich und wahrhaftig mit in seine Wohnung nehmen konnte.

Dann fiel ihm ein, wie seine Wohnung – sein Zimmer – wirklich aussah, was er damit gemacht hatte.

»Werden Sie nicht wieder rot«, sagte Marty. »Das war ein Kompliment. Sie sind ein interessanter Mann und wissen es selbst nicht.« Sie streckte die Hand über den Tisch und ließ die Finger sanft auf seinem Handrücken ruhen. »Warum trinken wir nicht aus und bestellen etwas zu essen? Es ist Freitag. Wir müssen nirgendwo sonst hingehen. Der Abend gefällt mir sehr.«

Martys leichte, kühle Finger fühlten sich wie Ambosse auf seiner Haut an. Eine Woge purster Schuldgefühle veranlaßte ihn, die Hand wegzuziehen. Sie lächelte ihn immer noch an, aber ein Schatten huschte hinter ihren wunderbaren Augen vorbei. »Ich muß etwas erledigen«, sagte er. »Ich hätte es nicht vergessen dürfen«, sagte er. »Es muß doch hier irgendwo ein Telefon geben.« Er sah sich hektisch in dem Restaurant um.

»Sie müssen jemand anrufen?«

»Es ist dringend, es tut mir leid, ich kann nicht glauben, daß ich mich benommen habe wie ein ...« Bunting wischte sich über das Gesicht und stieß den Stuhl vom Tisch weg und stand auf. Er näherte sich linkisch den Leuten, die an der Bar standen.

»Wie ein *was*?« fragte sie, aber er drängte sich bereits unbeholfen durch die Menge.

Vor der Herrentoilette fand Bunting einen Münzfernsprecher. Er kramte Kleingeld aus der Tasche und stapelte es auf. Dann wählte er die Vorwahl von Battle Creek und die Nummer seiner Eltern. Er warf fast das gesamte Geld ein. Das Telefon läutete und läutete, und Bunting zappelte und schirmte das Ohr vor dem Lärm der Stimmen in der Bar ab.

Schließlich nahm seine Mutter ab.

»Mom! Wie geht es dir? Was ist los?«

»Ja, wer ist da?«

»Bobby. Es ist Bobby.«

»Bobby ist nicht da«, sagte sie.

»Nein, *ich* bin Bobby, Mom. Wie geht es dir?«

»Gut. Weshalb sollte es mir nicht gutgehen?«

»Warst du heute beim Arzt?«

»Warum sollte ich?« Sie hörte sich schneidend, fast wütend an. »Das war dumm. Ich muß nicht zu ihm und mir den Rest meines Lebens anhören, wie dein Vater wegen dem Geld nörgelt.«

»Hast du nicht einen Termin gehabt?«

»Habe ich?«

»Ich glaube«, sagte er und spürte, wie sein Halt in der Wirklichkeit abglitt.

»Nun, und wenn schon? Dies ist nicht Rußland. Dein Vater wollte mir wegen des Geldes einheizen, mehr nicht. Ich habe so getan, als ob – ich bin einfach im Auto sitzengeblieben, das bin ich. Er will mich demütigen, das ist es, siebenunddreißig Jahre lang Demütigungen.«

»Ist er nicht mit dir gegangen?«

»Das *konnte* er nicht, weil es keinen Termin gab. Und als ich nach Hause kam, bin ich gefahren und gefahren, ich habe Kellogg's und das Sanatorium gesehen, aber ich wußte nicht, wo ich war, daher mußte ich weiterfahren, und dann sah ich wie durch ein Wunder, daß ich in unsere Straße eingebogen bin, und ich war so wütend auf ihn, daß ich mir geschworen habe, ich würde nie wieder zu diesem Arzt gehen.«

»Du hast dich auf dem Heimweg verfahren?« Ihm wurde am ganzen Körper heiß.

»Jetzt hör schon auf, davon zu sprechen. Du hörst dich schon an wie *er*. Ich möchte etwas über deine wunderschöne Freundin wissen. Erzähl mir von Veronica. Eines Tages mußt du das Mädchen mit nach Hause bringen, Bobby. Wir möchten sie kennenlernen.«

»Ich gehe nicht mehr mit ihr aus«, sagte Bunting. »Das habe ich dir geschrieben.«

»Du bist genau wie dieser gräßliche alte Griesgram. Brutal ist das richtige Wort für ihn. Sein ganzes Leben lang brutal – brutal, brutal, brutal. Sagt Sachen, nur um mich zu *verwirren*, und dann regt er sich auf, wenn ich die Wäsche machen will, und tut so, als wäre ich nicht die letzten dreißig Jahre lang sein Prügelknabe gewesen ...«

Bunting hörte einen Augenblick nur schweres Atmen. »Mom?«

»Ich weiß nicht, wer Sie sind, und ich wünschte, Sie würden nicht mehr anrufen«, sagte sie. Bunting hörte die laute, aber unverständliche Stimme seines Vaters, und seine Mutter sagte: »Ach, du kannst mich auch in Ruhe lassen.« Dann hörte er einen erschrockenen Aufschrei.

»Hallo, was geht da vor?« sagte Bunting. Alle Geräusche aus Battle Creek waren plötzlich verschwunden. Sein Vater hatte die Hand über den Hörer gelegt. Das bedeutete mit ziemlicher Sicherheit, daß er schrie. »Jemand soll mit mir reden!« brüllte er, worauf das Dröhnen in der Bar unvermittelt verstummte. Bunting krümmte die Schultern und versuchte, sich in der Glashaube über dem Telefon zu verkriechen.

»Schon gut, wer ist da?« fragte sein Vater.

»Bob, Bobby«, sagte er.

»Du hast Nerven, so mir nichts, dir nichts anzurufen; aber du hast dich ja nie darum geschert, was andere durchmachen könnten, oder? Hör zu, ich weiß, du bist sensibel und so weiter, aber dies ist nicht der geeignete Zeitpunkt, uns den Mist von deinen Freundinnen zu erzählen. Du hast deine Mutter völlig durcheinandergebracht, und sie war schon durcheinander genug, glaub mir.« Er legte auf.

Bunting legte den Hörer auf. Ihm war überhaupt nicht klar, was in Battle Creek vor sich ging. Ihm schien, als hätte seine Mutter im Verlauf ihrer beunruhigenden Unterhaltung vergessen, wer er war. Er drängte sich durch die Männer und Frauen an der Bar und gelangte ins Restaurant, wo eine junge Frau mit einem von schwarzem Haar eingerahmten rundlichen Gesicht ihn von einem der hinteren Tische neugierig ansah. Er brauchte einen Augenblick, bis er sich an ihren Namen erinnern konnte. Er versuchte, ihr zuzulächeln, aber sein Gesicht funktionierte nicht richtig.

»Was ist mit Ihnen geschehen?« fragte sie.

»Das ist ... hm, ich kann nicht, äh ... ich fürchte, ich muß nach Hause.«

Die Erkenntnis machte ihr Gesicht hart; binnen eines Augenblicks verschwand jegliches Mitgefühl daraus. »Wir kommen prima miteinander aus, dann machen Sie einen Telefonanruf, und jetzt ist alles abgeblasen?«

Bunting zuckte die Achseln und sah auf seine Füße. »Es ist etwas Persönliches ... ich kann es nicht erklären ... aber, äh ...«

»*Aber, äh,* so ist das also? Was ist mit ›Dies ist der größte Abend meines Lebens‹ geworden?« Sie blinzelte ihn an.

»Mann o Mann. Ich glaube, ich verstehe. Sie sind fertig, richtig? Sie haben gedacht, Sie könnten einen ganzen Abend durchhalten, aber dann ist Ihnen klar geworden, daß Sie es nicht schaffen, daher haben Sie Ihren Dealer angerufen. Und was Sie gesagt haben, das waren nicht Sie, sondern nur das Zeug, das Sie nehmen. Sie sind erbärmlich.«

»Ich weiß nicht, wovon Sie reden«, sagte Bunting. Sein Elend schien mit jeder Sekunde größer zu werden.

»Ich kenne Typen wie Sie«, sagte sie mit funkelnden Augen. »Besonders einen.« Sie stand auf und riß den Mantel vom Stuhl. »Ich kenne ein paar verzogene Kinder, die nicht imstande sind, eine Beziehung aufzubauen, besonders eines, aber ich habe gedacht, ich hätte es hinter mir, mit einem Typen herumzuhängen, der die halbe Nacht telefoniert und die andere halbe im Bad verbringt – und ich glaube, das habe ich echt hinter mir! Ich gehe nämlich!« Sie schob die Ärmel in die Manteltaschen. Leute an den anderen Tischen starrten sie an.

»Sie scheinen etwas in den falschen Hals bekommen zu haben«, sagte Bunting.

»Oh, das ist gut«, sagte sie. Sie knöpfte den Mantel zu. Ihr winziges Gesicht schien klein zu sein, ein kalter, weißer Stein mit einem roten Makel am unteren Ende. »Schlafen Sie darüber, wenn Sie schlafen, und sehen Sie zu, ob Ihnen nicht etwas Besseres einfällt.« Marty schritt rasch zwischen den Tischen dahin, ging an dem lässigen Oberkellner vorbei und nach draußen. Kalte Luft wehte ins Restaurant, als sich die Tür hinter leerer Dunkelheit schloß.

Bunting bezahlte die Drinks und stellte fest, daß ihn die Kellnerin nicht direkt ansah. Unnatürliche Stille hatte sich über die Bar gesenkt. Bunting zog den Mantel an, schlenderte hinaus, fühlte sich verloren und entwurzelt. Er hatte keinen Appetit. Er knöpfte den Mantel zu und betrachtete die Autos, die in einem breiten Strom die breite Straße hinabfuhren. Ein Stück links von ihm hörte die Straße vor einem gewaltigen Bogen auf, der am Eingang zu einem

Park stand. Er hatte keine Ahnung, wo er war. Das war einerlei; alle Orte waren ein und derselbe. Der Verkehr floß weiter aus der Dunkelheit auf ihn zu, und ihm wurde klar, daß er sich in Battle Creek, Michigan, befand – er war wieder in Battle Creek, im Geschäftsbezirk der Innenstadt, weit von zu Hause entfernt. Als Bunting noch ein Kind war, war die Innenstadt von Battle Creek von einer Aura des Erwachsenen umgeben gewesen. Sie hatte glänzend und blühend gewirkt. Männer in Anzügen und Frauen in Kleidern waren durch Drehtüren gegangen, um zu Verabredungen oder zum Essen zu gelangen. Buntings Vater hatte den Geschäftsbezirk nicht leiden können, weil er sich hier wie ein schäbiger Außenseiter fühlte, was er auch war, und für den kleinen Bunting hatte diese Welt den Hauch des ›Verbotenen‹ gehabt. Er mußte zu Boden blicken und weitergehen, bis sie die Bushaltestelle erreicht hatten, die sie in den anständigen Teil der Stadt zurückführte.

Im anständigen Teil der Stadt beteten sie die Wirklichkeit an. Die Wirklichkeit, das waren die Fabrik und der Biergeruch, der morgens an Wochentagen aus den Kneipen drang, wenn man zur Schule ging. In der Wirklichkeit prügelten sich Männer auf Gehwegen, und nie hatte jemand Geld. Die Wirklichkeit war das, was man nicht erfand. Wenn man in die unwirkliche Welt gezwungen wurde, wo die Menschen so taten, als wären erfundene Sachen wirklich, brachte einen die unwirkliche Welt in Wut, weil man in ihr durchsichtig und schwerelos war; man war nur ein Schatten und zählte nicht – aber die Wahrheit war, daß *sie* nicht zählten! So war es und würde es immer sein, Welt ohne Ende, Amen.

*Brutal, brutal, brutal,* sagte die Stimme seiner Mutter.

Denn sie war selbstverständlich brutal, diese Welt. Das mußte sie sein. Sie glaubte an die Brutalität. Brutalität war die Trennlinie zwischen dem Wirklichen und dem Unwirklichen. Wenn man sich im Innenstadtbezirk aufhielt, senkte man daher den Blick und sputete sich, in den anständigen, verarmten Teil der Stadt zurückzugelangen, wo die Wirklichkeit mit erhobener Stimme und erhobener Faust regierte.

## 10

Als Jesus zum Himmel fuhr, hatte er Wunden an Händen und Füßen, sie hatten ihm die Haut vom Leib gerissen und ihn an einem Kreuz ermordet, es war Blut auf dem Boden, und als er in seinem staubigen Gewand den Grabstein beiseite rollte, hinterließ er blutige Abdrücke auf dem Stein.

Jesus sagte: Hast du etwa Scheißzweifel, Bobby? Sieh dir diesen Mist an. Und er schlug die Kleidung auf und zeigte Bunting die große, offene Wunde an der Seite. Los doch, sagte er, steck deine verdammte Hand hinein, steck deinen ganzen verdammten Unterarm hinein, wie ist es mit den gottverdammten Äpfeln, Bobby? Kapierst du es, kapierst du es jetzt, guter Kumpel? Diese Scheiße ist echt.

Und Jesus schritt mit seinen blutigen Füßen durch das Battle Creek der Arbeiterklasse, Straßen entlang, welche unwirklichen Menschen, die jeden Tag Anzüge anlegten und in Büros arbeiteten, völlig unbekannt waren. Er hinterließ seine Blutflecken auf Gehwegen, die niemals gesehen würden von diesen kleinkarierten, nervtötenden Arschlöchern, welche nie von etwas Ernsterem als einem dritten Martini verletzt worden waren und die nie jemanden mit etwas Ernsterem als einer Beleidigung verletzten. Er hatte ein wildes Grinsen auf dem schmutzigen Gesicht. Er schlug die Handfläche einer Hand gegen die Fassade eines der verfallenen Häuser, Blut spritzte auf die abblätternde Farbe. Heilig, heilig, heilig. Der Handabdruck war heilig, die Farbbrösel waren heilig und auch die Schreie von Schmerz und Leid.

Geh nach Hause, kleines Arschloch, sagte Jesus. Du wirst es nie kapieren, nie. Aber das trifft auf die meisten Menschen zu, daher macht es nichts weiter. Geh heim und lies ein Buch. Das wird genügen. Es ist ein beschissener, armseliger Weg, dorthin zu gelangen, aber ich schätze, du kannst es nicht besser.

Lasset die kleinen Kinder leiden, sagt Jesus, lasset auch alle anderen leiden. Glaubst du, diese ganze Scheiße ist leicht?

Jesus, der immer noch vor sich hin murmelte, bog in eine Nebenstraße ab, seine blutigen Fußabdrücke folgten ihm, sein dünnes Gewand wehte im Wind um ihn, und Bunting sah überall um sich herum die Holzhäuser von Battle Creek, Arbeiterklasse. Manche waren mit garstigen Backsteingesichtern maskiert, manche mit körniger Dachpappe, die an den Kanten der Fensterbänke lose herabhing. Die meisten Häuser hatten eine Veranda, wo skeletthafte Möbel in der Kälte spröde wurden, und Vogelbäder oder Marienschreine in ein paar winzigen Vorgärten standen. Vor einem dieser unglücklichen Holzhäuser hatten seine Eltern für das einzige gemeinsame Foto posiert, ein Zeugnis der Dummheit, Untauglichkeit, Ablehnung, Gewalt und Unordnung. Sein Vater blickt finster unter der Hutkrempe hervor, seine Mutter windet sich. Heilig, heilig, heilig. Aus diesem Chaos, aus diesem Aufstand entsteht die übermächtige gesegnete Fülle. Er stand auf seiner alten Straße, wurde Bunting klar, dem endgültigen Musterbeispiel in dieser geschrumpften und teilweisen Welt des strahlenden wirklichen Lebens. Die blutigen Handabdrücke von Jesus schimmerten auf der häßlichen Wand, die im Winter, wenn die schmutzige, abblätternde Farbe wie eine Hautkrankheit wirkte, noch häßlicher aussah. Hier war seine Kindheit, und es war ihm nicht vorherbestimmt, ihr zu entkommen – ihre Enge und Gemeinheit sollte ihn für alle Zeiten begleiten.

Bunting betrachtete das schäbige Gebäude, in dem

seine Kindheit stattgefunden hatte, und hörte die alten Schreie, das Grunzen und Kreischen von Schmerz und Leidenschaft, durch die dünnen Wände dringen. Dies war das Urgestein. Seine Kindheit streckte den Arm aus und berührte ihn mit einem kalten, kalten Finger. Er konnte sie jetzt nicht überleben, er konnte nicht einmal ein Zehntel davon ertragen. Aber er konnte auch nicht ohne sie leben.

Er drehte sich um und stellte fest, daß er Battle Creek verlassen hatte und den ganzen Weg vom Washington Square bis zur Upper West Side zu Fuß gegangen war. Auf der anderen Seite, jenseits von mehreren hundert dröhnenden, hupenden Autos, stand sein Apartmenthaus. Wieder daheim.

## 11

Buntings Wochenende war eisig. Er hatte Mühe, aus dem Bett zu steigen, und dachte nur ans Essen, wenn er feststellte, daß die Sonne untergegangen war. Er war so müde, daß er Mühe hatte, zum Bad zu schlurfen, und er schlief vor dem Fernseher ein, wo er Sendungen ansah, die keinen Sinn und keine Handlung zu haben schienen. Alles war eine einzig große, formlose Geschichte ohne innere Zusammenhänge, und nur ihre Zusammenhanglosigkeit machte sie erträglich.

Am Sonntagnachmittag kratzte sich Bunting im Gesicht: Dabei fiel ihm wieder ein, daß er sich seit Freitagabend nicht mehr gebadet oder rasiert hatte. Er zog die Kleidungsstücke aus, die er seit Samstagvormittag trug, duschte, rasierte sich, zog graue Hosen und ein Sportjakkett an, streifte den Mantel über und ging durch bitterkalte Winterluft um die Ecke zum Imbiß. Der Mann an der Kasse und der hinter der Theke behandelten ihn normal. Er bestellte fast wahllos etwas von der gewaltigen Speisekarte des Lokals, aß, was er bestellte hatte, ohne es richtig zu schmecken, und vergaß es wieder, kaum daß er fertig war. Als er wieder hinaus in die Kälte ging, wurde ihm klar, daß er noch mehr Babyflaschen kaufen konnte. Er mußte die Wand fertigstellen, die er angefangen hatte, und da war noch eine Wand, die er mit Flaschen bedecken konnte, wenn er wollte – er wußte, er stand nicht unter Zwang, das zu machen, aber es wäre, als würde er ein altes Projekt beenden. Bunting hatte seine Projekte stets gern vollendet. Und er konnte doch das eine oder andere mit Babyflaschen machen, wenn er schon dabei war.

Er ging zum Geldautomaten, hob dreihundert Dollar ab, ließ nur noch fünfhundert und ein paar auf dem Konto. Im Drugstore kaufte er dutzendweise verschiedene Flaschen und ebenso viele Schnuller und bat darum, sie liefern zu lassen. Dann ging er wieder in die Kälte hinaus, Richtung seines Mietshauses. Sein gesamtes Verhalten bezüglich der Flaschen, selbst des Dekorationsprojekts, hatte sich verändert: Er konnte sich noch an seine ersten, leidenschaftlichen Einkäufe erinnern, die Hast und Verlegenheit, die schiere Last des Bedürfnisses. Bunting vermutete, daß dieser ruhige, passive Zustand eine dumpfe Version dessen war, was die meisten Menschen ständig empfanden. Wahrscheinlich war es das, was sie Normalität nannten. Die Normalität übernahm das Ruder, wenn man für alles andere zu müde war.

Er ging in ein Spirituosengeschäft und kaufte zwei Liter Wodka und eine Flasche Cognac.

Als er diesmal in die Kälte hinausging, fiel ihm ein, daß Veronica nie existiert hatte. Auf einer bestimmten Ebene hatte er selbstverständlich immer gewußt, daß seine Schweizer Geliebte und leitende Angestellte ein Hirngespinst war, aber ihm schien, als hätte er es sich selbst nie richtig eingestanden. Er hatte so lange mit seinen Geschichten gelebt und völlig vergessen, daß sie lediglich Ausreden gewesen waren, nicht nach Battle Creek zurückzukehren zu müssen.

Statt dessen war Battle Creek vor zwei Abenden zu ihm

gekommen. *Lasset die kleinen Kinder leiden, lasset alle leiden, leiden, leiden.* Der erbittert nörgelnde Jesus hatte ihm gezeigt, was real war. Diese tote, verarmte Welt blieb zurück, wenn Er wieder in seine Höhle stürmte und sich tot niederlegte.

Bunting ging an den Spuren von BANGO SKANK und JEEPY vorbei und betrat sein Zimmer. Er schaltete den Fernseher ein und schenkte kalten Wodka in eine Ama. Unvorstellbar häßliche Worte und Sätze, von Achtlosigkeit und Gleichgültigkeit ermordete Sprache, drangen aus dem Fernseher. Menschen überall im Land hörten sich so etwas tagtäglich an und fanden nichts Falsches daran. Bunting verfolgte einen Moment die Geschehnisse auf dem Bildschirm und versuchte, wenigstens einen ansatzweisen Sinn darin zu sehen. Ein blonder Mann rannte eine Treppe herunter und schlug einem anderen Mann ins Gesicht. Der zweite Mann, der größer und kräftiger als der erste war, brach zusammen und stürzte die Treppe hinunter. Ein Auto raste den Highway entlang, Lichter blinkten. Ein anderer Mann umarmte eine wunderschöne Frau in einem Zimmer, das noch schäbiger als das von Bunting war. Die Frau schien währenddessen Zahlen zu addieren. »Wir müssen aufhören, wir bringen uns damit um«, sagte ihr Liebhaber. Bunting seufzte und schaltete den Fernseher aus.

Bunting stapfte zwischen den Zeitschriften- und Zeitungsstapeln hindurch und griff nach *Die Tote im See.* Er fragte sich, ob das Läuten des Botenjungen ihn aus dem Buch reißen würde, doch dann fiel ihm – beinahe mit einem Gefühl der Verzweiflung – ein, daß er wahrscheinlich nicht aus dem Buch gerissen werden mußte. Er war jetzt normal. Oder, falls das ein unzutreffender Ausdruck war, er stand in derselben Beziehung zur Welt wie damals, bevor sich alles verändert hatte.

Bunting hielt den Atem an und schlug das Buch auf. Er senkte den Blick auf die gedruckten Zeilen, die entschlossen auf der Seite blieben. Er seufzte erneut und setzte sich aufs Bett, um zu lesen, bis die neuen Babyflaschen eintrafen.

Es war ein anderes Buch – die Einzelheiten waren dieselben, aber alles Wichtige hatte sich verändert. Chris Lavery lebte offenbar noch, und Muriel Chess war im Little Fawn Lake gefunden worden, nicht im Badezimmer einer Berghütte. Crystal Kingsley war Derace Kingsleys Frau, nicht seine Mutter. Die Eigenheiten des Wetters, Auftritte und Sprache erreichten Bunting auf eine makelbehaftete, gewöhnliche Weise, Satz für Satz. Für Bunting war diese Art des Lesens, als hätte er die vorübergehend und geheimnisvoll erlangte Gabe zu fliegen verloren. Er stolperte hinter den Sätzen her und erinnerte sich, was gewesen war. Als die Klingel läutete, legte er das Buch erleichtert weg und klebte den Rest der Nacht Flaschen an die Wände.

Am Montagmorgen kam Frank Herko in sein Kabuff. Seine Augen schienen immer noch doppelt so groß zu sein, seine Stirn war noch rot vor Kälte. Statische Elektrizität hatte seinem Haar ein wirres, zerzaustes, aber starres Aussehen verliehen, als wäre es gestärkt oder frittiert worden. »Verdammt, was ist passiert?« brüllte er, kaum war er eingetreten. Bunting konnte spüren, wie sich die Aufmerksamkeit aller anderen im Datenraum auf sein Kabuff konzentrierte.

»Ich weiß nicht, was Sie meinen«, sagte er.

Herko fletschte tatsächlich die Zähne. Seine Augen wurden noch größer. Er machte den Reißverschluß seiner eigenen Jacke auf, riß sie sich vom Leib und erschreckte Bunting damit, daß er sie auf den Boden warf. »Dann will ich es Ihnen erklären«, sagte er leise, beinahe flüsternd. »Meine Freundin Lindy hat eine Freundin namens Marty. Sie mag das Mädchen gern. Besonders gern. Man könnte sogar so weit gehen und sagen, Marty ist ein Mensch, der meiner Freundin Lindy besonders am Herzen liegt, und was Marty bekümmert, das bekümmert auch meine Freundin Lindy. Die kleinen Höhen und Tiefen im Leben dieser Marty, die mir übrigens auch am Herzen liegt, wenn auch nicht ganz so sehr wie meiner Freundin, diese Höhen und Tiefen beschäftigen meine Freundin Lindy, und daher beschäftigen sie als Folge davon auch mich.« Frank beugte sich in der Hüfte nach vorne und streckte die Arme aus. »ALSO! Wenn Marty ein unangenehmes Erlebnis mit einem Mann hat, den sie als Schleimkriecher bezeichnet, und ihrer Freundin Lindy Berman und deren Freund Frank HERKO die Schuld an diesem Erlebnis gibt, dann geht Frank HERKO das auf den SACK! Geht Ihnen allmählich ein Licht auf, Bobby? Kapieren Sie allmählich, warum ich Sie gefragt habe, was los war, VERDAMMT?« Er stemmte die Fäuste an die Hüften und sah finster drein, dann machte er mit einem Arm eine Geste, welche das Universum aufforderte, Zeuge seiner Frustration zu sein.

»Es hat eben nicht geklappt«, sagte Bunting.

»Ach, tatsächlich? Sie könnten wohl nicht zufällig etwas deutlicher werden, hm?«

Bunting versuchte sich zu erinnern, wie seine Verabredung zu Ende gegangen war. »Meine Mutter hat ihren Termin beim Arzt nicht eingehalten.«

Herko starrte ihn mit vorquellenden Augen an. »Ihre Mutter ... Finden Sie das einleuchtend? Sie haben eine Verabredung mit einem Mädchen, Sie sollten sich amüsieren, und dann sagen Sie: Herrje, Mom ist nicht zum Arzt gegangen, lassen wir es lieber BLEIBEN!«

»Tut mir leid«, sagte Bunting. »Ich bin momentan nicht besonders gut aufgelegt. Ich mag es nicht, wenn Sie mich anschreien. Dabei fühle ich mich unwohl. Bitte lassen Sie mich in Ruhe.«

»Mann, Sie haben es drauf«, sagte Herko. »Sie haben es drauf, Bobby, knüppeldick. Aber es gibt da ein paar lebenswichtige Informationen, die Sie um jeden Preis bekommen müssen, Bobby, und ich werde sie Ihnen geben.«

Er trat zurück und sah das weggeworfene Jackett auf dem Boden. Er sah auf, als hätte sich das Jackett selbst ungehorsam von einem Haken gezaubert und auf den Teppich geworfen. Er bückte sich, hob es auf, faltete es übertrieben in der Mitte zusammen und drapierte es über einen Arm. Das alles erinnerte Bunting beißend, schmerzhaft an seinen Vater. Die Zurschaustellung von Ordentlichkeit war entscheidender Bestandteil im Arsenal der Verachtung seines Vaters gewesen. Herko hatte ihn wahrscheinlich von Anfang an an seinen Vater erinnert, es war ihm nur nie aufgefallen.

»Erstens«, sagte Frank. »Ich habe angenommen, Sie würden sich wie ein Mann benehmen. Komisch, hm? Ich dachte, Sie wüßten, daß ein Mann an seine Freunde denkt und seinen Freunden dankbar ist. Ein Mann benimmt sich nicht wie ein verdammter Irrer und macht seinen Freunden Ärger. Zweitens: Ein Mann läßt eine Frau nicht stehen. Ein Mann läßt eine Frau nicht mitten in einer Bar stehen – er benimmt sich wie ein MANN, verdammt, und verhält sich, als wüßte er, was er tut. Drittens: Sie hat Sie für einen Drogensüchtigen gehalten, haben Sie das überhaupt kapiert?«

»Ich habe sie nicht stehenlassen, sie hat mich stehenlassen«, sagte Bunting.

»Sie hat Sie für einen Junkie gehalten!« brüllte Herko wieder. »Sie hat gedacht, ich hätte ihr einen verdammten Kokainfreak geschickt, nachdem sie gerade mit einem Typen Schluß gemacht hat, der sich ein Restaurant, ein Haus und ein Auto in die Nase gepustet hat! Das ist . . .« Herko hob Arme und Kopf und versuchte, das richtige Wort zu finden. »Das ist ERBÄRMLICH! WIDERLICH!«

Bunting stand auf und packte seinen Mantel. Sein Herz wollte explodieren. Es war unmöglich, noch eine Sekunde in diesem Kabuff zu verbringen. Frank Herko war drei Meter groß geworden, jedes seiner Worte saugte die Atemluft aus Buntings Lungen. Seine Schreie taten Bunting in den Ohren weh. Bunting knöpfte den Mantel zu, ehe ihm richtig klar wurde, daß er aus dem Kabuff und nach Hause ging.

»Verdammt, wo wollen Sie hin?« schrie Herko. »Sie können nicht gehen!«

Bunting, der nicht sprechen und kaum durch den roten Nebel sehen konnte, der ihn umgab, eilte aus dem Datenraum und hastete den Flur hinab zum Fahrstuhl.

Kaum hatte er das Gebäude verlassen, ging es ihm etwas besser, aber die Frau, die neben ihm im Bus stadteinwärts stand, wich sichtlich zurück. Er versuchte, sich zu beruhigen und ruhiger zu atmen, hörte aber immer noch Frank Herkos gewaltige Stimme schreckliche Sätze ausstoßen.

Er hatte einen ermordeten Menschen auf dem Gehweg gesehen, fiel ihm wieder ein, und eine dunkle Blutlache.

Bunting dachte, der Mann hinter der Theke hätte sich an jenem Abend vielleicht wegen der Schießerei seltsam benommen, von der Bunting nichts mitbekommen hatte, bis er wieder draußen gewesen war.

Er konnte immer noch Frank Herkos laute, strafende Stimme hören. Die Welt gehörte Menschen wie seinem Vater und Frank Herko, während Menschen wie er in ihren Schlaglöchern und Ecken hausten.

Bunting stieg aus dem Bus aus und merkte erst, daß er Selbstgespräche führte, als er sich in einem Schaufenster sah. Er errötete und hätte sich entschuldigt, aber niemand um ihn herum sah ihm in die Augen.

Er betrat die Halle seines Mietshauses, und ihm wurde klar, daß es ihm nicht möglich sein würde, zur Arbeit zurückzugehen. Er konnte Herko nie mehr ertragen, ebensowenig die anderen, die Franks schreckliches Brüllen mit angehört hatten. Das alles war überstanden. Es war vorbei, wie seine Hirngespinste um Veronica.

Er betrat den Fahrstuhl und glaubte, er müßte anders sein, als er gedacht hatte; aber ob besser oder schlechter, das konnte er nicht sagen. Früher hätte er sich überlegt, wo er eine neue Stelle finden konnte, aber jetzt wollte er nur in sein Zimmer zurückkehren, sich einen Drink einschenken und ein Buch aufschlagen. Selbstverständlich hatte sich auch das alles verändert, Zimmer, Drink und Buch.

Als er den Schlüssel ins Schloß steckte, wurde ihm klar, daß er nicht mehr so ängstlich war. Im psychischen Hintergrund rauschten und dröhnten die Wellen von Frank Herkos Stimme an ein fernes Ufer. Bunting beschloß, sich eine Woche Zeit zu lassen, damit er sich von den Ereignissen der vergangenen paar Tage erholen konnte, dann wollte er einen neuen Job suchen. Eine Woche war eine angenehme Zeitspanne. Von Montag bis Montag. Er hängte den Mantel auf und schenkte einen Drink in eine saubere Ama ein. Dann sank er aufs Bett und ließ den Kopf auf das Kissen fallen. Er stöhnte vor Zufriedenheit.

Eine Zeitlang nuckelte er nur an der Flasche und ließ den Körper ins zerknitterte Laken sinken. In einer Woche, sagte er sich, würde er das Bett verlassen. Er würde sich rasieren und frische Kleidung anziehen und hinausgehen und einen neuen Job finden. Er würde vor einem andern Computerterminal sitzen und Hokuspokus für eine ganze Lebensspanne eintippen. Bald würde es eine neue Veronica oder Carol geben, eine Engländerin oder Texanerin oder Kubanerin mit einem Doktortitel von Wharton, die sich gerade in der Citybank die Sporen verdiente. Alles würde wieder von vorne anfangen, und es würde schrecklich sein, aber okay. Manchmal würde es sogar irgendwie nett sein.

Er saugte Luft, hob überrascht die Flasche und stellte fest, daß sie leer war. Ihm war, als hätte er gerade einen privaten Urlaub verkündet.

Bunting rollte vom Bett herunter und stieg durch den Müll zum Kleiderschrank. Er goß mehr Wodka in die kleine Flasche. Wodka brachte einen gut über diese Perioden der Niedergeschlagenheit.

Bunting machte die Tür vom Eisfach zu, schraubte die Kappe auf die Flasche und hielt den Schnuller mit den Zähnen fest, während er sich in dem Zimmer umsah. Eine Woche, dann in die Welt hinaus. Bunting erinnerte sich an seine Vision des wütenden Jesus, der durch das Battle Creek der Arbeiterklasse gestürmt war. Lasset die kleinen Kinder leiden.

Er ging zum Bett und nahm den Telefonhörer hoch. »Okay«, sagte er, nuckelte an der Flasche und setzte sich. »Warum nicht?«

»Ich sollte«, sagte er.

Er wählte die Vorwahl von Battle Creek, dann die ersten drei Ziffern der Nummer seiner Eltern.

»Ich dachte mir, ich rufe einfach mal an«, sagte er. Er saugte noch mehr Wodka in den Mund.

»Wie ist die Lage? Ich will niemand beunruhigen.«

Er wählte die letzten vier Ziffern und lauschte, wie das Telefon in dem kleinen, so weit entfernten Haus läutete. Schließlich meldete sich sein Vater, aber nicht mit »Hallo«, sondern mit »Ja«.

»Hi, Dad, hier ist Bobby«, sagte er. »Ich dachte mir, ich ruf einfach mal an. Wie ist die Lage?«

»Prima, wieso auch nicht?« sagte sein Vater.

»Nun, ich wollte niemanden beunruhigen.«

»Warum sollten wir uns beunruhigen? Du weißt, was deine Mutter und ich denken. Wir freuen uns über deine Anrufe.«

»Wirklich?«

»Gewiß. Wir können gar nicht genug davon bekommen.« Ein kurzer Augenblick des Schweigens. »Hast du ein spezielles Anliegen, Bobby‹?«

Es war, als hätte der andere Abend gar nicht stattgefunden. So lief das, fiel Bunting jetzt wieder ein. Wenn man etwas vergaß, war es weg.

»Ich denke, ich habe mir Gedanken um Mom gemacht«, sagte er. »Sie hat sich letzten Abend etwas verwirrt angehört.«

»Das war sie wohl«, antwortete sein Vater mit brüsker, wegwerfender Stimme. »Ab und zu ist sie weggetreten. *Ich* kann nichts dagegen tun, Bobby. Wie läuft es bei der Arbeit? Alles in Ordnung?«

»Könnte besser sein«, sagte Bunting, was er auf der Stelle bedauerte.

»Oh?« Jetzt war die Stimme seines Vaters hart und schneidend. »Was ist passiert, bist du gefeuert worden? Sie haben dich gefeuert, nicht? Du hast etwas vermasselt, und darum haben sie dich gefeuert.«

Er konnte hören, wie sein Vater schwer atmete und Dampf aufbaute wie eine Dampfmaschine.

Einen Augenblick schien es, als hätte sein Vater recht: Er hatte etwas vermasselt, und darum hatten sie ihn gefeuert. »Nein. Haben sie nicht. Ich bin nicht gefeuert.«

»Aber du bist auch nicht bei der Arbeit. Es ist neun Uhr morgens hier, also ist es zehn, wo du bist, und Bobby Bunting ist immer noch in seiner Wohnung. Du hast deinen Job verloren. Ich wußte, daß es so kommen würde.«

»Nein, habe ich nicht«, sagte Bunting. »Ich bin nur früher gegangen.«

»Klar. Du bist am Montag morgens um halb neun gegangen. Wie nennst du das, Bobby? Vorruhestand? Ich nenne es gefeuert werden. Versuch nicht, mir was vorzumachen, Bobby, ich weiß, was für ein Mensch du bist.« Er atmete ein. »Und rechne nicht mit Geld von deinen alten Leutchen, klar? Vergiß nicht die Mahlzeiten in teuren Restaurants und die Reisen nach Europa. Dann wirst du wissen, wo dein Geld geblieben ist. Wenn du je etwas hattest und wenn das alles wahr war, was ich bezweifle.«

»Ich habe mir den Tag freigenommen«, sagte Bunting. »Vielleicht nehme ich morgen auch frei. Ich kümmere mich um ein paar Einzelheiten hier.«

»Klar, diese Einzelheiten werden sich bald um dich kümmern, wenn du nicht aufpaßt.«

»Hör zu«, sagte Bunting betroffen. »Ich bin nicht gefeuert. Hast du verstanden? Niemand hat mich gefeuert. Ich habe mir den Tag freigenommen, weil mir jemand auf den Wecker gegangen ist. Ich weiß nicht, warum du mir nie glaubst.«

»Soll ich dich an dein ganzes Leben hier erinnern? Ich

weiß, wer du bist, Bob, belassen wir es dabei.« Sein Vater atmete wieder ein – so laut, daß es sich anhörte, als hätte er das Telefon in den Mund genommen. Er beruhigte sich. »Versteh mich nicht falsch, du hast deine guten Seiten, wie alle anderen auch. Vielleicht solltest du einfach dein zügelloses gesellschaftliches Leben sein lassen und nicht mehr versuchen, die Tatsache wettzumachen, daß du als Teenager nie ausgegangen bist, das ist alles. Es gibt Verantwortung. Aber Verantwortung war nie deine starke Seite. Vielleicht hast du dich ja aber geändert. Prima. Okay?«

Bunting war zumute, als wäre er in einer dunklen Straße ausgeraubt worden. Es war, als würde ihn Frank Herko wieder zum Thema Männlichkeit anbrüllen.

»Ich will dich etwas fragen«, sagte er und saugte einen Mundvoll Popov aus der Ama. »Hast du jemals gedacht, daß du gesehen hast, wie die Wirklichkeit wirklich ist?«

»Himmel hilf.«

»Warte. Ich meine etwas damit. Hast du jemals gesehen, daß alles lebt?«

»Hör sofort damit auf, Bobby. Ich will diesen Mist nicht schon wieder hören. Halt die Klappe, wenn du weißt, was gut für dich ist.«

»Was meinst du damit?« schrie Bunting fast. »Du meinst, ich kann nicht darüber reden? Warum kann ich nicht darüber reden?«

»Weil es verrückt ist, du Dummkopf«, sagte sein Vater. »Du mußt eines wissen, Bobby. Du bist nichts Besonderes. Hast du verstanden? Du hast deiner Mutter schon genügend Kummer gemacht, also halt die Klappe. Um deinetwillen.«

Bunting fühlte sich erstaunlich klein. Die Stimme seines Vaters hatte ihn in die Kindheit zurückgehämmert, jetzt war er etwa einen Meter groß. »Ich kann nicht mehr reden.«

»Schlaf dich aus und komm zu dir«, sagte sein Vater. »Das ist mein Ernst.«

Bunting ließ den Hörer auf die Gabel gleiten und griff nach der Ama.

Als er sich entschieden hatte, vom Bett aufzustehen, war er so betrunken, daß er Mühe hatte, durch das Zimmer ins Bad zu steuern. Beim Pinkeln fiel ihm ein Satz seines Vaters wieder ein, und sein Urin spritzte gegen die Wand. *Ich will diesen Mist nicht schon wieder hören.* Schon wieder? Er glaubte, wenn er nicht betrunken wäre, würde er ein paar Sachverhalte begreifen, die er momentan nicht begriff. Aber weil er betrunken war, konnte er das nicht. Und er konnte auch nicht hinaus. Bunting schleppte sich zum Bett zurück und kippte um.

Er erwachte in der Dunkelheit und mit einem allumfassenden Gefühl von Scham und Kummer. Sein Leben war nichts – es war immer nichts gewesen und würde immer nichts sein. Es gab keine Befreiung. Was er gesehen hatte, seine Erfahrungen der Ekstase, der Augenblick, den er Marty versucht hatte zu beschreiben, waren alles Illusionen. In einer Woche würde er zu DataComCorp zurückkehren, und alles würde wieder zum Normalen zurückfinden. Wahrscheinlich würden sie ihn einfach wieder nehmen – er war nicht wichtig genug, um gefeuert zu werden. Der einzige Unterschied wäre, daß Frank Herko ihn nicht mehr beachten würde.

Sein ganzes Problem war, er vergaß immer wieder, daß er nichts Besonderes war.

Er schwor sich, daß er aufhören würde, Sachen zu erfinden. Keine imaginären Liebesabenteuer mehr. Bunting ging zum Fenster und sah auf in Wintermäntel und Hüte gekleidete normale Männer und Frauen hinunter, die normale, nüchterne, realistische Leben lebten. Sie sahen sehr kalt aus. Er stieg wieder ins Bett wie in einen Sarg.

# 12

Am nächsten Morgen schüttete Bunting sämtlichen Wodka und Cognac ins Spülbecken. Dann spülte er das Geschirr, das sich seit dem letzten Mal angesammelt hatte. Er betrachtete die hier und da verstauten Mülltüten, warf die schlimmsten in große Plastiksäcke und trug sie auf die Straße hinunter. Als er wieder in seiner Wohnung war, putzte und schrubbte er ein paar Stunden lang. Er wechselte die Bettwäsche und schichtete die Magazine und Zeitungen zu ordentlichen Stapeln auf. Dann wischte er den Badezimmerboden und weichte sich selbst eine halbe Stunde in der Wanne ein. Er trocknete sich ab, putzte sich die Zähne, kämmte das Haar und ging gleich wieder ins Bett. Eines Tages, schwor er sich, würde er mit regelmäßiger Gymnastik anfangen.

Am nächsten Tag widerstand er dem Impuls, eine neue Flasche Wodka zu kaufen, ging zum Supermarkt am Broadway und kaufte eine Tüte Karotten, einen Beutel Sellerie, Kartons mit Obstsaft und fettarmer Milch, einen Laib Vollkornbrot und einen Becher cholesterinfreier Margarine. Diese Diät würde den tobenden Jesus auf Distanz halten.

Er verbrachte den größten Teil des Dienstags liegend. Er aß zwei Karotten, drei Stangen Sellerie und eine Scheibe trockenes Brot. Das Brot schmeckte besonders gut. Er trank seinen ganzen Obstsaft. Am Abend versuchte er, den Fernseher einzuschalten, aber ein so häßlicher Strom Sprache kam heraus, daß er vor Schmerzen stöhnte. Um halb zehn schlief er fest ein, wurde gegen drei Uhr morgens vom Geräusch einiger Schüsse geweckt und schlief sofort wieder ein.

Am Mittwoch stand er auf, duschte, zog einen konservativen grauen Anzug an, aß eine Karotte, trank ein paar Schlucke Papayasaft, zog den Mantel an und ging zum erstenmal seit Montagmorgen hinaus. Es war ein heller, frischer Tag, die Luft schien erstaunlich klar und rein –

wenn auch nicht so klar wie die der Savannen von Montana im Jahre 1878. Selbst auf dem Upper Broadway glaubte Bunting, er könne das Meer riechen. Auf ein mit Seilen abgesperrtes Stück des Gehwegs war mit Kreide der Umriß einer Leiche aufgemalt worden, und als Bunting zwischen zwei geparkten Autos durchging und den schmutzigen, unhygienischen Broadway betrat, um im grellen Sonnenschein neben den Autoschlangen dahinzuschreiten, warf er dem weißen Umriß der Leiche lediglich einen flüchtigen Blick zu, sah weg und ging weiter Richtung Ampel und Fußgängerüberweg.

Bunting lief meilenweit. Er betrachtete die Uhren im Schaufenster von Tourneau's, die Schuhe von Church Brothers, die Taschenrechner und CD-Player in einer Reihe von Schaufenstern am Anfang der Fifth Avenue. Schließlich kam er zum Battery Park, setzte sich einen Augenblick und sah zur Freiheitsstatue. Er war in der Welt, von Menschen und Sachen umgeben; der Wind, der über ihn strich, strich auch über alle anderen. Für Bunting war diese Welt neu und fast unberührt, sie war lediglich in einer Weise kahl, die er einmal gekannt hatte und nun nur noch vergessen wollte.

Wenn ein Baum im Wald fiel, würde er keinen Laut erzeugen, nein, keinen.

Er ging wieder Richtung Innenstadt und erinnerte sich, wie er einmal zufrieden auf dem Rücken eines Pferdes namens Shorty gesessen und wie ihm ein besorgter leitender Angestellter der Parfümbranche ein Foto seiner Mutter gegeben hatte. Auch diese Erlebnisse konnten in einem Bleisarg verschlossen und über Bord ins große psychische Meer geworfen werden. Sie waren Abweichungen: stumme und schwerelose Ausnahmen von der Regel. Er würde in seinem Zimmer alt werden und Eistee und Papayasaft aus Babyflaschen trinken. Er würde seine Eltern überleben. Beide. Das machten alle.

Er fuhr mit einem Bus zum Broadway und stieg mehrere Blocks von seinem Mietshaus entfernt aus, weil er noch ein wenig spazierengehen wollte. An der Ecke saß ein Mann mit rotem Gesicht in einem schäbigen karierten Mantel auf einem Klappstuhl hinter einer Kiste mit Taschenbüchern. Bunting überflog die Titel, ob etwas von Luke Short oder Max Brand dabei war, sah aber fast ausschließlich Liebesromane mit Titeln wie *Wilde Sklavin der Liebe* oder *Der süße, gnadenlose Kuß*. Diese Titel und die zugehörigen beunruhigenden Umschlagbilder erinnerten Bunting fast an Marty, die ihm in einem Restaurant in Greenwich Village gegenübersaß, und er wich vor der Auslage zurück, um auch die leiseste Spur einer Erinnerung zu verdrängen. Ein andersartiges Umschlagbild fiel ihm ins Auge, und er sah den Titel – *Anna Karenina* – und wußte, er hatte schon einmal irgendwo von dem Buch gehört; er hatte es selbstverständlich nie gelesen, es war anders als die Bücher, die er normalerweise las, aber er war sicher, daß es ziemlich gut sein sollte. Er bückte sich, nahm es in die Hand und schlug es wahllos auf. Er beugte sich im Licht der Straßenlaterne über die Seite und las. *Vor Einbruch der Morgendämmerung war alles still. Nur das nächtliche Quaken der Frösche war zu hören, das in den Sümpfen nie aufhörte, und das Schnauben der Pferde im Nebel, welcher sich vor Morgengrauen über die Wiesen hob.*

Ein Schauer durchlief seinen Körper, er blätterte die Seite um und las noch ein paar Sätze. *Leichter Wind kam auf, der Himmel sah grau und düster aus. Der triste Augenblick, welcher für gewöhnlich der Dämmerung vorangeht, war gekommen, der Triumph des Lichts über die Dunkelheit.*

Bunting verspürte den seltsamen Drang zu weinen: Er wollte lange Zeit hier stehen und dieses wunderbare Buch durchblättern.

Eine Stimme sagte: »Der größte realistische Roman der Welt, jede Wette.«

Bunting sah auf und begegnete dem ungewöhnlich intelligenten Blick des pummeligen Mannes mit dem roten Gesicht auf dem Klappstuhl. »Wirklich?«

»Wer was anderes behauptet, ist nicht recht bei Verstand.« Er wischte sich die Nase am Ärmel ab. »Ein Dollar.«

Buntin kramte einen Dollar aus der Tasche und beugte sich über die Reihen bunter Umschläge, um ihn dem Mann zu geben. »Warum ist er so groß?« fragte er.

»Verstehen. *Tiefe* des Verstehens. Unglaubliche Aufgeschlossenheit gegenüber Einzelheiten, verbunden mit einer erstaunlichen visionären Klarheit.«

»Ja«, sagte Bunting. »Ja, das ist es.« Er drückte das Buch an die Brust und ging nach Hause.

Er legte das Buch auf den Stuhl, setzte sich auf das Bett und betrachtete den Umschlag. In wenigen Sätzen hatte ihm *Anna Karenina* leuchtende Bruchstücke der Welt nahegebracht – so nahe, wie man dem Erlebnis mit *Der Büffeljäger* kommen und trotzdem normal bleiben konnte. Alles war so nahe, daß es fast war, als wäre man darin gewesen. Die beiden kurzen Abschnitte, die er gelesen hatte, hatten diese andere Welt in ihm, die einst mit einer großen, geheimen Wahrheit über die Welt als Ganzes verbunden gewesen zu sein schien, wiederaufleben lassen – hatten sie geweckt, indem sie sie berührt hatten. Bunting fürchtete sich fast vor dieser Macht. Er hatte das Buch haben müssen, war aber nicht sicher, daß er es lesen konnte.

Bunting sprang vom Bett, aß zwei Scheiben Vollkornbrot und ein paar Karotten. Dann zog er den Mantel an, ging wieder zum Geldautomaten in der Bank und anschließend zum Drugstore auf der anderen Straßenseite.

In dieser Nacht lag er im Bett, genoß die leichten Schmerzen in den Beinen vom vielen Gehen und trank warme Milch aus seiner alten Prentiss. Unter ihm war die seltsame und unbequeme, aber dennoch perfekte Konstruktion, die er aus achtzig runden Evenflos aus Plastik und einer Tube Epoxid gemacht hatte, eine unbequeme Matratze aus Babyflaschen, die sich an seinen Körper preßte und sich diesem anpaßte. Er hatte schon vor langer Zeit überlegt, sich eine Matratze aus Babyflaschen zu machen, als er über Fakire und Nagelbretter nachgedacht hatte, und daß er die Matratze nun tatsächlich angefertigt hatte, war eine launenhafte Anspielung an die Zeit, als er hauptsächlich an Babyflaschen dachte. Bunting hoffte, irgendwann einmal könnte er alle Schnuller abnehmen und jede Evenflo unter sich mit warmer Milch füllen. Das wäre dann, als würde man mit achtzig kleinen Wärmflaschen ins Bett gehen.

Er hielt das etwas zerlesene Exemplar von *Anna Karenina* vor sich und betrachtete das Umschlagbild eines Zuges, der in einem ländlichen Bahnhof gehalten hatte, um Wasser zu tanken oder Nahrungsmittel für die Passagiere aufzunehmen. Ein Schneesturm wirbelte um das Vorderteil der Lokomotive. Die Illustration schien von derselben leuchtenden, beinahe erschreckenden Wirklichkeit erfüllt zu sein wie die Sätze, die er zufällig in dem Buch gefunden hatte, und Bunting wußte, dieses Gefühl von Versprechen und Unmittelbarkeit stammte von der Erinnerung an diese Absätze. Das Buch überhaupt aufzuschlagen schien ein großes Risiko heraufzubeschwören, aber wenn Bunting es bei den Sätzen hätte aufschlagen können, wo die Pferde im Nebel schnaubten und der Wind unter einem grauen Morgenhimmel aufkam, hätte er es unverzüglich gemacht. Er senkte den Blick, und der kleine Zug in der Illustration stieß eine weiße Dampfwolke aus und raste durch den Schneefall vorwärts.

## 13

Donnerstagmorgen läutete das Telefon mit einem hektischen, aufreizenden Klang, der förmlich verkündete, daß Frank Herko am anderen Ende der Leitung präsent war – Bunting, der den vierten Tag nüchtern war, konnte sich vorstellen, wie Herko das Gesicht verzog und fluchte, weil niemand abnahm. Bunting kaute weiter an einer

Scheibe trockenem Brot und sah auf die Uhr. Es war zehn. Herko hatte endlich eingesehen, daß er nicht wiederkommen würde, und wollte versuchen, ihn zu DataComCorp zurückzubringen. Bunting hatte nicht die Absicht, ans Telefon zu gehen. Frank Herko und der Job im Dateneingangsraum schrumpften, während sie in der Vergangenheit verschwanden. Er trank den letzten Rest Papayasaft und ermahnte sich, heute vormittag neue Obstsäfte zu kaufen. Nach dem dreizehnten Läuten verstummte das Telefon schließlich wieder.

Bunting dachte an Pferde, die im kalten Morgennebel schnaubten, wenn außer den Fröschen alles ruhig war, und ein Schauer lief durch ihn.

Er stand vom Tisch auf und sah sich im Zimmer um. Es war ziemlich radikal. Er fand, daß es ein wenig besser aussehen würde, wenn er die Zeitungen und Magazine wegschaffte. Sein Zimmer konnte nie mehr gewöhnlich aussehen, aber was er getan hatte, würde bedeutungsvoller sein, wenn das ganze Zimmer etwas sauberer war. Die Schnuller der Babyflaschen ragten von zwei Wänden, ein Laken aus Babyflaschen gleich einem Kettenhemd bildete sein Bett. Wenn sonst kaum mehr etwas in dem Zimmer sein würde, wäre es so zweckdienlich wie ein Museumsstück. Er konnte den Fernseher wegschaffen. Er brauchte nur einen Tisch, einen Stuhl, zwei Lampen und sein Bett. Sein Zimmer würde nüchtern wie ein Denkmal sein. Ein Denkmal für alles Fehlende. Bunting war nicht ganz sicher, was denn nun genau fehlte, aber er dachte nicht, daß man das leicht zusammenfassen konnte.

Er spülte Teller und Glas und stellte sie in den Schrank. Dann zog er den Fernsehstecker heraus, hob das Gerät auf, sperrte die Tür auf und trug es auf den Flur. Er trug es an den Fahrstühlen vorbei und stellte es auf den Boden. Dann drehte er sich um und eilte in seine Wohnung zurück.

Bunting verbrachte den Vormittag damit, die Magazine und Zeitungen in schwarze Müllsäcke zu stopfen und diese nach unten auf den Gehweg zu schleppen. Beim vierten oder fünften Ausflug stellte er fest, daß der Fernseher aus dem Flur verschwunden war. Bango Skank oder Jeepy hatten ein neues Spielzeug. Allmählich verlor Buntings Zimmer sein altes, überfülltes Aussehen. Zwei Wände waren mit vorstehenden Flaschen bedeckt – die Wand mit den Fenstern über den Mietskasernen aus Backstein und die Küchennische. Sein Bett und der Stuhl neben dem Bett waren noch da. Vor der Küchennische stand sein kleiner Eßtisch. Er hatte unter einem Riesenstapel Zeitungen noch einen Stuhl gefunden, auch diesen trug er für seine Nachbarn auf den Flur hinaus.

Als er den letzten Müllsack hinuntergetragen hatte, machte er die Tür hinter sich zu, sperrte sie ab, legte den Riegel vor und begutachtete sein Reich. Ein kahler Holzboden mit staubigen Rechtecken, wo Zeitungsstapel gelegen hatten, erstreckte sich von der Außenwand bis zu ihm. Ohne die Zeitungen schien die Entfernung zwischen ihm und den Fenstern immens zu sein. Bunting bemerkte zum erstenmal die Streifen auf dem Glas. Das helle Tageslicht färbte sie silbern und warf lange Rechtecke auf den Boden. Auf beiden Seiten standen starre Babyflaschen von den Wänden ab, rechts Richtung Badezimmertür und Kochnische, links Richtung Bett. Die Wand hinter und über dem Bett war ebenfalls mit Babyflaschen bedeckt. Eine breite Decke aus Babyflaschen, halb bedeckt von einem flachen Kissen und einem weißen Laken, lag auf seinem Bett.

Nach einer Mahlzeit, bestehend aus Karotten, Sellerie und Brot, füllte Bunting heißes Wasser und Putzmittel in einen Eimer und schrubbte den Boden. Dann schüttete er das schmutzige Wasser aus, fing noch einmal an und putzte Tisch und Küchenflächen. Danach schrubbte er sogar das Bad – Waschbecken, Toilette, Boden und Wanne. Große braune Mehltauflecken verunzierten den Duschvorhang, daher löste Bunting ihn vorsichtig von den Plastikringen, faltete ihn zu Vierteln, trug ihn nach unten und stopfte ihn in eine Mülltonne.

Er ging hungrig ins Bett, aber nicht quälend hungrig; sein Rücken und die Schultern kribbelten von der Arbeit, seine Beine schmerzten noch vom langen Fußmarsch quer durch Manhattan. Er legte sich auf die Decke aus Flaschen und zog das Laken und eine Wolldecke über den Körper. Er nahm die alte Taschenbuchausgabe von *Anna Karenina* und schlug sie mit zitternden Händen auf. Einen Augenblick schien ihm, als würden sich die Sätze von der Seite erheben und ihn holen, und sein Herz zog sich vor Angst und einem anderen, erwartungsvolleren Gefühl zusammen. Aber sein Blick fiel auf die Seite, und er blieb in seinem Körper und seinem Zimmer und las. *Und plötzlich dachte sie an den Mann, der an dem Tag, als sie Wronski kennengelernt hatte, vom Zug überfahren worden war, und da wußte sie, was sie zu tun hatte. Mit einem leichtfüßigen, raschen Schritt trat sie die Stufen hinunter, welche vom Wassertank zu den Schienen führten, und blieb vor dem heranbrausenden Zug stehen.*

Bunting erschauerte und versank in einen erschöpften Schlaf.

Er ging durch eine Landschaft mit verlassenen Plätzen und Betonmauern in einer Straße, die in New York oder Battle Creek sein konnte. Zerschellte Flaschen und Seiten alter Zeitungen lagen auf der Straße. Hier und da erhoben sich hinter unkrautüberwucherten Rasenflächen Mietskasernen in die graue Luft. Seine Beine schmerzten, seine Füße taten weh, es fiel ihm schwer, dem Mann zu folgen, der vor ihm ging und dessen helles Gewand sich im kalten Wind bauschte und blähte. Der Mann war etwas größer als Bunting, das dunkle Haar wehte ihm um die Stirn. Der Mann schritt unberührt vom Winterwind dahin und vergrößerte die Entfernung zwischen sich und Bunting mit jedem Schritt. Bunting wußte nicht, warum er diesem seltsamen Mann folgen mußte, aber das mußte er nun mal. Wenn er ihn verlor, wäre das eine Katastrophe – dann wäre er in dieser toten, häßlichen Welt verloren.

Seine Füße schienen an dem körnigen Pflaster zu haften, ein steifer Wind hielt ihn wie eine Hand zurück. Als der Mann wieder ein paar Meter die Straße entlangging, wurde Bunting klar, daß er einem Engel folgte, keinem Menschen, und er schrie vor Entsetzen auf. Das Wesen blieb augenblicklich mit dem Rücken zu Bunting stehen. Das helle Gewand flatterte um die Gestalt. Ein bestimmtes Wort mußte ausgesprochen werden, sonst würde der Engel wieder weitergehen und Bunting in dieser schrecklichen Welt zurücklassen. Das Wort war von entscheidender Bedeutung, und Bunting wußte es nicht, aber er machte den Mund auf und brüllte das erste Wort, das ihm einfiel. In dem Augenblick, als er es ausgesprochen hatte, wußte Bunting, daß es das richtige Wort war. Er vergaß es, kaum daß es aus seinem Mund war. Der Engel drehte sich langsam um. Bunting atmete heftig ein. Die Vorderseite des Gewands war blutrot, und als der Engel die Hände hochhielt, waren auch die Handflächen blutig. Das Gesicht des Engels war müde und benommen, seine Augen schienen blind zu sein.

## 14

Am Freitagmorgen erwachte Bunting mit Tränen in den Augen; er weinte um den Engel, den Engel, dem nicht mehr zu helfen war, und dann wurde ihm erschrocken klar, daß er sich in einem fremden Haus befand. Einen Augenblick lang war er völlig frei in Raum und Zeit und dachte, daß er wirklich und wahrhaftig Gefangener auf einem Dachboden sein konnte – in dem Zimmer waren keine Möbel, abgesehen von einem Tisch und einem Stuhl, und die Fenster schienen vergittert zu sein. Er überlegte sich, daß er gestorben sein konnte. Zum Leben nach dem Tod gehörte ein starker, erstickender Geruch nach Seife und Desinfektionsmitteln. Dann lösten sich die Gitter vor den Fenstern in Streifen und Schatten auf, er betrachtete die Flaschen, die direkt über seinem Kopf aus der Wand ragten, und wußte wieder, was er gemacht hatte. Der verletzte Engel glitt zurück ins Gefilde vergessener Dinge, wo soviel von Buntings Leben verborgen lag, und Bunting bewegte die Beine über die unebenmäßige Landschaft der Babyflaschen, sein Nagelbrett, und zog sich aus dem Bett. Beine, Schultern, Rücken und Arme, alles tat ihm weh.

Auf der Straße wurde Bunting klar, daß ihm seine Arbeitslosigkeit gefiel. Seit Tagen trug er ständig ein leichtes Hungergefühl mit sich herum, und Hunger war eine so beißende Empfindung, daß sie ein gewisses Maß an Lust mit sich brachte. Mit Traurigkeit war es ebenso, wurde Bunting klar: Wenn man neben seiner eigenen Traurigkeit stehen konnte, konnte man sie bewundern. Vielleicht traf das auch auf die großen Gefühle zu, Liebe und Entsetzen und Kummer. Entsetzen und Kummer müßten am schlimmsten sein, wurde ihm klar, und einen Augenblick erinnerte er sich unbehaglich an Jesus, der die blutige Handfläche auf die Fassade eines alten Hauses in Battle Creek schlug. Heilig, heilig, heilig.

Der äußerst unbehagliche Gedanke kam ihm, daß Entsetzen und Kummer vielleicht auch heilig waren und Jesus ihm in einem Battle Creek irgendwo nördlich von Greenwich Village erschienen war, um das zu verdeutlichen.

Eine weiße Dampfwolke, die vage die Form eines Menschen hatte, stieg aus einem Kanaldeckel mitten auf dem Broadway hoch und löste sich langsam in nichts auf.

Bunting spürte, wie die Welt um ihn herum in Fetzen ging, und eilte ins Fairway Fruits and Vegetables. Er kaufte Äpfel, Brot, Karotten, Mandarinen und Milch. An der Kasse stellte er sich die kleine Lok auf dem Umschlag von Tolstois Roman vor, die weiße Dampfwolken ausstieß und sich in den Schneesturm warf. Er hatte das seltsame Gefühl – das, wie er wußte, nicht stimmte –, daß jemand ihn *beobachtete,* und dieses Gefühl folgte ihm auf die breite, dichtbevölkerte Straße hinaus.

Keine weiße Dampfsäule hing über dem Broadway, es ertönte kein plötzlicher Aufschrei, kein Kreideumriß zeigte, wo ein Mensch gestorben war.

Bunting ging die Straße entlang zu seinem Apartmenthaus. Grelles, blasses Licht prallte von Autodächern, von goldenen Diademen, von polierten Schaufenstern, in denen CDs ausgestellt waren. In dieser Helligkeit und Aktivität lauerte immer noch das geheimnisvolle Gefühl, daß ihn jemand beobachtete – als hielte die ganze Straße den Atem an, während sie verfolgte, wie Bunting den Block entlangging. Er trug seine Lebensmitteltüte durch die kalte, strahlende Luft. Weiter unten am Block rief jemand etwas mit einer bellenden Tenorstimme, die einem Jagdhorn glich, und die anhaltende Aufmerksamkeit der Welt erwärmte diesen wunderbaren Laut, so daß er weiter in Buntings Ohren hallte. Ein Taxi glitt aus Schatten in einen Lichtregen und offenbarte als plötzliches Aufleuchten von Farbe reines, geschmolzenes Gelb. Das Weiß der Augen einer Chinesin blitzte Bunting entgegen, ihr schwarzes Haar schwang üppig um den Kopf. Eine Wolke weißen Atems kam aus seinem Mund. Es war, als hätte jemand heimliche Worte gesprochen und gleich wieder vergessen, doch die Worte hatten ihn verwandelt. Der kalte Gehweg unter seinen Füßen schien straff wie ein Löwenfell und federnd wie eine Trommel.

Selbst die Halle seines Apartmenthauses war von einem Gefühl der Erwartung und Bedeutung aufgeladen.

Er betrat sein kahles Zimmer, trug die Einkaufstüte zum Bett und holte vorsichtig jeden Apfel, jede Mandarine, die Milch und die Karotten heraus. Er knüllte die Tüte zusammen, trug sie und den Milchbeutel in die Kochnische, strich die Tüte glatt, legte sie ordentlich zusammen und schüttete die Milch daraufhin in drei verschiedene Flaschen. Diese trug er über den hübschen, funkelnden Boden und stellte sie neben das Bett. Bunting zog die Schuhe aus, den Anzug, den er trug, Hemd und Krawatte und hängte alles ordentlich in den Schrank. Er ging in Unterwäsche und Socken zum Bett zurück. Er schlug das Bettzeug zurück, stieg auf seine Fakirdecke aus Babyflaschen und zog Laken und Decken über sich, ohne einen der Gegenstände vom Bett zu schütteln. Er knickte das Kissen und schaltete das Lämpchen ein, obwohl das kalte Licht immer noch große, helle Rechtecke auf den Boden warf. Er beugte sich unter die Leselampe und arrangierte Obst, Karotten, Brot und die Flaschen um sich herum. Er hob eine der Flaschen zum Mund und klemmte den Schnuller zwischen die Zähne. Die Atmosphäre war von einer angenehmen Kühle erfüllt, die aus der Welt zu kommen schien, welche in der Illustration auf dem Umschlag des Buches neben ihm zu kommen schien.

Bunting saugte einen Mundvoll Milch ein und nahm das Exemplar von *Anna Karenina* vom Stuhl neben dem Bett. Er zitterte. Er schlug das Buch auf der ersten Seite auf, und als er auf die gedruckten Zeilen hinuntersah, stiegen sie seinen Augen entgegen.

## 15

Der Hausmeister des Gebäudes sah nach unten, während er den Schlüssel ins Schloß steckte. Er drehte ihn herum, und beide Männer hörten, wie sich das Schloß mit einem Klick öffnete. Der Hausmeister sah weiter auf den Boden. Er war ein schwerer, unglücklicher Mann, so schwer wie Buntings Vater, und in den beiden Pullovern, die er der Kälte wegen anhatte, sah er wie eine schwangere Frau aus. Buntings Vater trug einen Mantel; er hatte die Schultern gesenkt und die Hände in die Taschen gesteckt. Der Atem beider Männer bildete Wolken so weiß wie Milch. Schließlich sah der Hausmeister Mr. Bunting an.

»Los, machen Sie auf«, sagte Mr. Bunting.

»Okay, aber ein paar Einzelheiten wissen Sie wahrscheinlich noch nicht«, sagte der Hausmeister.

»Ich weiß vieles nicht«, sagte Mr. Bunting. »Zum Beispiel, was eigentlich genau passiert ist. Und ich vermute, diesbezüglich können Sie mir keine große Hilfe sein, oder irre ich mich?«

»Nun, da sind noch andere Sachen«, sagte der Hausmeister und machte endlich die Tür auf. Er wich einen Schritt zurück, damit Mr. Bunting das Zimmer betreten konnte.

Buntings Vater ging etwa eineinhalb Meter in das Zimmer, dann blieb er stehen. Der Hausmeister trat hinter ihm ein und machte die Tür zu.

»Ich hasse New York wie die Pest«, sagte Mr. Bunting. »Ich hasse den Mist, der hier abläuft. Bitte entschuldigen Sie, wenn ich persönlich werde, aber in diesem Rattenloch funktioniert nicht einmal die Heizung richtig.« Er betrachtete die Wand über dem Bett, wo zahlreiche Flaschen bespritzt waren, und nicht das Bett selbst. Das Bett war entlang einer diagonalen Linie entzweigebrochen, die Laken, braun von getrocknetem Blut, bildeten ein gigantisches, steifes V, wenn man sie wegnehmen wollte. Jemand, wahrscheinlich die Frau des Hausmeisters, hatte versucht, das Blut neben dem zersplitterten, zusammengeklappten Bett aufzuwischen. Holzsplitter und verbogene, plattgedrückte Bettfedern lagen auf dem verschmierten Boden.

»Die Mieter sind stinkesauer, aber es ist gut, daß wir keine Heizung haben«, sagte der Hausmeister. »Ich meine, wir *bekommen* sie, wenn der neue Boiler da ist; aber er war zehn Tage hier, bevor ich ihn gefunden habe. Und ich will Ihnen etwas sagen.« Er näherte sich vorsichtig Mr. Bunting, der den Blick von der Wand nahm und ihn finster ansah. »Er hat es mir leichtgemacht. Sehen Sie diesen Riegel?«

Der Hausmeister zeigte auf eine lange Eisenstange, die neben der Tür an der Wand lehnte. »So hat er ihn gelassen

– offen. Als wollte er mir einen Gefallen tun. Hätte er das Ding vor die Tür gelegt, hätte ich sie einschlagen müssen, um hereinzukommen. Und ich hätte ihn wahrscheinlich erst zwei Wochen später gefunden. Mindestens.«

»Also hat er es wahrscheinlich auch dem leichtgemacht, der es getan hat«, sagte Buntings Vater. »Schöner Gefallen.«

»Haben Sie ihn gesehen?«

Mr. Bunting drehte sich wieder um und betrachtete die Flaschen über dem Bett. »Aber sicher habe ich ihn gesehen. Ich habe sein Gesicht gesehen. Wollen Sie Einzelheiten wissen? Sie können auf die Einzelheiten scheißen. Sie haben mich nur sein Gesicht sehen lassen.«

»Es hat nicht ausgesehen, als hätte jemand das machen können«, sagte der Hausmeister.

»Das ist wirklich schlau. Niemand hat es gemacht.« Er sah etwas auf dem Bett und ging näher hin. »Was ist das?« Er betrachtete einen verschrumpelten roten Ball, der auf den Grund der Falte gefallen war. Ein kleinerer, gleichermaßen verschrumpelter schwarzer Ball war ein paar Schritte entfernt heruntergefallen.

»Ich glaube, es ist ein Apfel«, sagte der Hausmeister. »Er hatte ein paar Äpfel und Mandarinen und etwas Brot. Und wenn Sie genauer hinsehen, können sie winzige Papierschnipsel sehen, die überall verteilt wurden, als wäre ein Buch explodiert. Alles Obst ist vertrocknet, aber das Buch . . . ich weiß nicht, was mit dem Buch passiert ist. Vielleicht hat er es zerrissen.«

»Könnten Sie vielleicht den Mund halten?« Mr. Bunting betrachtete die Flaschen über dem Bett eine volle Minute. Dann drehte er sich um und betrachtete die fleckenlosen Flaschen an der anderen Wand. Schließlich sagte er: »Das verstehe ich nicht. Das mit den Babyflaschen verstehe ich einfach nicht.«

Er sah den Hausmeister an, der hastig den Kopf schüttelte und andeutete, daß er es auch nicht verstand.

»Ich meine, haben Sie schon mal andere Mieter hier gehabt, die so etwas gemacht haben?«

»Ich habe noch nie gesehen, daß jemand so etwas gemacht hat«, sagte der Hausmeister. »Das ist neu. Diese Flaschen – ich muß sie mit Hammer und Meißel abschlagen.«

Mr. Bunting schien ihn nicht gehört zu haben. »Zuerst stirbt meine Frau – Freitag vor drei Wochen. Dann höre ich von Bobby, der immer eine Niete war, aber nun mal mein einziges Kind. Wenn sie beschließen, es einem zu geben, dann geben sie es einem aber gründlich. Sie wissen, wie man das macht. Und jetzt zu allem Überfluß auch noch dieser Mist. Vielleicht hätte ich wegbleiben sollen.«

»Sie haben sein Gesicht gesehen?« fragte der Hausmeister.

»Hm?«

»Sie sagten, Sie haben sein Gesicht gesehen.«

Mr. Bunting warf dem Hausmeister einen Blick zu wie ein Schwergewichtler dem anderen, wenn sie sich mit den Handschuhen berühren.

»Nun, ich auch, als ich ihn gefunden habe«, sagte der Hausmeister. »Ich finde, Sie sollten es wissen. Es ist immerhin etwas.«

Mr. Bunting nickte, veränderte seinen Gesichtsausdruck aber nicht.

»Als ich hereinkam ... ich meine, Ihr Sohn war tot, daran konnte kein Zweifel bestehen. Ich war in Korea und weiß, wie Tote aussehen. Es hat ausgesehen, als wäre er von einem Lastwagen überfahren worden. Es ist verrückt, aber das habe ich gedacht, als ich ihn gesehen habe. Er lag zerschmettert an einer Wand, und das ganze Bett war zertrümmert ... wie auch immer, sein Gesichtsausdruck ist mir aufgefallen. Was passiert ist, das ist wirklich passiert, und, verzeihen Sie, aber die Polizei wird niemals ein paar Typen festnehmen und überführen, weil keine Typen das anrichten können, was ich in diesem Zimmer mit meinen eigenen Augen gesehen habe, glauben Sie mir ...«

Er atmete ein. Buntings Vater betrachtete ihn mit unverhohlen ungeduldigem, gleichgültigem Zorn.

»Jedenfalls kommt es darauf an, wie Ihr Sohn ausgesehen hat. Er hat glücklich ausgesehen. Er sah aus, als hätte er das Allerschönste auf der Welt gesehen, bevor ihm passiert ist, *was* eben passiert ist.«

»O ja«, sagte Mr. Bunting. Er schüttelte den Kopf. »Nun, als sie ihn mir gezeigt haben, hat er nicht so ausgesehen, aber was Sie sagen, das überrascht mich nicht besonders.« Er lächelte zum erstenmal, seit er das Zimmer seines Sohnes betreten hatte, und schüttelte abermals den Kopf. Als der andere Mann dieses Lächeln sah, fühlte sich sein Magen klein und kalt an. »Seine Mutter hat es nie verstanden, aber ich schon.«

»Was?« fragte der Hausmeister.

»Er hat sich immer für etwas ganz Besonderes gehalten.« Mr. Bunting schloß die ganze Wohnung in seine Armbewegung ein. »Ich konnte es nicht sehen.«

»So ist das manchmal«, sagte der Hausmeister.

*Aus dem Englischen von Joachim Körber*

*Zwischenspiel 4*

# Gespräch in einer Bar

Es war eine ganz gewöhnliche Bar, in einer Seitenstraße gelegen. Der einzige seltsame Aspekt bestand darin, daß sie sich im ersten Stock befand, über einem indischen Restaurant. Die Gäste der Bar speisten nie im Restaurant; Kunden und Angestellte des Restaurants gingen nie die Treppe hoch, um etwas in der Bar zu trinken. Wer sie besuchte, mochte die dunkle Theke, den Spiegel, die Holzvertäfelung und die alten Bierschilder an den Wänden. Nur wenige Leute betrachteten die Fotos von Dichtern und Romanschriftstellern, die einst zu den Stammgästen gehört hatten; sie achteten auch nicht auf die Fotos der Boxer und unbekannten Show-Stars, die ebenfalls oft hier gewesen waren, wenn auch zu einer anderen Zeit. Niemand blickte aus den unscheinbaren Fenstern des ehemaligen Apartments, das nun als Bar diente. Offenbar wollten die neuen Stammgäste nicht daran erinnert werden, daß sie sich hier im ersten Stock aufhielten.

Die Leute kamen aus der Nachbarschaft und nutzten die Bar, um aus ihren Wohnungen zu fliehen. Keiner von ihnen war jung oder reich, und die meisten schienen mit ihrem Leben recht zufrieden zu sein. Sie sprachen nicht viel, unterhielten sich fast nur mit dem Barkeeper Max. Manchmal warteten sie ungeduldig darauf, daß er zurückkehrte, damit sie ihr Gespräch mit ihm fortsetzen konnten. In solchen Fällen warfen sie dem anderen Gast, der seine Dienste zu lange in Anspruch genommen hatte, böse Blicke zu. Oft war Max die jüngste Person im Raum: Er hatte Schauspieler werden wollen und gefiel sich darin, auf eine komische, für ihn ganz bezeichnende Weise von seinen Erfahrungen zu erzählen.

An einem der ersten kalten Tage im Herbst stieg ein

Neuer die Treppe hoch. Er trug einen Overall in Tarnfarben, eine Lederjacke und alte schwarze Turnschuhe. Der Drillichanzug sah so aus, als sei er mindestens tausendmal gewaschen worden, und dunkle Stellen erinnerten an abgerissene Abzeichen. Der Mann hatte langes, dichtes schwarzes Haar und stets eine Brille mit dicken, runden Gläsern bei sich. Immer brachte er ein Buch mit, nahm in einer Ecke der Bar Platz, bestellte Wodka mit Eis, öffnete das Buch und las stundenlang. Er genehmigte sich drei oder vier Drinks, klappte das Buch schließlich zu, bezahlte und ging. Bald kam er jeden Tag. Einige der Stammgäste begrüßten ihn mit einem knappen »Hallo«, und er nickte oder lächelte. Doch er sprach mit niemandem, nicht einmal mit Max.

Nach mehreren Wochen tauchte er eines Tages in einem schwarzen Rollkragenpullover und verblichenen, fast weißen Jeans auf. Jeannie – sie war mehr als sechzig Jahre alt und saß häufig an der Theke – konnte ihre Neugier nicht mehr bezähmen und ging zu ihm, als er sein Buch aufschlug. »Was ist mit dem Overall passiert?« fragte sie. »Haben Sie ihn gewaschen und zum Trocknen aufgehängt?«

Max schmunzelte.

»Ich besitze viele Overalls«, antwortete der junge Mann.

»Allem Anschein nach lesen Sie sehr gern«, fuhr Jeannie fort. »Wenn ich Sie hier sehe, sind Sie immer in ein Buch vertieft.«

»Ich besitze auch viele Bücher«, erwiderte der junge Mann und lachte, erstaunt über seine eigenen Worte.

Alle anderen in der Bar, selbst Max, beobachteten Jeannie und den Fremden. Die ältere Frau spürte plötzlich, wie ihr das Blut ins Gesicht schoß. Sie drehte sich um, doch er griff sanft nach ihrer Hand, und sie stellte sich erneut neben ihn. Max ging an der Theke entlang; die übrigen Gäste besannen sich wieder auf ihre Konversation – oder auf ihr Schweigen. Nach einer Weile unterhielt sich

Max mit einem alten Seemann namens Billy Blue, und Billy lachte. Der Barkeeper gesellte sich zwei anderen Stammgästen hinzu und erzählte die gleiche Geschichte noch einmal. Das Lachen erklang erneut. Man schenkte Jeannie keine Beachtung mehr. Dann sah Max oder sonst jemand über die Theke hinweg zur Ecke, und dort saß sie, allein. Der Fremde hatte einige Geldscheine auf den Tisch gelegt und war wortlos gegangen. In Jeannies Gesicht zeigte sich ein seltsamer Ausdruck. Sie schien sich an etwas zu erinnern, das sie lieber vergessen wollte.

»Hat der Bursche irgend etwas gesagt?« fragte Max. »Ist er aufdringlich geworden?«

»Nein.« Jeannie schüttelte den Kopf. »Eigentlich war er ganz in Ordnung.«

*»In Ordnung?«* wiederholte Max. »Lieber Himmel, was soll das denn heißen?«

»Sie könnten das nicht verstehen«, murmelte Jeannie, senkte den Kopf und starrte zu Boden. Einige der Stammgäste vermuteten, daß die ältere Frau weinte, aber sie wußten es nicht genau. Eine Zeitlang herrschte allgemeine Verlegenheit, bis Jeannie aufstand und wieder ihren alten Platz an der Theke einnahm. Der Typ mit dem Buch kam nie wieder, und nach einigen Wochen blieb auch Jeannie der Bar fern. Sie besuchte eine andere Kneipe, in einem anderen Teil des Blocks.

*Aus dem Englischen von Andreas Brandhorst*

# ETWAS ÜBER DEN TOD, ETWAS ÜBER FEUER

Ursprung und auch Natur von Bobos magischem Taxi bleiben geheimnisvoll, und das Taxi ist heute ebenso rätselhaft wie damals, als es zum erstenmal vor uns auf dem Sägemehlboden erschien. Natürlich mangelt es nicht an Exegeten: Ich habe mehrere Mappen, die mit Analyseberichten in bezug auf das Taxi und Spekulationen über seine Konstruktion gefüllt sind. Die ›Bobo-Industrie‹ wächst immer mehr.

Sie erinnern sich bestimmt daran, daß über viele Jahre hinweg die Untersuchung des Taxis durch Fachleute und unvoreingenommene Mechaniker zur Vorstellung gehörte. Sie wurde mit großer Sorgfalt durchgeführt, und nie fand man irgend etwas, das dieses wundervolle Taxi von anderen Fahrzeugen seiner Art unterschied. Es verfügt nicht über besondere Apparate oder Mechanismen, die es in die Lage versetzen, uns damals wie heute zu erstaunen, zu erfreuen und zu erschrecken.

Als Untersuchungen jener Art noch auf der Bühne stattfanden – gleichwertig dem Tun eines Zauberers, der seine glitzernden Ärmel hochkrempelt –, stand Bobo immer nervös in unmittelbarer Nähe der Mechaniker. Er kratzte sich am Kopf, grinste närrisch, blies in ein kleines Horn, das für gewöhnlich an seinem Gürtel baumelte, und schlug Rad. Sein sonderbares Verhalten brachte die Kinder zum Lachen, doch ich spürte, daß Bobos Sorge nicht gespielt war: Er fürchtete, daß es eines Abends dem Einstein oder Freud der Mechaniker gelingen würde, das Rätsel zu lösen, den Grund für die Einzigartigkeit dieses Wagens herauszufinden – und dadurch alles zu ruinieren. Wer läßt sich weiterhin von einem Trick beeindrucken, dessen Hintergründe bekannt sind? Die Automechaniker brummten und schwitzten, sondierten den Tank, krochen auf dem Rücken unters Taxi, beugten sich tief in den Motorraum, beschmierten sich dabei mit Öl und Ruß, bis sie wie komische Landstreicher aussahen – und schließlich gaben sie auf. Sie entdeckten nichts, weder eine Nummer am Motorblock noch Firmennamen an irgendwelchen anderen Fahrzeugteilen.

In seinem Erscheinungsbild glich der Wagen all den Taxis, die durch London fahren: lang, schwarz, gedrungen wie eine steinerne Hütte. Bobo saß am Steuer, wenn er ins Zelt rollte, und sein gerötetes Gesicht zeichnete sich vor der Plexiglasscheibe des Fonds ab. Hinter ihm saß niemand auf der gepolsterten Rückbank und den beiden Sitzen ihr gegenüber. Alles wirkte normal, aber ... Bobo fuhr das Taxi nicht, sondern wurde von ihm gefahren. Nichts erscheint so banal wie ein schwarzes Taxi, doch dieser Wagen vermittelte sofort ein seltsames Unbehagen. Ich habe es immer wieder erlebt: Es wird nicht dunkler, und es ertönt auch kein Trommelwirbel; niemand spricht eine Ansage. Nur der Vorhang gleitet beiseite, und ein ernster Bobo fährt herein beziehungsweise wird hereingefahren. Das Publikum ist sofort still und wie hypnotisiert. Man spürt eine gewisse Anspannung und innere Unruhe, als hätte man etwas vergessen, an das man sich erinnern möchte. Dann beginnt die Vorstellung.

Während ihres Verlaufs ist Bobo nie sehr aktiv. Gerade durch seine Bescheidenheit wird er so liebenswert. Er könnte einer von *uns* sein, ausgefallene Kleidung tragen und in sein Horn blasen, wenn er verwirrt ist oder sich freut. Geht die Show zu Ende, verbeugt er sich und fährt weg, begleitet von donnerndem Applaus. Manchmal, wenn der Vorhang über die Kühlerhaube des Taxis streicht, hebt er eine Hand mit drei Fingern zum Gruß. Sein Winken hat etwas Reumütiges, als wünschte er sich, das Taxi jetzt verlassen und bei uns sitzen zu können. Ja, er winkt, und dann ist alles vorbei.

Über die Vorstellungen gibt es nur wenig zu sagen – wer eine gesehen hat, kennt sie alle. Allein die individuelle Perspektive des jeweiligen Zuschauers verleiht ihr unterschiedliche Aspekte. Die aufgeregten Stimmen der Kinder deuten darauf hin, daß sie eine Art Feuerwerk beobachten. Das Taxi bläst Rauchwolken aus dem Auspuff, die nicht etwa zerfasern, sondern stabile Muster bilden. Wenn man sich bei den Kindern nach ihrer Form erkundigt, so hört man kurze Beschreibungen wie ›der Soldat‹, ›die Frau‹ und ›der Mann mit dem Mantel‹. Fragt man sie weiter, ob sie die Show lustig finden, nicken die Jungen und Mädchen und blinzeln verwundert, als hielten sie den neugierigen Erwachsenen für schwachsinnig.

Erwachsene sprechen kaum über die Vorstellung, beschränken sich bei ihren Diskussionen auf die Sicherheit des geschriebenen Worts. Wir gehen davon aus, daß unsere einzelnen Erlebnisse auf vielen Zufällen basieren, denn das gibt den Gelehrten die Möglichkeit, von ›unserer Gemeinschaft‹ beziehungsweise von *der* Gemeinschaft zu reden. Exegeten haben die Vorstellung in drei Phasen unterteilt, die sogenannten Großen Akte. Sie beziehen sich dabei auf die drei emotionalen Wellen, die über uns hinwegspülen, während wir das Taxi sehen. In einem Punkt sind wir uns einig: Wer über achtzehn ist, nimmt an diesen vom magischen Taxi erzeugten Phasen teil, ob er es will oder nicht.

Den ersten Akt bezeichnet man als *Dunkelheit*. Er ist recht kurz, und wir haben dabei den Eindruck, von einer Art Wolke oder Nebel umhüllt zu sein, in der alles undeutlich wird – abgesehen vom Taxi und Bobo. Die Lampen leuchten genauso hell wie vorher und flackern nicht einmal, aber trotzdem nehmen wir Düsternis wahr. Wir fühlen uns allein und vom Rest der Welt getrennt, erinnern uns an unsere Sünden, unsere Armseligkeit, unser Elend. Einige von uns weinen. Bobo schluchzt immer, und Tränen verschmieren die weiße Schminke auf seinen Wangen. Ab und zu bläst er in sein kleines Horn. Der geschminkte Mann ähnelt uns sehr, doch gleichzeitig erscheint er so närrisch und theatralisch in seinem Kummer, daß er uns von unseren Erinnerungen ablenkt. Wir lieben den armen Kerl, Bobo den Unbedarften, und dieses Gefühl befreit uns von der Trauer. Dann beginnt der zweite Akt.

Man nennt ihn *Fall,* aufgrund des damit einhergehenden physischen Empfindens. Wir alle sitzen auf wackligen Holzstühlen, und plötzlich glauben wir, durchs Leere zu stürzen. Es handelt sich um die traumartigste der drei Sequenzen. Während wir auch weiterhin fallen, werden wir Zeugen eines Dramas, das vom Taxi aus direkt in unsere Augen projiziert wird. Dieses Drama – der ›Film‹ – gleicht ebenfalls einem Traum. Es unterscheidet sich von Zuschauer zu Zuschauer, aber immer betrifft es die Eltern vor der eigenen Geburt. Wir sehen etwas über den Tod, etwas über Feuer. Man erscheint selbst am Rand eines Feldes, als schimmernde Gestalt. Manchmal findet ein Kampf statt. Oder man wandert über einen Bergpfad, vorbei an den Laubbäumen einer Region im Norden: Irland, Deutschland, vielleicht Schweden. Wir befinden uns in der Heimat unserer Ururgroßväter. Wir gehören hierher. Endlich sind wir zu Hause. Dieses Land hat immer nach uns gerufen, mit einer Stimme, die nur unsere Körperzellen hörten. Für kurze Zeit bekommen wir Gelegenheit, ein Held zu sein, und es folgt ein langes Leben der Tugendhaftigkeit. Das Drama weckt Begeisterung und bereitet uns auf die letzte Phase der Show vor, auf die *Schichten.*

Der Scheinwerferstrahl des Taxis verschwindet in unseren Augen wie ein transparenter Draht. Wenn die Pupillen vom Glanz erfüllt sind, verschwinden sie alle: das Taxi, Bobo, die schwitzende Frau rechts von uns, der Mann mit dem Rollkragenpullover, der direkt vor uns sitzt. Zunächst hat man das Gefühl, an der faserigen Kante des Schlafs zu schweben, und dann zeigen sich die Schichten. Für einen Teil des Publikums bestehen sie aus

Farben und Licht, durch die der Beobachter aufsteigt. Für andere sind es Schichten aus Schiefer, Kies und rotem Sandstein. Ich habe einmal mit einem Archäologen gesprochen, der mir erklärte: Während dieser Phase der Vorstellung glitte er immer durch verschiedene Zivilisationskrusten: Höhlenbewohner, Hüttenbauer, Stämme, die Waffen herstellen und Eisen schmieden, gefolgt von Dörfern und Städten, im Boden zusammengepreßt. Ich hingegen schwebe durch endlose Szenen meines eigenen Lebens. Ich sehe, wie ich im Laub spiele, Schneebälle rolle, die Schularbeiten erledige, ein Buch kaufe. Manchmal schreie ich vor Glück, während ich mich als Knaben beobachte, die Schlichtheit meiner damaligen Freuden begreife. Sie sind alle so harmlos! Dann kehrt die äußere Realität zurück: Bobo winkt und fährt durch den Vorhang – Ende der Vorstellung.

Zu Anfang, als das Taxi nur wenige Personen interessierte, verschwendeten wir kaum Gedanken an seine Bedeutung. Wir hielten es in erster Linie für ein Spektakel, für eine Offenbarung – für eine besondere Attraktion, wie die Plakate verkündeten. Dann veröffentlichten die Gelehrten der Universität C ... einen Artikel, der Bobos Taxi als Symbol eines ›normalen Wunders‹ darstellte; angeblich bewies es, daß die Welt vom Geist durchdrungen ist. Die Wissenschaftler der Universitäten B ... und Y ... pflichteten dieser Einschätzung bei und publizierten ein Buch mit Essays unter dem Titel: *Die ganz normale Pracht*.

Doch G ... und O ... vertraten eine andere Ansicht. Sie wiesen auf die Schmutzigkeit des Ambiente hin, auf die schäbigen Kostüme, auf Bobos kleines Horn, seine Tränen, die unbequemen Sitze, auf den Geruch von Zuckerwatte. Ihre Essays – *Der leere Tag* – sind unter anderem von Darwin, Mondrian und Beckett inspiriert. Ich habe jene Bücher gelesen und bezweifle, ob sie dem wahren Bobo gerecht werden, dem wahren Taxi. Die darin festgehaltenen Argumente, gekleidet in ein stilistisches Gewand aus Takt und Autorität, erklingen in weiter Ferne, führen den gleichen aussichtslosen Kampf wie Motten an einer Fliegengittertür. Die Bemerkung eines guten Freundes von mir spiegelt die tatsächliche Qualität der Taxi-Vorstellung weitaus besser wider.

»Manchmal denke ich daran, wie Bobo gewesen sein könnte, bevor er berühmt wurde«, sagte er. »Bestimmt kennst du die Theorie, nach der er ein ganz normaler Mann mit einer ganz normalen Arbeit war – vielleicht Arzt, Buchhalter oder Mathematiklehrer. Meine Schwägerin glaubt, er sei früher stellvertretender Direktor einer Tabakfabrik gewesen. ›Es kommt in seiner Haltung zum Ausdruck‹, meint sie. Nun, ich stelle mir jenen Morgen vor, als er wie üblich das Haus verließ, um zur Arbeit zu fahren, und dann das Taxi am Straßenrand bemerkte. Damals wußte er nicht, daß ein völlig unvorhergesehenes Schicksal auf ihn wartete, schwarz und mit leise brummendem Motor, aber voller Wunder.«

*Aus dem Englischen von Andreas Brandhorst*

# Der Veteran

Nach zwei Scheidungen wohnt er in einem aus zwei Zimmern bestehenden Apartment in der Nähe von Columbus, Ohio, mit einem Pitbull namens Lurp. Der größte Teil seiner Kleidung erinnert an Vietnam: Er hat viele T-Shirts mit Drachen und Sprüchen wie HALT DIE KLAPPE, WENN DU NICHT DABEI WARST. Der zweite Raum dient ihm als Sportkammer; jeden Morgen und Nachmittag hebt er dort Gewichte.

Während seiner Jugend hat er nur selten ein Buch in die Hand genommen, und selbst heute liest er nur wenig, obgleich er sich seinen Lebensunterhalt mit dem Schreiben von Action- und Abenteuerromanen über Vietnam verdient.

Wenn er schreibt, sitzt er vor einer Wand im Wohnzimmer. Dort hängen Titelbilder seiner Bücher, Fotos asiatischer Frauen und andere Fotografien, die ihn selbst und seine alte Einheit zeigen, darüber hinaus ein gerahmtes Poster des Verlags. In Augenhöhe, links über dem Monitor des Computers, befindet sich ein kleiner Schaukasten mit Medaillen. Die Vorhänge am Fenster des Wohnzimmers sind immer zugezogen.

Er arbeitet elf oder zwölf Stunden pro Tag und verläßt das Apartment so selten wie möglich. Die beiden Ehefrauen baten ihn, einen Therapeuten zu konsultieren oder sich einer Veteranengruppe anzuschließen, aber er antwortete immer, die Bücher seien Psychotherapie genug für ihn. Er kontrolliert das Trinken, so wie er auch alles andere kontrolliert – ein Mann ohne Kontrolle, ohne Selbstbeherrschung ist überhaupt kein Mann. So lautet seine Meinung.

In jeder Nacht schreckt er schweißgebadet aus dem

Schlaf und starrt in die Dunkelheit. Etwas Riesiges und Schuppiges kriecht fort und verschwindet. *Da bist du wieder*, denkt er. *Da bist du wieder, alter Freund.*

*Aus dem Englischen von Andreas Brandhorst*

# FRAU GOTT

*Für Lila Kalinich*

# 1

*Man nehme eine Zeile. Was ist damit? Worauf bezieht sie sich? Mit welchem Bild kann ich sie ersetzen?*

*.............................................. Ich scheine ihr völlig gleichgültig zu sein – sie starrt mich nur an. (Er, sie . . .) (Bäume, Felsen, Planeten, Sterne.) Dennoch bin ich in ihrem Innern und auch darunter und darüber. Ich beobachte mich selbst.*

*Charles Bernstein, »Des Inhalts Traum«*

Standish merkte seine Anspannung erst, als das Flugzeug schließlich abhob und die Unruhe langsam aus ihm wich. Jetzt konnte ihn nichts mehr zurückrufen, weder Jeans Besorgnis noch seine eigenen Vorbehalte. Der entscheidende Schritt lag hinter ihm: Er war unterwegs. Die bemerkenswert anschauliche Lichterkarte von New York City erschien im Fenster links neben ihm und glitt dann fort. Sie befanden sich nun in einer erschreckenden traumartigen Position über der Erde, die zu Isobel Standishs Lebzeiten sicherem Tod gleichgekommen wäre. Doch wie würde sie, die mit daran schuld war, daß ihr Fast-Enkel sein Zuhause aufgegeben und eine im siebten Monat schwangere Ehefrau zurückgelassen hatte, auch darauf reagiert haben, in einer Stahlröhre hoch über dem Boden zu fliegen?

Die an Furcht grenzenden Sorgen der vergangenen Monate verflüchtigten sich allmählich. Er verglich Furcht und Besorgnis mit Schweiß oder Samen: eine physische Substanz, die aus einer nie versiegenden Quelle strömte. Natürlich war es richtig gewesen, sich für die Reise zu entscheiden. Selbst Jean hatte schließlich eingesehen, daß Esswood eine ausgezeichnete Chance für sie beide bot. Drei oder vier Wochen in Esswood konnten die Grundlagen schaffen für eine akademische Karriere, für ein Buch über Isobel Standish, für die nächste Phase in seinem Leben. Wenn er zurückkehrte, wollte er in seiner Brieftasche den Keim einer sicheren Zukunft tragen, so wie in Jean eine andere Art von zukünftigem Leben heranwuchs. Und um es unverblümt auszudrücken: *Seine* sichere Zukunft brachte das notwendige Geld, um alle Probleme von der Familie fernzuhalten.

Dieser Gedanke tröstete ihn, verlieh ihm neue Kraft, und er bestellte sich einen Martini bei der Stewardeß. Ein Teil seiner Unruhe bezog sich auf Esswood selbst. Jene Stiftung stand in dem Ruf, eine bereits gewährte Studienerlaubnis auch wieder ganz plötzlich zu annullieren, zur großen Überraschung des betreffenden Wissenschaftlers. Die Seneschals, denen Esswood gehörte, schienen in einer völlig anderen Welt zu leben, durch eine breite Kluft vom akademischen Amerika getrennt – oder wußten sie vielleicht doch, was auf der anderen Seite des Ozeans geschah? Standish erinnerte sich an zwei Männer, die eine Zeitlang voller Stolz darauf hingewiesen hatten, in Esswood akzeptiert worden zu sein – und dann plötzlich kein Wort mehr darüber verloren. Sie waren hinausgeworfen worden, noch bevor sie ihr Ziel erreichten.

Der erste dieser beiden Männer hieß Charles Ridgeley und arbeitete im kleinen Popham College von Popham, Ohio, wo Standish mit seinen Studien begonnen hatte – ein eigensinniger, exzentrischer und vorzeitig gealterter Professor der englischen Fakultät. Ridgeley wurde eingeladen, ein Studiensemester in der berühmten Bibliothek von Esswood zu verbringen, um dort die Notizen und Entwürfe eines unverständlichen georgianischen Dichters namens Theodore Corn zu analysieren, über den er dreißig Jahre zuvor seine Dissertation geschrieben hatte. Offenbar war Theodore Corn ein häufiger Gast von Esswood gewesen, und er soll sogar folgendes gesagt haben: »Wer Esswood House und das Anwesen nie gesehen hat – das weite Feld und die stille Mühle jenseits des plätschernden Teichs« –, könne seine Gedichte überhaupt nicht deuten.

»Es ist im wahrsten Sinne des Wortes einzigartig«, meinte ein anderes Fakultätsmitglied, jemand, den der vertrauensvolle, gutgläubige junge Standish damals noch für einen Freund hielt. »Geheimnisse umgeben jenen Ort, obwohl wir einiges darüber wissen, zum Beispiel über die Bibliothek. Das Haus gehört noch immer den Seneschals, und sie empfangen nur einen oder zwei Forscher pro Jahr. Natürlich hat sich viel geändert seit der guten alten Zeit, als Edith Seneschal das Zepter führte und sich Künstler im Westflügel vergnügten, ganz zu schweigen vom Heuboden. Die Familie lebt noch immer dort, aber unter sehr bescheidenen – und auch *seltsamen* – Verhältnissen, wie man hört.« Oh, er war ein guter Zuhörer und Lauscher, dieser hinterlistige und nur scheinbare Freund. Verschlagen wie ein Fuchs hörte er zu und lauschte, immer auf der Suche nach Ansatzpunkten und Blößen. »Ridgeley hat Glück: sechs Monate, um in der großen Bibliothek herumzustöbern, auf der Suche nach unveröffentlichtem Material des Dussels Theodore Corn . . . Er kann eine Landschaft bewundern, die herrlich sein soll. Und vielleicht entdeckt er *das* Geheimnis. Es soll eines geben, ein dunkles, gut gehütetes Geheimnis. Tja, unser Chester ist wirklich gut dran.«

Standish war zu jenem Zeitpunkt noch nicht sicher gewesen, und deshalb verzichtete er diesem nach Hustenbonbons riechenden Mann gegenüber auf den Hinweis, daß sich die Schwester seiner Großmutter – die erste Frau seines Großvaters – als Gast der Seneschals in Esswood aufgehalten hatte. Vielleicht lag es an der Anspielung auf ein Geheimnis – auf etwas Geheimnisvolles –, daß schließlich bestimmte Vorstellungen in ihm geweckt wurden, eine Idee. Er glaubte sich daran zu erinnern, daß die Schwester seiner Großmutter in einem englischen Landhaus gestorben war, dessen Name ähnlich klang wie der von Ridgeleys Gönner. Doch suchte er nur vage Verbindungen zwischen diesen beiden Zufällen. Damals in Popham glaubte er noch an Zufälle.

Kurz vor dem Ende des Herbstsemesters traf Standish den älteren Ridgeley im Büro der englischen Fakultät und runzelte verblüfft die Stirn. Ridgeley ließ die Schultern hängen und stand vornübergebeugt da, wie zusammengekrümmt. Die eingefallenen Wangen wirkten aschfahl, und unter den geröteten Augen zeigten sich dunkle Ringe. Er war nie mit kraftvollen, energischen Schritten gegangen, doch jetzt schlurfte er wie ein Greis daher. Von dem gut informierten ›Freund‹ wußte Standish, daß Ridgeley sein Apartment vermietet und sich gründlich auf den Studienaufenthalt in England vorbereitet hatte. Doch dann teilten ihm die Seneschals mit, daß sie inzwischen von gewissen Unklarheiten in seiner Vergangenheit wüßten und sich dadurch gezwungen sähen, die erteilte Forschungsgenehmigung vorerst zurückzuziehen.

Unklarheiten? fragte sich Standish. Bei Ridgeley?

»Nun«, erwiderte der Freund, »allem Anschein nach ist Ridgeley vor langer Zeit ins Gerede gekommen.« Dieser Mann, dieser Pseudofreund, der immer nach Hustenbonbons roch und dessen Name wie eine Hustenbonbonmarke klang – ein scheinheiliger, verdorbener Sechsundvierzigjähriger, fast doppelt so alt wie der taufrische Standish mit seinen vierundzwanzig Jahren –, hatte während seiner ersten Jahre in Popham nur das letzte Echo einer recht problematischen Situation gehört, die zu unbestimmt blieb, um Skandal genannt zu werden. Vielleicht waren Ridgeley bei der Affäre mit einer Studentin Fehler unterlaufen. Vielleicht hatte die Studentin ihr Studium aufgegeben, um in ihren langweiligen Heimatort zurückzukehren und dort zu sterben, vielleicht bei der Geburt des Kindes. Es fehlten sichere Informationen. Ridgeley stritt erst alles ab und weigerte sich dann klugerweise, darüber zu sprechen. Der tückische falsche Freund fuhr fort: »Man fragt sich, auf welche Weise die Leute in Esswood von dieser alten Sache erfuhren. Haben sie Privatdetektive engagiert?« Ridgeleys Studienerlaubnis war nicht für immer widerrufen worden, nur ›vorerst‹, wie es in der Mitteilung hieß. Konnte daraus der Schluß gezogen werden, daß die hypothetischen Ermittler kaum mehr wußten als Standish? »Eines steht fest«, fügte der aalglatte Freund hinzu. »Offenbar nimmt man sich in Esswood sehr ernst.«

Nun, Ridgeley überlebte, sagte seinen Forschungsurlaub ab und behielt sowohl das Apartment als auch den Job. Aber er bekam nie eine neue Einladung nach Esswood.

Der zweite Fall ereignete sich nach einem schlimmen Fehltritt, der zu Blutvergießen führte, zu echtem Blutvergießen. Allerdings stammte das Blut weder von Standish noch dem heimtückischen Freund. Es floß nach dem Verlust eines DINGS – eines DINGS, das nie als Mensch galt. Dieses Etwas ging absolut und endgültig verloren. Man hüllte es in blutige Tücher und warf es fort; vielleicht wurde es auch verbrannt oder weggespült, anschließend aus der Erinnerung getilgt. Eine weitere Konsequenz des Fehltritts bestand darin, daß Standish Popham verließ, um die Arbeit an einem viel besseren College fortzusetzen, in Zenith, Illinois. Er verstand nie, wie es Jeremy fertiggebracht hatte, überhaupt nach Esswood eingeladen zu werden; dieser Jeremy Starger, ein naiver, unzuverlässiger fünfundzwanzig Jahre alter Englischlehrer, der als Doktor der Philosophie von Ann Arbor kam und manchmal schon am frühen Nachmittag betrunken war. Jeremys funkelnde kleine Augen blickten unstet, wenn er sich lang und weitschweifig über D. H. Lawrence ausließ, das Objekt seiner ›Forschungen‹ und den Mittelpunkt seiner Leidenschaft. Lawrence hatte mehrere Wochen in Esswood verbracht und die Seneschals nur dann besucht, wenn er sicher sein konnte, daß ihm dort keine Begegnungen mit Theodore Corn drohten, den er insgeheim verabscheute. (In Briefen an Bertrand Russel bezeichnete er Corn als ›unausstehlichen Mistkerl‹ und ›Wurm‹.) Jeremy wußte ganz offensichtlich, daß Esswood noch immer existierte – ein Umstand, der Standish sehr überraschte. Noch erstaunlicher fand er, daß ihn Starger im Flur der altphilologischen Fakultät ansprach, um sich seiner voraussichtlichen Studienerlaubnis dort zu rühmen. Drei Monate lang dürfe er die legendäre Bibliothek benutzen, und seine Reise nach England wäre für Mitte Juni geplant. Standish bemühte sich damals, selbst Doktor der Philosophie zu werden, und zumindest eine Zeitlang rückte deshalb Esswood auch in den Mittelpunkt seines Interesses.

Es dauerte nicht lange, bis Jeremys Verhalten unberechenbare Aspekte bekam. Er sagte Vorlesungen ab oder kam zu spät. Eines Tages sah Standish einen schmalen grauen Umschlag im Postfach der Fakultät, blickte auf den Absender und las nur: Esswood Foundation, Esswood, Beaswick, Lincolnshire. Nach einer Vorlesung betrat er das Büro, wo ein strahlender, aufgeregter Jeremy gerade den Brief öffnete. Standish beugte sich vor und bemerkte handgeschriebene Worte. Jeremy Starger blinzelte mehrmals und ließ sich dann auf einen Stuhl sinken. Als ihm Standish einen fragenden Blick zuwarf, errötete er und meinte: »Sie haben es sich anders überlegt.«

»O nein«, erwiderte der jüngere Mann. »Das tut mir sehr leid.«

»Unsinn«, brummte Jeremy. »Die einzigen Gefühle, zu denen Sie fähig sind . . .« Er unterbrach sich und schüttelte den Kopf. »Verzeihen Sie. Ich bin völlig durcheinander und kann es einfach nicht *glauben*. Vielleicht liegt ein Irrtum vor?« Er las den Brief noch einmal. »Wie ist das möglich?«

»Möglicherweise eine Laune«, vermutete Standish. Jeremys Niedergeschlagenheit weckte Unbehagen in ihm. »Aus welchem Grund wird die Studienerlaubnis widerrufen?«

*»Es hat sich als notwendig erwiesen, die Vereinbarung zu revidieren«*, zitierte Jeremy aus dem Schreiben. *»Wir entschuldigen uns für die Unannehmlichkeiten, die Ihnen dadurch*

*entstehen. Darüber hinaus bedauern wir sehr, Sie in diesem Sommer nicht in England begrüßen zu können.«* Starger zerknüllte den Brief und warf ihn in den Papierkorb.

»Ich schätze, Sie haben keine Ahnung davon, oder?«

»Was weiß ich schon?« entgegnete Standish. »Möchten Sie von mir hören, daß jemand den Seneschals mitgeteilt hat, der D. H. Lawrence-Experte könnte im nächsten Pub mehr Zeit verbringen als in der berühmten Bibliothek? Ich kenne niemanden, der dazu imstande wäre.«

Jeremy fletschte die Zähne und stürmte davon, um seinen Kummer im Stein zu ertränken, einer Bar, in der sich Studenten und Fakultätsmitglieder trafen.

Ein Jahr später ging Jeremy ins Exil und nahm in Oklahoma einen Lehrstuhl an. William Standish aber begriff allmählich, wie sehr ihm Esswood helfen konnte. Er hatte die von der ersten Gattin seines Großvaters Martin geschriebenen Gedichte sorgfältig untersucht und glaubte immer mehr, daß jene ruhelose, ungeduldige Frau eine wichtige Vorbotin des Modernismus gewesen war – ein verlorenes Talent, bisher weitgehend unbekannt. Wenn sie das eine oder andere Wochenende in Garsington verbracht hätte, wenn sie in Garsington *gestorben* wäre ... Standish stellte sich vor, wie sie von großen Autoren gefeiert worden wäre, unter anderem auch von T. S. Eliot, wie man sie unter engelhafte und manchmal auch arglistige Fittiche genommen, wie man sie gefördert hätte. Kein Zweifel. Dann hätte sie sich bald einen ausgezeichneten Ruf als Dichterin erworben. Doch Isobel Standish verbrachte das Wochenende nicht in Gesellschaft von Ottoline Morrell, sondern bei Edith Standish, und sie starb ohne Ruhm. (Theodore Corn hielt sich monatelang in Garsington auf, aber im Vergleich mit Isobel war er ein wohltönender Dummkopf.)

Isobel hatte nur ein Buch veröffentlicht: *Knacks, Knall und Rad*, Brunton Press, 1912. Die Hälfte der insgesamt fünfhundert Exemplare wurde Bibliotheken zur Verfügung gestellt oder Freunden geschenkt. Der Rest verstaubte unbeachtet und ohne eine einzige Rezension im Keller eines Hauses an der Brunton Street, Duxbury, Massachusetts. Der Eigentümer jenes Gebäudes hieß Martin Standish und hatte die Publikation des kleinen Buchs seiner Frau bezahlt. Auf den literarisch unbedarften Martin machte es sicher einen seltsamen Eindruck; doch auf William Standishs gebildeteres Gemüt wirkten die Gedichte verblüffend originell: Sie verwendeten Sprechrhythmen und Wortpassagen, die keinen erkennbaren Sinn ergaben, beinhalteten unregelmäßige Zeilen und eine aphoristische Diktion. Sentimentalität lehnten sie strikt ab, brachten aber verschrobenen Ernst zum Ausdruck. Isobel Standish verdiente einen Platz neben Stevens, Moore, Williams, Pound und Eliot. In gewisser Weise war sie die Emily Dikkinson des zwanzigsten Jahrhunderts – und sie gehörte allein William Standish.

Er rang sich schließlich zu der Erkenntnis durch, daß ihm nichts mehr an der geplanten Dissertation über Henry James lag. Nach wie vor war er verheiratet: Nach all den vergeblichen Versuchen konnten Jean und er wieder in Erwägung ziehen, einen Sohn oder eine Tochter zu bekommen. Doch seine berufliche Zukunft im Zenith College geriet immer mehr in Gefahr. Zwei Bücher über Isobel Standish, eine von ihm selbst redigierte vollständige Ausgabe aller Werke mit ausführlichen Hinweisen auf ihren Platz in der zeitgenössischen Dichtung ... Ein solcher Erfolg sollte ihn eigentlich in die Lage versetzen, seinen Job zu behalten. Vielleicht gelang es ihm endlich, den schrecklichen Leichnam der Dissertation zu begraben und Zenith anschließend zu verlassen, um an einer Eliteuniversität zu arbeiten.

Neun Monate vor der Mitteilung des Aufsichtskomitees, daß irgendwelche Publikationen eine absolute Notwendigkeit für seine weitere Arbeit am Zenith College darstellten, hatte er nach Esswood geschrieben und in dem Brief folgende Fragen gestellt: Ist Isobel tatsächlich von den Seneschals empfangen worden? Hat sie in Esswood Gedichte verfaßt? Finden sich in der Bibliothek Manuskripte von ihr? Wenn das der Fall sein sollte, so erbat er in aller Form eine Studienerlaubnis, die einen ausreichend langen Zeitraum betraf, um sich gründlich mit den entsprechenden Werken zu befassen. Er versäumte nicht, seine Begeisterung für Isobels Dichtkunst sowie ihre Bedeutung zu erwähnen und wies auch auf seine besondere Beziehung zu ihr hin.

Esswood antwortete kurze Zeit später mit einem Schreiben, unter dem die Initialen R. W. standen. Über den Antrag werde zu ›gegebener Zeit‹ entschieden, hieß es. Standish gab den Angehörigen des Aufsichtskomitees zu verstehen, er hätte bald Neuigkeiten für sie. Er fügte keine Einzelheiten hinzu und überließ es ihnen, Schlüsse daraus zu ziehen.

Drei Monate vergingen ohne eine weitere Nachricht aus England. Im Januar, zu Beginn des fünften Monats, erfuhr Jean Standish von ihrer Schwangerschaft – das Kind sollte Ende September geboren werden. Im dritten Monat entwickelte Jean beunruhigende Symptome – hoher Blutdruck, unerklärliche Vaginalblutungen –, und der Arzt verordnete vier Wochen Bettruhe. Sie kroch gehorsam unter die Decke. Als sie wieder aufstehen durfte, erhielt Standish einen weiteren Brief aus Beaswick, Lincolnshire: Man erteilte ihm die gewünschte Studienerlaubnis. Drei Wochen lang durfte er Isobels Manuskripte und alle anderen Unterlagen einsehen, die ihm nützlich erschienen. (»Wir halten nichts von unnötigen Beschränkungen wissenschaftlicher Arbeit«, schrieb R. W., der sich nun als Robert Wall herausstellte.) Mit einem knappen Satz entschuldigte sich Wall dafür, erst jetzt über den Antrag zu entscheiden, doch nannte er keine Begründung. Standish vermutete, daß man für den August jemand anderem eine Studiengenehmigung angeboten hatte, einem Gelehrten, der diese Gelegenheit aus irgendwelchen Gründen nicht nutzen konnte. Oder eine erteilte Erlaubnis war widerrufen worden, so wie bei Jeremy Starger und Chester Ridgeley. Das hielt er für noch wahrscheinlicher. Der Mißerfolg eines Fremden wurde zu seiner Rettung.

Und es handelte sich tatsächlich um *Rettung*. Der Vorsitzende des Aufsichtskomitees erklärte sich zu einem Kompromiß bereit: Die endgültige Entscheidung über Standishs Zukunft im Zenith College sollte erst in einem Jahr fallen. Zeit genug, um die Herausgabe von Isobels Werken vorzubereiten, ein Vorwort zu schreiben und einen Verleger zu finden.

Jean war das letzte Hindernis. »Woher willst du wissen, daß du nicht ebenfalls in letzter Minute abgelehnt wirst? Vielleicht geschieht das dauernd. (Unglücklicherweise wußte Jean von Chester Ridgeley und Jeremy Starger.) Kennst du jemanden, der Esswood tatsächlich gesehen hat? Vielleicht existiert jener Ort gar nicht. Vielleicht ist alles nur ein schlechter Scherz. Vielleicht jagst du Hirngespinsten nach. Vielleicht kommt man auch dir auf die Schliche; vielleicht findet man alles heraus. Hast du daran gedacht, Bill? Warum erhoffst du dir soviel davon?« Eine besorgte, verängstigte Jean weckte Standish mitten in der Nacht und bedrängte ihn mit Fragen – bis sie, nicht er, in Tränen des Zweifels ausbrach. Am nächsten Tag offenbarte sie eine völlig untypische Sanftheit und sprach kaum, als er vom Unterricht zurückkehrte – sie glich einer wandelnden Entschuldigung.

Als er erklärte, er wolle diese Chance um ihrer gemeinsamen Zukunft willen wahrnehmen, sagte Jean: »Behaupte jetzt bloß nicht, daß du dabei an mich denkst.« Während der letzten Monate des Semesters unterlag ihr Gebaren starken Schwankungen: Einmal fügte sie sich und akzeptierte die Pläne ihres Mannes; ein anderes Mal protestierte sie lautstark dagegen. Im Juni weinte sie immer dann, wenn jemand von ihnen die Reise erwähnte. Es sei unmöglich für ihn, sie gerade jetzt zu verlassen. Es gebe noch viele andere Colleges. Und selbst wenn ihn Universitäten ablehnten – sicher fand er

Arbeit als Lehrer an irgendeiner Schule. Das wäre doch keine Schande.

»Und wenn ich dieses Kind verliere? Es ist keineswegs auszuschließen.«

Aber Jean sagte nie: »Und wenn ich *auch dieses* Kind verliere?« Und sie warf ihm nie vor – oder vielleicht nur einmal –, das DING verloren zu haben, jenes Etwas, das in blutige Tücher gehüllt in der Nicht-Welt verschwand, ohne jemals zu leben.

Im Verlauf jener Wochen beobachtete Standish oft seine immer dicker werdende Frau, deren zerzaustes, feuchtes Haar ein gerötetes Gesicht rahmte, und fragte sich, wer sie war, wen er geheiratet hatte. Immer wieder erinnerte er Jean daran: »Du bist gesund, und ich kehre drei Wochen vor der Geburt heim.«

*»Nein, das stimmt nicht«*, widersprach sie. *»Ich weiß, daß du fortbleibst. Ich liege allein im Krankenhaus und sterbe dort.«*

»Wenn es wirklich so schlimm ist, schreibe ich Esswood und teile den Leuten mit, daß ich aufgrund privater Probleme nicht kommen kann.«

*»Du glaubst, daß ich dich unter Druck setze, stimmt's? Du denkst in erster Linie an dich selbst. Du verstehst nicht. Und du erinnerst dich nicht einmal.«*

»Was verstehe ich nicht?«

*»Das Kind in mir ist keine Einbildung! Es wächst heran, und ich will es bekommen! Weißt du mit der gleichen Sicherheit, daß es ein Esswood gibt? Und warum bist du davon überzeugt, dort ein Buch zu schreiben?«*

Die unausgesprochene Botschaft lautete: Obwohl du hier nie imstande gewesen bist, etwas zu schreiben.

*Weißt du nicht mehr – weißt du nicht mehr, weißt-du-nicht-mehr – wozu du mich gezwungen hast?*

Es spielt keine Rolle, dachte Standish. In ein oder zwei Wochen bekomme ich den grauen Umschlag mit der handgeschriebenen Absage.

Am Abend saß er bei Jean und erzählte vom Unterricht, während sie auf die Mattscheibe des Fernsehers starrten.

Jean sprach fast nur von Essen, Seifenopern und den Bewegungen des ungeborenen Kindes unter ihrem Herzen. Sie wirkte zweidimensional, wie jemand, der gestorben und nicht ganz richtig zum Leben wiedererweckt worden war. Einmal nahm Standish das Buch *Knacks, Knall und Rad* aus dem Regal und kritzelte Notizen. Jean erhob keine Einwände. Seltsamerweise erschienen ihm die Gedichte jetzt langweilig, kindisch und völlig bedeutungslos. Sie waren ebenfalls tot.

Eines Tages kommt der graue Umschlag, und dann ist alles vorbei, dachte er. Die Post erreichte das Fakultätsbüro zwischen drei und halb vier. An jenem Tag nach den Vorlesungen in den Klassen des Erstsemesters schritt Standish mit vertrauter Schwermut durch den Flur, betrat das Büro und sah sofort in seinem Fach nach.

Nach sechs solcher Tage fand er dort den erwarteten Umschlag. Als Absender war die Esswood Foundation angegeben. Standish starrte nachdenklich zum Schreibtisch hinüber, an dem einst Jeremy Starger gesessen hatte. Jetzt arbeitete dort ein bärtiger Spezialist fürs achtzehnte Jahrhundert, ein junger Mann, der seinen Blick erwiderte und die Stirn runzelte. »Lassen Sie mich in Ruhe«, knurrte er. Standish gab keine Antwort und nahm sowohl den Umschlag als auch einige darunter liegende Werbeprospekte von Verlagen an sich. Es überraschte ihn, wie enttäuscht und niedergeschlagen er sich fühlte. Hinzu kam ein Empfinden, das an Furcht grenzte. Er warf die Prospekte in den vollen Papierkorb, trug den Brief zum eigenen Schreibtisch und spürte, wie ihm das Blut ins Gesicht schoß; seine Wangen glühten. *Robert Wall hat alles herausgefunden.* Er seufzte, öffnete den Umschlag und zog ein Blatt mit hieroglyphischem Unsinn daraus hervor. Nach einigen Sekunden entpuppte es sich als Fotokopie einer Karte, die ihm den Weg vom Flughafen Heathrow nach Beaswick zeigte. Ein X kennzeichnete Esswood. Standish holte tief Luft und gab sich der profunden Erleichterung eines Mannes hin, der erst zum Tode verurteilt und dann begnadigt wurde.

An jenem Abend gab er die Karte Jean, als sie vor dem Fernseher saßen. »Hübsch«, kommentierte sie und reichte ihm das Blatt zurück. Ihre Wangen wirkten wie aufgepumpt. Nicht nur Jeans Bauch wölbte sich, sondern auch der Rest des Körpers – sie trug eine schlimme Hülle aus Eiskrem und Pfannkuchen um sich. Standish zog die Karte aus aufgedunsenen Fingern und stellte sich vor, daß Isobel ihr Leben lang schlank geblieben war.

». . . ob dir das was nützt«, murmelte Jean und blickte zur Mattscheibe.

»Wie bitte?«

»Ich frage mich, ob dir die Karte überhaupt was nützt.« Sie sah ihn nicht an.

»Und warum fragst du dich das?« Standish konnte eine gewisse Schärfe nicht aus seiner Stimme verbannen.

»Weil sie dir den Weg von Heathrow aus zeigt.« Langam drehte sie den Kopf und musterte ihn.

»So heißt der Flughafen von Londen – Heathrow.«

»Aber du fliegst nicht nach London, sondern nach Gatwick.«

Dieser Name klang vertraut. Standish ging die Treppe hoch, zog im Schlafzimmer die Schublade der Kommode auf, nahm das Ticket und las die gedruckten Hinweise.

»Du hast recht«, sagte er, als er ins Wohnzimmer zurückkehrte. Jean brummte nur. Standish überlegte, ob sie in seinen Sachen herumgeschnüffelt hatte. Der Fernseher schien plötzlich sehr laut zu sein. Erneut wandte er sich dem Regal zu, griff nach dem Atlas und sah im englischen Ortsverzeichnis nach. Der Eintrag ›Gatwick‹ fehlte.

Er setzte sich in den Sessel neben Jean und entfaltete Robert Walls Karte mit dem komplizierten Gewirr aus Straßen und Kreuzungen. Nirgends bildeten dicke Blockbuchstaben das Wort Gatwick. Zwischen London und Lincolnshire existierte kein Ort dieses Namens – Gatwick stand nicht auf dieser Karte. *Nun, ich komme trotzdem zurecht,* dachte Standish. *Ich frage einfach bei einer Tankstelle. Dort weiß man sicher Bescheid. In England gibt es doch Tankstellen, oder?*

Jeden Tag überprüfte er seine Post, aber es traf kein von Robert Wall unterzeichneter Brief ein, der ihm mitteilte, daß die Studienerlaubnis widerrufen wurde. Und jetzt befand er sich hier, zehntausend Meter über dem Atlantik. Während des langen Flugs trank Standish noch zwei weitere Martinis, und nur die Erinnerung an Jeremy Starger bewahrte ihn davor, sich einen vierten zu bestellen.

Ein mieser kleiner Trunkenbold, der die berühmte Esswood-Bibliothek benutzt ... Das konntest du doch nicht zulassen, oder?

Durch den Gin fühlte sich Standish angenehm entspannt und benebelt, als er die Reisetasche öffnete, *Knacks, Knall und Rad* hervorholte und das Buch aufschlug. Unterstrichene Passagen, Anmerkungen und Kommentare sprangen ihm beruhigend entgegen, bewiesen den literarischen Wert von Isobels Gedichten und auch seine eigene Tiefsinnigkeit. Er betrachtete physische Spuren, die der aufmerksame Verstand eines Gelehrten bei der Analyse eines würdigen Objekts hinterlassen hatte. *Siehe Psalm 69,* las er eine seiner Notizen. *Die Welt reagiert nicht auf die Bitte um Gnade; Ironie; Bezug auf Ehemann*? In einer anderen Farbe hatte er hinzugefügt: *Deutliches Angebot von Barmherzigkeit; Merkmal des dichterischen Selbst*. Und darüber, mit Bleistift: *anti-erzählerische Strategie.* Isobels Werke waren voller anti-erzählerischer Strategie. Einmal hatte Standish *Odysseus* und *Dante* am knappen Rand notiert. Das von ihm so fleißig kommentierte Gedicht hieß ›Vorwurf‹.

*Er fand auch keine, sagte der Landstreicher,*
*Unter den vermodernden Dachvorsprüngen des Hauses,*
*Voller Schwere und ohne Trost.*
*Niemand steht auf und sagt:*

*»Nimm deine Unbesonnenheit, kleiner Narr,*
*Doch zuerst leg die Brille beiseite. Nun, Miß Standish . . .«*
*Dieser glühende Mond. Die Menge*
*Hat sich bereits auf den Terrassen versammelt.*

*Die Geschichte einer Person, die zu spät eintraf*
*In den Zimmern der zerbrochenen Kinder und ihrer Spielzeuge.*
*Darüber reden sie ringsumher,*
*Und über den Vorwurf: Hast du geglaubt, nicht betroffen zu sein?*

Benommen von einem Kater aß Standish die gräßliche Bordmahlzeit, trank dazu ein Glas Rotwein, der wie ein Lösungsmittel schmeckte, und nippte an einem zweiten, als er sich den Film ansah. Er war nicht an soviel Alkohol gewöhnt. Jean lehnte Wein beim Essen ab, und normalerweise verabscheute Standish jene Mischung aus Trägheit und Verwirrung, die mehr als ein Drink in ihm erzeugte. Doch jetzt lagen völlig neue Erlebnisse vor ihm: Die Sicherheit seines Heims lag Tausende von Kilometern hinter ihm; er schwebte mitten in der Luft, mit einer Ausgabe von *Knacks, Knall und Rad*, und das Flugzeug trug ihn dem Unbekannten entgegen. Drei Wochen . . . Eine lange Zeit, um in einem abgelegenen Landsitz eingekerkert zu sein und Gedichte zu lesen, die er vielleicht noch immer nicht ganz verstand.

Während des Films schlief Standish ein und erwachte erst wieder im trüben Licht des Morgens. Schweiß bedeckte seine Haut wie ein dünner Ölfilm. Die Stewardeß hatte eine Decke über ihn gelegt, und einige Sekunden lang trat er wild um sich: Seine Fantasie zeigte ihm etwas Entsetzliches, das auf ihm kauerte, der Rest eines Alptraums. Er wischte schmierige Feuchtigkeit von Wangen und Stirn und blickte sich um. Nur einige starrende Idioten hatten die kurze Panik beobachtet. Standish hob die Decke auf und spürte dabei seine Erektion.

Der Traum kroch wie ein riesiges Ungeheuer fort und verbarg sich dicht unter der Erinnerung.

Nach dem Frühstück ging der Jet tiefer. Standish hob die Kunststoffjalousie vor dem Fenster, und kaltes graues Licht strömte herein. Das Flugzeug schien durch verschiedene Schichten aus silbrigem, unwirklichem Glanz zu sinken. Schließlich glitt es durch die Wolken, angefüllt von einem reinen, leblosen Weiß, und unten erstreckte sich eine völlig fremdartige Landschaft. Kleine, wie bei einem Kopfsteinpflaster angeordnete Felder umgaben einen ebenfalls kleinen Flughafen. In der Ferne trafen sich die langen Asphaltbänder von zwei Autobahnen und verschmolzen hinter einem Ort, dessen Peripherie aus Reihenhäusern bestand. Jenseits dieser wie ein Spielzeug anmutenden Stadt sah Standish einen Wald aus saftigem Grün, der die einzige deutliche Farbe bot. *England,* dachte er, und Aufregung prickelte in ihm.

Das Flugzeug landete ein ganzes Stück vom Terminal entfernt, und die Passagiere mußten ihr Gepäck übers Rollfeld tragen. Standishs Arme schmerzten vom Gewicht der vielen Taschen, die er im letzten Augenblick mit Büchern und Kassetten gefüllt hatte. Der Walkman hing an einem Riemen, stieß bei jedem Schritt gegen seine Brust. Er fühlte eine sonderbare, fatalistische Heiterkeit. Das silbrige Licht – ein Licht, das es in Amerika nicht gab – schimmerte über den Start- und Landebahnen. Zwei kleine Männer in schmutzigen Overalls standen im Schatten unter dem Flugzeug, rauchten Zigaretten und sahen den Passagieren nach, als sie zum Terminal schritten. Standish wußte: Selbst wenn er in der Lage gewesen wäre, ihr Gespräch zu hören – vermutlich hätte er kein einziges Wort verstanden.

Doch im Flughafengebäude fiel es ihm nicht schwer, Fragen zu verstehen und selbst verstanden zu werden. Der Zollbeamte erwies sich als sehr höflich, und bei der Paßkontrolle schien man aufrichtig an dem Grund seines Aufenthalts in England interessiert zu sein. Als sich Standish nach einem Dorf in Lincolnshire erkundigte, erwiderte der Uniformierte: »Keine Sorge, Sir. Im Vergleich mit Ihrer Heimat ist dies ein kleines Land. Sie verirren sich bestimmt nicht.« Jedes Wort und jede einzelne Silbe dieser freundlichen Antwort war nicht nur klar, sondern zeichnete sich durch eine melodische Qualität aus. Der Paßbeamte *sang* fast, und das galt auch für die junge Frau am Mietwagenschalter, die noch nie etwas von Esswood oder Beaswick gehört hatte. Sie reichte ihm mehrere Straßenkarten, begleitete ihn dann durch die Glastür nach draußen und deutete auf einen alten türkisfarbenen Ford Escort, der geduldig wie ein Maulesel auf ihn wartete. »Der Kofferraum müßte eigentlich groß genug sein, um Ihr Gepäck aufzunehmen«, sagte sie. »Falls nicht, können Sie einige Taschen auf den Rücksitz legen. Ich schlage vor, Sie nehmen die Autobahn und fahren über das Straßenkreuz, das Sie beim Anflug gesehen haben.«

Standish fragte sich, ob die Stimmen aller Engländer Musik gleichkamen.

## 2

Das Fahren auf der linken Seite stand in einem krassen Gegensatz zu Standishs Instinkten, begeisterte ihn aber. Wie sonst auch ging es größtenteils darum, mit dem Strom zu schwimmen. Es erforderte keine große Umgewöhnung, das Radio mit der linken Hand einzuschalten und andere Autos rechts zu überholen, doch er fragte sich, wie er bei einem Notfall reagierte. Wenn dem Wagen vor ihm ein Reifen platzte, wenn er ins Schleudern geriet . . . Standish stellte sich vor, eine enorme Massenkarambolage zu verursachen: eine kilometerlange Schlange aus qualmenden Fahrzeugen. Sein Herz klopfte schneller, als er in den Rückspiegel sah und lächelte. Er war müde, und die Zeitumstellung bereitete ihm erhebliche Schwierigkeiten, aber er fühlte sich auch auf eine närrische, herrliche Weise lebendig.

Nur mit dem Kreisverkehr hatte er Probleme. Hunderte von Autos strebten einem Kreis entgegen, in dem die Fahrer verschiedene Ausfahrten wählten, aufgezeichnet auf einem speichenartigen Schaubild. Zunächst wußte Standish nicht, welche Speiche für ihn die richtige war. Schwitzend fuhr er zweimal durch den Kreis. Als er schließlich feststellte, daß er die dritte Ausfahrt nehmen mußte, saß er auf der inneren Fahrbahn fest und konnte sie nicht rechtzeitig wechseln. Einmal mehr fuhr er durch den Kreis, blickte über die Schulter und betätigte den Fahrtrichtungsanzeiger – statt dessen setzten sich die Wischer in Bewegung. Als er die Fahrspur verlassen wollte, erklangen gleich mehrere Hupen. Standish fluchte und riß das Steuer hastig zurück. Die karussellhafte Fahrt ging weiter, und diesmal gelang es ihm, sich am Rand des Kreisverkehrs einzuordnen. Als er den Escort durch die Ausfahrt steuerte, war er schweißgebadet.

Etwa vierzig Kilometer weiter im Norden wiederholte sich die ganze Sache. Die Karte rutschte vom Beifahrersitz, und Standish geriet fast in Panik. Der richtige Weg führte über die Autobahn nach Norden, aber irgendwann mußte er auf eine Fernstraße abbiegen, und anschließend standen ihm einige Nebenstraßen bevor, die auf der Karte nur dünne schwarze Linien bildeten. Mehrmals fuhr er durch den zweiten Kreisverkehr, von Zweifeln heimgesucht. Der Blinker tickte wie eine Bombe; schweißfeuchte Hände rutschten am Lenkrad ab. Nach einer halben Ewigkeit gelang es ihm, die massive Barriere aus hupenden Autos zu durchdringen und dem großen Rund zu entkommen. Er hielt am Straßenrand und griff mit zitternden Fingern nach den Karten, die vor dem Beifahrersitz lagen. Vergeblich suchte er dort nach jenem Kreisverkehr, aus dem er gerade geflohen war – er existierte nicht auf dem Papier, nur in der Wirklichkeit. Die zuvor empfundene Entspannung und Zielstrebigkeit verspotteten ihn nun, erwiesen sich als Illusionen: Er hatte die Orientierung verloren und wußte nicht mehr, wo er sich befand. Nach einer Weile wich die Hysterie aus ihm, und er beruhigte sich allmählich. Er fand eine Markierung auf der Karte, einen kleinen, harmlos wirkenden Ring, vermutlich der nun hinter ihm liegende Kreisverkehr. Die Autobahn sollte er erst nach etwa hundert Kilometern verlassen und dann den Schildern nach Huckstall folgen, einem Dorf, wo die nächste Etappe der Reise begann. Unterwegs erwartete ihn auch nicht der Schrecken eines weiteren Kreisverkehrs. Standish seufzte erleichtert und fuhr wieder los.

Schon nach kurzer Zeit wurde die Landschaft erstaunlich leer. Dungfarbene Sträucher duckten sich auf flachem, farblosem Land. In der Ferne bildeten Häuser aus roten Ziegelsteinen neben der Straße einen kleinen Ort. Standish überlegte, ob es sich um Huckstall handelte.

Als er an der Ortschaft fast vorbeigefahren war, fiel ihm ein blasses Gesicht auf, das sich im ersten Stock an ein Fenster preßte – ein weißer Fleck, umgeben von Schwärze. Es sah aus, als ... *Lieber Himmel,* dachte Standish, *es sieht aus, als sei das Kind in dem häßlichen Gebäude gefangen, von roten Ziegeln ummauert und dazu verurteilt, für immer und ewig den Verkehr auf der Autobahn anzustarren.* Kleinere weiße Flecken, vielleicht Hände, offenbarten sich am Glas, und unten im Gesicht des Kindes öffnete sich ein Loch, als riefe es ihn, Standish, zu Hilfe!

Rasch wandte er den Blick ab. Vorn, auf der rechten Seite, bemerkte er einen niedrigen schwarzen Hügel. Es zeigte sich keine Vegetation darauf; die Anhöhe schien nicht etwa aus der Landschaft zu wachsen, sondern an ihr zu kleben. Andere Hügel dieser Art verwandelten den Horizont in ein Zackenmuster. Sie erweckten einen toten Eindruck, wie Müllhaufen. Standish verglich sie mit dunklen, blutbesudelten Laken, mit blutigen Handtüchern und Kissen, achtlos auf den Boden des Abtreibungsarztes geworfen.

Die Luft roch säuerlich und metallisch, als sei sie mit winzigen Metallspänen gefüllt. Standish passierte den ersten Hügel und sah, daß er aus Dingen bestand, die ihn an Briketts erinnerten: Kohlebrocken. Ab und zu rutschten einige von ihnen lawinenartig herab. Zwischen den schwarzen Hügeln steuerten Männer spielzeugkleine Planierraupen. Andere Bewohner der dunklen Welt stapften im Licht von stationären Scheinwerfern umher. Seltsame Maschinen wummerten; hier und dort flackerten gelbe Flammen. *Schlackenhalden,* dachte Standish, ohne zu wissen, ob diese Bezeichnung stimmte. Was bedeutete sie eigentlich?

Selbst der Himmel schien schmutzig zu sein. Rhythmisches Donnern und Pochen erklang – von im Boden verborgenen Aggregaten? Standish glaubte, durch eine höllische Fabrik ohne Wände und Dach zu fahren. Seit vielen Kilometern hatte er keine Schilder mehr gesehen. Wohin er auch blickte: Überall gab es nur schwarze Hügel und von Ruß bedeckte Männer, die im Licht der Scheinwerfer und Flammen umherschritten. Die Straße war plötzlich viel zu schmal, um eine Autobahn zu sein.

Er beschloß, die Fahrt wenigstens bis zum nächsten Schild fortzusetzen. Etwas schnürte ihm die Kehle zu, als er daran dachte, an diesem düsteren Ort anhalten und aussteigen zu müssen.

Dann veränderte sich die finstere Welt innerhalb weniger Sekunden. Der Kosmos aus Schlackenhalden, matten Lichtern, winzigen Planierraupen und Feuern blieb hinter ihm zurück: Der Escort rollte nun durch dichtes, lebendiges Grün. Zu beiden Seiten ragten hohe, von Efeu umrankte Bäume auf; Büsche und Sträucher drängten sich direkt am Straßenrand. Zehn oder fünfzehn Minuten lang fuhr Standish durch einen großen Wald, und im Wagen wurde es so warm wie in einem Treibhaus. Er parkte auf dem Seitenstreifen und wischte sich Schweiß von der Stirn. Blätter und Ranken knisterten am Seitenfenster.

Erneut griff er nach der Karte. Der Weg nach Huckstall

führte vom zweiten Kreisverkehr aus in Richtung Nordosten. Wald war grün markiert, aber keine der entsprechenden Kennzeichnungen grenzte an die Straße. Besorgnis erfaßte Standish. Hatte ihn der Linksverkehr so sehr verwirrt, daß er von Gatwick nach Süden gefahren war? In dem Fall trennten ihn jetzt mehrere hundert Kilometer von seinem Ziel. Er stöhnte und schloß die Augen. Etwas Weiches stieß an die Windschutzscheibe. Standish zuckte zusammen, und aus einem Reflex heraus hob er die Arme vors Gesicht.

Kurz darauf ließ er sie wieder sinken. An der oberen rechten Ecke der Scheibe sah er nun einen breiten, schmierigen Streifen, der vorher nicht dort gewesen war. Er schauderte innerlich, als er sich fragte, von welchem Geschöpf er stammen mochte. Ein Insekt, von der Form eines Babys, das am Glas zerplatzte, sich wie Schaum oder Butter darauf ausbreitete? Auch hier der Tod, ekelhaft und ohne Erbarmen. Standish holte tief Luft und gab Gas.

Der Wald endete so plötzlich, wie er begonnen hatte, und ihm folgte eine trostlose, wie verbrannte Landschaft. Zweimal fuhr Standish durch offenes Fabrikgelände mit Schlackenhalden und schmutzigen Männern, die im Licht von Scheinwerfern und gelben Flammen arbeiteten. Er befürchtete, sich im Kreis zu bewegen. Nirgends sah er Schilder, die den Weg nach Huckstall oder anderen Orten wiesen. Namenlose Straßen zweigten ab, führten tiefer in das öde, gelbbraune Land. *Voller Schwere und ohne Trost*, entsann er sich an eine Zeile aus dem Gedicht ›Vorwurf‹. Standish hoffte auf ein Schild mit der Aufschrift Boston, Sleaford oder Lincoln – jene Namen standen auf der Karte, die ihm Robert Wall geschickt hatte.

Einige Minuten später bemerkte er einen kleinen Wegweiser, einen Stein, der wie ein Zahn aus dem Boden neben der Straße wuchs. Standish hielt an, stieg aus und ging näher, um die eingemeißelten Zeichen zu deuten: 12MI. Zwölf Meilen? Zwölf Meilen bis wohin?

»Verirrt?«

Ruckartig drehte er den Kopf und sah einen hochgewachsenen, dürren Mann, der neben dem kleinen Steinzahn stand. Er schien einfach aus der Erde geschnellt zu sein, trug eine weite, ausgebeulte Hose, fleckige Stiefel und einen zerknitterten Regenmantel – seine Kleidung hatte fast die gleiche Farbe wie das Land. Der Schirm seiner Mütze war tief in die Stirn gezogen. Der Fremde stand vornübergebeugt und grinste; ihm fehlten viele Zähne.

»Ich bin mir nicht sicher«, erwiderte Standish.

»Ach, tatsächlich nicht?« brummte der Mann und grinste nach wie vor. Die Zunge tastete nach den Zahnlücken.

»Ich wollte es gerade herausfinden«, fügte Standish hinzu. »Von diesem Wegweiser habe ich mir Aufschluß erhofft.«

»Und sind Ihre Hoffnungen in Erfüllung gegangen?« Der Mann sprach breiig und in einem auffallend mehrdeutigen Tonfall. »Diese Ziffern vermitteln eine klare Botschaft. So präzise Informationen sind sehr nützlich.«

Standish ärgerte sich über den beleidigenden Spott des Fremden. »Nun, *mir* nützen sie nichts. Bisher habe ich geglaubt, auf einer Autobahn nach Huckstall unterwegs zu sein.«

»Huckstall«, wiederholte der Mann nachdenklich. »Habe noch nie von Amerikanern gehört, die nach Huckstall wollen.«

»Huckstall ist auch gar nicht mein *Ziel*«, sagte Standish, zornig darüber, daß er seine Absichten erklären mußte. »Ich möchte dort nur etwas essen, um anschließend nach Lincolnshire weiterzufahren.«

»Lincolnshire, wie? Ziemlich weit. Da sitzen Sie noch einige Stunden am Steuer. Und Sie dachten, auf einer Autobahn zu sein. Sehen die Autobahnen in Amerika so aus?«

»Wo *ist* die Autobahn?« entfuhr es Standish.

»Haben Sie einen Vogel getötet? Oder vielleicht ein kleines Kind?«

»Was?«

»Mit Ihrem Wagen?« Der Mann zeigte zur Windschutzscheibe.

»Sie sind verrückt«, antwortete Standish. Genau diese Frage hatte er befürchtet.

Der Fremde blinzelte und trat zurück. Seine Zunge glitt in die Lücke zwischen zwei Zähnen. Er wirkte jetzt nicht mehr unverschämt und frech, sondern unsicher, in die Defensive gedrängt. Er *war* verrückt, wie Standish nun begriff.

»Woher kommen Sie?« fragte er. Vielleicht lautete die Antwort: aus Huckstall.

Der Mann neigte den Kopf auf die Schulter, eine Geste, die der öden Leere galt. Dann wich er noch einen Schritt zurück, als fürchtete er, gepackt zu werden. Standish musterte ihn und sah jetzt niemanden mehr vor sich, der ironische Worte wählte und sogar etwas Bedrohliches ausstrahlte. Der Bursche war schwachsinnig, wahrscheinlich geistig zurückgeblieben. Er lebte in der Wildnis, schlief in seiner Kleidung. Die vage Angst in Standish verflüchtigte sich und schuf Platz für Mitleid.

»Sie haben etwas getötet«, sagte der Mann. Seine Augen glühten wie die eines Hundes, und er wankte noch weiter fort. »Das bringt Ihnen Pech und Unglück.«

Standish nielt es für Pech, hier einem Narren zu begegnen, der aus den Werken eines Thomas Hardy zu stammen schien. »Wissen Sie, wie man von hier nach Huckstall kommt?«

»Das weiß ich. O ja, das weiß ich genau.«

»Und?«

»Und?«

»Wo befindet sich der Ort?« rief Standish.

»Dort drüben, dort drüben, an der Straße, an *dieser* Straße.«

Standish seufzte.

»Sie fliehen vor mir«, sagte der Mann.

Standish schob die Hände in die Taschen und ging zum

Wagen, ohne sich dabei ganz von dem Landstreicher abzuwenden.

»Die manchmal nach mir suchen«, fuhr der Mann fort. »Mit bloßen Füßen kommen sie, schleichen durch meine Kammer.«

Standish blieb abrupt stehen und erinnerte sich daran, in England zu sein. Von einem dummen amerikanischen Tramp erwartete man sicher nicht, daß er Thomas Wyatt zitierte. In ihm erwachte der interessierte Englischlehrer. »Fahren Sie fort.«

»Ich habe sie sanft und zahm und friedlich gesehen, doch jetzt sind sie wild und wissen nichts mehr. Jenes Manchmal . . .« Der Fremde zögerte und intonierte dann: »*Timor mortis conturbat me.*« Ein Zitat aus einem anderen Gedicht. Offenbar war der Mann ein Sammelsurium aus zusammenhanglosen Sätzen.

»Oh, gut, ausgezeichnet.« Standish lächelte. »Hervorragend. Sie haben mir sehr geholfen. Vielen Dank.«

Der Mann schloß die Augen und verkündete: »Als jemand, der geschlafen hätte, lege ich mich in das Bett so *leer*, Sagte eine Mutter zu ihrem Kind, auf daß du weinst nicht *mehr*; Sie seufzte traurig und sang so süß, um dem Kindlein Trost zu *spenden*, Doch es schluchzte auch weiterhin, während es starrte zu den *Wänden.*«

»Äh, ja«, sagte Standish und stieg rasch ein. Er drehte den Zündschlüssel, und aus den Augenwinkeln sah er, wie der Mann aus seiner Trance erwachte und sich dem Escort näherte. *Ich hätte die Türen verriegeln sollen*, fuhr es ihm durch den Kopf. Der Motor sprang an, und Standish fuhr los, bevor der Fremde Gelegenheit bekam, die Beifahrertür zu öffnen. Im Rückspiegel beobachtete er, wie die Gestalt mitten auf der Straße torkelte und mit beiden Armen winkte. Standish wandte den Blick ab.

Nach etwa fünf Minuten sah er ein grünes Schild, auf dem HUCKSTALL 10MI stand.

Der Ort erwies sich als kleines Kaff mit schmalen Straßen und häßlichen Ziegelsteinhäuschen. Alles wirkte so abstoßend, daß Standish zunächst weiterfahren wollte. Doch die nächste Ortschaft war fast vierzig Kilometer entfernt, und aufgrund der kurvenreichen Landstraßen brauchte er mindestens eine Dreiviertelstunde, um sie zu erreichen. Außerdem wirkte Huckstall nicht mehr ganz so trostlos, als er zum Marktplatz gelangte.

An Leinen aufgehängte dreieckige Plastikwimpel markierten bestimmte Bereiche des Platzes – an Markttagen standen dort wohl einzelne Buden. Dahinter erkannte Standish beruhigende Anzeichen von Zivilisation: den Vorbau einer Apotheke, die einem gewissen Boots gehörte; die majestätische Fassade einer Filiale der Lloyd's Bank; das Tafelglasfenster einer W. H. Smith-Buchhandlung, dahinter die bunten Titelbilder von Taschenbücher. An der gegenüberliegenden Ecke erhob sich ein großes Fachwerkhaus mit Erkerfenstern. Ein kleines blaues Schild mit den Worten NIE DEN MUT VERLIEREN hing unter einem goldenen Hahn. Hinzu kam ein größeres Schild, das zwei Duellierpistolen zeigte und folgende Aufschrift trug: DIE DUELLANTEN. Standish betrachtete glitzernde Fensterscheiben und funkelnden blauen und weißen Lack auf dem Holz. Er stellte sich vor, wie man gebratene Ferkel servierte, dazu dicke Käsescheiben und bis zum Rand gefüllte Bierhumpen. Er dachte an einen dicken, lächelnden Mann, der eine Schürze trug, saftiges Fleisch schnitt und herrlich duftende braune Soße auf gebackenen Eierteig goß.

In drei oder vier Stunden konnte er es bis nach Beaswick und Esswood schaffen. *Habe unterwegs in einem Pub gegessen,* hörte er seine eigene Stimme. *Eine hübsche kleine Gaststätte in Huckstall – die ›Duellanten‹. Schon mal davon gehört? Sollte im Reiseführer empfohlen werden.*

Standish ließ den Escort am Rand des Platzes stehen und ging durch die kühle graue Luft zu dem glitzernden Pub. Ihm knurrte der Magen. Plötzlich fiel ihm ein, daß er einen fremden Wagen Hunderte von unbekannten Kilometern weit gefahren hatte, daß er bald in einer geradezu legendären englischen Bibliothek mit einem literarischen Studium beginnen würde, daß er sich nun anschickte, zum erstenmal in seinem Leben ein englisches Haus zu betreten. Er eilte die Stufen hoch und öffnete die Tür.

Sein erster Eindruck betraf die Größe des Pubs, und der zweite ließ ihn vermuten, daß die Gaststätte an diesem Nachmittag geschlossen hatte. Das Innere der Duellanten bestand aus mehreren großen Räumen mit runden Tischen und kleineren Sitznischen. Ein roter, karierter Teppich bedeckte den Boden, und eine später hinzugefügte Fachwerkstruktur zierte die Wände. Dunstiges Licht filterte durch die Fenster, und Standish sah einen untersetzten, dunkelhaarigen Mann, der hinter einer langen Theke Gläser wusch. Es stank nach Zigarrettenrauch. Der Wirt hob den Kopf, als Standish in der Tür verharrte, wandte sich dann wieder den ananasförmigen Gläsern zu, tauchte sie in heißes Wasser und stellte sie anschließend beiseite.

Standish fragte sich, ob er um diese Zeit noch ein Sandwich bekommen konnte, und ging zur Theke. Bier formte kleine Lachen auf den Tischen, und die meisten Aschenbecher waren voll. Neben ihnen lagen zerknitterte Silk Cut- und Rothmans-Schachteln.

»Ja?« Der Wirt hob erneut den Kopf und tauchte die Hände dann wieder ins Wasser.

»Haben Sie geöffnet?«

»Die Tür ist nicht verschlossen, oder?«

»Nein. Ich dachte, die Schankgesetze ...«

»Sind endlich geändert worden. Wurde auch verdammt Zeit.«

»Nun, ich wußte nicht genau, ob ...«

Der Mann warf Standish einen ungeduldigen Blick zu, trocknete die Hände an einem Tuch ab und beugte sich vor.

»Sie haben nicht geschlossen«, sagte Standish.

Der Wirt breitete die Arme aus und zuckte kurz mit den Schultern – eine bestätigende Geste. »Wenn Sie jetzt bitte Ihre Bestellung aufgeben würden ...«

»Äh, ich möchte ein Bier und etwas zu essen.«

»Die Speisekarte hängt dort an der Wand.« Der Mann nickte in Richtung einer Tafel, auf der mit Kreide geschriebene Worte für mehrere Spezialitäten warben: Steak und Nierenpastete, Hackfleisch und Kartoffelbrei, Ploughman's Lunch, Käse- und Schinkenbrötchen, hartgekochtes Ei in Wurstbrät, Schweinepastete, gebackene Garnelen sowie überbackene Jakobusmuscheln.

Standish lächelte. Diese Liste teilte ihm mit, welchen weiten Weg er von Zenith aus zurückgelegt hatte. Nach englischen Maßstäben mochten es bescheidene Mahlzeiten sein, doch er verspürte den Wunsch, sie alle zu probieren. Das einfache, nahrhafte Essen einfacher Leute.

»Es klingt alles so *lecker*«, sagte er.

»Im Ernst?« Der Wirt runzelte die Stirn und drehte sich halb zur Speisekarte um. »Dann sollten Sie was davon bestellen, nicht wahr?«

»Ich möchte Ploughman's Lunch.« Standish stellte sich eine große, dampfende Suppenschüssel mit Kartoffeln, Porree und Würstchen vor. »Schmeckt sicher gut, oder?«

»Einige Leute sind dieser Ansicht«, brummte der Wirt. »Chutney oder Marinade?«

»Sowohl als auch.«

Der Mann verschwand durch eine Tür am Ende der Theke, und Standish nahm an, daß er die Bestellung zur Küche brachte. Nach einigen Sekunden kehrte er zurück, und sein Gesichtsausdruck erschien jetzt seltsam steinern – als nähme er eine unangenehme Pflicht wahr. »Und, Sir?«

»Und . . .?«

»Was für ein Bier möchten Sie? Ein Pint Bitter? Oder ein halbes Pint?«

»Eine tolle Idee!« rief Standish begeistert. Ihm war klar, daß er wie ein Narr klang, aber er konnte sich nicht zurückhalten. *Ein Pint Bitter*. Er wurde sich plötzlich der Kleinheit von England bewußt: ein gemütlicher Inselstaat, behaglich und sicher.

Der Wirt musterte ihn mit noch immer maskenhaft starren Zügen.

»Oh, ein Pint, bitte«, sagte Standish.

»Und *welches* Bier, Sir?« Der Mann deutete auf die altmodischen Zapfhähne mit den Keramikgriffen. »Das übliche?«

»Nein. Ihre beste Sorte. Ich bin gerade erst aus den Staaten eingetroffen. Das Flugzeug ist vor wenigen Stunden gelandet.«

Der Wirt nickte, nahm einen der gewaschenen Krüge, hielt ihn unter den mit ›Director's Bitter‹ gekennzeichneten Hahn und betätigte den Hebel. Trübe braune Flüssigkeit strömte ins Glas. Der Mann pumpte mehrmals, bis es ganz gefüllt war. Seine Gesichtshaut wirkte straff gespannt und erstarrt – als sei eine Zellschicht darunter abgestorben.

»Hier trinkt man nach wie vor warmes Bier, stimmt's?«

»Wir kochen es nicht«, entgegnete der Wirt und stellte das Glas vor Standish auf die Theke. »Warten Sie, bis sich alles gesetzt hat, Sir.«

In dem Bier schwamm etwas, das aus einem Sumpf zu stammen schien: Kleine braune Brocken drehten sich langsam.

»Es kommen nur wenige Yanks hierher.«

»Oh, ich habe noch einen weiten Weg vor mir«, sagte Standish und starrte auf das Glas hinab. »Ziel meiner Reise ist Beaswick in Lincolnshire. Man hat mich in eine Art Herrenhaus namens Esswood eingeladen.«

»Dort wurde der Bursche ermordet«, kommentierte der Wirt. »Das macht drei Pfund vierzig, alles zusammen.«

Standish holte sein englisches Geld hervor und zählte vier Pfund ab. »Sie müssen sich irren. Es handelt sich um eine Stiftung. In jedem Jahr war jemand eingeladen. So etwas gilt als Ehre.«

»Komische Ehre.« Der Wirt reichte Standish das

Wechselgeld. »War ebenfalls Amerikaner, so wie Sie.« Er winkte. »Nehmen Sie Platz, Sir. Das Essen wird gleich serviert.«

Standish trug das schwere Glas zu einem Tisch in der zweiten Reihe und setzte sich. Erneut betrachtete er das Bier. Es war jetzt nicht mehr ganz so trüb. Eine dünne Schaumschicht hatte sich darauf gebildet, wie eine Patina aus weißem Dreck, und die braunen Brocken lagen nun auf dem Boden. Vorsichtig trank Standish einen Schluck. Alkohol brannte in seiner Kehle, und er nahm ein bißchen Aroma wahr, das mehr dem von Whisky als dem von Bier ähnelte. So ähnlich schmeckte vielleicht die Medizin eines primitiven Stammes. Er fühlte eine angenehme, ihn fröhlich stimmende Distanz zwischen sich selbst und der Routine von Zenith. Einmal mehr setzte er das Glas an die Lippen, trank einen größeren Schluck und nahm sich vor, dieses Zeug zu mögen.

»Das Director's hat's in sich«, erklang die Stimme einer Frau. Standish drehte überrascht den Kopf und verschüttete Bier auf seine Manschette.

»Entschuldigen Sie bitte«, sagte die junge Dame und belächelte Standishs Verwirrung. Sie mochte knapp zwanzig oder einige Jahre älter sein und hatte große, fast transparente hellblaue Augen und blondes Haar. Unter der vorgewölbten weißen Schürze, die Standish aus irgendeinem Grund an die Kleidung einer Krankenschwester erinnerte, trug sie einen roten Wollpullover. Er sah, daß sie schwanger war, bevor er das Tablett in ihren Händen bemerkte: Darauf ruhten ein großes Stück Käse und ein halbes Stangenbrot. »Ihr Essen.«

»Tut mir leid, aber ich habe etwas anderes bestellt«, sagte Standish.

»Da irren Sie sich«, erwiderte die junge Frau mit jähem Ernst. »Sie sind derzeit der einzige Gast. Ich kann also keine Bestellungen durcheinandergebracht haben, oder?«

»Aber das ist Käse und . . .«

»Ploughman's Lunch. Mit Marinade *und* Chutney.« Sie

beugte sich vor, so daß Standish die beiden Soßenschälchen erkennen konnte: eine mit brauner Flüssigkeit gefüllt, die andere mit gelber.

Die junge Frau stellte das Tablett ruckartig auf den Tisch, knallte Messer und Gabel daneben. »Es ist genau die richtige Mahlzeit«, betonte sie. »Er kam in die Küche und meinte: ›Ploughman's Lunch mit Marinade und Chutney.‹ Und ich antwortete: ›Ach, er will beides?‹ Ich habe aus dem Fenster gesehen und beobachtet, wie Sie zum Pub gingen, und aufgrund Ihrer Kleidung und Haltung wußte ich sofort, daß Sie Amerikaner sind, ja, Sie gehen wie ein Amerikaner, halten Sie mich bloß nicht für dumm, nur weil ich in Huckstall wohne und in einer Gaststätte arbeite, meine Bildung ist viel besser als die der meisten Mädchen in Amerika, ich habe das Abitur, jawohl, und meinem Mann *gehört* dieses Pub, alle anderen Leute sind neidisch auf uns, und . . .«

Während dieses Monologs begriff Standish plötzlich die Bedeutung des steinernen Ausdrucks im Gesicht des Wirts: *Oh, nein, nicht schon wieder*. Die junge Fau atmete schwer und preßte sich eine Hand auf die Brust.

»Das reicht«, brummte der Mann hinter Standish.

Die Frau sah noch einmal auf ihn hinab und eilte dann an den leeren Tischen vorbei. Vor der Tür zerrte sie an ihrer Schürze, ließ sie fallen und lief nach draußen.

Standish wandte sich verblüfft dem Wirt zu. Der untersetzte Mann griff nach einem weißen Tuch, trocknete sich die Hände ab und erwiderte den Blick mit strenger Miene.

»Wir schließen jetzt, Sir«, sagte er.

»Was?«

»Gehen Sie. Es wird Zeit.«

»Aber ich habe noch gar nichts geges . . .«

»Sie erhalten Ihr Geld zurück, Sir.« Der Wirt zog einige zerknitterte Banknoten aus der Tasche, fand vier Ein-Pfund-Scheine und legte sie auf den Tisch. Sofort erschlafften sie in einer Lache aus vergossenem Bier.

»Ich bitte Sie«, sagte Standish. »Es macht mir nichts aus,

hier zu warten, während Sie nach draußen gehen, um mit ihr zu reden. Ich habe volles Verständnis. Meine Frau ist ebenfalls schwanger und ließ sich zu einigen törichten Bemerkungen hinreißen, kurz bevor ich aufbrach . . .«

»Es wird Zeit«, wiederholte der Wirt und legte Standish die Hand auf die Schulter – sie war so schwer wie ein Sack Zement. »Nehmen Sie den Käse. Wir schließen jetzt, Sir.«

Standish trank noch einen Schluck von dem schrecklichen Bier und stand auf. Die Hand des Mannes rutschte an seinem Arm herab zum Ellbogen. »Bitte gehen Sie, Sir.«

»Sie brauchen mich nicht hinauszuwerfen!« Er griff nach der Käseecke, als ihn der Wirt in Richtung Tür schob. Das Gesicht des Namenlosen war konzentriert und ausdruckslos, als transportiere er ein schweres Möbelstück.

Standish durfte die Tür selbst öffnen.

Draußen in der hellen grauen Luft blickte er über den Marktplatz. Dutzende von kleinen Kunststoffwimpeln flatterten im Wind. Die schwangere junge Frau war verschwunden. Standish hörte, wie es hinter ihm in einem Schloß klickte. Schwere Riegel kratzten in ihren Einfassungen.

»Meine Güte«, sagte er leise und starrte auf das keilförmige Käsestück hinab. Irgendwo erklang dumpfes, beharrliches Brummen, wie von einer verborgenen Turbine. Er hatte das Gefühl, beobachtet zu werden, vielleicht von Leuten, die hinter Gardinen standen.

Erneut sah er über den Platz. Eine glänzende, halb zerknüllte Tüte knisterte in der leichten Brise übers Kopfsteinpflaster. Krümelige Kartoffelchips und weißes Salz glitten daraus hervor. Der Käse klebte an Standishs Fingern fest.

*Natürlich,* dachte er. *In einem so kleinen Ort weiß man Bescheid. Die Irre verjagte alle Gäste aus dem Pub, bevor ich ihn betrat. Sie wollten feststellen, wie lange ich es dort aushalte.*

Der geduldige, türkisfarbene Maulesel auf der anderen

Seite des Platzes hockte in glitzerndem Wasser oder auf Quarz, der in den Kopfsteinen schimmerte. Standish kehrte zum Wagen zurück und ging dabei am Rand des Platzes entlang. *Das Leben von anderen Menschen gleicht Romanen,* überlegte er. *Man sieht nur wenig. Man späht durch ein Fenster, und den Rest muß man erraten.*

Einige Sekunden lang sah er ganz deutlich den hübschen viereckigen Hof des Popham-Campus mit seinem kreuzförmigen Muster aus kleinen Wegen.

Eine Bewegung weckte Standishs Aufmerksamkeit. Er drehte sich um und stolperte fast, doch hinter ihm fehlte die erwartete Menge. Im schmalen Durchgang zwischen den Duellanten und einem Tabakwarenladen bemerkte er zwei Personen: eine blonde Frau, die einen roten Pullover trug, und einen Mann mit Mütze und schmutzigem Mantel. Standish brauchte eine Weile, um zu verstehen, warum der Mann so vertraut wirkte: Es handelte sich um den Landstreicher, der ihn auf der Straße nach Huckstall verwirrt hatte. Beide verschwanden im Halbdunkel, und er hörte, wie ihre Schritte in der Gasse verklangen.

Standish war dem Schwachsinnigen zwölf Meilen – fast zwanzig Kilometer – vor diesem Ort begegnet. In der kurzen Zeit, die der Amerikaner in Huckstall verbracht hatte, konnte er diese Strecke unmöglich zu Fuß zurückgelegt haben.

*Sie fliehen vor mir, die manchmal nach mir suchen.*

Ein Geräusch ließ Standish erneut zusammenzucken, doch er sah nur die glänzende Tüte, vom Wind übers Kopfsteinpflaster geweht. Auch weiterhin vernahm er das seltsame Brummen, das ihn an ferne Motoren erinnerte.

Standish blickte zu dem nun dunklen Pub hinüber und erkannte die Ursache für das mysteriöse Surren. Hinter der Gaststätte und dem nächsten Feld rollten Lastwagen und Autos über eine breite Straße nach Norden – jene Autobahn, die er bei dem letzten Kreisverkehr aus den Augen verloren hatte.

Die restliche Fahrt nach Lincolnshire erwies sich als überraschend einfach. Die Autobahn trug ihn problemlos seinem Ziel entgegen, und das Durcheinander aus Linien auf Robert Walls Karte verwandelte sich nach und nach in tatsächlich existierende Straßen, die zu tatsächlich existierenden Orten führten. Nur einmal verfuhr er sich, bei einer schlecht ausgeschilderten Kreuzung. Wenn man seine früheren Maßstäbe anlegte, war die Reise zwar immer noch schwierig und verwirrend, doch im Vergleich zu den Erlebnissen des vergangenen Morgens blieb sie ohne nennenswerte Schwierigkeiten.

Das Licht verblaßte. Es wurde dunkler, und Standish sah Entwässerungsgräben und Kanäle in den Feldern, von denen ein fast elektrisch floureszierender grüner Glanz auszugehen schien. Er passierte Lincolnshire-Dörfer und fuhr durch weite Sümpfe, in denen er ein mattes, phosphoreszierendes Leuchten wahrnahm, wie von etwas Totem, das nun zu gespenstischem Leben erwachte.

Beaswick erreichte er um zehn Uhr abends. Der Ort bestand nur aus einigen reizlosen Reihenhäusern, dem einen oder anderen Pub und mehreren Imbißbuden. Kurz darauf hatte er ihn wieder verlassen und ließ sich auch weiterhin von der Karte leiten.

Nach einigen Minuten gelangte er zu einer schmaleren Straße, zu beiden Seiten gesäumt von hohen Eichen. Er steuerte den Escort durch ein eisernes Tor auf eine Zufahrt, die sich an den dicken Stämmen der monumentalen Bäume vorbeischlängelte. Hinter der letzten Kurve sah er ein gewaltiges weißes Bauwerk, davor eine breite Treppe. Jenseits des Hauses erhellte das Scheinwerferlicht mehrere Terrassen, und dann leuchtete es über große Fenster. Standish hielt vor der Treppe und stieg aus. Als er zum erstenmal Esswood House betrachtete, geschah etwas Sonderbares – er verliebte sich in das Gebäude.

## 3

Standish war nie in Frankreich oder Italien gewesen, hatte nie Longliet, Hardwick Hall, Wilton House oder eines der zwanzig anderen Landhäuser gesehen, die mit diesem Anwesen verglichen werden konnten. Es spielte auch gar keine Rolle. Esswood erschien ihm perfekt. Die klaren, symmetrischen Linien des Hauses, nur unterbrochen von breiten Fenstern, begeisterten ihn. Er versuchte, sich an die Bezeichnung für eine solche Fassade zu erinnern, aber sie fiel ihm nicht ein. Unwichtig. Die weiße Villa schien in sich selbst zu ruhen und mit der Landschaft zu harmonisieren. Was zunächst abweisend wirken mochte – die weißen Mauern, eine strenge Vorderfront, die Treppe so breit und hoch wie vor einem Verwaltungsgebäude –, hatte durch ständige Benutzung etwas Menschliches bekommen. Eine einzelne Familie, die Seneschals, lebte hier seit Hunderten von Jahren. Standish dachte an Menschen, die mit diesem Haus vertraut waren, über die Treppe schritten, durch alle Zimmer wanderten. Er dachte an Generationen von Kindern, die hier aufgewachsen waren. Selbst in der Dunkelheit zeigten die Stufen ausgetretene Bereiche, abgenutzt von vielen Seneschals – von Dichtern, Malern und Romanschriftstellern. Hier und dort bröckelte Putz ab, und Wasser hatte dunkle, lineare Flecken neben mehreren würdevollen Fenstern hinterlassen, doch ein derartiger Makel beeinträchtigte Esswoods Perfektionsempfinden nicht.

Standish öffnete den Kofferraum des Mietwagens und holte zwei große Koffer daraus hervor. Sie schienen wesentlich schwerer zu sein als in Zenith, und er stellte sie nacheinander auf den Kies, bevor er die Klappe wieder schloß. Dann griff er nach seinem Gepäck und ging zum Haus.

Jemand im Gebäude hörte ihn, als er die breite Treppe hochstieg: Ein Licht strich an den dunklen Fenstern entlang und näherte sich der Tür. Standish stellte sich ein

Dienstmädchen vor, das mit einer Kerze zum Portal eilte, wie es vor einigen Jahrhunderten sicher der Fall gewesen wäre. *Arbeiten hier überhaupt noch Dienstmädchen?* dachte er und fragte sich dann, ob er den Haupteingang benutzen sollte. Sicher gab es auch einen anderen Zugang, vermutlich neben der Treppe oder an der Seite, dort, wo er eine mit Spalieren versehene Laube gesehen hatte. Er brummte leise und zerrte die beiden Koffer auf die Terrasse oberhalb der Stufen. Die große, reich verzierte Tür schwang auf; Licht und Farben strömten Standish entgegen. Eine Frau stand vor ihm, sie trug ein graues Nadelstreifenkostüm mit knapp sitzendem Rock und hieß ihn mit einem Lächeln willkommen. Sie schien etwa so alt zu sein wie er selbst, vielleicht auch ein wenig älter, hatte locker zusammengestecktes Haar und ein intelligentes, falkenartiges Gesicht mit hellen, lebhaften Augen.

Überraschung und Unsicherheit verwirrten Standish. »Ist dies die richtige Tür?« fragte er. »Bin ich am richtigen Ort?«

»Mr. Standish?« sagte die Frau. Ihre Stimme klang herzlich und beruhigte ihn. »Wir haben uns schon gefragt, wo Sie sind. Bitte kommen Sie herein.«

Er spürte, wie ihn Esswood noch mehr betörte.

»Die gleiche Frage habe ich mir mehrmals gestellt«, erwiderte er und glaubte, in den Augen der Frau ein anerkennendes Aufblitzen zu sehen. Dann ruinierte er alles. »Besucher treten hier ein? Dies ist die richtige Tür?« Die Unbekannte nickte und belächelte nun seine Albernheit. Er trug die beiden schweren Koffer über die Schwelle, und sie erschienen ihm ebenfalls albern. Alles wirkte sehr hell: das Lächeln der Frau, die glänzenden Spiegel und gebohnerten Dielen, funkelndes Messing und glitzernde Vorhänge. »Sie sind nicht mit einer Kerze gekommen«, sagte er.

»England ist inzwischen etwas moderner geworden, Mr. Standish. Übrigens: Sie hätten Ihre Koffer nicht selbst tragen müssen. Das Personal kümmert sich darum und wird dafür sorgen, daß Ihr Aufenthalt so angenehm wie möglich ist. Ich beauftrage jemanden, das Gepäck in Ihr Zimmer zu bringen. Sicher möchten Sie nach ihrer Reise ein wenig ausruhen. Anschließend sehen wir uns im Eßzimmer. Mr. Wall wartet bereits.« Jetzt brachte das Lächeln wieder warme Herzlichkeit zum Ausdruck. »Bestimmt sind Sie halb verhungert.«

Standish überlegte, ob auch nur eine geringe Chance dafür bestand, daß ihn diese Frau heiratete.

»Ich nehme an, es befinden sich keine weiteren Koffer im Wagen, oder?«

Ganz offensichtlich rechnete sie mit einem *Nein* als Antwort. Das Schimmern in ihren Augen wies ihn darauf hin, daß er zuviel Kleidung mitgebracht hatte. Lächelnd sah sie auf die beiden schweren Koffer hinab und hielt sie wohl für einen gestaltgewordenen Scherz. Standish wünschte sich, daß der Wagen und sein ganzer Inhalt einfach im Boden versinken oder sich in Luft auflösen würden.

»Mein Gepäck ist ziemlich umfangreich«, entgegnete er. »Einige Dinge liegen noch immer im Kofferraum und auf dem Rücksitz.«

»Wir holen sie später. Schließlich sollten wir vermeiden, daß Sie sich überanstrengen, bevor Sie mit der Arbeit beginnen.«

Die Frau lächelte erneut, diesmal nachsichtig und tolerant, und drehte sich dann mit der Absicht um, den Besucher zu seinem Zimmer zu führen. Standish zögerte nach einigen Schritten; daraufhin blieb die Unbekannte ebenfalls stehen und sah zu ihm zurück. Er deutete zu den lächerlich anmutenden Koffern, die wie Eindringlinge im Flur standen. »Wir kümmern uns darum«, verkündete die Frau. »Wir kümmern uns um alles. Sie werden sich daran gewöhnen, Mr. Standish.«

Er folgte ihr durch den leeren Korridor, der sich als abgeschirmte Passage herausstellte. Große Tapisserien trennten ihn von einem Raum in den Ausmaßen eines

Ballsaals, in dem Polstermöbel vor einem hohen steinernen Kamin mit ionischen Säulen standen. An den holzvertäfelten Wänden hingen große, düstere Gemälde, die Jäger, Kinder und Pferde zeigten. Durch eine Lücke zwischen zwei Wandteppichen sah Standish einen Balkon an der gegenüberliegenden Seite des Raums. Darüber wölbten sich hölzerne Träger und Bögen.

»Das ist der Ostsaal, der älteste Teil des Hauses«, erklärte die Frau und blickte erneut zu ihm zurück. »Natürlich elisabethanisch.«

»Oh, natürlich«, sagte Standish.

Am Ende des abgeschirmten Flurs wandten sie sich nach links, einer Treppe zu, deren Stufen fast ebenso breit waren wie die vor dem Haus. Porträts von Adligen aus dem achtzehnten Jahrhundert schmückten die Wände, und oben teilte sich die Treppe in zwei kleinere. Standish folgte der Frau.

»Hier gibt es ziemlich viele Treppen, aber Sie wohnen direkt über der Bibliothek, im Springbrunnenzimmer. Dort bringen wir alle unsere gelehrten Gäste unter, und sie haben sich immer sehr wohl gefühlt.«

»Enthält es einen Springbrunnen?«

»Er befindet sich nicht im Zimmer, sondern auf dem Hof, Mr. Standish.« Die Frau setzte den Weg über die linke Treppe fort, sah kurz über die Schulter und lächelte. »Von Ihrem Quartier aus haben Sie einen ausgezeichneten Blick auf den Hof.«

Standish erinnerte sich nun an eine Frage, die ihn schon in Zenith beschäftigt hatte.

»Bin ich der einzige? Ich meine, arbeiten derzeit noch andere Personen in der Bibliothek?«

»Nein, natürlich nicht«, antwortete die Unbekannte und bedachte ihn mit einem durchdringenden, recht strengen Blick. Sie wartete, und dadurch bekam Standish Gelegenheit, zu ihr aufzuschließen. »Ich dachte, Sie wissen Bescheid ... Aber bitte, entschuldigen Sie: Ich habe vergessen, daß Sie zum erstenmal hier sind. Wir laden nie mehr als einen Gast in die Bibliothek ein. Literarische Forschungen sind eine sehr individuelle Tätigkeit, und wir möchten, daß unseren Besuchern das ganze Potential von Esswood zur Verfügung steht. Auf diese Weise wird vermieden, daß sich zwei Personen mit den gleichen Unterlagen befassen wollen. Ihre Arbeit ist sehr persönlicher Natur, nicht wahr? Sie mit jemand anders zu teilen... Genausogut könnte man eine gemeinsame Zahnbürste benutzen, ein gemeinsames Handtuch oder . . .«

*Oder zusammen in einem Bett schlafen*, dachte Standish.

»Nun . . .«, fuhr die Frau fort. Ihre Augen glühten. »Wie dem auch sei: Sie sind der einzige Gast. Drei Wochen lang gehört Ihnen Esswood, insbesondere die Manuskripte und Bücher in der Bibliothek. Bildlich gesprochen.«

»Glauben Sie, daß ich meinen Aufenthalt um eine Woche verlängern könnte, wenn sich das als notwendig erweist?«

»Das sollte eigentlich möglich sein. So, wir sind fast da.«

Sie stiegen nun nebeneinander die schmale Treppe hoch, und Standishs Begleiterin lächelte wieder.

»Sie erreichen das Springbrunnenzimmer durch die innere Galerie. Und die innere Galerie beginnt hinter diesem Raum . . .«

Die Frau öffnete eine Tür und führte Standish in einen Raum, der nach dem Glanz im Eingangsbereich des Hauses stockfinster zu sein schien. Seine Größe entsprach etwa der des Schlafzimmers, das er in Zenith mit Jean teilte; überall sah er Möbel. Ein Gefühl der Enge regte sich in ihm. »Die Beleuchtung funktioniert hier nicht richtig. Jemand sollte mal nach dem Rechten sehen. Nun, dies ist ein Arbeitszimmer, und es wird nur noch selten benutzt.« In der Düsternis sah Standish große Sessel und Stühle mit Sitzkissen; Bücher standen in finsteren Regalen an den Wänden. Die Frau wurde zu einem undeutlichen Schemen, verschmolz fast mit den Schatten, bevor sie eine andere Tür öffnete und in ein Rechteck aus gelbem Licht trat.

Standish kam sich wie ein Verfolger vor.

Hastig durchquerte er das dunkle Zimmer und rechnete damit, daß die Frau vor ihm durch einen Flur schritt. Statt dessen stand sie etwa zwei Meter weit jenseits der Türschwelle, unter einer hohen Decke. Der Abstand zwischen den Wänden war zu groß, um von einem Korridor zu sprechen, gleichzeitig aber auch zu gering, um diese Räumlichkeit als Zimmer zu definieren. An der einen Seite hingen große Gemälde von Pferden, Hunden und Segelschiffen über unbequem wirkenden Sitzbänken. Auf der anderen, links von Standish, erstreckten sich geradezu riesige Fenster, durch die er schwach beleuchtet ein anderes Haus sah. Einige Sekunden später begriff er, daß es sich keineswegs um ein anderes Haus handelte, sondern um einen weiteren Flügel von Esswood – er blickte über den Hof.

»Jetzt ist es nicht mehr weit, Mr. Standish. Wir sind hier in der inneren Galerie. Man nennt sie so, weil noch eine zweite Galerie existiert, die Westgalerie im zweiten Stock des vorderen Bereichs. Sie wurde in den dreißiger Jahren des achtzehnten Jahrhunderts gebaut, als Sir Walton Seneschal Esswoods Fassade im palladianischen Stil erneuerte.«

*Palladianisch,* dachte Standish. Nach diesem Wort hatte er gesucht. Plötzlich erinnerte er sich an das Licht, das hinter den Fenstern vorbeigestrichen war, als er sich dem Haupteingang näherte.

»Die Galerie befindet sich im zweiten Stock?« vergewisserte er sich.

»Beide, ja.«

»Und ich habe den zweiten Stock betreten, am Ende der großen Treppe?«

Die Frau verharrte. »O nein. Sie kamen in den ersten Stock. Die Etage darunter ist das Erdgeschoß. Amerikaner brauchen immer eine Weile für die Umstellung.« Sie setzte sich wieder in Bewegung.

*Vielleicht habe ich mich geirrt,* dachte Standish. »Und Sie haben keine Kerze oder so an den vorderen Fenstern vorbeigetragen, als Sie mich hörten?«

Die Frau zögerte und musterte ihn wie besorgt. Dann glätteten sich ihre Züge. »Wollen Sie mich auf den Arm nehmen?«

Da war sie wieder, jene subtile Koketterie, dicht unter der Oberfläche aus freundlicher Würde.

»Das würde ich mir nie erlauben«, erwiderte Standish.

Die kokette Aura verschwand so abrupt, daß er glaubte, sich das Ganze nur eingebildet zu haben. »Als ich die Treppe vor dem Haus hochging, habe ich jemanden gesehen, der mit einer Lampe an den Fenstern im ersten Stock vorbeiging.«

Das Gesicht der Frau zeigte nun beabsichtigte Ausdruckslosigkeit. »Ich fürchte, das ist nicht möglich, Mr. Standish.« Mit langen Schritten durchmaß sie den korridorartigen Raum.

»Jetzt sind wir da«, sagte sie schließlich und öffnete die Tür am Ende der Galerie. »Es ist alles für Sie vorbereitet. Ihr Gepäck müßte gleich eintreffen. Wenn sie soweit sind . . . Mr. Wall wartet im Eßzimmer. Von hier aus gibt es zwei verschiedene Wege dorthin. Gehen Sie die Haupttreppe hinunter ins Erdgeschoß und dann nach rechts durch den Westsaal. Oder Sie nehmen die Hintertreppe zur Bibliothek; wenden Sie sich im Flur immer wieder nach links, bis Sie die Doppeltür des Eßzimmers sehen.«

»In Ordnung.«

Die Frau trat zurück und führte ihn nicht ins Zimmer, wie Standish gehofft hatte. Damit sie noch ein wenig bei ihm blieb, fragte er: »Sind die Besitzer des Hauses daheim?«

Ein kurzes Nicken. »Sie verlassen das Anwesen nur selten. Miß Seneschal ist körperbehindert und verbringt fast die ganze Zeit im Familienflügel. Natürlich sind sie beide sehr alt.«

»Sie haben keine Kinder?«

Strenger Ernst kehrte in die Miene der Frau zurück, als sei der Gast diesmal zu weit gegangen. Sie deutete zur halb offenen Tür des Springbrunnenzimmers. »Bitte lassen Sie den armen Mr. Wall nicht zu lange warten – es wird ihn bestimmt erleichtern, Sie endlich begrüßen zu können. Er freut sich auf ein erstes Gespräch mit Ihnen – so wie Sie sich auf eine Mahlzeit freuen, wenn ich mich nicht sehr irre.«

»Ich freue mich tatsächlich darauf, ja – und auf ein Wiedersehen mit Ihnen.«

Sie warf ihm einen kurzen Blick zu, und ihre intelligenten Augen vermittelten dabei so etwas wie humorvolles Wohlwollen. Dann wandte sie sich ab und ging fort.

Standish trat durch die Tür, drehte sich um und sah der Frau nach. Plötzlich wurde ihm klar, daß sie ihm nicht ihren Namen genannt hatte. Jetzt war es zu spät, danach zu fragen – in Esswood rief man nicht. Die Unbekannte erreichte das Ende der Galerie und verschwand.

Das sogenannte ›Springbrunnenzimmer‹ überraschte Standish. Diese Bezeichnung sowie die Pracht des Hauses hatten in ihm Vorstellungen von Extravaganz und Luxus geweckt: Gold und Samt, dekorative Antiquitäten, ein Himmelbett. Doch die Realität seines Quartiers entsprach eher der eines billigen Hotels.

Es handelte sich um eine kleine Suite aus zwei Räumen. Zur Einrichtung des Wohnzimmers gehörten Stühle mit hohen Rückenlehnen und eine Couch, deren Chintz ein elaboriertes Blumenmuster aufwies. Davor stand ein Tisch mit uralten Ausgaben von *Country Life* und *The Tatler*. Stehlampen mit großen gelben Schirmen verbreiteten einen matten Schein. Auf dem Kaminsims ruhten ein ausgestopfter Fuchs und ein Terrarium, das Farnkräuter enthielt. Vor der gegenüberliegenden Wand und ihrer Rosentapete sah Standish einen Schreibtisch mit Lederauflage und einer grünen Leselampe. Das Regal daneben bot Bücher von Warwick Deeping, Compton Mackenzie, John Buchan und Agatha Christie an – sie schienen festgeschweißt zu sein. Hier und dort hingen Bilder von Männern, die Perücken und bestickte Westen trugen und in einem Saal Karten spielten. Etwas moderner gekleidete Leute vertrieben sich die Zeit beim Krocket auf einer Terrasse hinter Esswood House. Standish betrachtete die Darstellung einer von tänzelnden Pferden gezogenen Kutsche, neben der ein kleiner gefleckter Spaniel lief, den Kopf hoch erhoben. Dann blickte er durch die Fenster auf der linken Seite und bemerkte Licht im Flügel der Seneschals.

Ein Fernseher fehlte ebenso wie Radio oder Telefon.

Im etwas kleineren Schlafzimmer fand er ein schmales Bett vor, das Kopfteil mit Schnitzereien verziert, ein Nachtschränkchen, einen bequem aussehenden Ohrensessel, ein Sofa, dessen Bezug das gleiche Blumenmuster aufwies wie die Tagesdecke, und ein großes Gestell für Kleidungsstücke. Neben dem Garderobenständer bemerkte er eine Tür, die vermutlich zur Hintertreppe führte. Ein brusthohes Bücherbord präsentierte offenbar die gesammelten Werke von Winston Churchill. Auf dem Kaminsims des Schlafzimmers standen zwei silberne Kerzenhalter, und darüber hing ein geometrisch ausgeführter Stahlstich, der die Esswood-Terrassen skizzierte und außer einem Teich und Feldern auch noch einen Wald zeigte, dessen Lichtung wie ein druidischer Platz anmutete. Die Fensterläden waren geschlossen, und das Licht der Lampen schien einen goldenen Dunst zu schaffen.

Standish zog am Griff einer Spiegeltür und erwartete, dahinter das Innere eines Kleiderschranks zu sehen, doch sein Blick fiel in ein Badezimmer. Er betrat es, schloß die Tür und benutzte die Toilette. Anschließend wusch er sich die Hände und sah in den Spiegel über dem Becken.

Der Rand seiner Lider hatte sich rosarot verfärbt, wie bei den Augen eines Kaninchens. Grauer Staub bedeckte die Wangen. Das schweißfeuchte Haar wirkte wie Tang, der an seinem Kopf haftete. Er stöhnte. *Dieses Gesicht hat die Frau gesehen,* dachte er entsetzt. Was er für Koketterie gehalten hatte, stellte sich nun als höfliches Mitleid heraus. *Ich bin zu spät gekommen, mit absurd viel Gepäck, habe mich wie ein närrischer Tourist verhalten und alles angestarrt. Ja,* angestarrt. *O Gott!* Standish streifte die Jacke ab und knöpfte sein Hemd auf. Er füllte das Becken mit warmem Wasser und wusch sich noch einmal die Hände, dann auch Gesicht und Haare.

Als er das Badezimmer verließ, lagen seine Hemden, Socken und die Unterwäsche auf dem Bett im Schlafzimmer, ebenso einige Toilettenartikel. Die beiden schweren Koffer und zwei große Reisetaschen standen am Sofa, und auf dem Schreibtisch lag *Knacks, Knall und Rad.* Die Anzüge, Jacken und Hosen hingen am Garderobenständer, zusammen mit mehreren Krawatten. Unten leisteten ihnen die Schuhe Gesellschaft.

Standish wählte ein frisches Hemd samt Krawatte, fügte einen Blazer hinzu und zog saubere Halbschuhe an. Die Spiegeltür teilte ihm mit, daß er wieder wie ein anständiger junger Gelehrter aussah. Hunger ließ Benommenheit in ihm entstehen, und er seufzte innerlich, als er sich vorstellte, durch die innere Galerie und das dunkle Arbeitszimmer zurückkehren zu müssen. Nach den knappen Beschreibungen der namenlosen Frau zu urteilen, war der Weg über die Hintertreppe kürzer und schneller. Entschlossen ging er zur Tür neben dem hölzernen Gestell und öffnete sie.

## 4

Auf der anderen Seite befand sich ein leerer, ungebohnerter Treppenabsatz. Schmale Stufen führten nach unten an einem Fenster vorbei, wanden sich durch eine Kurve und gerieten außer Sicht. Schwach glimmende Glühbirnen steckten in alten Gasarmleuchtern und sorgten für eine zwar matte, aber gleichmäßige Beleuchtung. Standish schritt über den Absatz hinweg und ging die Treppe hinunter.

Nach der dritten oder vierten Wendung blickte er in die Richtung zurück, aus der er gekommen war, und sah zweifelnd die glatten Wände und die nackten, steil nach oben führenden Stufen an. Er fragte sich, ob er den Ausgang im ersten Stock übersehen hatte und nun zur Waschküche unterwegs war, oder vielleicht zum Verlies im Keller. Dann erinnerte er sich an die Höhe des Saals mit dem riesigen Kamin und folgte auch weiterhin dem Verlauf der Treppe. Nach einiger Zeit gelangte er in einen Bereich, wo die Glühbirnen nicht mehr funktionierten. Vorsichtig trat er von einer Stufe zur nächsten und berührte dabei die Wände zu beiden Seiten. Nach einer neuerlichen Kurve erwartete er, weiter vorn Licht zu sehen, doch es blieb alles dunkel. Behutsam tastete er sich durch die Finsternis, und schließlich kroch von unten her grauer Schimmer über die äußere Wand. Nach einigen Schritten wich die Schwärze, und Standish stellte fest, daß Spinnweben an seinen Händen und den Ärmeln des Blazers klebten.

Kurze Zeit später sah er das Ende der Treppe. Ein mit Fliesen ausgelegter Korridor, ebenfalls von Glühbirnen in ehemaligen Gaskronleuchtern erhellt, führte zu einer Tür, die der im Schlafzimmer glich. Dahinter vermutete Standish die Bibliothek. Er brachte die letzten Stufen hinter sich, eilte durch den Flur und zögerte vor der Tür. Ein seltsames Schuldgefühl regte sich in ihm, als er die Hand nach dem Messingknauf ausstreckte. Unsicher blickte er durch den leeren Korridor und rang mit sich selbst. Nach allem, was er heute durchgemacht hatte, konnte wohl kaum jemand Vorwürfe gegen ihn erheben, wenn er sich eine kleine Freude gönnte. Ihm war bereits erlaubt worden, die Bibliothek zu benutzen – und außerdem hatte Isobel viele Verse in jenem Raum geschrieben.

Standish drehte den Knauf, so sehr darauf erpicht, die Bibliothek zu sehen, daß er fast wütend an dem Griff zerrte, als sich die Tür nicht öffnete. Warum war sie verschlossen? Um das Personal von den kostbaren Büchern und Manuskripten fernzuhalten? Damit *er* jenen Raum nicht betreten konnte? Standish dachte an die ausgebrannten Glühbirnen im Treppenhaus und überlegte, wieviel Zeit verstrichen sein mochte, seitdem man den letzten Gelehrten nach Esswood eingeladen hatte. Er erinnerte sich auch an den Hinweis des Wirts in Huckstall – angeblich war hier ein Amerikaner ermordet worden – und wandte sich rasch von der Tür ab.

Etwa fünfzehn Meter weiter knickte der Korridor nach links ab, und hier stand eine der italienischen Bildhauerkunst nachempfundene Marmorstatue: ein kleiner Junge, der mit ausgestreckten Armen auf den Zehenspitzen balancierte, wie um jemanden zu küssen. Standish ging daran vorbei, wanderte weiter durch beklemmende Stille. Nach weiteren zehn oder zwölf Metern führte der Korridor erneut nach links und mündete in eine breitere Passage. Auch hier bestand der Boden aus Fliesen, auch hier stammte das Licht von trüb leuchtenden Glühbirnen. An dieser Stelle sah Standish eine zweite Statue: Sie stand auf einem runden Marmortisch und zeigte eine Frau in geduckter Haltung, die ihre Hände vors Gesicht gehoben hatte. Er hörte nun dumpfe Stimmen und andere leise Geräusche, schritt etwas schneller aus und erreichte endlich eine breite Doppeltür. Als er anklopfte, fielen ihm graue Spinnfäden an den Manschetten auf, und er wischte sie fort. Das Pochen blieb ohne Reaktion. Standish drehte den Knauf und vernahm ein leises Klicken, als der Bolzen im Schloß zurückwich. Er preßte die Hand an den rechten Türflügel, der sofort nachgab.

Ein Mann mit breitem, scharfgeschnittenem Gesicht und grauem Haar, das ihm weit in die Stirn hinabreichte, blinzelte überrascht und lächelte. Er saß auf der anderen Seite eines langen Tisches in der Mitte des Zimmers, und ihm gegenüber hatte man ein einzelnes Gedeck vorbereitet. Als er sich erhob, stellte Standish sofort fest, daß der Fremde mindestens sechs oder sieben Zentimeter größer war als er. »Ah, endlich. Mr. Standish. Freut mich, Sie zu sehen. Ich bin Robert Wall.«

Standish trat vor, doch der Tisch war zu breit, um sich über ihn hinweg die Hände zu schütteln.

»Ich habe eine Wette mit mir selbst verloren«, sagte Wall. »Bleiben Sie dort. Ich komme zu Ihnen.«

Der Mann lächelte ein wenig reumütig und kam um den Tisch herum. Er trug einen tadellos geschnittenen grauen Tweed-Anzug, ein dunkelblaues Hemd und eine rosarote Seidenkrawatte. Seine ganze Erscheinung erstaunte Standish: Er sah aus wie ein College-Rektor, nicht wie der Verwalter einer angesehenen literarischen Stiftung. Walls Attraktivität erschien ihm zwar als Belanglosigkeit – doch gleichzeitig fühlte er deswegen einen eigentümlichen Kummer. Als er sich näherte, dachte Standish daran, wie Jean wohl auf einen solchen Mann reagieren würde.

»Erlauben Sie mir, Sie angemessen willkommen zu heißen«, fuhr Wall fort und drückte dem Gast die Hand. »Sie haben sicher einen ziemlich anstrengenden Tag hinter sich, nicht wahr? Was halten Sie von einem Drink, bevor ich Ihnen das Essen servieren lasse? Ein Whisky? Single Malt? Etwas Besonderes, das versichere ich Ihnen.«

Standish trank keinen Whisky, aber dennoch murmelte er eine zustimmende Antwort. Aus der Nähe betrachtet, zeigten sich Erschöpfungsspuren in Walls Gesicht. Kleine Falten, wie winzige Schnitte, kerbten Mund- und Augenwinkel. Der Verwalter lächelte und ging in einen kleinen Raum hinter der Tür am Ende des Tisches. Standish folgte ihm langsam. Größe und Herrlichkeit des Eßzimmers begeisterten und bedrückten ihn. Tote Seneschals starrten mit gerunzelter Stirn aus ihren gerahmten Porträts, und wohin Standish auch blickte, sah er überall unerwartete dekorative Details: Deckenstuck, das Muster des Parkettbodens am Rand des Perserteppichs, Gipsrosetten an den Wänden. Das Besteck neben dem Teller, der Teller selbst und auch der Rand des Weinglases bestanden aus Gold. Ein goldener Teller! Eine goldene Gabel, ein goldener Löffel, ein goldenes Messer! Die Beiläufigkeit dieses Prunks beunruhigte ihn – er schien die normale Realität ungewollt verlassen zu haben und nun durch die Welt von Märchen zu wandeln.

Die Wandschränke in dem kleinen Raum, einer Art Speisekammer, waren mit gläsernen Türen ausgestattet und enthielten goldene Teller. In einer Vitrine sah Standish mehrere Flaschen. Eine Treppe – so schmal wie jene, die hinter der Tür seines Schlafzimmers begann – führte nach unten, wahrscheinlich zur Küche. Robert Wall nahm eine Flasche und zwei Gläser.

»Sie meinten eben, Sie hätten eine Wette mit sich selbst verloren?«

»Ja, das stimmt«, bestätigte der Verwalter und lächelte. Wenn man ihm ganz nahe war, bildeten Erschöpfung und die winzigen Kerben in Mund- und Augenwinkeln einen auffallenden Kontrast zu seinem attraktiven Erscheinungsbild. Er erweckte den Eindruck, als ob er sich noch immer von einer Hauttransplantation erholen müsse.

Die Perspektive verschob sich, und für ein oder zwei Sekunden dachte Standish, daß Robert Wall nicht etwa müde oder krank aussah, sondern hungrig – wie ein Mann, der sich nach Dingen sehnt, die sein ganzes Leben lang außerhalb seiner Reichweite schweben. Wie ein Mann, der sich nicht mit dem begnügt, was ihm zur Verfügung steht, der mehr verlangt.

Wall schob sich an dem Gast vorbei, und als sie beide ins Eßzimmer zurückkehrten, begriff Standish: *Ich bin noch hungriger als er. Himmel, ich habe das Gefühl, seit Tagen nichts mehr gegessen zu haben.*

Wall trug Flasche und Gläser zur einen Seite des Tisches; Standish näherte sich der anderen und nahm vor dem Gedeck Platz, als der Verwalter darauf deutete.

»Was die Wette betrifft ... Ich bin sicher gewesen, daß Sie die Haupttreppe nehmen und vom Westsaal hierherkommen würden. Es war kühn von Ihnen, die kleinere Treppe zu benutzen – Sie hätten sich verirren können.«

Wall schenkte Whisky ein, während er diese Worte formulierte. Er beugte sich weit vor, um das eine Glas Standish zu reichen, und ließ sich dann mit einer eleganten Bewegung auf den Stuhl sinken. Besorgt fragte sich Standish, ob Robert Wall wohl mit der Frau verheiratet wäre, die ihn zum Springbrunnenzimmer begleitet hatte.

*Wollen Sie mich auf den Arm nehmen?* Seine Erinnerung zeigte ihm die falkenartigen Züge der Unbekannten.

»Eine Frau hat mir den Weg zu meinem Quartier gezeigt«, sagte er.

Wall nickte, hob sein Glas und warf Standish einen Blick zu, der zurückhaltendes Desinteresse zum Ausdruck brachte. Standish trank einen vorsichtigen Schluck. Der Whisky schmeckte wie eine erlesene Delikatesse. Er war köstlich, geradezu ambrosisch. Wall wartete auf einen Kommentar. »Die Frau wußte von der hinteren Treppe. Durch ihren Hinweis erfuhr ich davon. Wer ist sie? Leider habe ich es versäumt, nach ihrem Namen zu fragen.«

»Keine Ahnung, wer Sie hinaufführte. Sind Sie mit Ihrer Unterkunft zufrieden?«

»Dunkles Haar, lang und irgendwie *locker*. Sieht außerordentlich gut aus. Etwa in meinem Alter.«

»Eine geheimnisvolle Frau«, sagte Wall. »Sie sind tatsächlich ein kühner Mann.« Er sah auf die Armbanduhr. »Ihr Essen sollte gleich fertig sein. Es muß nur aufgewärmt werden. Schmeckt Ihnen der Whisky?«

»Er ist ausgezeichnet.«

»Freut mich. Zu Ihren Eigenschaften gehören also nicht nur Kühnheit, sondern auch guter Geschmack. Nun, es handelt sich wirklich um etwas Besonderes: Dieser Single Malt wurde vor siebzig Jahren gebrannt.«

»Sie kennen die Frau nicht?«

»Mit solchen Angelegenheiten habe ich nur wenig zu tun. Wie war die Reise?«

Standish schilderte, wie er im Kreisverkehr die Orientierung verloren hatte, und beschrieb den Weg nach Huckstall und die Szene im Pub.

»Nachher kam mir die Sache wie ein Gedicht von Isobel Standish vor – wie eine ihrer *Erfahrungen,* wenn Sie verstehen, was ich meine.«

»Schade, daß Sie ausgerechnet Huckstall für Ihren ersten Ausflug ins englische Leben wählten. Aber daran läßt sich jetzt kaum etwas ändern, wie?«

»Geschieht es häufig, daß die dortigen Bewohner Fremden auflauern?«

»Nicht unbedingt. Während des Essens erzählte ich Ihnen eine Geschichte.« Wall sah erneut auf die Uhr. »Wo bleibt Ihre Mahlzeit? Sie sollte längst hier sein. Vermutlich wartet man darauf, daß wir den Whisky austrinken.« Er erhob sich, ging am Tisch entlang und verschwand durch die Tür der Speisekammer. Standish hörte, wie er mit jemandem sprach, und vernahm das Lachen einer Frau. Kurze Zeit später kehrte der Verwalter mit einem Tablett zurück, auf dem ein Teller stand. »Ich habe sie so sehr erschreckt, daß sie dieses Ding fast fallen gelassen hätte. Eine Spezialität mit historischem Hintergrund: Kalbslende und Morchelsoße, dazu grüne Bohnen. Ich hole uns einen Bordeaux, einverstanden?«

Standish nickte. Als er den Duft des Essens wahrnahm, lief ihm das Wasser im Mund zusammen. Wall stellte den Teller vor ihm auf den Tisch, und er paßte genau in den größeren Untersetzteller aus Gold. Das Tablett trug er wieder in die Speisekammer und kam kurz darauf mit einer Flasche Rotwein und einem Korkenzieher durch die Tür.

»Ich setze mich zu Ihnen, wenn Sie gestatten. Wir können uns unterhalten, bis Sie sich zur Nachtruhe zurückziehen möchten. Morgen erwarten mich Pflichten außerhalb von Esswood, und ich muß eine Zeitlang fortbleiben. Allerdings wäre es möglich, daß wir zusammen frühstükken, wenn Sie nichts dagegen haben.«

»Ja, gern«, erwiderte Standish, dankbar dafür, im Eßzimmer nicht allein zu sein. Er probierte ein kleines Stück der Kalbslende, und eine Vielfalt von Aromen entzückte seine Zunge. Er stöhnte laut – nie zuvor hatte er so etwas gegessen. Der Korken verursachte ein leises *Plop*, als er sich aus dem Flaschenhals löste, und Wall füllte Gläser mit goldenen Rändern. Standish setzte seines an die Lippen und fügte den Geschmack des Weins dem kulinarischen Genuß hinzu.

»Wissen Sie, warum man Kalbslende mit Morchelsoße für Sie vorbereitet hat?« fragte der Verwalter und nahm auf seiner Seite des Tisches Platz.

Standish schüttelte den Kopf. Er aß, während Wall sprach; ab und zu trank er von dem Wein, der ebenso gut schmeckte wie die Mahlzeit.

»Isobel Standishs Lieblingsessen.« Wall schmunzelte. »Als die Leute in der Küche davon hörten, waren sie nicht mehr zu bändigen. Natürlich verwenden wir frische Pilze, und gutes Kalbfleisch ist im Ort erhältlich. Freut mich, daß Sie Gefallen daran finden.« Er zögerte, und ein Schatten fiel auf die Gutmütigkeit in seinen Zügen. »Sie wußten also nichts von Huckstall, bevor Sie dort hielten? Der Ruf des Dorfes reicht nicht bis zur anderen Seite des Atlantiks?«

Einmal mehr schüttelte Standish den Kopf. Ein Ring aus Wärme im Zentrum seines Selbst dehnte sich Millimeter um Millimeter aus, brachte Frieden und Ruhe in alle Zellen, die er berührte.

»Früher im Sommer kam es dort zu einem beklagenswerten Zwischenfall«, sagte Wall. »Ein Mann brachte seine Frau und ihren Liebhaber um und fand dann selbst den Tod. Ein Gastwirt.«

Standish sah das steinerne, maskenhafte Gesicht des Mannes im Pub ganz deutlich vor sich, und das wundervolle Essen blieb ihm im Hals stecken.

»Nach amerikanischen Maßstäben eigentlich kein nennenswerter Skandal«, fuhr Wall fort. »Aber hier sorgte er für erhebliches Aufsehen. Die Frau war schwanger. Der Ehemann kettete sie und ihren Liebhaber im Keller an die Wand und folterte sie mehrere Tage lang. Schließlich enthauptete er sie beide. Das männliche Opfer war allgemein bekannt, ein Dichter oder so. Ich möchte Ihnen nicht das Essen verderben, Mr. Standish.«

»Nein, ich bin sehr interessiert. Ihre Ausführungen erinnern mich an die Leute, denen ich in Huckstall begegnete.«

Wall wirkte amüsiert.

»Im Pub. Die Duellanten – so heißt die Gaststätte.«

»Ah.« Wall lächelte nachsichtig. »Ich verstehe. Nun, an den Namen des Pubs entsinne ich mich nicht mehr. Lord Sowieso. Kann unmöglich das von Ihnen besuchte Gasthaus gewesen sein.«

»Warum?«

»Der Wirt brannte es nieder, unmittelbar nach dem Doppelmord. Hatte vollkommen den Kopf verloren. Entschuldigen Sie das Wortspiel. Wie dem auch sei: Der Kerl stopfte die beiden Köpfe in Tüten und warf sie auf eine Schlackenhalde. Dachte wahrscheinlich, daß man sie dort nie finden würde. Oder es war ihm völlig gleich. Das eigene Leben bedeutete ihm überhaupt nichts mehr. Warf sich außerhalb des Dorfes vor einen Wagen. Noch etwas Wein?«

Standish stellte verblüfft fest, daß er sein Glas ausgetrunken hatte. Er griff nach der Flasche und füllte es wieder. Wall schob sein eigenes Glas nach vorn, und Standish schenkte auch ihm nach.

»Der Bursche war sofort tot, aber man entdeckte die Leiche erst am nächsten Morgen – hatte alle Hände voll damit zu tun, das Feuer zu löschen. Das Pub brannte wie Zunder, und die Flammen bedrohten auch einige andere Häuser. Tja, und als nur noch Asche übrigblieb, fand man die sterblichen Überreste der beiden Ermordeten. Hatten alles gut überstanden – immerhin lagen sie im Keller. Oh!« In Walls Augen blitzte es.

»Das habe ich ganz vergessen. Der Liebhaber war gar kein Dichter. Es gehörte alles mit zum Skandal. Hatte seinen guten Ruf längst verloren. Muß früher mal Bibliothekar oder etwas in der Art gewesen sein, vielleicht auch Schulleiter. Aber seit einigen Jahren ging's mit ihm bergab. Hing an der Flasche. Verlor seinen Job. Führte ein ziemlich mieses Leben. Der Wirt konnte nicht die Demütigung ertragen, daß ihn seine Frau mit einem solchen Typ betrog.«

Standish aß und hörte zu; er teilte seine Aufmerksamkeit zwischen Wall und der wundervollen Mahlzeit.

»Diese Geschichte eignet sich nicht dafür, beim Abendessen präsentiert zu werden, wie?«

»Sie fasziniert mich«, entgegnete Standish. »Als ich in dem Pub war . . .«

»Lassen Sie mich zuerst den Rest erzählen. Wie ich schon sagte: Am nächsten Tag entdeckte man die Leiche des Wirts auf der Straße. Der Wagen hatte ihn regelrecht zermalmt. Das Auto stand noch immer da, mit laufendem Motor, die Tür geöffnet. Vom Fahrer fehlte jede Spur. War in Panik geraten und durchs Moor gelaufen. Er erfuhr nie, daß ihn überhaupt keine Schuld traf, daß der Gastwirt Selbstmord beging.«

»Konnte man den Fahrer mit Hilfe des Autokennzeichens identifizieren?«

»Es war ein Mietwagen. Und vielleicht hat der Fahrer einen falschen Namen benutzt. Ist vermutlich noch immer auf der Flucht.«

»Der Mann im Pub teilte mir mit, hier sei jemand ermordet worden.«

»In Esswood?«

»Ja. Angeblich ein Amerikaner.«

»Seltsam.« Wall wirkte völlig ungerührt. »Davon hätte ich bestimmt gehört. Schließlich bin ich die meiste Zeit über hier.« Er runzelte die Stirn und versuchte damit, sein Schmunzeln zu verbergen. Es war der ironischste Gesichtsausdruck, den Standish jemals gesehen hatte.

»Ich hielt den Hinweis ebenfalls für sonderbar«, sagte er.

»Kann mich überhaupt nicht daran erinnern, wann bei

uns zum letztenmal jemand ermordet wurde.« Walls Schmunzeln wuchs allmählich zu einem Lächeln. »Und ich habe hier den größten Teil meines Lebens verbracht. Sicher hat der Wirt den Namen Esswood mit Exmoor oder dergleichen verwechselt. Sie sind deshalb doch nicht besorgt, oder?«

»Natürlich nicht. Nein. Nicht im geringsten.«

»Ganz offensichtlich war es richtig, Ihnen die Studienerlaubnis zu erteilen.«

»Danke.« Die Schmeichelei verunsicherte Standish, und er überlegte, ob er Wall bitten sollte, ihn William zu nennen. *Ob er mich dann auffordert, ihn mit Robert anzusprechen?*

»Haben Sie auf dem Weg hierher einen Blick in die Bibliothek geworfen? Ich an Ihrer Stelle hätte der Versuchung sicher nicht widerstehen können.«

»Nein«, antwortete Standish. Als Wall die Brauen hob, fügte er hinzu: »Um ganz ehrlich zu sein: Ich wollte die Tür öffnen, aber sie war verschlossen.«

»Unmöglich. Die Zugänge zur Bibliothek sind nie verriegelt. Haben Sie sich vielleicht in der Tür geirrt?«

»Unten an der Teppe?«

»Hm. Nun, spielt keine Rolle. Klingt so, als seien Sie von der Bibliothek abgewiesen worden. Vielleicht sollten wir Ihren Antrag noch einmal prüfen.«

Standish erkannte die letzten Worte als Scherz. Er nippte an seinem Wein, und als der Verwalter schwieg, sagte er schließlich: »Sie haben also den größten Teil Ihres Lebens in Esswood verbracht. Sind Sie hier geboren?«

»Ja. Mein Vater arbeitete als Wildhüter, vor dem Ersten Weltkrieg. Wir wohnten in einem Cottage jenseits der Felder.« Wall füllte die Gläser. »Damals wurden die Gäste von Edith Seneschals Gastfreundschaft und der Qualität ihrer Küche angelockt, die noch immer sehr gut ist, wie Sie inzwischen wissen. Doch sie fanden noch mehr: angenehme Gesellschaft und den Frieden von Esswood. Deshalb kehrten sie häufig hierher zurück. Aus Dankbarkeit leisteten sie Beiträge für die Bibliothek – deshalb ist sie so einzigartig. Alle literarischen Gäste haben sie mit Manuskripten, Entwürfen, Ideensammlungen, Tagebüchern und Notizen erweitert – mit Dingen, die sie für kostbar oder auch unwichtig hielten. Letzteres hat inzwischen einen großen Wert.«

»Manuskripte und Tagebücher? Von T. S. Eliot, Lawrence und so weiter? Auch von Theodore Corn? Und sogar von Isobel?«

»Ja, sogar von Isobel, das versichere ich Ihnen.« Wall lächelte wieder. »Insbesondere von Isobel. Das möchte ich extra betonen. Ich weiß nicht, wie es begann, aber bald wurde es zu einer Tradition, dem Hause etwas zu schenken – ein symbolischer Dank für Ediths Gastfreundschaft, als Anerkennung im Hinblick auf Esswoods Schönheit und die hier genossene Ruhe. Gesten dieser Art waren ein integraler Bestandteil des hiesigen Aufenthalts: Alle ließen etwas zurück, wenn sie gingen.«

»Erstaunlich«, sagte Standish. »Soll das heißen, jene berühmten Leute stifteten bei jedem Besuch Originalmanuskripte und Tagebücher?«

»Jahr für Jahr. Isobel Standish kam zweimal hierher, und ich glaube, die Bibliothek verdankt ihr sehr bedeutsames Material.«

»Stellten die, äh, Stiftungen Kopien von bereits bekannten Werken dar? Es klingt fast so, als ob es sich um Originale . . .«

»Und es klingt richtig. *Glaube* ich. Mehr noch: Ich bin davon *überzeugt*, daß alle Manuskripte in der Bibliothek im wahrsten Sinne des Wortes einzigartig sind. Sie dürfen nur aufgrund spezieller Vereinbarungen veröffentlicht oder vervielfältigt werden – so lauteten die Bedingungen.«

Standish hatte das Gefühl, den feuchten Finger in eine Steckdose zu halten. Die Bibliothek kam einer Schatzkammer gleich. Manuskripte nie publizierter Werke, verfaßt von den größten Autoren des Jahrhunderts! Handgeschriebene Entwürfe von berühmten Dichtern und Schriftstellern! Es kam ihm vor, als dürfe er ein Lagerhaus betreten, voller unbekannter Gemälde von Matisse, Cézanne und Picasso.

Offenbar spiegelte sich zumindest ein Teil der Aufregung in seinem Gesicht wider, denn Robert Wall sagte: »Ja. Eine atemberaubende Vorstellung. Und Sie sind jemand, der so etwas zu schätzen weiß. Jetzt verstehen Sie sicher, warum wir uns in jedem Jahr genau überlegen, wer eine Studienerlaubnis erhalten soll. Die hierher eingeladenen Gelehrten müssen hohen Anforderungen gerecht werden.«

»Donnerwetter«, hauchte Standish. Und dann: »Ja, ich verstehe.«

»Auch ich erlag diesem Reiz. Abgesehen davon, daß ich nie ein anderes Zuhause kennengelernt habe. Ich ging zur Schule, besuchte die Universität – die Seneschals waren immer sehr großzügig, wenn sie Großzügigkeit für erforderlich hielten –, doch von Anfang an spürte ich eine tiefe Verbundenheit mit Esswood. Nach dem Studium gab ich mir alle Mühe, unentbehrlich zu werden. Seitdem arbeite ich hier. Während des Zweiten Weltkriegs wurde ich natürlich einberufen, aber ich konnte es nicht abwarten, hierher zurückzukehren. Tief in meinem Herzen bin ich noch immer der Sohn des Wildhüters. Ich hoffe, Esswood in die moderne Welt geführt zu haben, ohne dabei die Vergangenheit zu opfern.«

Wall musterte Standish und lächelte. »Genau darum geht's. Die Vergangenheit von Esswood ist noch immer sehr lebendig. Ich erinnere mich daran, eines Morgens meinen Vater am Teich entlang begleitet zu haben. Edith Seneschal – sie erschien mir damals wie die schönste Frau auf der ganzen Welt – kam uns entgegen, zusammen mit einer anderen, ebenfalls sehr attraktiven Frau und einem untersetzten, älteren Herrn. Sie stellte mich Virginia Woolf und Henry James vor. James war natürlich schon recht alt und besuchte Esswood zum letztenmal. Er bückte sich, schüttelte mir die Hand und bewunderte meinen Mantel. ›Du hast da ziemlich viele Knöpfe, junger Mann‹, sagte er. ›Heißt du vielleicht Knopf?‹ Ich wußte nicht, was ich darauf erwidern sollte und starrte ihn nur an wie ein Narr. Er nahm meine Dummheit würdevoll hin. Später las ich alles über James und Woolf, beschäftigte mich sowohl mit ihren Werken als auch mit denen der anderen Gäste. Damit meine ich auch die Publikationen der Gelehrten. Ich sehe darin eine der wichtigsten Aufgaben für die richtige Verwaltung von Esswood. Wir überprüfen jede Person, die uns um Studienerlaubnis bittet, und während ihres Aufenthalts versuchen wir, sie noch besser kennenzulernen. Die Gäste müssen zu uns passen. *Es klappt nicht so gut*, wenn zu große Unterschiede und Differenzen existieren. Wer zu uns kommt, soll Esswood lieben.«

Standish nickte.

»Nun, ich bin ein besonderer Fall. Ich liebe Esswood so sehr, daß ich beschloß, für immer hierzubleiben.«

»Da haben Sie Glück.«

»Ja. Es ist besser, Esswood nie zu verlassen.«

*Esswood nie zu verlassen.* Standish hörte eine unausgesprochene Botschaft in diesen Worten, eine lautlose Resonanz. Selbst Walls Haltung – er neigte den Kopf zurück und schloß die Finger ums Glas – vermittelte stumme Bedeutung. Plötzlich reifte eine Erkenntnis in Standish heran: Damals, 1914, mußte Wall etwa zehn gewesen sein, woraus folgte, daß er jetzt über achtzig war. Aber er sah wie ein Fünfzigjähriger aus.

»Esswood hat Sie gut behandelt«, meinte er.

Wall lächelte dünn und nickte. »Esswood und ich versuchen, immer freundlich zueinander zu sein. Ich glaube, daß Sie hier ebenfalls gut behandelt werden, Mr. Standish. Wir waren sehr glücklich, als Sie um Studienerlaubnis baten. Bis zu jenem Zeitpunkt deutete alles darauf hin, daß wir in diesem Jahr keinen Gelehrten empfangen könnten.«

»Ich bin doch bestimmt nicht der einzige Antragsteller gewesen!«

»Nein, wir hatten die übliche Anzahl von Bewerbern.«

Standish hob neugierig die Brauen, und Wall erklärte: »Über sechshundert. Sechshundertneununddreißig, um ganz genau zu sein.«

»Und Sie zogen nur meinen Antrag in Erwägung?«

»Oh, Sie waren nicht ohne Konkurrenz«, entgegnete Wall. »Es dauert immer einige Monate, bis sich die Dinge regeln. Wir wählen mit mehr als nur der üblichen Sorgfalt aus.« Erneut zeigten seine Lippen ein entspanntes Lächeln, und er wirkte jetzt tatsächlich wie der Sohn des Wildhüters. »Wenn Sie fertig sind, können wir uns die Bibliothek ansehen. Anschließend möchten Sie sicher zu Bett gehen. Übrigens: Haben Sie irgendwelche Fragen?«

Standish blickte auf seinen Teller. Der größte Teil des leckeren Essens schien sich einfach in Luft aufgelöst zu haben. »Bekomme ich Gelegenheit, den Seneschals zu begegnen?«

Wall stand auf. »Leider sind sie nicht bei bester Gesundheit.«

»Jene Frau, die mich begrüßte: Sie meinte, Mrs. Seneschal . . .«

Der Verwalter unterbrach ihn mit einem warnenden Blick.

»Ich schlage vor, wir versuchen nun, die widerspenstige Tür zu öffnen.«

Standish erhob sich ebenfalls. Vor seinen Augen zitterte alles, und er hielt sich an der Rückenlehne des Stuhls fest, um nicht das Gleichgewicht zu verlieren. Einige Bemerkungen Robert Walls verschwanden in grauem Dunst. Dann endete der Schwindelanfall, und die Umgebung gewann wieder klare Konturen. »Entschuldigung?«

»Fühlen Sie sich nicht gut?«

»Es ist schon wieder vorbei. Verzeihen Sie bitte, aber ich habe Sie eben nicht verstanden.«

Wall öffnete die Tür, durch die Standish das Eßzimmer

betreten hatte. »Nun, offenbar hat Ihnen jene mysteriöse Frau eine falsche Auskunft gegeben: Eine Mrs. Seneschal existiert gar nicht.«

Standish ging an Wall vorbei und sah erneut die tiefen, narbenartigen Furchen in seinem Gesicht.

»Es heißt *Miß* Seneschal. Sie und Mr. Seneschal sind Schwester und Bruder. Ediths Kinder.«

»Oh, ich dachte . . .«

»Ein Fehler, wie er einem erschöpften Mann leicht unterläuft.«

Wall deutete in den mit Fliesen ausgelegten Korridor. »Ihr erster Abend in Esswood – aber Sie kennen diesen Weg bereits. Damit unterscheiden Sie sich von unseren meisten anderen Gästen.« Er schritt in die Richtung, aus der Standish gekommen war. »Ein weiterer Hinweis darauf, daß wir eine gute Wahl getroffen haben.«

Eine Zeitlang schwiegen sie. Robert Wall schritt aus wie ein junger, kraftvoller Mann.

»Sie sind verheiratet, nicht wahr, Mr. Standish?«

Sie passierten die Statue der geduckten Frau und wandten sich nach rechts.

»Ja.«

»Kinder?«

»Noch nicht«, sagte Standish und spürte, wie sich ihm die Nackenhaare aufrichteten. Gräßliche Bilder entstanden vor seinem inneren Auge: das helle Fenster eines Apartmenthauses von Popham, dahinter zwei Personen, seine untreue Ehefrau und ein ebenso untreuer Freund, die sich im Bett wälzten. Als er Walls fragenden Blick spürte, fügte er hinzu: »Jean ist schwanger – in zwei Monaten soll es soweit sein.«

»Dann sollten wir dafür sorgen, daß Sie bis dahin sicher heimgekehrt sind, nicht wahr?«

Standish nickte geistesabwesend.

Sie wandten sich noch einmal nach rechts und kamen an dem Bildnis des Jungen auf Zehenspitzen vorbei.

»Wie dem auch sei: Sie sind gekommen, um dies hier zu

sehen. Bin gespannt, ob die Tür tatsächlich verschlossen ist.«

Sie blieben davor stehen. Das Gesicht des Verwalters war ein Schemen unter dem ordentlich gekämmten grauen Haar. Standish stellte sich vor, wie sich Jean an Robert Wall schmiegte und das Gesicht an seiner Brust rieb. Attraktiven Männern gegenüber wurde sie häufig zur Närrin.

»Scheint alles in Ordnung zu sein.« Die glühenden Augen in dem schattenhaften Gesicht sahen Standish an. »Vielleicht haben Sie den Knauf zur falschen Seite gedreht.«

Der Gast wußte es besser und gewann den jähen Eindruck, daß Jean – oder ihr Phantom – seine Demütigung beobachtet hatte. Von einer Sekunde zur anderen errötete er.

Wall trat über die Schwelle und betätigte einen Schalter. Warmes, helles Licht erstrahlte. »Kommen Sie.«

Standish folgte dem Verwalter in einen saalartigen Raum, und zunächst hatte es den Anschein, als enthielte er enttäuschend wenige Bücher. Der größte Teil dieses riesigen Zimmers bestand aus Leere. Weiße korinthische Säulen, an denen oben und unten Blattgold glänzte, erhoben sich vor gewölbten Nischen mit Büchern. Weitere Bücher reihten sich unter klassischen Wandgemälden aneinander. Standish begriff, daß es hier Tausende von Büchern gab, in langen Regalen. Sie reichten bis zum Tonnengewölbe der Decke empor, die ebenso reich verziert war wie Wedgwood-Porzellan. Darüber hinaus sah er Dutzende von Kisten und Kartons, vermutlich mit Manuskripten gefüllt. Stühle und Sofas standen an den Wänden, mit rotem Plüsch bezogen, die Armlehnen vergoldet. In der Mitte des Raums, auf der zentralen Rosette eines langen, pfirsichfarbenen Perserteppichs, bemerkte Standish einen großen Sessel vor einem Schreibtisch aus Holz. Über dem Kaminsims auf der linken Seite hing das Porträt eines Mannes, der im Stil des achtzehnten Jahrhunderts gekleidet war. Er trug eine weiße Perücke, saß am Schreibpult der Bibliothek und sah von einem Folianten auf. Die Wände und jener Teil der Decke, an dem Stuck in Form von Palmetten, Ähren, Arabesken und Schriftrollen fehlten, zeigten eine kühle, beruhigende Farbe, irgendwo angesiedelt zwischen Grün und Grau – sie schien von innen heraus zu leuchten. Das galt auch für den Rest: Die ganze Bibliothek schimmerte in einem Licht, das aus keiner erkennbaren Quelle stammte. Standish kannte viele Bibliotheken, doch so etwas beobachtete er zum erstenmal. Er fragte sich, ob er überhaupt imstande war, dieses Zimmer zu betreten. Es wirkte viel zu erhaben, um davon Gebrauch zu machen, wie ein komplizierter, sehr empfindlicher Mechanismus.

»Ziemlich gut, nicht wahr?« Robert Wall lehnte mit dem Rücken an einer Säule und verschränkte die Arme. »Es ist natürlich ein Robert-Adam-Raum. Einer seiner gelungensten, nehmen wir an.«

»Woraus bestehen die Säulen? Ich habe zuerst vermutet, daß sie lackiert sind, aber ...«

»Alabaster. Großartig, nicht wahr? Braucht keinen Vergleich mit den Sachen in Saltram House zu scheuen. Es sieht nach einem frischen Anstrich aus, bis man die Adern im Gestein erkennt.« Wall musterte Standish aufmerksam und wußte offenbar, was der jüngere Mann empfand.

Er stieß sich von der Säule ab und straffte sich. »Ich führe Sie jetzt durch den Haupteingang zur Treppe. Es ist ein bißchen zu spät, um durch den Dienstbotenkorridor zu gehen. Obwohl ... Ich glaube, seinerzeit sind dort bei Nacht viele Leute umhergeschlichen.«

Standish lächelte, bevor er verstand, was Wall meinte. Der Verwalter geleitete ihn durch einen Torbogen zwischen zwei Alabastersäulen, dann durch eine breite, mit Schnitzereien verzierte Tür in ein anderes großes Zimmer, das nach der Bibliothek kalt und museumsartig anmutete.

Auf der anderen Seite, jenseits des langen, dunklen Teppichs und hinter einigen Stühlen, die wie reglose Soldaten Wache hielten, sah Standish eine Doppeltür.

»Dort gelangen Sie zum Eßzimmer«, sagte Wall und deutete in die entsprechende Richtung. »Über die Haupttreppe vor Ihnen erreichen Sie die innere Galerie und das Springbrunnenzimmer. Ich wünsche Ihnen eine gute Nacht. Und keine Sorge: Um Ihren Wagen kümmern wir uns morgen.«

Die beiden Männer wanderten an den soldatenartigen Stühlen vorbei.

»Was geschieht mit diesem Ort, wenn Ediths Kinder sterben?« erkundigte sich Standish. »Wer erbt Esswood?«

»Ich fürchte, diese Frage kann ich Ihnen nicht beantworten.«

»Was bedeutet das? Kennen Sie die Antwort selbst nicht? Oder ist es Ihnen verboten, mir Auskunft zu geben?«

Wall öffnete die Tür am anderen Ende des ungemütlichen Zimmers und wartete darauf, daß der Gast über die Schwelle trat. Für einen Augenblick erinnerte er Standish an den Wirt im Pub.

»Es tut mir leid, wenn ich eine peinliche Frage gestellt habe.«

»Und mir tut es leid, wenn Ihnen meine Reaktion darauf nicht gefiel. Nun, falls Sie über etwas anderes Bescheid wissen möchten – ich gewähre Ihnen drei Fragen.«

»Nun, ich bin neugierig im Hinblick auf Isobel. Ich meine, ich weiß, daß sie hier gestorben ist, und ich habe immer angenommen, daß sie an einer Krankheit litt. Sind Ihnen Einzelheiten bekannt?«

Wall hielt auch weiterhin die Tür auf und sah auf Standish hinab. Sein Gesichtsausdruck veränderte sich nicht.

»Erlag sie der Grippe?«

»Ist das Ihre zweite Frage?«

»Nun, damals kam es zu ausgedehnten Grippe-Epidemien ... Erinnern Sie sich an Isobel? Ich habe nie ein Bild von ihr gesehen.«

»Die dritte Frage«, kommentierte Robert Wall. »Natürlich erinnere ich mich an Isobel. Ihr Tod war ein großer Verlust für uns. Wir alle mochten sie sehr.« Er winkte Standish durch die Tür und folgte ihm in den Flur. »Um Ihre eigentliche Frage zu beantworten: Sie starb bei der Niederkunft. Es erstaunt mich, daß Sie nichts davon wissen.«

»Ich hatte keine Ahnung, daß sie ein Kind zur Welt brachte«, sagte Standish.

»Es starb ebenfalls.« Wall lächelte und wich zurück. »Finden Sie von hier aus zum Springbrunnenzimmer?«

Als Standish das obere Ende der breiten Treppe erreichte, drehte er sich um und blickte zu Robert Wall zurück, doch im ersten Stock von Esswood herrschte bereits Dunkelheit. Irgendwo tief unten lachte eine Frau, und ihre Stimme wehte wie unsichtbarer Rauch über die Stufen.

Im Schlafzimmer streifte er die Kleidung ab und freute sich über angenehm kühle Laken und eine Matratze, die kaum unter seinem Gewicht nachgab. Er hörte, wie jemand das Licht in der inneren Galerie ausschaltete, und in der Ferne schloß sich leise eine Tür.

## 5

Standish und einige andere Gefangene standen in einer großen Holzhütte. Bewaffnete Wächter – sie trugen braune Uniformen – lehnten an den Wänden und unterhielten sich mit leisen, unverständlichen Stimmen. Am einen Ende des großen Raums, auf einer niedrigen Plattform, saß ein Mann an einem Schreibtisch. Das kurzgeschnittene graue Haar wirkte wie eine Bürste an seinem runden Schädel. Dutzende von Blättern lagen vor ihm; er nahm sie nacheinander zur Hand, las und fügte sie dann einem Dokumentenstapel hinzu. Er trug einen weiten grauen Anzug mit bunter Krawatte, und die Spitzen des Hemdkragens wölbten sich nach oben. Der Mann schien sich ebenso zu langweilen wie die Wächter. Ihre Gesichter – die der Bewaffneten und das des Beamten am Schreibtisch – waren breit, fleischig und maskulin, gerötet von Alkohol, mit Grausamkeit und Tod vertraut. Durch ein Fenster sah Standish Schneeflocken, die auf eine weiße Landschaft herabrieselten. In unregelmäßigen Abständen stapfte draußen jemand vorbei und hielt dabei die straffen Leinen von zwei Hunden; ein Soldat mit dunklem Mantel und Pelzmütze, den Riemen eines Gewehrs über die Schulter geschlungen. Diese Männer hatten sich längst an Kälte und Schnee gewöhnt. Sie ließen sich von nichts mehr aus der Ruhe bringen und nahmen ihre Pflichten gelassen wahr. Gemächlicher bürokratischer Frieden prägte die allgemeine Atmosphäre.

Standish wartete nervös in der Mitte des Zimmers, zusammen mit den übrigen Gefangenen. Ihre Wollkleidung erinnerte ihn an Schlafanzüge. Er wußte, daß er bald einen ähnlichen Anblick bieten würde. Sicher dauerte es nicht mehr lange, bis man ihm Jacke, Hemd, Krawatte, Hose und Schuhe nahm, bis man auch ihm einen solchen ... Pyjama gab. Flucht hatte keinen Sinn. Selbst wenn es ihm gelang, den Wächtern und Hunden zu entkommen – die Kälte brachte ihn innerhalb kurzer Zeit um.

Seine Leidensgenossen ließen die Schultern und kahlgeschorenen Köpfe hängen. Ihre Gesichter waren hohlwangig, eingefallen. Sie hatten sich mit ihrem Schicksal abgefunden, und in gewisser Weise schienen sie bereits tot zu sein: Nichts konnte sie berühren und aus ihrer Apathie reißen.

In Standish prickelte die entsetzlichste Angst seines Lebens.

Der Mann am Schreibtisch bestimmte die Reihenfolge, in der Standish und die anderen Gefangenen hingerichtet werden sollten. Niemand durfte mit Begnadigung rechnen. Früher oder später schickte die gelangweilte Vernichtungsmaschine sie alle ins Jenseits. Nichts Persönliches war damit verbunden. Es handelte sich nur um eine Aufgabe, die erledigt werden mußte, indem man Papier von einem Stapel nahm und auf einen anderen legte.

Der Beamte brummte etwas. Einer der Wächter setzte sich in Bewegung, schritt zu den Gefangenen und griff nach einem Ellbogen. Der betreffende Mann ließ sich widerstandslos zur Tür führen. Nur Standish sah ihm nach. Der Bewaffnete öffnete die Tür und überließ den Gefangenen fast freundlich jenem Mann, der den dunklen Mantel und die Pelzmütze trug. Der Soldat zerrte den Wehrlosen durch den Schnee fort, und die Tür schloß sich wieder.

Standish wußte, daß der Gefangene enthauptet werden sollte. Irgendwo dort draußen stand ein hölzerner Block und davor ein Korb für den abgeschlagenen Kopf des Hingerichteten.

Er sah zur Tür und wußte: Einer der Wächter würde ihn erschießen, wenn er auch nur die Hand nach der Klinke ausstreckte.

Standish ging in der Mitte des Raums hin und her und fühlte dabei die Blicke der Bewaffneten auf sich ruhen. Einige der anderen Gefangenen gingen ebenfalls ziellos umher, doch Standish vermied es, sie zu mustern. Mehrere Männer hockten mit krummen Rücken auf dem Boden, und einige andere hatten sich auf den Dielen zusammengerollt, die Gesichter hinter den Händen verborgen. Standish wollte ihre Gesichter gar nicht sehen. Wenn er eines davon betrachtete ...

Dann zeigte ihm seine Fantasie, wie ein Kopf vom Block rollte, Augen und Mund weit aufgerissen, das Gehirn noch immer lebendig. Er dachte an ein waches Bewußtsein, das nach wie vor wahrnahm, auf den Schock reagierte, auf das schreckliche Wissen ...

Standish begriff, daß er nicht träumte. Aus irgendeinem Grund hatte er sich in dieses grauenhafte Land gewagt, war verhaftet, zum Tode verurteilt und anschließend hierhergebracht worden, zu diesen erniedrigten Leuten. Er sah sich um und stellte fest, daß ihn zwei Wächter aufmerksam beobachteten. Standish zwang sich dazu, ganz langsam zu einer Wand zu gehen, dort preßte er die Hände ans rohe Holz. Kühle Luft strömte durch die Lükken zwischen den Brettern ins Innere der Hütte.

Der Offizier nannte wieder einen Namen, und Standish hörte nur ein *st* und *sh*. Das Blut gerann ihm in den Adern. Ein Wächter stieß sich lässig von der Wand ab und trat auf ihn zu. Standish stand wie erstarrt, als der Mann mit ausdrucksloser Miene näher kam. Er öffnete den Mund, doch kein Laut entrang sich seiner Kehle. Deutlich sah er schwarze Poren im steinernen Gesicht des Wächters und eine lange weiße Narbe, eine schiefe, vertikale Zackenlinie, die vom rechten Auge quer über die Wange reichte.

Der Mann schob sich an Standish vorbei, schloß die Hand um den Oberarm eines Gefangenen, der direkt hinter ihm stand, und zog ihn in Richtung Tür. Als der Verurteilte an Standish vorbeikam, hob er den Kopf und sah ihm direkt in die Augen. Seine Pupillen waren schwarz und stumpf, ohne Hoffnung. Dann starrte er wieder zu Boden und ließ sich vom Wächter zur Tür führen.

Standish drehte sich um und bemerkte ein Baby, das eingehüllt in eine Decke auf dem kleinen Tisch an der gegenüberliegenden Wand lag. Ganz langsam, wie unter Wasser, ließ es die winzigen Hände sinken. Die Wangen des erst einige Tage alten Neugeborenen waren gerötet, und es trug die gleiche grobe Wollkleidung wie die Gefangenen. Es schnaufte leise, schien nach Luft zu schnappen. Standish näherte sich ihm, und die Arme des Babys zuckten wie in einem Krampf zum Kopf hoch. Angeschwollen wirkende Hautfetzen bedeckten seine Augen.

Einer der Wächter rief Standish etwas zu, der sofort verharrte und zu dem Baby hindeutete. »Ich möchte es auf den Arm nehmen. Was kann daran falsch sein?«

Der Beamte legte ein Blatt Papier auf den neutralen Teil des Schreibtischs und zischte einige Silben, die den Bewaffneten veranlaßten, wieder an der Wand Aufstellung zu nehmen. Der Gewehrlauf neigte sich dem Boden entgegen.

Standish schluckte.

Der Mann im Anzug wandte sich ihm zu. Seine Augen waren grau wie Regenwasser in einer Tonne. »Das nicht Ihr Kind«, sagte er mit einem fast lallenden Akzent. »Sie verstehen? Das Baby nicht Ihr Baby.«

Standish verstand: Er wußte plötzlich, daß er alles verloren hatte. Man würde ihn in diesem abscheulichen Land enthaupten, und das auf dem Tisch keuchende Baby gehörte nicht ihm. Schwarzer Dampf füllte seine Adern. Er stöhnte, fühlte den nahen Tod – und erwachte in einem sonnigen Schlafzimmer in Esswood.

## 6

»Ich habe mich schon wieder geirrt«, sagte Robert Wall eine halbe Stunde später. Mit zwei Bleistiften, einem Block und *Knacks, Knall und Rad* trat Standish durch die Tür des Dienstbotenkorridors und ging zum Tisch. Dort lagen zwei Gedecke. Goldene Hauben mit Griffen wölbten sich über den Tellern. »Sie sind jemand, der nur wenig benutzte Pfade vorzieht.«

»Das stimmt vermutlich«, bestätigte Standish.

»Worauf auch Ihr literarischer Geschmack hinweist. Mal sehen, was man heute morgen serviert bekommt.«

Sie hoben die goldenen Hauben. Auf Standishs Teller lag ein trockener Fisch mit großen Augen.

»Ah, Bücklinge«, sagte Wall. »Sie haben Glück, Mr.

Standish. Derzeit mangelt es uns an Personal – in etwa einer Stunde fahre ich nach Sleaford, um mit einigen Leuten zu sprechen, die Interesse daran bekundet haben, in diesem Haus zu arbeiten –, und man weiß nie, was zum Frühstück serviert wird. In der vergangenen Woche mußte ich viermal hintereinander Porridge essen.«

Standish wartete, während der Verwalter braunes Fleisch von der einen Seite des Räucherherings löste; darunter kamen dicke, knochenartige Gräten zum Vorschein. Er versuchte, Walls Beispiel zu folgen, schnitt ein Stück ab, steckte es in den Mund – und erstickte fast daran. Gräten stachen in Zunge und Gaumen, und der Fisch schmeckte wie gebratener Lehm. Sein Hals weigerte sich hartnäckig, den Bissen aufzunehmen, ihn durch die Speiseröhre zum Magen zu befördern. Standish hob seine Serviette und spuckte die gräßliche Masse aus.

»Und nun . . .« Wall hob den Deckel von einem Tablett, das zwischen ihnen stand. Standish erhoffte sich ordentliches Essen, zum Beispiel Rührei, Schinken und Toast.

»Oh, wir haben *wirklich* Glück.« Der Verwalter blickte auf eine klebrige, gelbweiße und halbflüssige Masse. »Kedgeree.« Er schaufelte eine großzügige Portion auf seinen Teller. »Ein lukullischer Morgen. Bedienen Sie sich.«

»Gibt es auch Toast?« fragte Standish zaghaft.

»Ja, natürlich.« Wall warf ihm einen überraschten Blick zu. »Unter dem Toastdeckel.«

Die zweite längere Haube neben dem Gedeck hatte Standish bisher gar nicht bemerkt. Er hob sie, und darunter fand er ein Metallgestell mit zwei Reihen brauner Toastscheiben. Zwischen ihnen standen kleine Schüsseln mit verschiedenen Marmeladesorten; in jeder ruhte ein kleiner goldener Löffel. Standish begann sofort damit, Konfitüre auf ein Toastbrot zu streichen.

»Ist mit Ihrem Bückling was nicht in Ordnung?«

»Oh, alles bestens. Schmeckt wunderbar.«

»Ich hoffe, Sie hatten eine angenehme Nacht?«

»Ja.«

»Keine Probleme beim Einschlafen? Keine üblen Träume?«

»Nichts dergleichen.«

»Gut.« Wall zögerte, und Standish sah von einer zweiten dreieckigen Scheibe aus knusprigem Brot auf. »Es gibt da eine Sache, die ich mit Ihnen besprechen muß. Sie hat sicher keine große Bedeutung, und gestern abend wollte ich Sie nicht darauf ansprechen.«

»Ach?« Standish hielt den Marmeladelöffel in der einen Hand und die dreieckige Toastscheibe in der anderen.

»Offenbar gibt es einige unklare Dinge in bezug auf die Umstände, unter denen Sie Ihre erste Lehrtätigkeit im Popham College aufgaben.«

Standish musterte den Verwalter, und es gelang ihm, überrascht und verwundert zu wirken. »Unklare Dinge?« Nach einigen Sekunden blickte er auf die beiden Objekte in seinen Händen. Nachdenklich strich er Marmelade aufs Brot.

»Bestimmt ist es keine ernste Angelegenheit, Mr. Standish, denn sonst wären Sie heute nicht hier. Aber ... Nun, ich begehe sicher keine Indiskretion, wenn ich Ihnen folgendes sage: Man hat uns auf eine Art Konflikt hingewiesen, den wir jedoch nicht für sehr besorgniserregend hielten.«

»Popham ist ein kleines College«, sagte Standish. Seine Achseln wurden feucht. »Ein kleines College ähnelt einem Dorf, und das gilt vor allem für die englische Fakultät. Ein gewisser Klatsch läßt sich nicht vermeiden. Als ich dort eintraf, sprachen die Leute noch immer über etwas, das vor dreißig Jahren geschehen war, zwischen einer Studentin und einem Englischlehrer namens Chester ...«

»Ich verstehe.« Wall lächelte.

»Die Erklärung ist ganz einfach.« Standish schloß die Augen und erinnerte sich an Jean: In Iola, dem größeren Nachbarort von Popham, stieg sie mühsam die Treppe vor einem gewöhnlichen Haus hoch, gestützt von einer

Krankenschwester, die gar keine Krankenschwester war. Damals half ihm heißer Haß, jene Tage zu überstehen, die sonst mit Leid und unbeschreiblichem Kummer angefüllt gewesen wären. »Ich durchschaute das alles«, fuhr er fort und räusperte sich. »Zumindest hatte ich einen besseren Durchblick als meine Kollegen in der Fakultät. Und deshalb lehnten sie mich ab. Ein Mann hinterging mich, ein falscher Freund. Sein Verhalten kann man durchaus als Verrat bezeichnen. Natürlich kam es nicht zu einem offenen Skandal . . .«

»Nein, natürlich nicht«, warf Robert Wall ein.

». . . aber es stellte sich bald heraus, daß Popham und William Standish nicht füreinander geschaffen waren.«

»Begegnete man Ihnen mit Neid und Eifersucht?«

»Ja. Nach einer Weile wurde uns allen klar, daß ich woanders besser aufgehoben wäre. Vielleicht suche ich noch immer nach dem richtigen Platz für mich. Mit Zenith ist soweit alles in Ordnung, doch dort möchte ich nicht den Rest meines Lebens verbringen.«

Es schien Wall nun peinlich zu sein, diesen Punkt zur Sprache gebracht zu haben. »Ich verstehe«, sagte er und trennte geschickt das Fleisch des Bücklings von den palisadenartigen Gräten. Eine Zeitlang aßen die beiden Männer schweigend. Als Standish aufsah und dem Blick des Verwalters begegnete, starrte er sofort wieder auf seinen Teller.

»Ja«, murmelte Wall. »Nun, es ist nicht weiter wichtig.«

»Der Meinung bin ich auch.« Standish fühlte eine Mischung aus Ungeduld und Ärger. Ein weiteres Erinnerungsbild formte sich in ihm: Mit Regenmantel und Hut stand er auf einer Straße und beobachtete ein ganz bestimmtes Fenster – der schlimmste Tag seines Lebens. »Ich könnte noch viel mehr dazu sagen, doch das halte ich nicht für erforderlich.«

»Ich teile diese Ansicht«, pflichtete ihm Wall bei. Wieder schloß sich eine Stille an, die Standish auf den Takt des Verwalters zurückführte.

»Heute beginnen Sie also«, meinte Wall, als sie schließlich aufstanden.

Nebeneinander schritten sie durch mehrere große Zimmer.

Robert Wall öffnete die Tür der Bibliothek, und sie verharrten kurz im Zugang. Morgenlicht füllte den Raum ebenso wie zuvor Standishs Schlafzimmer. Im Sonnenschein glänzte das Blattgold an den Säulen wie neu; Sessel und Sofas schienen gerade erst mit rotem Plüsch bezogen worden zu sein. Der Teppich glühte. Standish hörte sich seufzen.

»Ich weiß«, sagte Wall. »Auch mir geht es jedesmal so, wenn ich die Bibliothek auf diese Weise sehe.«

Durch ein Fenster zwischen zwei Bücherschränken beobachtete Standish Esswoods terrassenförmige Grasflächen, die bis in dunstige grüne Ferne reichten. Hinter ihnen neigten sich einige wie gemalt aussehende Bäume dem Teich entgegen. Alles – Gras, Bäume, der Teich – erweckte den Eindruck, eben gerade geboren zu sein. Auf einem Hügel drehten sich wie in Zeitlupe die Flügel einer Windmühle.

»Bisher hat man Isobel nie ernst genommen«, kommentierte Wall. »Sind Sie wirklich davon überzeugt, daß sie eine erstklassige Dichterin war? Wissen Sie, man empfing sie hier nicht wie einen normalen Gast.«

Standish drehte sich um, und der größere Mann wich beiseite. »Nun, ich zeige Ihnen jetzt, wo wir Isobels Material aufbewahren.«

Die Intensität seines Wunschs, allein zu sein, erstaunte Standish. Wall hatte ihn zweimal beleidigt, auf eine hintergründige, subtile Weise, ohne dabei die Würde des englischen Gentleman aufzugeben.

»Es befindet sich in der ersten Nische, dort drüben auf der rechten Seite.« Er zögerte, wie verwirrt von Standishs plötzlicher Kühle. Etwas wie Verlangen drückte sich in seinen Zügen aus. »Ich glaube, das wär's. Viel Glück bei Ihren literarischen Forschungen.«

Standish dankte ihm.

»Ich überlasse Sie nun Ihrer Arbeit.«

»Ja. In Ordnung.«

Wall schien noch etwas sagen zu wollen, überlegte es sich dann aber anders. Er nickte und ging auffallend langsam fort.

Standish wanderte durch den großen Raum und versuchte, sich damit vertraut zu machen. Er spähte in die Nischen, ohne eine davon zu betreten, bis er glaubte, das allgemeine Muster zu verstehen.

Ein Äquivalent von geologischen Schichten bildete die Bibliothek der Seneschals. Die ersten wichtigen Büchersammlungen stammten aus dem siebzehnten Jahrhundert und wiesen eine starke Tendenz zum Religiösen auf. Viele Regale waren mit Theologie gefüllt, mit patristischen Schriften in großen Lederfolianten, mit griechischen und lateinischen Kommentaren, mit Kirchengeschichte. Gebundene Predigten füllten zwei lange Regale. Im achtzehnten Jahrhundert wandte sich das Sammlerinteresse Politik, Geographie und Naturkunde zu. Eine für antipodische Flora und Parlamentsprotokolle reservierte Sektion enthielt nur wenige interessante literarische Werke, darunter komplette Ausgaben von *The Spectator*, Johnson und Boswell sowie verschiedene Editionen von Shakespeare, Marlowe und anderen elisabethanischen Dramatiker. Im neunzehnten Jahrhundert schwoll Esswoods Bibliothek auf fast die doppelte Größe an, und zum erstenmal betrafen die Erweiterungen überwiegend Literatur. Standish sah Bücher von Dickens, Titel wie *Sketches by Boz* und *The Mystery of Edwin Drood*, zuerst in Teilen veröffentlicht, dann in einzelnen Büchern und schließlich in gesammelten Ausgaben. Hinzu kamen die kompletten Werke von Trollope, Thackeray, Wilkie Collins, Cardinal Newman, Tennyson, Keats, Shelley, Matthew Arnold, Browning, Mrs. Gaskell und der Brontë-Schwestern. Standishs Blick fiel auf *The Cornhill*, in Leder gebunden. Er las andere Namen: Swinburne, Dowson, Oscar Wilde und Henry James. Es gab erstaunlich viele Bücher von Henry James, und sie brachten ihn zu den Sammlungen des zwanzigsten Jahrhunderts.

Edith Seneschal hatte die Leitung von Esswood etwa zu der Zeit übernommen, als *The Ambassadors* veröffentlicht wurde, und sie blieb die treibende Kraft bis einige Jahre nach der Publikation von *The Wasteland* und *Ulysses*. Alles dazwischen – Georgianer, Eduardianer, Futuristen, Imaginisten, Kriegsdichter und Modernisten, veröffentlicht in Form von Heften, Magazinen, Broschüren und so weiter – wies auf einen leidenschaftlichen Sammlerinstinkt hin. Die etwa fünfunddreißig Jahre lange ›Herrschaft‹ von Edith beanspruchte ebensoviel Platz wie das ganze neunzehnte Jahrhundert. Es folgten wie zufällig ausgewählte Romane. In den letzten Regalen entdeckte Standish Bücher, die viel zu zeitgenössisch und fehl am Platz wirkten. Ihre Autoren hießen Auden, Spender, MacNeice, Isherwood, E. F. Benson, P. G. Wodehouse, Waugh und Kingsley Amis. Dort standen auch einige wie achtlos hinzugefügte Bände: *Lunch Poems, The Tennis Court Oath* und *Anglo-Saxon Attitudes*. Die Seneschal-Kinder hatten wohl nie ernsthaft versucht, die Esswood-Bibliothek ebenso zu vergrößern wie ihre Vorfahren.

Standish sehnte sich plötzlich danach, wie Robert Wall zu sein. Er wünschte sich, hier für immer zu leben, unbelastet von anderen Verpflichtungen.

Vielleicht konnte er zu einem weiteren Robert Wall werden? Nach dem Tod des Verwalters mußte sich jemand um die Bibliothek kümmern. Warum nicht ein engagierter junger Gelehrter aus Amerika?

Robert Wall trug genau den richtigen Namen: Wall – Mauer. Er *war* eine Mauer, eine Barriere.

Standish ging zum Fenster und blickte über den Teich und die Felder hinweg. Die Sonne kletterte allmählich höher, hüllte alles in Wärme, gab der Landschaft eine stille Ruhe, die Kraft aufsaugte. Eine Frau in einem langen, hellgrünen Kleid stand am Ende der Terrasse, auf der gegenüberliegenden Seite des Teichs. Offenbar hatte sie gerade den Schatten der Bäume verlassen, und ihr Gesicht bildete einen weißen Fleck. Standish sah Anspannung in ihrer Haltung, in den langen Beinen, und er begriff, daß sie sich über etwas ärgerte. Oder war sie vielleicht bedrückt, voller Kummer? Sie wandte sich vom Haus ab und schritt am Teich entlang. Kurz darauf verschwand sie unter einem Balkonvorsprung.

Standish beugte sich vor und preßte die Stirn ans Glas. Die Frau kam nicht wieder zum Vorschein. Er vermutete, daß es sich um die alte Miß Seneschal handelte.

Langsam drehte er sich um und ging an zwei Säulen vorbei zur ersten Nische.

Regale reichten an beiden Wänden des breiten Alkoven entlang, und Stuck zierte die gewölbte Decke in Form von Ananas, Kerzen und Schriftrollen. Mattes, gleichmäßiges Licht füllte die Nische, fiel auf die Vorderseite von braunen, grünen und gelben Behältern aus Leder oder dicker Pappe. Jeder davon trug einen Namen aus goldenen Buchstaben.

Für einige Sekunden empfand Standish fast so etwas wie Ehrfurcht.

Die Namen standen wie goldene Statuetten vor dem Material in den Kartons. Alles darin lebte, weil es niemand herausgeholt hatte, damit es an der Luft trocknete und härtete. Es lebte, geschützt vom Geheimnisvollen.

Für einen Sekundenbruchteil sah Standish die schattenhafte Gestalt Walls: über eine offene Kiste gebeugt, rote Gier im Gesicht.

Am Ende des dritten Regals auf der rechten Seite bemerkte er seinen eigenen Nachnamen an einem Karton. Er näherte sich den mit *Standish* gekennzeichneten Behältern und berührte den ersten von ihnen. Die Kiste bestand aus dunkelgrünem Holz.

Langsam streckte er die Hände danach aus, zog sie vorsichtig aus dem Regal und stellte überrascht fest, daß sie sehr schwer war – als enthielte sie keine Manuskripte, sondern Ziegelsteine.

Er stellte sie auf den Tisch in der Mitte der Bibliothek, nahm auf dem Stuhl davor Platz, legte den Kopf zurück und blickte nach oben. Im Zentrum der hohen Decke, umgeben von Gipsschmuck, beugte sich ein strenger, bärtiger Gott aus einem tosenden Sturm und richtete seinen Zeigefinger auf den Mann tief unten. Standish schluckte.

Er gab sich einen inneren Ruck und öffnete die Verschlüsse der Kiste. Sofort glitten Bücher aus ihr hervor, und darauf sah Standish Isobels Handschrift. Sein Herz schlug schneller, und seine zitternden Hände verursachten eine weitere Papierlawine.

Er starrte auf die erste Seite. Viele Worte und Zeilen waren durchgestrichen, und am Rand zeigten sich Dutzende von Anmerkungen und Korrekturen. Es sah ganz nach dem Manuskript eines Romans aus. Oben rechts entdeckte er die Zahl 142, umringt von mehreren gekritzelten Zeichenfolgen. Standish enträtselte ihre Bedeutung: *Ich, Projekt, unmöglich.* Einige weitere Schnörkel fügten sich zu *Unsterblichkeit* zusammen.

Stanish glaubte, eine unsichtbare Hand zu spüren, die nach seinem Herz griff und kurz zudrückte.

*Grausam ist sie,* entzifferte er unten auf der Seite. Schließlich offenbarten auch die nächsten Wörter ihren Sinn. *Grausam ist sie, unsere Verbindung mit dem Land. Aber ist nicht auch die Ewigkeit grausam, ebenso die Unsterblichkeit und Kunst? Die Ausgewählten können nicht ablehnen.* Es folgten Hieroglyphen und Krakel.

Standish brummte, hob die schwere Kiste vom Tisch und stellte sie auf den Boden. Dann griff er hinein und holte ein dickes Papierbündel aus ihr hervor.

Der Behälter enthielt achthundert lose Blätter und eine Aktenmappe. Standish nahm die Mappe und öffnete sie. Auf der ersten Seite darin sah er die Initialen B. P., darunter die Isobels. Die nächste war mit 65 numeriert und präsentierte handgeschriebene Sätze, ebenso undeutlich wie auf den übrigen Blättern.

Standish sortierte die Unterlagen, bis ihm der Magen knurrte. Nachmittagslicht glitzerte durch die Fenster der Bibliothek. Er sah auf die Armbanduhr – fast zwei. Er hatte wieder Appetit. Verschiedene Beispiele von Isobels enger, dichter und kaum zu dechiffrierender Schrift ruhten auf dem Tisch, wie vom Himmel herabgesunkene Fragmente eines langen Satzes. Vielleicht hatte der verärgerte Gott sie fallen lassen? Vielleicht teilte er Standish mit gerunzelter Stirn und ausgestrecktem Zeigefinger mit, daß er alles in die Kiste zurücklegen sollte?

Im Eßzimmer bedeckte eine goldene Haube einen goldenen Teller. Daneben lag goldenes Besteck. Eine Flasche Wein stand in einem mit kaltem Wasser und kleinen Eisbrocken gefüllten Kühler. Das unsichtbare Personal Esswoods hielt Standish allem Anschein nach für einen Weintrinker. Er sah aufs Etikett der tropfnassen Flasche: Puligny Montrachet, 1972. Wahrscheinlich ein guter Jahrgang. Als er den goldenen Deckel hob, fand er darunter Kalbslende mit Morchelsoße. Das Essen duftete ebenso verlockend wie am vergangenen Abend.

Standish nahm Platz und bemerkte einen Zettel neben dem Weinglas.

*Mr. Standish, vielleicht muß ich Esswood länger fernbleiben, als ich geplant habe. Wenn Sie während meiner Abwesenheit irgend etwas benötigen, so legen Sie einfach eine entsprechende Liste vor die Tür der Bibliothek. Diese Regelung ermöglicht es unseren Gästen, ungestört zu arbeiten.*
*Das Mittagessen wird um ein Uhr serviert, das Abendessen gegen acht.*

*Bis bald. R. W.*

Nach der Mahlzeit schritt Standish durch ›seinen‹ Korridor zur Bibliothek und setzte sich dort wieder an den Schreibtisch. Er fühlte sich schwer und träge, auf angenehme Weise benommen. Nach kurzem Überlegen nahm er den Block, schrieb: *Bitte eine Schachtel mit Büroklammern, 3 Kugelschreiber, 3 Aktenordner, 3 Notizbücher* darauf, riß das Blatt ab und trug es an den Alabastersäulen vorbei zum Eingang; dort legte er es vor die Tür.

Dann kehrte er zum Tisch zurück, öffnete Isobels Mappe und sah sich vierzig oder fünfzig Seiten von *B. P.* an. Die Numerierung war durcheinandergeraten, und bei einigen Blättern fehlte sie ganz. Standish gähnte und verblüffte sich selbst, indem er laut furzte. Der Seneschal aus dem achtzehnten Jahrhundert musterte ihn tadelnd, und der dyspeptische Gott schleuderte einen Blitz nach ihm. Standish achtete nicht darauf, gab dem bleiernen Gewicht der Müdigkeit nach und schlief ein.

Als er später erwachte, pochte dumpfer Schmerz hinter der Stirn, und er spürte unangenehmen Druck in der Blase. Er hatte einen widerwärtigen Geschmack im Mund, den er mit dem Gestank einer Kloake verglich. Unsicher stand er auf, und Dutzende von Blättern rutschten ihm vom Schoß, fielen auf den Boden. Er stöhnte, bückte sich und legte sie in die Mappe zurück. Dann verließ er den Schreibtisch und wankte zum Fenster. Die Schatten der knorrigen Bäume reichten schräg über die Felder. Ein kurzer Blick auf die Armbanduhr: halb fünf. Plötzlich bewegte sich etwas unweit der Bäume, und Standish ignorierte seine Blase lange genug, um noch näher ans Fenster heranzutreten. Eine Frau kam hinter den Bäumen hervor und wanderte zum Teich. Sie trug ein langes, helles Kleid und einen Hut mit breiter Krempe. Um sie herum strahlten die Hecken und Felder mit der gleichen irrationalen Energie, die Standish schon am Morgen wahrgenommen hatte. Nach einigen Schritten zögerte die Frau und wandte sich um, blickte offenbar zu jemandem hin, der sich noch immer zwischen den Bäumen verbarg. Jetzt sah sie zu Standishs Fenster, und aus einem Reflex heraus wich er zurück. Eine seltsame Furcht regte sich in ihm. Er hielt die Mappe in der rechten Hand, als er die Bibliothek verließ und durch den Dienstbotenkorridor eilte.

Eine große Spinnwebe, die er am ersten Abend zerrissen hatte, wehte wie ein Schleier, als er sie passierte, streckte faserige graue Ranken wie Finger nach ihm aus. Standish lief nun, riß die Tür des Springbrunnenzimmers auf und löste bereits den Gürtel der Hose. Er schaffte es gerade noch rechtzeitig zur Toilette. Keuchend lehnte er sich darauf zurück, sah die Mappe neben der Badewanne, wo er sie hingeworfen hatte, griff danach und schlug sie auf.

*B. P.*, dachte er und löste Toilettenpapier von der Rolle. *Beginn des Poeten?*

Ja, genau. Standish glaubte fast, Isobels Stimme zu hören, die den Titel nannte. Sie hatte einen Bericht über ihre Erlebnisse in Esswood geschrieben und das Manuskript der Bibliothek gestiftet.

Er wusch sich die Hände und beschloß, die Memoiren am Abend zu lesen. Sicher boten sie einen interessanten Hintergrund für die Gedichte. Dann dachte er daran, daß der Bericht veröffentlicht werden sollte. Er stellte sich eine zweite lange Einleitung vor, ein zweites wichtiges Buch. *Isobel Standish in Esswood: Eine Dichterin am Scheideweg.*

Standish ging die schmale Hintertreppe hinunter.

Diese Entdeckung bedeutete, daß er weitaus mehr Zeit brauchte als nur drei Wochen. Bestimmt dauerte es mindestens einen Monat, um die vielen hundert Seiten mit Isobels Handschrift gründlich zu analysieren, und außerdem mußte er sich mit ihren Gedichten befassen. Er fragte sich, ob Wall seine Studienerlaubnis um vier Wochen verlängern würde. Wenn er stichhaltige Argumente nannte, dabei betonte, welche Vorteile sich für Esswood ergaben, wenn Isobels Erlebnisbericht bezüglich der hier verbrachten kreativen Zeit veröffentlicht wurde ... Er zweifelte nicht daran, daß ihm Jean die Verlängerung seines Aufenthalts in England verzieh – vorausgesetzt, er kehrte zurück, bevor sie ihr Kind zur Welt brachte. Ein winziger, fast unsichtbarer Funken aus Zorn und Demütigung glühte in Standishs Brust, als er an seine Frau dachte, und er betrachtete ein imaginäres Bild: Eine dicke Jean hockte sich nieder, um das Baby aus sich herauszupressen; Blut und Schleim glitten über ihre aufgequollenen Schenkel. Standish schüttelte den Kopf und strich sowohl Spinnweben als auch das emotionale Brodeln in sich beiseite – er hatte jetzt keine Zeit für negative Gefühle. Die Treppe führte in dauernden Wendungen nach unten, schien jetzt wesentlich länger zu sein. Endlich erreichte er die letzte Stufe, hastete durch den kurzen Korridor und betrat die Bibliothek.

Dort seufzte er fast vor Wohlbehagen. Blätter lagen auf dem Schreibtisch; die Säulen hielten Wache, und herrliche Bücher reihten sich in den Wandregalen aneinander. Ein Porträt befahl ihm, sich zu setzen und zu arbeiten. Nach einigen Minuten erinnerte er sich an Walls Mitteilung und seine Reaktion darauf. Standish schritt durch den großen Raum zum Haupteingang.

Vor der Tür, in einer geraden Linie angeordnet – wie von einer liebevollen Katze heimgebrachte Mäusekadaver –, lagen eine Schachtel mit Büroklammern, drei gelbe Kugelschreiber, drei Notizbücher und drei Aktenordner.

## 7

Die tiefstehende Sonne war noch zu sehen, als Standish seine erste Aufgabe beendete: Er trennte Gedichtentwürfe von den viel zahlreicheren Blättern mit Prosa. Am nächsten Tag wollte er sich die zweite Kiste vornehmen, ihren Inhalt überprüfen und die veröffentlichte von der unveröffentlichten Poesie trennen. Der kommende Abend sollte dazu dienen, die Memoiren zu paginieren und zu lesen.

Ihm blieb noch eine Stunde bis zum Essen. Standish entschied sich, über die Terrassen zu wandern, das matte Licht und die länger werdenden Schatten zu genießen.

Er schritt durch den von Tapisserien abgeschirmten Flur, trat auf die erste Terrasse oberhalb der breiten Marmortreppe und atmete so süße und aromatische Luft, daß sie einer Droge gleichkam. Kein Wunder, daß Londons Literaten gern nach Beaswick pilgerten: Im Vergleich zu dem von Rauch und Nebel heimgesuchten London des frühen zwanzigsten Jahrhunderts mußte Esswood wie ein Paradies erschienen sein. Standish ging die Treppe hinab, die Knie noch steif vom langen Tag am Schreibtisch. Auf einer der letzten Stufen blieb er stehen und sah zum Haus zurück. *Amerikaner brauchen immer eine Weile für die Umstellung*. Und: *Wollen Sie mich auf den Arm nehmen?*

Oh, ein Witz innerhalb eines Witzes.

Das Gebäude wirkte seltsam leer. Doch das Personal befand sich dort drin; die alte Miß Seneschal und der alte Mr. Seneschal hielten sich irgendwo im Ostflügel auf. Aber nirgends regte sich etwas. Stille herrschte. Reflektierte Wolken glitten über ein Fenster im zweiten Stock.

Standish brachte die Treppe hinter sich und schritt über knirschenden Kies zur rechten Seite des Hauses.

Große glatte Steinplatten führten durch den Bogen eines Spaliers, an dem Reben mit breiten Blättern wuchsen. Nach einigen Dutzend Metern teilte sich das Spalier vor einer niedrigen Holztür. Standish ging daran vorbei, gelangte in hellen Sonnenschein und sah vor sich eine Landschaft, die in drei abfallenden Terrassen zum langen, dunklen Teich reichte. Zu beiden Seiten davon erhoben sich jene knorrigen Bäume, hinter denen die Frau im grünen Kleid hervorgetreten war. Eine steile, schwarz lackierte Metalltreppe führte am Hang nach unten.

Er näherte sich ihr. In der Ferne, hinter dem Teich und einem kleinen Wald, wölbte sich ein breites Feld nach oben, auf dem eine Mähmaschine Streifenmuster hinterlassen hatte. Es endete an einer Reihe hoher, fedriger

Bäume, die ein weiteres, höher gelegenes Feld begrenzten. Weiße Schafe, wie Wolltupfer, standen so still, daß sie Teil eines Gemäldes zu sein schienen. Oben auf jenem fernen Feld stand eine Windmühle, und ihre bienenstockförmigen Flügel drehten sich langsam in einer sanften Brise.

Nur ein unveränderliches Paradies konnte solche Felder und Teiche und Bäume, auch reglose Schafe und eine träge Windmühle beherbergen. Standish begriff, daß er zum erstenmal seit seiner Kindheit rundum glücklich war.

Der schwarze Lack am Geländer blätterte an einigen Stellen ab; hier und dort zeigte sich Rost. Die ganze Treppe knarrte und zitterte, als Standish auf die erste Stufe trat. Er hielt sich an der Balustrade fest und blickte erneut zum Haus zurück.

Von hinten gesehen wirkte das Gebäude so massiv wie ein Gefängnis. Die rauhe Steinfassade des Erdgeschosses wich weiter oben würdelosen Ziegeln, und die Fenster waren ausnahmslos kleiner als vorn. An einigen Stellen bemerkte Standish schwarze Balken, die an Umbauten erinnerten. Nur an den Fenstern der Bibliothek sah Standish keine zugezogenen Vorhänge.

Er setzte sich wieder in Bewegung und stieg die Stufen der metallenen Treppe hinunter.

Auf der ersten Terrasse standen weiße Gartenstühle und ein stabiler Tisch aus Eisen. Auf der zweiten erstreckte sich ein langer grüner Rasen, der den Eindruck einer leeren Bühne erweckte.

Als Standish die letzte Stufe erreichte, hatte sich eine orangefarbene Patina aus Rost an seiner Hand gebildet. Hinter ihm surrte die Treppe und vibrierte in ihren Halterungen.

Über die Wipfel der knorrigen Bäume hinweg beobachtete er das ferne Feld mit der Windmühle. Ein dichter, butterartiger Geruch hing in der Luft – es duftete fast erregend nach Gras, Wasser und Sonnenschein. Der Gast empfand diesen Moment als Erfüllung schlechthin – eine dauerhafte, beständige Erfüllung, seit er das Spalier verlassen hatte. Er wanderte über roten Kies und bückte sich, um die Hand in den Teich zu strecken. Das Wasser berührte ihn, brachte ihm eine Kühle, die den ganzen Körper erfrischte. Hatten sie hier geschwommen, Isobel, Theodore Corn und die anderen? Vorsichtig schwenkte er die Hand im Wasser; Rostpartikel sanken fort, wie eine Wolke aus rosarotem Blut.

Er stand auf und drehte sich zum Haus um. Vom Teich aus betrachtet verlor die Rückfront einen Teil ihrer Häßlichkeit, sah eher aus wie die Villa eines reichen Kaufmanns oder Grundbesitzers, die Edith in eine Art Kunstkolonie verwandelt hatte.

Ein großer Schmetterling mit purpurnen, fast transparenten Flügeln – sie schimmerten wie die Bruchstücke einer bunten Fensterscheibe – tanzte über dem Teich. Standish hielt unwillkürlich den Atem an, als er beobachtete, wie das Insekt mit zielloser Eleganz hin und her flog. Als das Sonnenlicht in einem anderen Winkel auf die prächtig glänzenden Flügel fiel, wurde aus dem funkelnden Purpur trübes Grau. Kurz darauf spürte Standish eine Bewegung im Haus, blickte über die Terrassen und sah eine Gestalt am Fenster der Bibliothek: Ein blasses Oval über schemenhaftem Grün schwebte hinter dem Glas. In seinem Innern krampfte sich etwas zusammen. Die Frau rief etwas – ein schwarzes Loch, der Mund, öffnete und schloß sich wie ein Ventil. Standish fühlte Zorn, der ihm heiß entgegenwogte. Fäuste preßten sich an die Fensterscheibe. Jähe Panik erwachte in ihm, als er sich an die Fahrt nach Norden erinnerte, an das Kind hinter dem Fenster des roten Ziegelsteinhauses. Es schien ihm hierher gefolgt zu sein, schien hier von ihm zu verlangen, daß er es befreie.

Standish hob die Hand zur Brust und atmete mehrmals tief durch, bevor er am Teich vorbei zum Haus zurückging. Die Frau trat von der Fensterscheibe zurück und verschwand. Jeder Schritt wirbelte roten Staub auf, der kleine Wolken über den Steinplatten formte.

# 8

Um fünf Minuten vor acht verließ Standish den Dienstbotenkorridor und schob sich rücklings durch die Tür ins Eßzimmer. In seinem Armen trug er zwei dicke Mappen, eine mit Gedichtentwürfen gefüllt, die andere mit teilweise sortierten Seiten von *Beginn des Poeten*. Mit den Versen wollte er sich während des Essens befassen, um später im Springbrunnenzimmer die Memoiren zu lesen.

Er wandte den Kopf und stellte fest, daß sich ihm sein Gedeck auf die bereits vertraute Weise darbot: ein goldener Teller, darüber die goldene Haube sowie ein Weinglas mit goldenem Rand. Daneben stand eine geöffnete Flasche Rotwein. Zwei Kerzen brannten in goldenen Haltern.

Er legte die Mappen auf den Tisch, setzte sich und griff nach dem Deckel. Ein oder zwei Sekunden lang zögerte er, hob die Haube dann und sah Kalbslende mit brauner Morchelsoße. »Was soll denn das bedeuten?« murmelte er und ließ den Deckel wieder sinken.

Standish sah erneut das Gesicht der wundervollen Frau, die ihn in Esswood empfangen hatte. Ein Erinnerungsbild: Sie ging vor ihm die Treppe hoch und blickte über die Schulter zu ihm zurück. Es gab zwei Frauen im Haus. Die eine, Miß Seneschal, traute ihm nicht, beobachtete ihn durchs Fenster. Und die andere verspottete ihn. Er stand auf und ging in die Speisekammer.

»Was haben Sie vor?« rief er. »Wollen Sie mich mästen und anschließend schlachten?«

In der Küche lachte jemand.

Ein gleichmäßiges, diffuses Licht – vergleichbar mit dem matten Glanz in der Bibliothek – erhellte das schmale Treppenhaus. Standish eilte nach unten, über den ersten Absatz hinweg. Seine eiligen Schritte hallten dumpf von den Wänden wider, und der Kern seiner Seele gebar seltsame Begeisterung.

»Sie müssen mir Gesellschaft leisten und auch etwas von dem Zeug essen«, sagte er und erreichte die Küche.

An der einen Wand sah er mehrere alte Spülbecken aus Stahl, eine Spülmaschine und eine lange Arbeitsplatte aus dunkelgrünem Marmor. Darüber hingen weiße Schränke. Auf der anderen Seite stand ein breiter Gasherd mit zwei Backöfen, einer gußeisernen Platte und acht Brennern. Ein großer Tisch in der Mitte des Zimmers, ebenfalls aus grünem Marmor, vervollständigte die Einrichtung; darauf lag ein goldener Korkenzieher mit flügelförmigen Griffen.

»He!« rief Standish. »Wo sind Sie? Wo haben Sie sich versteckt?«

Er lachte, breitete die Arme aus und drehte sich im Kreis. »Zeigen Sie sich!«

Die Frau antwortete nicht.

Standish schwieg einige Sekunden lang. »Kommen Sie.« Er blickte unter die Arbeitsplatte. »Früher oder später finde ich Sie doch.«

Er ging um den Tisch herum und berührte den immer noch warmen Herd.

»Ich bitte Sie . . .«

Abwartend lehnte er sich an den Marmortresen und rechnete damit, daß gleich eine lächelnde, vielleicht auch kichernde Frau zum Vorschein kam. Hinter den Spülen fiel ihm eine kleine weiße Holztür mit vorgeschobenem Messingriegel auf. Er zerrte kurz daran, öffnete die Tür und trat nach draußen, unter das geteilte Spalier.

»Hallo?«

Dann entsann er sich daran, daß die Tür von innen verriegelt gewesen war, kehrte in die Küche zurück und hörte nur das Geräusch seiner Schritte. Ein emotionales Chaos brodelte in ihm: Seine Gefühle schwankten zwischen Enttäuschung, Zorn, Frustration, Erheiterung und Furcht, ohne daß eine dieser Empfindungen über alle anderen dominierte. Schließlich stemmte er die Hände in die Hüften. »Na schön. Ich akzeptiere Ihre Spielregeln.« Nach einer Weile stieg er die schmale Treppe wieder hoch. Auf dem schrecklich formellen Tisch im Eßzimmer sah er seine Mappen, die goldene Haube über dem goldenen Teller, die Flasche Wein.

Die Mahlzeit konnte noch einige Minuten warten. Einmal mehr begab er sich in die Speisekammer, öffnete den Spirituosenschrank und holte den Single Malt und zwei Gläser heraus. Das Etikett an der Flasche verkündete: ZUM GEDENKEN – 70 JAHRE ALT. Er stellte die Gläser neben der Spüle ab, füllte sie beide mit drei Zentimeter Whisky und trug sie ins Eßzimmer.

Dort setzte er sich, trank und behielt dabei die Tür des Speisezimmers im Auge. Der Whisky schmeckte wie zartes, dunkles Fleisch. Standish leerte das erste Glas, setzte das zweite an die Lippen und trank es in einem Zug aus.

Während des Essens blätterte er in den Entwürfen unbekannter Gedichte. Sie schienen noch weniger Sinn zu ergeben, als es normalerweise bei Isobels Versen der Fall war. Die meisten bestanden aus wie zufällig gewählten Worten: *Larve Bett Bild Hund, Buckel Hum Faul Schlund.* Standish überlegte, ob sich Isobel der absoluten Bedeutungslosigkeit genähert oder von ihr entfernt hatte. Er trank Rotwein, der ebenso gut schmeckte wie der Esswood-Whisky, wenn auch auf eine ganz andere Art und Weise. Vielleicht hatte Isobel betrunken geschrieben? Er drehte die Flasche und las die Aufschrift: Pomerol, Chateau Petrus, 1972. Und die Kalbslende war so lecker, daß es sich fast lohnte, sie bei jeder Mahlzeit zu essen.

Mehr noch ...

Standish kaute nicht mehr und dachte nach.

Während er an diesem Tisch saß, sich diesen besonderen Gaumenfreuden hingab ... Es war fast so, als sei er mit Isobel zusammen. Die Zeit schien überhaupt nicht mehr in der konventionellen Linearität zu existieren ... Vielleicht wartete seine Fast-Großmutter irgendwo auf ihn, hinter einer Ecke des Sichtbaren.

Standish überlegte, daß sich die Abkürzung *B. P.* auch auf etwas anderes beziehen konnte. Möglicherweise stand das *P* für *Past*, Vergangenheit.

Er schloß die Mappe mit den Gedichten und öffnete die dickere mit dem Manuskript des Memoiren-Romans. Gleichzeitig trank er Wein, aß, trank noch mehr. Und er las.

Eine unverheiratete junge Frau von Duxbury, Massachusetts, besuchte ein großes Gut in England. Eine wunderschöne Frau namens E. begrüßte sie. E. führte sie die Treppe hoch, durch eine lange Galerie und in ein Zimmer, dessen Fenster Ausblick auf einen Springbrunnen gewährten. Die junge Frau aus Massachusetts badete und ruhte aus, bevor sie nach unten ging, um die anderen Gäste kennenzulernen. Sie wußte, warum sie sich an diesem Ort befand: um ihr wahres Selbst zu finden. Neugierig öffnete sie eine Tür in ihrem Schlafzimmer und entdeckte dahinter eine Treppe, die ihr wie ein Geheimnis erschien, das nur sie kannte ...

Standish wollte sich Wein nachschenken und stellte fest, daß die Flasche leer war. Einige Pilze lagen in kalten Soßenresten auf seinem Teller. Das helle Licht im Eßzimmer brannte ihm in den Augen. Er kehrte ins Hier und Heute zurück, gähnte und streckte sich. Inzwischen war es kurz vor Mitternacht. Er stand auf und ging noch einmal in die Speisekammer, um sich einen letzten siebzigjährigen Whisky zu genehmigen. Der Körper mochte müde sein, doch der Geist blieb wach – bestimmt fiel ihm das Einschlafen schwer.

Er griff nach Mappen und Glas, durchquerte den großen Raum und entschied sich dagegen, so spät durch seinen und Isobels ›geheimen‹ Korridor zum Springbrunnenzimmer zurückzukehren.

Standish stieg die breite Treppe hoch und nahm die rechte Abzweigung zum Arbeitszimmer vor der inneren Galerie. Er wußte, daß die Galeriepforte der Treppentür genau gegenüberlag, und deshalb fühlte er sich von seinem eigenen Körper verraten, als er gegen ein großes Möbelstück stieß. Er taumelte im Dunkeln, verlor die Orientierung und suchte vergeblich nach der anderen Tür.

Schließlich zwang er sich zur Ruhe, blieb stehen und rührte sich nicht mehr von der Stelle. Das Arbeitszimmer war schon recht finster gewesen, als er es zusammen mit der Frau betreten hatte, doch jetzt wirkte es völlig schwarz. Die vagen Konturen von Ledersesseln mit hohen Rückenlehnen ragten aus dieser Schwärze hervor, und an allen vier Wänden schien sich eine graubraune Haut zu erstrecken, die sich hartnäckig weigerte, Bücherregale und ihren Inhalt zu offenbaren. Standish wagte sich vor und stieß mit dem rechten Bein an etwas Hartes. Er fluchte leise, wich beiseite und schob sich behutsam an dem Hindernis vorbei.

Schließlich erkannte er eine Lücke zwischen den Möbeln, bewegte sich mit größerer Zuversicht und hielt auf die Wand zu. Nach nur einem Schritt stolperte er über etwas, schrie und fiel hin. Das Glas flog davon und zersplitterte irgendwo. Standish landete auf dem linken Arm, unter den er sich die beiden Mappen mit Isobels Manuskripten geklemmt hatte. Ein stechender Schmerz raste vom Ellbogen zur Schulter und metamorphierte dann zu einem konstanten Pochen. Wie ein Wurm kroch er über den Boden und stellte sich der Erkenntnis, vollkommen betrunken zu sein.

Irgendwo über ihm lachte eine Frau.

Eisige Kälte erfaßte Standishs Leib, und er glaubte zu spüren, wie seine Hoden schrumpften. Er klappte den Mund auf, doch etwas schnürte ihm die Kehle zu. Nach kurzer Zeit verklang das Lachen, und ein zufriedenes Seufzen folgte. Der Druck an Standishs Hals ließ nach. »Wo sind Sie?« brachte er hervor.

Stille.

»Warum verspotten Sie mich?«

Er vernahm ein leises Rascheln im rückwärtigen Teil des Zimmers, dann Schritte auf der Treppe.

Standish stand auf und tastete sich durch den Raum, bis die Finger seiner ausgestreckten Hände eine hölzerne Tür berührten.

Jenseits davon erwartete ihn das helle Licht der inneren Galerie. Mit der linken Hand rieb er sich die Augen, und um ihn herum waberte die Realität: goldene Teller, goldene Gabeln, ein leeres Haus, abgeschlagene Köpfe, eine Frau, die sich lachend in Luft auflöste, ein Baby, das nicht ihm gehörte, irgendwann in der Vergangenheit . . .

*The Birth of the Past*. Die Geburt der Vergangenheit.

Standish schüttelte den Kopf. Er brauchte Schlaf. Kühle Luft strich ihm über die Fußknöchel. Nach draußen blikkend sah er die erleuchteten Fenster des Seneschal-Flügels.

Während er sie beobachtete, huschte ein kleiner Schatten am linken Fenster vorbei, und ganz plötzlich ging das Licht aus. Der Schatten schien nicht von einem gewöhnlichen Menschen zu stammen. Die widersprüchlichen Empfindungen in Standish verschmolzen zu Bereitschaft: Er war im *Land* angelangt, und er würde dem Verlauf jenes Weges folgen, den man ihm zeigte.

Er betrat das Springbrunnenzimmer, wankte durch den dunklen Wohnraum und sank aufs Bett.

## 9

*Ist er in Huckstall geboren, der fliehende Junge mit den blauen Augen*?

Das Bett stand neben dem langen Teich im Mondschein, und eine körperlose Stimme hatte gerade von Huckstall und einem blauäugigen Jungen erzählt. Aus einem unerklärlichen Grund weckten jene Worte Unruhe in Standish. Er hielt ein schlafendes Baby in den Armen. Es schlief so selig, weil es bis eben an seiner Brust getrunken hatte, an weiblich großen Brüsten mit glatter Haut und deutlich vorstehenden Warzen. An der linken hing noch ein Tropfen Milch, und Standish strich ihn mit der freien Hand fort. Es grenzte an Ekstase, das Kind hier im

Bett zu halten, unter dem Schein des Mondes. Dann erinnerte er sich an die Stimme, an den Schatten hinterm Fenster, und er blickte am Teich entlang zu den schiefen, knorrigen Bäumen. Ihr Geäst verbarg jemanden, einen Mann oder eine Frau, ein Wesen, das sich ihm nicht zeigen wollte. Eine primitive, tiefe Angst wohnte in Standish: Er fürchtete, daß jenes Geschöpf eine Gefahr für das Baby darstellte. Es – er oder sie – würde ihn ebenfalls töten, aber das spielte überhaupt keine Rolle; er war sich seiner Entschlossenheit bewußt, sein Baby zu schützen. Die Brüste schienen sich ebenfalls der Bedrohung bewußt zu werden. Sie prickelten und schmerzten, erzeugten tränenförmige Tropfen aus weißer Milch, die in einem beständigen Rhythmus von den Warzen fielen, wie Wassertropfen aus einem Hahn.

Irgendwo zwischen oder hinter den silbrigen Bäumen lachte eine Frau . . .

Standish erwachte im Springbrunnenzimmer, ohne Brüste und ohne Baby. Das Herz hämmerte, und der Körper fühlte sich an, als sei er einer Umarmung entrissen. Jemand war in der Nähe – eine echte Gefahr hatte die Bedrohung im Traum ersetzt. Wer auch immer den Raum mit ihm teilte: Die Person bewegte sich nicht mehr, sie stand reglos in der Dunkelheit und sah auf ihn herab.

Robert Wall hatte gelogen, und der Wirt im Pub behielt recht: Hier war tatsächlich ein Amerikaner umgebracht worden. Standish stellte sich vor, wie man mit schwerem Essen und starkem Wein dafür sorgte, daß er tief und fest schlief; anschließend schlich der Mörder ins Zimmer . . .

Mit entsetzlicher Gewißheit glaubte er, daß der Amerikaner enthauptet worden war.

Er starrte in die Finsternis. Man hatte ihm das Baby genommen, und ein unheilvolles Wesen stand zwei oder drei Meter von ihm entfernt, eingehüllt in Schwärze.

»Ich weiß, daß Sie da sind«, sagte Standish und wußte sofort, daß er sich irrte.

Er hörte kein leises Kichern und hob den Kopf – nichts rührte sich im Zimmer. Er war nun ebenso allein wie zu jenem Zeitpunkt, als er dem Lachen der Frau zur Küche gefolgt war. Doch es wuchs die Überzeugung in ihm, daß ihm jemand in diesem Raum Gesellschaft geleistet *hatte*, jemand, der ihn immerzu beobachtete und zu Esswood gehörte, Miß Seneschal oder seine geheimnisvolle Geliebte (Standish dachte daran, daß Miß Seneschal vielleicht mit seiner Geliebten identisch war), eine Frau auf jeden Fall, die darauf wartete, vor ihm zu erscheinen. Sie blieb verborgen, weil er noch nicht genug wußte.

Erst dann würde sie sich ihm offenbaren, wenn er das Recht verdient hatte, sie zu sehen.

Er erinnerte sich daran, von großen Brüsten geträumt zu haben, so sehr mit Milch gefüllt, daß die weiße Flüssigkeit aus ihnen heraustropfte. Geistesabwesend hob er die Hand zu seiner echten, schlaffen Brust und spürte dort ein schweißgetränktes schwarzes Haar. Huckstall-Reminiszenzen zupften stark genug an seinem Bewußtsein, um ihn zu veranlassen, sich im Bett aufzusetzen. Ihm war, als sei er von einer Nadel gestochen. Aber welchen Zusammenhang konnte es zwischen Huckstall und seiner Arbeit geben, die außerdem das Baby im Traum betraf?

Standish suchte die Toilette auf, um zu pinkeln. Dunstiges Glühen berührte das Schlafzimmerfenster. Er drehte sich um und sah durch die Lücken zwischen den Fensterläden, wie das Licht der Seneschals ausging.

## 10

Am nächsten Morgen geschah etwas Unmögliches. Als Standish durch ›seinen‹ Korridor zum Eßzimmer schritt, verirrte er sich in Esswood, wanderte um sonderbare Ekken, unvertraute Stufen hinab, vorbei an verriegelten und unverschlossenen Türen.

Standish litt nur selten an einem Kater, und in solchen Fällen entwickelte er immer enormen Appetit. Er wollte so schnell wie möglich frühstücken und essen, was auf dem Tisch stand, selbst wenn es einen komischen Namen hatte und wie Ohrenschmalz aussah. Er *lief* die Treppe hinab. In seinem Schädel pochte es, und die Konturen vor seinen Augen verschwammen häufig. *Nie wieder Alkohol,* versprach er sich. *Nie wieder*. Schnell hastete er an den Resten einer großen Spinnwebe vorbei und strich sie voller Ekel beiseite. Nach einer Weile glaubte er, so viele Treppenabsätze hinter sich gebracht zu haben, daß er nicht mehr weit vom Keller entfernt sein konnte. Er ging langsamer. Die Wände des Treppenhauses bestanden aus weiß getünchtem, kühlem Stein. Seit wann? Er blickte über die Schulter. Die gewölbten Mauern, der eiserne Wandleuchter, selbst das matte graue Licht – alles erschien ihm seltsam.

Kurz darauf erreichte er das untere Ende der Treppe, und ihr folgte ein Korridor, der keine besonderen Merkmale aufwies. Es mochte sich um jene Passage handeln, die zum Eßzimmer führte. Oder auch nicht. Weiter vorn sah er einen hohen Türdurchgang, dahinter einen Flur. Alles schien ein wenig dunkler und schmutziger zu sein, als er es in Erinnerung hatte. Er näherte sich dem Ende des Flurs und entdeckte eine leere Stelle dort, wo eigentlich die Statue des Knaben stehen sollte – Beweis dafür, daß er sich in einem ihm unbekannten Teil des Gebäudes aufhielt. Hinter der nächsten Ecke fiel sein Blick auf eine andere kleine Treppe, die zu einem Betonabsatz hinabführte.

Standish verharrte und rief sich den zurückgelegten Weg ins Gedächtnis zurück. Er hatte sich mehrmals nach rechts und links gewandt, blindlings, ohne auf die Umgebung zu achten. Ein vager Eindruck formte sich in ihm, wie das Bild eines Traums: Korridore mit endlosen Abzweigungen, ein wirres Labyrinth aus steinernen Fluren und schmutzigen Wänden. Übelkeit quoll in ihm empor. Er drehte sich um. Ein dunkler Gang erstreckte sich an festen Holztüren entlang und endete an einer T-förmigen Verbindungsstelle. Standish stöhnte. Für einige Sekunden verdrängte das Gefühl, sich verirrt zu haben, den Hunger aus ihm. Er stapfte in die Richtung, aus der er kam, und griff nach einer Klinke. Verschlossen.

Die nächste Tür ließ sich öffnen, und er sah in ein Zimmer mit unregelmäßig geformten weißen Objekten, die wie Anzündholz wirkten. Staubige Rahmen mit toten Motten und Schmetterlingen hingen an der einen Wand. In der gegenüberliegenden, ganz oben, bemerkte Standish ein Fenster, wie man es in einer Zelle erwartete. Die Luft roch tot. Er betrachtete die Dinge auf dem Boden und identifizierte sie als Knochen. Dutzende oder gar Hunderte von Skeletten waren hier zerstückelt worden. Die Geschichte von Blaubarts Frau fiel ihm ein, und aus dem dumpfen Pochen hinter seiner Stirn wurde stechender Schmerz. Er spähte noch einmal durch den Korridor, bevor er das gräßliche Zimmer betrat.

Schädel mit langen Auswüchsen lagen in einer Ecke. Standish setzte behutsam einen Fuß vor den anderen und starrte auf die Knochen hinab. Die meisten schienen von Tieren zu stammen. Die verblaßten Farben der Schmetterlinge in einem Schaukasten weckten seine Aufmerksamkeit, und er las das Schild unter dem Glas: Nil-Expedition, 1886. Erleichtert atmete er auf. Irgendein verrückter alter Seneschal, der sich für einen Naturforscher hielt, hatte diese Knochen und Schmetterlinge aus Afrika mitgebracht.

Er verließ die Kammer und zögerte im Flur. Es hatte keinen Sinn zu versuchen, von hier aus zum Springbrunnenzimmer zurückzukehren. Auf der anderen Seite der Knochenkammer gab es zwei weitere Türen, und Standish beschloß, eine von ihnen zu öffnen.

Unsichtbare Dinge huschten fort – er dachte an fette kleine Körper, die sich hinter Stapeln aus Zeitungen und Zeitschriften verbargen. Boshafte Augen schienen ihn zu beobachten, und er fühlte eine Aura aus Furcht und Haß. Er las die Schlagzeile einer Ausgabe der *Yorkshire Post,* die auf dem Boden lag, als hätte sie eines der kleinen Geschöpfe fallen lassen. SCHWANGERE FRAU, LIEBHABER ERST GEFOLTERT UND DANN ENTHAUPTET. *Schrecklicher Fund auf einer Schlackenhalde von Huckstall.* Irgendwo in der Nähe vernahm Standish ein leises, atemloses *Tick-tick-tick,* das wie ein Lachen klang.

Er wich zurück. Der ganze Raum schien sich zu ducken und ihm entgegenzuspringen. Rasch trat er über die Schwelle und schlug die Tür zu. Benommenheit erfaßte ihn, und er empfand eine Mischung aus Furcht und ungewohnter Tapferkeit. Es konnte kein Zufall sein, daß er diesen Teil von Esswood entdeckt hatte. Es war *geplant* gewesen, daß er hierherkam. Nein, hier gab es keine Zufälle. *Ich* sollte *diesen Ort sehen,* fuhr es ihm durch den Sinn. Und: *Ich bin auserwählt.*

Er wollte die andere Tür aufstoßen, doch sie erwies sich als verschlossen. Standish tastete sich zum Ende des Korridors und ging langsam die Treppe hinunter.

Ein niedriger, schmalerer Flur führte zur offenen Tür eines Zimmers, dessen Wände aus Beton bestanden. Dort sah er einen ungefähr sechzig Zentimeter hohen schmutzigen Sessel unter einer nackten Glühbirne. Jenseits davon zeigte sich noch eine Tür. Er betrat die Kammer. An einer Wand hing die Kopie eines Gemäldes aus dem Springbrunnenzimmer: ein kleiner Hund sprang vor einer Kutsche umher, die von Pferden zum Haus gezogen wurde. Standish durchquerte den Raum und öffnete die zweite Tür. Der dunkle Raum dahinter enthielt einen großen, gedrungenen, körperhaften Gegenstand, der an Schiwa erinnerte: Mehrere Arme ragten aus ihm hervor und streckten sich der niedrigen Decke entgegen. Anzeigen und Indikatoren zierten den Heizkessel, und dahinter lehnten verschiedene Objekte an der Wand: Hochräder, Äxte in vielen Größen (einer erhängten Familie gleich), eine Nähmaschine mit Tretkurbel, ein Staubsauger mit langer Stange und schlaffem Beutel.

Dieser Raum bildete den Gegensatz zur Bibliothek, begriff Standish. Oben atmeten und schliefen subtile geistige Dinge in Kisten; hier unten pumpten schmutzige Dinge Hitze herbei.

Er erforschte andere Bereiche des Kellers, blickte in Zimmer mit Puppen und zerbrochenem Spielzeug, mit fünf Krippen und fünf Kinderbetten und fünf Kinderwagen, groß wie die Kutschen einer Prinzessin. Andere Kammern enthielten muffig riechende Laken und Dekken, staubige Kinderbücher, hölzerne Bauklötze und Plüschtiere. Schließlich entdeckte er eine nach oben reichende Treppe, blickte noch einmal durch eine offene Tür und sah die aufgeblähten Nüstern eines Schaukelpferds. Er hatte die in ›Vorwurf‹ erwähnten Räume gefunden: *In den Zimmern der zerbrochenen Kinder und ihrer Spielzeuge.*

Die Treppe brachte ihn an langen, regalartigen Gestellen mit Weinflaschen vorbei. Nach einer Weile wurden die Stufen breiter, und hinzu kam ein Geländer aus Onyx. Einige Minuten später befand sich Standish im prächtigen Ostsaal.

Man hatte das Frühstück auf einem frischen weißen Tischtuch serviert. Er nahm Platz und hob den goldenen Deckel. Der geräucherte Kadaver eines Fisches starrte ihn aus toten Augen an. Standish spießte mit der Gabel eine klebrige Masse auf, so haarig wie eine Raupe. Als er sie in den Mund steckte, biß er auf ein Nadelkissen. Kleine Gräten bohrten sich ihm in Zunge und Gaumen, andere schoben sich zwischen die Zähne. Er spuckte auf den goldenen Teller.

## 11

Kurz darauf, unter dem wachsamen Blick des Urururgroßvaters und eines strengen Gottes, tastete Standish mit der Zunge nach Gräten in den Zähnen und schrieb Notizen auf einen Block. *Wenn es im Universum keine Zufälle gibt, dann sind Prosa und Erzählung überflüssig, weil alles gleichzeitig geschieht. Hier an diesem Ort zu sein ... Das bedeutet, zu Isobels Poesie zu gehören, und zwar nicht nur im übertragenen Sinne. Eine Welt ohne Zufall ist eine Welt, die nur aus Metaphern besteht. Die Kindheit wiederholt sich. Schlüssel zu den unsinnig erscheinenden Gedichten. Syntax die einzige Quelle von Bedeutung.*

*Frage: Spielzeug, Puppen, Betten usw., aus Isobels Perspektive gesehen, so wie in ›Vorwurf‹. Was passierte mit den entsprechenden Kindern? Warum ›zerbrochen‹? Wie viele Kinder brachte Edith Seneschal zur Welt?*

*Muß mich nach Geschwistern der Seneschals erkundigen.*

*Betrifft das Geheimnis vielleicht eine schreckliche Familienkrankheit?*

Standish überlegte einige Sekunden lang und schrieb noch eine Zeile.

*Auf dem Friedhof nachsehen?*

Eine Zeitlang starrte er auf den Block hinab, riß das Blatt ab und kritzelte einige Worte aufs nächste. Er löste es ebenfalls und legte es vor der Bibliothekstür auf den Teppich. Anschließend kehrte er zum Schreibtisch zurück und sah zu dem Porträt und dem Gott im Sturm an der Decke hinauf. An diesem Morgen lag ihm nichts daran, weitere Gedichte zu lesen; viel interessanter fand er es, sich mit *B. P.* zu beschäftigen.

Er seufzte glücklich, schob die Blätter mit den Versen beiseite und zog das umfangreichere Manuskript heran. Auf Seite 26 begann er; damit hatte er am vergangenen Abend aufgehört. Zwanzig Minuten lang zitterte Isobels Handschrift vor ihm auf den Seiten, und dann verwandelte sich die Zeit, bildete keine lineare Ereignissequenz mehr. In der Gesellschaft seiner Fast-Großmutter betrat Standish das *Land*.

Die junge Frau aus Massachusetts fühlte sich immer mehr zu dem Haus hingezogen. Durch einen glücklichen Zufall hatte sie ihre Gastgeberin E., die als Mäzenin galt, in Boston kennengelernt. E. bat darum, die Werke der jungen Frau lesen zu dürfen, lobte den literarischen ›Mut‹ und lud sie auf ihren Landsitz ein. Zuerst begegnete die Dichterin E. mit Dankbarkeit, doch als sie das *Land* und dort eine ganz neue Art von Kreativität kennenlernte, wurde daraus regelrechte Liebe. Nie zuvor war es ihr so leicht gefallen, Gedichte und Prosa zu schreiben; an jenem neuen Morgen fand sie mehr Sicherheit. Nach einigen abendlichen Vorlesungen in der Westgalerie empfing sie Lob und Applaus von Autoren, deren Namen zuvor Ehrfurcht in ihr geweckt hatten. Ermutigt begann sie damit, ihre eigenen Werke von allem Ballast zu befreien, ihnen jene Aspekte zu nehmen, die sie in ein zeitgenössisches Gewand kleideten.

*Das klingt ganz nach Isobel,* dachte Standish.

Die junge Frau aus Massachusetts verbrachte den Morgen damit, im Springbrunnenzimmer zu schreiben, und nahm das Mittagessen mit E. und den anderen Gästen ein. Nachmittags wanderte sie durch das *Land* – so nannte sie Esswood jetzt. Die physische Welt rief eine an Euphorie grenzende Begeisterung in ihr hervor. Sie spürte, daß Esswoods Schönheit zu ihr sprach, sie willkommen hieß. Jene Gäste, die am Nachmittag nicht schrieben, spielten Krokket, badeten im Teich, saßen in der Bibliothek oder lasen unter den Sonnenschirmen der großen Terrasse, die einen weiten Blick über den Teich und die fernen Felder gewährte. Die Abendmahlzeiten waren sehr üppig: Spezialitäten für Gourmets, dazu ausgezeichneten Wein. Die junge Frau wies auf ihre Vorliebe für Kalbslende mit Morchelsoße hin, und sie erhob keine Einwände, als man ihr dieses Essen eine Woche lang jeden Abend servierte. Auch der Wein war köstlich. Am ersten Abend bekamen die Gäste einen Chateau Lafite-Rothschild, Jahrgang 1900, am zweiten einen Chateau Lafite-Rothschild von 1872, und am dritten einen 1862 Lafite-Rothschild, angeblich der beste Wein des vergangenen Jahrhunderts. Vielleicht wurde er auch während der nächsten hundert Jahre nicht übertroffen.

Die Euphorie der jungen Frau hatte mehr Substanz als das vom Wein geschenkte Glück, war dauerhafter als von angenehmer Gesellschaft verursachte Freude und ging noch tiefer als jene Hochstimmung, die der Lohn erfolgreicher künstlerischer Arbeit ist. Sie verband Emotionen mit dem *Land*, die keine unmittelbare religiöse Ausprägung gewannen, sich jedoch durch eine geistig-geistliche Qualität auszeichneten. Eine bestimmte Kraft schien das ganze Anwesen zu erfüllen, Musik oder einem körperlosen Geist gleich. Eine der erstaunlichsten Aspekte der mit dem *Land* in Zusammenhang stehenden Empfindungen war ungezügelte Heiterkeit. Der jungen Frau fehlte ein überschäumendes Temperament, aber trotzdem lachte sie mit den anderen Gästen und nahm an ihren Spielen teil.

Darüber hinaus fand sie nun Gefallen daran, sich mit Scherzen zu amüsieren. Sie benutzte ihren ›geheimen‹ Korridor, um unbemerkt durchs Haus zu schleichen, die Manuskripte oder persönlichen Dinge eines Dichters durcheinanderzubringen, des Nachts wie ein Phantom in den Schlafzimmern der übrigen Gäste zu erscheinen und dann zu verschwinden.

Standishs Blick war auf die Blätter geheftet, und das Herz klopfte heftig unter den Rippen.

Zwar hatte sich die junge Frau nie Kinder gewünscht, aber ihr wurde allmählich klar, daß der sonderbare, sanfte Reiz des *Lands* auf die beiden überlebenden Kinder der Gastgeberin zurückging.

Standish ächzte leise, und ihm blieb fast das Herz stehen.

Die Ruhe von E. war noch bewundernswerter, wenn man dabei das Schicksal ihrer Kinder berücksichtigte. Sie hatte einen Vetter zweiten Grades mit dem gleichen Nachnamen geheiratet, jemand, der sich nicht für Kunst oder das Leben auf dem Land interessierte. Seine Leidenschaft galt französischem Cognac, italienischen Frauen und dem Unterhaus. Er vernachlässigte die Familie, zeugte jedoch fünf Kinder, von denen drei schon nach wenigen Jahren starben. Mit ihrem stillen, süßen Charme gewannen die beiden Überlebenden, R. und M., schon bald die Zuneigung der jungen Frau aus Massachusetts. Sie waren recht schwach, und man vermutete, daß sie ebenfalls an jener Krankheit litten, der ihre Geschwister zum Opfer gefallen waren. Es hieß, die Krankheit stamme vom Vater und sei ein Fluch der Familie – außerdem ein Geheimnis, denn ihre Natur blieb unbekannt.

Beide Kinder ermüdeten schnell und hatten oft unmäßigen Appetit. Ein typisches Symptom der Krankheit: Ein Angesteckter mußte viel essen, um wenigstens geringe Aktivitäten entfalten zu können. Die Gäste wußten nicht, welche Art von Nahrung erforderlich war, denn R. und M. speisten immer allein. Trotz ihrer besonderen Diät schwanden sie allmählich dahin. Der Schwester ging es schlechter als ihrem Bruder: *Er* wirkte wie ein normales Kind, doch *sie* wurde immer schwächer. *Er* war blaß, aber *ihr* Gesicht wirkte aschfahl und wächsern. Manchmal zeigte die Haut des armen Mädchens feuchten Glanz, wies Knoten, Flecken oder angeschwollene Stellen auf, war schneeweiß und fast durchsichtig – als erfahre das Mädchen eine Metamorphose, die es in ein ganz anderes Wesen verwandelte.

Standish sah auf und stellte fest, daß helles, goldenes Licht durch die Fenster fiel. Ein Blick auf die Armbanduhr: halb zwei. Das Mittagessen war schon vor dreißig Minuten serviert worden. Langsam stand er auf.

Geschriebene Silben hallten in seinem Bewußtsein wider, blieben aber ohne tiefere Bedeutung. Er wußte, daß er noch besser als Isobel verstehen mußte, was sie damals zu

Papier gebracht hatte. Dieser Punkt war sehr wichtig. Er erinnerte sich daran, ebenfalls die *Musik* gehört und die gleiche Euphorie gespürt zu haben, als er zum erstenmal das *Land* betrat, im strahlenden Sonnenschein. Doch Isobel verlieh ihren Eindrücken etwas Konkretes. Worte wie *zeitlos, Ewigkeit, Heiterkeit, Kinder, Krankheit, Metamorphose* schwirrten durch Standishs Überlegungen. *Phantom, Gelächter, körperloser Geist.*

Eine am Morgen gekeimte Idee reifte nun, und steifbeinig schritt er zur großen Tür. Als er sie öffnete, sah er einen Zündschlüssel auf dem Teppich.

Nach dem Mittagessen, wie betäubt von Kalbslende und Wein, trat er durch das breite Portal nach draußen und atmete würzige Sommerluft. Mehrere Sekunden lang stellte er sich vor, daß zwei Kinder – der kleine R. und die kleine M. – auf den Marmorstufen saßen. Dann sah er den Wagen auf der Zufahrt und keuchte: sein türkisfarbener Ford Escort.

Standish eilte die Treppe hinab und bemerkte, daß der Wagen wesentlich sauberer wirkte als jenes Auto, mit dem er von Gatwick nach Lincolnshire gefahren war. Es mußte ein anderes Fahrzeug sein. Als er die Zufahrt erreichte, näherte er sich dem Escort langsam und berührte die warme, gut gewachste Motorhaube. Ja, es *war* ein anderer Wagen. Er glänzte und funkelte, wie alles im *Land*.

Standish nahm hinter dem Steuer Platz und steckte den Schlüssel ins Zündschloß.

Er brauchte fast eine Stunde, um die Kirche zu finden. Als er schließlich anhielt und nach dem Weg fragte, konnte er den undeutlichen Akzent der Einheimischen kaum verstehen. Zwei eher unfreundliche Männer vor einem Pub brummten mehrmals ›rechts‹ und ›links‹; Standish ließ sich von diesen Richtungsangaben leiten und gelangte zur Hauptstraße von Beaswick. Kleine Kinder und Teenager starrten den Wagen an und murmelten obszöne Bemerkungen. Ein grauer, schmutziger Ort.

Dicke Frauen mit hochgestecktem Haar und roten Gesichtern spähten ins Auto. Dann wichen die abscheulichen Süß- und Tabakwarenläden offenen Feldern und trostlosen Mooren, so plötzlich, wie die Schlackenhalden in dichten Wald übergegangen waren.

Schließlich sah Standish einen knapp zwei Meter hohen Haufen aus Gras, Erde und Wurzeln, der sich neben einer Kreuzung erhob – einer der beiden feindseligen Männer vor dem Pub hatte einen ›kleinen Hügel‹ erwähnt, an dem er abbiegen sollte. Vielleicht war dieser Haufen damit gemeint. In der Ferne stand ein Bauernhaus. Zwei kreuzlahme Pferde auf einem nahen Feld beobachteten den Mann im Wagen. Jenseits des ›kleinen Hügels‹ zeigte sich eine Anhöhe, die eine kleine graue Kirche trug, und daneben befand sich ein Friedhof mit schiefen Grabsteinen. Hinter der Kirche die Silhouette der vertrauten Windmühle. Standish begriff, daß ihn höchstens drei Autominuten von Esswood trennten. Er hätte über die Felder zur Kirche gehen können.

Langsam fuhr er durchs feuchte Gras, parkte den Escort vor der Kapelle und schritt zum Friedhof.

Auf der anderen Seite der Kirche gab es ein kleineres, noch häßlicheres Gebäude, wie ein Bunker, an dessen Fenstern Gardinen hingen. Standish ging daran vorbei und erreichte ein kleines Tor.

Ein brusthoher Zaun umgab den Friedhof, der etwa einen Morgen groß sein mochte und aus mehreren hundert Gräbern bestand. Die älteren Gedenksteine direkt hinterm Tor wirkten wie faltige alte Gesichter, halb verborgen unter einem Muster aus Schatten und Rissen. Standish wanderte über den mittleren Teil des Friedhofs. Keiner der Grabsteine trug den Namen Seneschal. Andere Namen wiederholten sich: Totsworth, Beckley, Sedge, Cooper, Titterington. Standish setzte den Weg langsam fort.

Hinter ihm schlug eine Tür, und dann erklangen Schritte. Er drehte sich um und sah einen dunkelhaarigen

Mann, der eine lange, zugeknöpfte Soutane trug und die eine Hand hob, wie um den Verkehr zu regeln. Die groben Züge des geröteten Gesichts wirkten verkniffen, als bliese dem Pfarrer ein böiger Wind entgegen. Er beugte sich vor, zog den Kopf ein und kam mit langen, eiligen Schritten näher.

»Hallo! Hallo!«

Standish wartete.

Als die Entfernung schrumpfte, verzog sich die Miene des Pfarrers zu einem herzlichen Lächeln, hinter dem sich herrische Arroganz zu verbergen schien. Er war gut fünfzig, roch nach Bier und Tabak und sprach mit dem gleichen ausgeprägten Akzent wie die Dorfbewohner. »Habe Sie vom Pfarrhaus gesehen. Es kommen nur selten Fremde hierher, und deshalb fällt jeder sofort auf.« Das breite, gelbe Lächeln im roten Gesicht tauchte wieder auf und schuf einen Ausgleich für das brüske Gebaren. »Amerikaner, nicht wahr? Die Kleidung.«

Standish nickte.

»An unserer normannischen Kirche interessiert, wie? Nun, Sie können sich die Kapelle gern von ihnen ansehen, doch es bereitet mir Unbehagen, daß Sie hier durch unseren kleinen, äh, Seelengarten gehen. Das erscheint mir ... unangebracht.«

»Warum?«

Der Pfarrer blinzelte und präsentierte wieder sein falsches Lächeln. »Sie halten uns vielleicht für seltsam, aber wir sind nur eine kleine Gemeinde. Auf der Durchreise, stimmt's?«

»Nein.« Der Pfarrer verärgerte Standish so sehr, daß er es kaum über sich brachte, mit ihm zu reden.

»Haben Sie den ganzen weiten Weg zurückgelegt, um unsere Gräber zu schänden? Hier gibt es nichts, das für Sie interessant wäre.«

Standish runzelte die Stirn. »Ich wollte mir die Familiengräber ansehen. Ich heiße Sedge, und meine Vorfahren stammen von hier.«

»Oh, ich verstehe. Sie sind also ein Sedge, wie?« Der Pfarrer grinste schief und musterte Standish, vielleicht hielt er nach Familienähnlichkeiten Ausschau. »Und aus welchem Teil von Amerika kommen Sie?«

»Massachusetts. Duxbury, Massachusetts.«

»Hier haben viele Sedges ihre letzte Ruhe gefunden. Wann sind Ihre Ahnen ausgewandert?«

»Um achtzehnhundertfünfzig herum, vielleicht auch etwas früher«, sagte Standish. »Es ist mir gelungen, meine Ahnen bis hierher nach Beaswick zurückzuverfolgen. Eine hiesige Familie hat mich eingeladen: Ich möchte feststellen, ob hier auch Vorfahren von ihr begraben sind.«

Er wandte sich vom Pfarrer ab und sah wieder zu den Grabsteinen hin. Kapitän Thomas Hopewell, 1810-1898. Ein weinender Engel, der vor einem aufgeschlagenen Buch saß. Eine marmorne Frau, zurückgebeugt, die Hände vors Gesicht gehoben – eine derartige Statue gab es auch in Esswood. Seine Sinne schienen plötzlich weitaus empfindlicher zu werden und vermittelten ihm den Ärger des Pfarrers. Er rechnete damit, daß ihm der Mann folgte, seine Pseudo-Freundlichkeit aufgab und ihn anschrie, doch dann begriff er: Der Geistliche verhielt sich wie jemand, der ein Geheimnis hütete.

Gleichmäßige, schwere Schritte, nicht zu hastig. »Eine hiesige Familie, wie? Darf ich fragen, wie sie heißt?«

»Natürlich.« Standish drehte sich erneut zu dem verkniffenen roten Gesicht um. Hinter dem Pfarrer bemerkte er die marmorne Figur auf dem Grab eines Kindes: ein kleiner Junge, die Arme ausgestreckt. Auch diese Statue kannte er aus dem ›geheimen‹ Korridor in Esswood. »Die Seneschals.«

Der Mann leckte sich die Lippen, und seine Einstellung Standish gegenüber erfuhr eine ebenso abrupte Veränderung wie die Atmosphäre zwischen ihnen. »Das ist sehr interessant, ja, wirklich.«

»Gut.« Standish las den Namen des Grabsteins mit der

kummervollen Frau: SODDEN. Er unterdrückte ein Kichern. »Wo liegen die Seneschals?«

»Eine prominente Familie, zweifellos.« Der Pfarrer schob sich neben ihn. »Sogar die prominenteste in unserer Ecke der Welt. Sie wohnen bei ihr, Mr. Sedge? In Esswood House?«

»Ja.«

»Ist ziemlich still dort, nicht wahr, Mr. Sedge?«

»Ruhig und friedlich.«

»Kann man wohl sagen.« Einmal mehr leckte sich der Pfarrer die Lippen, und Standish sah überrascht so etwas wie Furcht in seinen Zügen.

»Eigentlich seltsam, daß ich noch keine Seneschal-Gräber gefunden habe. Ediths Kinder ... Ich meine jene drei Geschwister, die so jung starben.«

»Seltsam? Ja, seltsam, in der Tat. Und was ist mit Edith? Miß Edith Seneschal, die später zu Mrs. Edith Seneschal wurde. Sie glauben bestimmt, daß auch sie hier begraben sein sollte, nicht wahr, Mr. Sedge?«

Der Mann starrte ihn an, neigte den Kopf zur Seite und schürzte die Lippen. Rostbraune Flecken bildeten Streifenmuster auf seiner Soutane.

»Und ihr Mann ebenfalls, oder? Der Ehrenwerte Arthur Seneschal, jemand, der immer im Hintergrund stand, zugegeben. Ein bereitwilliger Partner, könnte man sagen. Ja, sehr bereitwillig. Hat immer den Ehrgeiz seiner Frau unterstützt. Sicher möchten Sie auch sein Grab sehen, oder?« Die Stimme des Pfarrers klang gehässig, und Standish spürte, wie die sonderbare Furcht des Geistlichen Zorn wich.

»Was ist los mit Ihnen?« fragte er.

»Er will wissen, was mit mir los ist«, sagte der Mann zu einem imaginären Zuhörer. »Sie sind neugierig, nicht wahr, Mr. Sedge? Nun, ich finde es eigenartig, daß es in Beaswick seit siebzehn ...« Er unterbrach sich und lief zu einem schiefen Grabstein. »Seit siebzehnhundertneunundachtzig gibt es bei uns keinen Sedge mehr. Der letzte hieß Charles Sedge und war Junggeselle. Und ohne Brüder oder Schwestern. Ihre Geschichte hätte ihn bestimmt sehr amüsiert. Insbesondere die Behauptung, daß Sie bei den Seneschals wohnen.« Der Pfarrer verblüffte Standish, indem er sich über den Grabstein beugte und heulte: »Dieser Bursche ist angeblich ein Sedge – dein amerikanischer Cousin, Charles! Will dir seine Aufwartung machen! Und wohnt in Esswood House. Möchte die Gräber von Ediths Kindern finden. Kannst du ihm dabei helfen, Charles?«

Er richtete sich auf, und humorlose Fröhlichkeit warf einen dunkelroten Schatten über seine Miene. »Oder habe ich den Namen falsch verstanden? Heißen Sie vielleicht Titterington? Oder Cooper? Sie können gar kein Beaswick-Sedge sein. *Unsere* Sedges waren alle tot, als Ihre Familie nach Amerika auswanderte. Außerdem: Kein Nachkomme eines Beaswick-Sedges würde jemals Esswood House betreten.«

»Ich weiß nicht, wovon Sie reden«, erwiderte Standish. »Bezeichnen Sie mich als Lügner?«

»Ich halte Sie für jemanden, der keine Ahnung hat«, knurrte der Pfarrer. »Und ich frage mich, wo Sie wirklich wohnen. Ich frage mich, woher Sie wirklich kommen. Wenn Sie nicht wissen, daß wir hier nie ein Mitglied der Familie Seneschal bestatten würden, so haben Sie keine Verbindung zu Beaswick. Woraus sich folgende Fragen ergeben: Warum treiben Sie sich auf meinem Friedhof herum? Und warum behaupten Sie, in Esswood House zu wohnen?«

»Warum sollte ich *nicht* in Esswood House wohnen? Ich bin dort zu Gast. Man hat mich eingeladen . . .«

»Niemand ist in Esswood House zu Gast. Ich bezweifle sogar, ob dort noch jemand lebt. Man hat zwei Studenten beauftragt, Fremde zu verscheuchen und das Haus in Ordnung zu halten. Aber sie sind nicht von hier; es handelt sich nicht einmal um Lincolnshire-Leute.« Er blickte auf ein flaches, grasbewachsenes Grab und hob den Saum seiner Soutane. Für Standish sah es so aus, als tanze der Pfarrer zu den Melodien eines höhnischen Triumphlieds. »Ich bin nicht so dumm, wie Sie vielleicht glauben. O nein. Ich habe sofort Bescheid gewußt – allein der Schnitt Ihrer Jacke bot mir Hinweis genug.« Heiterer Trotz blitzte in den Augen des Geistlichen. »Von Anfang an war mir klar, daß früher oder später jemand wie Sie kommen würde, der Reporter eines amerikanischen Schmierblatts, das Sie als Zeitung bezeichnen. Aber ich hätte es nie für möglich gehalten, daß ein Schakal wie Sie behauptet, nach den Gräbern von Ediths Kindern zu suchen.«

»Ich suche *tatsächlich* danach!« platzte es aus Standish heraus.

Der Pfarrer bebte am ganzen Leib. »Vermutlich müssen Sie sich auch den Weg nach Esswood House erklären lassen. Ich habe Ihren Wagen gesehen und beobachtet, aus welcher Richtung Sie kamen. Sie fuhren vom Ort aus hierher.«

Standish wollte zunächst darauf hinweisen, daß er sich verirrt hatte, doch statt dessen entgegnete er: »Wie gelangt man von hier nach Esswood?«

»Aha! Die Wahrheit! Ein Gast, der nicht einmal den Weg zu seinen Gastgebern kennt. Jetzt gibt er die Wahrheit zu. Um Esswood House zu erreichen, kehren Sie zum kleinen Hügel zurück, biegen dort nach rechts ab – nicht nach links –, fahren an der Robert Wall vorbei . . .«

»An der was?«

»Ich meine die Robert-Mauer. Es ist nur ein Name; Sie brauchen nicht zu erschrecken. Ich dachte, Reporter der Boulevardpresse hätten ein dickeres Fell. Keine Sorge, die Mauer wird nicht auf Sie herabstürzen. Steht schon seit vierhundert Jahren an der Grenze des Seneschal-Guts.«

»Warum heißt sie Robert Wall?«

»Weil sie von einem Mann namens Robert gebaut wurde. Wollte offenbar, daß die Seneschals auf der anderen Seite bleiben.«

Standish ging fort, ohne den Pfarrer anzusehen. Der Geistliche trat auf ein Grab und lachte. »Sie möchten ihr Geheimnis lüften, nicht wahr, Mr. Sedge? Das haben Sie doch vor, oder?« Standish hörte ihn noch lachen, als er den Friedhof verließ und an der häßlichen Kirche vorbeiging.

## 12

Zwei Tage später, am Ende des Nachmittags, fühlte sich Standish von einem ganz bestimmten Satz in die reale Welt zurückgebracht:

> *Ich habe meinen Vagabunden gefunden, meinen gelehrten Zigeuner mit kornblumenblauen Augen.*

Es war erstaunlich, daß sich Isobel dazu herabließ, wenig originelle Modeworte wie ›kornblumenblau‹ zu verwenden, doch eines stand fest: Die junge Frau aus Massachusetts hatte einen Seelenfreund entdeckt, jemanden, mit dem sie lange Spaziergänge machte und über Literatur diskutierte. *Ich habe meinen Vagabunden gefunden* ... Standish erinnerte sich an den Irren, dem er einige Kilometer vor Huckstall begegnet war. Er schauderte unwillkürlich und las weiter. Isobel hielt den Vagabunden für ein ungeschultes Genie, für einen Einsamen, der keine Familie hatte. Ganz unten auf der Seite stand: *Stoff für eine andere Geschichte*. Und prompt verschwand der ›Vagabund‹ aus dem Manuskript.

Standish las noch einige Stunden lang. Die Bibliothek löste sich auf, und zusammen mit Isobel wanderte er durch das *Land*. Die Einzelheiten ihrer täglichen Erlebnisse unterschieden sich kaum voneinander, doch Standish fand die Parallelen zu seiner eigenen Routine sehr angenehm. Sie schilderte, wie sie arbeitete, die Mahlzeiten mit den anderen Gästen einnahm, auf dem Anwesen wanderte, und dieser Bericht deutete auf eine Absicht hin, auf eine Verwandlung. Wohin auch immer die junge Frau blickte – alles hinterließ einen nachhaltigen Eindruck bei ihr. Der lange Teich *siedete*, und das ferne Feld war *ein grüner Pelz, an die Sonne genagelt*. Die Bibliothek verglich Isobel mit einem *Ofen, einem Vulkan*, und Poesie kam *Lava* gleich. Alles *schimmerte* und *glänzte*; alles *zitterte* unter dem Druck einer Kraft, die sich darunter verbarg.

Bis um acht Uhr blieb Standish in den Memoiren-Roman vertieft. Er las nicht nur, sondern *wurde* auch gelesen. Seine Kindheit und die andere, realere Welt, die in oder neben dieser Wirklichkeit existierte, nahm wieder Gestalt an. Damit kamen Erinnerungen an Popham, an Gefühle und Atmosphäre einer wundervollen und schrecklichen Zeit, die gerade erst begonnen hatte, als er, getarnt mit einem Regenmantel, Jean zu einem anderen Apartmenthaus folgte, zu der Wohnung eines anderen Mannes. Jene Zeit endete mit der Krankenschwester, die keine Krankenschwester war, mit blutigen Tüchern, die einen fortgeworfenen Schrei enthielten, ein Nicht-Substantiv, ein gelöschtes Wort in einem durchgestrichenen Satz. Es gab ein wahres Selbst in Standish, und er fühlte nun, wie es geboren werden wollte.

Ein abergläubischer Pfarrer mit fleckiger Soutane konnte so etwas nicht verstehen.

Als Standish aufstand und feststellte, daß es fast Zeit war fürs Abendessen, spürte er eine immense Freude in der Luft, wie zwei gewaltige Schwingen, die sich langsam hoben und senkten. Die Bibliothek schien mit einer Abwesenheit gefüllt zu sein, nicht mit etwas, das sich plötzlich zurückzog, sondern mit einem ankündigenden, zitternden Fehlen vor dem Erscheinen eines strahlenden, notwendigen Wesens.

Diesmal nahm Standish den längeren Weg zum Eßzimmer. Fast feierlich ließ er sich auf den Stuhl sinken, hob den Deckel und sah Kalbslende in Morchelsoße. Neben dem Glas stand eine staubige Flasche Chateau Lafite-Rothschild, Jahrgang 1862.

Nach dem Essen ging er über die Haupttreppe nach oben. Körperloses Lachen erklang im kleinen, dunklen Arbeitszimmer. Er roch Whisky, und der Single-Malt-Duft stammte nicht nur von den Resten des Glases, das hier zwei Abende zuvor gesplittert war, sondern auch von dem, das er nun in der Hand hielt und wie einen Schlüssel zur gegenüberliegenden Tür trug. Er erreichte die innere Galerie und glaubte, einen kleinen, flinken Körper zu hören, der hinter ihm forthuschte, in die Schatten zurückeilte. Nein, der Pfarrer von Beaswick konnte es unmöglich verstehen. Eine gefüllte Mappe klemmte zwischen Ellbogen und Rippen.

Er war nicht betrunken. Nein. Stetig, ohne zu schwanken, ging er durch den Flur, vorbei an großen Fenstern und alten Gemälden; er hätte auch die Nasenspitze mit dem Finger berühren können. Rechts grasten Pferde auf einer gemalten Wiese. Links glühten die Seneschal-Fenster in einem matten Gelb; dort ruhten zwei Seneschals in ihren Betten, Mann und Frau, entweder voneinander getrennt oder zusammen. Standish vernahm Geräusche vom Hof, trat näher an eine Scheibe heran und blickte nach unten. Ein glitzernder Schauer aus Diamanten, Lava und goldenem Blut spritzte empor und zerstob, bevor er zu Boden fiel. Die Eruption erwies sich als ein Springbrunnen, erhellt von Lampen, die an seinem Rand im Kies eingelassen waren.

Esswood empfing Standish, akzeptierte und *benutzte* ihn, so wie das Haus Isobel benutzt und akzeptiert hatte.

Er legte die Mappe aufs Bett, entkleidete sich und ging ins Bad. Als er in den Spiegel sah, starrte ihn das gerötete Gesicht eines Dämons mit blutunterlaufenen Augen an. Während er sich die Zähne putzte, klebte sein Blick an den dämonischen Zügen fest. Er spülte den Mund aus, spuckte ins Becken, sah noch einmal in die teuflischen Augen und wusch sich das Gesicht mit kaltem Wasser.

Er hatte eine Erektion: Der Penis war angeschwollen und steinhart, bog sich nach oben. Ein durchsichtiger Tropfen erschien an seiner Spitze.

Standish masturbierte vor dem hübschen, mit blauen Mustern geschmückten Becken und stellte sich dabei vor, umschmeichelt von kühler Nachtluft zwischen den knorrigen, winkenden Bäumen zu stehen. Eine Frau wartete am Rand des langen Teichs: Ihre Silhouette zeichnete sich deutlich im perlmuttenen Mondschein ab, offenbarte einen nackten Körper aus gewölbtem Schwarz. Blätter, Wurzeln und kleine Steine knirschten unter Standishs Füßen, und die frische Luft prickelte ihm auf den Armen. Die wundervolle Gestalt am Teich trat vor, und ihre Augen schimmerten weiß in der Dunkelheit. Standish schnaufte verblüfft, denn er befand sich *wirklich* dort, nicht hier im Bad des Springbrunnenzimmers. Die Kühle, die Blätter unter seinen Fußsohlen ... Das alles existierte tatsächlich, beschränkte seine Bedeutung nicht nur auf Imagination. Die geliebte Frau – mit den glänzenden Augen und katzenhaften Konturen wirkte sie wie ein Tiger – bewegte sich erneut, kam noch etwas näher. Sein Leib schrie eine Bejahung. Millionen von Nerven warfen eine Tür zu und rissen eine andere auf; Samenflüssigkeit spritzte aus ihm heraus in die Nacht, wie das Wasser des Springbrunnens. Unmittelbar darauf fühlte sich Standish erschöpft und leer, als hätte er ein Viertel seines Bluts verloren. Die schreckliche Gestalt vor ihm lächelte, mit seiner Opfergabe zufrieden. Er schloß entsetzt die Augen und sank bewußtlos zu Boden ...

Im Bad hob er die Lider und stellte fest, daß er mit erstarrten Armen am Becken lehnte. Weiße Samentropfen glitten über blaue Blumen. Seine Gänsehaut glättete sich wieder. Er schüttelte den Kopf und blickte in den Spiegel. Dort bot sich ihm ein normales Gesicht dar, müde, blaß und schockiert. Erneut benetzte er sich die Wangen, drehte den Wasserhahn noch etwas weiter auf und spülte die weißen Tropfen fort. Er hatte das Gefühl, gerade eine Achterbahn verlassen zu haben.

Im Schlafzimmer griff er nach dem Pyjama auf der Bettdecke und streifte ihn über. Sein Penis schien ausgehöhlt zu sein. Als er sich ins Bett legte, roch und sah er das Glas Whisky auf dem Nachtschränkchen. Er nahm es sofort, leerte es mit einem Zug. Wärme dehnte sich in seinem Magen aus, gefolgt von einem leichten, schwebenden Empfinden – als verflüchtigten sich die Knochen in seinem Leib. Die Mappe rutschte ihm aus den Händen und blieb auf der Brust liegen. Kurz vor dem Einschlafen fragte er sich, ob die Seneschals ihr Licht wohl ausgeschaltet hatten.

Es brannte nicht mehr, als er einige Stunden später erwachte. Einmal glaubte er, daß ihm jemand Gesellschaft leistete, doch diesmal verursachte die fremde Präsenz keine Furcht. Das Schlafzimmer war völlig dunkel, abgesehen von einem trüben gelben Glimmen hinter den Jalousien. Die andere Person strahlte Kummer und sogar Zorn aus, eine viel zu intensive Aura, um sie nicht wahrzunehmen.

Ihre Rückkehr bewies deutlich, wie sehr sie ihn brauchte.

»Ich weiß, daß du hier bist«, sagte Standish leise.

Und dann fiel er fast in Ohnmacht. Ein blasses Etwas löste sich aus der Finsternis und glitt dem Bett entgegen. Bis zu diesem Augenblick hatte Standishs Welt aus Annahmen, Hypothesen, Vermutungen und Phantasievorstellungen bestanden. Doch diese Gestalt, die sich ihm zögernd und unsicher näherte, war ein konkreter Beweis. Ein Kloß bildete sich in seinem Hals.

Die Frau trat noch einen Schritt auf ihn zu, und jetzt sah er, daß sie etwas in beiden Armen hielt: ein Baby. Mitgefühl erfüllte sein Herz. Langes, welliges Haar umrahmte das bleiche Gesicht, und die Blässe verlieh ihr etwas Substanzloses und Transparentes. Sie wirkte ... verblüht wie eine Blume, abgenutzt wie ein an Steinen geriebenes Tuch. Das Kind war in eine Decke gehüllt, und Standish sah nur einen Teil seines Gesichts, eine wächserne Nase und leblose Augen. Die Frau hob ganz langsam den Kopf, als sie näher kam. Eine hohe Stirn, dichte Brauen, ein schmaler Nasenrücken ... Seine Emotionen knallten wie bei einem Autounfall ineinander. Diese Gestalt war größer, schlanker und schlichter als seine Geliebte – es handelte sich um jene Frau, die er am Teich gesehen hatte. Später war sie im Fenster der Bibliothek erschienen und hatte von dort aus auf ihn herabgestarrt. Ihr Name lautete Isobel Standish. Er spürte unbeholfene Eigenwilligkeit, eine falsche Sensibilität, und gelangte zu dem Schluß, daß er sie nicht sonderlich mochte.

Doch sie brauchte seine Hilfe.

Isobel Standish schien nur gekommen zu sein, um ihm diese Botschaft zu übermitteln, wandte sich ab und kehrte mit ihrem Baby in die Dunkelheit zurück. »Geh nicht«, sagte er und tastete nach dem Schalter der Nachttischlampe. Jähes Licht fror alles im Zimmer ein, als seien Kerzenhalter, Garderobenständer und das blaue Sofa im Dunkeln erwacht gewesen, um sich nun wieder unbelebt und reglos zu stellen. Von der Frau mit dem toten Kind fehlte jede Spur. Standish hörte plätscherndes Wasser im Hof und das laute Keuchen seines Atems. Er zitterte.

Es hatte keinen Sinn zu versuchen, noch einmal einzuschlafen, also strich er die Decke beiseite, stand auf und spähte durch die Lücken zwischen den Jalousien. Auf der anderen Seite, hinter den Fensterscheiben der Seneschals, blitzte es mehrmals, und dann wurde dort alles schwarz.

Er spürte noch immer kühle Luft auf der Haut, rauhe Blätter und Wurzeln unter den Füßen, erinnerte sich an den stummen Ruf des Wesens, an ein Lächeln, an wortloses Verlangen ... Weiße Flecken formten sich vor seinen Augen. Er setzte sich. Nach einer Weile hob er den linken Fuß und sah Schmutz an der Sohle. Kleine dunkle Partikel klebten an der Haut. Ihm schien das Blut in den Adern zu gerinnen, und langsam ließ er den Fuß wieder sinken. Hier und dort auf dem Teppich lagen Erdbrocken.

Einige Sekunden lang wußte Standish ohne jeden Zweifel, daß kleine weiße Geschöpfe durchs dunkle Haus schlichen, die nach ihm suchten, seine Hilfe benötigten. Kranke Babys krochen durch geheime Korridore und die innere Galerie entlang.

*Die Auserwählten können nicht ablehnen ...*

Standish sprang auf, schaltete eine andere Lampe ein und griff nach der Mappe. *Birth of the Past,* dachte er. *Geburt der Vergangenheit.* Ein Esswood-Titel. Er streckte sich auf dem blauen Sofa aus und beschloß, bis zum Morgen zu lesen.

## 13

Aus Isobels Handschrift wurde ein fast völlig unleserliches Gekritzel. Ganze Sätze waren in einem privaten Code verfaßt, der sich nicht entschlüsseln ließ. Standish lag auf dem Sofa und erkannte die Symptome großer emotionaler Anspannung. Er fürchtete sich davor, weiterzulesen. Und noch mehr Furcht verband er mit der Vorstellung, das Manuskript beiseite zu legen und es zu ignorieren.

Die junge Frau aus Massachusetts, jetzt älter geworden, kehrte zum *Land* zurück. In den drei Jahren des ›Exils‹ ging es mit ihrer Ehe bergab. Seit damals in Esswood hatte sie nichts Wichtiges mehr geschrieben und lehnte inzwischen die Aufmerksamkeiten ihres Mannes ab. Sie glaubte auch, daß ihr äußeres Erscheinungsbild gelitten hatte: glanzloses Haar, trübe Augen, ein hohlwangiges Gesicht. Eine notwendige Nahrung schien ihr zu fehlen. Voller Kummer schrieb sie ihrer ›Erlöserin‹, der ›Hüterin ihrer Seele‹, und bat darum, noch einmal eingeladen zu werden. E. antwortete: *Wir haben auf Sie gewartet*. Der Ehemann sah das Glück seiner Frau und entschied sich dafür, keine Einwände zu erheben. Er wußte: Ein Verbot der Reise wäre dem Ruin der Ehe gleichgekommen. Martin Standish, so nachsichtig wie immer. Vielleicht hoffte er, Isobels Vernunft zu bewahren, indem er ihr erneut Esswood zubilligte. Nach sieben langen Wochen fiel die junge Frau am Bahnhof in die Arme von E., und kurze Zeit später erreichte sie die Kieszufahrt zwischen den Bäumen. Ein kleiner, braunweißer King-Charles-Spaniel lief neben der Kutsche her und bellte. Die Frau weinte, als sie die palladianische Fassade sah. Sie war wieder zu Hause. *Wir haben Sie gebraucht*, sagte E. Am Abend aß sie Kalbslende mit Morchelsoße und fühlte, wie sich ihr Körper wieder mit Kraft und Gesundheit füllte. Sie tranken Chateau Lafite-Rothschild, Jahrgang 1860, *um Ihre Heimkehr zu feiern*, wie E. betonte. Jenes Leben, das sie benötigte, das ihr Leben schenkte, umarmte sie erneut.

Standish hob den Kopf und sah eine mondlose Nacht hinter den Lücken der Jalousien. Bei dem leisen Murmeln, das ihm beim Lesen mehrmals aufgefallen war, handelte es sich um das Plätschern des Springbrunnens. Es mußte etwa vier Uhr sein.

Eine Zeitlang gab sich die junge Frau allein der Freude darüber hin, wieder mit einer Umgebung vereint zu sein, die ihr so viel bedeutete. Voller Euphorie hielt sie sich in der Bibliothek auf, wanderte über die Terrassen und Felder, nahm alles in sich auf. Oft weinte sie, als sei ihr Leben vor einer kaum wahrgenommenen Gefahr gerettet worden. Sie fühlte sich nun wieder von der besonderen Aufmerksamkeit erfaßt, die sie vor drei Jahren erlebt hatte, und wohin sie sich auch wandte: Überall strömte ihr Energie entgegen. Die Erde *brannte*. Die Bücher in der Bibliothek *glänzten*; die weißen Schafe auf den Feldern *strahlten*. Poesie brodelte in ihr, mit einer Intensität, die sie zunächst erschreckte und erschöpfte. An jenem Tag schrieb sie drei oder vier neue Gedichte und fügte ihrem Tagebuch Dutzende von Seiten hinzu. Sie war wie die Priesterin einer Religion, deren Anhänger die Schöpfung selbst verehrten: Die Energie des *Lands* – ein Etwas, das sie mit Kreativität füllte und dafür sorgte, daß ihre Verse regelrecht aufs Papier sprangen – stellte eine ursprüngliche, heilige Kraft dar, ohne Gott, ohne Jesus, ohne irgendwelche Zeremonien: eine verklärende Kraft, die ihren eigenen Gott schuf, ihren eigenen Heiland, ihre eigenen Rituale. Sie fühlte sich *auserwählt*, noch mehr als jemals zuvor. Aus freiem Willen wollte sie Esswood niemals mehr verlassen, und wenn sie jemand fortbrachte, sie zwang, in die kühle, sterile Welt der Brunton Street, Duxbury, Massachusetts, zurückzukehren ... Dann würde sie grauen Tod atmen und sterben.

Zu den anderen Gästen gehörte auch der ›Vagabund‹ und ›gelehrte Zigeuner‹, der ihr beim ersten Erwachen geholfen hatte. Die kornblumenblauen Augen schienen jedoch trüb und verblaßt zu sein, die Kleidung noch schäbiger; vielleicht legte er nicht einmal Wert auf Sauberkeit – Standish hielt ihn für eine beunruhigend zwielichtige Person. Doch er und die junge Frau arbeiteten zusammen in der Bibliothek, nahmen die Mahlzeiten gemeinsam ein, gingen draußen spazieren. Sie verbrachten viele Stunden in der Seneschal-Suite, bei der erkrankten E. und ihrem Sohn. Der Zustand der Tochter hatte sich verschlimmert, und sie wohnte nun in einem anderen Zimmer. Als sie den Wunsch äußerten, sie zu besuchen, schüttelte E. den Kopf. *Sie können jetzt nicht zu meiner Tochter. Das Mädchen hat mit einer Reise begonnen, die es allein beenden muß. Aber es brauchte Sie, meine Liebe. Wir alle haben Sie gebraucht*. Der Junge – so hübsch wie immer, er zeichnete sich durch die gleiche falkenartige Schönheit aus wie seine Mutter – war zerstreut und bleich. Er schlief die meiste Zeit über, doch wenn er erwachte, ergriff er die Hand der jungen Frau und bat sie, ihm Geschichten zu erzählen. *Wir alle haben*

*Sie gebraucht.* Die junge Frau glaubte, in den ›falkenhaften‹ Zügen von Mutter und Sohn ein sonderbares Verlangen zu erkennen, einen Hunger, der nicht nur einer vorübergehenden Laune entsprang, sondern der ein dauerhaftes Fundament unter Reiz, Charme und Freundlichkeit bildete.

Standish sah auf und blinzelte die Reste der Trance fort. Mattes Licht filterte durch die Jalousien. Draußen flogen Hunderte oder gar Tausende von Vögeln, stimmten ein lautes, fröhliches Konzert an, als sie ums Haus segelten.

*Verlangen und Hunger,* dachte er entsetzt. Falkenartige Gesichtszüge.

»Kennst du die Hintertreppe und den geheimen Korridor?« fragte die junge Frau den gelehrten Zigeuner. Er wölbte die Brauen und glaubte offenbar, daß sie ihn necken wolle, ihrer Geschichte ein Rätsel hinzufügte. »Ich meine es ernst«, sagte sie. »Den geheimen Flur gibt es wirklich.« – »Oh, natürlich«, erwiderte der Vagabund. »Was hast du in letzter Zeit gelesen, Duxbury-Phantastin? Vielleicht *The Castle of Otranto*? Oder *The Monk*?« – »Nein«, antwortete sie. »Auch nicht *Varney the Vampire.* Aber wie erklärst du es dir, daß ich durchs Haus wandern kann, ohne gesehen zu werden? Glaubst du etwa, ich benutze Magie?« – »Zeig es mir, Teuerste; ich stehe unter deinem Bann«, entgegnete der gelehrte Zigeuner. Die junge Frau führte ihn die breite Treppe hoch, durch eine nicht mehr benutzte Kammer, die dem Ehemann von E. einst als Arbeitszimmer gedient hatte, damals, als er die Parlamentsferien in Lincolnshire verbrachte – obwohl dieser Raum ganz und gar nicht die Bezeichnung *Arbeits*zimmer verdiente. Hier funktionierten nicht einmal die Lampen; wann kümmerte sich das Personal endlich darum? Sie setzten den Weg durch die innere Galerie fort, vorbei an dem Panorama, das ihnen den Brunnen zeigte, und die junge Frau aus Massachusetts versäumte es nicht, dem lieben ernsten Jungen zuzuwinken, der im gegenüberliegenden Flügel des Gebäudes aus dem Fenster seiner Mutter starrte und wer weiß was beobachtete. Kurz darauf erreichten sie endlich das Springbrunnenzimmer. Ihr Seelenfreund bewunderte den ausgestopften Fuchs und das Terrarium, während sie ins Nebenzimmer eilte zu der verborgenen Treppe. *»Wo bin ich jetzt?«* rief sie. Der Vagabund lauschte und stellte fest, aus welcher Richtung ihr Gelächter kam. Er öffnete die Tür, trat zu ihr hinter die Mauern und sprach: »Schlüsselblume, Engelsauge, Lilie, Hyazinthe, Rose.« – »Jetzt kennst du mein Geheimnis«, sagte sie und geleitete ihn die lange Treppe hinunter zur Bibliothek. *»Des Nachts höre ich hier seltsame Geschöpfe. Aber ich habe einen Vorteil, sonderbare Nacht-Geschöpfe ...«* – »Nein, du hast *den* Vorteil«, erwiderte der gelehrte Zigeuner. »Dir gebührt ein besonderer Platz in diesem Haus. Du bist hier aufgenommen. E. hat es bestätigt: Sie brauchen dich.« – »Aber ich brauche sie noch mehr«, meinte die junge Frau. Der Vagabund lächelte und schüttelte den Kopf. »Doch manchmal fürchte ich mich«, fuhr sie fort. »Manchmal glaube ich, daß uns eine große Veränderung bevorsteht, und ich weiß nicht, ob mein Mut genügt, mich ihr zu stellen.« Sie sah die Verwirrung des Vagabunden, seine Niedergeschlagenheit, und fügte hinzu: *»Komm; mysteriöse Schätze will ich dir zeigen.«* In der Stille hinter den Wänden nahm sie seine Hand und führte ihn noch weiter nach unten, in die Finsternis der Kellergewölbe. »Du sollst sehen, was ich gesehen habe«, murmelte sie und eilte durch ein Labyrinth aus steinernen Tunneln.

»Findest du wieder zurück?«

»Oh, es gibt gar keinen Weg zurück, nur nach vorn.«

Nach einer Weile schlossen sich ihre Finger fester um seine Hand, und sie sagte: *»Hier.«* Der dunkle Korridor unterschied sich nicht von den anderen; die Wände bestanden aus Stein und präsentierten mehrere Türen. Die junge Frau öffnete eine und meinte: »Hier ist die Kammer mit den Knochen, wo sich früher Gäste versammelt haben.« – »Wer lacht?« fragte der Vagabund und folgte ihr in ein Zimmer, in dem kleine, abgenagte Knochen lagen. »Weder du noch ich, aber trotzdem höre ich leises Kichern.« – »Der Schatz lacht«, antwortete sie und eilte mit ihrem Begleiter in einen anderen Raum. Dort standen drei große Puppenhäuser nebeneinander unter der Reproduktion des Gemäldes, auf dem ein verspielter King-Charles-Spaniel neben einer Kutsche herlief, die nach Esswood rollte. Die kleinen Häuser stellten genaue Kopien von Esswood House dar, und in jedem davon brannte Licht hinter einem der vorderen Fenster, wie von einer Kerze.

»Schieb-mich und Zwick-mich und Wink-mich-hierher wohnen dort«, erklärte die junge Frau. »In jedem Haus gibt es Zimmer mit kleinen goldenen Tellern und kleinen goldenen Bechern, einen Raum, wo kleine Weinflaschen in Gestellen ruhen, auch eine dunkle kleine Bibliothek, in der Schieb-mich und Zwick-mich und Wink-mich-hierher den Anschein erwecken, wie große Leute zu lesen. Doch ich muß dir noch den anderen Raum zeigen, wo der große lebende Heizkessel brennt, um den sie sich kümmern. Und auch den letzten Raum, den allerletzten Raum, dem keine anderen folgen ...« Da hörten sie beide ein Geräusch und drehten sich um. Furchterfüllte Ekstase regte sich in der Frau, als sie sich umwandte, doch sie sah nicht etwa das, was sie erwartet hatte, sondern den jungen Sohn von E., den Erben des *Lands* und aller seiner Schätze – möge der kleine lebende Heizofen auch weiterhin in seiner schmalen Brust brennen. Er stand hinter ihnen: Robert.

*Natürlich,* dachte William Standish und hörte, daß die Vögel draußen verstummt waren. *Ich habe es die ganze Zeit über gewußt. Ja, ich wußte, wer er ist. Und ich kenne auch* ihre *Identität.*

»Suchen Sie Gedichte?« fragte der Junge. »Ich habe mich oft gefragt, woher Poesie kommt. Jetzt sehe ich zwei Dichter und weiß Bescheid. Haben Sie genug vom Keller gesehen? Ich kann Ihnen noch mehr zeigen, wenn Sie möchten.« Er lächelte. Die junge Frau und ihr gelehrter Zigeuner baten den Knaben, ihnen noch mehr zu zeigen, neue Wunder. Robert führte sie am Heizkesselraum mit dem kleinen Stuhl des kleinen Heizkesselwarts vorbei nach oben ins Haus, durch die von Tapisserien abgeschirmte Passage nach draußen, in den hellen, warmen Sonnenschein. Ein seltsam durchscheinender, von den marmornen Stufen reflektierter Glanz erhellte die Züge des Jungen, sein Gesicht, das so sehr dem der Mutter ähnelte. Sie begleiteten ihn durchs Spalier zur obersten Terrasse.

E. und einige Gäste saßen auf einem im Schatten entrollten Teppich, und die Gastgeberin winkte ihnen zu. Die übrigen Gäste waren: G., ein Yorkshire-Dichter, der in London lebte; der Porträtmaler N. und seine Frau O., so blaß und lustlos, daß sie der Dame aus Massachusetts wie eine Opiumsüchtige erschien; Y., D. und T., junge Romanschriftsteller, die aus Oxford kamen, ein Haus in Chalk Farm gemietet hatten, Bücher für *TLS* rezensierten und hier die Welt der Literatur erobern wollten; und J., ein literarisch interessierter Bankier und Büchersammler aus New York. Keine herausragenden Personen, fand die junge Frau. Selbst E. hatte das Interesse an Y., D. und T. verloren, die mit konstruierten Epigrammen, viel zu lässigem Gebaren und einer zu großen Begeisterung für den Weinkeller dafür sorgten, daß sie nicht noch einmal eingeladen wurden.

Sie winkten dem Trio ebenfalls zu, und E. wandte sich kurz an die Amerikanerin und bat sie, mit dem Koch über die Qualität des auf dem Markt angebotenen Lammfleisches zu sprechen – die junge Frau nahm inzwischen auch an den alltäglichen Angelegenheiten des Hauses teil.

Dann stiegen sie die eiserne Treppe zum langen Teich und den knorrigen Bäumen hinunter. Robert führte die beiden Erwachsenen zum Wald und fragte: »Sind Sie bei Ihren Spaziergängen auch *hierher* gewandert?« – »Ich höre erneut das Lachen«, erwiderte der Vagabund. »Wer lacht?« Er wollte stehenbleiben, doch die junge Frau griff einmal mehr nach seiner Hand und zog ihn mit sich, folgte dem tanzenden Jungen zu den Bäumen. »Schieb-mich und Zwick-mich und Wink-mich-hierher«, sagte sie. »Der Sohn des Wildhüters«, entgegnete der gelehrte Zigeuner und hielt nach Füchsen Ausschau. »Hat der alte William jetzt einen Sohn?« rief Robert. »Ich dachte, er lebt allein. Vermutlich hat die junge Dame recht, obgleich ich jene Namen nicht kenne.«

Von den Terrassen aus hatte es den Anschein, als stünden nur einige wenige Bäume zwischen Teich und Feldern, doch in Wirklichkeit waren es recht viele. Der – falsche – Eindruck wurde von einer Senke oder einem kleinen Tal hervorgerufen, zu dem sie nun schritten. Sonnenlicht bildete ein sanftes Fleckenmuster auf dem Boden. »Meine Brüder und Schwestern sind hier«, sagte der Junge. Bald erreichten sie wieder ebenes Terrain, und die Bäume wichen zurück, wie würdevolle Ladys, die etwas Unangenehmem begegneten. Hier erstreckte sich eine runde Lichtung, vom Gebäude aus nicht erkennbar, sichtbar nur für die darüber hinwegfliegenden Milane und Amseln.

Drei niedrige Hügel befanden sich im Zentrum der mit hohem, seidigem Gras bewachsenen Lichtung. Die ersten Gedanken der jungen Frau ließen sie erschauern: das hohe, weiche Gras schien gut gedüngt zu sein, gut *genährt*. Sie hakte sich bei ihrem Freund ein und suchte in seiner Nähe Trost. »Es fehlen Grabsteine«, sagte der Vagabund, und Robert antwortete: »Es sind gar keine nötig; wir kennen die Namen.« Hintergründige Schatten glitten über sein schmales Gesicht. Ein magischer Ort, dachte die junge Frau, und sie spürte eine Magie, die ihr Unbehagen bereitete. Die Grashalme wirkten wie lange Haare. Ein Vogel – irgendein Vogel – krächzte zwischen den Bäumen. »Sie sehen hier unser Herz«, fuhr der Knabe fort. »Vielleicht können Sie es für Gedichte nutzen.« Und dann veränderte sich sein Gesichtsausdruck so, daß die Amerikanerin schrie. Aus Schmerz. Vielleicht auch aus Furcht.

Der Junge war fort, als sie über die Schutz bietenden Schultern des Vagabunden spähte, und ein betörender maskuliner Duft schien vom Boden auszugehen. Sie weinte im herabströmenden Sonnenschein, und der Zigeuner küßte sie. Die junge Frau stöhnte, und ihr Begleiter legte sie ins Gras, entkleidete sie und sich selbst. Seine Lippen strichen ihr über Hals und Schultern, und sie schrie erneut, diesmal vor Glück, als er in sie eindrang. Sie liebten sich, nicht zum ersten, zweiten oder dritten Mal, auch nicht zum zehnten oder zwanzigsten.

Standish legte die Blätter beiseite. Sein Äußeres, die Hülle, schien sich vom Inneren zu lösen und zu bewegen, während der andere, *wahre* Standish erstarrte. Viel zu deutliche Erinnerungsbilder stiegen in ihm empor: Mit Hut und Regenmantel stand er schwitzend am Rand einer Popham-Straße und starrte zu dem Fenster hinauf, hinter dem der verhaßte, verräterische Freund seine ebenso verhaßte und verräterische Frau bumste. Genau damit hätte er rechnen müssen, begriff er nun. Isobels Rückkehr nach England war zu sehr von Leidenschaft geprägt, um nicht auch romantische Aspekte zu bieten. Eine Affäre. Natürlich. Martin Standish und Duxbury, Massachusetts, hatten ihr Talent erstickt; der ›Zigeuner‹ weckte es wieder und brachte Isobel um, indem er sie schwängerte.

»Sie fliehen vor mir ...«, sagte Standish leise.

Im Schatten der Hutkrempe beobachtete er das helle Fenster eines Apartmenthauses, während hinter ihm in heißer, schwüler Nacht Verkehr brummte. Das bienenartige Summen ließ die ganze Welt erzittern. Eine Woche vorher hatte Jean von ihrer Schwangerschaft erzählt und erwartete von ihm, daß er sich für den Vater des ungeborenen Kindes hielt.

Standish schauderte, und einige Sekunden lang befürchtete er, sich auf das Manuskript zu erbrechen. *B. P.*

*Beginn des Poeten? Birth of the Past – Geburt der Vergangenheit? Oder Betrayal of the Professor – Verrat des Professors? Bastard of the Pretender – heuchlerischer Mistkerl?*

Kindisches Kichern erklang im Nebenzimmer. Er schob das Manuskript fort und beobachtete, wie sein Körper die Beine über den Rand des Bettes schwang, aufstand, zur Tür ging und sie öffnete. Offenbar entsprach dieses Verhalten dem Wunsch des Leibs, denn der innere Standish blieb weiterhin benommen und betäubt. Alles in bester Ordnung. Die dahinhuschenden kleinen Wesen aus dem Keller hatten weder den Tisch umgestoßen noch Lampen zerbrochen. Er entspannte sich langsam. Dann wehte dem inneren und äußeren Standish eisige Kälte entgegen: Auf dem Läufer vor der Tür zur inneren Galerie lag ein langer weißer Umschlag.

Er *hatte* sie gehört. Schieb-mich und Zwick-mich und Wink-mich-hierher waren gekommen, um ihm eine Nachricht zu bringen. Vermutlich lautete sie: *Willkommen in der Realität. Jetzt brauchst du weder Hut noch Regenmantel. Jetzt ist es nicht mehr nötig, daß du mit trockenem Mund und klopfendem Herzen an Straßenecken stehst. Schluß damit!* Standish trat näher und starrte auf den Umschlag hinab, sah eine englische Briefmarke, seinen Namen, die Adresse von Esswood. Name und Adresse bestanden aus schiefen, krakeligen Buchstaben, die er als Handschrift seiner Frau erkannte. Schließlich bückte er sich und nahm den in London abgestempelten Brief.

Er spürte jähen Ekel, eine Übelkeit, die ihm den Magen umdrehte. Jean und das Etwas in ihrem Bauch . . . Sie hatten ihn hierher verfolgt, gönnten ihm nicht einmal eine Woche Ruhe. Bestimmt pochten sie bald an die Tür und watschelten herein, um überall Krümel von Keksen und Pfannkuchen zu verstreuen.

Standish holte tief Luft und war multidimensional auf alles gefaßt, als er Platz nahm, weißes Papier aufriß und den Brief seiner Frau aus dem Umschlag zog.

# 14

*Lieber William,*

*Du hast bestimmt nicht damit gerechnet, so bald von mir zu hören. Ein komischer Zufall: Gestern habe ich Saul Dickman getroffen, und er erzählte mir, daß er den Rest des Sommers in England verbringen wolle. Er hofft, es ebenso gemütlich zu haben wie Du – und er beneidet Dich um Dein aufregendes Projekt. Nun, ich bat ihn, einen Brief mitzunehmen und ihn in London aufzugeben. Wenn Du diese Zeilen liest, hat er mir diesen Wunsch erfüllt. Zustellung in drei Tagen – nicht übel, oder?*

*Ich schreibe Dir aus vielen Gründen. Kurz vor Deiner Abreise bist du so angespannt und nervös gewesen, William. Im Flughafen hättest Du am liebsten alle Leute angeschnauzt, und als Dein Flug aufgerufen wurde, warst Du so aufgedreht, daß Du Dich nicht einmal von mir verabschieden wolltest – ich mußte Dich daran erinnern. In Deinen Augen sah ich wieder jenes gewisse* Etwas. *Deshalb bin ich so besorgt. Aber ich frage mich, wieviel ich Dir sagen sollte, weil ich nicht weiß, wie sehr Du Dich darüber ärgerst. Nun, hoffentlich hast Du an Bord der Maschine schlafen können, denn ein Teil Deiner Unruhe ging schlicht und einfach auf Schlafmangel zurück. Und noch etwas, William: Es fiel Dir immer schwer, Dich zu entspannen, nicht wahr? Ich meine, viele Dinge sind normal für Dich, und bestimmt bin ich auch alles andere als perfekt. Du verstehst sicher, was ich meine.*

*Dir sollte auch klar sein, warum ich mir solche Sorgen mache. Ja, das solltest Du eigentlich wissen. Ich möchte Dich nicht verärgern, und während der beiden letzten Jahre lief es ganz gut mit uns. Aber wir können nie vergessen, was in Popham geschah. Damals wurde alles unter den Teppich gekehrt, und Du bist auf die Füße gefallen. Ich kam darüber hinweg. Wir hatten die Kraft, uns gegenseitig zu verzeihen, nicht wahr? Du hast sogar einen neuen Job gefunden. Aber es ist trotzdem* geschehen. *William, ich möchte unbedingt vermeiden, daß sich so etwas wiederholt. Dieses Kind will ich unter keinen Umständen verlieren. Und genauso wichtig ist es, daß Du vorsichtig bleibst.*

*Wenn Du erneut auf jene alte Weise zu fühlen beginnst, so komm nach Hause.*

KEHR HEIM. *Gib Dich nicht* auf. *Und* vergiß *mich nicht. Es ist alles* in Ordnung.

*Ich finde es recht nett in Zenith, aber wir können auch wo anders wohnen. Solange Du weiterhin* William *bist.*

*Auch ich benötige Zuspruch und Sicherheit. Jede Menge davon, so wie Du. Ich weiß nicht, ob ich mit diesem Brief Dich beruhigen möchte oder mich selbst. Eins steht fest: Ich brächte es kaum fertig, über solche Dinge mit Dir zu* sprechen. *Bitte schreib mir oder ruf an; es würde mich sehr freuen. Ich bin jetzt so schwer, daß es mich schon anstrengt, ins Bad zu gehen, und bei jedem noch so kleinen Rülpser verliere ich Urin. Dauernd habe ich Sodbrennen. Ich fürchte, daß irgend etwas passiert. Die Ärzte behaupten zwar, es gäbe keine Komplikationen, aber ich werde die Furcht nicht los. Oft stelle ich mir vor, daß es genau sein wird wie damals, daß wir alles noch einmal durchmachen müssen, den Schrecken und die Angst. Ich stelle mir vor, wie ich erneut mit Anwälten und Polizisten spreche. Bei solchen Gelegenheiten wünsche ich mir Deine Nähe – um sicher zu sein, daß es Dir gutgeht.*

*Bitte schreib, leiste gute Arbeit und komm bald zurück.*

*In Liebe Jean*

*P.S.: Ich habe in einem Nachschlagewerk über Esswood gelesen. Es hieß* Handbuch der englischen Literatur *oder so. Was für ein Ort! Hast Du etwas* herausgefunden? *Gibt es wirklich ein dunkles Geheimnis? Oder sollte ich besser nicht danach fragen?*

# 15

*Saul Dickman,* dachte Standish. Na klar. Gestern habe ich Saul Dickman getroffen. Rein zufällig bin ich dem guten alten Saul begegnet, der zum zweitenmal verheiratet und imstande ist, selbst in einem erbärmlichen Haufen Hysterie wie Jean ein Sexobjekt zu sehen. Standish zerknüllte den Brief und warf ihn in den Papierkorb.

Er duschte, zog sich an und betrat zwanzig Minuten später die innere Galerie. Ein kleiner Rasierklingenschnitt am Adamsapfel druckte ein rotbraunes Muster aus winzigen Blutstropfen auf den Kragen, als er an den Fenstern vorbeiging. Er reckte den Hals, um festzustellen, ob im Seneschal-Flügel Licht brannte, und glaubte dabei, einen kleinen Jungen mit engelhaftem Gesicht zu sehen, ein jüngeres Duplikat von Robert Wall. Er konnte den Jungen nur erkennen, wenn er Isobels Augen benutzte: Dann sah er ihn mit visionärer Deutlichkeit – einen dunkelhaarigen Knaben, der dort drüben hinter dem Glas stand und zu Robert Wall heranwachsen würde. Der Junge folgte ihm auf eine Weise, die beiläufig anmutete, sich jedoch durch große Aufmerksamkeit auszeichnete. Das hatten *sie* gesehen, als sie durch die innere Galerie schritten. Scheinbare Trägheit und intensives Verlangen. *Es ist besser, Esswood nie zu verlassen* – so vollzog es sich hier: Man stülpte gazeartige Spinnweben über den Besucher und wartete ab, ob er das Muster entdeckte, bevor es sich auflöste. Oh, 1914 waren Sie zehn Jahre alt, nicht wahr, Mr. Robert Wall? Und Sie deuten an, daß Ihr allgemeines Erscheinungsbild im Alter von sechsundachtzig – ganz zu schweigen von dem Ihrer Schwester, die etwa dreiundachtzig sein müßte – zu den Gründen gehört, die Sie folgende Meinung vertreten lassen: Es ist besser, Esswood nie zu verlassen.

Standish erreichte das dunkle Arbeitszimmer und erinnerte sich an die Augen der Frau, die sich ihm mit dem toten Baby genähert hatte. Er stellte sich vor, von Isobel berührt zu werden: In eine steinerne Umarmung schloß sie ihn; ihre Verzweiflung strömte in eine romantische Gußform, floß darüber hinaus.

Er lief die Treppe hinunter und sah alles so, wie es sich vor siebzig oder mehr Jahren abgespielt hatte. Porträts von alten Männern, die dem Geschehen zwei Generationen näher waren ... Und sie beobachteten Dinge auf eine Weise, die bewußtem Spott gleichkam. Frühere Seneschals lebten ruhig und zurückgezogen, begruben ihre Toten, erweiterten die Bibliothek und verbargen die Kranken. Pechvögel wie der verstorbene Mr. Sedge dienten dazu, ihr schreckliches Verlangen zu stillen. Durch Isobels Augen sah Standish das Chaos, innerhalb dessen Edith die geheime alte Ordnung wiederherstellte. Imaginäre Scharen rekelten sich in Sesseln und auf Sofas, schwatzten, plünderten den Weinkeller, schlugen sich den Bauch mit köstlichem Essen voll. Sie beschmutzten Laken und Teppiche, füllten alle Zimmer mit Geräuschen, Rauch und Farben. Schnatternde, unverschämte Geister, erfüllt von falschem ›Leben‹: einige von ihnen krank; einige von ihnen husteten hinter vorgehaltener Hand; andere so betrunken wie Jeremy Starger, so kleinlich und pedantisch wie Chester Ridgeley. Männer betatschten die Frauen, griffen nach Brüsten. Frauen starrten verstohlen auf die Hosenschlitze der Männer, berührten in Gedanken Verbotenes, so wie dies Jean auf der anderen Seite eines Fensters in Popham getan hatte. Im Ostsaal standen sie, bildeten Paare, steckten die Köpfe zusammen, flüsterten und raunten und ahnten nicht, was hinter den Wänden *von ihnen* träumte und was auf sie wartete.

Sie sind auserwählt, sagte ›Robert Wall‹.

Standish keuchte in plötzlicher Hitze, als er die Treppe hinuntereilte. Er begann zu schwitzen, streifte die Jacke ab und warf sie beiseite, als er zur untersten Stufe gelangte. Über den Kies hastete er zur Seite des Hauses und duckte sich unters Spalier.

Ein warmer, prickelnder und deutlich sexueller Geruch umgab ihn. Hinter den Wänden aus Holz und grünen

Blättern erklang ein lautes Summen, wie von einem Bienenstock. Standish verließ das Spalier und rechnete damit, über der Terrasse einen Schwarm Bienen oder Wespen zu sehen, doch die Luft war klar und heiß und leer. Das Surren ertönte auch weiterhin, schien aus allen Richtungen gleichzeitig zu kommen. Popham: Schweiß tropfte ihm von der Stirn. Er zögerte, wischte sich mit dem Ärmel salzige Feuchtigkeit aus dem Gesicht. Unsichtbare Gäste sahen von den Gartenstühlen auf, zupften an ihren Bärten, beobachteten ihn, strichen nicht existierenden Staub von der zu guten Kleidung. Standish wandte sich von ihrem Flüstern ab, so wie damals Isobel, und setzte den Weg zur eisernen Treppe fort. Große dunkle Flecken krochen aus seinem Körper aufs Hemd. Hinter dem leisen Zirpen echter Insekten und dem dumpfen Knistern von Zweigen aus dem Wald jenseits des Teichs surrte noch immer der Bienenstock – das gleichgültige Brummen des Verkehrs hinter einem Mann, der einen Regenmantel trug und in Popham, Ohio, am Straßenrand stand, an einem Abend, der ebenso schwül war wie dieser. Eine Woche vorher hatte sie ihm mitgeteilt, daß sie schwanger wäre. Und sie erwartete von ihm, daß er glaubte, der Vater des Etwas zu sein. Sonnenschein trieb Standish Schweiß aus den Poren, als er die Treppe hinuntereilte.

Unten sah er mit Isobels Augen die schlanke Gestalt eines hübschen Jungen. Vielleicht trug er ein cremefarbenes Hemd, am Hals offen; vielleicht stand er am oberen Ende der rostigen Treppe, den Kopf ein wenig zur Seite geneigt, und beobachtete. Nein, er war nicht der Sohn des Wildhüters, denn der alte William lebte allein. Standish gab vor, nicht auf den Verkehr zu achten, der in Popham über die Straße rollte, vor dem Apartment eines Mannes, an dessen Namen er nur in Form von Assoziationen dachte, zum Beispiel dann, wenn sein Blick auf *bestimmte* Hustenbonbons fiel – als hasse man jemanden namens Park und fände sich während einer Geschäftsreise nach Gotham im Central Park wieder.

Denk nicht an einen weißen Bär. Standish hatte sich inzwischen daran gewöhnt, nicht an weiße Bären zu denken.

Am Ende der Terrassen wurde das bienenstockartige Summen des Verkehrs auf der Popham-Straße noch lauter.

Etwas langsamer schritt Standish zu den knorrigen Bäumen rechts neben dem langen Teich. Dort hatte das Brummen seinen Ursprung. Als er an den ersten Stämmen vorbeiging, glaubte er zu spüren, daß die seltsam sirrenden Geräusche überall aus dem Boden drangen. Es handelte sich um den unpersönlichen Pulsschlag der Welt, den heute kaum jemand noch bemerkte. Er blieb neutral und bedeutungslos wie das Wort Park – bis man im Central Park war.

Die knorrigen Bäume erwiesen sich als viele hundert Jahre alte Eichen. Vor langer Zeit hatte man sie mit einem Verfahren verkrüppelt, das dem Binden von Füßen ähnelte. Die Zweige streckten und spreizten sich, bildeten miteinander verwobene Labyrinthe. *Meine leidenschaftliche Geliebte hat hier gestanden und mich beobachtet.*

Standish blickte an dem Wald vorbei zur grünen Wölbung der Felder, zu den dicken, weißen, völlig reglosen Schafen.

Nichts ist nur einmal gegenwärtig. Nichts wird zum erstenmal erfahren. Manches muß immer wieder erzählt werden, um Realität zu bekommen.

Vor ihm reichten die Bäume einen Hang hinab und wuchsen so dicht an dicht, daß ihm die unteren Bereiche der vom Haus aus nicht sichtbaren Senke verborgen blieben. Standish ging weiter. Vor achtzig Jahren, als diese Eichen jünger gewesen waren, hatte es Pfade zwischen ihnen gegeben, aber jetzt formten die Zweige ein dichtes Gewirr. Standish kam nur drei oder vier Meter weit, bevor sie ihm den Weg versperrten. Er wich zur Seite, suchte nach einer Öffnung in der Barriere. Schließlich wandte er sich dem Teich zu, sank auf die Knie und kroch unter tiefen Ästen hindurch.

# 16

Seine Hände strichen über einen glatten braunen Teppich aus verwelkenden Blättern und kleinen Steinen – der Boden fühlte sich an, als stamme er aus dem Verdauungssystem eines riesigen Insekts. Die Zwergeichen formten einen niedrigen, torbogenartigen Zugang, und Standish sah nicht das ›sanfte Fleckenmuster aus Sonnenlicht‹, durch das Isobel zur Lichtung gewandert war. Je weiter er in den Wald vorstieß, desto mehr verdichtete sich die Dunkelheit; schon nach kurzer Zeit umhüllte ihn immerwährende Nacht. Bald befürchtete Standish, sich verirrt und den überwucherten Pfad verlassen zu haben, der zur Lichtung führte. Seine Knie waren feucht, die Hände schmutzig. Schweißgebadet verharrte er und stützte den Kopf auf die Handrücken. Die Erde summte und schien kaum merklich zu zittern, wie die Haut eines gewaltigen Wesens. Nach einer Weile stemmte er sich wieder hoch.

Etwa fünf Minuten später wich die Finsternis mattem Grau, und kurz darauf glänzte erster Sonnenschein durch das dichte Geäst der Bäume, schuf helle Stellen auf dem Boden. Hitze glitt ihm über den Rücken. Das Bienensummen wurde immer lauter: viele Stimmen, zu einer gemeinsamen verschmolzen. Dann erreichte Standish jenen Ort, zu dem der junge Robert seine beiden Begleiter geführt hatte, Isobel und den Zigeuner. Große Lücken entstanden nun zwischen den Zweigen, und er blickte auf seinen gedrungenen, kopflosen Schatten hinab.

Das Zischen und Surren verstummte jetzt – er befand sich in seinem Zentrum. Standish stöhnte leise und stand auf. Dreck haftete an der Hose, und Schweiß hinterließ dunkle, breite Striemen am Hemd. Vor ihm erstreckte sich eine kleine, etwa fünf Meter durchmessende Lichtung, die den Eindruck erweckte, von einer Maschine in den Wald gestanzt worden zu sein. Langes, seidiges Gras wuchs dort, und in der Mitte erhoben sich die niedrigen Hügel, die Isobel in ihrem Manuskript beschrieben hatte. Er konnte sie kaum voneinander unterscheiden. Es fehlten Grabsteine. Es sind auch gar keine nötig; wir kennen die Namen.

Standish holte tief Luft; endlich verstand er alles. Das Geräusch seines Atmens verschwand im lauteren Brummen des Seelen-Verkehrs, im Summen des Bienenstocks. *Magie,* hatte Isobel geschrieben und damit genau den richtigen Ausdruck gewählt. Ja, Magie. Vermutlich war dies immer ein heiliger Ort gewesen, auf die eine oder andere Weise, und eine besondere Bedeutung bekam er durch die Personen, die sich hier aufgehalten hatten, die hier begraben lagen. Er diente nicht etwa Edith oder ihren Kindern als letzte Ruhestätte, denn sie lebten noch. Nein, andere schliefen hier den Schlaf des Todes.

Standish stapfte durchs Gras und verharrte vor den Hügeln. Mit einem dumpfen Ächzen sank er auf das Massengrab, und die langen Grashalme streichelten ihm die Wangen, wie das Haar seiner Geliebten. Er streckte sich, umarmte das Grab. Die Sonne brannte auf seinen Rücken herab. Erneut stöhnte er und tastete mit den Fingern nach dem Gras. Unten im Boden lag ein verlorenes Kind bei Isobel, erflehte Erlösung, zusammen mit den anderen, schrie wie jenes blasse Geschöpf, das sich an ein Fenster gepreßt hatte.

Ein verlorenes Kind ... Es kann große Macht haben und ein Hebel sein, eine mit purer Kraft gefüllte Batterie.

Standish erhob sich und versuchte, Schmutz und Blätter von der Hose zu klopfen. Er gab es auf, wischte die Hände daran ab und blickte zu den Vögeln hoch – sie wirkten so stolz wie Adler. Das Zentrum der Esswood-Entität verschob sich immer wieder und schwoll an, während sich wie in einem großen Gedicht alles miteinander reimte. Standish wandte sich vom Grab ab und der runden Mauer aus Bäumen zu. Dort vorn sah er jenen Pfad, über den Isobel und ihr Vagabund dem jungen Robert Seneschal zur Lichtung gefolgt waren. Auf dem Boden unter den dichten Zweigen bemerkte er die von ihm selbst stammenden Spuren. Erneut ließ er sich auf die Knie sinken, und sie protestierten mit stechendem Schmerz, als er durch den Wald zurückkroch.

Diesmal schien der Weg nicht annähernd so lang zu sein. Nach einigen Minuten schimmerte ihm Licht entgegen, und die Bäume wichen beiseite. Standish sah den Hang, der bis zum Teich und der ersten Terrasse reichte. Er stand auf und erklomm die Anhöhe, dabei hielt er sich ab und zu an einem Ast fest.

## 17

Standish brachte die lange eiserne Treppe hinter sich und schritt durch brennendes Gras zum Spalier. Träge, gelangweilte Geister hoben ihre Teetassen und beobachteten ihn aus den Augenwinkeln. Er ging am Gitterwerk vorbei. Große grüne Blätter schöpften die zitternde Flüssigkeit des Sonnenscheins. Er betrat das Haus durch die unverschlossene Küchentür und näherte sich den schmalen Stufen, die zur Speisekammer und zum Eßzimmer emporführten. Daneben fiel ihm eine Tür auf, die er zuvor nicht bemerkt hatte. Hinter ihr zeigte sich die Kellertreppe.

Unten wandte sich Standish in Richtung Heizkesselkammer und beschritt noch einmal den gleichen Weg wie früher. Im steinernen Korridor standen Türen offen, und er kam an dem Zimmer mit ausgestopften Tieren und staubigen Plüschhunden vorbei. Kein Zugang war verschlossen worden. Der Amerikaner eilte weiter.

Schließlich betrat er den Raum mit den Betonwänden und dem abgenutzten Stuhl. Auf dem Bild an der Wand bellte der Spaniel neben einer Kutsche. Standish marschierte durch die nächste offene Tür, schenkte dem schwarzen Heizkessel keine Beachtung und blieb vor den Äxten stehen.

Er nahm die größte, hielt sie versuchsweise in der Hand, legte sie beiseite und wählte eine kleinere, die nicht ganz so schwer war. Damit kehrte er in den Korridor zurück.

An dessen Ende eilte er die kurze Treppe zu den beiden verriegelten Türen hoch, die er während seines ersten Abstechers in den Keller von Esswood zu öffnen versucht hatte.

An die letzte Stufe schloß sich ein weiterer dunkler Korridor mit vier verschlossenen Türen an. Standish trat auf die erste zu und schwang dabei die Axt. Aus seiner Perspektive gesehen handelte es sich um die zweite unverschlossene Tür, neben dem Zimmer mit den alten Zeitungen. Er drehte den Knauf – immer noch verriegelt, wich einen Schritt zurück, holte mit der Axt aus und schlug zu.

Die Schneide bohrte sich ins Holz. Standish zerrte sie heraus und schwang sie erneut. Schweiß tropfte ihm in die Augen. Mit einer schmutzigen Hand wischte er ihn fort und schmetterte die Axt einmal mehr an die Tür. Es krachte und donnerte. Nach einer Weile gab das Holz nach, und es entstand ein Loch, groß genug für Standish, um die Hand hindurchzustrecken und den inneren Knauf zu drehen. Ein messerartiger Splitter schnitt ihm in den Arm; Blut quoll fröhlich aus der Wunde und tropfte zu Boden.

Er zerrte die Tür auf.

Standish hatte große Puppenhäuser erwartet, an der einen Seite geöffnet, damit einem Kind alle Zimmer zur Verfügung standen, doch nun sah er Miniaturausgaben von Esswood vor sich, erstaunlich groß und bis ins letzte Detail dem Original nachempfunden, bis hin zu den Regenflecken an den Fenstern. Es waren echte Gebäude, Puppenheime, und sie standen nebeneinander wie Häuser an einer Straße. An der Wand dahinter, einer stilisierten Sonne gleich, hing eine weitere Reproduktion des Gemäldes im Wohnzimmer: der springende Hund, die rollende Kutsche. Hinter jedem dritten Fenster von rechts brannte Licht. Standish hielt unwillkürlich den Atem an und rechnete damit, daß gleich drei winzige Menschen von der Arbeit heimkehren würden. Auf dem Boden lagen Hunderte von kleinen weißen Knochen – Hühnerknochen –, so trocken, daß sie sofort unter seinen Schuhen zerbrachen.

Die Stufen vor den Miniatur-Esswoods bestanden aus Marmor, geschnitten von Handwerkern und Künstlern, die für ihr Schweigen sehr großzügig bezahlt worden waren. Standish blickte durch ein Fenster, sah sechzig Zentimeter lange Tapisserien, einen halben Quadratmeter große Teppiche, dreißig Zentimeter hohe, mit rotem Plüsch bezogene Stühle, sieben oder acht Zentimeter durchmessende goldene Teller, goldene Gabeln, halb so lang wie sein kleiner Finger, winzige, sehr fragil anmutende Weingläser. Schliefen sie in Betten, oder hatte Edith Lagerstätten aus weicher Wolle für sie anfertigen lassen? Litten sie des Nachts an Alpträumen? Wenn sie schreiend erwachten . . . War Edith gekommen, um sie zu trösten?

*Wohl kaum,* dachte Standish. *Die Mutter ist ein Gott im Himmel über ihren Häusern gewesen, geliebt und gehaßt, aber fern und unerreichbar.*

Hatten vor Ediths Generation andere Seneschals in diesen kleinen Esswoods gewohnt, kranke Seneschals, die sich vor den Besuchern im großen Haus verbargen? Standish hielt das für wahrscheinlich, denn im zwanzigsten Jahrhundert fand Edith nur einen Mann, der als Ehepartner in Frage kam: den an ihr nicht sonderlich interessierten Vetter zweiten Grades. Und *er* konnte nur *Edith* heiraten.

Und Ediths illustre Gäste? Hatten sie das Geheimnis gekannt oder auch nur etwas davon geahnt? *Ja, mit ziemlicher Sicherheit,* dachte Standish. Immerhin: Nach einer Weile kamen nur noch Schreiberlinge wie Y., D. und T. Und dann kam niemand mehr: keine Wagen, keine Kutschen, denen kleine Hunde folgen konnten. Er entsann sich an die hier inspirierten Werke . . . Henry James und seine irre Gouvernante, die sich in einem abgelegenen Haus um zwei kranke Kinder kümmerte. E. M. Foster und seine Geschichte von Leuten, die in einem großen Bienenstock lebten. T. S. Eliots wüstes Land und seine hohlen Menschen ... Viele von Esswoods Gästen beschritten einen Teil des Weges zum Wissen, doch Isobel ging weiter als sie alle. Und sie blieb hier.

*Es ist besser, Esswood nie zu verlassen,* erinnerte sich Standish.

Er trat zurück, hob die Axt und ließ sie auf das erste kleine Haus hinabsausen. Dünne Gipswände zerbröckelten wie trockenes Brot. Im Westflügel fielen kleine Bilder aus kleinen Rahmen; kleine Stühle und ein kleines Bett kippten um. Ein weiterer Hieb verwandelte die Haupttreppe in eine wirre Masse aus zahnstocherartigen Spänen. Der dritte Schlag riß winzige Bücher aus winzigen Regalen und spaltete das Porträt über dem Kaminsims. Dielen splitterten, und der knapp vierzig Zentimeter hohe Heizkessel platzte auseinander, wurde zu einem Knäuel aus dünnen Rohren. Standish schwang die Axt, und der Inhalt eines Küchenschranks explodierte nach oben in die Reste des Eßzimmers. Ein neunzig Zentimeter langer Tisch rutschte über den schiefen Boden und prallte gegen die kleine Spüle. Streichholzgroße Knochen und hauchdünne Schmetterlinge flogen wie Zunder umher. Die Verheerung erfaßte auch den Ostflügel, und die Schlafzimmer im westlichen Trakt zerstoben samt den Wänden. Standish brauchte fast eine Stunde, um das erste kleine Haus in einen Trümmerhaufen zu verwandeln, aus dem nur noch einige Dinge ragten: ein Regal, ein Waschbecken aus Porzellan, ein kleines Buch, in Kalbsleder gebunden, und der gewölbte Rahmen eines Fensters. Anschließend nahm er sich das zweite Haus vor, und fünfundvierzig Minuten später das dritte.

Nach diesem Zerstörungswerk zog er das Hemd aus und warf es beiseite. Seine Arme fühlten sich an, als hätte er stundenlang bei schwerem Seegang gerudert, und heftiger Schmerz brannte im Rücken. Die Axt fiel zu Boden und zermalmte einen kleinen Becher. Als er nach ihr griff, spürte er ein Stechen und entdeckte eine pflaumengroße Blase an der rechten Hand. Er schob die Axtschneide direkt hinein und fühlte quälende Pein.

Die andere verriegelte Tür befand sich in der gegenüberliegenden Betonwand des Korridors. Er beschloß, die Hand zu schonen, und trat statt dessen mit dem Fuß dicht neben das Schloß. Die Tür erbebte. Noch einmal trat er zu, diesmal mit seiner ganzen Kraft. Es knackte – ein Geräusch, das Standish an brechende Knochen erinnerte –, und die Tür flog auf. Mit der Axt wankte er in Isobels ›allerletztes‹ Zimmer.

Hier gab es kein Fenster; nur das Licht von draußen begleitete ihn in die Kammer. Er wischte sich Schweiß von der Stirn und wartete, bis sich seine Augen ans Halbdunkel gewöhnten. Ein dumpfes *Tock-tock-tock* erklang im Flur, klang wie unsicheres, furchterfülltes Lachen.

Schließlich sah Standish ein leeres Zimmer. Er wußte nicht genau, was er hier erwartet hatte: nichts so Eindeutiges wie Skelette oder einen Holzblock, aber etwas, das ihn *erschüttern* würde. Der Boden neigte sich einem Abfluß in der Mitte entgegen, und vor der rückwärtigen Wand war er abgewetzt, als hätte dort lange Zeit ein schweres Möbelstück gestanden. Hier und dort zeigten sich lange Kratzer. An der linken Wand hingen einige rechteckige Rahmen, ähnlich den Schaukästen mit den Schmetterlingen im Knochenzimmer. Standish trat näher und stellte fest, daß sie Fotos enthielten.

Es waren insgesamt sechs: ganz normale Aufnahmen von ganz normalen Paaren. Die Kleidung der beiden Personen auf dem ersten Bild ließ vermuten, daß der Schnappschuß aus den zwanziger oder dreißiger Jahren stammte. Das dritte Bild präsentierte einen Mann in der Uniform des amerikanischen Militärs. Später folgten wieder Zivilanzüge. Die Frauen in Gesellschaft der ersten beiden Männer trugen Schleier, die anderen Hüte mit breiten

Krempen. Manchmal wandten sie sich halb von der Kamera ab und standen im Schatten. Bei zwei Fotografien bildete die erste Terrasse von Esswood House den Hintergrund, bei zwei anderen der Pfad am langen Teich. Die Schatten der knorrigen Eichen hüllten die Züge der Frau in Dunkelheit. Doch plötzlich erkannte Standish einen der Männer am Teich.

Er betrachtete ein hohlwangiges, krankes Gesicht mit tief in den Höhlen liegenden Augen. Die Schultern hingen krumm und kraftlos. Doch der Mann lächelte in Ekstase: Chester Ridgeley, zehn oder elf Jahre älter, zehn oder elf Jahre nach der Entscheidung von William und Jean Standish, das schlangenverseuchte Eden des Popham Colleges in Popham zu verlassen.

Doch es gab keine Mrs. Chester Ridgeley.

Die Frau an der Seite des alten Gelehrten hatte sich halb umgedreht und stand unter dem Blätterdach einer verkrüppelten Eiche. Sie schien Mitte Dreißig zu sein: kräftig gebaut, gerade Schultern, ausgestattet mit einer unerschütterlichen, physischen Zuversicht, die manchen sonst ganz normalen Frauen zu eigen ist und ihnen etwas Einzigartiges verleiht. Ridgeley schloß seine alten Finger um ihre junge Hand.

*Sie* war es. Es mußte *sie* sein, weil niemand anderes in Frage kam.

Standish sah sich die einzelnen Paare nacheinander an. Bei den Männern handelte es sich vermutlich um Akademiker, die eine Studienerlaubnis erhalten hatten. Und alle Bilder zeigten die gleiche Frau. Immer strahlte sie physische Selbstsicherheit aus: ihre Schultern und Arme, ihre Hüften und ihre allgemeine Haltung. Die Fotos umfaßten einen Zeitraum von fünf oder sechs Jahrzehnten, doch die Frau schien nicht einmal um zehn Jahre gealtert zu sein. Als sie Standish in Esswood House empfangen hatte, wirkte sie wie eine atemberaubend jugendliche Vierzigerin.

Standish wandte sich um und dachte kurz an das eigene Erscheinungsbild: Er war halbnackt, schmutzig und atemlos; er blutete aus Dutzenden von winzigen Schnittwunden; er stank . . .

Schließlich wandte er sich von den Fotos ab, starrte zum Abfluß in der Mitte des Zimmers und fragte sich, ob Ridgeley jemals nach Popham zurückgekehrt war. Hatte das College ein Telegramm erhalten, in dem Chester ankündigte, daß er sich in den Ruhestand zurückziehen wollte? Oder vielleicht einen Brief, in dem er erklärte, den Rest seines Lebens mit Nachforschungen im Hinblick auf den in literarischer Hinsicht völlig unwichtigen Theodore Corn verbringen zu wollen?

*Sie verstehen sicher meine Aufregung angesichts der vielen Entdeckungen, die mir hier möglich waren. Es gibt noch viel zu tun (auch in persönlicher Hinsicht), und daher möchte ich die mir bleibenden Jahre nicht mit Vorlesungen vergeuden . . .*

Standish verließ Isobels ›allerletztes‹ Zimmer. Kleine Wesen huschten durch die Kammer mit den Zeitungen, doch als er hereinkam, fanden die Bewegungen ein abruptes Ende. Er blickte auf die Ausgabe der *Yorkshire Post* und ihre Schlagzeile, sank dann auf die wunden Knie, blätterte in der Zeitung und suchte nach den Bildern, von deren Existenz er wußte.

Doch die Personen auf den Fotos – ein untersetzter Wirt, das Gesicht wie ein grob behauener Fels, eine ernste Frau mit gebleichtem Haar und ein Liebhaber mit fliehendem Kinn – waren Fremde für ihn. *Tock-tock-tock*, ertönte das gnadenlose mechanische Gelächter. Standish erhob sich wieder und starrte auch weiterhin auf die bedeutungslosen Gesichter hinab.

Eine rätselhafte Erfahrungslücke, ein Stück Erfahrung, das dem Universum fehlte – der Kosmos sehnte sich danach, litt an dem Mangel, ohne ihn bewußt zu spüren – begleitete Standish, als er mit der Axt durch den Keller von Esswood schritt. Er kam zu einer kleinen Treppe, die weiter oben an einem Torbogen endete, und trug das Beil von dort in die unbekannte Welt.

Auf der anderen Seite des Tors fand er sich hinter ›seiner‹ Treppe wieder, in ›seinem‹ geheimen Korridor, den Isobel vor ihm entdeckt hatte. Er wanderte durch die Passage zum Eßzimmer und öffnete dort die Tür – der Duft des kalten Essens weckte vage Übelkeit in ihm. Am Tisch zog er die Flasche Wein aus dem Kübel und ging mit ihr durch den Flur.

Die Bibliothek erschien ihm größer, heller und noch schöner als am ersten Abend. Der lange pfirsichfarbene Teppich glühte, und die Alabastersäulen standen wie Wächter vor den Bücherregalen.

Standish trank einen Schluck aus der Flasche und blickte aufs Etikett: Haut-Brion, Jahrgang 1935. Ein ausgezeichneter Wein. Er trank erneut und zwinkerte Ururururgroßvater zu. Dann stellte er die Flasche auf den Tisch und stapfte mit der Axt durchs schimmernde Zimmer zur ersten Nische. Große Kisten und Kartons standen dort, gekennzeichnet mit STANDISH, WOOLF und LAWRENCE – Namen, die jene Männer auf den Fotos im allerletzten Zimmer angelockt hatten.

Er hob die Axt und schlug auf die zweite Isobel-Kiste. Vergilbtes Papier quoll daraus hervor und wirbelte auf den Boden. Standish holte einmal mehr aus, und die Blase an seiner Hand schrie wie ein Kind. Blätter flatterten, Vögeln gleich. Das Beil bohrte sich in die dritte mit STANDISH markierte Kiste, aber sie brach nicht etwa auseinander, sondern rutschte übers Regal und stieß gegen einen Pfosten. Er zerrte die Axt aus Holz und Pappe, und daraufhin entstand ein Loch, das Fotografien wie Konfetti ausspuckte.

Standish brummte überrascht, bückte sich und griff nach einigen Fotos. Auf dem ersten sah er eine hochgewachsene, sehr ernst wirkende Frau: Sie trug ein helles Kleid und einen kleinen Hut und stand auf dem Pfad am Teich. Zwar hielt Standish ein siebzig Jahre altes Schwarzweißfoto in der Hand, aber er wußte trotzdem: Das Kleid war grün. Und er kannte auch das Gesicht der Frau, obwohl das Bild kaum mehr zeigte als einen Schemen. Das lange Kinn und die schmale Nase sah er nicht zum erstenmal. Hier saß Isobel in einem Sessel der Bibliothek; dort las sie ein großes Buch im Westsaal. Hier stand sie neben einem rundlichen Mann, der mit offenem Mund in die Kamera glotzte und den Standish schließlich als Ford Madox Ford identifizierte. Er warf die Fotos weg und zog andere aus der zertrümmerten Kiste. Isobel posierte voller Unbehagen neben einem T. S. Eliot, der sich ebenfalls nicht sehr wohl zu fühlen schien. Isobel mit einem schlanken, dunkelhaarigen Mann, der Eddie Marsh sein konnte. Isobel auf dem fernen Feld, bei dem Versuch, Teil einer idyllischen Szene zu sein. Isobel, die ein Tablett mit Getränken trug – sie servierte Cocktails – und traurig lächelte. Die arme Närrin.

Standish schlug noch einmal mit der Axt zu, und weitere Fotografien fielen zu Boden. Dann zielte er auf JAMES, und sein erster Hieb knackte den Karton wie eine Nuß. Bündel aus losen Blättern glitten daraus hervor, und er schob sie mit dem Fuß fort.

Eine weitere Kiste mit James-Manuskripten kam an die Reihe, dann eine dritte. Standish riß sie zu Boden, holte aus. Die Schneide des Beils zerhackte hilfloses Holz und schnitt ein Papierbündel in zwei Hälften. *Monumente eines unsterblichen Intellekts,* dachte er und nahm sich WOOLF vor. Eine Kiste nach der anderen fiel ihm zum Opfer, bis ihr Inhalt verstreut auf dem Teppich lag. Und dann die nächste Nische, zu FORSTER, BROOKE – *lieber Himmel, wieso hat man* ihn *eingeladen*? – und CORN.

Standish grinste, als er an Theodore Corn dachte. Ein Axthieb öffnete die Kiste, und mehrere Kladden fielen heraus – natürlich: Corn hatte kein normales Papier benutzt, sondern Kladden –, gefolgt von Fotos.

Die Bilder gesellten sich den anderen auf dem Boden hinzu, raschelten und knisterten dabei wie kopulierende Insekten. Standish hob wahllos einige auf und rechnete damit, pummelige Literaten zu sehen.

Die Fotografien erinnerten ihn an die Aufnahmen von Isobel. *Ich hätte das Zeug des Idioten in Ruhe lassen sollen,* fuhr es Standish durch den Sinn, als sich dunkle Vorahnungen in ihm regten. Er drehte mehrere viereckige Bilder um, und die Ähnlichkeiten häuften sich: ein knapper weißer Rand, ein farbliches Spektrum, das von Sepiabraun bis Hellgrau reichte, die gleichen Landschaften und Zimmer und Möbel als Hintergrund. Viele der Gesichter kannte er bereits von Isobels Fotos her: ein durch den Mund atmender Ford, Eliot, der Grimassen schnitt ... Die zentrale Gestalt bei diesen Bildern war in gewisser Weise Isobels männliche Entsprechung. Ein großer, dürrer Mann, der zerknitterte Anzüge trug, offene Hemden mit krausem Kragen, manchmal auch ärmellose Fair-Isle-Pullover, die ihm eine Nummer zu klein waren. Ein schiefes Lächeln verzerrte sein Gesicht, in dem Kinderkrankheiten und Akne Narben hinterlassen hatten und dessen Schatten auf einen zu hohen Alkoholkonsum hindeuteten. Der linke Vorder- und Schneidezahn fehlten ihm, und seine Hände – doppelt so groß wie die Standishs – wiesen bolzenartige Knöchel auf.

Doch Standish fühlte sich in erster Linie von etwas anderem an Isobel erinnert: Der Mann wirkte kummervoll und enttäuscht. Das Gefühl, verraten worden zu sein, stieg wie ein Geruch von dem Bild auf. Die Züge des Fremden waren derber als die Isobels, aber sie brachten die gleiche Verbitterung zum Ausdruck. Standish verabscheute ihn, noch bevor ihm klar wurde, wer er sein mußte. Und dann verachtete er ihn noch mehr, weil er sich selbst in ihm wiedererkannte. Wenn dieser Bursche als Amerikaner in den achtziger Jahren gelebt hätte und nicht als Engländer siebzig Jahre früher ... Dann wäre er jetzt vielleicht mit jemandem wie Jean verheiratet. Standish stellte sich vor, wie er in Zenith oder irgendeinem anderen Provinznest unterrichtete, sich besser kleidete, wie eine Krone die Lücke zwischen seinen Zähnen schloß. Er würde Vorlesungen über die Literatur des neunzehnten

Jahrhunderts halten, ohne dabei Hervorragendes zu leisten – aber auch nicht weniger wirksam sein als William Standish.

Eine weitere Fotografie zeigte den Mann, wie er an der Rückwand von Esswood House lehnte und dabei vom einen Ohr bis zum anderen grinste. Der Schal an seinem Hals sah wie ein Strick aus.

Chester Ridgeleys Liebling: Theodore Corn.

Dann begriff Standish, daß er noch einen Teil des Rätsels kannte: Isobel hatte Corn fotografiert, und umgekehrt.

Dieser Umstand führte zur letzten und endgültigen Erkenntnis, der Standish das Gefühl unmittelbar bevorstehenden Unheils verdankte. Der Dummkopf namens Corn war jener Mann, den Isobel in Esswood kennengelernt hatte: ihr Vagabund und gelehrter Zigeuner. Jener Mann, der sie geschwängert und damit letztendlich umgebracht hatte.

Einige Sekunden lang hielt Standish die Fotografien in der Hand, dachte und fühlte dabei überhaupt nichts. Nach einer Weile ließ er sie los, und die Bilder fielen auf das am Boden verstreute Papier. Er trat nach dem Durcheinander – alles um ihn herum erschien bedeutungslos und tot. Die Bedeutungslosigkeit war noch schlimmer als der Tod, denn sie existierte im Zentrum eines Geheimnisses. Wie die Streifen an einer wunderschönen, rosaroten und elfenbeinfarbenen Muschel, die tiefer und tiefer ins glühende Innere krochen, bis sie im Nichts verschwanden.

Theodore Corn sah von hundert Fotos zu ihm auf: verschlagen, dumm und unergründlich.

Standish watete durch das Meer aus Papier und rammte die Axt in POUND. Die Kiste barst, und noch mehr Blätter rutschten wie Laub zu Boden. Er sah Isobel, die neben Theodore Corn am gedeckten Tisch saß, ihn über den goldenen Rand des Weinglases hinweg beobachtete. Standish schwang das Beil und zerstörte einen weiteren Behälter.

Einige Minuten später stakste er aus der zweiten Nische zum Schreibtisch. Neben dem roten und mit Blattgold verzierten Sessel formten Gedichtentwürfe einen hohen Stapel. Auf dem Tisch stand die Flasche Haut-Brion. Standish betrachtete Isobels armselige Manuskripte und spielte mit dem Gedanken, sie in die Nische zu bringen, zu dem übrigen Kram zu werfen. Mit dem Fuß stieß er den Stapel an und sah, wie er kippte, wie Zeilen zum Vorschein kamen, Sätze aus kleinen, oft hastig geschriebenen Buchstaben. Besser. Ja, viel besser. Jetzt konnten sich die Worte von den Seiten lösen und gen Himmel fliehen.

Standish trank aus der Flasche, blickte sich in der Bibliothek um und fand sie wundervoll. Er hob den Kopf und starrte zu dem Gott empor, der ihn streng musterte und den wirkungslosen Zeigefinger auf ihn richtete. Der Gott bestand aus Farbe, die weniger als einen halben Zentimeter dick war, und der scheinbar daraus hervorragende Zeigefinger war ein optische Täuschung, die auf das Geschick eines gewissen Robert Adam zurückging – jener Maler hatte große Häuser und gute Bibliotheken gemocht. Standish ergriff die Axt mit beiden Händen, hob sein Vernichtungsinstrument und schmetterte es auf den Schreibtisch hinab. Die Schneide schuf einen langen, breiten und tiefen Riß. Dinge, die Standish bisher nicht bemerkt hatte, rutschten hinein: Kugelschreiber und Blöcke. Andere unwichtige Gegenstände flogen davon.

Der Sonnenschein des späten Nachmittages glitzerte durch die Fenster.

Standish ließ das Beil fallen und sah, wie Blut zu Boden tropfte. Der Teppich saugte es sofort auf, verwandelte die roten Flecken in hohle, rosarote Ringe, fast unsichtbar vor dem Hintergrund des pfirsichfarbenen Gewebes.

Sein Magen knurrte, schien ebenso hungrig zu sein wie das Haus.

Standish überlegte kurz, lächelte, nahm am halb zertrümmerten Schreibtisch Platz und zog einen Block unter spitzen Splittern hervor. Er schrieb *Streichhölzer* aufs oberste Blatt, riß es ab und schwankte zur Tür.

Im Eßzimmer war der Tisch fürs Abendessen gedeckt, und eine offene Flasche Rotwein stand neben dem goldenen Teller. Standishs Mund fühlte sich an, als hätte er Asche verspeist. Er füllte das Glas mit dem goldenen Rand und trank mehrere Schlucke, bevor er aufs Etikett sah: La Tache, 1916. Vielleicht das Jahr, in dem Isobel zum *Land* zurückkehrte, auf der Suche nach Unsterblichkeit und der lüsternen Umarmung von Theodore Corn. Was hatte sie sich sonst erhofft, damals, während der Erste Weltkrieg tobte? Der letzte spiralförmige Streifen in der rosaroten Muschel, die Geschichte im Innern der Geschichte, der neue Satz, die Ursache des Geräuschs ... Blut tropfte von Standishs Hand auf die Tischdecke, und sie sog es gierig auf. Zurück blieben blasse Ringe. Er lächelte erneut, stellte das Glas ab und benutzte eine von Esswoods Leinenservietten, um sich die Hand zu verbinden. Dann setzte er sich und hob den goldenen Deckel. Isobels Lieblingsessen dampfte auf dem Teller.

Standish aß. Der Raum neigte sich nach links und rechts. Sein ganzer Körper schmerzte. Schließlich fielen die Lider wie Blei herab und bedeckten die Augen. Der Kopf sank auf den Tisch, und er schlief. In einem kleinen Wald hob ein leuchtendes Baby Hände und Kopf zu einem Kuß. Standish streckte die Arme, aber seine Füße waren im dichten seidigen Gras gefesselt. Blut tropfte ihm von den Handflächen. Das leuchtende Baby wandte sich ab und schluchzte.

Er weinte ebenfalls, erwachte mit feuchtem Gesicht und einer blutigen Serviette um die Hand. »O Gott«, stöhnte er und stellte sich vor, daß er in die Bibliothek zurückkehren mußte, um ein Buch über Isobel zu schreiben. Erleichterung durchströmte ihn, als er sich daran erinnerte, was er dort angestellt hatte.

Er wischte sich Tränen von den Wangen und stand auf. Die Axt lag neben dem Stuhl, wie ein schlafendes Tier, und er bückte sich, griff vorsichtig danach. Der Stiel glitt in die fleckige Serviette, und er schloß die Finger darum.

Standish schleppte sich durch Isobels geheimen Korridor und zur Bibliothek. Er taumelte durch den großen Raum, zog die Tür des Haupteingangs auf ... Auf dem Teppich des Westsaals lag eine gelbe Schachtel mit Streichhölzern.

Damit kehrte er in die Bibliothek zurück, lehnte das Beil an eine Säule und wankte zur zweiten Nische. Er öffnete die Schachtel, und erstaunlich viele Streichhölzer fielen auf den Haufen aus Manuskriptblättern und Fotografien. Verwirrt runzelte er die Stirn, bis er begriff, daß er die kleine Schachtel falsch herum hielt. Er drehte sie und sah: Das zweite Fach enthielt noch immer Hunderte von Streichhölzern. Er nahm eines und entzündete es. Eine kleine Flamme züngelte.

Vorsichtig ging er in die Hocke und hielt die Flamme erst an ein Stück Papier, dann an ein anderes. Anschließend warf er das Streichholz in den rückwärtigen Bereich der Nische. Dünne Rauchfäden stiegen auf, als sich das Feuer ausbreitete.

Standish wich zurück und beobachtete, wie die Glut Manuskripte und Fotos verschlang. Der Lack an den Regalen wurde dunkler, und Blasen entstanden – bis sich das Feuer ins Holz darunter fraß. Der Mann drehte sich um und durchquerte die Bibliothek, um das Papier in der anderen Nische in Brand zu setzen.

Endlich warf er die Schachtel fort und verließ den großen Raum. Ihm blieb noch genug Zeit, um den Rest zu erledigen.

In der Eingangshalle teilte ihm die verzierte Uhr auf dem Marmortisch mit, daß es fünf Minuten vor zehn war. Er humpelte durch die von Tapisserien abgeschirmte Passage und trat nach draußen. Samtene Dunkelheit begann am Rand des Lichts, das aus dem Haus kroch. Die Bäume jenseits der Zufahrt bildeten eine massive Wand, wuchsen aus dem finsteren Boden dem Purpur des Himmels entgegen. Am Firmament glühten mehr Sterne, als Standish jemals zuvor gesehen hatte. Es schienen Millionen zu sein. Einige schimmerten ruhig und beständig; andere flackerten nervös. Ihr undeutbares Muster erstreckte sich weit durch das Gewölbe der Nacht, wie der Satz einer fremden Sprache – ein neuer Satz, der kein Ende fand, sich immer weiter fortsetzte, bis Buchstaben und ganze Wörter so sehr schrumpften, daß man sie nicht mehr lesen konnte.

Standish verharrte unter diesem großen Satz. Alle Bücher in der Bibliothek, vollgestopft mit Worten – wie Mägen mit Essen – würden nach oben schweben und sich dem ›allerletzten‹ und endgültigen Esswood hinzugesellen, dem Satz am Himmel. Dahinter, in der Schwärze verborgen . . . Deutete ein zorniger Gott mit dem Zeigefinger aus einer Gewitterwolke?

Standish trug die Axt ins Haus zurück.

## 18

Er ging die Treppe hoch und roch fernes Feuer, doch als er oben die linke Abzweigung wählte, in unbekanntes Territorium vorstieß, wich der Brandgeruch den Aromen von altem Leder, Möbelpolitur und frischer Abendluft, die durch offene Fenster hereinwehte. Am Ende der linken Treppenerweiterung schritt Standish durch einen gewölbten Zugang und gelangte in einen Raum, der eine größere Entsprechung des Arbeitszimmers im anderen Flügel des Gebäudes darstellte.

Ein Leuchter hing von der zentralen Rosette herab, und leere Bücherregale zogen sich an den Wänden entlang. Ein Schaukelstuhl stand an einer kahlen Wand, wo blasse Rechtecke an Bilder erinnerten.

Am anderen Ende des leeren Zimmers sah Standish einen weiteren Torbogen, an den sich ein schlichter Korridor anschloß. Trübes Licht ging dort von einer nackten Glühbirne aus. Staub hatte sich auf den Dielen angesammelt, und haarfeine Risse durchzogen den Verputz. Zwei große Fenster mit braunen Rouleaus zeigten sich an der einen Seite des Flurs, zwei braune Türen auf der anderen.

Diese Fenster hatte er von der inneren Galerie und dem Springbrunnenzimmer aus gesehen. Er griff nach dem Ring eines Rouleaus, ließ es langsam nach oben gleiten und blickte über den dunklen Hof. Die Fenster seiner Unterkunft glühten gelb, und in diesem Glanz zeichneten sich die Konturen einer mißgebildeten Gestalt ab, nicht größer als ein Kind. Standish erstarrte. Schieb-mich oder Zwick-mich oder Wink-mich-hierher beobachteten ihn. Plötzlich verschwand das formlose Etwas, und grauer Rauch wallte hinter den Scheiben. Standish stellte sich vor, wie Qualm durch den geheimen Korridor wogte, so dicht, daß man ihn nicht durchdringen konnte. Noch mehr Rauch erschien hinter seinen Fenstern.

Trotzdem: Er hatte Zeit genug.

Standish drehte sich um, griff nach dem ersten Knauf und öffnete die Tür leise.

Das Licht des Flurs sickerte ein oder zwei Meter weit in ein Zimmer, in dem Standish die Umrisse eines eisernen Bettes erkannte. Ein einfacher Holzstuhl stand davor, und daneben ein offener Koffer. Taschenbücher lagen auf dem Boden. Er trat vor und schloß die Tür. In der Dunkelheit spürte er Schmerzen in Händen und Rücken. Schmutz klebte an ihm. Standish roch Furcht, Schweiß und Blut – er verharrte wie ein Tier in einer Höhle.

Hinter der Stirn vernahm er ein Geräusch, kaum mehr als ein schwaches Echo: das Schluchzen eines Babys. Auf Zehenspitzen schlich er durch den Raum zu dem unordentlichen Bett. Als ihn nur noch ein halber Meter davon trennte, bemerkte er das Muster der zurückgestrichenen Tagesdecke. Die Laken waren weiß und zerknittert; das zerknüllte Kissen ruhte wie eine dicke Schnecke darauf. Der Duft von Parfüm und Puder stieg ihm in die Nase. Einige Blutstropfen fielen auf das Weiß.

Standish wandte sich ab und verließ das Zimmer so

leise, wie er es betreten hatte. Diffuses Licht umströmte ihn.

Im Fenster auf der anderen Seite des Flurs sah er das Spiegelbild eines menschlichen Tiers – der Körper verdreckt und blutverschmiert –, das sich durch die Tür schob. In der einen Hand hielt es eine Axt. Zufrieden begriff Standish, daß dieses geduckte, monströse Wesen er selbst war, sein innerer Kern. Vor vierundzwanzig Stunden hatte er sein wahres Ich zum erstenmal im Badezimmerspiegel gesehen, doch nun tarnte es sich nicht mehr. Er glaubte, viele Jahre lang auf diesen Augenblick gewartet zu haben. »*Nun, Miß Standish*«, flüsterte er und preßte sich die Hand auf den Mund, um nicht zu kichern.

Hinter jenem Geschöpf sah er das Fenster des Springbrunnenzimmers: Flammen loderten dort.

Er näherte sich der zweiten Tür, und der Tiermensch mit dem Beil begleitete ihn. Verfilztes, blutiges Haar bildete einen dünnen Pelz auf seinen Schultern, und die dunkle Hand war noch immer auf den Mund gepreßt. Standish sah, wie das Wesen durch den Korridor glitt, bis es aus dem Spiegelbild des Fensters verschwand.

Einige tänzelnde Schritte brachten ihn zum zweiten Zimmer. Er biß die Zähne zusammen, berührte den Knauf mit feuchten Fingern und drehte ihn. Die Tür bewegte sich mehrere Zentimeter weit nach innen, und Standish folgte ihr. Noch einige Zentimeter, und er befand sich in dem Raum.

Zwei Schuhe standen auf dem kahlen Boden. Ein weißes Hemd an der Rückenlehne eines Stuhls – wie ein Gespenst in der atmenden Finsternis. Standish schloß die Tür und betrachtete das Hemd. Es erschien ihm wie ein Geist, der geboren werden wollte, vielleicht mit Hilfe der beiden Personen im Bett. Sie schnauften und keuchten leise. Standish ignorierte den eigenen Gestank, nahm süßes Parfüm und die noch deutlicheren Aromen von Schweiß und Sex wahr.

Er seufzte.

Als sich seine Augen an die Dunkelheit gewöhnten, sah er graue Wände, die das Tageslicht weiß reflektierten, ein maskulines Durcheinander aus Socken, Sweatshirts und Jeans auf dem Boden. Ein Tennisschläger lehnte an der Wand. Das Bett schien ein Knäuel aus langen weißen Gliedmaßen und zerzaustem Haar.

Standish hatte nun das Gefühl, aus einer tiefen Trance zu erwachen. Er war er selbst: das Ergebnis der letzten Wochen, Tage und Stunden – ein Ungeheuer, mit einer Axt bewaffnet. Zum erstenmal seit seiner Kindheit akzeptierte Standish das eigene Ich.

»Mhm«, raunte es vom Bett.

Standish rührte sich noch immer nicht von der Schwelle und atmete flach. Eine Vision zeigte ihm, wie er diesen beiden Personen im Bett Gesellschaft leistete, mit dem Gewirr aus Armen und Beinen verschmolz.

Aber bald würden sie das Feuer hören, den Rauch riechen. Er wartete, bis sie aneinandergeschmiegt liegenblieben und auf eine seltsam melodische Weise zu schnarchen begannen. Dann trat er vor. Nichts. Keine Reaktion. Noch ein Schritt. Das prächtige Doppeltier auf dem Bett schlief auch weiterhin. Standish starrte darauf hinab und hob das Beil.

Mit seiner ganzen Kraft schlug er zu, war gleichzeitig der Tundra-Henker am Holzblock und der hinter dem Schreibtisch sitzende Bürokrat. Die Axt traf einen Hals, schnitt durch schlaffes Fleisch und die Fischgräten des Rückgrats. Der andere Kopf des Tiers löste sich vom Kissen, als Standish erneut das Beil schwang, bot ihm ein nicht zu verfehlendes Ziel. Augen starrten ungläubig und verwundert, als scharfer Stahl herabsauste.

Das Bett verwandelte sich in ein Meer aus Blut. Standish ließ die Axt fallen, ergriff die beiden Köpfe am Haar und legte sie auf den Boden. Er packte die Kissen, zerrte sie aus ihren Bezügen und warf sie achtlos beiseite. Anschließend nahm er wieder die Köpfe, blickte aber nicht in die Gesichter, als er sie in die nun leeren Bezüge stopfte.

Sie erwiesen sich als erstaunlich schwer, wie Bowlingkugeln. Standish hastete durch den grauschwarzen Nebel im Korridor, passierte den gewölbten Zugang und erreichte das leere Zimmer vor der Treppe. Die beiden improvisierten Beutel mit den Schädeln baumelten an seiner Seite.

Dunkler Rauch hatte sich Wolken gleich unter der Decke angesammelt. In weiter Ferne fauchte und zischte es. Standish eilte durch den Torbogen und sah die linke Treppe hinunter.

Mehrere Schichten aus fettem Qualm krochen unter der Decke entlang, hielten mit unerschütterlicher Zielstrebigkeit auf ihn zu. Eine Barriere aus Hitze ragte auf, stemmte sich ihm entgegen. Noch gab es hier keine Flammen. Er lief los, brachte eine Stufe nach der anderen hinter sich und glaubte dabei, in einem Backofen zu schmoren. Die Brauen verbrannten. Die Haare in der Nase zerfielen zu Asche, auch die auf Brust und Armen.

Auf der Haupttreppe blendete ihn eine Mischung aus Rauch und Hitze. Er lief weiter, mit der rechten Hand auf dem heißen Geländer. Die beiden Köpfe in den Kissenbezügen schlugen immer wieder gegen die Balustrade. Standishs Haut fühlte sich verbrüht an. Am unteren Ende der Treppe prallten die Schädel an den dicken Pfosten.

Er watete durch kochende schwarze Suppe. Links von ihm explodierte rotes Glühen. In der abgeschirmten Passage spürte er, wie sich die Tapisserien hin und her wanden, als ihre Fasern schrumpften und trockneten. Standish taumelte gegen die Tür, wankte zur Seite und drehte den Knauf mit tuchumwickelten Fingern.

Kühle Luft spülte über ihn hinweg. Er stolperte auf die Terrasse, wankte drei oder vier Stufen hinunter, hustete sich Rauch aus den Lungen und fiel. Hart landete er auf dem Hintern, und die Kissenbezüge rutschten ihm aus der Hand, polterten über die Treppe. Qualm quoll aus seiner Hose, haftete an den Schuhen fest. Unten, vor der ersten Stufe, dampften die mit Schädeln gefüllten Leinenbeutel. Standish stemmte sich hoch, taumelte weiter und hob seine beiden Trophäen auf.

Die Köpfe versuchten, ihm den Stoff ihrer Kerker aus den Händen zu ziehen, als er über den Kies stapfte. Nach einigen Schritten blieb er stehen und drehte sich um. Flammen loderten hinter den Fenstern des ersten und zweiten Stocks; Rauchfahnen wehten vom Dach.

Standish trug die Schädel zur linken Seite des Hauses. Irgend etwas in Esswood gab nach, und donnerndes Krachen schickte einen Funkenregen gen Himmel. Der Mann trottete weiter, sprang über ein brennendes Stück von Esswood. Er war zu müde, um noch einmal über die Schulter zu sehen.

Hinter der linken Ecke, jenseits der Zufahrt, erhob sich ein langes, niedriges Gebäude mit vier großen Doppeltüren und darin eingelassenen Fenstern. Standish torkelte darauf zu und starrte durchs erste Fenster in leere Dunkelheit.

Durch das zweite Fenster sah er einen alten Sattel und Zaumzeug an der Rückwand.

Im dritten reflektierte das Feuer, das durchs Dach von Esswood brach.

Hinter der vierten Scheibe entdeckte Standish das Heck eines türkisfarbenen Ford Escort. Er zog die Tür auf und zerrte die schweren Beutel mit sich. Als er den Wagen berührte, fiel ihm ein, daß die Zündschlüssel vermutlich in der Tasche einer Hose ruhten, die nun im Ostflügel des Hauses verbrannte. Er öffnete die Tür auf der Fahrerseite und ließ sich in den Sitz sinken. Blut quoll aus den beiden Säcken, floß über den Boden. Standish beugte sich vor, hob die Beutel und schwang sie ins Auto.

Mit beiden Händen griff er nach dem Lenkrad, betrachtete das Armaturenbrett und erinnerte sich an Filme, in denen irgendwelche Leute Wagen stahlen. Wie ließen sie den Motor an? Etwas Schweres fiel aufs Dach der Garage. Standish roch Qualm; ein Schleier bildete sich ihm vor den Augen, und in seiner Magengrube krampfte sich etwas zusammen. Nach dem Hustenanfall öffnete er das Handschuhfach und fand dort einen Ring mit zwei Schlüsseln auf den Fahrzeugpapieren.

Er schob den einen ins Zündschloß, drehte ihn und trat aufs Gas – ein Bewegungsmuster, das aus einem anderen, vergangenen und völlig fremden Leben zu stammen schien. Der Motor sprang an, und er neigte den Kopf nach vorn, stützte ihn aufs Lenkrad. Erneut fiel ein Teil von Esswood in sich zusammen. Standish zwang sich dazu, wieder aufzusehen. Er legte den Rückwärtsgang ein und gab erneut Gas. Der Escort prallte an die halb geöffnete Tür und rollte nach draußen. Standish drehte das Steuer und wendete, während Funken durch die Nacht stoben. Er wechselte den Gang und trat aufs Gaspedal. Durchdrehende Räder wirbelten Kies auf, und das Auto raste los. Rotes Glühen zitterte auf der Zufahrt und zwischen den hohen Eichen. Rauch umwaberte die Bäume in der Nähe des Hauses. Standish schaltete das Scheinwerferlicht ein, und zwei gelbe Balken schossen durch die rote Nacht, strichen über den langen Weg, der sich an den qualmenden Bäumen vorbeiwand. Standish lenkte den Wagen dorthin, raste über die Zufahrt und fragte sich, welche Seite des Weges er benutzen sollte. Alles war *fremd* und *anders*.

Zwei Scheinwerfer erschienen vor ihm am Ende des Tunnels aus Bäumen. Standish nahm ein wenig Gas weg, während er versuchte, ein interessantes Problem zu lösen: Sollte er rechts oder links fahren? Er schwenkte von einer Seite zur anderen. Der andere Wagen blendete ihn mehrmals mit dem Fernlicht, während der Rückspiegel ein fröhlich brennendes Esswood zeigte. Das fremde Auto kam schnell näher, und Standish erkannte es als Jaguar. Robert Wall – ›Robert Wall‹ – saß am Steuer, und auf dem Beifahrersitz leistete ihm seine Schwester Gesellschaft, Standishs Geliebte. Beide Kinder Ediths schienen erschrocken zu sein, vielleicht sogar entsetzt. Robert hupte und winkte. Die Lippen der Frau neben ihm bewegten sich, als sie Worte sprach, die Standish nicht hören konnte. Er fuhr weiter, rollte am Jaguar vorbei. Robert rief etwas, und seine Schwester beugte sich vor und warf ihm einen fragenden Blick zu. Standish beschleunigte – sie hatten ihn nicht erkannt.

Nach einigen Sekunden sah er in den Rückspiegel und beobachtete, wie Robert Seneschal über die Zufahrt lief, ihm zu folgen versuchte. Er drehte den Kopf, und sein Spiegelbild in der Seitenscheibe erstaunte ihn: Er erkannte sich selbst nicht. Das Glas konfrontierte ihn mit einem ganz und gar neuen Wesen: kahlköpfig, das Gesicht schmutzig und blutig, die Augen gerötet – er war sein eigenes Baby.

Der Escort erreichte das Ende der Zufahrt. Standish grinste und kicherte, als der Kies festem Asphalt wich, als er Gas gab und zum Dorf fuhr.

## 19

Nach einer Weile verblaßte das rote Glühen am Horizont. Standish lenkte den Escort, ohne auf Straßenkarten nachzusehen, ohne sein Gedächtnis zu bemühen. Er ließ sich von einem Orientierungssinn leiten, der in seinem Körper programmiert zu sein schien. Die Landschaft bestand aus kleinen Orten mit heiteren Lichtern und blinkenden Lampen, aus dunklen Feldern und dichtem Wald. Hier und dort glomm es im Moor, und er begriff: Auch das gehörte zu dem großen Satz, der sich bis ins Unsichtbare erstreckte. Das Leben aller Menschen war Teil dieses erhabenen, endlosen Satzes. Manchmal blickte Standish in den Rückspiegel, betrachtete zufrieden und bewundernd das Neugeborene.

Dörfer und Felder strichen am Wagen vorbei. Kirchen, Pubs und strohgedeckte Hütten verschwanden hinter ihm in der Nacht. Einmal bemerkte er ein Haus, das noch größer war als Esswood und sich auf der Kuppe eines langen Hügels erhob. Licht strömte aus allen Fenstern, und davor standen Luxuskarossen: Ihre Namen lauteten Rolls-Royce, Bentley und Daimler. Schläfrige Kühe und Pferde auf den Wiesen sahen dem einsamen Reisenden nach.

Irgendwo im Wald überfuhr er ein Tier und hörte den klagenden Schrei des unbekannten Wesens.

Standishs Hände erstarrten am Lenkrad, während er weiter durch die Finsternis raste. Er war ein großes, dikkes, kicherndes Baby, entleerte Blase und Darm in die schmutzige Hose.

Schließlich kam er zu den Tagebau-Anlagen. Es brannten keine Lichter mehr, und nirgendwo züngelten Flammen. Maschinen ruhten in dunklen Passagen, und der wirbelnde Staub hatte sich gelegt.

Doch die Schlackenhalden ragten auch weiterhin auf, und Standish fuhr langsamer, als er sich ihnen näherte. Neben der ersten großen Halde hob er einen der beiden gefüllten Kissenbezüge und warf ihn durchs offene Fenster: Er fiel auf die Straße und rollte fort. Das sollte genügen. Der zweite Beutel folgte dem ersten, aber auch er schaffte es nicht bis zur Halde und fiel in einen Graben.

Standish stöhnte und starrte wieder durch die Windschutzscheibe.

Das HUCKSTALL-Schild flog vorbei und wurde von der Dunkelheit verschluckt. Es kicherte leise in den beiden blutbesudelten Säcken, die nun nicht mehr auf dem Beifahrersitz lagen. Eine leere Welt ohne Ende oder Anfang dehnte sich zu beiden Seiten der Straße.

Weit vorn glänzten zwei helle Punkte: die Scheinwerfer eines anderen Wagens. Die Lichtkegel des Escort tasteten über den Asphalt und erfaßten etwas, die Gestalt eines Mannes, der die Arme ausstreckte. Standish war ihm nahe genug, um zu sehen, daß der Fremde lächelte, während er winkte und auf den Mittelstreifen trat. Es war ein hochgewachsener Mann, der eine Sportjacke trug. Blondes Haar reichte ihm in die Stirn.

Standish gab Gas, und als der Mann die Arme über den Kopf hob – er schien daran gewöhnt zu sein, immer zu bekommen, was er wollte; man sah es in den Augen, in seinen glatten Zügen –, riß er das Steuer herum und fuhr genau auf ihn zu.

Der Aufprall war stark genug, um Standish ans Lenkrad zu schleudern. Die Gestalt drehte sich wie eine Marionette und verschwand unter dem Escort. Eine zweite, nicht so heftige Erschütterung folgte. Standish trat auf die Bremse, hielt an und öffnete die Tür. Er nahm den Gang heraus, ließ den Motor jedoch laufen, als er ausstieg. Mit langsamen, entschlossenen Schritten ging er fort, schenkte dem zermalmten Körper unter dem Wagen überhaupt keine Beachtung – das arme Baby wanderte weiter, hinaus in die Trostlosigkeit.

*Aus dem Englischen von Andreas Brandhorst*

## Und eines Tages sah sie ihn wieder

Und eines Tages sah sie ihn wieder. Seit der ersten Begegnung mußte etwa ein Jahr vergangen sein, denn ein anderer Sommer war vorbei, und der Herbst brachte nebliges kühles Grau. Sie hatte gerade daran gedacht, daß sie zu den wenigen Personen gehörte, die sich über das Ende des Sommers freuten. Diese Tage gefielen ihr viel besser, denn sie hielt den Sommer für eine Vergnügungsmaschine, verglich ihn mit einem starken Drink, der immerzu streichelte, jedoch nur betäubende Wärme im Bauch schuf. Doch an solchen Tagen – vager Dunst hing in der Luft, und die oberen Bereiche der hohen Gebäude verbargen sich in Nebelschwaden – spürte sie eine angenehme Vorahnung, als kündigte sich ein ungeahnter Wandel an, eine bedeutsame Veränderung. Dann sah sie, wie er über den Bürgersteig wanderte, direkt auf sie zu. Sie erinnerte sich an alle Einzelheiten, obwohl sie im vergangenen Jahr nie an ihn gedacht hatte.

Vielleicht trug er die gleiche Kleidung: einen schwarzen Pullover und ausgewaschene, fast weiße Jeans. Nein, die Jeans waren anders, und der lange rote Schal wirkte neu. Doch es handelte sich um den gleichen jungen Mann. Auch diesmal haftete ihm ein seltsames Licht an. Er lächelte nicht, vergoß auch keine Tränen, ging mit ruhigen, entspannten Schritten. Sein Gesicht war eher unscheinbar, und er schien auch nicht so jung zu sein, wie sie zunächst vermutet hatte, aber ein Mädchen sah ihm neugierig nach, und ein hochgewachsener Mann – er trug einen hellbraunen, gefütterten Regenmantel – drehte verwundert den Kopf. Ein blasses Schimmern schien auf den Fremden herabzustrahlen oder in ihm selbst zu glühen, ein Glanz, von dem er nichts wußte. Das war der besondere Reiz, den sie vor einem Jahr bemerkt hatte. Er ging an ihr vorbei und schlenderte weiter. Sie wandte sich um und zögerte kurz, bevor sie ihm folgte. Dabei kam sie sich dumm vor, sogar närrisch, spürte eine Mischung aus Scham und Verlegenheit, doch ihre Neugier war viel zu intensiv, um diese Gelegenheit ungenutzt verstreichen zu lassen. Ihr bot sich nun eine zweite Chance, und als sie dem Fremden zu folgen begann, vergaß sie ihre Pläne für den Nachmittag, konzentrierte sich nur auf das Hier und Jetzt.

Einen halben Block hinter dem Mann schritt sie über den Bürgersteig. Ihr Leben hatte sich geändert, begriff sie. Es konnte nie mehr so sein, wie es bisher gewesen war. Mit jedem zurückgelegten Meter gruben sich die Wurzeln des Wandels tiefer. Sie fühlte sich frei und verstand nun die Botschaft der prickelnden Vorahnung. Ein ganzes Jahr hatte sie in der Sphäre des Gewöhnlichen vergeudet, und jetzt verließ sie die Bereiche des Normalen und Alltäglichen. Es wurde dunkler, und sie folgte dem Mann in eine völlig fremde Welt.

*Aus dem Englischen von Andreas Brandhorst*

# Nachwort des Autors

Viele dieser Geschichten sind von anderen Büchern inspiriert worden oder haben dort ihren Ursprung. Der zentrale Teil von ›Blaue Rose‹ fiel mir ein, als ich das umstrittene Werk eines Neurologen über Freud las, *The Freudian Fallacy*. Die Idee für ›Der Wacholderbaum‹ verdanke ich Marguerite Duras' Kurzroman *The Lover*. ›Kurze Tour durch die Stadt‹ ist das Ergebnis eines langen Essays, den Joseph Brodsky in *Less Than One* über Sankt Petersburg schrieb. ›Frau Gott‹ brachte ich unmittelbar nach der Lektüre vieler Geschichten von Robert Aickman zu Papier – ich beabsichtigte, eine Einleitung für die Anthologie *The Wine-Dark Sea* zu verfassen –, und Aickmans rätselhaftes, überzeugendes Beispiel begleitete mich, als ich von William Standishs Abenteuern in Esswood House berichtete.

›Blaue Rose‹ und ›Der Wacholderbaum‹ stellen auch noch wichtige Verbindungen zu einem anderen Buch her. Es sind Stories, die von Tim Underhill geschrieben wurden, dem geheimen Protagonisten meines Romans *Koko*: Sie stellen Underhills ersten Versuch dar, Gewalt und Unheil zu verstehen, indem er sie in das Gewand seiner eigenen Fantasie kleidete. Woraus folgt: Der ›Harry Beevers‹ aus ›Blaue Rose‹ entspricht nicht ganz der Person, die in *Koko* seinen Namen trägt.

Rona Pondicks Skulptur-Ausstellung *Bed Milk Shoe* in der Fiction/Nonfiction Gallery von New York hat die Erzählung ›Der Büffeljäger‹ inspiriert.

›Etwas über den Tod, etwas über Feuer‹ gehört zu den ersten Geschichten, die ich geschrieben habe. Ich füge sie dieser Sammlung hinzu, weil es die einzige meiner Storys ist, die mir noch immer gefällt – und weil sie in den Rahmen paßt. Bobo ergeht es ebenso wie Bobby Bunting, William Standish, Harry Beevers und dem namenlosen Erzähler in ›Der Wacholderbaum‹: Er lebt in einem Haus ohne Türen – und findet dort Schrecken und Schönheit, die er mit uns teilen kann.

*Aus dem Englischen von Andreas Brandhorst*

# QUELLENNACHWEIS

SIE SAH EINEN JUNGEN MANN/She Saw A Young Man

BLAUE ROSE/Blue Rose
Die Geschichte erschien bereits im Heyne Jahresband 1987
(Nr. 01/6700).

Zwischenspiel 1: IM REICH DER TRÄUME/Interlude: In The Realm of Dreams

DER WACHOLDERBAUM/The Juniper Tree
Die Geschichte erschien bereits im Heyne Jumbo »Horror vom Feinsten«
(Nr. 41/17)

Zwischenspiel 2: HEIMKEHR/Interlude: Going Home

KURZE TOUR DURCH DIE STADT/A Short Guide To The City

Zwischenspiel 3: DIE DICHTERLESUNG/Interlude: The Poetry Reading

DER BÜFFELJÄGER/The Buffalo Hunter
Die Geschichte erschien bereits im Heyne Jahresband 1991
(Nr. 01/8100).

Zwischenspiel 4: GESPRÄCH IN EINER BAR/Interlude: Bar Talk